Georg Jaanineh / Markus Maijohann
Fuzzy-Logik und Fuzzy-Control

Georg Jaanineh / Markus Maijohann

Fuzzy-Logik und Fuzzy-Control

Vogel Buchverlag

Dipl.-Ing. GEORG JAANINEH
Jahrgang 1963; studierte allgem. Elektrotechnik an der BUGH Wuppertal und ist seit über fünf Jahren in der technischen Erwachsenenbildung (i.b. Meß-, Steuer-, Regeltechnik) als Dozent tätig. Seit 1993 geschäftsführender Gesellschafter der GELTEC – ein Unternehmen, das u. a. didaktische MSR-Hardware für die berufliche Aus- und Weiterbildung entwickelt.

MARKUS MAIJOHANN
Jahrgang 1966; studierte Elektrotechnik an der Ruhr-Universität Bochum und ist seit 1991 in der Erwachsenenbildung im Bereich Automatisierungstechnik als Dozent tätig. Seit 1993 geschäftsführender Gesellschafter der GELTEC, Hattingen.

Die Deutsche Bibliothek – CIP-Einheitsaufnahme

Jaanineh, Georg:
Fuzzy-Logik und Fuzzy-Control / Georg Jaanineh / Markus Maijohann. – 1. Aufl. – Würzburg : Vogel, 1996
(Vogel-Fachbuch)
ISBN 3-8023-1535-9
NE: Maijohann, Markus:

ISBN 3-8023-1535-9
1. Auflage. 1996

Printed in Germany

Umschlaggrafik:
Michael M. Kappenstein, Frankfurt
Herstellung:
Friedrich Pustet, Regensburg

Vorwort

Bei den Fuzzy-Technologien handelt es sich um einen Themenkomplex, der mit wachsendem Interesse untersucht und angewendet wird. Durch die Möglichkeit, nicht exakt valuiertes Wissen zu verarbeiten, hat die Theorie der Fuzzy-Logik in den letzten Jahren einen festen Platz in diversen Industrie- und Wirtschaftsbereichen erlangt. Allerdings haben einschlägige Untersuchungen ergeben, daß der Informationsstand zu dieser Thematik zum aktuellen Zeitpunkt unzulänglich ist.

Im Rahmen der Entwicklungsarbeiten von Geräten für die Aus- und Weiterbildung im Sektor Automatisierungstechnik und moderner Technologien, die bei der Fa. GELTEC in Hattingen durchgeführt werden, haben wir uns intensiv mit der Anwendung Fuzzy-Control auseinandergesetzt, um Fuzzy-Regler in eine umfangreiche Systemumgebung einzubinden.

Aufbauend auf den so gesammelten Erfahrungen ist das Konzept für das vorliegende Buch entstanden.

Es handelt sich hier um ein praxisorientiertes Lehr- und Übungsbuch, in dem alle Bereiche, die für die erfolgreiche Umsetzung der Theorie der Fuzzy-Logik in eine Anwendung notwendig sind, ausführlichst erläutert und durch eine Vielzahl von Beispielen dokumentiert werden. So ist das entstandene Werk zum Selbststudium geeignet und spricht alle Interessierten an, die sich nicht nur über die Grundlagen der Fuzzy-Logik informieren, sondern auch das Wissen um diese Technologie zunutze machen wollen. Durch die ausführlichen Behandlungen der elementaren Begriffe ist das Buch gleichermaßen für Einsteiger als auch für Entwickler, die durch den Tiefgang der Erläuterungen und die Hinweise auf weiterführende Literatur angeregt werden sollen, konzipiert worden.

Neben der eigentlichen Fuzzy-Thematik werden auch die Bereiche der klassischen Mengenlehre und der Binärlogik sowie der Regelungstechnik beschrieben, auf deren Fundament die Theorie der Fuzzy-Logik und die Fuzzy-Control als typische technische Anwendung aufbauen.

Das erworbene Wissen kann mit Hilfe der eingebundenen Übungsaufgaben geprüft werden. Die Lösungen befinden sich am Ende des Buches. Da für die Realisierung der Fuzzy-Technologien nahezu immer eine entsprechende Entwurfssoftware benötigt wird, haben wir außerdem eine *Fuzzy-Tool-Box* zusammengestellt, die die im Buch behandelten Grundlagen aufgreift. Es handelt sich hierbei um Quelltexte in Turbo-PASCAL, in denen alle wichtigen Operatoren, Funktionen und Arithmetikelemente abgelegt sind. Die Unit *Fuzzy* wird durch eine Anzahl von Beispielprogrammen ergänzt, die begleitend zum Buch genutzt werden können. Die Verwendung der Software (Bezugshinweis siehe Bestellkarten im Anhang) ist für das Verständnis jedoch nicht erforderlich. Sie soll lediglich einen Anreiz geben, das erworbene Wissen weiter zu vertiefen.

Auf die Beschreibung von spezieller Fuzzy-Hard- und Software haben wir zugunsten einer sorgfältigen Erläuterung der eigentlichen Fuzzy-Technologie völlig verzichtet, da es sich lediglich um herstellerspezifische Hilfsmittel für die Realisierung handelt. Die Kenntnis herstellerspezifischer Fuzzy-Produkte führt nicht unbedingt zum Verständnis der Fuzzy-Logik und ersetzt auch keine Grundlagenvermittlung. Zudem sind sowohl Hard- als auch Software einer so schnellen zeitlichen Veränderung unterworfen, daß deren ausführliche Produktbeschreibung (als Hilfsmittel) in einem Lehr- und Übungsbuch wohl deplaziert ist. An dieser Stelle sei auf die (in der Regel ausführlichen) Handbücher der entsprechenden Hersteller verwiesen.

Da hier die Auseinandersetzung mit der eigentlichen Thematik Fuzzy-Logik und Fuzzy-Control im Vordergrund steht, kann dieses Buch auch nach dem ersten Durcharbeiten als Nachschlagewerk über lange Zeit wertvolle Dienste leisten.

Wir freuen uns über die Möglichkeit, unsere Erfahrungen mit Hilfe des Vogel Buchverlags, der für solide Lehrbücher bekannt ist, weitergeben zu können, und möchten uns für die gute Zusammenarbeit bedanken.

Hattingen *Georg Jaanineh* *Markus Maijohann*

Inhaltsverzeichnis

TEIL 2

TEIL 1

1 Einleitung

Schon immer war es ein Bedürfnis der Menschen, Wirkungszusammenhänge in Natur und Technik sowie in anderen Bereichen zu ergründen, diese zu beschreiben und sich zunutze zu machen. Die Beschreibung der gesammelten Informationen führt hierbei zu Formalismen, Gesetzen oder Regeln, denen das beobachtete Geschehen gehorcht. Das in Gesetzen formulierte Wissen kann dann für weitere Betrachtungen unter anderen Aspekten herangezogen werden.

Mit dem Fortschreiten der Technik ist es möglich geworden, eine steigende Anzahl von in Regeln beschriebenen Informationen automatisch, z. B. mit Hilfe von Computern, zu verarbeiten. Für eine solche automatische Infomationsverarbeitung ist es in der Regel nötig, das Wissen in einer mathematischen Form abzulegen. Diese mathematische Formulierung des Wissens bereitet allerdings häufig Probleme. Oftmals ist es nicht möglich, das Wissen mathematisch exakt zu beschreiben. Besonders die Erfahrungen (Wissen), die ein Mensch im Laufe seines Lebens gesammelt hat und benutzt, um bestimmte Entscheidungen zu treffen, lassen sich nur sehr schwer mathematisch erfassen.

Heute ist es ein aktuelles Thema der Forschung, die intuitiven Entscheidungsmechanismen, die ein Mensch benutzt, um auf der Basis seines Wissens Schlußfolgerungen zu ziehen, technisch nachzubilden. Hier ist das Schlagwort *künstliche Intelligenz* zu nennen. Zu diesem Forschungsbereich gehören auch die sogenannten *neuronalen Netze*.

Auch das Themengebiet der Fuzzy-Logik befaßt sich damit, nicht exakt formulierbares Wissen in eine mathematische Form zu bringen, so daß es sich nach plausiblen Gesetzen verarbeiten läßt. Die Basis für alle Fuzzy-Anwendungen ist die Theorie der unscharfen Mengen – die *Fuzzy-Set-Theorie*.

Die Fuzzy-Set-Theorie wurde 1965 von Prof. LOTFI A. ZADEH (Universität Berkley, Kalifornien) begründet [1]. Er entwickelte ein neues Modell für die mathematische Beschreibung unscharfen Wissens. Allerdings fand dieses Modell zunächst nur wenig Beachtung, da es zu dieser Zeit von höchster Wichtigkeit erschien, alle Bereiche möglichst exakt zu beschreiben, und der Begriff «Unschärfe» mit «Ungenauigkeit» gleichgesetzt wurde. Weiterhin war eine effektive technische Umsetzung der Fuzzy-Set-Theorie beim damaligen Stand der Technik nicht möglich.

Im Verlauf der siebziger und der achtziger Jahre wurden im Bereich der Elektronik bedeutende Fortschritte erzielt. Somit entstand der Trend, immer komplexere Prozesse elektronisch zu realisieren, wobei man an das Problem der mathematischen Erfaßbarkeit der verschiedenen Zusammenhänge stieß. Die japanische Industrie entdeckte dabei den Einsatz der Fuzzy-Logik für verschiedene Anwendungen im Konsumgüterbereich und führte diese Produkte erfolgreich auf dem Markt ein. Es muß deutlich angemerkt werden, daß die Möglichkeiten der Umsetzung erst zu diesem Zeitpunkt durch die leistungsfähigere Elektronik möglich wurde und ZADEH in den sechziger Jahren seiner Zeit weit voraus war.

Außer Japan, wo durch das MITI das LIFE (Laboratory for International Fuzzy Engineering Research) für die gezielte Weiterentwicklung von Fuzzy-Technologien gegründet wurde, und den USA ist auch Deutschland in bezug auf den Einsatz und die Weiterentwicklung von Fuzzy-Methoden führend, obwohl ein Informationsdefizit nicht zu leugnen ist, dem mit diesem Buch begegnet werden soll.

Die *Theorie der unscharfen Mengen* stellt eine Erweiterung der klassischen Mengenlehre und damit auch der klassischen Binärlogik (Digitaltechnik) dar. Während man in den klassischen Bereichen nur wahre und falsche Ereignisse unterscheidet, existieren bei den unscharfen Mengen Zwischenwerte zwischen den Extremen «wahr» und «falsch», mit denen eine gewisse Unsicherheit bezüglich einer betrachteten Größe oder eines Wirkungszusammenhangs zum Ausdruck gebracht werden kann.

Kapitel 2 ist den klassischen Mengen und der klassischen Logik gewidmet, da die Fuzzy-Methoden auf diese Lehren aufbauen. In Kapitel 3 werden dann die unscharfen Mengen vorgestellt. Eine unscharfe Menge beschreibt jeweils eine Größe und ordnet dieser bestimmte Fakten graduell zu. Für die Verarbeitung solcher unscharfen Größen benötigt man bestimmte Gesetze bzw. *Operatoren*, die in Kapitel 4 beschrieben werden. Kapitel 5 behandelt *Fuzzy-Relationen*, durch die die Verknüpfung von Größen unterschiedlicher Natur (z. B. Lichtstärke und Feuchtigkeit) möglich wird. In Kapitel 6 werden die verschiedenen *Rechenarten für unscharfe Mengen* vorgestellt. Im letzten Kapitel des Fuzzy-Grundlagen-Teils (Kapitel 7) wird die *Fuzzy-Aussagenlogik* beschrieben, durch die der eigentliche Vorgang des Schlußfolgerns entsteht. An dieser Stelle wird deutlich, wie unscharfes Wissen für verschiedene Bereiche genutzt werden kann. Ein wesentlicher Bestandteil der Fuzzy-Aussagenlogik sind die *linguistischen Variablen*, die durch ihre *linguistischen Werte* charakterisiert werden. Der Vorteil bei der Verarbeitung dieser linguistischen Ausdrücke besteht darin, daß sie umgangssprachlich beschrieben werden können.

Der bisherige Inhaltsüberblick gibt den Teil 1 des Buches wieder, in dem alle Grundlagen der Fuzzy-Logik sorgfältig erarbeitet werden. Nun steht aber die Frage im Raum, für welche konkreten Zwecke und Bereiche sich die Fuzzy-Logik anwenden läßt und wie die entsprechende Anwendung realisiert wird. Teil 2 des Buches behandelt einen Anwendungsfall. Es handelt sich um die *Fuzzy-Control*, die wohl z. Z. das größte Anwendungsfeld der Fuzzy-Methoden darstellt [2].

Die Fuzzy-Control gehört zum Bereich der Meß-, Steuer- und Regeltechnik. Sie wird genutzt, um komplexe technische Prozesse zu regeln, wobei versucht wird, das (menschliche, unscharfe) Wissen eines Experten in diese Regelung miteinzubeziehen.

Kapitel 8 behandelt die klassische Regelungstechnik. Die Fuzzy-Control baut darauf auf. Sie ersetzt nicht die konventionelle Regelungstechnik, wie von vielen Fuzzy-Gegnern befürchtet wird, sondern stellt eine sinnvolle Ergänzung der bekannten Methoden dar. Ohne eine Kenntnis der klassischen Regelungstechnik ist ein erfolgreicher Einsatz der Fuzzy-Control nicht möglich. Diese Aussage wird deutlich in Kapitel 10, in dem die verschiedenen Methoden für den Einsatz und den Entwurf einer Fuzzy-Regelung aufgezeigt werden. Man erkennt, daß für jeden Aufbau einer Fuzzy-Regelung auch klassische Elemente benötigt werden. Für ein umfassendes Verständnis von Regelungen mit Fuzzy-Komponenten wird vorher in Kapitel 9 beschrieben, wie der Kern eines Fuzzy-Reglers als *wissensbasiertes System*, bestehend aus *Fuzzyfizierungseinheit*, *Inferenzeinheit* und *Defuzzyfizierungseinheit* aufgebaut ist. Mit Hilfe der Fuzzyfizierungseinheit gewinnt man aus der klassischen, scharfen Größe den unscharfen Wert, der in der Inferenzeinheit weiterverarbeitet wird. Hier, in der Inferenzeinheit, befindet sich die eigentliche Wissensbasis. Das *Expertenwissen* wird in Form von *WENN-DANN*-Regeln abgelegt. Alle unscharfen Informationen werden miteinander verknüpft und erzeugen mit Hilfe von Inferenzoperatoren als Ergebnis unscharfe Schlußfolgerungen, die in der Defuzzyfizierungseinheit so verarbeitet werden, daß wieder ein scharfer Schlußfolgerungswert entsteht.

Eine Fuzzy-Regelung bietet sich überall dort an, wo das mathematische Modell des zu regelnden Prozesses nicht oder nur mit sehr hohem Aufwand ermittelt werden kann. Der Vorteil der Fuzzy-Regelung liegt in der Möglichkeit, den Prozeß mit *linguistischen* (sprachlichen) *Ausdrücken* zu beschreiben. Aber Vorsicht ist geboten. Der Entwurf einer Fuzzy-Regelung muß sich keinesfalls einfacher gestalten lassen als der einer konventionellen Regelung. Es fehlt an allgemeingültigen Entwurfsstrategien, die auch nicht von den entsprechenden Fuzzy-Shells geliefert werden. Sie stellen lediglich ein Werkzeug für die Eingabe der unscharfen Mengen und Regeln dar und schaffen eine Verbindung zu der benötigten Hardware.

Neben der Fuzzy-Control werden Fuzzy-Methoden auch in anderen Bereichen erfolgreich eingesetzt [2]. Einige dieser Bereiche sind die Entscheidungsfindung und die Datenanalyse. Auch in der Produktionsplanung und der Optimierung von Produktionsprozessen hat sich der Einsatz der Fuzzy-Technik etabliert. Ein sehr aktuelles Thema sind die Bildverarbeitung und die Mustererkennung. In diesem Bereich kann der Einsatz von Fuzzy-Strukturen helfen, die immensen Datenmengen zu reduzieren, indem nach Ähnlichkeiten in verschiedenen Bildern gesucht wird.

Typische Industriebranchen, in denen die Fuzzy-Methoden Einzug gefunden haben, sind neben der Elektronikbranche der Maschinen- und Anlagenbau, wo versucht wird, Fuzzy-Konzepte für Steuerungen und Roboter zu verwenden, und die Metallbranche, in der das Einsatzgebiet der Produktionsplanung und -optimierung im Vordergrund steht. Weitere erwähnenswerte Branchen sind der Fahrzeugbau, das Baugewerbe und die Chemie. Die Anzahl der Branchen, die sich die Fuzzy-Technologie zunutze machen, wächst stetig (Papierindustrie, Medizintechnik u. v. m.).

Im Laufe der letzten Jahre hat die Fuzzy-Technologie ihren festen Platz im industriellen Geschehen gefunden und ihr Einsatz erfreut sich einer stetig wachsenden Beliebtheit, wobei oftmals noch falsche Vorstellungen über die Möglichkeiten dieser modernen Technologie zu finden sind.

Ein grundlegender, umfassender Informationsstand über die Fuzzy-Set-Theorie ist die wichtigste Voraussetzung für eine erfolgreiche Anwendung. Durch die Bearbeitung der folgenden Kapitel kann dieser Informationstand Schritt für Schritt aufgebaut werden.

2 Klassische Mengen und klassische Logik

2.1 Klassische Mengen

Da die Fuzzy-Logik und die Fuzzy-Control ohne die Beschreibung von Mengen nicht anzuwenden sind, sollen in diesem Kapitel die Grundlagen der klassischen Mengenlehre kurz vorgestellt werden.

Mengenschreibweisen

Eine Menge M wird gebildet durch eine bestimmte Anzahl von Elementen. Solche Elemente sind z. B. die ganzen Zahlen (1, 2, 3 usw.). Durch die Angabe konkreter Eigenschaften oder Prädikate entstehen die verschiedensten Mengen, die durch eine Aufzählung der zugehörigen Elemente in einer mathematischen Schreibweise dargestellt werden können:

$$M = \{\text{Element 1, Element 2, Element 3, } \ldots\}$$

Beispiel

Verbale Mengenbeschreibung: Die Menge aller ungeraden, ganzen Zahlen zwischen 1 und 10.
Mathematische Mengenschreibweise: $M = \{2, 4, 6, 8, 10\}$
Die Menge besitzt die drei Prädikate *ungerade*, *ganze Zahlen* und *Zahlen zwischen 1 und 10.*

Eine weitere Schreibweise für die Darstellung einer Menge ist die algebraische:

$$M = \{x \mid x \text{ erfüllt die Eigenschaft p}\}$$

Verbal formuliert bedeutet diese Schreibweise: Die Menge M ist die Menge aller Elemente x, für die gilt, die Elemente x haben die Prädikate p.

Beispiel

Die Menge der geraden, ganzen Zahlen zwischen 1 und 10 kann man schreiben als

$$M = \{x \mid x \text{ ist eine gerade, ganze Zahl; } 1 \leq x \leq 10\}$$

Spezielle Mengen von Zahlen sind die Menge der *natürlichen Zahlen* **N** und die Menge der *reellen Zahlen* ***R***. Die Menge **N** besteht aus den positiven ganzen Zahlen (1, 2, 3 usw.). Die Menge ***R*** erweitert die Menge **N** um alle Zwischenwerte zwischen zwei ganzen Zahlen (z. B. 1,378) und umfaßt auch alle negativen Zahlen.

Teilmengen

Da die Menge ***R*** alle Elemente der Menge **N** enthält, stellt die Menge **N** eine Teilmenge der Menge ***R*** dar. Dieser Zusammenhang wird auch als die Aussage, *die Menge A ist enthalten in der Menge B*, formuliert. Im folgenden Beispiel entspricht die Menge **N** der Menge A und die Menge ***R*** der Menge B. Die mathematische Schreibweise für diesen Zusammenhang lautet

$A \subset B$ *A ist echt enthalten in B*

Man unterscheidet bezüglich der Teilmengen die Formulierungen *enthalten in* und *echt enthalten in*. *Echt enthalten* in bedeutet hierbei, daß die Teilmenge A nicht gleich der *Obermenge B* sein kann. Dieser Zusammenhang entspricht der schon angegebenen mathematischen Schreibweise. Die Formulierung *enthalten in* wird mathematisch ausgedrückt durch

$A \subseteq B$ *A ist enthalten in B*

Sind zwei Mengen *identisch* oder *gleich*, so lautet die entsprechende mathematische Schreibweise

$A = B$ *Gleichheit*

Für die grafische Darstellung von Mengen werden die *Venn-Diagramme* [3] benutzt. Dabei wird eine Menge als Fläche dargestellt. Die Teilmenge A einer Menge B wird in einem Venn-Diagramm so angeordnet, daß sie sich, wie es der Formulierung entspricht, innerhalb der Menge B befindet (Bild 2.1).

Eine spezielle Teilmenge stellt die *leere Menge* $\varnothing$ dar. Sie enthält kein Element und ist somit Teilmenge jeder anderen Menge. Sie wird geschrieben als

$\varnothing = \{\}$

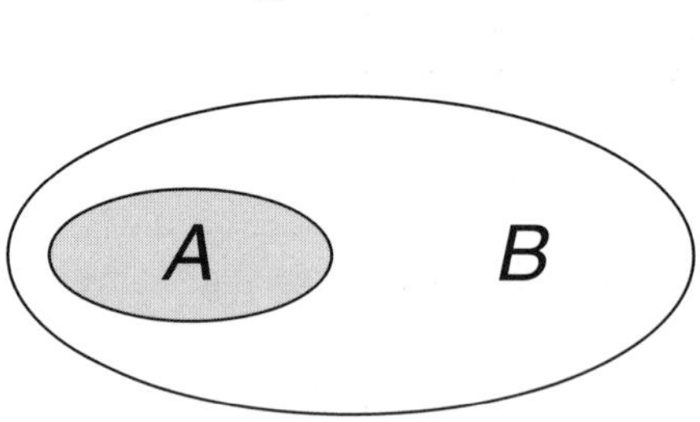

Bild 2.1
Venn-Diagramm für die Darstellung der Menge A als Teilmenge der Menge B

Das Gegenstück der leeren Menge ist die *Universalmenge E*. Sie besteht aus allen nur erdenklichen Elementen. Damit ergibt sich jede andere Menge als Teilmenge der Universalmenge *E*.

Eine weitere Bezeichnung für eine spezielle Teilmenge ist das *Intervall*. Das Intervall wird besonders dann benutzt, wenn Mengen numerisch beschrieben werden. Dabei ist ein Intervall ein zusammenhängender Ausschnitt einer Menge. Dieser Ausschnitt wird durch zwei Werte beschrieben. Der erste Wert (a) gibt den kleinsten Wert an, der zu diesem Ausschnitt gehört, der zweite Wert (b) bezeichnet den größten zum Intervall gehörenden Wert. Die mathematische Schreibweise für ein Intervall mit den Elementen x lautet

$x \in [a, b]$ Intervallschreibweise

Grafisch kann ein Intervall mit Hilfe eines Koordinatensystems dargestellt werden, wobei auf der horizontalen Achse (Abszisse) die Elemente der Obermenge dargestellt werden. Die vertikale Achse besitzt nur die beiden Werte 0 und 1; dabei bedeutet der Wert 1, daß das entsprechende Element zu dem gewählten Intervall zwischen den Werten a und b gehört (Bild 2.2).

Verknüpfung von Mengen

Wie schon im ersten Beispiel erwähnt, kann man einer Menge eine Vielzahl von Eigenschaften (Prädikaten) zuweisen. Dabei kann jedes einzelne Prädikat eine bestimmte Menge bedeuten, und die gesuchte Menge entsteht durch die Verknüpfung der Mengen mit den einzelnen Prädikaten. Für die Verknüpfung von Mengen existieren bestimmte Operatoren. Grundlegende Operatoren sind hier der *Mengendurchschnitt* (Bild 2.3), die *Mengenvereinigung* (Bild 2.4) und das *Komplement einer Menge* (Bild 2.5).

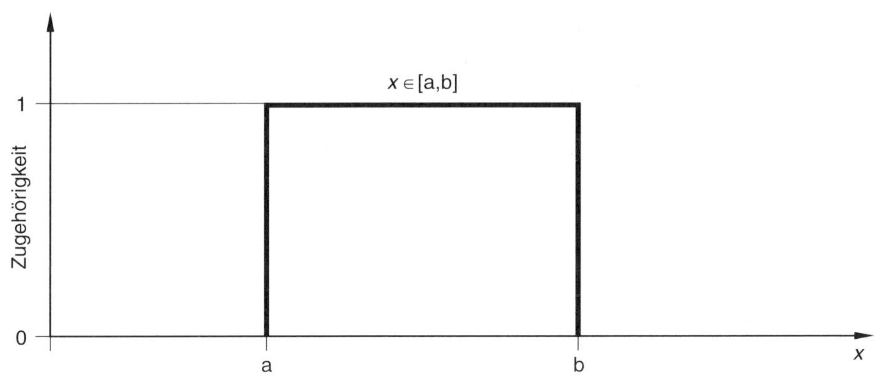

Bild 2.2 Darstellung des Intervalls [a, b]

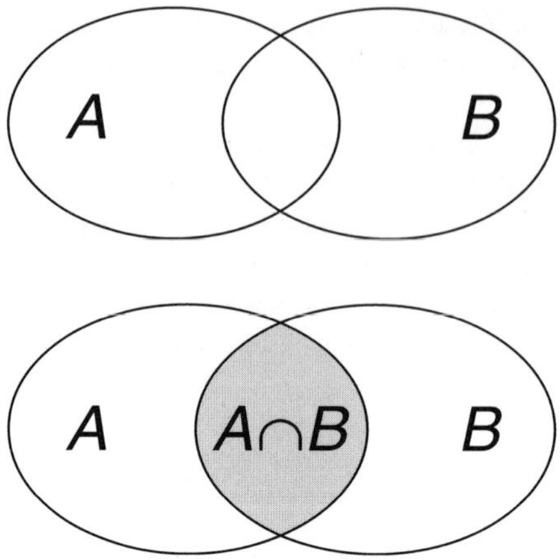

Bild 2.3
Venn-Diagramm für die Darstellung des Mengendurchschnitts

Ergibt sich eine Menge M als Durchschnitt der Mengen A und B, so bedeutet dies, daß in der Menge M nur die Elemente enthalten sind, die beiden Mengen angehören (Bild 2.3).

Mathematisch schreibt man für den Mengendurchschnitt

$$M = A \cap B$$

Beispiel

Menge A: Menge der ganzen Zahlen zwischen 1 und 10

$$A = \{1, 2, 3, 4, 5, 6, 7, 8, 9, 10\}$$

Menge B: Menge der geraden, ganzen Zahlen

$$B = \{2, 4, 6, 8, 10, 12, 14, \ldots\}$$

Menge M: Menge der geraden, ganzen Zahlen zwischen 1 und 10

$$M = A \cap B = \{2, 4, 6, 8, 10\}$$

Durch die Vereinigung zweier Mengen A und B entsteht eine Menge M, die sowohl alle Elemente der Menge A als auch alle Elemente der Menge B enthält (Bild 2.4). In mathematischer Schreibweise lautet dieser Vorgang:

$$M = A \cup B$$

Bild 2.4
Venn-Diagramm für die Darstellung der Mengenvereinigung

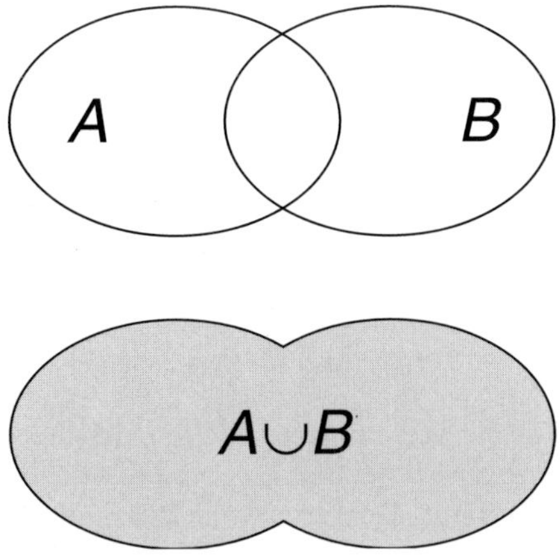

Beispiel

Menge A: Menge aller durch 3 teilbaren Zahlen zwischen 1 und 10

$$A = \{3, 6, 9\}$$

Menge B: Menge aller durch 5 teilbaren Zahlen zwischen 1 und 10

$$B = \{5, 10\}$$

Menge M: Menge der durch 3 und durch 5 teilbaren Zahlen zwischen 1 und 10

$$M = A \cup B = \{3, 5, 6, 9, 10\}$$

Durch die Komplementbildung einer Menge A entsteht eine neue Menge B. Diese Menge enthält alle Elemente, die nicht zur Menge A gehören (Bild 2.5). In der Regel gehören die betrachteten Elemente x zu einer vorab definierten Grundmenge X (z. B. die Menge $\mathbf{N}$). In einem solchen Fall ist die Menge B als Komplement der Menge A exakt zu bestimmen. Die Zugehörigkeit der Elemente x einer Menge A zu einer vorab definierten Grundmenge X wird geschrieben als

$$\forall x \in X: \qquad A = \{x \mid \cdots\}$$

Bild 2.5
Venn-Diagramm für die Komplementbildung (die eckige Umrandung stellt die Grundmenge X dar)

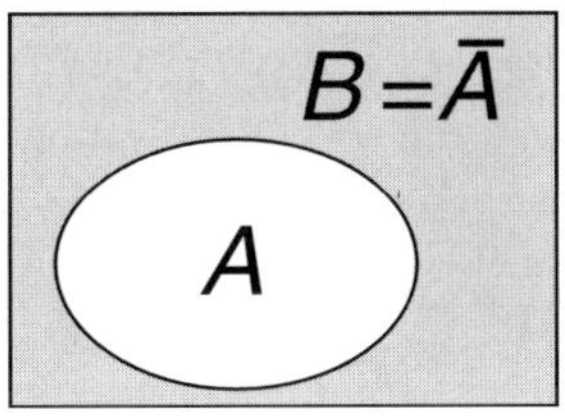

Das Komplement einer Menge schreibt sich wie folgt:

$$B = \neg A \qquad oder \qquad B = \overline{A}$$

Bisher wurden nur Mengen mit einstelligen Elementen betrachtet. Die Elemente einer Menge können z. B. auch aus Wertepaaren $(x; y)$ bestehen. Dabei können x und y in einem bestimmten Zusammenhang stehen, der durch eine mathematische Funktion gegeben ist. Es ergibt sich folgende Schreibweise:

$$\forall x \in X: \qquad M = \{(x; y) \mid y = f(x)\}$$

Für die Verknüpfung solcher Mengen bieten sich der *Minimum-Operator* (kurz: *min-Operator*) und der *Maximum-Operator* (kurz: *max-Operator*) an.

Der min-Operator wählt aus einem Paar oder einer Gruppe von Werten immer den kleinsten Wert aus. Für zwei Werte a und b, wobei gilt: a ist kleiner als b (a < b), erhält man als Ergebnis der min-Operation den Wert a:

$\min[a, b] = a \quad \text{mit } a < b$

Der max-Operator hingegen wählt den jeweils größten vorhandenen Wert aus:

$\max[a, b] = b \quad \text{mit } a < b$

Verknüpft man zwei Mengen A und B, die aus Wertepaaren $(x; y)$ bestehen, wobei die x-Werte identisch sind, kann man eine Ergebnismenge M_1 erzeugen, indem man mit Hilfe des min-Operators zu jedem x-Wert den kleineren der beiden y-Werte der Mengen A und B auswählt; eine Ergebnismenge M_2 ergibt sich durch die Anwendung des max-Operators auf die y-Werte, so daß jeweils der größte zugehörige y-Wert ausgewählt wird.

Beispiel

$A = \{(1; 2), (2; 4), (3; 6)\}$ mit den Wertepaaren $(x; y_A)$

$B = \{(1; 6), (2; 4), (3; 2)\}$ mit den Wertepaaren $(x; y_B)$

$$M_1 = \{(x; y) \mid (x; \min[y_A, y_B]) \text{ und } (x; y_A) \in A \text{ und } (x; y_B) \in B\}$$
$$= \{(1; 2), (2; 4), (3; 2)\}$$

$$M_2 = \{(x; y) \mid (x; \max[y_A, y_B]) \text{ und } (x; y_A) \in A \text{ und } (x; y_B) \in B\}$$
$$= \{(1; 6), (2; 4), (3; 6)\}$$

2.2 Klassische Aussagenlogik

In diesem Abschnitt soll die scharfe klassische Aussagenlogik bzw. die mathematische Binärlogik näher betrachtet werden [4]. Man kennt sie auch als die nach ihrem Begründer, dem englischen Mathematiker BOOLE (1815–1864), benannte Boolesche Logik. Der Grund für die Beschreibung der klassischen Aussagenlogik an dieser Stelle ist, daß die zweiwertige Boolesche Logik, die den Wahrheitsgehalt von Aussagen untersucht und dabei ausschließlich die beiden Wahrheitsgrade «wahr» (= «exakt wahr») oder «falsch» (= «exakt falsch») kennt, für die Erklärung der mehrwertigen Fuzzy-Logik, die zwischen diesen beiden klassischen Extremen auch Abstufungen zuläßt, herangezogen wird.

Klassische Aussagenlogik = Binärlogik = Boolesche Logik.

Man muß demzufolge zwischen der klassischen Aussagenlogik und der später (Kapitel 7) vorgestellten Fuzzy-Aussagenlogik unterscheiden.

Unter einer *klassischen Aussage* versteht man ein sinnvolles sprachliches Gebilde, das die Eigenschaft hat, *Wahrheitswerte* anzunehmen. Klassische Aussagen können, wie bereits erwähnt, entweder (exakt) wahr oder (exakt) falsch sein. Der Wahrheitswert «wahr» wird üblicherweise mit «W» und der Wahrheitswert «falsch» üblicherweise mit «F» bezeichnet. Die auf der klassischen Aussage aufbauende klassische Aussagenlogik kennt nur diese beiden Wahrheitswerte (*Prinzip vom ausgeschlossenen Dritten*). Man spricht von einer zweiwertigen Logik.

Beispiele

Aussage a:	«Das Jahr hat 400 Tage»
Aussage b:	«10 ist kleiner als 34»
Aussage c:	«Fische wachsen an Bäumen»
Aussage d:	«Wenn man ein Haus aufbaut, so beginnt man mit dem Fundament und nicht mit dem Dach»

Wahrheitswert (a) = F	Wahrheitswert (b) = W
Wahrheitswert (c) = F	Wahrheitswert (d) = W

Aus Aussagen lassen sich durch sprachliche Verknüpfungen wieder neue Aussagen gewinnen. Die Wahrheitswerte der neuen Aussagen hängen dann nur von den Wahrheitswerten ihrer Teilaussagen ab.

Beispiel

Teilaussage a: «Das Jahr hat 400 Tage»
Teilaussage b: «10 ist kleiner als 34»
Aussage e: «Das Jahr hat 400 Tage» UND «10 ist kleiner als 34»

Wahrheitswert $(a) = \text{F}$ Wahrheitswert $(b) = \text{W}$
Wahrheitswert $(e) = \text{F}$

Die aussagenlogischen Verknüpfungen (Operationen) werden durch Verknüpfungssymbole (Operatoren, Junktoren) abgekürzt. Man unterscheidet die folgenden fünf Verknüpfungsarten (Tabelle 2.1).

Tabelle 2.1

	Symbol/Operator	Bedeutung	Operation/Ausdruck
1	$\neg$ bzw. $\overline{\ }$	nicht	Negation
2	$\wedge$	und	Konjunktion
3	$\vee$	oder	Disjunktion (Alternative)
4	$\rightarrow$	wenn – dann	Implikation (Subjunktion)
5	$\leftrightarrow$	genau dann – wenn	Äquivalenz (Bijunktion)

Die Definitionen der Verknüpfungen werden mit den sogenannten *Wahrheitstabellen* (Wahrheitstafeln) vorgenommen (Bild 2.6).

a	$\bar{a}$
W	F
F	W

a	b	$a \wedge b$
W	W	W
W	F	F
F	W	F
F	F	F

a	b	$a \vee b$
W	W	W
W	F	W
F	W	W
F	F	F

a	b	$a \rightarrow b$
W	W	W
W	F	F
F	W	W
F	F	W

a	b	$a \leftrightarrow b$
W	W	W
W	F	F
F	W	F
F	F	W

Bild 2.6 Wahrheitstabellen von logischen Verknüpfungen

Aussagen – seien sie nun zwei- oder mehrwertig interpretierbar – unterliegen, da sie sprachliche Gebilde sind, einer festgelegten *Syntax* und *Semantik*:

Syntax:	Alphabet und Konstruktionsregeln
Semantik:	Bedeutung

Unter Syntax versteht man ein System von Vorschriften, einen Formalismus für Aussagen und deren Verknüpfungen. Die Elemente der Syntax sind zum einen das Alphabet in Form von festgelegten einzelnen Zeichen, die in ihrer Gesamtheit begrenzt sind, und zum anderen die Konstruktionsregeln, die die Möglichkeit geben, die einzelnen Zeichen des Alphabets zu Zeichenketten zusammenzufassen.

Syntaxelemente der klassischen Aussagenlogik sind:

- □ Zeichenvorrat für Aussagenvariable,
- □ Verknüpfungssymbole,
- □ Klammern für die Bindung einzelner Zeichen,
- □ Wahrheitswerte «W» und «F».

Die Semantik gibt die Bedeutung einer Aussage bzw. eines syntaktischen Elementes an. Die Syntax stellt z. B. das Symbol «∧» zur Verfügung. Die Semantik gibt dem Symbol aber erst die Bedeutung UND für die Verknüpfung «Konjunktion». Die Syntax der Aussagenlogik kennt die Zeichen «W» und «F». Die Semantik ordnet ihnen ihre Bedeutung zu.

Die Syntax regelt, welche Schreibweise zu einem sogenannten *zulässigen Ausdruck* führt und welche nicht. Die einzelnen Sprachelemente dürfen nur in einer vorgeschriebenen Form verwendet und miteinander verknüpft werden. Bei Programmiersprachen findet man z. B. häufig sogenannte Syntaxdiagramme, die die Zulässigkeit bestimmter Ausdrücke und ihre Schreibweisen für den Anwender aufschlüsseln. Die Syntax der Aussagenlogik ist im Gegensatz zu der einer Programmiersprache leicht überschaubar und bedarf daher keiner grafischen Hilfsmittel, wie Diagramme u.ä.

Unter *Aussagenvariable* versteht man einen formalen Platzhalter, der die beiden Wahrheitswerte «W» und «F» annehmen kann. So ist z. B. in der Digitaltechnik der Eingang eines Logik-Gatters eine solche Aussagenvariable, und die beiden Zustandswerte «1» bzw. «H» und «0» bzw. «L» stehen für die Wahrheitswerte «W» und «F». Der Zeichenvorrat könnte z. B. aus einigen lateinischen Kleinbuchstaben *a*, *b*, *c* usw. bestehen. Die kursive Schreibweise gibt an, daß es sich um variable Aussagen handelt, denen man Wahrheitswerte zuordnen kann.

Die Erfüllbarkeit eines zulässigen Ausdrucks ist nicht immer gegeben. Man unterscheidet in der Aussagenlogik *erfüllbare Ausdrücke* von *nicht erfüllbaren Ausdrücken* und *allgemeingültigen Ausdrücken (Tautologien)*, die immer (ohne Ausnahme) erfüllt sind. Erfüllbare Ausdrücke haben wenigstens für einen Fall den Wahrheitswert «W». Nichterfüllbare Ausdrücke hingegen können nur falsch sein, d. h., jeder Fall hat den Wahrheitswert «F».

Ähnlich der klassischen Arithmetik erhalten die verschiedenen Verknüpfungen unterschiedliche Prioritäten, die angeben, welche Verknüpfung in einer Aussage zuerst ausgeführt wird. Man erinnere sich z. B. an den Satz «Punktrechnung geht vor Strichrechnung», der aussagt, wenn nicht durch zusätzliche Klammerung angezeigt wird, welche Ausdrücke zusammengehören, dann ist immer zuerst die Punktrechnung (Multiplikation / Division) und dann die Strichrechnung (Addition / Subtraktion) auszuführen.

Die einzelnen aussagenlogischen Verknüpfungssymbole sind mit fünf unterschiedlichen Prioritäten ausgestattet (Tabelle 2.2).

Tabelle 2.2

	Symbol	Bedeutung	Priorität
1	$\neg$ bzw. $\bar{\ }$	nicht	1
2	$\wedge$	und	2
3	$\vee$	oder	3
4	$\rightarrow$	wenn – dann	4
5	$\leftrightarrow$	genau dann – wenn	5

Die Klammern «(» und «)» fassen, wie auch in der klassischen Arithmetik, Ausdrücke zusammen und zeigen an, daß die Zeichenkette in der Klammer als Einheit mit starker Bindung gegenüber den äußeren Zeichen aufzufassen ist.

Beispiel

$$\overline{(a \vee b)} \wedge (\bar{c} \vee e) \rightarrow f$$

2.3 Logisches Schließen

Wenn sich Mathematiker mit einem Logikmodell beschäftigen, so ist das logische Schließen aufgrund vorgegebener Regeln ein wesentlicher Bestandteil der Untersuchungen. Dies gilt sowohl für die klassische zweiwertige Logik als auch für alle nicht-klassischen mehrwertigen Logiken. Da wir keine mathematische Abhandlung über die bekannten Logikansätze liefern möchten, weil die Fuzzy-Logik im Hinblick auf die Anwendung Fuzzy-Control vorgestellt werden soll, konzentrieren wir uns ausschließlich auf die Kernaussagen, die mit der klassischen mathematischen Logik und der auf ZADEH zurückzuführenden Fuzzy-Logik in Zusammenhang zu bringen sind [1; 5; 6].

Klassische Aussagenlogik	Fuzzy-Aussagenlogik
zweiwertige Logik	mehrwertige Logik
logisches Schließen	unscharfes (approximatives, heuristisches) Schließen

Beide Logikmodelle ermöglichen es, Schlußfolgerungen aufgrund von zuvor getroffenen Aussagen und deren Verknüpfungen zu ziehen. Diese Schlußfolgerungen sind für die meisten Anwendungsgebiete der Fuzzy-Logik von herausragender Bedeutung, da sie das sogenannte *unscharfe Schließen* unseres Sprachgebrauchs (Sprachen haben einen Fuzzy-Charakter) in mathematisch faßbare und damit technisch implementierbare Formalismen übersetzen. In Kapitel 7 gehen wir speziell auf das unscharfe Schließen ein. Da es neben der klassischen Logik weitere Logikverständnisse gibt, ist der Begriff «logisch» nicht immer verwechslungsfrei. Deshalb soll hier klar herausgestellt werden: Wenn keine weiteren Angaben gemacht werden, ist mit «logisch» gemeint: «klassisch logisch».

Intuitiv verwenden die meisten Menschen eine WENN-DANN-Formulierung, um eine logische Beziehung zwischen Aussagen herzustellen. Sie stellen Beziehungsgeflechte zwischen Ursache und Folgerung durch WENN-DANN-Regeln auf. Unsere Vorstellung vom logischen Schließen, d. h. unser komplettes Logikverständnis, wird durch formulierte WENN-DANN-Zusammenhänge geprägt. Die Logik unseres Sprachgebrauchs wird jedoch im Gegensatz zur mathematischen Logik auch durch die Inhalte der formulierten Aussagen bestimmt, die miteinander in Zusammenhang stehen. Die Formulierung «WENN die Autos zur Gruppe der Verkehrsmittel zählen, DANN ist New York eine Weltstadt» erscheint uns als unlogisch. Da jedoch sowohl die Aussage des WENN-Teils als auch die Aussage des DANN-Teils wahr ist, ist die WENN-DANN-Regel aus binärlogischer Sicht wahr und insofern der Schluß korrekt.

Wenden wir uns nun zur genaueren Betrachtung des klassisch-mathematischen Logikverständnisses der in Abschnitt 2.2 vorgestellten WENN-DANN-Verknüpfung, der aussagenlogischen Implikation, zu:

Implikation:	**WENN** a **DANN** b	
	$a \rightarrow b$	(gelesen: a «impliziert» b)

Es soll nun gezeigt werden, wie der logische Schluß auf Basis der klassischen Implikation durchgeführt wird. Es ist allgemein üblich, den WENN-Aussagenteil als *Prämisse* (p) und den DANN-Aussagenteil als *Konklusion* (c) zu bezeichnen. Damit erhält man die Implikation als WENN-DANN-Verknüpfung wie folgt:

WENN Prämisse **DANN** Konklusion / Folgerung / Schluß
kurz: **WENN** p **DANN** c

Das logische Schließen der klassischen Aussagenlogik basiert auf dem Wahrheitsgehalt der einzelnen Aussagen (p, c), die mit Hilfe geeigneter Verknüpfungen zu einem Ausdruck zusammengefaßt werden. Die klassische Schlußfolgerung liegt in der WENN-DANN-Formulierung der Implikation. Die Wahrheitstabelle der Implikation (Bild 2.7) gibt hier Aufschluß:

	p	c	$p \to c$
Fall 1:	W	W	W
Fall 2:	W	F	F
Fall 3:	F	W	W
Fall 4:	F	F	W

Bild 2.7 Wahrheitstabelle der Implikation

Die Wahrheitstabelle zeigt die vier möglichen Belegungszustände der beiden Aussagenvariablen p und c mit Wahrheitswerten an. Man liest die Tabelle wie folgt:

Fall 1:	Wenn die Prämisse wahr ist, dann ist die Folgerung aus ihr wahr.
Fall 2:	Wenn die Prämisse wahr ist, dann ist die Folgerung aus ihr falsch.
Fall 3:	Wenn die Prämisse falsch ist, dann ist die Folgerung aus ihr wahr.
Fall 4:	Wenn die Prämisse falsch ist, dann ist die Folgerung aus ihr falsch.

Modus ponens

Eine bekannte klassische *Schlußfigur* besitzt den lateinischen Namen *Modus ponens*. Man sagt deshalb Schlußfigur, weil sich ihre häufig verwendete Darstellung sehr einprägsam in die folgende figurative Form bringen läßt:

Modus ponens $\begin{array}{c} p_1 \\ \underline{p_2} \\ c \end{array}$ bzw. kurz $p_1 \wedge p_2 \to c$

Verbal beschrieben bedeutet dies, wenn die Aussage p_1 wahr ist und wenn die Aussage p_2 wahr ist, dann läßt sich daraus der Schluß c ziehen. Das linke Schema erinnert an die schriftliche arithmetische Addition. Die konjunktive Verknüpfung ($\wedge$) beider Aussagen p_1 und p_2 ist auch der Kurzschreibweise rechts zu entnehmen. Den Vorgang des Schließens gibt in der linken Notationsform der Strich (–) und in der rechten Notationsform der Pfeil ($\to$) an. Der Modus ponens stellt eine logische Beziehung dar, die immer und ausnahmslos wahr ist. Er ist allgemeingültig und daher eine Tautologie. Die konjunktive Kurzschreibweise des Modus ponens zeigt, daß wahre Prämissen, unabhängig von der inhaltlichen Bedeutung zwischen Prämisse und Folgerung, immer zu wahren Folgerungen führen (die Konjunktion ist wahr, wenn p_1 und p_2 wahr sind). Deshalb ist eine Grundvoraussetzung für das logische Schließen, daß die Aussagenvariablen durch wahre Aussagen beschrieben werden.

Die Verwendung der Implikation in der Schlußfigur Modus ponens mit den Substitutionen $p_1 = (p \to c)$ und $p_2 = p$ ergibt folgendes Schema:

Implikation	$p \to c$		WENN p DANN c
Prämisse	p	sprachlich:	es liegt p vor
Folgerung	c		also folgt daraus c

Oder in Kurzschreibweise: $((p \to c) \wedge p) \to c$

Lassen Sie sich nicht durch die beiden Pfeile ($\rightarrow$) stören. Eine WENN-DANN-Verknüpfung ist die Implikation und die andere der Schluß des Modus ponens.

Darüber hinaus sind neben dem Modus ponens noch weitere Methoden des logischen Schlußfolgerns wie z. B. der Modus tollens, der Syllogismus oder die Kontraposition in der Binärlogik bekannt. Da diese in der Fuzzy-Control zur Zeit nur eine untergeordnete Rolle spielen, werden sie hier nicht weiterverfolgt.

Es soll nun anhand eines sprachlich formulierten Beispiels das Prinzip des logischen Schließens verdeutlicht werden.

Beispiel

Implikation:	WENN *es warm ist* DANN *geht Karl schwimmen*
Prämisse:	p = *es ist warm*
Konklusion:	c = *Karl geht schwimmen*

Nun sollen die verschiedenen Wahrheitswerte der Aussagen mit einer Fallunterscheidung betrachtet werden:

zum 1. Fall: Wenn die Prämisse wahr ist, dann ist auch die Folgerung aus ihr wahr.

Dies ist der Normalfall, für den die Implikation erklärt ist. Hier gibt es keine Interpretationsschwierigkeiten.

zum 3. Fall: Wenn die Prämisse falsch ist, dann ist die Folgerung aus ihr wahr.

zum 4. Fall: Wenn die Prämisse falsch ist, dann ist auch die Folgerung aus ihr falsch.

Wenn also die Prämisse falsch ist, kann die Folgerung aus ihr sowohl wahr als auch falsch sein. Eine falsche Prämisse «impliziert» sowohl eine wahre als auch eine falsche Schlußfolgerung. Die gesamte Verknüpfung ist daher in beiden Fällen wahr. Die Begründung sei anhand des Beispiels gegeben. Die Implikation ist für die wahre Prämisse «*es ist warm*» aufgestellt. Was aber passiert, wenn es nicht warm ist? Läßt sich hieraus auch ein Schluß ziehen? Aufgrund unseres Sprachgebrauchs läßt sich vermuten, daß Karl dann auch nicht schwimmen geht. Die Vermutung ist jedoch keine mathematische Gewißheit. Insofern könnte es auch sein, daß Karl schwimmen geht, obwohl es kalt (nicht warm) ist (Prämisse ist falsch), da er sich z. B. überlegt hat, statt ins Freibad ins Hallenbad zu gehen. (Ihnen ist es bestimmt auch passiert, daß Sie, ohne daß es behauptet wurde, automatisch angenommen haben, daß er bei warmen Temperaturen ins Freibad geht.) Nur für den Fall, daß zusätzlich gesagt worden wäre, wenn es nicht warm ist, dann geht Karl nicht schwimmen, wäre ausschließlich die Schlußfolgerung «er geht nicht schwimmen», wenn es kalt ist, wahr. So jedoch sind beide Möglichkeiten offen. Es ist in der Aussage «impliziert», daß Karl schwimmen geht oder auch nicht, wenn es kalt ist.

zum 2. Fall: Wenn die Prämisse wahr ist, dann ist die Folgerung aus ihr falsch.

Den Fall 2 könnte man auch als Trugschluß bezeichnen. Hier gerät man an einen binärlogischen Konflikt. Obwohl der WENN-Teil (Prämisse) der Implikation wahr ist, ist laut Tabelle der DANN-Teil (Folgerung) falsch. Da dies nicht sein kann, ist die gesamte Implikation nicht zulässig. Die Schlußfigur Modus ponens ist eine Tautologie und insofern allgemeingültig. Der 2. Fall darf nicht auftreten, da er nicht mit dem Modus ponens vereinbar ist. Hier ist der Experte gefragt, der die WENN-DANN-Regel so aufstellen muß, daß dieser Fall 2 nicht auftreten kann. So wird garantiert, daß die Implikation immer wahr ist (Bild 2.8).

	p	c	$p \rightarrow c$	
Fall 1:	W	W	W	
Fall 2:	A	F	F	} ← Vom Experten auszuschließen!
Fall 3:	F	W	W	
Fall 4:	F	F	W	

Bild 2.8 Fall 2 der Tabelle muß für den Modus ponens ausgeschlossen werden

Welche Ergebnisse kann man nun aus dem Beispiel ziehen und welche Aussagen lassen sich zum logischen (mathematischen) Schließen fällen?

Es ist festzuhalten, daß die binärlogische Implikation auch zum Trugschluß (Fall 2) führen kann. Vorsicht ist daher beim Aufstellen der Regeln geboten, da sich bei ungünstiger Formulierung Interpretationsfehler einschleichen können. Unter der Voraussetzung, daß die Expertenregel (WENN-DANN-Regel) immer wahr ist, ist das logische Schließen in der WENN-DANN-Formulierung enthalten, und der konkrete Schluß erfolgt unter Hinzunahme des Wahrheitswertes der Prämisse. Weiterhin läßt sich feststellen, daß das logische Schließen im Grunde nur ein Berechnen vorgegebener Schlußregeln ist, da nur die zugehörige Wahrheitstabelle ausgewertet werden muß. Dies bedeutet, daß der inhaltliche Zusammenhang des WENN-Aussagenteils und des DANN-Aussagenteils laut Definition nicht gegeben sein muß. Mit anderen Worten: Logische Schlußfolgerungen sind rein formal zu begründen und nicht auf ihren Inhalt zurückzuführen. Logisches Schließen ist auf der Basis von Schlußregeln durchgeführtes formales, inhaltsloses Schließen ohne Sinnzusammenhang zwischen Prämissen und Konklusionen.

Bemerkung: Die Schlußfigur Modus ponens wird auch in der Fuzzy-Logik (Kapitel 7) wieder benutzt.

Beispiel

Der Ausschnitt aus einem PASCAL-Programm könnte die folgende bedingte Anweisung enthalten:

```
VAR    Parameter:           Integer;
       Ergebnis:            Boolean;
  :
      IF (Parameter < 25) and (Ergebnis = true) THEN
       Begin
        :
       End;
  :
```

Das PASCAL-Programm überprüft lediglich, ob die beiden Teilaussagen «Parameter ist kleiner als 25» und «Ergebnis ist true» erfüllt sind und damit die gesamte Aussage des WENN-Teils wahr oder falsch ist. Wenn die Bedingung, d. h. die WENN-Aussage «(a < 25) and (Ergebnis = true)», wahr ist, dann wird der DANN-Aussageteil (hier eine Verbundanweisung – Begin ... End – mit unbekanntem Inhalt) ausgeführt. Dabei spielt der Inhalt der DANN-Aussage keine Rolle, sie hat keinen inhaltlichen Bezug zur WENN-Aussage.

Den Vorgang des Schließens verwechselt man leicht mit der Implikation selbst. Sie ist jedoch lediglich ein Bestandteil des Schließens. Daher soll hier das logische Schließen als Vorbereitung für das unscharfe Schließen noch einmal anhand eines Beispiels veranschaulicht werden.

Beispiel

Gegeben sei ein beliebiges logisches Gatter aus der klassischen Digitaltechnik, dessen Funktion anhand der Wahrheitstabelle (Bild 2.9) beschrieben ist.

Bild 2.9
Wahrheitstabelle der Digitalschaltung in Bild 2.10

a	b	x
1	1	0
1	0	0
0	1	1
0	0	1

Bild 2.10 zeigt die einzelnen Bestandteile des logischen Schlusses. In Teilbild a) ist die Schaltung selbst abgebildet. Ihre Arbeitsweise zeigt die Wahrheitstabelle (Bild 2.9), die angibt, welches Ergebnis am Ausgang x zu erwarten ist, wenn die Eingänge a und b entweder mit 0- oder mit 1-Signalen belegt sind. Teilbild b) stellt einen konkreten Fall dar. Eingang a ist mit 0-Potential und Eingang b mit 1-Potential belegt ($a = 0, b = 1$).

Bild 2.10
a) Digitalschaltung stromlos,
b) Digitalschaltung mit konkret anliegenden Potentialen

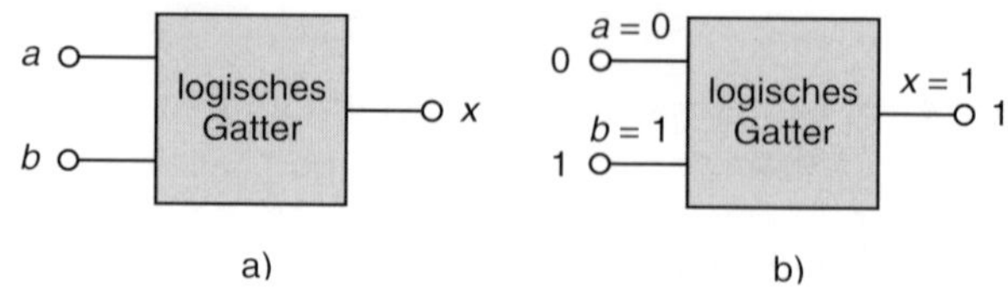

Im konkreten Fall läßt sich ein logischer Schluß ziehen, nämlich daß der Ausgang x laut Wahrheitstabelle gleich 1 ist ($x = 1$). Man sieht, daß eine Implikation eine logische Regel ist, die für sich allein jedoch keinen Schluß durchführt, mit deren Hilfe jedoch geschlossen wird, wenn ein Faktum vorliegt. Man kann auch sagen, daß die reine Schaltung in Bild 2.10 a) das Regelwerk für die Schlußfolgerungen bereitstellt, aber noch nicht aktiviert ist. Man kann sich vorstellen, das Gatter sei noch stromlos.

Für das Beispiel läßt sich das logische Schließen wie folgt darstellen:

Implikation 1:	WENN ($a = 1$ und $b = 1$) DANN $x = 0$
Implikation 2:	WENN ($a = 1$ und $b = 0$) DANN $x = 0$
Implikation 3:	WENN ($a = 0$ und $b = 1$) DANN $x = 1$
Implikation 4:	WENN ($a = 0$ und $b = 0$) DANN $x = 1$
Prämisse 1:	$a = 0$
Prämisse 2:	$b = 1$
Schlußfolgerung:	$x = 1$

Dieses Beispiel soll verdeutlichen, wie das logische Schließen durchgeführt wird. Eine tiefergehende Betrachtung, speziell was die Aufstellung der einzelnen Regeln (Implikationen) betrifft, wird in Abschnitt 2.4.3 durchgeführt.

2.4 Logische Verknüpfungen

2.4.1 Grundverknüpfungen

Aus der binären Digitaltechnik ist die *Schaltalgebra* bekannt [4]. Die Digitaltechnik ist nichts anderes als die elektronische Realisierung des klassisch-logischen Schließens. Hier werden die Wahrheitswerte mit Hilfe von Signalamplituden (Spannungspegel) dargestellt. Das digitale Signal mit der Signalamplitude «H» (High) steht für den Wahrheitsgehalt «W» und das digitale Signal mit der Signalamplitude «L» (Low) für den Wahrheitsgehalt «F».

Zustand 1	Signalamplitude «H»	Wahrheitswert «W»
Zustand 0	Signalamplitude «L»	Wahrheitswert «F»
	Signaleingang	Aussagenvariable
	Signalausgang	Aussagenvariable

Bild 2.11 stellt die binärlogischen Verknüpfungen aus Abschnitt 2.2 mit ihren hier maximal zweistelligen Wahrheitstabellen dar.

a	$x=\bar{a}$
1	0
0	1

a	b	$x=a \wedge b$
1	1	1
1	0	0
0	1	0
0	0	0

a	b	$x=a \vee b$
1	1	1
1	0	1
0	1	1
0	0	0

a	b	$x=a \rightarrow b$
1	1	1
1	0	0
0	1	1
0	0	1

a	b	$x=a \leftrightarrow b$
1	1	1
1	0	0
0	1	0
0	0	1

Bild 2.11 Wahrheitstabellen binärlogischer Verknüpfungen

Nach ihrer Verknüpfungsart werden die Schaltungen benannt, die die Wahrheitstabelle der Verknüpfung erfüllen. Dabei spielt die Technik, in der die Schaltung realisiert wird, keine Rolle. In aller Regel meint man aber die entsprechenden integrierten Halbleiterschaltungen. Jeder spezielle Logikbaustein, egal ob es sich um eine der drei nachfolgend aufgeführten Grundkomponenten oder um eine komplexere Logikverknüpfung handelt, verknüpft nach einer festgelegten logischen Funktion die Eingänge miteinander und bildet das Verknüpfungsergebnis auf dem Ausgang ab. Die Schaltungseingänge (a, b, ...) und der Schaltungsausgang (x) entsprechen den Aussagenvariablen der Aussagenlogik. Die Signalpegel «H» und «L» entsprechen den konstanten Wahrheitswerten «W» und «F», die jeder Eingang bzw. Ausgang annehmen kann. Die Anzahl der Eingänge einer binärlogisch arbeitenden Schaltung hängt nur von der speziellen Anwendung ab und ist beliebig.

Grundverknüpfungen

NICHT-Verknüpfung	wird realisiert durch das NICHT-Glied:	$x=\bar{a}$
UND-Verknüpfung	wird realisiert durch das UND-Glied:	$x=a \wedge b$
ODER-Verknüpfung	wird realisiert durch das ODER-Glied:	$x=a \vee b$

Anstatt des Begriffes Glied findet man häufig die Bezeichnungen «Element» oder «Gatter». Bild 2.12 zeigt die genormte Symbolik (Schaltzeichen) der binären Grundverknüpfungen.

Aus den drei logischen Grundverknüpfungen NICHT (NOT), UND (AND), ODER (OR) lassen sich beliebige binärlogische Kombinationen zusammensetzen, deren logischen Funktionen mit Hilfe der Wahrheitstabellen dargestellt werden können. So ist das NAND-Glied (NOT AND) die Reihenschaltung aus UND-

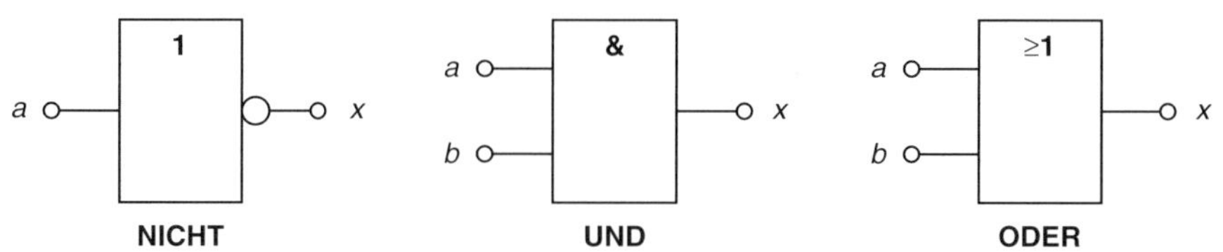

Bild 2.12 Genormte Symbolik (Schaltzeichen) der Grundverknüpfungen

Glied und NICHT-Glied und das NOR-Element (NOT OR) die negierte ODER-Funktion. Zu den bekanntesten Elementarkombinationen gehören weiterhin das ÄQUIVALENZ-Glied und das ANTIVALENZ-Glied (XOR). Bild 2.13 zeigt den Aufbau von ÄQUIVALENZ- und ANTIVALENZ-Glied mit Grundgattern:

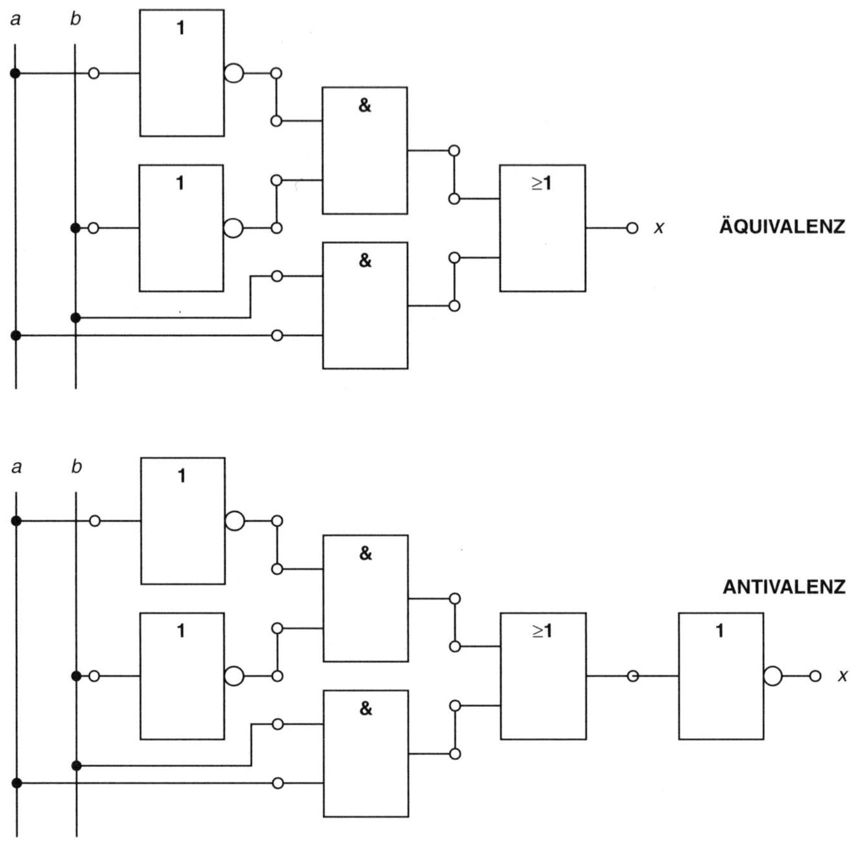

Bild 2.13 Aus den Grundverknüpfungen aufgebaute Logikschaltungen

Aus dieser elementaren Darstellung lassen sich Schritt für Schritt mit Hilfe der Wahrheitstabelle die logischen Funktionen der Schaltungen ermitteln (Bild 2.14).

Negationen lassen sich durch NICHT-Glieder realisieren. Häufig verwendet man der Übersichtlichkeit wegen anstelle kompletter NICHT-Glieder auch schlichte Invertierungskreise am entsprechenden Eingang bzw. Ausgang der Schaltung.

Der Vollständigkeit halber ist noch die elektronische Realisierung der aussagenlogischen Implikation anzugeben, durch die der rein formale Charakter besonders deutlich wird. Mit Hilfe der Wahrheitstabelle kann man nämlich zeigen, daß $a \rightarrow b$ ersetzt werden kann durch $\overline{a} \vee b$ (Bilder 2.15 und 2.16).

NAND

a	b	$a \wedge b$	$\overline{a \wedge b}$
1	1	1	0
1	0	0	1
0	1	0	1
0	0	0	1

NOR

a	b	$a \vee b$	$\overline{a \vee b}$
1	1	1	0
1	0	1	0
0	1	1	0
0	0	0	1

ÄQUIVALENZ

a	b	$\bar{a}$	$\bar{b}$	$a \wedge b$	$\bar{a} \wedge \bar{b}$	$(a \wedge b) \vee (\bar{a} \wedge \bar{b})$
1	1	0	0	1	0	1
1	0	0	1	0	0	0
0	1	1	0	0	0	0
0	0	1	1	0	1	1

ANTIVALENZ

a	b	$\bar{a}$	$\bar{b}$	$a \wedge b$	$\bar{a} \wedge \bar{b}$	$(a \wedge b) \vee (\bar{a} \wedge \bar{b})$	$\overline{(a \wedge b) \vee (a \wedge b)}$
1	1	0	0	1	0	1	0
1	0	0	1	0	0	0	1
0	1	1	0	0	0	0	1
0	0	1	1	0	1	1	0

Bild 2.14 Herleitung von Funktionsgleichungen mit Hilfe der Wahrheitstabelle

a	b	$\bar{a}$	$\bar{a} \vee b$	$a \rightarrow b$
1	1	0	1	1
1	0	0	0	0
0	1	1	1	1
0	0	1	1	1

Es gilt also die Äquivalenz $a \rightarrow b \Leftrightarrow \bar{a} \vee b$, auf die in Kapitel 7 im Zusammenhang mit dem unscharfen Schließen noch einmal eingegangen wird.

Bild 2.15 Aufbau der Implikation aus Grundverknüpfungen anhand der Wahrheitstabelle

Bild 2.16
Realisierung der Implikation «a impliziert b»

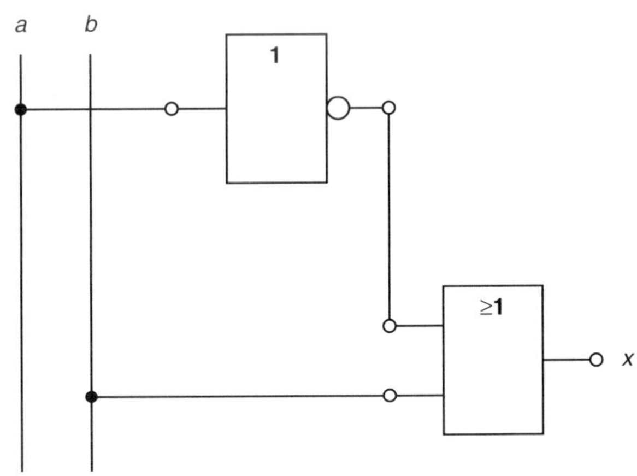

2.4.2 Schaltalgebra

Die von BOOLE entwickelte Schaltalgebra ist eine Sonderform der Mengenalgebra. Auf der Basis der Schaltalgebra werden in der Digitaltechnik zielorientierte Schaltungsumformungen vorgenommen. Sie ist ein zentrales Werkzeug zur Modellierung binärlogischer Zusammenhänge. Darüber hinaus finden sich die Gesetze der Schaltalgebra in der Fuzzy-Logik wieder – Grund genug, sie an dieser Stelle zu nennen.

Die sogenannten *Postulate* geben die Regeln für die Grundverknüpfung der beiden Konstanten 0 und 1 der Schaltalgebra an. Sie werden bezüglich der drei Grundverknüpfungen UND, ODER und NICHT erklärt. Die sogenannten *Theoreme* sind die Rechenregeln für die Aussagenvariablen und ihre Negationen inkl. den Konstanten. Neben den Postulaten und den Theoremen sind das Kommutativgesetz (Vertauschungsgesetz), das Assoziativgesetz (Verbindungsgesetz) und das Distributivgesetz (Verteilungsgesetz) für die Schaltalgebra von entscheidender Bedeutung. Der englische Mathematiker DE MORGAN (1806–1871) hat die Gesetze der Booleschen Algebra um die nach ihm benannten DeMorganschen Gesetze erweitert. Die nun folgenden Sätze stellen das Regelwerk der Schaltalgebra übersichtlich dar:

Satz: Postulate

$$0 \wedge 0 = 0 \quad 0 \wedge 1 = 0 \quad 1 \wedge 0 = 0 \quad 1 \wedge 1 = 1$$
$$0 \vee 0 = 0 \quad 0 \vee 1 = 1 \quad 1 \vee 0 = 1 \quad 1 \vee 1 = 1$$
$$\overline{1} = 0 \quad \overline{0} = 1$$

Satz: Theoreme

$$a \wedge 0 = 0 \quad a \wedge 1 = a \quad a \wedge a = a \quad a \wedge \overline{a} = 0$$
$$a \vee 0 = a \quad a \vee 1 = 1 \quad a \vee a = a \quad a \vee \overline{a} = 1$$
$$\overline{\overline{a}} = a$$

Satz: Kommutativität

$$a \wedge b = b \wedge a \qquad a \vee b = b \vee a$$

Satz: Assoziativität

$$(a \wedge b) \wedge c = a \wedge (b \wedge c) \qquad (a \vee b) \vee c = a \vee (b \vee c)$$

Satz: Distributivität

$$a \wedge (b \vee c) = (a \wedge b) \vee (a \wedge c) \qquad a \vee (b \wedge c) = (a \vee b) \wedge (a \vee c)$$

Satz: De Morgansche Gesetze

$$\overline{a \wedge b} = \overline{a} \vee \overline{b} \qquad \overline{a \vee b} = \overline{a} \wedge \overline{b}$$

Wir möchten darauf hinweisen, daß auf die hier vorgestellten Sätze in Kapitel 4 im Zusammenhang mit den Verknüpfungsgesetzen der unscharfen Mengenalgebra wieder zurückgegriffen wird.

2.4.3 Schaltnetze

Die in der Praxis auftretenden digitalen Aufgabenstellungen lassen sich in der Regel nicht durch den Einsatz nur einer Verknüpfung oder eines Logikbausteins lösen. Die Lösung ergibt sich durch das Zusammenwirken von verschiedenen Verknüpfungen bzw. verschiedenen Regeln. Ein solcher Fall wird als *Schaltnetz* bezeichnet.

Für die erfolgreiche Realisierung eines Schaltnetzes sind verschiedene Schritte durchzuführen.

Zunächst muß eine eindeutige Formulierung der Problemstellung gegeben sein. Diese Formulierung besteht häufig aus einer Skizze der Problematik und aus einer verbalen Beschreibung. Aufgrund der Beschreibung werden die Eingangs- und die Ausgangsvariablen bestimmt. Anschließend werden die logischen Zuordnungen für diese Variablen getroffen.

Nach diesen Schritten können Regeln (Verknüpfungseigenschaften) formuliert werden, die zu einer Lösung der Problemstellung führen. Hilfreich bei der Aufstellung dieser Regeln ist die Wahrheitstabelle. Wie schon in den vorhergehenden Abschnitten zu sehen war, befinden sich auf der einen Seite der Wahrheitstabelle die Eingangsvariablen mit allen Kombinationen ihrer möglichen Zustände (0 und 1). Nun kann man jede dieser Kombinationen betrachten und dazu den Zustand der Ausgangsvariablen bestimmen. Wenn diese Betrachtung komplett durchgeführt wurde, hat man ein Regelwerk für die Aufgabenstellung gefunden. Jeder Fall einer Kombination der Eingangsvariablen, für die die Ausgangsvariable den Zustand 1 besitzt, entspricht einer WENN-DANN-Regel (hier disjunktive Normalform). Der DANN-Teil jeder Regel lautet «Ausgangsvariable = 1». Den WENN-Teil der Regeln erhält man durch die UND-Verknüpfung der Eingangsvariablen, wobei die Variablen mit dem Zustand 0 negiert in die Verknüpfung einfließen. Jede Regel entspricht bei der digitaltechnischen Realisierung einem UND-Gatter. Für die technische Realisierung werden die Ausgänge aller UND-Gatter über ein ODER-Gatter miteinander verknüpft. Der Ausgang dieses ODER-Gatters hat die gesuchte Funktion. Die so gefundene Realisierung läßt sich häufig z. B. mit Hilfe der Schaltalgebra vereinfachen.

Der Entwurf und die Vereinfachung solcher Schaltnetze sind ausführlich in [4] beschrieben.

Beispiel

1. Verbale Beschreibung:
Gesucht ist eine logische Verknüpfung bzw. ein Regelwerk, das die Außenleuchte eines Hauses unter bestimmten Voraussetzungen ein- oder ausschaltet. Die

Leuchte kann über einen Schalter ein- und ausgeschaltet werden. Weiterhin sind ein Bewegungsmelder und ein Helligkeitssensor vorhanden. Die Leuchte soll auch eingeschaltet werden, wenn eine Bewegung gemeldet wird und eine am Helligkeitssensor eingestellte Lichtstärke unterschritten ist.

2. Festlegung der Variablen und ihrer logischen Zustände (Tabelle 2.3)

Tabelle 2.3

Element	Bezeichnung	logische Zuordnung
Schalter	a	a = 1, wenn Schalter betätigt
Bewegungsmelder	b	b = 1, wenn Bewegung registriert wird
Helligkeitssensor	c	c = 1, wenn Lichtstärke unterschritten
Außenleuchte	z	z = 1, wenn Lampe leuchtet

3. Aufstellen der Wahrheitstabelle (Bild 2.17)

a	b	c	z
0	0	0	0
0	0	1	0
0	1	0	0
0	1	1	1
1	0	0	1
1	0	1	1
1	1	0	1
1	1	1	1

Bild 2.17 Wahrheitstabelle für die Schaltung der Außenleuchte

Es ergeben sich fünf Fälle, in denen die Außenleuchte eingeschaltet wird; dies bedeutet gleichzeitig die Existenz von fünf Regeln:

Regel 1: WENN $\overline{a} \wedge b \wedge c$ DANN z
Regel 2: WENN $a \wedge \overline{b} \wedge \overline{c}$ DANN z
Regel 3: WENN $a \wedge \overline{b} \wedge c$ DANN z
Regel 4: WENN $a \wedge b \wedge \overline{c}$ DANN z
Regel 5: WENN $a \wedge b \wedge c$ DANN z

Für die digitaltechnische Realisierung werden die fünf in den WENN-Teilen der Regeln enthaltenen UND-Verknüpfungen miteinander disjunktiv verknüpft. Bild 2.18 zeigt den Aufbau der Schaltung.

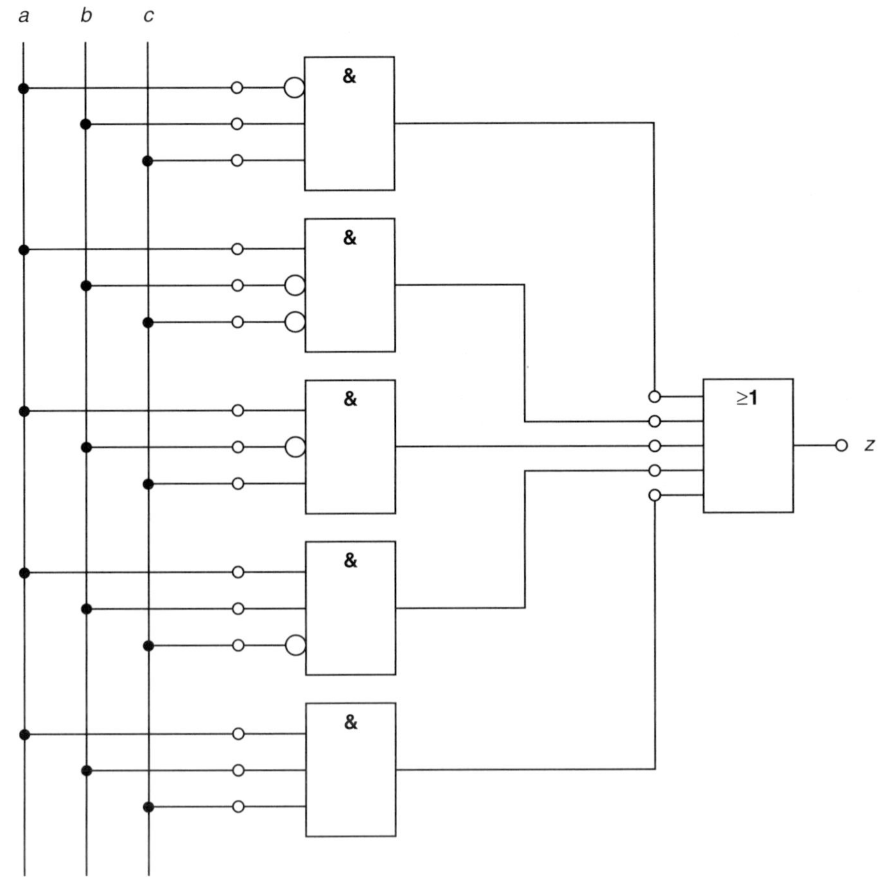

Bild 2.18 Digitalschaltung für die Außenleuchte

Wie schon angegeben, läßt sich eine so gefundene Schaltung oft vereinfachen. Die Vereinfachung liefert hier:

$$z = a \vee b \wedge c$$

3 Unscharfe Mengen – Fuzzy-Sets

3.1 Unscharfe Logik mit exakten Definitionen

Vor der Auseinandersetzung mit der Begriffswelt der Fuzzy-Logik sei direkt zu Beginn dieses Kapitels auf einige zentrale Begriffe hingewiesen. Denn erfahrungsgemäß werden diese beim schnellen Überfliegen der Thematik leicht durcheinandergeworfen und sorgen dann für Mißverständnisse. Erschwerend kommt hinzu, daß man bisweilen widersprüchliche Informationen findet. Hier seien also vorbeugende Maßnahmen getroffen. Die Verwendung der Fuzzy-Logik erfordert trotz ihrer «unscharfen Natur» eine exakte und damit eindeutige mathematische Definition aller verwendeten Begriffe. Nur so kann die Fuzzy-Logik in ihren unterschiedlichen Anwendungsgebieten sinnvoll eingesetzt werden.

Aus anwendungsorientierter Sicht geht es hier im Kern um die klare Unterscheidung der Begriffe:

- □ Fuzzy-Menge (fuzzy set),
- □ Fuzzy-Zahl (fuzzy number),
- □ Fuzzy-Intervall (fuzzy flat number).

Die klassischen Vorbilder «Zahl», «Menge» und «Intervall» wurden in Kapitel 2 ausführlich beschrieben. Wohl jedem ist der Gebrauch dieser Begriffe seit frühester Schulzeit vertraut und führt daher zu keinen Vorstellungsschwierigkeiten. Das gleiche gilt für den Begriff der «Teilmenge» sowie für die auf den klassischen Mengen und Zahlen beruhenden Verknüpfungen und Operationen. So lassen sich von der ursprünglichen Bedeutung her die klassischen Mengen auf der Basis der klassischen Zahlen erklären. Durch die Klassifizierung der Zahlen nach bestimmten Eigenschaften und gemeinsamer Beschreibung entsteht der Mengenbegriff (z. B. Menge der ungeraden Zahlen). Eine weitere Klassifizierung der Menge führt zu Teilmengen bzw. zu Intervallen (z. B. Menge der ungeraden, ganzen Zahlen zwischen 20 und 50). In speziellen Fällen ist die Teilmenge wieder nur eine Zahl (z. B. Menge der ungeraden ganzen Zahlen zwischen 20 und 22). Die klassische Zahl ist also der Ausgangspunkt der Definitionsbildungen im klassischen Bereich.

In der Fuzzy-Logik-Theorie stellt sich das anders dar. Hier ist der Ausgangspunkt aller Überlegungen und Definitionen die *unscharfe Menge (Fuzzy-Menge)*. Hier ist die Zugehörigkeit eines Elementes zu einer Menge mehr oder weniger gegeben. Aus der Vielzahl der möglichen *Zugehörigkeitsfunktionen* werden die Be-

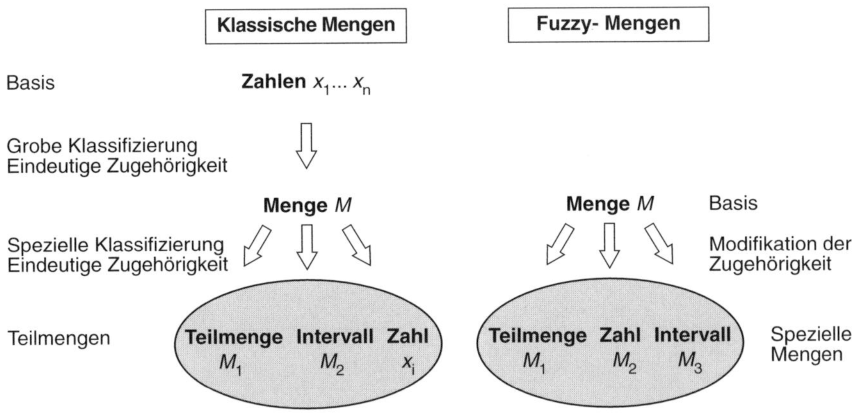

Bild 3.1 Gegenüberstellung der klassischen und unscharfen Mengenbegriffe

griffe der *unscharfen Zahl (Fuzzy-Zahl)* und des *unscharfen Intervalls (Fuzzy-Intervall)* definiert. Die unscharfe Zahl und das unscharfe Intervall sind also spezielle unscharfe Mengen. Bild 3.1 gibt Aufschluß zu den drei Begriffsdefinitionen «Menge», «Zahl» und «Intervall».

In Kapitel 2 wurde die klassische scharfe Zahl beschrieben. Sie besitzt zu genau einem Element der Grundmenge den Zugehörigkeitswert $\mu(x) = 1$, und an allen anderen Stellen der Wertemenge X ist der Zugehörigkeitswert $\mu(x) = 0$ (Bild 3.2).

Es ist einleuchtend, daß diese Zahl mehr zu ihren nächsten Nachbarn gehört als zu betragsmäßig weiter entfernten Zahlen. So liegt die Zahl 5 z. B. näher bei den Zahlen 4 und 6 als bei den Zahlen 1 und 10. Um diesen Sachverhalt zu beschreiben, arbeitet man mit verschiedenen Zugehörigkeitswerten. Es existieren –

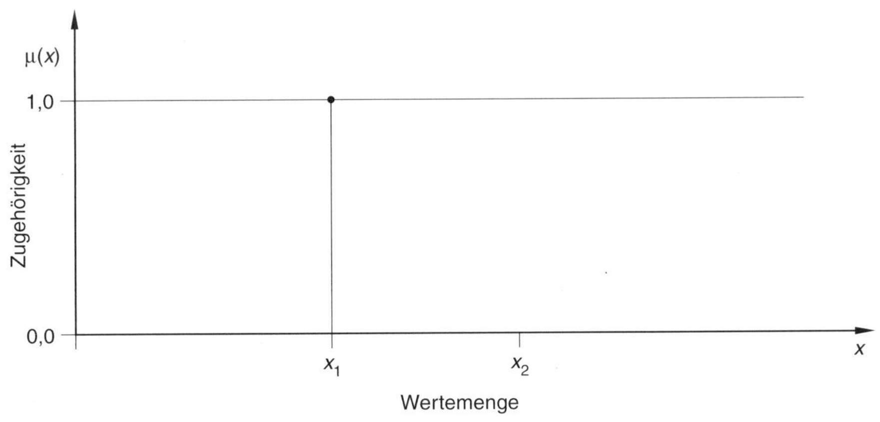

Bild 3.2 Scharfe Zahl

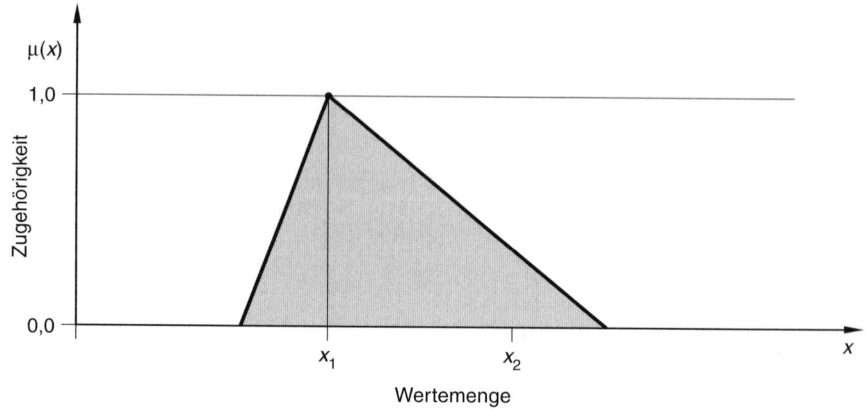

Bild 3.3 Unscharfe Zahl x_1 als spezielle unscharfe Menge

im Gegensatz zu den scharfen Zahlen – nicht mehr nur ausschließlich die Zugehörigkeitswerte 0 und 1. Man definiert nun immer kleinere Zugehörigkeiten ausgehend von der Zahl selbst zu ihren Nachbarn hin. Dadurch entsteht um eben diese Zahl ein unscharfer Bereich, der beschreibt, wie stark die betrachtete Zahl

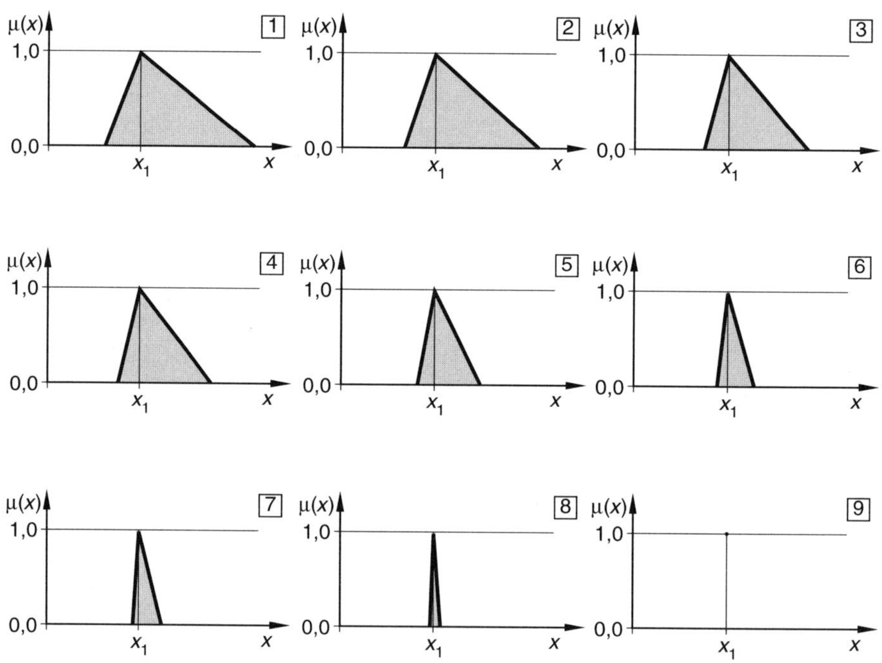

Bild 3.4 Das Entstehen einer scharfen Zahl als Grenzfall einer unscharfen Zahl

zu anderen in der Wertemenge vorhandenen Zahlen gehört. Man erhält so eine *unscharfe Zahl* oder allgemeiner eine *unscharfe Menge*, die als *Fuzzy-Set* bezeichnet wird (Bild 3.3).

Wenn man nun versucht, diese unscharfe Zahl immer genauer zu beschreiben, dann wird der unscharfe Bereich immer schmaler. Man kann auch sagen, die Zahl wird schärfer beschrieben. Wenn man den unscharfen Bereich immer weiter verkleinert, erhält man im Grenzfall wieder eine scharfe Zahl. Bei den scharfen Zahlen handelt es sich also um einen Grenzfall der unscharfen Zahlen (Bild 3.4).

Stellt man die scharfe Zahl x_1 als Fuzzy-Set dar, so spricht man vom sogenannten *Singleton*. An dieser Stelle stellt sich die Frage nach dem Sinn einer solchen Beschreibungsmethode, da schließlich eine scharfe Zahl durch ihren Wert exakt gekennzeichnet ist.

Wenn man versucht, einen Begriff wie z. B. «angenehm» zu beschreiben, so stellt man fest, daß dieser Begriff nicht so eindeutig oder scharf beschrieben werden kann wie eine Zahl, die letztlich auch nur ein Begriff oder eine Bezeichnung für einen Sachverhalt ist.

Der Grund hierfür ist, daß jeder den Begriff «angenehm» für sich persönlich anders auffassen kann, so daß automatisch ein (sprachlicher) Bereich entsteht, der nur ungenau oder eben unscharf beschrieben wird. Den unscharfen Begriff «angenehm» kann man z. B. in Abhängigkeit von der Raumtemperatur betrachten: Die meisten Menschen könnten z. B. eine Temperatur zwischen 19 °C und 22 °C als *angenehm* empfinden. Will man nun diesen Bereich beschreiben, bietet sich die unscharfe Menge nach Bild 3.5 an.

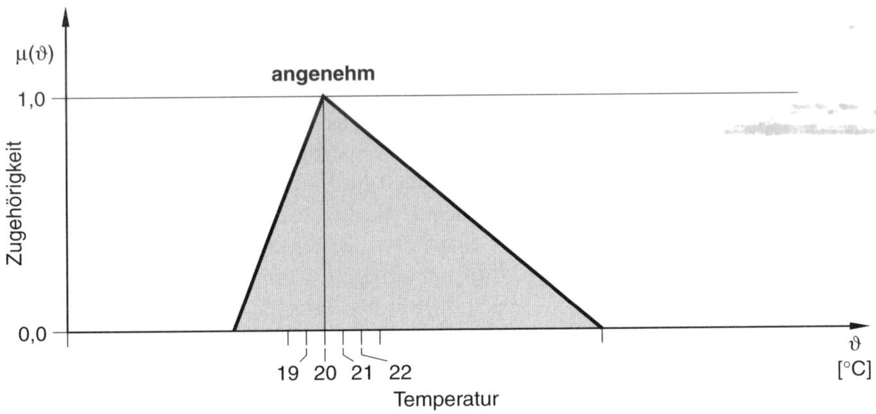

Bild 3.5 Darstellung des unscharfen Begriffs «angenehm» als unscharfe Menge

3.2 Unscharfe Mengen – Das allgemeine Fuzzy-Set

Die unscharfe Menge hat sich in den vergangenen Jahren als starkes Instrument zur Beschreibung umgangssprachlicher Begriffe, denen man keinen eindeutigen Wert zuweisen kann, herauskristallisiert. In Abschnitt 3.1 wurde bereits eine verbale und grafische Gegenüberstellung des klassischen Mengenbegriffs mit der Fuzzy-Menge vorgenommen, ohne dies mathematisch näher auszuführen. Dies soll nun nachgeholt werden.

Ausgangspunkt aller Überlegungen ist die allgemeine unscharfe Menge bzw. das allgemeine Fuzzy-Set. Bevor anhand einiger Beispiele die trockene Theorie mit Leben gefüllt wird, wollen wir uns der mathematischen Definition widmen:

Definition 3.1 Allgemeines Fuzzy-Set

$$\forall x \in X: \quad M = \{(x; \mu(x))\}$$

$$\text{Abbildung:} \quad \mu_M(x): X \rightarrow Y = [y_{\min}, y_{\max}]$$

Für die Beschreibung einer unscharfen Menge muß zunächst eine Grundmenge X bestimmt werden.

> Die Grundmenge einer unscharfen Menge ist stets eine klassische scharfe Menge.

Dann wird jedem Element der Grundmenge ein bestimmter Zugehörigkeitswert $\mu_M(x)$ zugeordnet. (Die Zugehörigkeitsfunktion wird in Abschnitt 3.3.4 ausführlich beschrieben.) Dabei entsteht immer ein größter Zugehörigkeitswert y_{max} und ein kleinster Zugehörigkeitswert y_{min}. Der Zugehörigkeitswert $\mu_M(x)$ für ein Element der Grundmenge X kann in diesen Grenzen beliebige Werte annehmen. Es gilt also $\mu_M(x) \in [y_{min}, y_{max}]$. Im Falle der Einheits-Intervall-Normalisierung (vgl. Abschnitt 3.4.2) liegen die Zugehörigkeitswerte zwischen null und eins ($\mu_M(x) \in [0, 1]$).

Jede unscharfe Menge kann somit durch Wertepaare $(x; \mu_M(x))$ beschrieben werden. Man sagt, die Grundmenge X mit den Elementen x_i wird abgebildet auf die Abbildungsmenge Y. Diese Abbildungsvorschrift kann durch einzelne Wertepaare oder durch einen funktionalen Zusammenhang $\mu_M(x) = f(x)$ dargestellt werden. Bild 3.6 zeigt eine Auswahl unscharfer Mengen, die in den folgenden Abschnitten noch näher klassifiziert werden.

Hinweis: Eine ausführliche Beschreibung der üblichen mathematischen Notationen und grafischen Darstellungsformen folgt unmittelbar im Anschluß (Abschnitt 3.3).

An dieser Stelle sollte zum besseren Verständnis noch einmal geklärt werden, was denn die unscharfe Menge von der scharfen (klassischen) Menge eigentlich unterscheidet. Erfahrungsgemäß liegt nämlich genau hier die Stelle möglicher Schwierigkeiten, die für das Gesamtverständnis der Fuzzy-Logik von entscheidender Bedeutung sein kann.

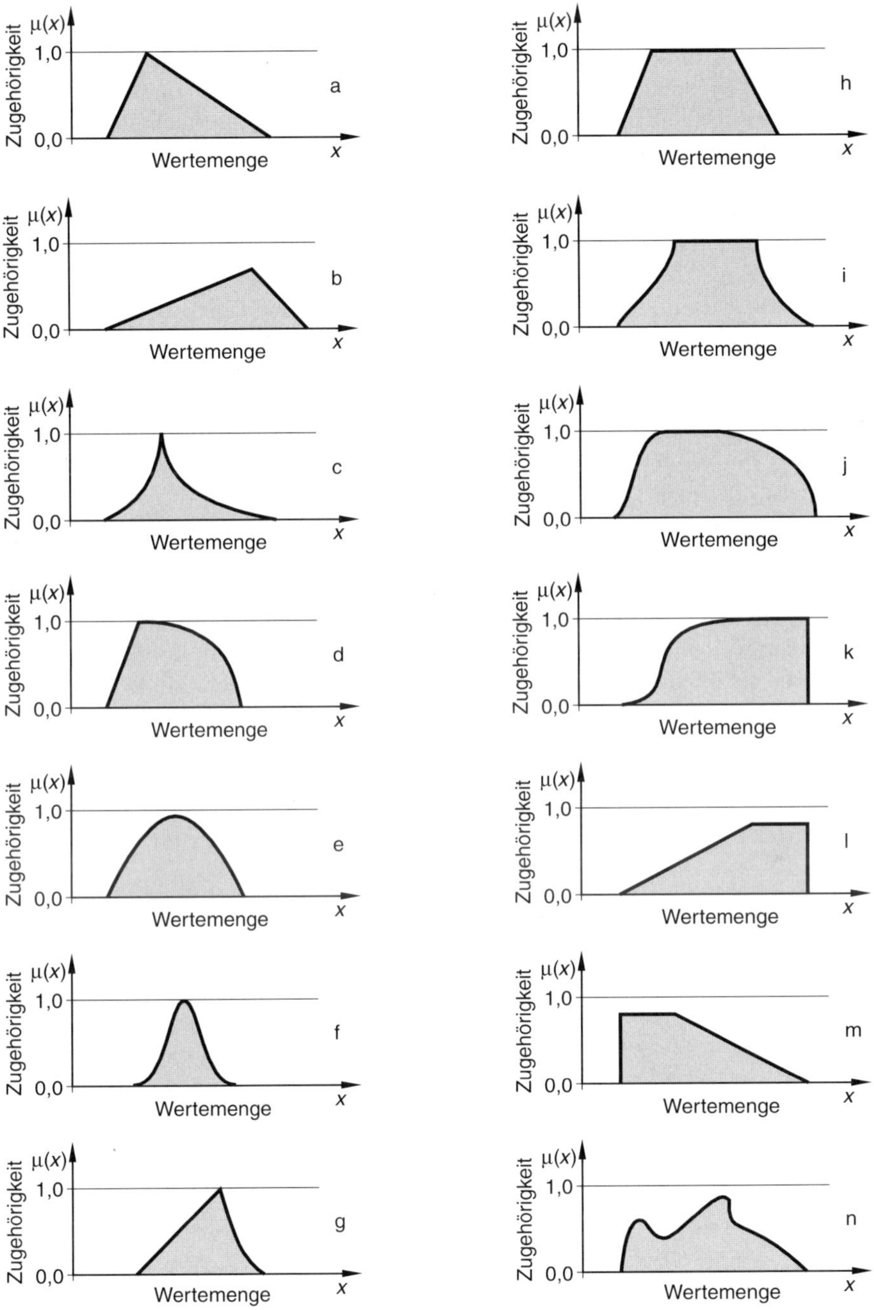

Bild 3.6 Auswahl einiger Fuzzy-Mengen

Vorteile von unscharfen Mengen

Im Unterschied zur klassischen Menge kann man bei der unscharfen Menge nicht eindeutig sagen, daß gewisse Elemente zu einer Menge gehören und andere nicht. In der klassischen Mengenlehre fällt es z. B. nicht schwer, klar zu entscheiden, ob Cyan zur Menge der Farben gehört. Die Antwort ist eindeutig «ja». Cyan gehört eindeutig zur Menge der Farben. Man könnte auch sagen, die Zugehörigkeit von Cyan zur Menge der Farben ist Eins, um es mathematisch auszudrücken. Es würde aber im klassischen Sinne wohl schwerfallen zu formulieren, ob die Farbe Cyan ein warmer Farbton oder ein kalter Farbton ist. Denn hier bewegt man sich in einem Bereich, in dem man es mit der umgangssprachlichen Beschreibung eines Sachverhaltes, eines Objektes oder auch einer physikalischen Größe zu tun hat. Niemand wird in der Lage sein, alle bekannten Farben, Farbmischungen und Farbkompositionen eindeutig dem Begriff *warm* in diesem Zusammenhang zuzuordnen, es sei denn, er wäre mathematisch genau definiert. So liegt es ein Stück weit in der Meinung und Auffassung des Betrachters, ob Cyan ein *warmer* Farbton ist oder nicht.

Hingegen würde man der Farbe Gelb das Attribut *warm* wohl nicht absprechen. Aber auch hier gibt es wieder verschiedene Gelbtöne.

Bild 3.7 zeigt eine mögliche unscharfe Menge: Im Bereich des für den Menschen sichtbaren Wellenlängenspektrums ist das Attribut *warm* bezogen auf die Farbe oder Wellenlänge als unscharfe Menge dargestellt. Man könnte aber auch eine Farbe selbst, die durch den Menschen nur einen Namen erhält, z. B. *Grün*, als unscharfe Menge beschreiben. Die Farbe *Grün* ist – wieder in bezug auf das sichtbare Wellenlängenspektrum – in Bild 3.8 dargestellt.

Die Beispiele haben gezeigt, daß es sprachliche Beschreibungen für Größen gibt – welcher Natur sie auch angehören mögen –, die mehr oder weniger zutreffen. Mathematisch ausgedrückt, lassen sich Zugehörigkeiten des Attributes zu

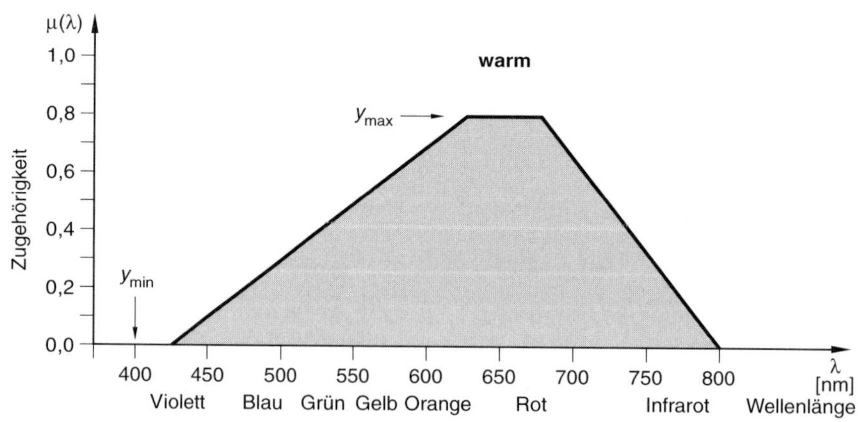

Bild 3.7 Darstellung des unscharfen Begriffs «warm» bei Farben, bezogen auf die Wellenlänge als unscharfe Menge

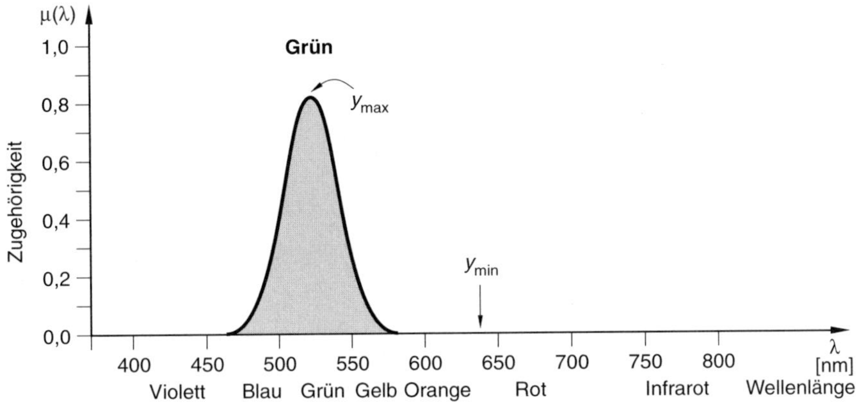

Bild 3.8 Darstellung des unscharfen Begriffs «Grün» als unscharfe Menge

einer Größe stufenlos zwischen 0 und 1 finden. Hierin liegt die eigentliche Unschärfe, die Interpretation oder auch die Beurteilungsfreiheit. Es entstehen unscharf begrenzte Mengen, deren Elemente mehr oder weniger stark zu dieser Menge gehören. Dies ist eine Sichtweise, wie sie in der klassischen Mengenlehre undenkbar ist (Zugehörigkeit 0 oder 1).

Die klassische scharfe Zahl läßt sich nach Bild 3.4 aus der unscharfen Zahl durch einen Grenzübergang herleiten. Ähnlich kann man die Herleitung der klassischen scharf begrenzten Menge aus der unscharf begrenzten Menge gemäß Bild 3.9 veranschaulichen. Bild 3.4 und Bild 3.9 sind Vorstellungshilfen. Die gezeigten Grenzübergänge stellen hier nur eine von unendlich vielen Möglichkeiten dar.

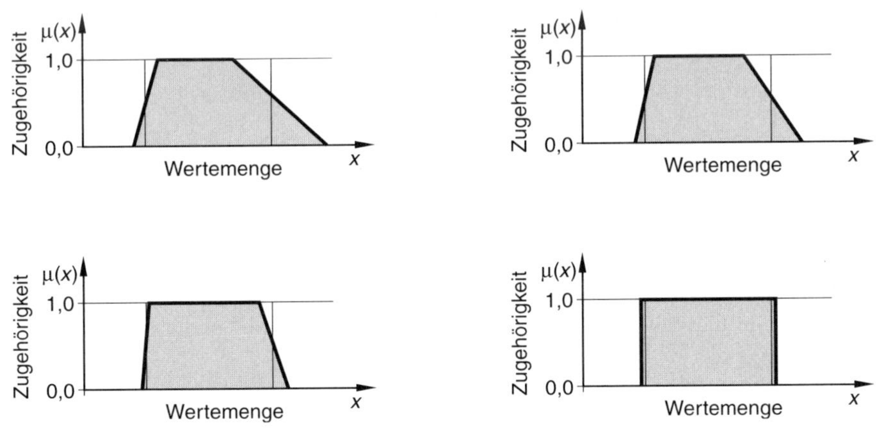

Bild 3.9 Entstehen einer scharf begrenzten Menge als Grenzfall einer unscharf begrenzten Menge

3.3 Mathematische Notationen und grafische Darstellungen

Betrachtet man die einschlägige Literatur auf dem Gebiet der Fuzzy-Logik, so stellt man fest, daß sich bei der Behandlung der Thematik neben den Zadeh-Notationen, die auf LOTFI ASKER ZADEH, dem Begründer der Fuzzy-Set-Theorie, zurückgehen, im wesentlichen die Schreibweisen und Darstellungsformen aus der klassischen Mengenlehre und der Analysis ableiten lassen. Einige wichtige von ihnen sind in den folgenden Abschnitten angeführt.

3.3.1 Klassische Mengendarstellungen und Paaraufzählungen

In Anlehnung an die klassischen Schreibweisen für abzählbare endliche und nicht abzählbare unendliche Mengen aus Kapitel 2 und an die Definition 3.1 wird die Fuzzy-Menge M durch die Aufzählung aller Paare $(x_i;\ \mu_M(x_i))$ folgendermaßen beschrieben:

$$\forall x \in X: \quad M = \left\{ (x; \mu_M(x) | \, \mu_M(x) \in [0, 1]) \right\}$$

oder

$$\forall x \in X: \quad M = \left\{ (x_1; \mu_M(x_1)), (x_2; \mu_M(x_2)), ..., (x_n; \mu_M(x_n)) \right\}$$

Der Verlauf der unscharfen Menge M wird durch eine Anzahl von Wertepaaren charakterisiert, wobei der zweite Wert des Paares dem Zugehörigkeitswert entspricht. Es versteht sich von selbst, daß Elemente mit dem Zugehörigkeitswert $\mu_M(x) = 0$ nicht aufgezählt werden müssen.

Beispiel

Es soll die Fuzzy-Menge *gutes Ergebnis* auf der Grundmenge aller möglichen Noten $X = \{1, 2, 3, 4, 5, 6, 7, 8, 9, 10\}$ ausgedrückt werden:

gutes Ergebnis = {(1; 0), (2; 0), (3; 0,1), (4; 0,2), (5; 0,4), (6; 0,6), (7; 0,8), (8; 1), (9; 0,9), (10; 0,8)}

3.3.2 Vektorielle und tabellarische Darstellungen

Die tabellarische Darstellungsform oder auch vektorielle Darstellungsform bietet sich für endliche, d. h. abzählbare Fuzzy-Mengen an. Dabei sind der speziellen Tabellengestaltung keine Grenzen gesetzt. Üblicherweise begegnet man nur Zeilen- und Spaltenausführungen. Das vorangegangene Beispiel stellt sich in Zeilenform wie folgt dar.

Beispiel

Gutes Ergebnis (Tabelle 3.1)

Tabelle 3.1

$\mu(x)$	0	0	0,1	0,2	0,4	0,6	0,8	1	0,9	0,8
x	1	2	3	4	5	6	7	8	9	10

3.3.3 Zadeh-Notationen

In dieser Notationsart werden zwei Darstellungsformen unterschieden. Für endliche Fuzzy-Mengen über der abzählbaren Grundmenge $X = \{x_1, x_2, ..., x_n\}$ gilt folgende Schreibweise:

$$M = \frac{\mu_M(x_1)}{x_1} + \frac{\mu_M(x_2)}{x_2} + \ldots + \frac{\mu_M(x_n)}{x_n} = \sum_{i=1}^{n} \frac{\mu_M(x_i)}{x_i} = \sum_{i=1}^{n} \mu_M(x_i)/x_i$$

Hier sei angemerkt, daß es sich bei der obigen Notationsart um eine formal-syntaktische handelt, d. h. Bruch- oder Schrägstriche ersetzen die klassische Klammerschreibweise für die Paarzuordnung eines Elementes x der Grund- oder Wertemenge X mit der Zugehörigkeit $\mu_M(x)$ zu dieser Grundmenge. Weiterhin sind die Pluszeichen im Gegensatz zur klassischen Bedeutung (Addition) als Aufzählung für die entsprechenden Wertepaare zu verstehen.

Neben dieser Zadeh-Notation existiert noch eine weitere für nicht abzählbare Fuzzy-Mengen mit einer unendlichen scharfen Grundmenge X (z. B. $X = \boldsymbol{R}$):

$$M = \int_{X=R} \frac{\mu_M(x)}{x} = \int_{X=R} \mu_M(x)/x$$

Das klassische Integralzeichen steht formal-syntaktisch für die Summe unendlich vieler Wertepaare $(x; \mu_M(x))$. Bruchstrich und Schrägstrich haben die gleiche Bedeutung wie bei der Zadeh-Notation für endliche Fuzzy-Mengen. Die Tabelle 3.2 stellt noch einmal die klassisch-logische und die fuzzy-logische Bedeutung gegenüber.

Tabelle 3.2

Zeichen	Zadeh-Notation	klassische Notation
(+ , Σ)	Aufzählung (endlich)	Addition / Summe
(∫)	Aufzählung (unendlich)	Integration
(/ , —)	Paarbildung	Division

Beispiele

$X = \{1, 2, 3, 4, 5, 6, 7, 8, 9, 10\}$
gutes Ergebnis $= 0{,}1/3 + 0{,}2/4 + 0{,}4/5 + 0{,}6/6 + 0{,}8/7 + 1/8 + 0{,}9/9 + 0{,}8/10$

X = {Schwarz, Braun, Grau, Blau, Violett, Grün, Gelb, Rot, Orange, Weiß}
winterlich = 0,9/Schwarz + 0,8/Braun + 0,9/Grau + 0,4/Blau + 0,3/Violett + 0,0/Grün + 0,1/Gelb + 0,2/Rot + 0,1/Orange + 1/Weiß

3.3.4 Mengendarstellung mit Funktionsgleichungen

In Anlehnung an die klassische Analysis läßt sich der Grad einer Zugehörigkeit eines Elementes zu einer Grund- bzw. Wertemenge auch durch einen funktionalen Zusammenhang ausdrücken. Bei der klassischen Menge ist jedes Element der Wertemenge volles Mitglied, es gehört zu 100% der klassischen Menge an. Die Zugehörigkeit beträgt Eins. Da in der klassischen Mengenlehre nur die Zugehörigkeiten Null und Eins vorkommen (Zweiwertigkeit), erscheint der Begriff der Zugehörigkeit zu einer klassischen Menge etwas fremd. Aus der übergeordneten fuzzy-logischen Sicht ist die klassische Menge nur ein Spezialfall aus allen Fuzzy-Mengen, der sich mit der abschnittsweise definierten Zugehörigkeitsfunktion $\mu_M = 1$ ($\forall\, x \in X$) und sonst mit $\mu_M = 0$ beschreiben läßt.

Neben dem Begriff *Zugehörigkeitsfunktion (membership function)* verwendet man auch solche Bezeichnungen wie *charakteristische Funktion*, *Gewichtungsfunktion* oder *Wahrheitsfunktion*, um nur einige zu nennen. Der entsprechende Grad der Zugehörigkeit eines Elementes der Grundmenge X zu einer unscharfen Menge M wird mit den entsprechenden Begriffen wie *Zugehörigkeitsgrad, Zugehörigkeit, Gewichtung* oder *Wahrheitsgrad* bezeichnet [7; 8; 9].

Funktionsgleichungen als Beschreibungsmethode unscharfer Mengen werden dort eingesetzt, wo man mit möglichst einfachen Mitteln eine exakte Kennliniendarstellung der Fuzzy-Menge verlangt. Der grafische Kurvenverlauf einer Fuzzy-Menge kann durch eine einzige charakteristische Funktion oder aber auch durch mehrere abschnittsweise definierte Terme beschrieben werden. Bild 3.10 zeigt für beide Fälle ein Beispiel.

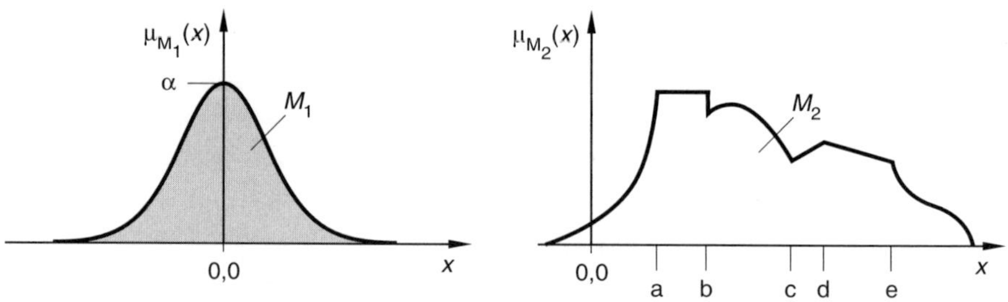

Bild 3.10 Funktionale Beschreibung von Fuzzy-Mengen

Die mathematische Beschreibung beider Fuzzy-Mengen M_1 und M_2 ist durch folgende Zugehörigkeitsfunktionen gegeben:

$$\forall x \in Y: \qquad \mu_{M_1}(x)=\frac{a}{1+x^2}$$

und

$$\mu_{M_2}(x) = \begin{cases} f_1(x) & \text{für} \quad x \leq \mathrm{a} \\ f_2(x) & \text{für} \quad x \in [\mathrm{a}, \mathrm{b}] \\ f_3(x) & \text{für} \quad x \in [\mathrm{b}, \mathrm{c}] \\ f_4(x) & \text{für} \quad x \in [\mathrm{c}, \mathrm{d}] \\ f_5(x) & \text{für} \quad x \in [\mathrm{d}, \mathrm{e}] \\ f_6(x) & \text{für} \quad x \geq \mathrm{e} \end{cases}$$

Die Zugehörigkeitsfunktion $\mu_{M_1}(x)$ beschreibt die Fuzzy-Menge M_1 über der gesamten unendlichen Grundmenge $X = \boldsymbol{R}$. Man kann auch sagen, die Funktion $\mu_{M_1}(x)$ bewertet die Zugehörigkeit aller Elemente über der betrachteten Grundmenge vollständig. Die Fuzzy-Menge M_2 läßt sich mit einer einzigen mathematischen Gleichung nicht vollständig beschreiben. Die Zugehörigkeitsfunktion $\mu_{M_2}(x)$ der Fuzzy-Menge M_2 besteht daher aus sechs unterschiedlichen Termen, wobei jeder Funktionsterm einen stückweise stetigen Funktionsabschnitt der Fuzzy-Menge definiert. Die verschiedenen Teilintervalle auf der scharfen Grundmenge X beschreiben die Bereiche der Grundmenge, für die die jeweilige Funktionsgleichung zutrifft. Die Intervallschreibweise entspricht der aus der klassischen Algebra (vgl. Kapitel 2). In dem Beispiel treten an den Grenzen Bereichsüberlappungen für genau einen Wert, der Intervallgrenze, auf. Im Falle der Stetigkeit der Fuzzy-Menge führt das zu keinen Widersprüchen und ist daher erlaubt. Der Stetigkeitsbegriff wird in Abschnitt 3.4.3 genauer beschrieben.

Die Beispiele nach Bild 3.10 stehen ganz allgemein für die Beschreibung unscharfer Mengen mit funktionalen Ausdrücken. Die Darstellung wurde bewußt allgemein gehalten, da es aus mathematischer Sicht keinen Grund für eine Bevorzugung spezieller Funktionstypen gibt. Für die praktische Umsetzung der Theorie macht es jedoch Sinn, sich über spezielle Funktionstypen und deren Beschreibung Gedanken zu machen, denn die Komplexität der Beschreibungsforrm unscharfer Mengen bestimmt die Handhabung und Umsetzbarkeit der Theorie in konkrete technische Anwendungen. Grundsätzlich läßt sich feststellen: Je einfacher ein Fuzzy-Set mathematisch beschrieben werden kann, desto einfacher wird auch seine Weiterverarbeitung und Implementation sein. Unter Weiterverarbeitung ist hier die Verknüpfung (z. B. mathematische Operationen) bestimmter Fuzzy-Sets zu konkreten scharfen Informationen (Ergebnissen) zu verstehen, auf die in den folgenden Kapiteln genau eingegangen wird.

Dreieckförmige und trapezförmige Fuzzy-Mengen (Bilder 3.11 und 3.12)

Von sehr elementarer Bedeutung für die anwendungsorientierte Fuzzy-Set-Theorie sind alle linearen Funktionen, d. h. abschnittsweise linear definierte Zuge-

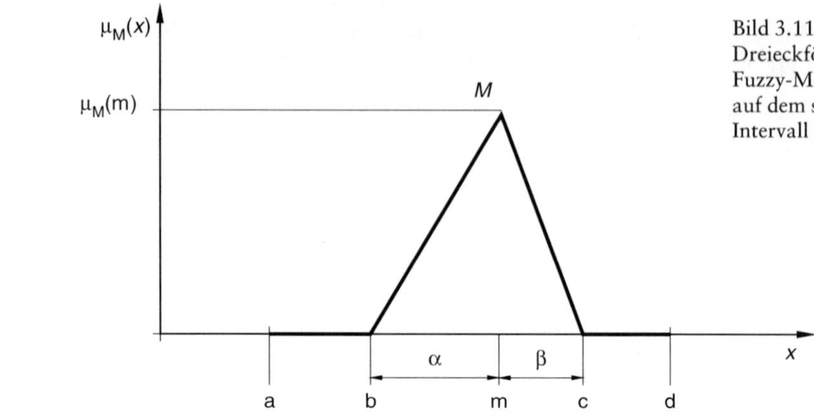

Bild 3.11
Dreieckförmige
Fuzzy-Menge
auf dem scharfen
Intervall [a, d]

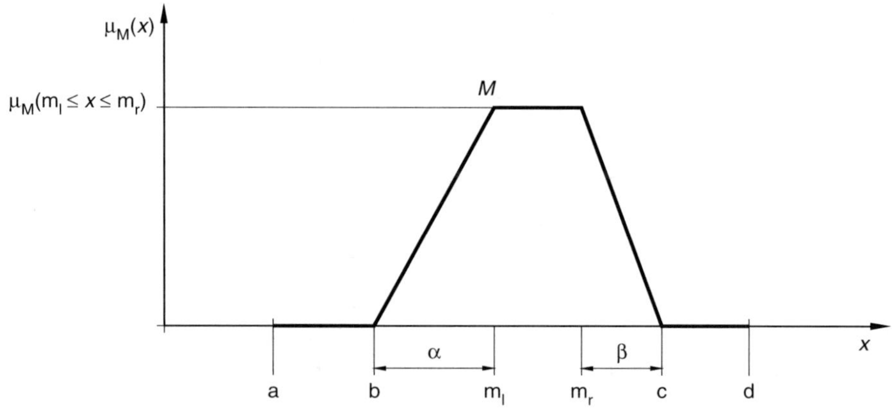

Bild 3.12 Trapezförmige Fuzzy-Menge auf dem scharfen Intervall [a, d]

hörigkeitsfunktionen. Dies zeigt sich nicht zuletzt auch in der häufigen Verbreitung der triangulären (dreieckförmigen) und trapezförmigen Fuzzy-Sets, mit denen wir uns deshalb hier etwas stärker auseinandersetzen wollen.

Es sollen nun einige einfache und oft verwendete mathematische Zusammenhänge für die dreieck- und trapezförmige unscharfe Menge hergeleitet werden. Hierzu betrachten wir die Darstellung nach Bild 3.13.

Die Geradengleichung wird durch ihre Steigung und durch ihren y-Achsenabschnitt bestimmt.

Geradengleichung: $y_1 = \frac{\Delta y}{\Delta x} \cdot x - \gamma$ bzw. $y_2 = -\frac{\Delta y}{\Delta x} \cdot x + \gamma$

Steigung: $\frac{\Delta y}{\Delta x}$ y-Achsenabschnitt: $\pm\,\gamma$

Für die Steigung ergibt sich $\frac{1}{\mathrm{m} - \mathrm{b}} = \frac{\gamma}{\mathrm{b}}$ und damit $\gamma = \frac{\mathrm{b}}{\mathrm{m} - \mathrm{b}}$

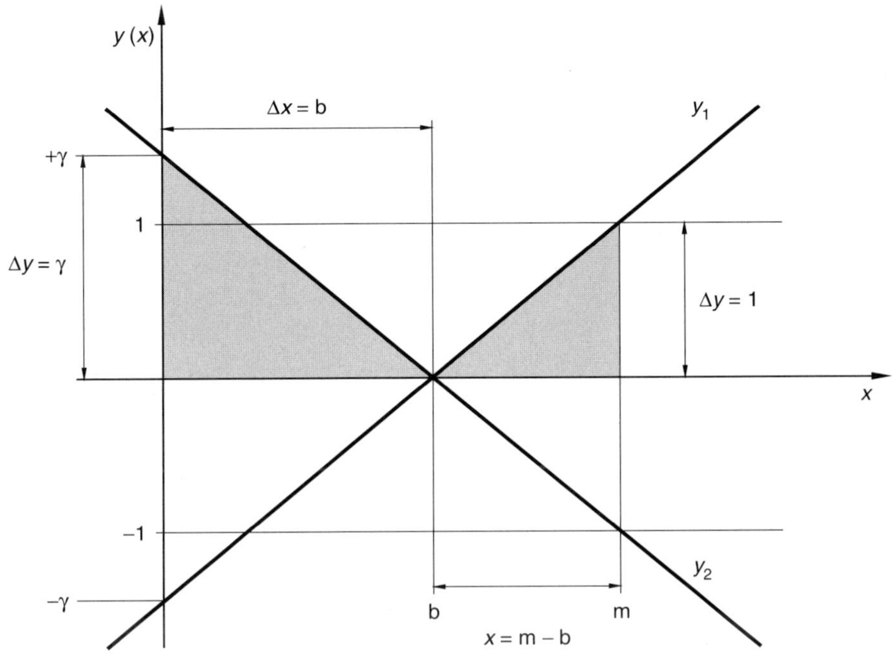

Bild 3.13 Herleitung der Geradengleichung für $X = \boldsymbol{R}$

Setzt man beide Terme in die Geradengleichung ein, so erhält man folgende Form:

$$\text{a)}\; y_1 = \frac{1}{\mathrm{m-b}} \cdot x - \frac{\mathrm{b}}{\mathrm{m-b}} \quad \text{und damit} \quad y_1 = \frac{x - \mathrm{b}}{\mathrm{m-b}} \quad \text{bzw.}$$

$$\text{b)}\; y_2 = \frac{-1}{\mathrm{m-b}} \cdot x - \frac{\mathrm{b}}{\mathrm{m-b}} \quad \text{und damit} \quad y_2 = \frac{\mathrm{b} - x}{\mathrm{m-b}}$$

Überträgt man das Ergebnis ohne Beschränkung der Allgemeinheit auf ein trianguläres Fuzzy-Set gemäß Bild 3.11, dann läßt sich dieses auf dem (stets scharfen) Intervall [a, d] abschnittsweise für die vier Teilintervalle [a, b], [b, m], [m, c], [c, d], wie in Bild 3.13 gezeigt, folgendermaßen beschreiben.

$$\mu_{\mathrm{M}}(x) = \begin{cases} 0 & \text{für } x \in [\mathrm{a,b}] \\ \dfrac{x-\mathrm{b}}{\mathrm{m-b}} & \text{für } x \in [\mathrm{b,m}] \\ \dfrac{\mathrm{c}-x}{\mathrm{c-m}} & \text{für } x \in [\mathrm{m,c}] \\ 0 & \text{für } x \in [\mathrm{c,d}] \end{cases} \qquad \text{mit } \mathrm{a \le b < m < c \le d}$$

Aus den vorhergehenden Überlegungen ergibt sich in analoger Weise sofort auch die Darstellung der Zugehörigkeitsfunktion für trapezförmige Fuzzy-Sets gemäß Bild 3.12:

$$\mu_M(x) = \begin{cases} 0 & \text{für } x \in [a, b] \\ \dfrac{x - b}{m_l - b} & \text{für } x \in [b, m_l] \\ 1 & \text{für } x \in [m_l, m_r] \\ \dfrac{c - x}{c - m_r} & \text{für } x \in [m_r, c] \\ 0 & \text{für } x \in [c, d] \end{cases} \quad \text{mit } a \leq b < m_l \leq m_r < c \leq d$$

Der Einfachheit halber wird für die obige Darstellung angenommen, daß der maximale Zugehörigkeitswert gleich 1 ist. Mit Einführung der sogenannten *linken Spannweite* $\alpha := m - b$, der *rechten Spannweite* $\beta := c - m$, der *Maximalstelle* m (m steht für *mean value*) sowie des *Maximal-* oder *Gipfelwertes* $\mu_M(m)$ lassen sich die beiden elementaren Fuzzy-Sets auch folgendermaßen darstellen [9; 10; 11]:

Dreieck:

$$\mu_M(x) = \begin{cases} 0 & \text{für } x \in [a, b] \\ \dfrac{x - b}{\alpha} & \text{für } x \in [b, m] \\ & \\ \dfrac{c - x}{\beta} & \text{für } x \in [m, c] \\ 0 & \text{für } x \in [c, d] \end{cases} \quad \text{mit } a \leq b < m < c \leq d$$

Trapez:

$$\mu_M(x) = \begin{cases} 0 & \text{für } x \in [a, b] \\ \dfrac{x - b}{\alpha} & \text{für } x \in [b, m_l] \\ 1 & \text{für } x \in [m_l, m_r] \\ \dfrac{c - x}{\beta} & \text{für } x \in [m_r, c] \\ 0 & \text{für } x \in [c, d] \end{cases} \quad \text{mit } a \leq b < m_l \leq m_r < c \leq d$$

In Anlehnung an die klassische Mathematik lassen sich die jeweils ersten beiden Zeilen der Zugehörigkeitsfunktionen (Teilintervalle [a, m] bzw. $[a, m_l]$) und die jeweils letzten beiden Zeilen (Teilintervalle [m, c] bzw. $[m_r, c]$) mit Hilfe der Maximum-Funktion (vgl. Kapitel 2) zusammenfassen:

Dreieck:

$$\mu_M(x) = \begin{cases} \max\left[0, \dfrac{x-b}{\alpha}\right] \text{für } x \in [a, m] \\ & \text{mit } a \leq b < m < c \leq d \\ \max\left[0, \dfrac{c-x}{\beta}\right] \text{für } x \in [m, d] \end{cases}$$

Trapez:

$$\mu_M(x) = \begin{cases} \max\left[0, \dfrac{x-b}{\alpha}\right] & \text{für } x \in [a, m_l] \\ 1 & \text{für } x \in [m_l, m_r] \text{ mit } a \leq b < m \leq m_l < c \leq d \\ \max\left[0, \dfrac{c-x}{\beta}\right] & \text{für } x \in [m_r, d] \end{cases}$$

Die Maximum-Funktionen, die für die dreieckförmige und für die trapezförmige Fuzzy-Menge verwendet wurden, sind ein besonders einfacher zweistelliger Spezialfall der allgemeinen Version, d. h., es wird der jeweils größte Wert von zwei möglichen ausgewählt.

Ist – wie in diesem Fall – eine der beiden Funktionen die Nullfunktion (erster der beiden Werte im Klammerausdruck max [0, ...] ist 0), so bedeutet das, daß der negative Ast einer Geraden einfach auf die x-Achse geklappt wird.

3.3.5 LR-Darstellung mit Referenzfunktionen

Unter der sogenannten LR-Darstellung von Fuzzy-Mengen, besonders von Fuzzy-Zahlen, versteht man eine spezielle funktionale Beschreibungsmethode [7; 12]. Da diese für das weitere Verständnis von großer Bedeutung sein wird, soll sie an dieser Stelle etwas ausführlicher beschrieben werden.

Bei näherer Betrachtung typischer Kurvenverläufe häufig verwendeter unscharfer Mengen läßt sich erkennen, daß sich ein Großteil von Zugehörigkeitsfunktionen immer wieder auf denselben Funktionstyp zurückführen läßt. Darüber hinaus erscheint es beim gegenwärtigen Stand der Fuzzy-Technologie nach wie vor sinnvoll, gerade solche Operationen (vgl. Kapitel 4) auf Fuzzy-Mengen zu definieren, deren Ergebniszugehörigkeit wieder vom selben Typ ist.

Bei der Festlegung von Fuzzy-Sets werden sehr oft Funktionsverläufe verwendet, die mit kleinen («von links kommenden») x-Werten von der Zugehörigkeit 0 beginnend langsam monoton ansteigen, mit zunehmendem x-Wert die maximale Zugehörigkeit (in der Regel 1) erreichen, dort gegebenenfalls mit weiter wachsenden x-Werten den Maximalwert behalten, um dann wieder mit noch größer werdenden x-Werten monoton zu fallen, um schließlich («nach rechts fortschreitend») dem Funktionswert 0 zuzustreben. Diese allgemeine verbale Beschreibung trifft auch auf einige Fuzzy-Mengen gemäß Bild 3.6 zu. Es sind dies die zehn unscharfen Mengen a) bis j). Lediglich die letzten vier, k) bis n), lassen sich so nicht beschreiben.

LR-Darstellung

Wenn man sich auf das gerade beschriebene Verhalten von Fuzzy-Mengen bezieht, wird die Ähnlichkeit der Fuzzy-Mengen dadurch zum Ausdruck gebracht, daß sie sich mathematisch mit Funktionstypen beschreiben lassen, die eine gleiche Grundstruktur haben und im speziellen Fall nur durch charakteristische Parameter verändert werden. Ziel der LR-Darstellung ist es, gewisse Grundtypen von Funktionen aufzustellen, die dann durch die Angabe der spezifischen Parameter eine spezielle Funktion näher beschreiben.

Wie sich aus der Struktur der ersten zehn in Bild 3.6 dargestellten Fuzzy-Mengen und der Struktur der dreieckförmigen und trapezförmigen Fuzzy-Mengen erkennen läßt, kann man die Zugehörigkeitsfunktionen in einen linken Funktionsabschnitt, gegebenenfalls in einen mittleren und in einen rechten Funktionsabschnitt aufteilen. Bei der allgemeinen Beschreibung der entsprechenden Grundfunktionen hat man sich auf eine vereinheitlichte Abkürzung geeinigt. Dabei steht der Buchstabe «L» für den linken Funktionsabschnitt der Zugehörigkeitsfunktion $\mu(x)$ und der Buchstabe «R» für den rechten Kurvenabschnitt. L bzw. $L(x)$ und R bzw. $R(x)$ nennt man die *Referenzfunktionen* einer beliebigen Fuzzy-Menge. Das Ergebnis der Überlegung ist die folgende allgemeine LR-Darstellung einer Zugehörigkeitsfunktion:

$$\mu(x) = \begin{cases} L(x) & \text{Referenzfunktion für den linken Kurvenabschnitt} \\ 1 \text{ bzw. } \mu(x = m) & \text{Maximalwert im mittleren Kurvenabschnitt} \\ R(x) & \text{Referenzfunktion für den rechten Kurvenabschnitt} \end{cases}$$

Die Modifikation, d. h. die Anpassung der allgemeinen LR-Darstellung einer Referenzfunktion an den speziellen Kurvenverlauf, erfolgt durch zwei Parameter, nämlich der Maximalstelle m, der Stelle mit dem größten Zugehörigkeitswert und der stets positiven Spannweiten α bzw. β, die ein Maß für die Unschärfe darstellen:

$$\mu(x) = \begin{cases} L\left(\frac{m_l - x}{\alpha}\right) & \text{Referenzfunktion für den linken Kurvenabschnitt} \\ 1 & \text{Maximalwert im mittleren Kurvenabschnitt} \\ R\left(\frac{x - m_r}{\beta}\right) & \text{Referenzfunktion für den rechten Kurvenabschnitt} \end{cases}$$

Die Gültigkeit der Modifikation der Referenzfunktionen L und R an die spezielle Ausprägung einer Zugehörigkeitsfunktion nach der angegebenen Vorschrift setzt voraus, daß gewisse Grundeigenschaften an den Funktionstyp und an den Gültigkeitsbereich gestellt werden müssen:

1. Grundmenge: $X = \boldsymbol{R}_0^+$
2. Spannweiten: $\alpha > 0$ und $\beta > 0$
3. Maximalstelle: $m \geq 0$ bzw. $m_l \geq 0$ und $m_r \geq 0$
4. Referenzfunktionen: $L(x)$ und $R(x)$ sind bekannt und definiert
5. Referenzfunktionen: $L(x)$ und $R(x)$ sind auf der Grundmenge monoton fallend
6. Abbildungsbereich: $L(x),\ R(x):\quad X = \boldsymbol{R}_0^+ \rightarrow [0{,}1]$

$$\Rightarrow\quad \frac{m_l - x}{\alpha} \geq 0 \quad \text{und} \quad \frac{x - m_r}{\beta} \geq 0$$

Damit ist klar, daß sich nicht alle Fuzzy-Sets für eine LR-Darstellung eignen. Im übrigen sei darauf hingewiesen, daß auch die linke Referenzfunktion $L(x)$, also die entsprechende Grundfunktion für den linken (ansteigenden Funktionsbereich), eine monoton fallende sein muß. Erst die Transformation (Ersetzung von x durch $(m - x)/\alpha$) erzeugt wegen des negativen Vorzeichens $(-x)$ aus der monoton fallenden Grundfunktion eine monoton steigende Zugehörigkeitsfunktion. Grafisch gesehen kann man dies auch mit einer Spiegelung an der y-Achse vergleichen.

LR-Darstellung für dreieckförmige und trapezförmige Fuzzy-Sets

Dieser Abschnitt soll mit der LR-Darstellung für dreieckförmige und trapezförmige Fuzzy-Sets abgeschlossen werden. Aus der Definition der rechten Spannweite α und linken Spannweite β gemäß Bild 3.11 ergibt sich:

$$b = m + \alpha \quad \text{und} \quad c = m - \beta$$

Ersetzt man in den Zugehörigkeitsfunktionen, die zu der Dreieck- und Trapezdarstellung gehören, die beiden konstanten Intervallgrenzen b und c durch die Darstellung mit den allgemeinen Parametern Maximalstelle und Spannweiten, so ergibt sich für die Teilfunktionen folgende Schreibweise:

$$L(x) = \frac{x - b}{\alpha} \xrightarrow{b = m -- \alpha} \frac{x - (m - \alpha)}{\alpha} = 1 + \frac{x - m}{\alpha} = 1 - \underbrace{\frac{m - x}{\alpha}}_{\text{siehe Transformation}}$$

und

$$R(x) = \frac{c - x}{\beta} \xrightarrow{c = m + \beta} \frac{(m + \beta) - x}{\beta} = 1 + \frac{m - x}{\beta} = 1 - \underbrace{\frac{x - m}{\beta}}_{\text{siehe Transformation}}$$

Man erkennt nun die zugehörigen Referenzfunktionen. In beiden Fällen erhält man die monoton fallende Geradengleichung mit Steigung –1 und y-Achsenabschnitt +1:

Dreieck:

$$\mu_M(x) = \begin{cases} 0 & \text{für } x \in [a, b] \\ L(x) = 1 - x & \text{für } x \in [b, m] \\ & \\ R(x) = 1 - x & \text{für } x \in [m, c] \\ 0 & \text{für } x \in [c, d] \end{cases} \qquad \text{mit } a \leq b < m < c \leq d$$

Unter Zuhilfenahme der Maximalfunktion ergibt sich:

Dreieck:

$$\mu_M(x) = \begin{cases} \max\,[0, 1 - x] & \text{für } x \in [a, m] \\ & \\ \max\,[0, 1 - x] & \text{für } x \in [m, d] \end{cases} \qquad \text{mit } a \leq b < m < c \leq d$$

Die stufenweise Anpassung der Referenzfunktionen L und R an die Ausprägung des Kurvenverlaufes einer speziellen Fuzzy-Menge läßt sich ohne Beschränkung der Allgemeinheit am dreieckförmigen Beispiel erläutern. Bild 3.14 zeigt die einzelnen Transformationsschritte. Beide Referenzfunktionen L und R sind im entsprechenden Intervallbereich vom selben Typ, nämlich $L(x) = R(x) = \max\,[0{,}1 - x]$.

Allgemeine Referenzfunktionen

Neben dieser linearen Grundfunktion sind auch nichtlineare Funktionstypen Gegenstand der LR-Darstellung. Im linearen Fall fällt die Interpretation der Spannweiten α und β als Maß für die Steigung (positiv und negativ) des Geradenabschnittes nicht schwer. Wie sieht es jedoch mit den nichtlinearen Varianten von $L(x)$ und $R(x)$ aus? Grundsätzlich kann man sagen, daß die Spannweiten ein Maß für die Unschärfe der betrachteten Fuzzy-Menge sind, d. h., je kleiner die Spannweiten, desto schärfer sind die Fuzzy-Mengen – im besonderen die Fuzzy-Zahlen – beschrieben. Dieser Tatbestand läßt sich auf alle, d. h. auch auf alle mit nichtlinearen Funktionsabschnitten beschriebenen Fuzzy-Mengen übertragen. Die konkrete, funktionsbezogene Interpretation der Spannweiten muß jedoch von Fall zu Fall neu vorgenommen werden, wobei man spezielle Funktionsklassen diesbezüglich sicherlich gemeinsam behandeln kann. Beispiele für Referenzfunktionen sind:

$$f(x) = \max\,[0{,}1 - x] \qquad f(x) = e^{-k \cdot x}$$
$$f(x) = \max\,[0{,}1 - |x|] \qquad f(x) = e^{-k \cdot |x|}$$
$$f(x) = \max\,[0{,}1 - k \cdot x^2] \qquad f(x) = e^{-k \cdot x^2}$$

$f(x) = max[0, 1 - \mathrm{k} \cdot x^{\mathrm{n}}]$ $f(x) = \frac{1}{1+\mathrm{k} \cdot e^{-\mathrm{n} \cdot x}}$

$f(x) = \max\left[0, 1 - \sqrt{|x|}\right]$ $f(x) = \frac{1}{1 + \mathrm{k} \cdot e^{-x^{\mathrm{n}}}}$

$f(x) = \frac{1}{1 + \mathrm{k} \cdot x}$ $f(x) = \frac{1}{1 + \mathrm{k} \cdot x^{\mathrm{n}}}$

$f(x) = \frac{1}{1 + \mathrm{k} \cdot |x|}$ $f(x) = \frac{1}{1 + \mathrm{k} \cdot a^{-\mathrm{n} \cdot x}}$

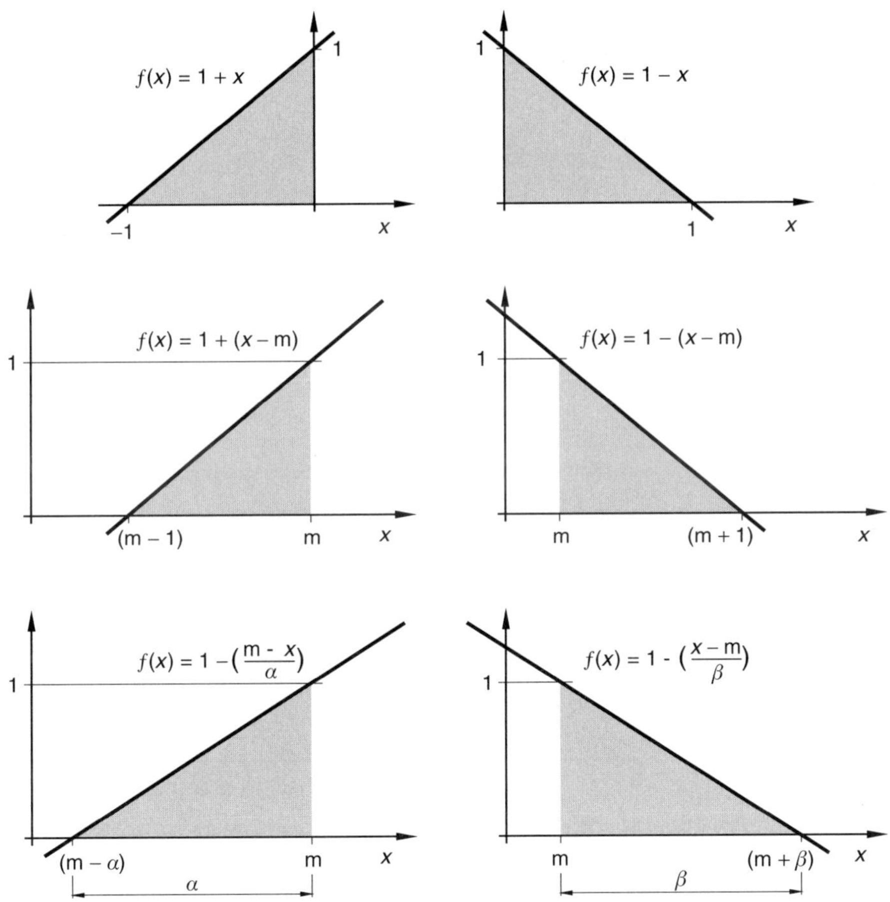

Bild 3.14 Erzeugung der LR-Darstellung für das dreieckförmige Fuzzy-Set aus den Grundfunktionen L(x), R(x) in mehreren Transformationsschritten

Dabei kann ein Fuzzy-Set selbstverständlich mit unterschiedlichen Grundtypen für L und R beschrieben werden (unsymmetrischer Kurvenverlauf, bezogen auf die Maximalstelle m).

Man kann allgemeingültig, d. h. nicht nur für lineare Referenzfunktionen, folgende Aussage treffen:

> Man erhält die LR-Darstellung einer Zugehörigkeitsfunktion, indem man in der linken Referenzfunktion $L(x)$ das x durch den Term $(m - x)/\alpha$ und in der rechten Referenzfunktion $R(x)$ das x durch den Term $(x - m)/\beta$ ersetzt.

Beispiel

Gegeben sind die beiden Referenzfunktionen auf der Menge der reellen Zahlen, die Spannweiten sowie der Gipfelwert der Zugehörigkeitsfunktion einer unscharfen Menge *M* (Bild 3.15):

$$L(x) = \max[0{,}1 - x] \qquad R(x) = \max[0{,}1 - x^2] \qquad m = 5,\ \alpha = 2,\ \beta = 1$$

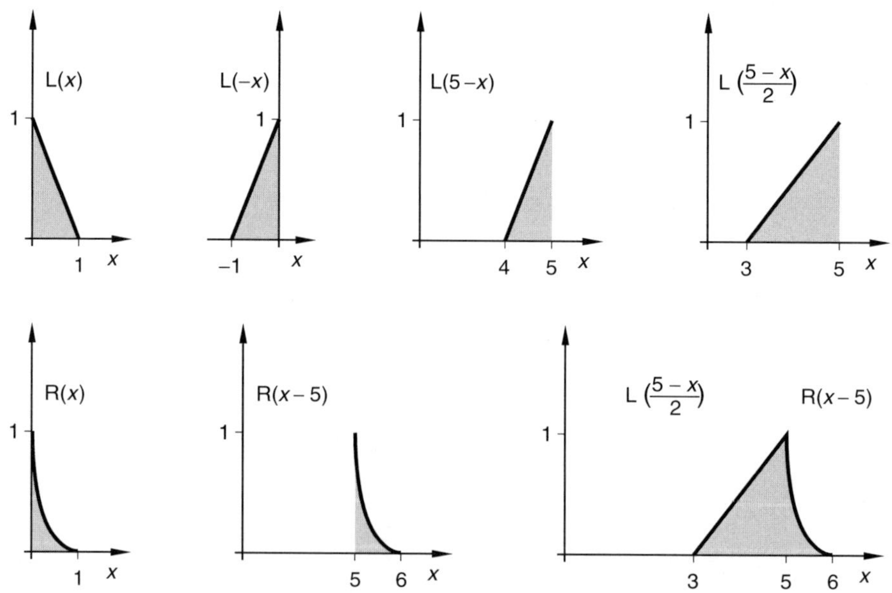

Bild 3.15 Von den Referenzfunktionen zur Zugehörigkeitsfunktion der unscharfen Menge *M*

Zu bestimmen ist die Fuzzy-Menge M in Zadeh-Notation (Integralschreibweise) und die grafische Darstellung der Zugehörigkeitsfunktion in ihren Transformationsschritten:

$$\mathrm{L}(x) = \max[0{,}1 - x] \qquad \text{Substitution von } x \text{ mit } \frac{5-x}{2}$$

$$\mathrm{L}(x) = \max[0{,}1 - \frac{5-x}{2}] = \max[0{,}0.5 \cdot x - 1.5]$$

$$\mathrm{R}(x) = \max[0{,}1 - x^2] \qquad \text{Substitution von } x \text{ mit } \frac{x-5}{1}$$

$$\mathrm{R}(x) = \max[0{,}1 - \left(\frac{x-5}{1}\right)^2] = \max[0{,}1 - (x-5)^2]$$

$$\mu_M(x) = \begin{cases} \max[0, 0.5 \cdot x - 1.5] & \text{für } x \leq 5 \\ \max[0{,}1 - (x-5)^2] & \text{für } x \geq 5 \end{cases}$$

$$M = \underbrace{\int_3^5 \frac{0.5 \cdot x - 1.5}{x}}_{\text{linker Ast}} + \underbrace{\int_5^6 \frac{1-(x-5)^2}{x}}_{\text{rechter Ast}}$$

Beispiel

In allgemeiner LR-Darstellung läßt sich eine positive Fuzzy-Menge M mit Hilfe der Referenzfunktionen in Zadeh-Notation für eine unendliche Grundmenge (hier: Menge der reellen Zahlen) schreiben:

$$M = \underbrace{\int_{x_{\min}}^{m} \frac{\mathrm{L}\left(\frac{m-x}{\alpha}\right)}{x}}_{\text{linker Ast}} + \underbrace{\int_{m}^{x_{\max}} \frac{\mathrm{R}\left(\frac{x-m}{\beta}\right)}{x}}_{\text{rechter Ast}}$$

3.3.6 Parametrisierte Darstellungen

Die parametrisierte Darstellung funktionaler Zusammenhänge bietet aus anwendungstechnischer Sicht oft den entscheidenden Vorteil eines geringen Speicherplatzbedarfs bei der Implementation von Zugehörigkeitsfunktionen. Damit sind sowohl soft- als auch hardwaremäßige Umsetzungen gemeint. Darüber hinaus kann für jedes Element x der Grundmenge X der Zugehörigkeitswert $\mu(x)$ beliebig genau ermittelt werden, ohne einen Wertevorrat für den speziellen Kurventyp fest im Speicherbereich ablegen zu müssen. Des weiteren ist der nicht zu unterschätzende Vorteil der Übersichtlichkeit der parametrisierten Darstellung (Kurzschreibweise) von Fuzzy-Sets anzuführen. Gerade beim Operieren mit Fuzzy-Sets, d. h. speziell mit Fuzzy-Zahlen, sollte eine einfache Darstellungsform für die einzelnen unscharfen Mengen, die an der Operation beteiligt sind, gewählt werden. Die parametrisierte Darstellung einer speziellen Funktion setzt jedoch voraus, daß man eine Zuordnungsvorschrift (Parameterliste) für die Parameter eines Funktionsgrundtyps im Vorfeld festlegt und somit eine eindeutige, interpretationssichere Beschreibung garantiert. Selbstverständlich gibt es für eine solche Darstellung keine festen Regeln und auch keinen «Normungsversuch», jedoch findet man immer wieder ähnliche Schreibweisen. Dies ist sicherlich dadurch begründet, daß es sich bei der parametrisierten Darstellung eigentlich nur um eine unkommentierte Liste von Zahlen handelt, deren Zuordnung man eingangs erklärt.

So läßt sich eine Gerade mit der allgemeinen Form $y = \mathrm{m}\,x + \mathrm{b}$ auch nach folgender parametrisierten Schreibweise darstellen: $Y = (\mathrm{m}, \mathrm{b})$. Hierbei wird festgelegt, daß der erste Parameter die Steigung der Geraden und der zweite Parameter der y-Achsenabschnitt ist.

Beispiele

Geradengleichungen

Normaldarstellung:

$$f_1(x) = -\,4.2 \cdot x + 8.6$$
$$f_2(x) = +\,32 \cdot x + 0.65$$
$$f_3(x) = -\,2 \cdot x - 100$$

Parameterdarstellung:

$$\mathrm{Y}_1(-\,4.2,\ 8.6)$$
$$\mathrm{Y}_2(32,\ 0.65)$$
$$\mathrm{Y}_3(-\,2,\ 100)$$

In ähnlicher Weise könnte die Parameterform für eine gebrochenrationale Funktion aus der Normalform folgendermaßen hervorgehen:

Beispiele

Geradengleichungen

Normaldarstellung:

$$f_1(x) = \frac{\mathrm{a} \cdot x^2 + \mathrm{b} \cdot x + \mathrm{c}}{\mathrm{d} \cdot (|\,x\,| - \mathrm{f}) + \mathrm{e}}$$

$$f_2(x) = \frac{\mathrm{a} \cdot x^k + \mathrm{b} \cdot \sqrt{\mathrm{c} \cdot x} - \mathrm{d}}{\dfrac{4 \cdot x^2 - |\,\mathrm{a}\,|}{x^3}}$$

Parameterdarstellung:

$$\mathrm{F}_1\ (\mathrm{a}, \mathrm{b}, \mathrm{c}, \mathrm{d}, \mathrm{e}, \mathrm{f})$$
$$\mathrm{F}_2\ (\mathrm{a}, \mathrm{b}, \mathrm{c}, \mathrm{d}, \mathrm{k})$$

Im vorhergehenden Abschnitt wurden die LR-Darstellungen von Fuzzy-Mengen behandelt. Für sie werden üblicherweise auch parametrisierte Darstellungen verwendet.

Parametrisierte LR-Darstellung Dreieck: $M = (\mathrm{m}, \alpha, \beta)_{\mathrm{LR}}$
Parametrisierte LR-Darstellung Trapez: $M = (\mathrm{m_l}, \mathrm{m_r}, \alpha, \beta)_{\mathrm{LR}}$

Im übrigen sei darauf hingewiesen, daß auch fast alle Programmiersprachen auf eine parametrisierte Schreibweise bzw. Befehlsdefinition zurückgreifen. So wird eine spezielle mathematische Funktion z. B. in PASCAL oder C, um nur zwei zu nennen, durch einen Bezeichner mit anschließender Parameterliste definiert:

FUNKTIONSNAME (PAR_1, PAR_2, ..., PAR_n)

Beispiele in Turbo-PASCAL

Bar (x1, y1, x2, y2)
Funktion: Zeichnet ein gefülltes Rechteck.
x1, x2, y1, y2: Integer-Werte
Parameter 1 x1: x-Koordinate linke obere Ecke
Parameter 2 y1: y-Koordinate linke obere Ecke
Parameter 3 x2: x-Koordinate rechte untere Ecke
Parameter 4 y2: y-Koordinate rechte untere Ecke

Circle (x, y, r)
Funktion: Zeichnet einen Kreis.
x, y: Integer-Werte
r: Word
Parameter 1 x: x-Koordinate des Mittelpunktes
Parameter 2 y: y-Koordinate des Mittelpunktes
Parameter 3 r: Radius

3.4 Unscharfe Zahlen

Bereits zu Beginn des Kapitels 3 wurde beschrieben, daß in der Theorie der unscharfen Mengen die unscharfe Zahl als spezielle unscharfe Menge aufgefaßt wird. Bild 3.1 zeigt eine Gegenüberstellung beider Mengenbegriffe. Die Basisdefinition des allgemeinen Fuzzy-Sets (Definition 3.1) stellt keine besonderen Ansprüche an den speziellen Verlauf der Zugehörigkeitsfunktion $\mu_M(x)$. Jeder beliebige Kurvenverlauf ist zugelassen. Es werden den einzelnen Elementen der Grundmenge X lediglich im Intervall $[y_{min}, y_{max}]$ Zugehörigkeiten zur unscharfen Menge M zugeordnet. Beim Umgang mit unscharfen Größen, deren Beschreibung oft rein intuitiv vorgenommen wird, verwendet man sehr häufig Formulierungen in der Form, daß nur an einer einzigen Stelle der maximale Zugehörigkeitswert auftritt und daß die Zugehörigkeitswerte zu den Seiten hin monoton abnehmen. Unscharfe Mengen, die diese Eigenschaften besitzen, bezeichnet man als *unscharfe Zahlen*. Die mathematischen Voraussetzungen, die eine unscharfe Menge erfüllen muß, um eine unscharfe Zahl zu sein, gibt Definition 3.2 an.

Definition 3.2 Unscharfe Zahl (fuzzy number)

$$\forall\, x \in R: \quad M = \{(x; \mu_M(x)) \mid \mu_M(x) \in [0,1]\}$$
$$\exists\, x \in R: \quad \mu_M\,(x = \mathrm{m}) = 1$$

mit *M* ist konvex
M ist normalisiert
M ist stückweise stetig

Definition Positive unscharfe Zahl ($M > 0$)

$$\forall x < 0: \quad \mu_M(x) = 0$$

Definition Negative unscharfe Zahl ($M < 0$)

$$\forall x > 0: \quad \mu_M(x) = 0$$

Eine unscharfe Zahl läßt sich wie eine allgemeine unscharfe Menge beschreiben, bei der alle Zugehörigkeitswerte nur in dem Intervall von null bis eins liegen dürfen (Einheitsintervall). Die Definitionsmenge ist die Menge der reellen Zahlen ***R***. Damit ist die unscharfe Zahl eine unendliche Fuzzy-Menge. Zusätzlich müssen weitere Bedingungen erfüllt sein. Eine unscharfe Zahl muß normalisiert sein (Definition 3.5), und ebenfalls muß der Fall der Konvexität vorliegen (Defini-

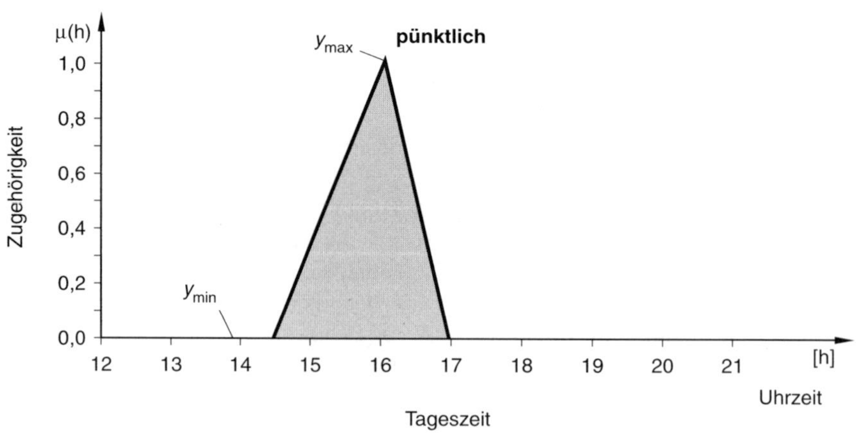

Bild 3.16 Unscharfe Zahl «pünktlich um 16.00 Uhr»

tion 3.4). Das wichtigste Unterscheidungsmerkmal zu ausschließlich normalisierten und konvexen unscharfen Mengen ist, daß der Zugehörigkeitswert $\mu_M(x = m) = 1$ nur genau einmal in der ganzen unscharfen Menge auftreten darf, allerdings muß dieser Wert auch genau einmal auftreten. Darüber hinaus muß die Stetigkeitsbedingung nach Definition 3.6 erfüllt sein.

Beispiel

Einige Menschen haben Probleme, vereinbarte Termine pünktlich einzuhalten, so daß andere dadurch verärgert werden. Mit Hilfe einer unscharfen Menge soll beschrieben werden, wie vielleicht die meisten Menschen den Begriff pünktlich auffassen. Als Bezugszeitpunkt wird 16.00 Uhr gewählt. Die Zugehörigkeitsfunktion zu dem *linguistischen Wert* (vgl. Kapitel 7) ***pünktlich um 16.00 Uhr*** fällt auf der Zeitachse, ausgehend von 16.00 Uhr, stetig zu den Seiten hin ab. Das Ergebnis ist eine unscharfe Zahl (Bild 3.16).

Beispiel

Die Farbe *Grün* ist in Bild 3.8 dargestellt. Nun soll eine weitere Farbe definiert werden. Ebenfalls in bezug auf die Wellenlänge liegt die Farbe *Blau* bei kürzeren Wellenlängen. Es ergibt sich beispielsweise die charakteristische Funktion gemäß Bild 3.17.

Die nach Definition 3.2 formulierte unscharfe Zahl (unendliche Fuzzy-Menge) ist auf einer Wertemenge von unendlich vielen Zahlen definiert worden. Es handelt sich hierbei um ***R***. Häufig liegt aber auch der Fall vor, daß man eine unscharfe Menge beschreibt, deren Elemente abzählbar sind. Das heißt, daß man

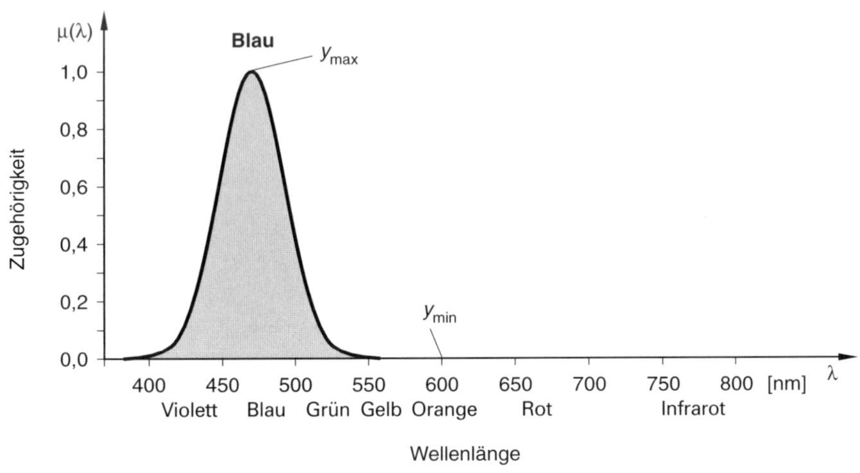

Bild 3.17 Unscharfe Zahl «Blau»

sich auf bestimmte, diskrete Werte bezieht. In diesem Fall spricht man von einer *diskreten unscharfen Zahl.*

Definition 3.3 Diskrete unscharfe Zahl (fuzzy number)

$$\forall\, x \in X: \quad M = \{(x; \mu_M(x)) \mid \mu_M(x) \in [0,1]\}$$
$$\exists\, x \in X: \quad \mu_M\ (x = \mathrm{m}) = 1$$

mit X ist abzählbar
M ist konvex
M ist normalisiert
M ist stückweise stetig

Eine diskrete unscharfe Zahl (endliche Fuzzy-Menge) unterscheidet sich nur geringfügig von einer unscharfen Zahl (unendliche Fuzzy-Menge). Die Definitionsmenge der diskreten unscharfen Zahl ist nicht ***R***. Es muß sich hier um eine abzählbare Grundmenge handeln. Das heißt, es existieren nur bestimmte Elemente, für die ein Zugehörigkeitswert ermittelt wird. Die Kriterien, die von den auf ***R*** definierten unscharfen Zahlen erfüllt werden, müssen auch von der diskreten unscharfen Zahl erfüllt sein. Das folgende Beispiel steht für eine diskrete unscharfe Zahl.

Beispiel

Es soll festgelegt werden, welche durchschnittliche Schuhgröße ein Mann hat. Wir wollen ihr die unscharfe Bezeichnung *mittel* geben. Die Grundmenge wird

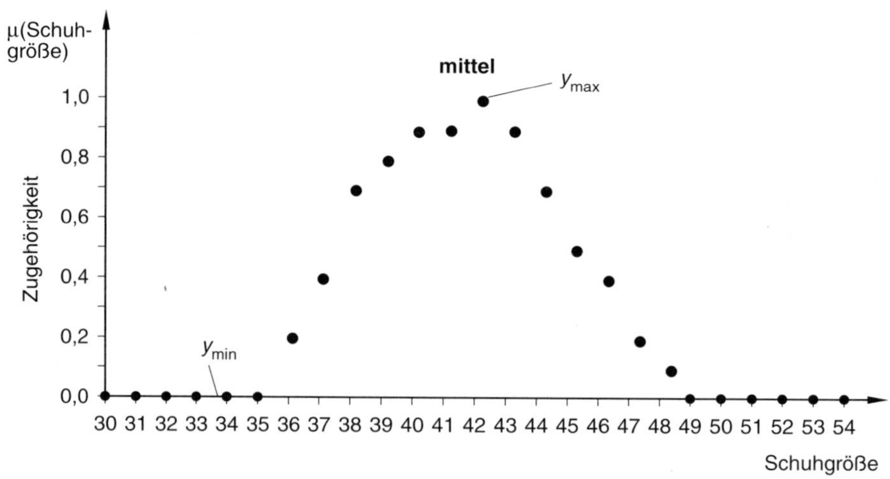

Bild 3.18 Diskrete unscharfe Zahl «mittel» in bezug auf die Schuhgröße eines Mannes

aus den möglichen Schuhgrößen gebildet. Weil Schuhgrößen nur in bestimmten Abstufungen vorkommen, kann die Definitionsmenge nur aus abzählbaren Elementen bestehen (Bild 3.18).

Stellt man die diskrete unscharfe Zahl durch ihre Wertepaare dar, so ergibt sich folgendes Ergebnis:

mittel = {(30; 0), (31; 0), (32; 0), (33; 0), (34; 0), (35; 0), (36; 0,2), (37; 0,4), (38; 0,7), (39; 0,8), (40; 0,9), (41; 0,9), (42; 1), (43; 0,9), (44; 0,7), (45; 0,5), (46; 0,4), (47; 0,2), (48; 0,1), (49; 0), (50; 0), (51; 0), (52; 0), (53; 0), (54; 0)}

3.4.1 Konvexe Fuzzy-Sets

Eine Bedingung, die an Fuzzy-Zahlen gestellt wird, ist die der Konvexität. Mit ihr beschreibt man den Sachverhalt, daß es genau nur eine Stelle bzw. nur einen Bereich der Grundmenge X mit dem größten auftretenden Zugehörigkeitswert gibt. Von dieser Stelle oder von den Grenzen dieses Bereiches aus nimmt die Zugehörigkeit stetig zu den Grenzen der Definitionsmenge hin ab. Eine solche unscharfe Menge bezeichnet man als *konvex*:

Definition 3.4 Konvexes Fuzzy-Set

$$\forall\, x \in X: \qquad M = \{(x; \mu_M(x)) \mid \mu_M(x) \in [y_{\min}, y_{\max}]\}$$

$$\forall\, x_a, x_b, x_c, \in X: \qquad \mu_M(x_b) \geq \min[\mu_M(x_a), \mu_M(x_c)] \quad \text{mit} \quad x_a < x_b < x_c$$

Der in dieser Definition verwendete min-Operator wurde bereits in Kapitel 2 erläutert. Es werden die Zugehörigkeitswerte von drei Elementen der Grundmenge betrachtet. Der Wert des Grundelementes x_b liegt zwischen denen von x_a und x_c. Dann muß für jede der möglichen Kombinationen von x_a, x_b und x_c gelten, daß entweder der Zugehörigkeitswert von x_a oder der von x_c kleiner ist als der Zugehörigkeitswert von x_b.

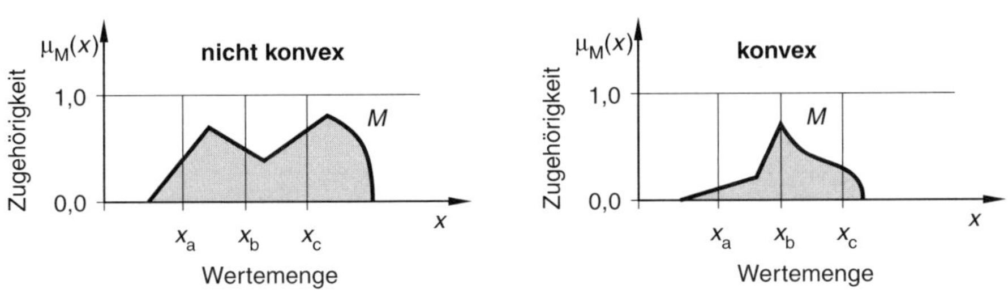

Bild 3.19 Grafische Darstellung der Konvexität

Diese Aussage wird in Bild 3.19 an einem konvexen und an einem nicht konvexen Fuzzy-Set verdeutlicht. Konvex heißt also, daß es für eine unscharfe Menge in den Grenzen der Definitionsmenge nur ein Maximum (bzw. einen Bereich mit konstanter maximaler Höhe) der Zugehörigkeitsfunktion oder der entsprechenden Wertepaare geben darf.

Beispiel

In Abschnitt 3.2 wurde der Begriff *warm* als unscharfe Menge, bezogen auf die Wellenlänge, dargestellt (Bild 3.7). Nun soll *warm* mathematisch beschrieben werden. Über die Abbildungsvorschrift kann jedem Element der Definitionsmenge ein Zugehörigkeitswert zugeordnet werden. Es ergibt sich folgende abschnittsweise definierte charakteristische Gleichung der konvexen unscharfen Menge:

$$\textit{warm:}\quad \mu(x) = \begin{cases} 0 & \text{für } x \leq 425 \text{ nm} \\ (0{,}8/200\,\text{nm}) \cdot x - 1{,}7 & \text{für } x \leq 425 \text{ nm} \leq x \leq 625 \text{ nm} \\ 0{,}8 & \text{für } x \leq 625 \text{ nm} \leq x \leq 675 \text{ nm} \\ -(0{,}8/125\,\text{nm}) + 5{,}12 & \text{für } x \leq 675 \text{ nm} \leq x \leq 800 \text{ nm} \\ 0 & \text{für } x \geq 800 \text{ nm} \end{cases}$$

Beispiel

Ein Kraftwerksblock kann eine Leistung von 150 MW abgeben. Dieser Block ist als Spitzenlastkraftwerk ausgelegt. Sein Betriebszustand kann also schnell dem Energiebedarf angepaßt werden. Nun wird definiert, welchen Energiebedarf man

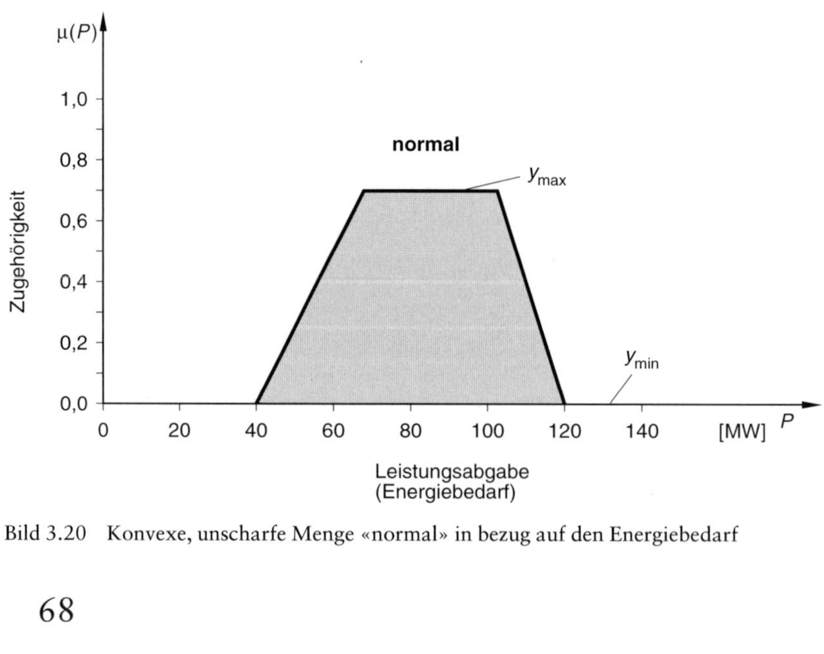

Bild 3.20 Konvexe, unscharfe Menge «normal» in bezug auf den Energiebedarf

bezogen auf diesen Kraftwerksblock als *normal* ansehen kann. Für diese Festlegung wählt man als Definitionsmenge den Energiebedarf. Die unscharfe Menge wird mit der Bezeichnung *normal* beschrieben. Ein mittlerer Energiebedarf wird in einem weiten Bereich als normal bezeichnet, so daß sich die in Bild 3.20 dargestellte unscharfe Menge ergibt, die konvex ist.

3.4.2 Normalisierte Fuzzy-Sets

Die Normalisierung ist bei der Anwendung der Fuzzy-Logik eine sehr verbreitete Anpassungsmethode, damit sich die weitere Verarbeitung (in Soft- oder Hardware) der Fuzzy-Sets vereinfacht. So ist sie unter anderem auch ein Charakteristikum für die bereits zuvor definierte unscharfe Zahl. Die wichtigste Methode der Normalisierung ist die *Einheits-Intervall-Normalisierung*. Auf genau dieser Methode basieren die *normalisierten Fuzzy-Sets*.

Bemerkung: Wenn im folgenden der Begriff Normalisierung benutzt wird, dann ist immer, wenn nicht anders beschrieben, die Einheits-Intervall-Normalisierung gemeint.

Die Normalisierung benutzt man, wenn in dem Bereich der betrachteten Wertemenge, der Zugehörigkeitswert $\mu(x) = 1$ nicht auftritt. Dies kann z. B. der Fall sein, wenn man nur einen Ausschnitt aus einem Gesamtzusammenhang betrachtet. Dann wird der größte auftretende Zugehörigkeitswert y_{max} auf $\mu(x = \mathrm{m}) = 1$ angehoben. Dadurch ändern sich zwangsläufig auch alle anderen Zugehörigkeitswerte.

Definition 3.5 Normalisiertes Fuzzy-Set

$$\forall\, x \in X: \quad M = \{(x; \mu_M(x)) \mid \mu_M(x) \in [0,1]\}$$
$$\exists\, x \in X: \quad \mu_M(x) = 1$$

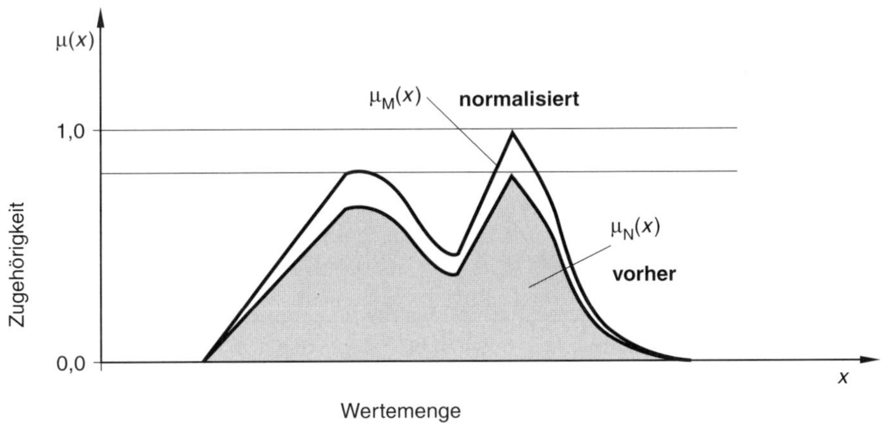

Bild 3.21 Normalisierung einer unscharfen Menge

Hier beschreibt [0, 1] das Einheitsintervall. Es handelt sich um eine unendliche Menge, in der nur reelle Werte zwischen 0 und 1 auftauchen. Entsprechend bedeutet dies für eine normalisierte unscharfe Menge, daß die Zugehörigkeitswerte zwischen null und eins liegen können, allerdings muß der Zugehörigkeitswert $\mu(x) = 1$ mindestens einmal auftreten. Er darf aber auch öfter auftreten, so daß auch ein nicht konvexes Fuzzy-Set normalisiert sein kann.

Für die Durchführung der Normalisierung ermittelt man den größten Zugehörigkeitswert y_{max} (vor der Normalisierung). Nun müssen alle vorhandenen Zugehörigkeitswerte durch diesen Wert dividiert werden. Dies führt zu dem Ergebnis, daß der größte vorhandene Zugehörigkeitswert $\mu(x) = 1$ wird. Alle Funktionswerte werden also um denselben Faktor gestreckt. Die Normierung auf die maximale Zugehörigkeit 1 scheint intuitiv sinnvoll, da wir sie mit dem Wahrheitsbegriff aus der klassischen Mengenlehre gleichsetzen.

Beispiel

Als Beispiel für eine normalisierte unscharfe Menge, die zusätzlich konvex ist, soll hier eine Jahreszeit betrachtet werden. Als Grundmenge werden die 12 Monate eines Jahres gewählt, auf der das Fuzzy-Set *Sommer* definiert wird:

Sommer = {(1; 0), (2; 0), (3; 0), (4; 0), (5; 0,33), (6; 0,66), (7; 1), (8; 1), (9; 0,5), (10; 0), (11; 0), (12; 0)}

Die unscharfe Menge beschreibt, welchen Wahrheitsgrad die verschiedenen Monate für die Jahreszeit Sommer haben, wobei für die höchste Zugehörigkeit $\mu(x = \mathrm{m}) = 1$ gilt. Die Monate, die den Zugehörigkeitswert $\mu(x) = 0$ besitzen,

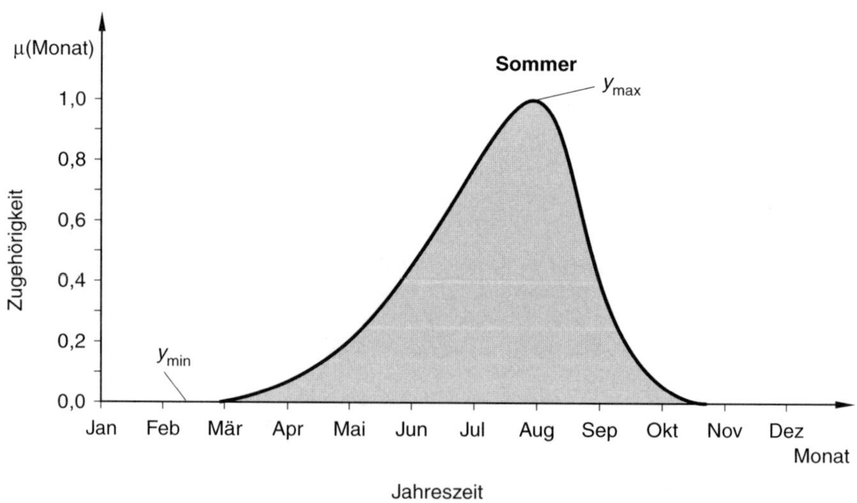

Bild 3.22 Normalisierte unscharfe Menge «Sommer»

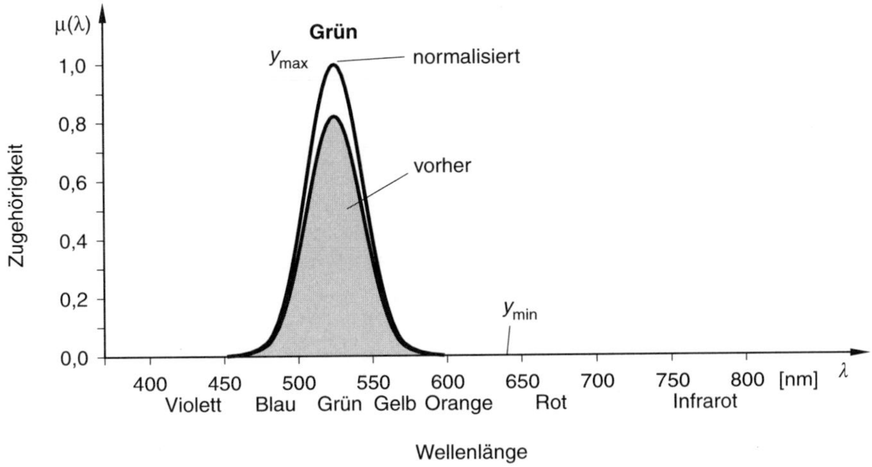

Bild 3.23 Normalisierte unscharfe Menge «Grün»

haben mit der Jahreszeit *Sommer* keine Gemeinsamkeit. Ihr Wahrheitswert ist Null (Bild 3.22).

Beispiel

An dieser Stelle soll noch einmal die unscharfe Menge *Grün* betrachtet werden (Bild 3.8). Bei diesem Fuzzy-Set handelt es sich um eine allgemeine unscharfe Menge. In dem ausgewählten Intervall tritt der Zugehörigkeitswert $\mu(x) = 1$ nicht auf. Der größte auftretende Zugehörigkeitswert ist $\mu(x = \mathrm{m}) = 0{,}82$. Durch genau diesen Wert werden die verschiedenen Zugehörigkeitsgrade dividiert. Anders ausgedrückt bedeutet dies, daß sie mit dem Faktor $1/0{,}82 = 1{,}22$ gestreckt werden. Es entsteht die in Bild 3.23 dargestellte, normalisierte unscharfe Menge.

3.4.3 Stückweise stetige Fuzzy-Sets

Der in der unscharfen Mengentheorie verwendete Begriff der Stetigkeit bzw. Unstetigkeit kommt aus der klassischen Mathematik. Mit Hilfe der Stetigkeitsbedingung soll eine eindeutige Zuordnung im Sinne der Abbildungsvorschrift zwischen dem Element der Grundmenge und dem Grad seiner Zugehörigkeit zu eben dieser Grundmenge gewährleistet sein:

Definition 3.6 Stetiges Fuzzy-Set

$$\forall\, x \in X: \quad M = \{(x; \mu(x)) \mid \mu(x) \in [y_{\min}, y_{\max}]\}$$

$$\forall\, x_a, x_b \in X: \quad |\, \mu(x_a) - \mu(x_b)\, | < z \qquad \text{für } |\, x_a - x_b\, | < y$$

$$\text{mit } z > 0;\ y > 0$$

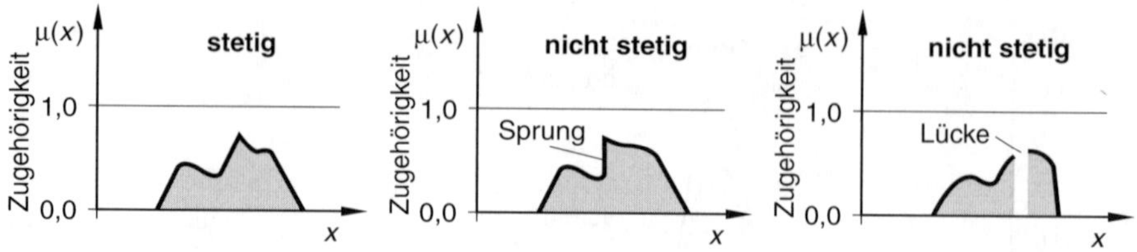

Bild 3.24 Stetige und unstetige Funktionsverläufe

Die unscharfe Menge ist genau dann stetig, wenn im Verlauf der Zugehörigkeitsfunktion keine Sprünge und keine undefinierten Stellen auftreten. Bild 3.24 zeigt Beispiele für stetige und unstetige Mengen.

3.5 Unscharfe Intervalle

Neben den unscharfen Zahlen sind auch die unscharfen Intervalle spezielle unscharfe Mengen. Sie werden wegen ihrer Gestalt auch als *Fuzzy-Plateauzahlen* bezeichnet [7]. Beide Fuzzy-Mengen sind konvex, normalisiert und stückweise stetig. Sie unterscheiden sich lediglich in der Ausbildung ihres Maximums. Während bei der Fuzzy-Zahl die maximale Zugehörigkeit nur genau einmal auftaucht, erstreckt sie sich bei Fuzzy-Intervallen über einen Bereich (scharfes Intervall, Plateau, Kern) der Grundmenge. Der maximale Zugehörigkeitswert ist sowohl bei Fuzzy-Zahlen als auch bei Fuzzy-Intervallen Eins.

Definition Unscharfes Intervall (fuzzy flat number)

$$\forall\, x \in R: \qquad M = \{(x; \mu_M(x)) \mid \mu_M(x) \in [0, 1]\}$$
$$\forall\, x \in [\mathrm{m_l}, \mathrm{m_r}]: \qquad \mu_M(x) = 1$$

mit $\mathrm{m_l} < \mathrm{m_r}$
M ist konvex
M ist normalisiert
M ist stückweise stetig

In der Praxis tritt das unscharfe Intervall meistens in trapezförmiger Gestalt auf. Wie auch bei der unscharfen Zahl sind hierfür die einfache mathematische Beschreibung der trapezförmigen Gestalt und damit die günstige Implementierung in entsprechende Soft- und Hardwarelösungen der Grund [13].

Beispiel

Im Beispiel nach Bild 3.7 wurde das konvexe Fuzzy-Set *warm* definiert. Bei diesem Fuzzy-Set tritt ein breites Maximum mit identischen Zugehörigkeiten auf. Aller-

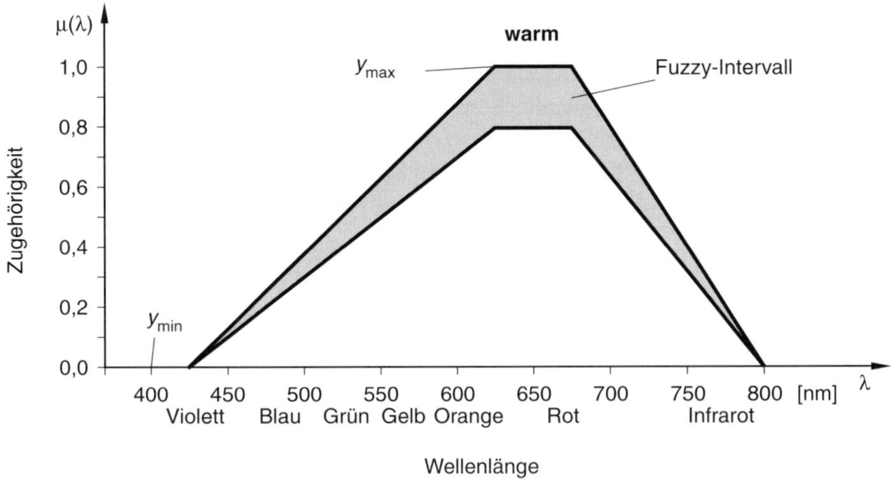

Bild 3.25 Unscharfes Intervall für «warm»

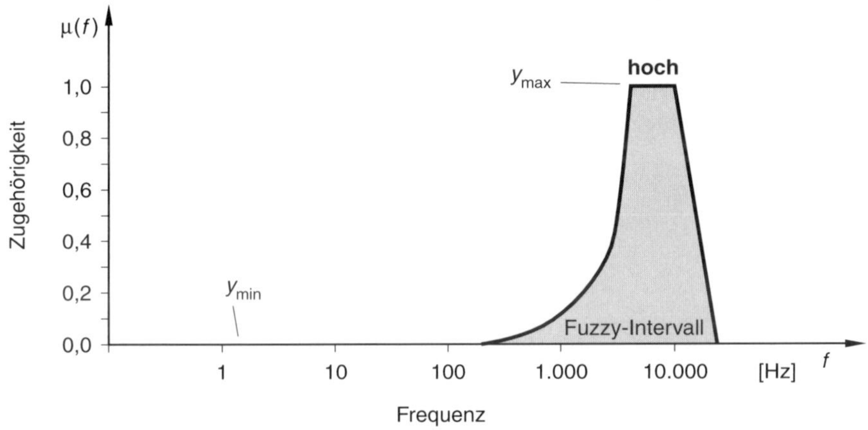

Bild 3.26 Unscharfes Intervall «hoch» auf der Basis von hörbaren Frequenzen

dings ist der Grad der maximalen Zugehörigkeit in diesem Beispiel kleiner als Eins. Aus Gründen der Vergleichbarkeit mit anderen Eigenschaften wie z. B. *kalt* und *heiß* soll das Fuzzy-Set normalisiert werden, so daß der gesamte Bereich, in dem der maximale Zugehörigkeitswert auftritt, auf $\mu(x) = 1$ angehoben wird (Bild 3.25).

Beispiel

Der Mensch ist in der Lage, Frequenzen von ca. 50 Hz bis ungefähr 18 kHz zu hören. Innerhalb dieses Intervalls kann man z. B. hohe und tiefe Töne voneinander unterscheiden. Je größer die Frequenz, desto höher empfindet man den Ton. Allerdings hat jeder Mensch ein anderes Hörempfinden, was im frühen Kindesalter erlernt wird. Darüber hinaus kann das Gehör z. B. durch Umweltgeräusche geschädigt sein oder im Alter schlechter werden. Der Begriff *hoch* kann in diesem Zusammenhang gut mit einer unscharfen Menge in bezug auf die Frequenz beschrieben werden. Der Verlauf der charakteristischen Funktion zeigt, daß es sich bei der unscharfen Mengendarstellung um ein unscharfes Intervall handelt (Bild 3.26).

3.6 Scharfe Kenngrößen unscharfer Mengen

In diesem Abschnitt sollen einige Begriffe, die im Zusammenhang mit unscharfen Mengen immer wieder auftauchen und diese in bestimmter Hinsicht beschreiben bzw. charakterisieren, vorgestellt werden. Sie kennzeichnen unscharfe Mengen und können daher auch als ihre Kenngrößen aufgefaßt werden.

3.6.1 Stützmenge

Neben den deutschen Begriffen *Stützmenge*, *Träger* oder *Einflußbreite* wird auch der englische Begriff *Support* verwendet. Die Stützmenge kennzeichnet den Bereich der Grundmenge, dem eine Zugehörigkeit größer null zugeordnet ist:

Definition Stützmenge (Support)

$\forall x \in X$: $S(M) = \{x \mid \mu_M(x) > 0\}$
mit $S(M) \subseteq X$

Eine unscharfe Menge ist immer auf einer Grundmenge X definiert. In der Regel existieren in dieser Grundmenge aber auch Elemente, deren Zugehörigkeitswerte $\mu(x) = 0$ sind. Die Stützmenge enthält alle Elemente der Grundmenge, deren Zugehörigkeitswerte $\mu(x) > 0$ sind. Da die Grundmenge eine scharfe Menge ist und die Stützmenge ausschließlich Elemente der Grundmenge enthält, ergibt sich auch die Stützmenge wieder als eine klassische scharfe Menge. Sie ist eine Teilmenge der Grundmenge oder entspricht der Grundmenge.

Obwohl die Stützmenge ein Charakteristikum für die unscharfe Menge ist, handelt es sich bei ihr um eine klassische scharfe Menge (Bild 3.27).

3.6.2 α-Niveau-Menge

Bei der *α-Niveau-Menge* bzw. dem *α-Schnitt* handelt es sich um eine Weiterentwicklung der Stützmenge. Aus dem Englischen stammen die entsprechenden Bezeichnungen *α-level set* für α-Niveau-Menge und *α-cut* für *α-Schnitt*:

Definition α-Niveau-Menge (α-level set)

$$\forall x \in X: \quad S_\alpha(M) = \{x \mid \mu_M(x) \geq \alpha\}$$

$$\text{mit} \quad S_\alpha(M) \subseteq X$$
$$S_\alpha(M) \subseteq S(M) \subseteq X$$
$$\alpha \in [0, 1]$$

Wie auch die Stützmenge ist die α-Niveau-Menge ebenfalls eine scharfe Menge, die aus einem Teil der Grundmenge besteht oder gleich der Grundmenge selbst ist. Für die Elemente der α-Niveau-Menge muß gelten, daß der Zugehörigkeitswert jedes Elementes größer oder gleich dem festgelegten Wert α ist (Bild 3.27). Die α-Niveau-Menge kennzeichnet somit den Grundmengenbereich, für den die Zugehörigkeitsfunktion einen Minimalwert α nicht unterschreitet. Im Grenzfall sind Stützmenge und α-Niveau-Menge gleich.

Obwohl die α-Niveau-Menge ein Charakteristikum für die unscharfe Menge ist, handelt es sich bei ihr um eine klassische scharfe Menge (Bild 3.27).

3.6.3 Kernmenge

Die *Kernmenge* (kurz *Kern*) oder die *Toleranz* einer unscharfen Menge ist der scharfe Bereich der Grundmenge, für den die Zugehörigkeitsfunktion den Wert Eins besitzt:

Definition Kernmenge

$$\forall x \in X: \quad K(M) = \{x \mid \mu_M(x) = 1\}$$

$$\text{mit} \quad K(M) \subseteq X$$
$$K(M) \subseteq S_\alpha(M) \subseteq S(M) \subseteq X$$

Man erkennt, daß der Kern einer unscharfen Menge das unscharfe Intervall in das scharfe Intervall (Plateau der Fuzzy-Plateauzahl) überführt. Dabei werden die unscharfen Zonen des Fuzzy-Intervalls vernachlässigt.

Obwohl die Kernmenge ein Charakteristikum für die unscharfe Menge ist, handelt es sich bei ihr um eine klassische scharfe Menge (Bild 3.27).

3.6.4 Höhe

Unter der *Höhe* (*height*) einer unscharfen Menge M versteht man den größten Zugehörigkeitswert eines Elementes aus der Grundmenge X. In diesem Zusammenhang spricht man auch vom sogenannten *Gipfelwert* einer unscharfen Menge. Aus der klassischen Mathematik kennt man den Begriff des *Supremums* – abgekürzt *sup* – im Sinne der kleinsten oberen Grenze (Schranke). Da alle Zugehörigkeitswerte $\mu_M(x)$ definitionsgemäß im Intervall [0, 1] liegen, gibt es stets ein Supremum, ohne daß man für den Nachweis immer eine Grenzwertunter-

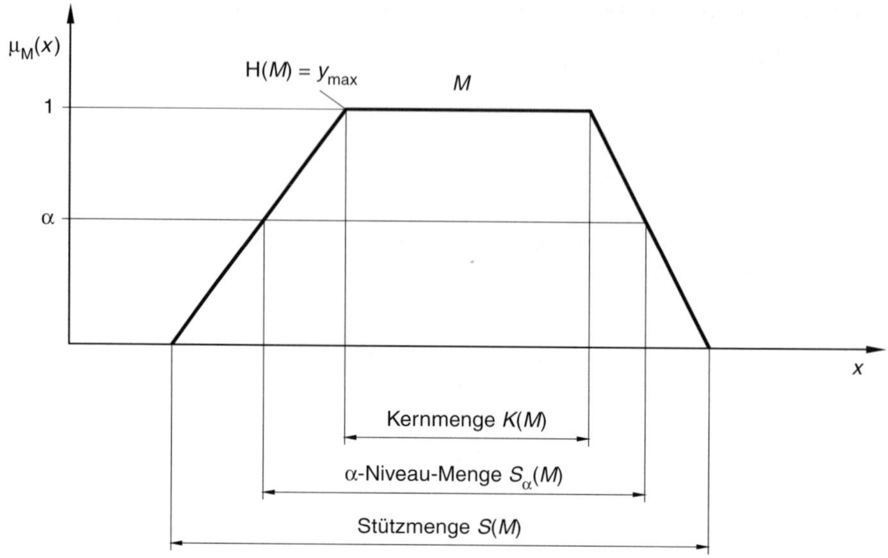

Bild 3.27 Stützmenge, α-Niveaumenge, Kernmenge, Höhe

suchung durchführen muß. Der als Maximalwert aller Zugehörigkeitswerte mit y_{max} bezeichnete Wert ist mit dem Supremum gleichzusetzen (Bild 3.27).

Definition Höhe (height)

$\forall\, x \in X$: $\quad H(M) = \sup\, [\mu_M(x)]$

$H(M) = y_{max}$

mit $\quad 0 \leq H(M) \leq 1$

3.6.5 Mächtigkeit

Die *Mächtigkeit* (*Kardinalität*) einer unscharfen Menge läßt sich sowohl für abzählbare (endliche) als auch für nicht abzählbare (unendliche) Fuzzy-Mengen bestimmen. Darüber hinaus unterscheidet man absolute und relative Mächtigkeit einer Fuzzy-Menge [8].

Definition Absolute Mächtigkeit $|M|$ und Relative Mächtigkeit $\|M\|$

$\forall\, x \in X$: $\quad |M| = \sum_{i=1}^{n} \mu_M(x_i)$

$\|M\| = |M|/n$

mit $\quad X$ ist abzählbar (endlich)

$$\forall\, x \in X: \qquad |M| = \int_X \mu_M(x_i)\, dx$$

bzw.

$$|M| = \int_{X_{min}}^{X_{max}} \mu_M(x_i)\, dx$$

$$\| M \| = |M| / (x_{max} - x_{min})$$

mit X ist nicht abzählbar (unendlich)

$x_{max} > x_{min} \geq 0$

Die Mächtigkeit einer unscharfen Menge wird mit einer scharfen Zahl beschrieben. Diese Zahl gewinnt man dadurch, daß man die Zugehörigkeitswerte aller in der endlichen Grundmenge X vorhandenen Elemente addiert. Liegt ein Fuzzy-Set mit einer nicht abzählbaren Grundmenge X vor, so ist es nicht mehr möglich, die Mächtigkeit durch Summieren zu erhalten. In einem solchen Fall geht die Addition in eine Integration über. Bei einer Grundmenge mit nicht abzählbaren Elementen berechnet man das Integral der Zugehörigkeitsfunktion $\mu(x)$ in den Grenzen x_{min} und x_{max}. Man erhält als Ergebnis die Fläche unter der Zugehörigkeitsfunktion.

Auch bei der relativen Mächtigkeit handelt es sich um eine scharfe Zahl. Zu ihrer Berechnung benötigt man die absolute Mächtigkeit. Im Falle einer endlichen Grundmenge X ergibt sich die relative Mächtigkeit durch Division der absoluten Mächtigkeit mit der Anzahl n der in der Grundmenge X vorhandenen Elemente. Bei einer nicht abzählbaren Grundmenge X teilt man statt dessen durch die positive Differenz $(x_{max} - x_{min})$. Die relative Mächtigkeit entspricht dann der klassischen Mittelwertbildung.

3.7 Übungsaufgaben

Aufgabe 3.1

Gegeben sind die unscharfen Mengen *A*, *B*, *C*, *D* und *E* laut Bild 3.28.

Wie lauten die Zugehörigkeitsfunktionen der fünf Fuzzy-Mengen mit und ohne Verwendung der Maximum-Funktion?

Aufgabe 3.2

Gegeben sind die unscharfen Mengen *B*, *C* und *D* der Aufgabe 3.1. Gesucht sind die Spannweiten und die Maximalstellen der Fuzzy-Mengen.

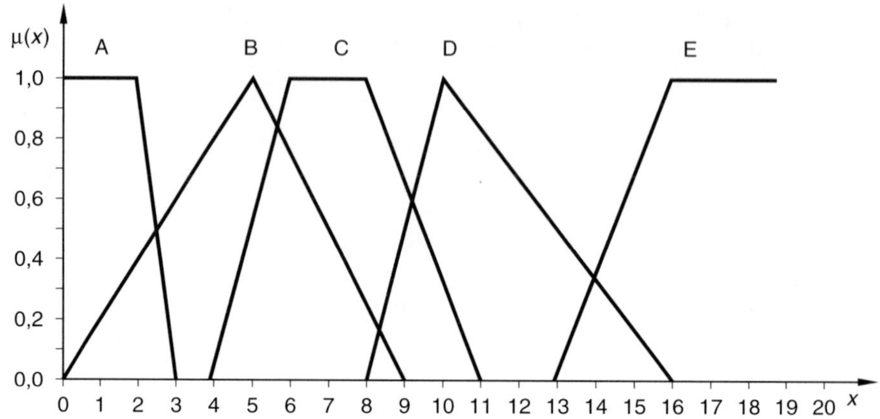

Bild 3.28 Zugehörigkeitsfunktionen der Fuzzy-Mengen *A*, *B*, *C*, *D* und *E*

Aufgabe 3.3

Gegeben sind die fünf unscharfen Mengen *A*, *B*, *C*, *D* und *E* der Aufgabe 3.1. Berechnen Sie alle Kreuzungspunkte $(x_{ki}; \mu(x_{ki}))$ der Zugehörigkeitsfunktionen.

Aufgabe 3.4

Gegeben ist die sogenannte *S*-Funktion mit den beiden reellen Parametern a und b:

$$S(x): \quad \mu_S(x) = \begin{cases} 0 & \text{für } x \leq (\mathrm{a}-\mathrm{b}) \\ 2 \cdot \left(\dfrac{x-\mathrm{a}+\mathrm{b}}{2\mathrm{b}}\right)^2 & \text{für } x \in [(\mathrm{a}-\mathrm{b}), \mathrm{a}] \\ 1 - 2 \cdot \left(\dfrac{\mathrm{a}+\mathrm{b}-x}{2\mathrm{b}}\right)^2 & \text{für } x \in [\mathrm{a}, (\mathrm{a}+\mathrm{b})] \\ 1 & \text{fürx} \geq (\mathrm{a}+\mathrm{b}) \end{cases}$$

Zeichnen Sie den Verlauf der Zugehörigkeitsfunktion im Intervall [–3,7] für die drei Bedingungen $2a = b = 4$, $2b = a = 2$ und $b = a = 2$. Wie wirken sich die Parameter a und b aus?

Aufgabe 3.5

Gegeben sind die linke und die rechte Referenzfunktion einer Fuzzy-Zahl *M* in Parameterdarstellung:

$$\mathrm{M}(4.5, 0.8, 2.5)_{\mathrm{LR}}: \quad \mathrm{L}(x) = \begin{cases} \dfrac{1}{1+x^2} & \text{für } x \geq 0 \\ 0 & \text{für } x < 0 \end{cases} \qquad R(x) = \begin{cases} e^{-x^2} & \text{für } x \geq 0 \\ 0 & \text{für } x < 0 \end{cases}$$

Bestimmen Sie die Zugehörigkeitsfunktion der Fuzzy-Zahl. Wie wird die Fuzzy-Zahl in Zadeh-Notation geschrieben? Bestimmen Sie die Grenzwerte für die Integralschreibweise rechnerisch. Skizzieren Sie sowohl die Referenzfunktionen als auch die Zugehörigkeitsfunktion der Fuzzy-Zahl.

Aufgabe 3.6

Die LR-Referenzfunktionen einer parametrisierten Fuzzy-Zahl N lauten:

$$N(2, 1, 2)_{\mathrm{LR}}: \quad \mathrm{L}(x) = \max[0, 1 - 5x^3]; \quad \mathrm{R}(x) = \max[0, 1 - \sqrt{x}]$$

Bestimmen Sie die Zugehörigkeitsfunktion der Fuzzy-Zahl und die entsprechende Zadeh-Notation. Bestimmen Sie die Grenzwerte für die Integralschreibweise rechnerisch. Skizzieren Sie sowohl die Referenzfunktionen als auch die Zugehörigkeitsfunktion der Fuzzy-Zahl.

4 Grundbegriffe, Operationen und Eigenschaften unscharfer Mengen

Nach der Vorstellung, wie ein Fuzzy-Set oder eine unscharfe Menge entsteht und welche Typen existieren, soll dieses Kapitel zeigen, wie verschiedene Mengen über Operationen miteinander verknüpft werden können.

4.1 Grundlegendes für unscharfe Mengen

In diesem Abschnitt werden die bekannten Grundbegriffe aus der klassischen Mengenlehre auf die unscharfen Mengen übertragen. Zu diesen Grundbegriffen zählt man neben der Universalmenge und der Leermenge auch alle Teilmengen. Darüber hinaus werden die Gleichheit zweier Fuzzy-Mengen und der Begriff der unscharfen Potenzmenge definiert und erläutert.

4.1.1 Unscharfe Universalmenge

Definition Unscharfe Universalmenge E

$$\forall\, x \in X: \qquad E = \{(x; \mu_E(x))\}$$
$$\mu_E(x) = 1 \qquad \forall\, x \in X$$

Bei der unscharfen Universalmenge E handelt es sich um eine Menge, in der für jedes Element der Grundmenge der Zugehörigkeitswert $\mu(x) = 1$ ist. Wird die Universalmenge grafisch dargestellt, ergibt sich eine Parallele zur Grundmengenachse. Die unscharfe Universalmenge unterscheidet sich nicht von der in Kapitel 2 definierten scharfen Universalmenge.

Die unscharfe Universalmenge ist immer eine scharfe Menge.

Beispiel

In Kapitel 3 wurden bereits verschiedene Beispiele mit Farben angeführt. Wenn alle Wellenlängen, die das menschliche Auge wahrnehmen kann, gemischt werden, so wie es bei Sonnenlicht der Fall ist, empfindet der Mensch dieses Licht als *Weiß*. Wenn man nun die unscharfe Menge *Weiß* in bezug auf die Wellenlängen beschreibt, erhält man als Ergebnis die Universalmenge E. Hierbei ist die Definitionsmenge das für das menschliche Auge sichtbare Wellenlängenspektrum (Bild 4.1).

4.1.2 Unscharfe leere Menge

Definition Unscharfe leere Menge $\varnothing$

$$\forall\, x \in X: \qquad \varnothing = \{(x; \mu_{\varnothing}(x))\}$$
$$\mu_{\varnothing}(x) = 0 \qquad \forall x \in X$$

Bei der unscharfen leeren Menge $\varnothing$ handelt es sich um das Gegenteil der unscharfen Universalmenge. Für alle in der Grundmenge vorhandenen Elemente muß gelten, daß der Zugehörigkeitswert $\mu(x) = 0$ ist. Wie auch bei der Universalmenge handelt es sich hier um eine scharfe Menge. Sie ist gleichzusetzen mit der scharfen leeren Menge. Wird die leere Menge grafisch dargestellt, so verläuft die Zugehörigkeitsfunktion dieser Menge auf der Grundmengenachse mit $\mu(x) = 0$.

Beispiel

Wie beschrieben, entspricht die unscharfe Menge *Weiß* der Universalmenge. Wenn man sich in Anlehnung an die Farbbeispiele nun vorstellt, daß keine der betrachteten Wellenlängen vorhanden ist, oder anders ausgedrückt, daß kein Licht existiert, so kann das Auge auch nichts wahrnehmen. Dies wird man als *Schwarz* bezeichnen. Wenn man den Farbeindruck *Schwarz* als unscharfe Menge betrachtet, entspricht dies der unscharfen leeren Menge (Bild 4.1).

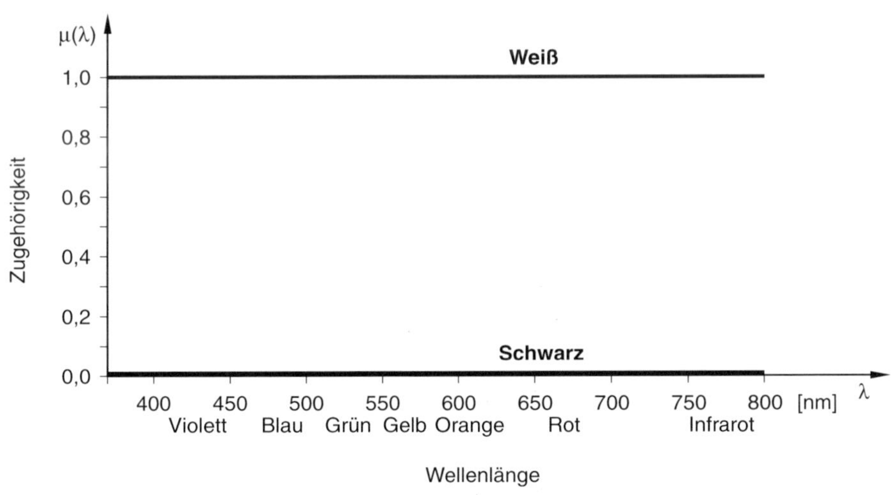

Bild 4.1 Die unscharfen Mengen «Weiß» (Universalmenge) und «Schwarz» (leere Menge)

4.1.3 Gleichheit zweier Fuzzy-Mengen

Zwei klassische Mengen M_1 und M_2, die auf der gleichen Grundmenge X definiert sind, sind genau dann gleich, wenn sie exakt die gleichen Elemente besitzen. Die Elemente einer Menge werden durch ihre Eigenschaften, d. h. durch ihre Prädikate, beschrieben. Die mathematische Beschreibung einer unscharfen Menge erfolgt z. B. durch die Zugehörigkeitsfunktion (Kapitel 3) auf einer Grundmenge. Somit bietet es sich an, die Beziehungen zweier unscharfer Mengen zueinander durch ihre Zugehörigkeitsfunktionen auszudrücken. Die Gleichheit zweier unscharfer Mengen ist dann folgendermaßen definiert:

Definition Gleichheit zweier Fuzzy-Mengen

$$\forall x \in X: \qquad M_1 = M_1 \Leftrightarrow \mu_{M_1}(x) = \mu_{M_2}(x)$$

$$\text{mit} \quad \forall x \in X: \qquad M_1 = \{(x; \mu_{M_1}(x))\}$$
$$\forall x \in X: \qquad M_2 = \{(x; \mu_{M_2}(x))\}$$

Zwei Fuzzy-Mengen M_1 und M_2 sind genau dann gleich (identisch), wenn alle Wertepaare — bestehend aus den Elementen x und den Zugehörigkeitsgraden $\mu(x)$ – identisch sind. Dies gilt sowohl für endliche als auch für unendliche Fuzzy-Mengen. Sobald nur ein Zugehörigkeitsgrad eines Elementes unterschiedlich ist, liegt keine Gleichheit mehr vor, auch dann nicht, wenn die Anzahl der Elemente x übereinstimmt.

4.1.4 Fuzzy-Teilmenge (Inklusion)

Mittels der einzelnen Zugehörigkeitsgrade lassen sich auch unscharfe Teilmengen definieren:

Definition Fuzzy-Teilmenge

$$\forall x \in X: \qquad M_1 \subseteq M_2 \Leftrightarrow \mu_{M_1}(x) \leq \mu_{M_2}(x)$$
$$M_1 \subset M_2 \Leftrightarrow \mu_{M_1}(x) < \mu_{M_2}(x)$$

$$\text{mit} \quad \forall x \in X: \qquad M_1 - \{(x; \mu_{M_1}(x))\}$$
$$\forall x \in X: \qquad M_2 = \{(x; \mu_{M_2}(x))\}$$

Die beiden Fuzzy-Mengen sind wieder über der gemeinsamen Grundmenge X mittels ihrer Zugehörigkeitsfunktionen beschrieben. Wenn die Zugehörigkeitswerte aller Elemente der Fuzzy-Menge M_2 größer als die der entsprechenden Fuzzy-Menge M_1 sind, so ist M_1 eine unscharfe Teilmenge der Fuzzy-Menge M_2. Man sagt, M_2 ist *echt enthalten* in M_1. Für den Fall, daß einige Elemente aus beiden Mengen gleicher Zugehörigkeit sind, spricht man davon, daß M_2 *in* M_1

enthalten ist. Beschreibt man ein nicht vorhandenes Element mit der Zugehörigkeit null und ein vorhandenes Element mit der Zugehörigkeit eins, so erkennt man, daß auch die klassische scharfe Teilmenge als Spezialfall enthalten ist.

4.1.5 Fuzzy-Potenzmenge

Die Menge aller unscharfen Teilmengen auf einer scharfen Grundmenge X wird – in Anlehnung an den klassischen Fall – die unscharfe Potenzmenge $P(X)$ genannt.

Definition Fuzzy-Potenzmenge

$$\forall x \in X: \quad P(X) = \{M \mid M \text{ Fuzzy-Menge auf } X\}$$

$$M_i \in P(X)$$

$$\text{mit} \quad \forall x \in X: \quad M_i = \{(x; \mu_{M_i}(x))\}$$

$$i = 1, 2, 3, \cdots \infty$$

4.2 Fuzzy-Elementaroperationen

Da sich alle in der Literatur vorkommenden Fuzzy-Operationen, deren Anzahl bei genauerer Betrachtung beliebig groß werden kann, im Kern auf die aus der klassischen Mengenalgebra stammenden Verknüpfungen Durchschnitt, Vereinigung und Komplement zurückführen lassen, werden sie hier Elementaroperationen genannt. Ihre elementare Bedeutung wird vor dem Hintergrund, daß sie von ZADEH als Ausgangspunkt für die Entwicklung und den Auf- bzw. Ausbau seiner Fuzzy-Set-Theory herangezogen wurden, deutlich [1; 14]. Auch benutzte bereits der Mathematiker LUKASIEWICZ diese drei Grundoperationen zum Aufbau seiner mehrwertigen Logik. Es folgt nun die «Fuzzyfizierung» der drei Elementaroperationen.

4.2.1 Fuzzy-Durchschnitt

Der Fuzzy-Durchschnitt zweier unscharfer Mengen A und B wird auf die klassische Minimum-Operation min [...] zurückgeführt (vgl. Kapitel 2).

Definition Fuzzy-Durchschnitt

$$A \cap B: \quad \forall x \in X: \quad \mu_{A \cap B}(x) = \min[\mu_A(x), \mu_B(x)]$$

$$\text{mit} \quad \forall x \in X: \quad A = \{(x; \mu_A(x))\}$$

$$B = \{(x; \mu_B(x))\}$$

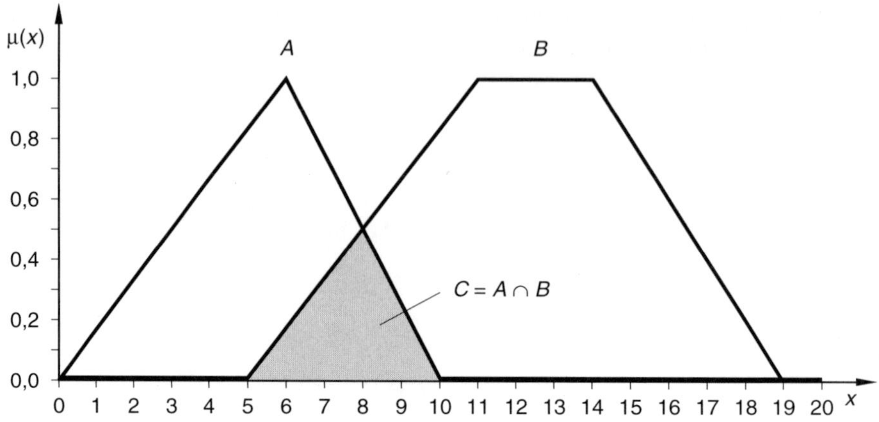

Bild 4.2 Darstellung des Fuzzy-Durchschnitts

Bild 4.2 läßt erkennen, daß der Fuzzy-Durchschnitt C zweier Fuzzy-Mengen A und B punktweise, d. h. für jedes Element x über der gesamten Grundmenge X, gebildet wird. Hierzu wird gemäß der klassischen Minimum-Operation nach Kapitel 2 für ein x-Element der jeweils kleinste Zugehörigkeitswert $\mu(x)$ der beiden Fuzzy-Mengen A und B ausgewählt. Die Übertragung des Fuzzy-Durchschnitts auf beliebig viele Fuzzy-Mengen ist erlaubt:

$$M_1 \cap M_2 \cap \ldots \cap M_n = \bigcap_{\mathrm{i}=1}^{\mathrm{n}} M_i = N$$

$$\forall x \in X: \qquad \mu_{\mathrm{N}}(x) = \min\,[\mu_{\mathrm{M}_1}(x), \mu_{\mathrm{M}_2}(x), \ldots, \mu_{\mathrm{M}_\mathrm{n}}(x)]$$

Bild 4.2 zeigt die Minimum-Operation (kurz: min-Operation) für zwei unscharfe Beispielmengen A und B. Diese Beispielmengen wurden willkürlich ausgewählt und hätten auch jeden anderen Verlauf der Zugehörigkeitsfunktionen $\mu_\mathrm{A}(x)$ und $\mu_\mathrm{B}(x)$ haben können. Die Allgemeingültigkeit der min-Operation läßt sich besonders gut in tabellarischer Form darstellen. Sinn der tabellarischen Darstellung ist es, ein repräsentatives Spektrum aus allen denkbaren Zugehörigkeitsgraden zwischen null und eins beider an der Operation beteiligten Mengen zu erfassen und zu diesen μ-Kombinationen die entsprechende Verknüpfungsoperation, also hier die min-Operation, vorzunehmen und die Ergebnisse in die Tabelle einzutragen. Eine Einteilung des Einheitsintervalls [0, 1] in zehn Bereiche scheint für eine Beurteilung des Operatorverhaltens vollkommen ausreichend zu sein. In jedem Tabellenfeld (μ_A; μ_B) steht das Ergebnis der Mengenoperation min [$\mu_\mathrm{A}(x)$, $\mu_\mathrm{B}(x)$] (Bild 4.3).

$\mu_A \backslash \mu_B$	0.0	0.1	0.2	0.3	0.4	0.5	0.6	0.7	0.8	0.9	1.0
0.0	0	0	0	0	0	0	0	0	0	0	0
0.1	0	0.10	0.10	0.10	0.10	0.10	0.10	0.10	0.10	0.10	0.10
0.2	0	0.10	0.20	0.20	0.20	0.20	0.20	0.20	0.20	0.20	0.20
0.3	0	0.10	0.20	0.30	0.30	0.30	0.30	0.30	0.30	0.30	0.30
0.4	0	0.10	0.20	0.30	0.40	0.40	0.40	0.40	0.40	0.40	0.40
0.5	0	0.10	0.20	0.30	0.40	0.50	0.50	0.50	0.50	0.50	0.50
0.6	0	0.10	0.20	0.30	0.40	0.50	0.60	0.60	0.60	0.60	0.60
0.7	0	0.10	0.20	0.30	0.40	0.50	0.60	0.70	0.70	0.70	0.70
0.8	0	0.10	0.20	0.30	0.40	0.50	0.60	0.70	0.80	0.80	0.80
0.9	0	0.10	0.20	0.30	0.40	0.50	0.60	0.70	0.80	0.90	0.90
1.0	0	0.10	0.20	0.30	0.40	0.50	0.60	0.70	0.80	0.90	1

Bild 4.3 Tabellarische Darstellung des min-Operators

4.2.2 Fuzzy-Vereinigung

Die Fuzzy-Vereinigung zweier unscharfer Mengen *A* und *B* wird auf die klassische Maximum-Operation max [...] zurückgeführt (vgl. Kapitel 2).

Definition Fuzzy-Vereinigung

$A \cup B$: $\quad \forall x \in X$: $\quad \mu_{A \cup B}(x) = \max\left[\mu_A(x), \mu_B(x)\right]$

mit $\quad \forall x \in X$: $\quad A = \{(x; \mu_A(x))\}$

$B = \{(x; \mu_B(x))\}$

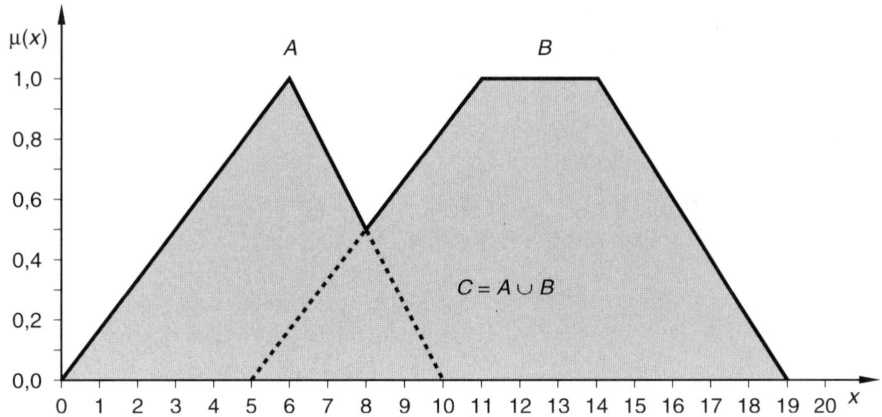

Bild 4.4 Darstellung der Fuzzy-Vereinigung

$\mu_A \backslash \mu_B$	0.0	0.1	0.2	0.3	0.4	0.5	0.6	0.7	0.8	0.9	1.0
0.0	0	0.10	0.20	0.30	0.40	0.50	0.60	0.70	0.80	0.90	1
0.1	0.10	0.10	0.20	0.30	0.40	0.50	0.60	0.70	0.80	0.90	1
0.2	0.20	0.20	0.20	0.30	0.40	0.50	0.60	0.70	0.80	0.90	1
0.3	0.30	0.30	0.30	0.30	0.40	0.50	0.60	0.70	0.80	0.90	1
0.4	0.40	0.40	0.40	0.40	0.40	0.50	0.60	0.70	0.80	0.90	1
0.5	0.50	0.50	0.50	0.50	0.50	0.50	0.60	0.70	0.80	0.90	1
0.6	0.60	0.60	0.60	0.60	0.60	0.60	0.60	0.70	0.80	0.90	1
0.7	0.70	0.70	0.70	0.70	0.70	0.70	0.70	0.70	0.80	0.90	1
0.8	0.80	0.80	0.80	0.80	0.80	0.80	0.80	0.80	0.80	0.90	1
0.9	0.90	0.90	0.90	0.90	0.90	0.90	0.90	0.90	0.90	0.90	1
1.0	1	1	1	1	1	1	1	1	1	1	1

Bild 4.5 Tabellarische Darstellung des max-Operators

Ähnlich der Bildung des Fuzzy-Durchschnitts wird auch die Fuzzy-Vereinigung *C* zweier Fuzzy-Mengen *A* und *B* punktweise, d. h. für jedes Element x über der gesamten Grundmenge X ermittelt. Hierzu wird gemäß der klassischen Maximum-Operation für ein x-Element der jeweils größte Zugehörigkeitswert $\mu(x)$ der beiden Fuzzy-Mengen *A* und *B* ausgewählt. Auch hier ist die Übertragung der Fuzzy-Vereinigung auf beliebig viele Fuzzy-Mengen erlaubt:

$$M_1 \cup M_2 \cup \ldots \cup M_n = \bigcup_{i=1}^{n} M_i = N$$

$$\forall x \in X: \qquad \mu_N(x) = \max\left[\mu_{M_1}(x), \mu_{M_2}(x), \ldots, \mu_{M_n}(x)\right]$$

Selbstverständlich läßt sich das spezielle Beispiel der max-Operation nach Bild 4.4 ähnlich der min-Operation verallgemeinern. Zur direkten Vergleichbarkeit der Operatoren wird die gleiche tabellarische Darstellungsform wie zuvor gewählt. Die einzelne μ-Kombination wird demnach wieder durch die zugehörige Zeile und Spalte dargestellt, und das Ergebnis der max-Operation befindet sich im entsprechenden zweidimensionalen Tabellenfeld (Bild 4.5).

4.2.3 Fuzzy-Komplement

Das Fuzzy-Komplement einer unscharfen Menge *M* wird auf das klassische Einerkomplement zurückgeführt (vgl. Kapitel 2).

Definition Fuzzy-Komplement

$$\overline{M}: \qquad \forall x \in X: \qquad \mu_{\overline{M}}(x) = 1 - \mu_M(x)$$

$$\text{mit} \qquad \forall x \in X: \qquad A = \{(x; \mu_M(x))\}$$

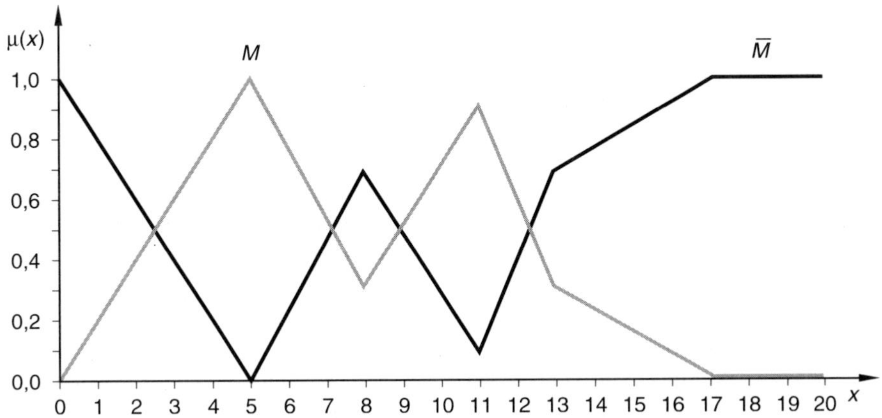

Bild 4.6 Darstellung des Fuzzy-Komplements

Bild 4.6 zeigt die Zugehörigkeitsfunktion einer unscharfen Menge M und ihres Komplementes $\overline{M}$. Die Bildung des Fuzzy-Komplements einer unscharfen Menge erfolgt wieder punktweise für jedes x-Element über der gesamten Grundmenge X. Da zur Bildung des Komplements nur eine Fuzzy-Menge erforderlich ist, spricht man bei der Komplementbildung von einer einstelligen Operation. Alle Operationen, die sich auf mehrere Operanden (hier unscharfe Mengen) beziehen, sind demzufolge mehrstelliger Natur.

> Im Gegensatz zur klassischen Mengenalgebra gilt die Komplementarität nicht.

Klassische Algebra: $M \cap \overline{M} = \varnothing$
$M \cup \overline{M} = E$

Fuzzy-Algebra $M \cap \overline{M} \neq \varnothing$
$M \cup \overline{M} \neq E$

Beispiel

$$\forall\, x \in X: \quad \mu_M(x) = 1 \quad \Rightarrow \quad \mu_{\overline{M}}(x) = 1 - 1 = 0$$
$$\mu_N(x) = 0{,}8 \quad \Rightarrow \quad \mu_{\overline{M}}(x) = 1 - 0{,}8 = 0{,}2$$

$$\forall\, x \in X: \quad \min\left[\mu_M(x), \mu_{\overline{M}}(x)\right] = \min\,[1, 0] = 0$$
$$\min\left[\mu_N(x), \mu_{\overline{N}}(x)\right] = \min\,[0{,}8,\ 0{,}2] = 0{,}2 \neq 0$$
$$\max\left[\mu_M(x), \mu_{\overline{M}}(x)\right] = \max\,[1, 0] = 1$$
$$\max\left[\mu_N(x), \mu_{\overline{N}}(x)\right] = \max\,[0{,}8,\ 0{,}2] = 0{,}8 \neq 1$$

$$M \cup \overline{M} = \varnothing \qquad N \cap \overline{N} \neq \varnothing$$
$$M \cup \overline{M} = E \qquad N \cup \overline{N} \neq E$$

Man erkennt, daß die Komplementarität nur für klassische scharfe Mengen (hier *M*) erfüllt ist.

4.3 Modellierte Operationen auf unscharfen Mengen

Eine fuzzy-logische Verallgemeinerung klassischer Mengenoperationen wie Mengendurchschnitt (klassisch-logisches UND) und Mengenvereinigung (klassisch-logisches ODER) ist nicht automatisch zielgerichtet. Vielmehr hat die Intention bei der Auswahl oder Festlegung einer Operationsvorschrift für das Einsatzspektrum der jeweiligen Fuzzy-Operation eine entscheidende Bedeutung. Aus rein mathematischer Sicht lassen sich zahlreiche Modifikationen (Modellierungen) der beiden Fuzzy-Elementaroperationen Fuzzy-Durchschnitt und Fuzzy-Vereinigung finden und sicherlich vernünftigen Schemata unterwerfen. Welche Und-Variante bzw. Oder-Variante aus fuzzy-logischer Sicht gerade den entsprechenden Anwendungsvorstellungen gerecht wird, ist bei der Vielzahl bekannter Varianten nicht allgemeingültig zu beantworten. Hier liegt im übrigen auch ein Kritikpunkt, den Fuzzy-Gegner wegen der fehlenden klassisch-mathematischen Transparenz und scheinbaren Willkür oft und nicht ganz zu Unrecht anführen. Allzuoft hängt die Leistungsfähigkeit eines Fuzzy-Operators von den speziellen Problemstellungen ab und ist daher nicht immer auf andere Anwendungen übertragbar. Allerdings ist hier aber auch die Stärke solcher modellierten Operatoren zu sehen, da sie auf spezielle praktische Gesichtspunkte eingehen, d. h. an die Erfahrungen ganz speziell angepaßt werden können.

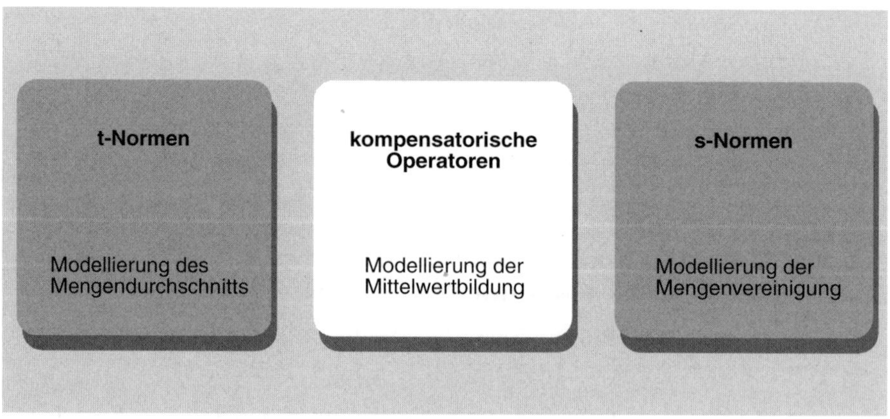

Bild 4.7 Allgemeine Einteilung der mehrstelligen Fuzzy-Operatoren

Jedoch ist für den ungeübten Anwender der Fuzzy-Logik oft die Anzahl der in der Literatur bekannten und vielzitierten Variationen von Operatoren, die ihren Namen in der Regel durch ihren Erfinder erhalten haben, verwirrend.

Wir möchten daher keine ausführliche Analyse aller bekannten bzw. häufig vorkommenden auf der Basis der Elementaroperatoren beruhenden Varianten vornehmen, zumal es hierfür bereits zahlreiche Veröffentlichungen gibt [7; 13]. An dieser Stelle soll eine strukturierte Vorstellung der bekanntesten Vertreter ausreichen. Die genauere Betrachtung der modellierten Grundoperationen erfolgt dann nach Bedarf.

Bei genauerer Betrachtung lassen sich die bekannten Fuzzy-Operatoren einem Schema unterwerfen. Bevor wir uns den einzelnen Operatortypen zuwenden, soll der Übersichtlichkeit halber die Einteilung kurz dargestellt werden (Bild 4.7).

So gibt es die Gruppe der Operatoren, die eine Modellierung der klassischen min-Operation sind. Man nennt sie t-Normen. Diese t-Normen teilen sich wieder in nicht-parametrisierte und parametrisierte t-Normen auf. In gleicher Weise lassen sich auch die auf der klassischen max-Verknüpfung basierenden s-Normen in solche ohne Parameter (nicht-parametrisierte s-Normen) und solche mit Parameter (parametrisierte s-Normen) aufteilen. Alle t-s-Normen enthalten sowohl in parametrisierter als auch in nicht-parametrisierter Form den Spezialfall der klassischen UND-Funktion (min-Operation) bzw. der klassischen ODER-Funktion (max-Operation).

Neben diesen t-s-Normen existieren noch die sogenannten kompensatorischen Fuzzy-Operatoren. Sie bilden eine fuzzy-logische Kombination aus einer Und-Verknüpfung und einer Oder-Verknüpfung. Sie sind als fuzzy-logisches Pendant zum klassischen Mittelwert zu sehen. Auch hier drücken sich unterschiedliche Interpretationen numerischer Mittelwerte und sprachlicher Mittelwertempfindungen wieder durch die Einteilung der kompensatorischen Fuzzy-Operatoren in parametrisierte und nicht-parametrisierte Varianten aus.

Bild 4.8 zeigt die Einteilung der Fuzzy-Operatoren bezüglich ihres fuzzy-logischen Verknüpfungsverhaltens. Den Bereich, den das Verknüpfungsergebnis annehmen kann, bezeichnet man dabei als Laufbereich des speziellen Operators. Anhand der Laufbereiche lassen sich die Verknüpfungseigenschaften der verschiedenen Operatoren miteinander vergleichen.

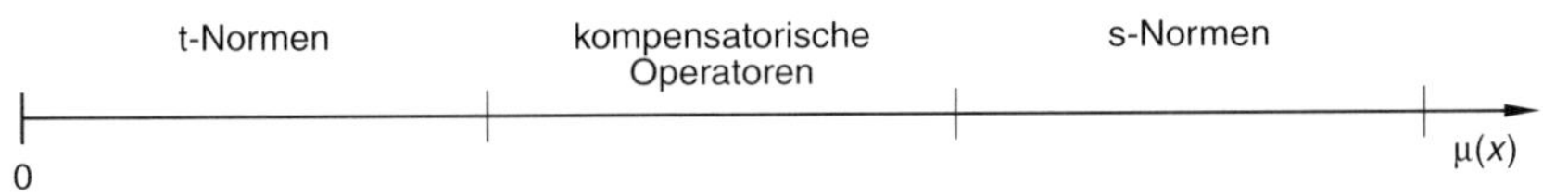

Bild 4.8 Laufbereiche der verschiedenen Fuzzy-Operatoren

4.3.1 Nicht-parametrisierte t- und s-Normen

Die Modellierung der min-Operation und der max-Operation führt auf zwei spezielle Operatorklassen. Man faßt alle Mengenoperationen zu einer gemeinsamen Verknüpfungsgruppe zusammen, die sich von ihrer Natur her auf eine klassische Mengendurchschnittsverknüpfung zurückführen lassen, und nennt sie Dreiecksnormen oder t-Normen (triangular). Analog zu dieser Vorgehensweise gehören alle die Verknüpfungsoperationen, die auf die Basis der klassischen Mengenvereinigung zurückzuführen sind, zur Gruppe der Dreiecks-Conormen (t-Conormen) oder s-Normen. Die zweistelligen Normenverknüpfungen sind üblicherweise auf dem Einheitsintervall [0, 1] erklärt.

Im folgenden werden bei den zu behandelnden Sachverhalten, z. B. bei der Behandlung von Verknüpfungseigenschaften, bei denen die spezielle t-Norm oder s-Norm nicht von Interesse ist, die beiden Operatorklassen abgekürzt:

t-Normen: $T[\mu_A(x), \mu_B(y)] = T[x, y]$

s-Normen: $S[\mu_A(x), \mu_B(y)] = S[x, y]$

Definitionsbereich: $T, S: [0, 1] \times [0, 1] \rightarrow [0, 1]$

mit $\mu_A(x) \xrightarrow{\text{Kurzschreibweise}} x$

$\mu_A(y) \xrightarrow{\text{Kurzschreibweise}} y$

«×» kartesisches Produkt

In Anlehnung an die klassische Minimum-Operation besitzen alle Operationen der Kategorie t-Norm die «1» als Neutralelement. Demzufolge ist das Neutralelement aller s-Normen, mit der Maximum-Operation als bekanntesten Vertreter, die «0»:

t-Norm: Neutralelement ist 1 $\xrightarrow{\text{d.h.}} T[1, \mu_M] = T[\mu_M, 1] = \mu_M$

s-Norm: Neutralelement ist 0 $\xrightarrow{\text{d.h.}} S[0, \mu_M] = S[\mu_M, 0] = \mu_M$

Allen t- und s-Normen gemeinsam ist die Gültigkeit des Kommutativgesetzes, des Assoziativgesetzes und der Monotonie (Näheres zu den Struktureigenschaften: vgl. Abschnitt 4.4):

Kommutativität: $T[\mu_A, \mu_B] = T[\mu_B, \mu_A]$

Assoziativität: $T[T[\mu_A, \mu_B], \mu_C] = T[\mu_A, T[\mu_B, \mu_C]]$

$S[S[\mu_A, \mu_B], \mu_C] = S[\mu_A, S[\mu_B, \mu_C]]$

Monotonie: $\mu_A \leq \mu_C;\ \mu_B \leq \mu_D \quad \Rightarrow \quad T[\mu_A, \mu_B] \leq T[\mu_C, \mu_D]$

$$S[\mu_A, \mu_B] \leq S[\mu_C, \mu_D]$$

mit den Kurzschreibweisen: $\mu_A = \mu_A(x);\ \mu_B = \mu_B(x);\ \mu_C = \mu_C(x);$
$\mu_D = \mu_D(x)$

Zu erkennen ist, daß für Operationen, die der t-Norm zugeordnet werden, das Nullelement die «0» und für Operationen, die der s-Norm zugeordnet werden, das Einselement die «1» ist:

t-Norm: Nullelement ist 0 $\xrightarrow{\text{d.h.}} T[0, \mu_A] = T[\mu_A, 0] = 0$

s-Norm: Einselement ist 1 $\xrightarrow{\text{d.h.}} S[1, \mu_A] = S[\mu_A, 1] = 1$

Die Ähnlichkeit zur klassischen Booleschen Algebra ist klar zu erkennen. Vertreter der t-Normen modellieren die klassische UND-Verknüpfung und die Vertreter der s-Normen modellieren die klassische ODER-Verknüpfung. Hier sei noch einmal die Analogie zur klassischen Logik gezeigt:

Boolesche UND-Operation:	$0 \wedge x = 0$	$\rightarrow$	Nullelement
	$1 \wedge x = x$	$\rightarrow$	Neutralelement
Boolesche ODER-Operation:	$1 \vee x = 1$	$\rightarrow$	Einselement
	$0 \vee x = x$	$\rightarrow$	Neutralelement

Hierbei steht der Platzhalter x stellvertretend für wahlweise 0 oder 1.

Neben den Verknüpfungseigenschaften Kommutativität, Assoziativität und Monotonie läßt sich auch allgemeingültig für alle t- und s-Normen zeigen, daß die Gesetze von De Morgan gelten:

De-Morgan-Gesetze: $\overline{T[\mu_A(x), \mu_B(x)]} = S\left[\overline{\mu_A(x)}, \overline{\mu_B(x)}\right]$

$$\overline{S[\mu_A(x), \mu_B(x)]} = T\left[\overline{\mu_A(x)}, \overline{\mu_B(x)}\right]$$

Klassische Analogie: $\overline{A \wedge B} = \overline{A} \vee \overline{B}$

$$\overline{A \vee B} = \overline{A} \wedge \overline{B}$$

Das Fuzzy-Komplement (Fuzzy-Negation) wurde bereits erklärt. Die Umsetzung dieses Sachverhaltes führt wie folgt auf eine einfache Beziehung zwischen t- und s-Normen:

Komplementbildung: $T[\mu_A(x), \mu_B(x)] = 1 - S[1 - \mu_A(x), 1 - \mu_B(x)]$

$$S[\mu_A(x), \mu_B(x)] = 1 - T[1 - \mu_A(x), 1 - \mu_B(x)]$$

Die Gültigkeit der De Morganschen Gesetze bei allen t- und s-Normen führt dazu, daß man t- und s-Normen immer zu sich ergänzenden Paaren zusammenfassen kann. In Anlehnung an diesen Tatbestand werden nun die wichtigsten namhaften Vertreter solcher t-s-Normen-Paare aufgelistet. Die Namensgebung der Operatoren weist auf den Begründer hin. Dabei wird jeder Operator mit Ausnahme des klassischen «min» und «max» mit einem «t» für die t-Norm und mit einem «s» für die s-Norm indiziert.

Achtung: In der nachfolgenden Auflistung stehen aus Gründen der Übersichtlichkeit die Kurzschreibweisen x statt $\mu_A(x)$ und y statt $\mu_B(x)$:

Definition Hamacher-Produkt (Hamacher product)
Hamacher-Summe (Hamacher sum)

$$\mathrm{ham}_t: \quad \forall x, y \in [0,1]: \quad \mathrm{ham}_t[x,y] = \frac{x \cdot y}{x + y - x \cdot y}$$

$$\mathrm{ham}_s: \quad \forall x, y \in [0,1]: \quad \mathrm{ham}_s[x,y] = \frac{x + y - 2 \cdot x \cdot y}{1 - x \cdot y}$$

Definition Algebraisches Produkt (algebraic product)
Algebraische Summe (algebraic sum)

$$\mathrm{alg}_t: \quad \forall x, y \in [0,1]: \quad \mathrm{alg}_t[x,y] = x \cdot y$$

$$\mathrm{alg}_s: \quad \forall x, y \in [0,1]: \quad \mathrm{alg}_s[x,y] = x + y - x \cdot y = 1 - (1 - x) \cdot (1 - y)$$

Definition Einstein-Produkt (Einstein product)
Einstein-Summe (Einstein sum)

$$\mathrm{ein}_t: \quad \forall x, y \in [0,1]: \quad \mathrm{ein}_t[x,y] = \frac{x \cdot y}{1 + (1 - x) \cdot (1 - y)}$$

$$\mathrm{ein}_s: \quad \forall x, y \in [0,1]: \quad \mathrm{ein}_s[x,y] = \frac{x + y}{1 + x \cdot y}$$

Definition Beschränkte Differenz (bounded difference)
Beschränkte Summe (bounded sum)

$$\mathrm{bes}_t: \quad \forall x, y \in [0,1]: \quad \mathrm{bes}_t[x,y] = \max[0, x + y - 1]$$

$$\mathrm{bes}_s: \quad \forall x, y \in [0,1]: \quad \mathrm{bes}_s[x,y] = \min[1, x + y]$$

Definition Drastisches Produkt (drastic product)
Drastische Summe (drastic sum)

$$\text{dra}_t: \qquad \forall x, y \in [0,1]: \qquad \text{dra}_t[x,y] = \begin{cases} x & \text{für } y = 1 \\ y & \text{für } x = 1 \\ 0 & \text{für } x, y < 1 \end{cases}$$

$$\text{dra}_s: \qquad \forall x, y \in [0,1]: \qquad \text{dra}_s[x,y] = \begin{cases} x & \text{für } y = 0 \\ y & \text{für } x = 0 \\ 1 & \text{für } x, y > 0 \end{cases}$$

Nun soll versucht werden, in das Dickicht der Verknüpfungsvorschläge ein System zu bekommen. Die Verknüpfungsergebnisse der unterschiedlichen t- und s-Normen für beliebige Zugehörigkeitsfunktionen der beteiligten Mengen *A* **und** *B* werden im Einheitsintervall [0, 1] einander gegenübergestellt. Faßt man den sich ergebenden numerischen Größenvergleich mit einer Anordnungskette zusammen, erhält man für die modellierten t- und s-Normen folgendes Ergebnis:

$$\text{t-Normen:} \quad \text{dra}_t[x,y] \leq \text{bes}_t[x,y] \leq \text{ein}_t[x,y] \leq \text{alg}_t[x,y] \leq \text{ham}_t[x,y] \leq \min[x,y]$$

$$\text{s-Normen:} \quad \max[x,y] \leq \text{ham}_s[x,y] \leq \text{alg}_s[x,y] \leq \text{ein}_s[x,y] \leq \text{bes}_s[x,y] \leq \text{dra}_s[x,y]$$

Die vorgestellten t- und s-Normen sind einige vielzitierte Vertreter unendlich vieler Varianten. Für eine grundsätzliche schematische Anordnung dieses Sachverhaltes ist die folgende Darstellung hilfreich:

$$\text{t-Normen:} \quad \text{dra}_t[x,y] \leq \ldots \leq \text{bes}_t[x,y] \leq \ldots \leq \text{ein}_t[x,y] \leq \ldots \leq \text{alg}_t[x,y] \leq \ldots \leq \text{ham}_t[x,y] \leq \ldots \leq \min[x,y]$$

$$\text{s-Normen:} \quad \max[x,y] \leq \ldots \leq \text{ham}_s[x,y] \leq \ldots \leq \text{alg}_s[x,y] \leq \ldots \leq \text{ein}_s[x,y] \leq \ldots \leq \text{bes}_s[x,y] \leq \ldots \leq \text{dra}_s[x,y]$$

Die grafische Umsetzung dieser beiden Anordnungsketten führt auf die Darstellung der Operator-Laufbereiche nach Bild 4.9.

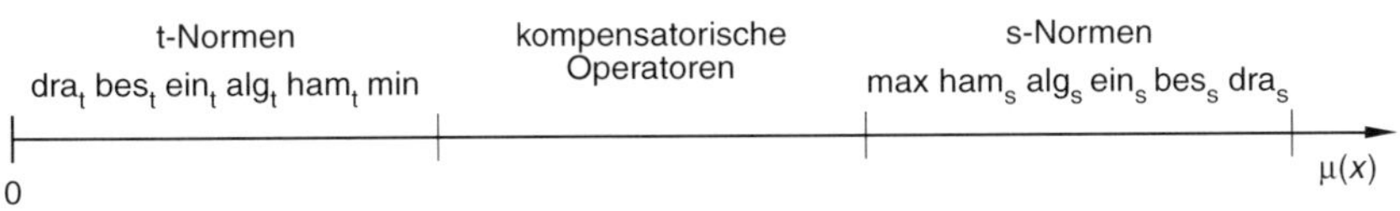

Bild 4.9 Laufbereiche der verschiedenen nicht-parametrisierten t-s-Normen

Aus der Anordnungskette ist zu entnehmen, daß die klassische Vereinigung im Sinne einer min-Verknüpfung durch alle modifizierten t-Varianten numerisch verkleinert wird, was fuzzy-logisch eine Verstärkung bedeutet. In diesem fuzzy-logischen Sinne sind alle s-Normen eine Abschwächung (numerische Vergrößerung) des klassischen Verständnisses für die Durchschnittsverknüpfung.

Ähnlich den Verknüpfungstabellen, die bereits für die klassische min- und max-Operation aufgestellt wurden, soll der Vollständigkeit halber eine Charakterisierung der t- und s-Normen durch ihre zugehörigen Verknüpfungstabellen vorgenommen werden (Bilder 4.10 bis 4.19).

$\mu_A \backslash \mu_B$	0.0	0.1	0.2	0.3	0.4	0.5	0.6	0.7	0.8	0.9	1.0
0.0	0	0	0	0	0	0	0	0	0	0	0
0.1	0	0.05	0.07	0.08	0.09	0.09	0.09	0.10	0.10	0.10	0.10
0.2	0	0.07	0.11	0.14	0.15	0.17	0.18	0.18	0.19	0.20	0.20
0.3	0	0.08	0.14	0.18	0.21	0.23	0.25	0.27	0.28	0.29	0.30
0.4	0	0.09	0.15	0.21	0.25	0.29	0.32	0.34	0.36	0.38	0.40
0.5	0	0.09	0.17	0.23	0.29	0.33	0.38	0.41	0.44	0.47	0.50
0.6	0	0.09	0.18	0.25	0.32	0.38	0.43	0.48	0.52	0.56	0.60
0.7	0	0.10	0.18	0.27	0.34	0.41	0.48	0.54	0.60	0.65	0.70
0.8	0	0.10	0.19	0.28	0.36	0.44	0.52	0.60	0.67	0.73	0.80
0.9	0	0.10	0.20	0.29	0.38	0.47	0.56	0.65	0.73	0.82	0.90
1.0	0	0.10	0.20	0.30	0.40	0.50	0.60	0.70	0.80	0.90	1

Bild 4.10 Tabellarische Darstellung des ham_t-Operators

$\mu_A \backslash \mu_B$	0.0	0.1	0.2	0.3	0.4	0.5	0.6	0.7	0.8	0.9	1.0
0.0	0	0.10	0.20	0.30	0.40	0.50	0.60	0.70	0.80	0.90	1
0.1	0.10	0.18	0.27	0.35	0.44	0.53	0.62	0.71	0.80	0.90	1
0.2	0.20	0.27	0.33	0.40	0.48	0.56	0.64	0.72	0.81	0.90	1
0.3	0.30	0.35	0.40	0.46	0.52	0.59	0.66	0.73	0.82	0.90	1
0.4	0.40	0.44	0.48	0.52	0.57	0.63	0.68	0.75	0.82	0.91	1
0.5	0.50	0.53	0.56	0.59	0.63	0.67	0.71	0.77	0.83	0.91	1
0.6	0.60	0.62	0.64	0.66	0.68	0.71	0.75	0.79	0.85	0.91	1
0.7	0.70	0.71	0.72	0.73	0.75	0.77	0.79	0.82	0.86	0.92	1
0.8	0.80	0.80	0.81	0.82	0.82	0.83	0.85	0.86	0.89	0.93	1
0.9	0.90	0.90	0.90	0.90	0.91	0.91	0.91	0.92	0.93	0.95	1
1.0	1	1	1	1	1	1	1	1	1	1	1

Bild 4.11 Tabellarische Darstellung des ham_s-Operators

$\mu_A \backslash \mu_B$	0.0	0.1	0.2	0.3	0.4	0.5	0.6	0.7	0.8	0.9	1.0
0.0	0	0	0	0	0	0	0	0	0	0	0
0.1	0	0.01	0.02	0.03	0.04	0.05	0.06	0.07	0.08	0.09	0.10
0.2	0	0.02	0.04	0.06	0.08	0.10	0.12	0.14	0.16	0.18	0.20
0.3	0	0.03	0.06	0.09	0.12	0.15	0.18	0.21	0.24	0.27	0.30
0.4	0	0.04	0.08	0.12	0.16	0.20	0.24	0.28	0.32	0.36	0.40
0.5	0	0.05	0.10	0.15	0.20	0.25	0.30	0.35	0.40	0.45	0.50
0.6	0	0.06	0.12	0.18	0.24	0.30	0.36	0.42	0.48	0.54	0.60
0.7	0	0.07	0.14	0.21	0.28	0.35	0.42	0.49	0.56	0.63	0.70
0.8	0	0.08	0.16	0.24	0.32	0.40	0.48	0.56	0.64	0.72	0.80
0.9	0	0.09	0.18	0.27	0.36	0.45	0.54	0.63	0.72	0.81	0.90
1.0	0	0.10	0.20	0.30	0.40	0.50	0.60	0.70	0.80	0.90	1

Bild 4.12 Tabellarische Darstellung des alg_t-Operators

$\mu_A \backslash \mu_B$	0.0	0.1	0.2	0.3	0.4	0.5	0.6	0.7	0.8	0.9	1.0
0.0	0	0.10	0.20	0.30	0.40	0.50	0.60	0.70	0.80	0.90	1
0.1	0.10	0.19	0.28	0.37	0.46	0.55	0.64	0.73	0.82	0.91	1
0.2	0.20	0.28	0.36	0.44	0.52	0.60	0.68	0.76	0.84	0.92	1
0.3	0.30	0.37	0.44	0.51	0.58	0.65	0.72	0.79	0.86	0.93	1
0.4	0.40	0.46	0.52	0.58	0.64	0.70	0.76	0.82	0.88	0.94	1
0.5	0.50	0.55	0.60	0.65	0.70	0.75	0.80	0.85	0.90	0.95	1
0.6	0.60	0.64	0.68	0.72	0.76	0.80	0.84	0.88	0.92	0.96	1
0.7	0.70	0.73	0.76	0.79	0.82	0.85	0.88	0.91	0.94	0.97	1
0.8	0.80	0.82	0.84	0.86	0.88	0.90	0.92	0.94	0.96	0.98	1
0.9	0.90	0.91	0.92	0.93	0.94	0.95	0.96	0.97	0.98	0.99	1
1.0	1	1	1	1	1	1	1	1	1	1	1

Bild 4.13 Tabellarische Darstellung des alg_s-Operators

$\mu_A \backslash \mu_B$	0.0	0.1	0.2	0.3	0.4	0.5	0.6	0.7	0.8	0.9	1.0
0.0	0	0	0	0	0	0	0	0	0	0	0
0.1	0	0.05	0.07	0.08	0.09	0.09	0.09	0.10	0.10	0.10	0.10
0.2	0	0.07	0.11	0.14	0.15	0.17	0.18	0.18	0.19	0.20	0.20
0.3	0	0.08	0.14	0.18	0.21	0.23	0.25	0.27	0.28	0.29	0.30
0.4	0	0.09	0.15	0.21	0.25	0.29	0.32	0.34	0.36	0.38	0.40
0.5	0	0.09	0.17	0.23	0.29	0.33	0.38	0.41	0.44	0.47	0.50
0.6	0	0.09	0.18	0.25	0.32	0.38	0.43	0.48	0.52	0.56	0.60
0.7	0	0.10	0.18	0.27	0.34	0.41	0.48	0.54	0.60	0.65	0.70
0.8	0	0.10	0.19	0.28	0.36	0.44	0.52	0.60	0.67	0.73	0.80
0.9	0	0.10	0.20	0.29	0.38	0.47	0.56	0.65	0.73	0.82	0.90
1.0	0	0.10	0.20	0.30	0.40	0.50	0.60	0.70	0.80	0.90	1

Bild 4.14 Tabellarische Darstellung des ein_t-Operators

$\mu_A \backslash \mu_B$	**0.0**	**0.1**	**0.2**	**0.3**	**0.4**	**0.5**	**0.6**	**0.7**	**0.8**	**0.9**	**1.0**
0.0	0	0.10	0.20	0.30	0.40	0.50	0.60	0.70	0.80	0.90	1
0.1	0.10	0.18	0.27	0.35	0.44	0.53	0.62	0.71	0.80	0.90	1
0.2	0.20	0.27	0.33	0.40	0.48	0.56	0.64	0.72	0.81	0.90	1
0.3	0.30	0.35	0.40	0.46	0.52	0.59	0.66	0.73	0.82	0.90	1
0.4	0.40	0.44	0.48	0.52	0.57	0.63	0.68	0.75	0.82	0.91	1
0.5	0.50	0.53	0.56	0.59	0.63	0.67	0.71	0.77	0.83	0.91	1
0.6	0.60	0.62	0.64	0.66	0.68	0.71	0.75	0.79	0.85	0.91	1
0.7	0.70	0.71	0.72	0.73	0.75	0.77	0.79	0.82	0.86	0.92	1
0.8	0.80	0.80	0.81	0.82	0.82	0.83	0.85	0.86	0.89	0.93	1
0.9	0.90	0.90	0.90	0.90	0.91	0.91	0.91	0.92	0.93	0.95	1
1.0	1	1	1	1	1	1	1	1	1	1	1

Bild 4.15 Tabellarische Darstellung des ein_s-Operators

$\mu_A \backslash \mu_B$	**0.0**	**0.1**	**0.2**	**0.3**	**0.4**	**0.5**	**0.6**	**0.7**	**0.8**	**0.9**	**1.0**
0.0	0	0	0	0	0	0	0	0	0	0	0
0.1	0	0	0	0	0	0	0	0	0	0	0.10
0.2	0	0	0	0	0	0	0	0	0	0.10	0.20
0.3	0	0	0	0	0	0	0	0	0.10	0.20	0.30
0.4	0	0	0	0	0	0	0	0.10	0.20	0.30	0.40
0.5	0	0	0	0	0	0	0.10	0.20	0.30	0.40	0.50
0.6	0	0	0	0	0	0.10	0.20	0.30	0.40	0.50	0.60
0.7	0	0	0	0	0.10	0.20	0.30	0.40	0.50	0.60	0.70
0.8	0	0	0	0.10	0.20	0.30	0.40	0.50	0.60	0.70	0.80
0.9	0	0	0.10	0.20	0.30	0.40	0.50	0.60	0.70	0.80	0.90
1.0	0	0.10	0.20	0.30	0.40	0.50	0.60	0.70	0.80	0.90	1

Bild 4.16 Tabellarische Darstellung des bes_t-Operators

$\mu_A \backslash \mu_B$	**0.0**	**0.1**	**0.2**	**0.3**	**0.4**	**0.5**	**0.6**	**0.7**	**0.8**	**0.9**	**1.0**
0.0	0	0.10	0.20	0.30	0.40	0.50	0.60	0.70	0.80	0.90	1
0.1	0.10	0.20	0.30	0.40	0.50	0.60	0.70	0.80	0.90	1	1
0.2	0.20	0.30	0.40	0.50	0.60	0.70	0.80	0.90	1	1	1
0.3	0.30	0.40	0.50	0.60	0.70	0.80	0.90	1	1	1	1
0.4	0.40	0.50	0.60	0.70	0.80	0.90	1	1	1	1	1
0.5	0.50	0.60	0.70	0.80	0.90	1	1	1	1	1	1
0.6	0.60	0.70	0.80	0.90	1	1	1	1	1	1	1
0.7	0.70	0.80	0.90	1	1	1	1	1	1	1	1
0.8	0.80	0.90	1	1	1	1	1	1	1	1	1
0.9	0.90	1	1	1	1	1	1	1	1	1	1
1.0	1	1	1	1	1	1	1	1	1	1	1

Bild 4.17 Tabellarische Darstellung des bes_s-Operators

$\mu_A \backslash \mu_B$	0.0	0.1	0.2	0.3	0.4	0.5	0.6	0.7	0.8	0.9	1.0
0.0	0	0	0	0	0	0	0	0	0	0	0
0.1	0	0	0	0	0	0	0	0	0	0	0.10
0.2	0	0	0	0	0	0	0	0	0	0	0.20
0.3	0	0	0	0	0	0	0	0	0	0	0.30
0.4	0	0	0	0	0	0	0	0	0	0	0.40
0.5	0	0	0	0	0	0	0	0	0	0	0.50
0.6	0	0	0	0	0	0	0	0	0	0	0.60
0.7	0	0	0	0	0	0	0	0	0	0	0.70
0.8	0	0	0	0	0	0	0	0	0	0	0.80
0.9	0	0	0	0	0	0	0	0	0	0	0.90
1.0	0	0.10	0.20	0.30	0.40	0.50	0.60	0.70	0.80	0.90	1

Bild 4.18 Tabellarische Darstellung des dra_t-Operators

$\mu_A \backslash \mu_B$	0.0	0.1	0.2	0.3	0.4	0.5	0.6	0.7	0.8	0.9	1.0
0.0	0	0.10	0.20	0.30	0.40	0.50	0.60	0.70	0.80	0.90	1
0.1	0.10	1	1	1	1	1	1	1	1	1	1
0.2	0.20	1	1	1	1	1	1	1	1	1	1
0.3	0.30	1	1	1	1	1	1	1	1	1	1
0.4	0.40	1	1	1	1	1	1	1	1	1	1
0.5	0.50	1	1	1	1	1	1	1	1	1	1
0.6	0.60	1	1	1	1	1	1	1	1	1	1
0.7	0.70	1	1	1	1	1	1	1	1	1	1
0.8	0.80	1	1	1	1	1	1	1	1	1	1
0.9	0.90	1	1	1	1	1	1	1	1	1	1
1.0	1	1	1	1	1	1	1	1	1	1	1

Bild 4.19 Tabellarische Darstellung des dra_s-Operators

4.3.2 Parametrisierte t- und s-Normen

Neben den nicht-parametrisierten t-s-Normen enthalten auch die parametrisierten t-s-Normen die duale Logik als Spezialfall. Alle Eigenschaften, die für die nicht-parametrisierten t-s-Normen zutreffen, wie Assoziativität, Kommutativität, Monotonie und die Gültigkeit der De Morganschen Gesetze, lassen sich auch auf die parametrisierten Vertreter anwenden. Durch die Möglichkeit der Parametrisierung bieten sie jedoch eine noch größere Adaptionsfähigkeit an das entsprechende Anwendungsbeispiel. Darüber hinaus sind die nicht-parametrisierten Varianten zum Teil enthalten.

Es folgt nun eine Auflistung einiger bekannter parametrisierter t-s-Normen-Paare mit Nennung des zugehörigen Laufbereiches des Parameters γ.

Definition Hamacher-Operatoren

$$H_t: \quad \forall x, y \in [0,1]: \quad H_t[x,y,\gamma] = \frac{x \cdot y}{\gamma + (1-\gamma) \cdot (x + y - x \cdot y)}$$

$$\text{mit} \quad 0 \leq \gamma < \infty$$

$$H_s: \quad \forall x, y \in [0,1]: \quad H_s[x,y,\gamma] = \frac{x + y - (2-\gamma) \cdot x \cdot y}{1 - (1-\gamma) \cdot x \cdot y}$$

$$\text{mit} \quad 0 \leq \gamma < \infty$$

Definition Yager-Operatoren

$$Y_t: \quad \forall x, y \in [0,1]: \quad Y_t[x,y,\gamma] = 1 - \min\left[1, \sqrt[\gamma]{(1-x)^\gamma + (1-y)^\gamma}\right]$$

$$\text{mit} \quad 0 < \gamma < \infty$$

$$Y_s: \quad \forall x, y \in [0,1]: \quad Y_s[x,y,\gamma] = \min\left[1, \sqrt[\gamma]{x^\gamma + y^\gamma}\right]$$

$$\text{mit} \quad 0 < \gamma < \infty$$

Definition Schweizer-Sklar-Operatoren

$$SS_t: \quad \forall x, y \in [0,1]: \quad SS_t[x,y,\gamma] = \frac{1}{\sqrt[\gamma]{\max\left[0, x^{-\gamma} + y - 1\right]}}$$

$$\text{mit} \quad -\infty < \gamma < \infty, \quad \gamma \neq 0$$

$$SS_s: \quad \forall x, y \in [0,1]: \quad SS_s[x,y,\gamma] = 1 - \frac{1}{\sqrt[\gamma]{\max\left[0, (1-x)^{-\gamma} + (1-y)^{-\gamma} - 1\right]}}$$

$$\text{mit} \quad -\infty < \gamma < \infty, \quad \gamma \neq 0$$

Definition Weber-Operatoren

$$W_t: \quad \forall x, y \in [0,1]: \quad W_t[x,y,\gamma] = \max\left[0, \frac{x + y - 1 + \gamma \cdot x \cdot y}{1 + \gamma}\right]$$

$$\text{mit} \quad -1 < \gamma < \infty$$

$$W_s: \quad \forall x, y \in [0,1]: \quad W_s[x,y,\gamma] = \min\left[1, x + y + \gamma \cdot x \cdot y\right]$$

$$\text{mit} \quad -1 < \gamma < \infty$$

Definition Dubois-Prade-Operatoren

$\mathrm{DP_t}$: $\forall x, y \in [0,1]$: $$\mathrm{DP_t}[x,y,\gamma] = \frac{x \cdot y}{\max[x, y, \gamma]}$$

mit $0 < \gamma < 1$

$\mathrm{DP_s}$: $\forall x, y \in [0,1]$: $$\mathrm{DP_s}[x,y,\gamma] = \frac{x + y - x \cdot y - \min[x, y, 1-\gamma]}{\max[1-x, 1-y, \gamma]}$$

mit $0 < \gamma < 1$

Definition Frank-Operatoren

$\mathrm{F_t}$: $\forall x, y \in [0,1]$: $$\mathrm{F_t}[x,y,\gamma] = \log_\gamma\left[1 + \frac{(\gamma^x - 1)\cdot(\gamma^y - 1)}{\gamma - 1}\right]$$

mit $0 < \gamma < \infty \quad \gamma \neq 1$

$\mathrm{F_s}$: $\forall x, y \in [0,1]$: $$\mathrm{F_s}[x,y,y] = 1 - \log_\gamma\left[1 + \frac{(\gamma^{1-x} - 1)\cdot(\gamma^{1-y} - 1)}{\gamma - 1}\right]$$

mit $0 < \gamma < \infty, \quad \gamma \neq 1$

Definition Dombi-Operatoren

$\mathrm{D_t}$: $\forall x, y \in [0,1]$: $$\mathrm{D_t}[x,y,\gamma] = \frac{1}{1 + \sqrt[\gamma]{\left(\frac{1}{x} - 1\right)^\gamma + \left(\frac{1}{y} - 1\right)^\gamma}}$$

mit $0 < \gamma < \infty$

$\mathrm{D_s}$: $\forall x, y \in [0,1]$: $$\mathrm{D_s}[x,y,\gamma] = 1 - \frac{1}{1 + \sqrt[\gamma]{\left(\frac{x}{1-x}\right)^\gamma + \left(\frac{y}{1-y}\right)^\gamma}}$$

mit $0 < \gamma < \infty$

4.3.3 Nicht-parametrisierte kompensatorische Operatoren

Ausgangspunkt für die Aufstellung sogenannter kompensatorischer Operatoren ist die sprachliche Unbestimmtheit bzw. Vieldeutigkeit bei der Verwendung der Begriffe «und» und «oder». So ist die linguistische Interpretation von «und» und «oder» zum Teil einer subjektiven Situationsbeschreibung unterworfen. Es ist zu erkennen, daß man bei der sprachlichen Verwendung der Begriffe eine Gewichtung beider Einflüsse vornimmt und es so zu einer gewissen Kompensation kommt, wodurch sich der Begriff *Kompensationsoperator* ableitet. Man kennt auch aus der klassischen Mathematik kompensatorisch wirkende Verknüpfungen, d. h. Verknüpfungen, die die klassische Minimum-Funktion und die Maximum-Funktion gegeneinander kompensieren. Man nennt sie Mittelwerte oder Durchschnitte, wobei hier mit Durchschnitt nicht der Mengendurchschnitt gemeint ist. Der Kompensationsoperator wird auch Durchschnittsoperator genannt. In Anlehnung an das klassische Kompensationsverständnis von min-Operator und max-Operator kennt man die im folgenden genannten Mittelwertdefinitionen, deren Laufbereiche bereits in Bild 4.8 wiedergegeben wurden.

Definition Arithmetischer Mittelwert (arithmetic mean)

$$\text{MA:} \quad \forall x, y \in [0,1]: \quad \text{MA}[x,y] = \frac{x+y}{2}$$

$$\text{MA:} \quad \forall x_i \in [0,1]: \quad \text{MA}[x_1, \cdots, x_n] = \frac{1}{n} \cdot \sum_{i=1}^{n} x_i$$

Definition Geometrischer Mittelwert (geometric mean)

$$\text{MG:} \quad \forall x, y \in [0,1]: \quad \text{MG}[x,y] = \sqrt{x \cdot y}$$

$$\text{MG:} \quad \forall x_i \in [0,1]: \quad \text{MG}[x_1, \cdots, x_n] = \prod_{i=1}^{n} \sqrt[n]{x_i}$$

Definition Harmonischer Mittelwert (harmonic mean)

$$\text{MH:} \quad \forall x, y \in [0,1]: \quad \text{MH}[x,y] = \frac{2 \cdot x \cdot y}{x+y} = \frac{2}{\frac{1}{x} + \frac{1}{y}}$$

$$\text{MH:} \quad \forall x_i \in [0,1]: \quad \text{MH}[x_1, \cdots, x_n] = \frac{n}{\sum_{i=1}^{n} \frac{1}{x_i}}$$

Definition Doppelt geometrischer Mittelwert (dual of geometric mean)

$$\text{MGD:} \quad \forall x, y \in [0,1]: \quad \text{MGD}[x,y] = 1 - \sqrt{(1-x) \cdot (1-y)}$$

Definition Doppelt Harmonischer Mittelwert (dual of harmonic mean)

$$\text{MHD:} \quad \forall x, y \in [0,1]: \quad \text{MHD}[x,y] = \frac{x + y - 2 \cdot x \cdot y}{2 - x - y}$$

4.3.4 Parametrisierte kompensatorische Operatoren

Die parametrisierten kompensatorischen Operatoren sind wiederum eine Erweiterung der nicht-parametrisierten Durchschnittsoperatoren. Sie bieten gegenüber den bereits genannten Typen eine noch größere Flexibilität im Sinne einer

Vorbild $\frac{x+y}{2}$	Vorbild $\sqrt{x \cdot y}$
$(1-\gamma)\, T[x,y] + \gamma\, S[x,y]$	$T[x,y]^{(1-\gamma)} \bullet S[x,y]^{\gamma}$
$(1-\gamma)\min + \gamma \max$	$\min^{(1-\gamma)} \bullet \max^{\gamma}$
$(1-\gamma)\, ham_t + \gamma\, ham_s$	$ham_t^{(1-\gamma)} \bullet ham_s^{\gamma}$
$(1-\gamma)\, alg_t + \gamma\, alg_s$	$alg_t^{(1-\gamma)} \bullet alg_s^{\gamma}$
$(1-\gamma)\, ein_t + \gamma\, ein_s$	$ein_t^{(1-\gamma)} \bullet ein_s^{\gamma}$
$(1-\gamma)\, bes_t + \gamma\, bes_s$	$bes_t^{(1-\gamma)} \bullet bes_s^{\gamma}$

Bild 4.20 Klassifikation der verschiedenen parametrisierten kompensatorischen Operatoren

sprachlichen Durchschnittsbildung. Dabei tauchen in der Literatur verschiedene Operatormodelle auf, die durch eine Parametrisierung beliebig zwischen «und» und «oder» positioniert, also justiert werden können [7; 8; 13]. Bild 4.20 zeigt eine Klassifizierung der im folgenden aufgeführten parametrisierten kompensatorischen Operatoren. Dem Bild ist zu entnehmen, daß es verschiedene Ansätze gibt, Operatoren zu definieren, deren Ergebniszugehörigkeiten zwischen denen der t- und s-Normen liegen.

So gingen ZIMMERMANN und ZYSNO bei ihren Überlegungen vom klassischen geometrischen Mittelwert aus, wobei sie folgende Umformungen vornahmen:

$$\forall\, x, y \in [0,1]: \qquad MG[x,y] = \sqrt{x \cdot y} = (x \cdot y)^{\frac{1}{2}} = x^{\frac{1}{2}} \cdot y^{\frac{1}{2}}$$

$$\text{mit } x \xrightarrow{\text{o. B. d. A.}} x = \min[x,y]$$

$$y \xrightarrow{\text{o. B. d. A.}} y = \max[x,y]$$

$$MG[x,y] = \min[x,y]^{\frac{1}{2}} \cdot \max[x,y]^{\frac{1}{2}}$$

Ohne Beschränkung der Allgemeinheit wird festgelegt, daß der Zugehörigkeitsgrad x kleiner sein soll als der Zugehörigkeitsgrad y. Dann läßt sich die oben gezeigte Zuordnung mittels min $[x, y]$ und max $[x, y]$ für den geometrischen Mittelwert vornehmen. Die Idee besteht darin, die Exponenten (hier 1/2) der min- und max-Operation als exponentielle Gewichtung von min$[x, y]$ und max$[x, y]$ zu interpretieren. Dann läßt sich der geometrische Mittelwert zweier Zugehörigkeitsfunktionen als Multiplikation der mit jeweils 0,5 exponentiell gewichteten min- und max-Operation ausdrücken.

Nun liegt der Gedanke der Modellierung einer Mittelwert-Operation mit Hilfe einer Gewichtung der min- und max-Operationen mit anderen Werten als 0,5 nahe. Durch die Vorgabe, daß das Ergebnis immer zwischen denen der min- und max-Verknüpfung liegen soll, ergeben sich die Randwerte der Laufvariablen, mit der die Operation gewichtet wird, wenn man wieder die min- und die max-Operation erhält. Das Ergebnis der Überlegungen ist der MinMax-Kompensationsoperator (1).

Definition MinMax-Kompensationsoperator (1)

$$K1_{MinMax}: \quad \forall x, y \in [0,1]: \quad K1_{MinMax}[x,y,\gamma] = (\min[x,y])^{1-\gamma} \cdot (\max[x,y])^{\gamma}$$

$$\text{mit} \quad 0 \leq \gamma \leq 1$$

Die Laufvariable γ nennt man auch *Kompensationsgrad*. Er läßt sich stufenlos zwischen null und eins einstellen. Der Operator $K1_{MinMax}$ erfüllt die genannten Forderungen:

$$\forall x, y \in [0,1]:$$

$$\gamma = 0.0: K1_{MinMax}[x,y,0.0] = (\min[x,y])^{1-0} \cdot (\max[x,y])^{0.0} = \min[x,y]$$

$$\gamma = 0.5: K1_{MinMax}[x,y,0.5] = (\min[x,y])^{1-0.5} \cdot (\max[x,y])^{0.5} = \sqrt{x \cdot y}$$

$$\gamma = 1.0: K1_{MinMax}[x,y,1.0] = (\min[x,y])^{1-1} \cdot (\max[x,y])^{1.0} = \max[x,y]$$

Fuzzy-logisch bedeutet somit ein kleiner γ-Wert (Kompensationsgrad gegen null), daß die Dominanz auf seiten der min-Operation liegt. Bei großen Kompensationsgraden (γ gegen eins) überwiegt der Einfluß der max-Operation. Keine Kompensation ($\gamma = 0$) bedeutet die min-Operation und volle Kompensation die max-Operation. Aus dem sich daraus ergebenden sprachlichen Kontext wird klar, daß die Wirkung des «und» kompensiert werden soll.

Neben dem MinMax-Kompensationoperator (1) oder kurz MinMax-Operator (1) existiert noch ein weiterer namhafter Kompensationsoperator, der auch eine Gewichtung zweier miteinander korrespondierender t- und s-Normen, nämlich des algebraischen Produktes und der algebraischen Summe, vornimmt. Dies ist der AlgebraicProdSum-Kompensations-Operator (1) von ZIMMERMANN und ZYSNO, der auch als Gamma-Operator bekannt ist.

Definition AlgebraicProdSum-Kompensationsoperator (1) / Gamma-Operator

$$K1_{AlgProdSum}:$$

$$\forall x, y \in [0,1]: \quad K1_{AlgProdSum}[x,y,\gamma] = (alg_t[x,y])^{1-\gamma} \cdot (alg_s[x,y])^{\gamma}$$

$$K1_{AlgProdSum}:$$

$$\forall x, y \in [0,1]: \quad K1_{AlgProdSum}[x_1, \ldots, x_n, \gamma]$$

$$= \left[\prod_{i=1}^{n} x_i\right]^{1-\gamma} \cdot \left[1 - \prod_{i=1}^{n}(1 - x_i)\right]^{\gamma} \quad \text{mit} \quad 0 \leq \gamma \leq 1$$

Die Kombination eines zusammengehörigen Paares von t- und s-Norm wurde in den beiden erstgenannten Fällen multiplikativ vorgenommen, wobei die Gewichtung im Exponenten stattfindet. Die beiden folgenden auf ZIMMERMANN und ZYSNO zurückgehenden Operatoren kombinieren auch wieder die Paare min und max bzw. algebraic product und algebraic sum. Die Verknüpfung der korrespondierenden t- und s-Normen ist in diesen Fällen jedoch additiv und die Gewichtung multiplikativ. Bei dieser Verknüpfung stand also der klassische arithmetische Mittelwert Pate. In Analogie zur obigen Herleitung läßt sich zeigen:

$$\forall x, y \in [0,1]: \qquad \mathrm{MA}[x,y] = \frac{x+y}{2} = \frac{1}{2} \cdot (x+y)$$

$$\text{mit: } x \xrightarrow{\text{o. B. d. A}} x = \min[x,y]$$

$$y \xrightarrow{\text{o. B. d. A}} y = \max[x,y]$$

$$\mathrm{MG}[x,y] = \frac{1}{2} \cdot (\min[x,y] + \max[x,y])$$

$$= \frac{1}{2} \cdot \min[x,y] + \frac{1}{2} \cdot \max[x,y]$$

Die Faktoren (hier $\frac{1}{2}$) vor der min- und max-Operation werden als multiplikative Gewichtung von min $[x, y]$ und max $[x, y]$ interpretiert. Die Verallgemeinerung führt zu folgenden Kompensationsoperatoren:

Definition MinMax-Kompensationsoperator (2)

$K2_{\mathrm{MinMax}}$:

$$\forall x, y \in [0,1]: \quad K2_{\mathrm{MinMax}}[x,y,\gamma] = (1-\gamma) \cdot \min[x,y] + \gamma \cdot \max[x,y]$$

mit $0 \leq \gamma \leq 1$

Definition AlgebraicProdSum-Kompensationsoperator (2)

$K2_{\mathrm{AlgProdSum}}$:

$$\forall x, y \in [0,1]: \quad K2_{\mathrm{AlgProdSum}}[x,y,\gamma] = (1-\gamma) \cdot \mathrm{alg}_t[x,y] + \gamma \cdot \mathrm{alg}_s[x,y]$$

$$= (1-\gamma) \cdot x \cdot y + \gamma \cdot (x + y - x \cdot y)$$

$$= (1-\gamma) \cdot x \cdot y + \gamma \cdot (1 - (1-x) \cdot (1-y))$$

mit $0 \leq \gamma \leq 1$

Abschließend seien noch die beiden auf WERNERS zurückgehenden kompensatorischen Operatoren Fuzzy-UND und Fuzzy-ODER vorgestellt. Hierbei handelt es sich um die additive Kombination des gewichteten arithmetischen Mittelwertes mit der gewichteten min- bzw. bzw. der gewichteten max-Funktion:

Definition Fuzzy-UND / Werners-Operator

F-UND:

$$\forall x, y \in [0,1]: \text{F-UND}\,[x, y, \gamma] = \gamma \cdot \min\,[x, y] + (1-\gamma) \cdot \frac{x+y}{2} = \gamma \cdot \min\,[x, y] + (1-\gamma) \cdot \text{MA}[x, y]$$

mit $0 \leq \gamma \leq 1$

F-UND:

$$\forall x_i \in [0,1]: \text{F-UND}\,[x_i, \cdots, x_n, \gamma] = \gamma \cdot \min\,[x_i, \cdots, x_n] + (1-\gamma) \cdot \frac{1}{n} \cdot \sum_{i=1}^{n} x_i = \gamma \cdot \min\,[x_1, \ldots, x_n] + (1-\gamma) \cdot \text{MA}[x_1, \cdots x_n]$$

mit $0 \leq \gamma \leq 1$

Definition Fuzzy-ODER / Werners-Operator

F-ODER:

$$\forall x, y \in [0,1]: \text{F-ODER}\,[x, y, \gamma] = \gamma \cdot \max\,[x, y] + (1-\gamma) \cdot \frac{x+y}{2} = \gamma \cdot \max\,[x, y] + (1-\gamma) \cdot \text{MA}[x, y]$$

mit $0 \leq \gamma \leq 1$

F-ODER:

$$\forall x_i \in [0,1]: \text{F-ODER}\,[x_i, \cdots, x_n, \gamma] = \gamma \cdot \max\,[x_i, \cdots, x_n] + (1-\gamma) \cdot \frac{1}{n} \cdot \sum_{i=1}^{n} x_i = \gamma \cdot \max\,[x_1, \cdots, x_n] + (1-\gamma) \cdot \text{MA}[x_1, \cdots x_n]$$

mit $0 \leq \gamma \leq 1$

Aus den Definitionen für Fuzzy-UND und Fuzzy-ODER wird deutlich, daß das Fuzzy-UND die Ausdehnung der min-Operation bis zum arithmetischen Mittelwert und das Fuzzy-ODER die Ausdehnung der max-Operation bis zum arithmetischen Mittelwert ist.

Bild 4.21 zeigt die Laufbereiche der vorgestellten sechs modellierten Mittelwert-Operatoren.

Zusammenfassend läßt sich feststellen, daß man durch die aufgezeigte Systematik bei der Entwicklung solcher kompensatorisch wirkender Operatoren neben anderen Modellen zahllose Kombinationen von miteinander korrespondierenden t- und s-Normen zur Definition heranziehen könnte. Dabei könnte folgendes allgemeine Schema zugrunde gelegt werden:

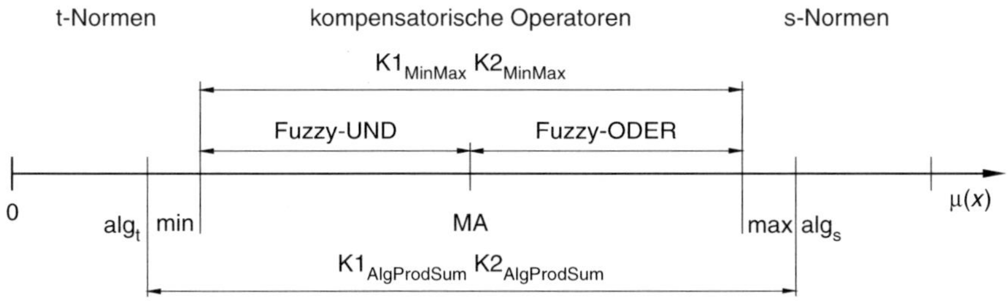

Bild 4.21 Laufbereiche der parametrisierten kompensatorischen Operatoren

$$\forall\, x,y \in [0,1] \quad \text{KOMP1}[x,y,\gamma] = \text{T}\,[x,y]^{\overbrace{1-\gamma}^{\text{Gewichtung}}} \cdot \text{S}\,[x,y]^{\overbrace{\gamma}^{\text{Gewichtung}}}$$

$$\text{KOMP2}[x,y,\gamma] = \underbrace{(1-\gamma)}_{\text{Gewichtung}} \cdot \text{T}\,[x,y] + \underbrace{\gamma}_{\text{Gewichtung}} \cdot \text{S}\,[x,y]$$

$$\text{KOMP3}[x,y,\gamma] = \underbrace{(1-\gamma)}_{\text{Gewichtung}} \cdot \text{MA}[x,y] + \underbrace{\gamma}_{\text{Gewichtung}} \cdot \text{S}\,[x,y]$$

$$\text{KOMP4}[x,y,\gamma] = \underbrace{(1-\gamma)}_{\text{Gewichtung}} \cdot \text{MA}[x,y] + \underbrace{\gamma}_{\text{Gewichtung}} \cdot \text{T}\,[x,y]$$

$$\text{mit} \quad 0 \leq \gamma \leq 1$$

4.4 Verknüpfungseigenschaften unscharfer Mengen

4.4.1 Kerngedanke

Mit Hilfe der Operationen allein lassen sich vollständige Beurteilungen von Verknüpfungen von Mengen und Zahlen weder in der klassischen Mengenlehre einschließlich der Schaltalgebra noch in der Fuzzy-Set-Theorie durchführen. Hierzu ist die Kenntnis weiterer spezieller Mengeneigenschaften nötig, die den Umgang mit den Verknüpfungen genau beschreiben und die einem bestimmten Regelwerk unterliegen. Der praktische Nutzen dieser Gesetze ist, daß sie in Form von Rechenregeln ein Instrument zur Vereinfachung und Umformung umfangreicher Ausdrücke in die Hand geben.

So erscheint beispielsweise die Tatsache, daß die Summe c zweier klassischer reeller Zahlen a und b unabhängig von der Reihenfolge der Summanden ist, also c = a + b oder c = b + a, vollkommen natürlich und nicht besonders erwähnenswert. Diese Tatsache unterliegt aber einem klaren Gesetz, dem Kommutativgesetz. Es gilt nun die klassischen Verknüpfungseigenschaften in Form von Verknüpfungsgesetzen auf die Fuzzy-Set-Theorie zu übertragen.

4.4.2 Verknüpfungsgesetze

Es folgt nun eine Übersicht der wichtigsten Struktureigenschaften in Formeldarstellung. Vorab werden für alle nachfolgenden Gesetze folgende gemeinsame Festlegungen getroffen:

$$\forall x \in X: \quad \begin{aligned} A &= \{(x; \mu_A(x))\} \in P(X) \\ B &= \{(x; \mu_B(x))\} \in P(X) \\ C &= \{(x; \mu_C(x))\} \in P(X) \\ D &= \{(x; \mu_D(x))\} \in P(X) \\ M &= \{(x; \mu_M(x))\} \in P(X) \end{aligned}$$

mit $P(X)$ ist Potenzmenge auf X

Satz: Neutralität

$$E \cap M = M$$
$$\emptyset \cup M = M$$

Satz: Idempotenz

$$M \cap M = M$$
$$M \cup M = M$$

Satz: Identität

$$A \subseteq B;\ B \subseteq A \Leftrightarrow \quad A = B$$

Satz: Transitivität

$$A \subseteq B;\ B \subseteq C \Leftrightarrow \quad A \subseteq C$$

Satz: Kommutativität

$$A \cap B = B \cap A$$
$$A \cup B = B \cup A$$

Satz: Assoziativität

$$(A \cap B) \cap C = A \cap (B \cap C)$$
$$(A \cup B) \cup C = A \cup (B \cup C)$$

Satz: Distributivität

$$A \cap (B \cup C) = (A \cap B) \cup (A \cap C)$$
$$A \cup (B \cap C) = (A \cup B) \cap (A \cup C)$$

Satz: Adjunktivität/Absorption

$$A \cap (B \cup A) = A$$
$$A \cup (B \cap A) = A$$

Satz: Monotonie

$$A \subset C;\ B \subset D \Leftrightarrow \quad A \cap B \subset C \cap D$$
$$A \subset C;\ B \subset D \Leftrightarrow \quad A \cup B \subset C \cup D$$

Satz: Komplementbildungen

$$A \subseteq B \qquad \Leftrightarrow \overline{A} \supseteq \overline{B}$$
$$\overline{\overline{M}} = M$$
speziell: $\overline{E} = \varnothing \qquad \overline{\varnothing} = E$

Satz: De Morgansche Gesetze

$$\overline{A \cap B} = \overline{A} \cup \overline{B}$$
$$\overline{A \cup B} = \overline{A} \cap \overline{B}$$

4.4.3 Interpretationen und Entscheidungshilfen

Es lassen sich nicht grundsätzlich alle Verknüpfungseigenschaften komplett auf alle Fuzzy-Operationen anwenden. Die unterschiedlichen Operatoren erfüllen immer nur bestimmte Verknüpfungsgesetze. Die Leistungsfähigkeit spezieller Fuzzy-Operatoren wird von Fall zu Fall mit Hilfe der Verknüpfungseigenschaften untersucht und bietet Entscheidungshilfen für den Einsatz bestimmter Fuzzy-Operatoren. Für die Auswahl eines geeigneten Fuzzy-Operators gibt es kein allgemeingültiges Konzept. Die Wahl hängt letztlich von der konkreten Anwendung ab. Jedoch kann man im Vorfeld gewisse Grundeigenschaften der Operatoren durch die genauere Betrachtung der Verknüpfungseigenschaften, die auf den ausgewählten Operator zutreffen, vorhersagen. Es folgt ein Überblick.

Kommutativität

Die Anordnung, d. h. die Verknüpfungsreihenfolge der einzelnen Zugehörigkeitsgrade, ist beliebig, d. h., daß die Reihenfolge der Zugehörigkeitsfunktionen in der Vereinigungsoperation oder in der Durchschnittsoperation beliebig vertauscht werden kann. Alle behandelten Operatoren haben diese Eigenschaft. Sie läßt sich daher für ein Auswahlkriterium nicht heranziehen.

Assoziativität

Die Assoziativität einer Operation ist immer dann gegeben, wenn die gruppenweise Zusammenfassung der Teilergebnisse einer Operation in beliebiger Reihenfolge stattfinden kann, wobei alle Zugehörigkeitsfunktionen gleich zu verknüpfen sind. Demzufolge spielt bei ausschließlich vorkommenden Vereinigungsoperationen oder ausschließlich vorkommenden Durchschnittsoperationen mit mehr als zwei beteiligten Fuzzy-Mengen die Bildung von Teilergebnissen stufenweise zum Gesamtergebnis in der Reihenfolge keine Rolle. Operatoren, die nicht assoziativ sind, wirken sich nur dann ungünstig aus, wenn man im Vorfeld nicht genau weiß, wieviel Fuzzy-Mengen miteinander verknüpft werden sollen. Die Assoziativität wird also in aller Regel nicht stark entscheidungsbeeinflussend sein, da man davon ausgehen kann, die Anzahl der an der Operation beteiligten Sets zu kennen.

Stetigkeit

Wenn sich eine Zugehörigkeit geringfügig ändert und diese Änderung auch nur eine kleine Veränderung für das Ergebnis einer Operation bedeutet, so kann der entsprechende Operator als stetig angesehen werden. Die Stetigkeit verhindert also große Änderungen (Sprünge) in der Ergebnismenge, wenn der Wert des Operanden nur wenig variiert. Diese Eigenschaft kann für verschiedene Realisierungen durchaus von Interesse sein.

Monotonie

Monotonie bedeutet einen steigenden oder zumindest gleichbleibenden Zugehörigkeitsgrad des Ergebnisses einer Operation, wenn der Zugehörigkeitswert eines Operanden wächst. Dieses Kriterium entspricht häufig den nachzubildenden Eigenschaften.

Stabilität

Bei der Verwendung von stabilen Operatoren liegt die Zugehörigkeit zwischen den maximalen und den minimalen Zugehörigkeitswerten der Operanden. Wenn diese Eigenschaft gefordert ist, so können ausschließlich Durchschnittsoperatoren verwendet werden. Alle anderen Operatoren besitzen die Eigenschaft der Stabilität nicht.

Idempotenz

Die Verknüpfung einer beliebigen Anzahl identischer Zugehörigkeitswerte ergibt wiederum diesen Zugehörigkeitswert.

Adaptionsfähigkeit

Die Adaptionsfähigkeit eines Operators bedeutet, daß er an verschiedene Gegebenheiten angepaßt werden kann. Diese Eigenschaft wird von den parametrisierten Operatoren geliefert. Für kleine Aufgabenstellungen ist eine Adaptionsfähigkeit nicht dringend erforderlich, allerdings kommt man bei komplexeren Problemstellungen kaum ohne diese Eigenschaft aus, da z. B. die Anzahl der zur

Verfügung stehenden Operatoren begrenzt ist. Diese Begrenzung kann durch die Systemanforderungen und durch die für die Realisierung nötige Hardware entstehen. Damit kommt man zu dem nachfolgend beschriebenen Punkt des numerischen Aufwands.

Numerischer Aufwand

Beim momentanen Stand der Technik ist der numerische Aufwand für die Implementierung eines Operators in eine Hardware von wichtiger Bedeutung, weil man schnell an die Leistungsgrenzen dieser Systeme gerät und somit hohe Bearbeitungszeiten entstehen, die oft nicht zu tolerieren sind. Dieses Problem läßt sich nur durch eine Beschränkung der Anzahl der verwendeten Operatoren oder durch die Auswahl solcher Operatoren erzielen, die keinen hohen Rechenaufwand erfordern. Besonders eignen sich hier der min- und der max-Operator.

Abschließend ist festzuhalten, daß alle t-s-Normenpaare zusammen mit der fuzzy-logischen Negation für den Aufbau einer Fuzzy-Logik verwendet werden können. Für die praktische Umsetzung in ein fuzzy-logisches Entscheidungsverfahren sind die Operatoren jedoch nicht gleichermaßen gut geeignet. Sowohl die nicht-parametrisierten als auch die parametrisierten t- und s-Normen zeichnen sich durch vier Struktureigenschaften aus:

- □ Assoziativität,
- □ Kommutativität,
- □ Monotonie und
- □ De Morgansche Gesetze.

Im Unterschied zu ihren Modellierungen erfüllen der min-Operator und der max-Operator neben diesen vier Struktureigenschaften auch noch das Distributivgesetz — eine Eigenschaft, die in der Fuzzy-Control nicht unwichtig ist.

4.5 Übungsaufgaben

Aufgabe 4.1

Gegeben sind die Zugehörigkeitsfunktionen der normierten Fuzzy-Mengen A, B, und C:

$$A: \qquad \mu_A(x) = \begin{cases} 0 & \text{für } x \leq 1 \\ x-1 & \text{für } x \in [1,2] \\ \dfrac{5-x}{3} & \text{für } x \in [2,5] \\ 0 & \text{für } x \geq 5 \end{cases}$$

$$B: \qquad \mu_B(x) = \begin{cases} 0 & \text{für } x \leq 0 \\ \dfrac{x}{5} & \text{für } x \in [0,5] \\ 1 & \text{für } x \in [5,6] \\ \dfrac{8-x}{2} & \text{für } x \in [6,8] \\ 0 & \text{für } x \geq 8 \end{cases}$$

$$C: \qquad \mu_C(x) = \begin{cases} 0 & \text{für } x \leq 7 \\ \dfrac{x-7}{2} & \text{für } x \in [7,9] \\ 1 & \text{für } x \geq 9 \end{cases}$$

Berechnen Sie die Fuzzy-Komplemente der drei Mengen. Skizzieren Sie die Fuzzy-Mengen *A*, *B*, und *C* und ihre Fuzzy-Komplemente.

Aufgabe 4.2

Gegeben sind die Zugehörigkeitsfunktionen der Fuzzy-Mengen *A*, *B* und *C* aus Aufgabe 4.1. Berechnen und zeichnen Sie die Fuzzy-Mengen-Vereinigung und den Fuzzy-Mengen-Durchschnitt für alle drei Mengen.

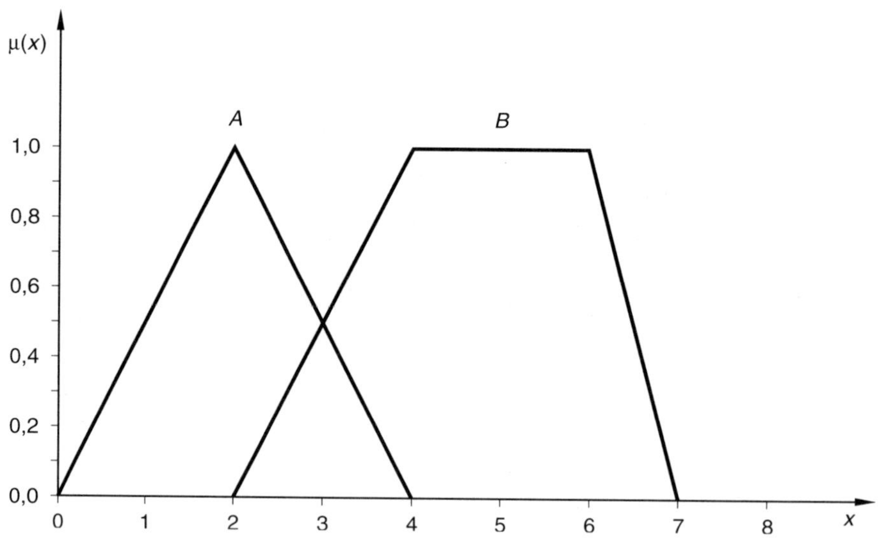

Bild 4.22 Grundmengen für die Verknüpfungen

Aufgabe 4.3

Zeigen Sie grafisch anhand der Fuzzy-Mengen *A*, *B*, und *C* aus Aufgabe 4.1, daß die Komplementarität in der unscharfen Algebra nicht gilt.

Aufgabe 4.4

Es sind die beiden unscharfen Mengen *A* und *B* gemäß Bild 4.22 gegeben. Bestimmen Sie das algebraische Produkt und die algebraische Summe der Mengen *A* und *B* zeichnerisch und rechnerisch.

Aufgabe 4.5

Weisen Sie die Gültigkeit der De Morganschen Gesetze für die nachfolgend aufgelisteten t- und s-Normen nach:
De Morgansche Gesetze:

$$\mathrm{T}[x,y] = 1 - \mathrm{S}[1-x, 1-y] \qquad \mathrm{S}[x,y] = 1 - \mathrm{T}[1-x, 1-y]$$

t-Normen: $\mathrm{ein}_t\,[x,y]$ $\quad$ $\mathrm{alg}_t\,[x,y]$ $\quad$ $\mathrm{ham}_t[x,y]$

s-Normen: $\mathrm{ein}_s\,[x,y]$ $\quad$ $\mathrm{alg}_s\,[x,y]$ $\quad$ $\mathrm{ham}_s[x,y]$

mit $x := \mu_A(x) \in [0,1]$

$y := \mu_B(x) \in [0,1]$

Aufgabe 4.6

Gegeben sind die Zugehörigkeitsfunktionen der Fuzzy-Mengen *A* und *B* aus Aufgabe 4.1. Zeigen Sie am Beispiel $x = 4$ und $x = 2{,}5$, daß die Anordnungskette der t- und s-Normen bei der Verknüpfung der beiden Beispielmengen Gültigkeit hat.

$$\mathrm{dra}_t\,[x,y] \le \mathrm{bes}_t[x,y] \le \mathrm{ein}_t[x,y] \le \mathrm{alg}_t[x,y] \le \mathrm{ham}_t[x,y] \le \min\,[x,y]$$

$$\max\,[x,y] \le \mathrm{ham}_s[x,y] \le \mathrm{alg}_s[x,y] \le \mathrm{ein}_s[x,y] \le \mathrm{bes}_s[x,y] \le \mathrm{dra}_s[x,y]$$

mit $x := \mu_A(x) \in [1,0] \qquad y := \mu_B(x) \in [0,1]$

Aufgabe 4.7

Gegeben sind die auf WERNERS zurückzuführenden Fuzzy-Operatoren Fuzzy-UND und Fuzzy-ODER:

F-UND:

$$\forall x, y \in [0,1]: \text{F-UND}\,[x, y, \gamma] = \gamma \cdot \min[x, y] + (1 - \gamma) \cdot \frac{x + y}{2}$$

F-ODER:

$$\forall x, y \in [0,1]: \text{F-ODER}\,[x, y, \gamma] = \gamma \cdot \max[x, y] + (1 - \gamma) \cdot \frac{x + y}{2}$$

mit $0 \leq \gamma \leq 1$

Stellen Sie das Verknüpfungsverhalten beider parametrisierten Operatoren tabellarisch für Zugehörigkeitsgrade zwischen null und eins dar. Wählen Sie wie in den bereits vorgeführten Fällen Zugehörigkeitsgrade, die sich immer um 0,1 unterscheiden. Die Verknüpfungen sollen für einen Kompensationsgrad von γ = 0.0, 0.1, 0.3, 0.5 und 0.8 berechnet werden. Interpretieren Sie die Ergebnisse.

5 Fuzzy-Relationen

Wie drückt man die Beziehungen, die zwischen unterschiedlichen physikalischen Größen bestehen, aus?

Diese Frage soll in diesem Kapitel im Vordergrund stehen. Die Übertragung der Fragestellung in die mathematische Welt führt zu der Überlegung, wie Mengenbeziehungen beschrieben werden. Die Beziehungen zwischen unterschiedlichen Mengen lassen sich sowohl klassisch als auch fuzzy-logisch, wenn sie auf unterschiedlichen Grundmengen definiert sind, mit den sogenannten *Relationen* beschreiben. Die Verkettung von Relationen ist ein wichtiger Teil der Inferenz.

Beziehungen zwischen Mengen, die auf einer gemeinsamen Grundmenge definiert sind, werden mit Hilfe der arithmetischen Funktionen beschrieben (Kapitel 6).

5.1 Klassisches kartesisches Produkt scharfer Mengen

Die Relationen sollen helfen zu beschreiben, welche Beziehungen zwischen unterschiedlichen Objekten (z. B. physikalischen Größen) bestehen. Da man an einer vollständigen Analyse des Beziehungsgeflechtes dieser Größen interessiert ist, müssen alle denkbaren Kombinationen der einzelnen Werte, die diese Größen annehmen können, miteinander in Beziehung gesetzt werden. Die Grundmenge aller Elementekombinationen, d. h. Paarkombinationen der betrachteten Einzelmengen, ist das *kartesische Produkt* oder auch das *Kreuzprodukt*.

Das klassische kartesische Produkt $X \times Y$ zweier scharfer Grundmengen X und Y ist durch die Menge aller Paarkombinationen $(x; y)$ wie folgt beschrieben:

Definition Klassisches kartesisches Produkt (Kreuzprodukt) zweier scharfer Grundmengen

$$G = X \times Y = \{(x; y) \mid x \in X, y \in Y\}$$

Anzumerken ist hier, daß ohne Beschränkung der Allgemeinheit aus Gründen der Praxisrelevanz im weiteren nur zweistellige Relationen betrachtet werden.

Beispiel

Die beiden endlichen scharfen Grundmengen X und Y spannen das kartesische Produkt G auf:

$$X = \{1, 2, 3, 4, 5, \} \qquad Y = \{a, b, c, d\}$$

$$\begin{aligned} G = X \times Y = \{ \quad & (1;\ a), (2;\ a), (3;\ a), (4;\ a), (5;\ a) \\ & (1;\ b), (2;\ b), (3;\ b), (4;\ b), (5;\ b) \\ & (1;\ c), (2;\ c), (3;\ c), (4;\ c), (5;\ c) \\ & (1;\ d), (2;\ d), (3;\ d), (4;\ d), (5;\ d)\} \end{aligned}$$

Da X aus $i = 5$ Elementen besteht und Y aus $j = 4$, umfaßt das Kreuzprodukt G insgesamt $5 \cdot 4 = 20$ Paare. Das zweistellige Kreuzprodukt läßt sich anschaulich als Matrix darstellen (Bild 5.1).

X / i — **Y** / j		**1** (1)	**2** (2)	**3** (3)	**4** (4)	**5** (5)
a	1	1	1	1	1	1
b	2	1	1	1	1	1
c	3	1	1	1	1	1
d	4	1	1	1	1	1

Bild 5.1
Tabellarische Darstellung des Kreuzprodukts

Dabei steht die Zahl 1 in den zugehörigen Feldern der Matrix, um anzuzeigen, daß der Mitgliedsgrad des Grundmengenpaares $(x_i;\ y_j)$ zur Menge $X \times Y$ aller Paare gleich 1 ist.

5.2 Klassische Relation scharfer Mengen

Eine Relation wird ähnlich wie eine Funktion mit Hilfe einer Abbildungsvorschrift, die hier eine Relationsvorschrift $r(x, y)$ ist, auf der Grundmenge aller Paare, dem kartesischen Produkt, definiert. Eine klassische zweistellige Relation $R(X, Y)$ schreibt man in allgemeiner Form:

Definition Klassische Relation zweier scharfer Mengen

$$\forall (x; y) \in X \times Y: \qquad \begin{aligned} & R = R\,(X, Y) = \{((x; y); \mu_R(x, y)) \mid r(x, y)\} \\ & \text{mit} \quad \mu_R(x, y) = 1 \quad \text{oder} \quad \mu_R(x, y) = 0 \end{aligned}$$

Wenn das Paar $(x;\ y)$ die Relationsvorschrift $r(x, y)$ erfüllt, so gehört es zur klassischen Relation (d. h. $\mu_R(x, y) = 1$) und ansonsten nicht (d. h. $\mu_R(x, y) = 0$). Es existiert eine Zweiwertigkeit.

Beispiel (Bild 5.2)

Die beiden scharfen Mengen $X = \{3, 4, 5, 6, 7\}$ und $Y = \{1, 2, 7, 9\}$ spannen das Kreuzprodukt $X \times Y$ auf. Gesucht sind die Paare, die die klassische Relation mit der Vorschrift *x ist gerade und y ist ungerade* erfüllen.

$$R = \{(4; 1), (4; 7), (4; 9), (6; 1), (6; 7), (6; 9)\}$$

		X	3	4	5	6	7
Y	j	i	1	2	3	4	5
1	1		0	1	0	1	0
2	2		0	0	0	0	0
7	3		0	1	0	1	0
9	4		0	1	0	1	0

Bild 5.2
Tabellarische Darstellung der Relation «*x* ist gerade und *y* ist ungerade»

Die Felder mit der «1» zeigen an, daß das entsprechende Paar des Kreuzproduktes die Relationsvorschrift erfüllt und damit zur Relationsmenge gehört. Sechs Mengenpaare erfüllen die Relationsvorschrift des Beispiels.

Man erkennt, daß die klassische Relationsmenge immer eine Teilmenge des Kreuzproduktes oder das gesamte Kreuzprodukt ist:

$$\mathrm{R}(X, Y) \subseteq X \times Y$$

5.3 Fuzzy-Relation scharfer Mengen

In Analogie zu den klassischen Relationen scharfer Mengen, lassen sich auch die unscharfen Relationen scharfer Mengen erklären. Wie schon für den klassischen Fall, werden hier ohne Beschränkung der Allgemeinheit nur maximal zweistellige Fuzzy-Relationen dargestellt. Der wesentliche Unterschied zu den klassischen Relationen besteht darin, daß man einem Wertepaar eine Zugehörigkeit $\mu_R(x, y)$ zuteilen kann, die sich aus dem jeweiligen Kontext ergibt und jeden Wert zwischen Null und Eins, einschließlich dieser beiden klassischen Spezialfälle, annehmen kann. Bei einer Fuzzy-Relation handelt es sich um eine unscharfe Menge, die auf der Basis klassischer scharfer Mengen definiert ist. Mit anderen Worten, die Relation ist unscharf und besitzt eine scharfe Grundmenge.

Definition Zweistellige Fuzzy-Relation

$$\forall (x; y) \in X \times Y: \quad R = R\,(X, Y) = \{((x; y)); \mu_\mathrm{R}(x, y)) \mid \mathrm{r}(x, y)\}$$

$$\text{mit} \quad 0 \leq \mu_\mathrm{R}(x, y) \leq 1$$

Mit Ausnahme der Paare $(x; y)$, die die Relationsvorschrift $r(x, y)$ zu keinem Grad erfüllen (d.h. $\mu_R(x, y) = 0$), gehören alle anderen Paare zur Relationsmenge, da ihre Zugehörigkeit stufenlos zwischen null und eins liegen kann. Die Grundmenge der Relation wird gebildet durch das Kreuzprodukt der beiden Mengen X und Y.

Beispiel (Bild 5.3)

Die beiden Mengen $X = \{3, 4, 5, 6, 7\}$ und $Y = \{1, 2, 7, 9\}$ aus dem vorherigen Beispiel spannen das Kreuzprodukt $X \times Y$ auf. Gesucht sind die Paare, die die Relation mit der Vorschrift «*x ist ungefähr so groß wie y*» erfüllen:

Y \ **X**	j \ i	3 (1)	4 (2)	5 (3)	6 (4)	7 (5)
1	1	0,6	0,4	0,2	0	0
2	2	0,8	0,6	0,4	0,2	0
7	3	0,2	0,4	0,6	0,8	1
9	4	0	0	0,2	0,4	0,6

Bild 5.3
Tabellarische Darstellung der Fuzzy-Relation «*x* ist gerade und *y* ist ungerade»

Bei der Zuordnung der Mitgliedschaft zur Relationsmenge wurde davon ausgegangen, daß, eine Differenz (positiv und negativ) zwischen x und y von 5 oder mehr als 5 die Mengenzugehörigkeit 0 erhält und kleinere Differenzen eine Zugehörigkeit größer als 0 erhalten.

Neben dieser Definition kennt man auch die Zadeh-Notationen für endliche und unendliche Fuzzy-Relationsmengen.

Definition Zweistellige Fuzzy-Relation nach ZADEH

$$\forall(x;y) \in X \times Y: \qquad R = \sum_{i,\, j=1}^{n,\, m} \frac{\mu_R(x_i, y_j)}{(x_i; y_j)} = \sum_{i,\, j=1}^{n,\, m} \mu_R(x_i, y_j)/(x_i; y_j)$$

bzw.

$$\forall(x;y) \in X \times Y: \qquad R = \int_{X \times Y} \frac{\mu_R(x, y)}{(x; y)} = \int_{X \times Y} \mu_R(x, y)/(x; y)$$

mit $\quad 0 \leq \mu_R(x, y) \leq 1$

5.4 Kartesisches Produkt von Fuzzy-Mengen

Das kartesische Produkt (Kreuzprodukt) wurde in Abschnitt 5.1 für scharfe Mengen erläutert. Aufbauend auf dem Kreuzprodukt wurde die klassische Relation als Teilmenge aller Paarkombinationen in Abschnitt 5.2 beschrieben. Anschließend (Abschnitt 5.3) wurde gezeigt, daß die Fuzzy-Relation der Grundmengen *X* und *Y* mit Hilfe einer Relationsvorschrift auch Zugehörigkeitsgrade zwischen null und eins kennt und insofern Beziehungen zwischen klassischen Grundmengen unscharf beschreiben kann.

Im nächsten Schritt werden unscharfe Mengen miteinander in Beziehung gesetzt, die auf unterschiedlichen Grundmengen basieren. Gesucht ist eine Verknüpfungsvorschrift, die Fuzzy-Mengen unterschiedlicher Grundmengen (z. B. physikalischer Größen) verbindet.

Zwei Fuzzy-Mengen *A* und *B* sind auf unterschiedlichen Grundmengen *X* und *Y* definiert ($A(X)$ und $B(Y)$). Die Fuzzy-Menge *A* wird auf ihrer Grundmenge *X* durch die charakteristische Funktion $\mu_A(x)$ und die Fuzzy-Menge *B* auf ihrer Grundmenge *Y* durch die charakteristische Funktion $\mu_B(y)$ beschrieben.

Stellt man sich vor, *A* und *B* seien auf einer einzigen Grundmenge definiert, und man möchte eine Fuzzy-Menge erzeugen, die die Eigenschaften von *A* *und* von *B* besitzt, so würden die beiden Zugehörigkeitsfunktionen durch eine min-Operation verknüpft.

> Ohne Bedenken lassen sich die in Kapitel 4 erklärten Operationen auf unscharfen Mengen auch auf solche anwenden, die auf unterschiedlichen Grundmengen beschrieben sind.

Allgemein läßt sich im Hinblick auf das Kreuzprodukt der unterschiedlichen Grundmengen von *A* und *B* mit dem Einsatz einer t-Norm folgendes formulieren: Das Verknüpfungsergebnis ist eine zweistellige Fuzzy-Relation mit der folgenden Zugehörigkeitsfunktion.

$$
\begin{aligned}
&\forall(x;y) \in A \times B: && \mu_R(x,y) = \mu_{A\times B}(x,y) = T\,[\mu_A(x), \mu_B(y)] \\
\text{speziell: } &\forall(x;y) \in A \times B: && \mu_R(x,y) = \mu_{A\times B}(x,y) = \min\,[\mu_A(x), \mu_B(y)] \\
\text{speziell: } &\forall(x;y) \in A \times B: && \mu_R(x,y) = \mu_{A\times B}(x,y) = \mathrm{alg}_t[\mu_A(x), \mu_B(y)] \\
& && \qquad\qquad\qquad\quad = \mu_A(x) \cdot \mu_B(y)
\end{aligned}
$$

Der min-Operator und das algebraische Produkt werden deshalb hervorgehoben, da sie in der Fuzzy-Control die bekanntesten Vertreter der t-Normen sind und insofern auch am häufigsten vorkommen.

> Das Kreuzprodukt zweier endlicher bzw. unendlicher Fuzzy-Mengen ergibt sich durch die Verwendung der min-Operation.

Definition Kartesisches Produkt zweier endlicher Fuzzy-Mengen

$$A \times B = \sum_{i,j=1}^{n,m} \frac{\mu_R(x_i, y_j)}{(x_i;\, y_j)} = \sum_{i,j=1}^{n,m} \frac{\min\,[\,\mu_A(x_i),\, \mu_B(y_j)]}{(x_i;\, y_j)}$$

$$\text{mit:} \qquad A = \sum_{i=1}^{n} \frac{\mu_A(x_i)}{x_1} \qquad B = \sum_{j=1}^{m} \frac{\mu_B(y_j)}{y_j}$$

Die Doppelindizierung mit i und j für die unscharfe Ergebnismenge $A \times B$ besagt, daß jedes Elementepaar der unscharfen Menge A mit jedem Elementepaar der unscharfen Menge B verknüpft wird. Damit besteht die unscharfe Ergebnismenge $A \times B$ aus $n \cdot m$ Paaren.

Definition Kartesisches Produkt zweier unendlicher Fuzzy-Mengen

$$A \times B = \int_{X \times Y} \frac{\mu_R(x, y)}{(x;\, y)} \int_{X \times Y} \frac{\min\,[\mu_A(x),\, \mu_B(y)]}{(x;\, y)}$$

$$\text{mit:} \qquad A = \int_X \frac{\mu_A(x)}{x} \qquad B = \int_Y \frac{\mu_B(y)}{y}$$

Beispiel

Gegeben sind die beiden diskreten Fuzzy-Mengen A und B, die auf den Grundmengen X und Y definiert sind:

$$X = \{0, 1, 2, 3, 4\} \quad A = \frac{0{,}1}{0} + \frac{0{,}4}{1} + \frac{0{,}7}{2} + \frac{1{,}0}{3} + \frac{0{,}1}{4}$$

$$Y = \{2, 3, 4, 5\} \qquad B = \frac{0{,}1}{2} + \frac{0{,}5}{3} + \frac{1{,}0}{4} + \frac{0{,}5}{5}$$

Das kartesische Produkt der beiden Fuzzy-Mengen ist eine Fuzzy-Relation. Die Relationsmatrix für das Beispiel gibt Bild 5.4 an.

	A	**0,1/0**	**0,4/1**	**0,7/2**	**1,0/3**	**0,1/4**
	i	1	2	3	4	5
B	j					
0,1/2	1	0,1	0,1	0,1	0,1	0,1
0,5/3	2	0,1	0,4	0,5	0,5	0,1
1,0/4	3	0,1	0,4	0,7	1,0	0,1
0,5/5	4	0,1	0,4	0,5	0,5	0,1

Bild 5.4
Kartesisches Produkt der Fuzzy-Mengen A und B

$$A \times B = \frac{0{,}1}{(0;\,2)} + \frac{0{,}1}{(1;\,2)} + \frac{0{,}1}{(2;\,2)} + \frac{0{,}1}{(3;\,2)} + \frac{0{,}1}{(4;\,2)} +$$
$$\frac{0{,}1}{(0;\,3)} + \frac{0{,}4}{(1;\,3)} + \frac{0{,}5}{(2;\,3)} + \frac{0{,}5}{(3;\,3)} + \frac{0{,}1}{(4;\,3)} +$$
$$\frac{0{,}1}{(0;\,4)} + \frac{0{,}4}{(1;\,4)} + \frac{0{,}7}{(2;\,4)} + \frac{1{,}0}{(3;\,4)} + \frac{0{,}1}{(4;\,4)} +$$
$$\frac{0{,}1}{(0;\,5)} + \frac{0{,}4}{(1;\,5)} + \frac{0{,}5}{(2;\,5)} + \frac{0{,}5}{(3;\,5)} + \frac{0{,}1}{(4;\,5)}$$

Darstellung der Relation in Matrizenform

Die Darstellung der diskreten Fuzzy-Relation zweier Fuzzy-Mengen in Matrixform erinnert an die klassischen Matrizen. Mit dem Blick für Analogien zur klassischen Algebra erinnere man sich daran, daß eine klassische Matrix das Produkt zweier Vektoren ist, wobei der linke Vektor in Spaltenform und der rechte Vektor in Zeilenform geschrieben wird. Dabei lassen sich die beiden Darstellungsformen durch ihre Transponierten (T im Exponent) ineinander überführen, d. h. Zeilenvektor transponiert ergibt Spaltenvektor und umgekehrt:

$$\vec{V}_1 = (x_1 \ldots x_m) = \begin{pmatrix} x_1 \\ \vdots \\ x_m \end{pmatrix}^T \qquad \vec{V}_2 = (y_1 \ldots y_n) = \begin{pmatrix} y_1 \\ \vdots \\ y_n \end{pmatrix}^T$$

$$\text{bzw. } \vec{V}_1^T = (x_1 \ldots x_m)^T = \begin{pmatrix} x_1 \\ \vdots \\ x_m \end{pmatrix} \qquad V_2^T = (y_1 \ldots y_n)^T = \begin{pmatrix} y_1 \\ \vdots \\ y_n \end{pmatrix}$$

Die Multiplikation der beiden Vektoren ergibt:

$$\vec{V}_1^T \cdot \vec{V}_2 = \begin{pmatrix} x_1 \\ \vdots \\ x_m \end{pmatrix} \cdot (y_1 \ldots y_n) = \begin{pmatrix} (x_1 \cdot y_1) & \ldots & (x_1 \cdot y_n) \\ \vdots & & \vdots \\ (x_m \cdot y_1) & \ldots & (x_m \cdot y_n) \end{pmatrix}$$

Die einzelnen Matrixelemente gehen aus der Multiplikation der entsprechenden m Zeilen- und n Spaltenelemente hervor. Es liegt eine m × n-Matrix vor. Es soll vereinbart werden, daß die Zugehörigkeitsfunktionen der diskreten Fuzzy-Mengen auch in Form von Vektoren geschrieben werden können.

$$\mu_A(x) = (\mu_A(x_1) \ \ldots \ \mu_A(x_m)) = \begin{pmatrix} \mu_A(x_1) \\ \vdots \\ \mu_A(x_m) \end{pmatrix}^T$$

$$\mu_B(y) = (\mu_B(y_1)\ \dots\ \mu_B(y_n)) = \begin{pmatrix} \mu_B(y_1) \\ \vdots \\ \mu_B(y_n) \end{pmatrix}^T$$

Dies bedeutet also für die Zugehörigkeitsmatrix [15]:

$$\mu_{A\times B}(x,y) = \mu_R(x,y) = \mu_A(x)^T \cdot \mu_B(y) = \begin{pmatrix} \mu_A(x_1) \\ \vdots \\ \mu_A(x_m) \end{pmatrix} \cdot (\mu_B(y_1) \cdots \mu_B(y_n))$$

Zylindrische Erweiterung

Automatisch wurde bei der Bildung des Kreuzproduktes die *zylindrische Erweiterung* durchgeführt. Für die Durchführung der Verknüpfung, bei der alle möglichen Wertepaare $(x; y)$ betrachtet werden, ist es nötig, vorher jedem y-Wert der Menge Y einen Zugehörigkeitswert $\mu(x)$ zuzuordnen und umgekehrt. Das bedeutet, daß für einen bestimmten x-Wert der Zugehörigkeitswert immer gleich ist, unabhängig davon, welcher aktuelle y-Wert vorliegt. Diese Zuordnung wird als zylindrische Erweiterung bezeichnet.

Definition Zylindrische Erweiterung einer einstelligen Fuzzy-Menge

$$\forall y \in Y: \qquad \mu_A(x,y) = \mu_A(x)$$
$$\forall x \in X: \qquad \mu_B(x,y) = \mu_B(x)$$

mit den Fuzzy-Mengen $A\,(X)$ und $B\,(Y)$

> Die Verknüpfung zweier einstelliger Fuzzy-Mengen mit Hilfe der Operatoren (t- und s-Normen) aus Kapitel 4, die die gleiche Grundmenge haben, ergibt wieder eine einstellige Fuzzy-Menge. Die Verknüpfung zweier einstelliger Fuzzy-Mengen mit Hilfe der gleichen Verknüpfungsoperatoren erzeugt jedoch eine zweiwertige Fuzzy-Relation, wenn die Fuzzy-Mengen auf unterschiedlichen Grundmengen basieren.

5.5 Verknüpfungen von Fuzzy-Relationen

5.5.1 Mehrstellige Verknüpfungen von Fuzzy-Relationen

In Abschnitt 5.4 wurde das kartesische Produkt von Fuzzy-Mengen erklärt. Hierzu wurde die min-Operation auf zwei einstellige Fuzzy-Mengen $A(X)$ und $B(Y)$ angewendet, die auf unterschiedlichen Grundmengen X und Y definiert wurden. Sind zwei Fuzzy-Relationen R_1 und R_2 auf unterschiedlichen mehrstelligen Mengen definiert, kann man ohne Bedenken die in Kapitel 4 erklärten Operationen auch auf diese mehrstelligen unscharfen Mengen (Relationen) anwenden. Das gleiche gilt auch für mehr als zwei Fuzzy-Relationen. Im Falle des Fuzzy-Mengen-Durchschnitts und der Fuzzy-Mengen-Vereinigung heißt das in Kurzform:

	$R_1 \cap R_2$:	t-Norm-Verknüpfungen
	$R_1 \cup R_2$:	s-Norm-Verknüpfungen
	$R_1 \cap R_2 \cap \cdots \cap R_n$:	t-Norm-Verknüpfungen
bzw.	$R_1 \cup R_2 \cup \cdots \cup R_n$:	s-Norm-Verknüpfungen

Die Zugehörigkeitsfunktionen von Fuzzy-Durchschnitt und Fuzzy-Vereinigung zweier zweistelliger Fuzzy-Relationen sind hier exemplarisch für unterschiedliche Grundmengen und für die min-Operation als Fuzzy-Mengen-Durchschnitt sowie die max-Operation als Fuzzy-Mengen-Vereinigung aufgeführt:

Beispiel

$\forall (x; y) \in A \times B$:

$R_1(x, y) \cap R_2(x, y)$: $\quad \mu_{R_1 R_2}(x, y) = \min[\mu_{R_1}(x, y), \mu_{R_2}(x, y)]$

$R_1(x, y) \cup R_2(x, y)$: $\quad \mu_{R_1 R_2}(x, y) = \max[\mu_{R_1}(x, y), \mu_{R_2}(x, y)]$

$\forall (x; y; z) \in A \times B \times C$:

$R_1(x, y) \cap R_2(y, z)$: $\quad \mu_{R_1 R_2}(x, y, z) = \min[\mu_{R_1}(x, y), \mu_{R_2}(y, z)]$

$R_1(x, y) \cup R_2(y, z)$: $\quad \mu_{R_1 R_2}(x, y, z) = \max[\mu_{R_1}(x, y), \mu_{R_2}(y, z)]$

$\forall (w; x; y; z) \in A \times B \times C \times D$:

$R_1(w, x) \cap R_2(y, z)$: $\quad \mu_{R_1 R_2}(w, x, y, z) = \min[\mu_{R_1}(w, x), \mu_{R_2}(y, z)]$

$R_1(w, x) \cup R_2(y, z)$: $\quad \mu_{R_1 R_2}(w, x, y, z) = \max[\mu_{R_1}(w, x), \mu_{R_2}(y, z)]$

5.5.2 Verkettung von Fuzzy-Relationen

Eine spezielle Form der mehrstelligen Verknüpfung von Fuzzy-Relationen ist deren Verkettung (*Komposition*). Die *Komposition* erweist sich besonders beim unscharfen Schließen, das mit Hilfe von Fuzzy-Relationen beschrieben werden kann, von herausragender Bedeutung. Zur Erklärung geht man beispielsweise von drei klassischen Grundmengen X, Y und Z mit jeweils vier Elementen aus:

$$X = \{x_1, x_2, x_3, x_4\} \qquad Y = \{y_1, y_2, y_3, y_4\} \qquad Z = \{z_1, z_2, z_3, z_4\}$$

Die unscharfen Beziehungen zwischen den Elementen der Menge X und der Menge Y werden durch die Zugehörigkeitsmatrix der Fuzzy-Relation $R_1(x, y)$ und die unscharfen Beziehungen zwischen den Elementen der Menge Y und der Menge Z durch die Zugehörigkeitsmatrix der Fuzzy-Relation $R_2(y, z)$ dargestellt:

R_1	y_1	y_2	y_3	y_4
x_1	0.1	0.7	0.2	1
x_2	0.4	0	0.3	1
x_3	0.3	0.5	0.9	0.8
x_4	0.4	0	0.7	0.6

R_2	z_1	z_2	z_3	z_4
y_1	0.3	0.1	0.2	0.5
y_2	0.4	1	0	0.5
y_3	0.2	0.9	1	0.2
y_4	0.1	0.5	0.4	0.4

Da hier nur die Verknüpfungsabläufe im Vordergrund stehen, wurden die μ-Werte zur Veranschaulichung frei gewählt. Nun soll betrachtet werden, wie sich der Zusammenhang $R_3(x, z)$ zwischen den Elementen der Menge X und der Menge Z aus den beiden Zugehörigkeitsmatrizen ableiten läßt, da er ja nicht explizit angegeben ist. Hier ist man bei einer für die Fuzzy-Control typischen Problematik, die noch beim sogenannten «*unscharfen Schließen*» in Form von WENN-DANN-Regeln Thema sein wird und daher auch hier ihren Platz gefunden hat.

Die Idee läßt sich mit Hilfe von einstelligen Funktionen einfach erläutern:

$$\left.\begin{array}{l} y = f(x) \\ z = f(y) \end{array}\right\} \Rightarrow z = f(x)$$

Beispiel

$$\left.\begin{array}{l} y = x - 2 \\ z = y^2 + 2 \end{array}\right\} \Rightarrow z = (x-2)^2 + 2 \Rightarrow z = f(x)$$

Die Größe y ist sowohl mit x als auch mit z funktional verknüpft. Daher wird auch x über die Zwischengröße y mit z in einen funktionalen Zusammenhang gebracht. Übertragen auf zweistellige Fuzzy-Relationen heißt das:

$$\left.\begin{array}{l} R_1(x, y) \\ R_2(y, z) \end{array}\right\} \Rightarrow R_3(x, z)$$

Die klassische Algebra kennt in solchen Fällen die Matrizenmultiplikation.

Beispiel

$$\vec{V}_1 = (x_1, x_2)$$
$$\vec{V}_2 = (y_1, y_2)$$
$$\vec{V}_3 = (z_1, z_2)$$

A_1	y_1	y_2
x_1	1	5
x_2	2	4

A_2	z_1	z_2
y_1	7	3
y_2	1	2

A_2	z_1	z_1
y_1	7	3
y_2	1	2

A_1	y_1	y_2	A_3	z_1	z_2
x_1	1	5	x_1	$1 \cdot 7 + 5 \cdot 1$	$1 \cdot 3 + 5 \cdot 2$
x_2	2	4	x_2	$2 \cdot 7 + 4 \cdot 1$	$2 \cdot 3 + 4 \cdot 2$

A_3	z_1	z_2
x_1	**12**	**13**
x_2	**18**	**14**

Bild 5.5 Matrizenmultiplikation

Die Multiplikation der Matrizen A_1 und A_2 wird zeilen- und spaltenweise durchgeführt (vgl. Bild 5.5). Zur Bildung des entsprechenden Matrixelementes werden die miteinander korrespondierenden Werte von Zeile und Spalte multipliziert und die Einzelergebnisse dann addiert.

Der Verknüpfungsoperator «o» verkettet zwei Fuzzy-Relationsmatrizen auf ähnliche Weise. Er wird üblicherweise als Komposition (Verkettung) bezeichnet. Hierbei geht die Multiplikation in eine t-Norm-Verknüpfung (z. B. Minimum-Verknüpfung) und die Addition in eine s-Norm-Verknüpfung (z. B. Maximum-Verknüpfung) über:

Multiplikation → t-Norm (z. B. Minimum-Operation)
Addition → s-Norm (z. B. Maximum-Operation)

Beispiel

Wendet man den Verkettungsoperator «o» auf die weiter oben genannten Fuzzy-Relationen $R_1(x, y)$ und $R_2(y, z)$ an, so gilt für die einzelnen Zugehörigkeitswerte der Fuzzy-Relation $R_3(x, z)$ bei Verwendung der max- und der min-Operation:

$$
\begin{aligned}
\mu(x_1, z_1) &= \max_{y \in Y} [\min[0.1, 0.3], \min[0.7, 0.4], \min[0.2, 0.2], \min[1, 0.1]] \\
&= \max_{y \in Y} [0.1, 0.4, 0.2, 0.1] = 0.4 \\
\mu(x_1, z_2) &= \max_{y \in Y} [\min[0.1, 0.1], \min[0.7, 1], \min[0.2, 0.9], \min[1, 0.5]] \\
&= \max_{y \in Y} [0.1, 0.7, 0.2, 0.5] = 0.7 \\
\mu(x_1, z_3) &= \max_{y \in Y} [\min[0.1, 0.2], \min[0.7, 0], \min[0.2, 1], \min[1, 0.4]] \\
&= \max_{y \in Y} [0.1, 0, 0.2, 0.4] = 0.4 \\
\mu(x_1, z_4) &= \max_{y \in Y} [\min[0.1, 0.5], \min[0.7, 0.5], \min[0.2, 0.2], \min[1, 0.4]] \\
&= \max_{y \in Y} [0.1, 0.5, 0.2, 0.4] = 0.5
\end{aligned}
$$

$$
\begin{aligned}
\mu(x_2, z_1) &= \max_{y \in Y} [\min[0.4, 0.3], \min[0, 0.4], \min[0.3, 0.2], \min[1, 0.1]] \\
&= \max_{y \in Y} [0.3, 0, 0.2, 0.1] = 0.3 \\
\mu(x_2, z_2) &= \max_{y \in Y} [\min[0.4, 0.1], \min[0, 1], \min[0.3, 0.9], \min[1, 0.5]] \\
&= \max_{y \in Y} [0.1, 0, 0.3, 0.5] = 0.5 \\
\mu(x_2, z_3) &= \max_{y \in Y} [\min[0.4, 0.2], \min[0, 0], \min[0.3, 1], \min[1, 0.4]] \\
&= \max_{y \in Y} [0.2, 0, 0.3, 0.4] = 0.4 \\
\mu(x_2, z_4) &= \max_{y \in Y} [\min[0.4, 0.5], \min[0, 0.5], \min[0.3, 0.2], \min[1, 0.4]] \\
&= \max_{y \in Y} [0.4, 0, 0.2, 0.4] = 0.4
\end{aligned}
$$

$$
\begin{aligned}
\mu(x_3, z_1) &= \max_{y \in Y} [\min[0.3, 0.3], \min[0.5, 0.4], \min[0.9, 0.2], \min[0.8, 0.1]] \\
&= \max_{y \in Y} [0.3, 0.4, 0.2, 0.1] = 0.4 \\
\mu(x_3, z_2) &= \max_{y \in Y} [\min[0.3, 0.1], \min[0.5, 1], \min[0.9, 0.9], \min[0.8, 0.5]] \\
&= \max_{y \in Y} [0.1, 0.5, 0.9, 0.5] = 0.9 \\
\mu(x_3, z_3) &= \max_{y \in Y} [\min[0.3, 0.2], \min[0.5, 0], \min[0.9, 1], \min[0.8, 0.4]] \\
&= \max_{y \in Y} [0.2, 0.5, 0.9, 0.4] = 0.9 \\
\mu(x_3, z_4) &= \max_{y \in Y} [\min[0.3, 0.5], \min[0.5, 0.5], \min[0.9, 0.2], \min[0.8, 0.4]] \\
&= \max_{y \in Y} [0.3, 0.5, 0.2, 0.4] = 0.5
\end{aligned}
$$

$$
\begin{aligned}
\mu(x_4, z_1) &= \max_{y \in Y} [\min[0.4, 0.3], \min[0, 0.4], \min[0.7, 0.2], \min[0.6, 0.1]] \\
&= \max_{y \in Y} [0.3, 0, 0.2, 0.1] = 0.3 \\
\mu(x_4, z_2) &= \max_{y \in Y} [\min[0.4, 0.1], \min[0, 1], \min[0.7, 0.9], \min[0.6, 0.5]] \\
&= \max_{y \in Y} [0.1, 0, 0.7, 0.5] = 0.7 \\
\mu(x_4, z_3) &= \max_{y \in Y} [\min[0.4, 0.2], \min[0, 0], \min[0.7, 1], \min[0.6, 0.4]] \\
&= \max_{y \in Y} [0.2, 0, 0.7, 0.4] = 0.7 \\
\mu(x_4, z_4) &= \max_{y \in Y} [\min[0.4, 0.5], \min[0, 0.5], \min[0.7, 0.2], \min[0.6, 0.4]] \\
&= \max_{y \in Y} [0.4, 0, 0.2, 0.4] = 0.4
\end{aligned}
$$

Die Zugehörigkeitsmatrix der Fuzzy-Relation R_3 sieht so aus:

R_3	z_1	z_2	z_3	z_4
x_1	0.4	0.7	0.4	0.5
x_2	0.3	0.5	0.4	0.4
x_3	0.4	0.9	0.9	0.5
x_4	0.3	0.7	0.7	0.4

In der Literatur heißt der Operator, der Fuzzy-Relationen in der vorgestellten Art und Weise miteinander verknüpft, der *max-min-Kompositionsoperator*, und die sich daraus ergebende Verknüpfung die max-min-Komposition von R_1 mit R_2.

Definition max-min-Komposition zweier Fuzzy-Relationen

$$R_3 = R_2 \circ R_1 \qquad \mu_{R_3}(x,z) = \max_{y \in Y} [\min [\mu_{R_1}(x,y), \mu_{R_2}(y,z)]]$$

$$\text{mit } R_1 = R_1(X,Y) \qquad R_2 = R_2(Y,Z)$$

$$X = \{x_1, x_2, \ldots, x_m\} \quad Y = \{y_1, y_2, \ldots, y_n\} \quad Z = \{z_1, z_2, \ldots, z_p\}$$

Zu beachten ist die Reihenfolge der Operanden R_1 und R_2. Ist der erste (linke) Operand R_2 und zweite (rechte) Operand R_1, dann spricht man von der max-min-Komposition von R_1 mit R_2 und in umgekehrter Reihenfolge von der max-min-Komposition von R_2 mit R_1. Die max-min-Komposition ist nicht kommutativ:

$$R_2 \circ R_1 \neq R_1 \circ R_2$$

Neben dieser Kompositionsvariante existieren noch beliebig viele weitere Kompositionen, die anstelle des min-Operators einen anderen Operator, der der t-Norm entspricht, verwenden. Man spricht von den *max-t-Kompositionen.* Für das noch zu betrachtende Anwendungsgebiet Fuzzy-Control ist noch die bewährte max-product-Komposition zu nennen. Der min-Operator wird durch das algebraische Produkt (algebraic product) ersetzt:

Definition max-product-Komposition zweier Fuzzy-Relationen

$$R_3 = R_2 \circ R_1 \qquad \mu_{R_3}(x,z) = \max_{y \in Y} \left[\text{alg}_t \left[\mu_{R_1}(x,y), \mu_{R_2}(y,z) \right] \right]$$

$$\mu_{R_3}(x,z) = \max_{y \in Y} \left[\mu_{R_1}(x,y) \cdot \mu_{R_2}(y,z) \right]$$

$$\text{mit } R_1 = R_1(X,Y) \qquad R_2 = R_2(Y,Z)$$

$$X = \{x_1, x_2, \ldots, x_m\} \quad Y = \{y_1, y_2, \ldots, y_n\} \quad Z = \{z_1, z_2, \ldots, z_p\}$$

Man kann keine allgemeingültige Regel aufstellen, die dem Anwender die Entscheidung abnimmt, welche Komposition in seinem Anwendungsfall die richtige ist, wenn er aus zwei Fuzzy-Relationen eine dritte herleiten (schlußfolgern) möchte. In der Praxis haben sich vor allem die beiden vorgestellten Kompositionen max-min und max-product als leistungsstarke Operatoren bewährt. Beide Operatoren eignen sich zur Herleitung solcher implikativen Relationen, die eine WENN-DANN-Beziehung zwischen zwei Fuzzy-Aussagen beschreiben.

Beispiel

Hätte man die beiden Fuzzy-Relationen R_1 und R_2 des vorherigen Beispiels mit Hilfe der max-product-Komposition verknüpft, so ergäbe sich eine etwas andere Relationsmatrix:

R_3	z_1	z_2	z_3	z_4
x_1	0,28	0,7	0,4	0,4
x_2	0,12	0,5	0,4	0,4
x_3	0,2	0,81	0,9	0,32
x_4	0,14	0,63	0,7	0,24

Darüber hinaus kann man zeigen, daß alle max-t-Kompositionen assoziativ sind, was sie für die unscharfen Schlußfolgerungsprozeduren so attraktiv macht:

$$\text{Assoziativität:} \quad R_3 \circ (R_2 \circ R_1) = (R_3 \circ R_2) \circ R_1 = R_3 \circ R_2 \circ R_1$$

Die max-t-Kompositionen sind nicht kommutativ: $R_2 \circ R_1 \neq R_1 \circ R_2$

Faßt man eine Fuzzy-Menge $A(X)$ als eine einstellige Fuzzy-Relation auf, so wie man einen klassischen Vektor auch als einstellige klassische Matrix interpretieren kann, so ergibt sich in Anlehnung an das Beispiel, mit dem die Komposition erklärt wurde, folgender Spezialfall:

Beispiel

$A(x)$	x_1	x_2	x_3	x_4
	0.1	0.7	0.2	1

$R(x,y)$	y_1	y_2	y_3	y_4
x_1	0.3	0.1	0.2	0.5
x_2	0.4	1	0	0.5
x_3	0.2	0.9	1	0.2
x_4	0.1	0.5	0.4	0.4

$$\begin{aligned}
\mu(x,y_1) &= \max_{x\in X}[\min[0.1,0.3],\min[0.7,0.4],\min[0.2,0.2],\min[1,0.1]]\\
&= \max_{x\in X}[0.1,0.4,0.2,0.1] = 0.4\\
\mu(x,y_2) &= \max_{x\in X}[\min[0.1,0.1],\min[0.7,1],\min[0.2,0.9],\min[1,0.5]]\\
&= \max_{x\in X}[0.1,0.7,0.2,0.5] = 0.7\\
\mu(x,y_3) &= \max_{x\in X}[\min[0.1,0.2],\min[0.7,0],\min[0.2,1],\min[1,0.4]]\\
&= \max_{x\in X}[0.1,0,0.2,0.4] = 0.4\\
\mu(x,y_4) &= \max_{x\in X}[\min[0.1,0.5],\min[0.7,0.5],\min[0.2,0.2],\min[1,0.4]]\\
&= \max_{x\in X}[0.1,0.5,0.2,0.4] = 0.5
\end{aligned}$$

Als Ergebnis erhält man die einstellige Fuzzy-Relation bzw. Fuzzy-Menge $B(Y)$.

$B(y)$	y_1	y_2	y_3	y_4
	0.4	0.7	0.4	0.5

Die max-min-Komposition von $A(x)$ mit $R(x,y)$ ergibt damit $B(y)$ durch die Operation:

$$B(y) = R(x,y) \circ A(x): \qquad \mu_B(y) = \max_{x\in X}[\min[\mu_A(x), \mu_R(x,y)]]$$

Entsprechendes gilt für die max-product-Komposition:

$$B(y) = R(x,y) \circ A(x): \qquad \mu_B(y) = \max_{x\in X}[\mathrm{alg}_t[\mu_A(x), \mu_R(x,y)]]$$

Projektion einer Fuzzy-Relation

Betrachtet man die oben geschriebenen Gleichungen der Komposition genauer, so sieht man, daß das Ergebnis eine einstellige Fuzzy-Menge ist, die aus einer zweistelligen Fuzzy-Relation gewonnen wird. Dieser Vorgang wird als *Projektion* bezeichnet. Die Anzahl der Stellen einer Fuzzy-Relation wird reduziert.

Der Vorgang der Projektion ist ein wesentlicher Bestandteil der Inferenz.

Die Inferenz wird in Kapitel 9 genau beschrieben.

5.5.3 Komplement einer Fuzzy-Relation

Das Fuzzy-Komplement einer unscharfen Relation R wird ähnlich dem Fuzzy-Komplement einer einstelligen Fuzzy-Menge auf das klassische Einerkomplement zurückgeführt:

Definition Komplement einer Fuzzy-Relation

$$\overline{R}: \quad \forall (x;y) \in X \times Y: \quad \mu_{\overline{R}}(x,y) = 1 - \mu_R(x,y)$$

$$\text{mit} \quad R = \{((x;y); \mu_R(x,y)) \mid (x;y) \in X \times Y\}$$

Beispiel

Die beiden Mengen $X = \{x_1, x_2, x_3, x_4\}$ und $Y = \{y_1, y_2, y_3, y_4\}$ spannen das Kreuzprodukt $X \times Y$ auf. Auf ihm ist die Fuzzy-Relation R definiert. Gesucht ist das unscharfe Komplement der zweistelligen Fuzzy-Relation R:

R	y_1	y_2	y_3	y_4
x_1	0.1	0.7	0.2	1
x_2	0.4	0	0.3	1
x_3	0.3	0.5	0.9	0.8
x_4	0.4	0	0.7	0.6

$\Rightarrow$

$\overline{R}$	y_1	y_2	y_3	y_4
x_1	0.9	0.3	0.8	0
x_2	0.6	1	0.7	0
x_3	0.7	0.5	0.1	0.2
x_4	0.6	1	0.3	0.4

5.6 Übungsaufgaben

Aufgabe 5.1

Gegeben sind die beiden diskreten Fuzzy-Mengen A und B, die auf den Grundmengen X und Y definiert sind:

$$X = \{-2, -1, 0, 1, 2, 3\} \quad A = \frac{0{,}1}{-2} + \frac{0{,}2}{-1} + \frac{0{,}7}{0} + \frac{1{,}0}{1} + \frac{0{,}1}{2} + \frac{0{,}4}{3}$$

$$Y = \{12, 13, 14, 15\} \qquad B = \frac{0{,}1}{12} + \frac{0{,}3}{13} + \frac{1{,}0}{14} + \frac{0{,}5}{15}$$

Wie lautet das kartesische Produkt (in Matrizenform und Zadeh-Notation) der beiden Fuzzy-Mengen?

Aufgabe 5.2

Gegeben sind die auf den klassischen Gundmengen X, Y und Z definierten Fuzzy-Mengen $A(X)$, $B(Y)$ und $C(Z)$.

$$X = \{x_1, x_2, x_3, x_4, x_5, x_6\} \quad Y = \{y_1, y_2, y_3, y_4\} \quad Z = \{z_1, z_2, z_3, z_4, z_5\}$$

$$A = \frac{0{,}2}{x_1} + \frac{0{,}1}{x_2} + \frac{0{,}6}{x_3} + \frac{0{,}8}{x_4} + \frac{0{,}4}{x_5} + \frac{0{,}3}{x_6} \qquad B = \frac{0{,}1}{y_1} + \frac{0{,}4}{y_2} + \frac{0{,}5}{y_3} + \frac{0{,}6}{y_4}$$

$$C = \frac{0{,}8}{z_1} + \frac{0{,}2}{z_2} + \frac{0{,}4}{z_3} + \frac{0{,}6}{z_4} + \frac{0{,}7}{z_5}$$

Bestimmen Sie die kartesischen Produkte von A und B, A und C sowie B und C.

Aufgabe 5.3

Die unscharfen Beziehungen zwischen den Elementen der Menge X und der Menge Y werden durch die Zugehörigkeitsmatrix der Fuzzy-Relation $R_1(x, y)$ und die unscharfen Beziehungen zwischen den Elementen der Menge Y und der Menge Z durch die Zugehörigkeitsmatrix der Fuzzy-Relation $R_2(y, z)$ dargestellt:

$$X = \{x_1, x_2, x_3, x_4, x_5\} \quad Y = \{y_1, y_2, y_3\} \quad Z = \{z_1, z_2, z_3, z_4\}$$

$R_1(x,y)$	y_1	y_2	y_3
x_1	0.1	0.4	0.6
x_2	0.3	0.1	0.9
x_3	0.2	1	0.6
x_4	0.4	1	0.3
x_5	0.2	0.9	0.8

$R_2(y,z)$	z_1	z_2	z_3	z_4
y_1	0.3	0.2	0.1	0.8
y_2	0.4	0.3	0.3	0.4
y_3	0.1	0.9	0.6	0.9

Wie lautet die max-min-Komposition von R_1 mit R_2?

Aufgabe 5.4

Die unscharfen Beziehungen zwischen den Elementen der Menge X und der Menge Z werden in Aufgabe 5.3 durch die max-min-Komposition von R_1 mit R_2 ausgedrückt. Gesucht ist die max-min-Komposition der Ergebnisrelation aus Aufgabe 5.3 mit einer weiteren Relation R_α:

$R_\alpha(z,\alpha)$	α_1	α_2	α_3	α_4
z_1	0.6	0.4	0.1	0.1
z_2	1	0.9	0.3	0.9
z_3	0.1	0.2	0.2	0.6
z_4	0.5	0.9	0.4	0.3

$$D = \{\alpha_1, \alpha_2, \alpha_3, \alpha_4\}$$

Aufgabe 5.5

Gegeben sind die beiden unscharfen Relationen $R_1(x, y)$ und $R_2(x, z)$ aus Aufgabe 5.3. Wie lautet die max-product-Komposition (max-prod-Komposition) von R_1 mit R_2?

Aufgabe 5.6

Gegeben sind die unscharfe Menge $A(x)$ und die unscharfe Relation $R(x, y)$:

$A(x)$	x_1	x_2	x_3	x_4
	0.4	0.3	0.6	0.8

$R(x,y)$	y_1	y_2	y_3	y_4	y_5	y_6
x_1	0.2	0.2	0.6	0.4	0.3	0.6
x_2	0.8	0.6	1	1	0.9	0.4
x_3	0.6	0.3	0.6	0.3	0.2	0.1
x_4	1	0.2	0.9	0.4	0.4	0.5

Berechnen Sie die max-min-Komposition und die max-product-Komposition von $A(x)$ mit $R(x, y)$:

a) $B(y) = R(x,y) \circ A(x):$ $\quad \mu_B(y) = \max\limits_{x \in X} [\min [\mu_A(x), \mu_R(x,y)]]$

b) $B(y) = R(x,y) \circ A(x):$ $\quad \mu_B(y) = \max\limits_{x \in X} [\mathrm{alg}_t[\mu_A(x), \mu_R(x,y)]]$

Aufgabe 5.7

Bestimmen Sie die Komplemente der Relationen $R_1(x, y)$ und $R_2(x, z)$ aus Aufgabe 5.3.

6 Fuzzy-Arithmetik

6.1 Erweiterungsprinzip

Das *Erweiterungsprinzip* (EWP) wurde in seiner ersten Fassung 1965 vom Begründer der Fuzzy-Logik, Prof. L. A. ZADEH, vorgestellt [1; 5; 6]. Es stellt ein Entwurfskonzept für die Herleitung der Fuzzy-Arithmetik in Anlehnung an die klassische Mathematik mit ihren Rechenregeln dar. Die klassische Arithmetik wird demzufolge auf die Fuzzy-Arithmetik *erweitert*.

Wie in Kapitel 3 bereits ausführlich besprochen, stellen die Fuzzy-Mengen bzw. Fuzzy-Zahlen eine Erweiterung des klassischen Mengenbegriffs bzw. Zahlenverständnisses dar. Die Fuzzyfikation der Elementaroperationen min und max führt gemäß Kapitel 4 auf eine Vielzahl unterschiedlicher Fuzzy-Operatoren.

Gegenstand dieses Kapitels ist das Rechnen mit Fuzzy-Mengen, wobei im weiteren als Schwerpunkt die Fuzzy-Zahlen betrachtet werden. Das Erweiterungsprinzip wird dazu herangezogen, Abbildungsbegriffe in Form von Fuzzy-Funktionen bzw. Fuzzy-Relationen zu definieren.

Zunächst sollen die klassischen Abbildungsvorschriften etwas genauer untersucht werden. Unterscheidet man die Zuordnungsvorschrift nach der Anzahl der beteiligten Grundmengen X_i, so ergibt sich folgendes Schema:

Einstellige klassische Funktion:
$f: \quad X \rightarrow Y \qquad \text{mit } y = f(x)$

Zweistellige klassische Funktion:
$f: \quad X \times Y \rightarrow Z \qquad \text{mit } z = f(x, y)$

n-stellige klassische Funktion:
$f: \quad X_1 \times \ldots \times X_n \rightarrow Z \qquad \text{mit } z = f(x_1, \ldots, x_n)$

Danach bildet eine einstellige klassische Funktion eine Grundmenge X auf eine Abbildungsmenge Y ab. Eine zweistellige klassische Funktion bildet alle vorkommenden Kombinationen der beiden Grundmengen X und Y, das sogenannte kartesische Produkt der Grundmengen, auf die Abbildungsmenge Z ab. Ähnlich verhält es sich im n-stelligen Fall für das kartesische Produkt von n Grundmengen. Die bei den oben aufgeführten Funktionen auftretenden klassischen Grundmengen können sowohl endlich als auch unendlich sein.

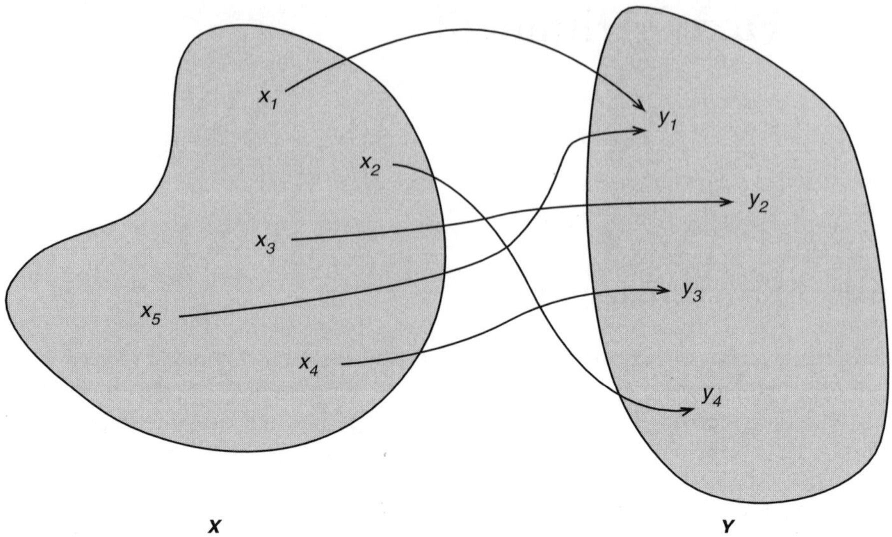

Bild 6.1 Darstellung einer einstelligen klassischen Funktion $y = f(x)$ als Pfeildiagramm

6.1.1 Einfache Fassung des EWP

Das Erweiterungsprinzip wurde in seiner einfachen Fassung zuerst auf die einstellige klassische Funktion angewendet.

Einstellige klassische Funktion:

$$f: \quad X \rightarrow Y \qquad \text{mit } y = f(x)$$

Im klassischen Fall besteht eine eindeutige Abbildungsvorschrift zwischen der Grundmenge X und der Abbildungsmenge Y (Bild 6.1).

Das Pfeildiagramm illustriert, wie jedem Element der endlichen Grundmenge X eindeutig ein Element aus der endlichen Bildmenge Y zugeordnet wird. Nun soll eine fuzzy-logische Interpretation dieser zunächst klassischen Funktion folgen. Sowohl die Elemente x_i der Grundmenge X als auch die Elemente y_i der Bildmenge Y gehören voll (Zugehörigkeit $\mu(x_i) = 1$, $\mu(y_i) = 1$) zu ihren Mengen. Die Abbildungsvorschrift wird fuzzy-logisch interpretiert, indem man jedem Element seine Zugehörigkeit gemäß Bild 6.2 zuordnet.

Man erkennt, daß jedem Paar $(x_i; \mu(x_i) = 1)$ der endlichen Grundmenge X ein Paar $(y_i; \mu(y_i) = 1)$ der Bildmenge Y eindeutig zugeordnet ist. Die Hinzunahme der Zugehörigkeitswerte macht natürlich für den klassischen Fall keinen Sinn, da sie immer 1 ist. Wenn man jedoch die einstellige klassische Funktion als Spezialfall einer einstelligen Fuzzy-Funktion betrachtet, bei der zwei endliche Fuzzy-Mengen X und Y über die Abbildungsvorschrift eindeutig miteinander verknüpft werden, hat man die Kernidee des Erweiterungsprinzips erfaßt und auf den

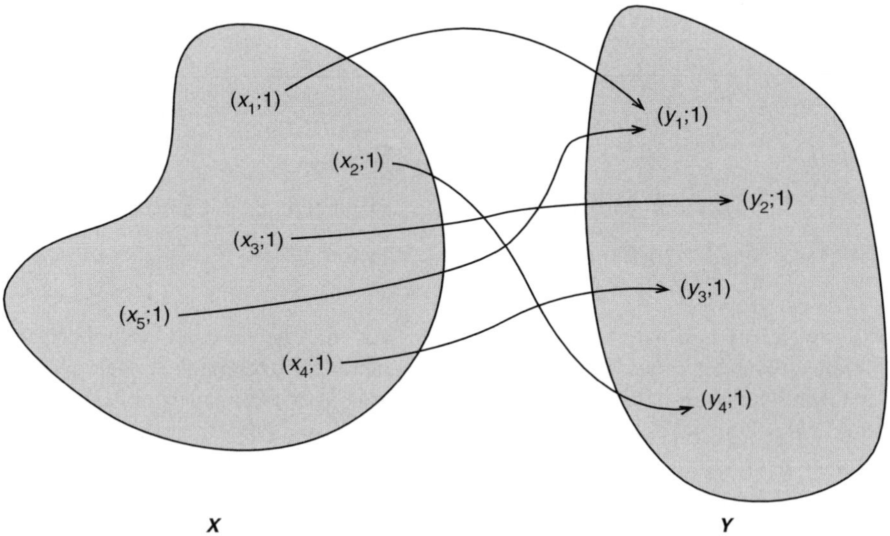

Bild 6.2
Darstellung einer einstelligen klassischen Funktion $y = f(x)$ und ihrer Mengenzugehörigkeiten als Pfeildiagramm

Funktionsbegriff angewendet. Eine Gegenüberstellung der beiden Sichtweisen (klassisch und fuzzy) für die Bilder 6.1 und 6.2 ließe sich auch durch die zugehörigen Schreibweisen wiedergeben.

klassisch:

$$X = \{x_1, x_2, x_3, x_4, x_5\} \quad \xrightarrow{f} Y = \{y_1, y_2, y_3, y_4\}$$

fuzzy:

$$X = \{(x_1;1), (x_2;1), (x_3;1), (x_4;1), (x_5;1)\} \xrightarrow{f}$$

$$Y = \{(y_1;1), (y_2;1), (y_3;1), (y_4;1)\}$$

$$X = \frac{1}{x_1} + \frac{1}{x_2} + \frac{1}{x_3} + \frac{1}{x_4} + \frac{1}{x_5} \quad \xrightarrow{f} \quad Y = \frac{1}{y_1} + \frac{1}{y_2} + \frac{1}{y_3} + \frac{1}{y_4}$$

Im einzelnen gilt:

$f(x_1) = y_1 \quad \leftarrow \quad$ Zugehörigkeit 1
$f(x_2) = y_4 \quad \leftarrow \quad$ Zugehörigkeit 1
$f(x_3) = y_2 \quad \leftarrow \quad$ Zugehörigkeit 1
$f(x_4) = y_3 \quad \leftarrow \quad$ Zugehörigkeit 1
$f(x_5) = y_1 \quad \leftarrow \quad$ Zugehörigkeit 1

Man sieht, daß sowohl x_1 als auch x_5 auf dasselbe Element y_1 abgebildet werden. Die Zuordnung dieser beiden Grundelemente x_1 und x_5 zum Element y_1 der Bildmenge ist eindeutig, da sowohl $f(x_1)$ als auch $f(x_5)$ dieselbe Zugehörigkeit zur Abbildungsmenge, nämlich «1», haben.

Nun werden die Zugehörigkeitswerte für die Grundelemente verändert, und man erhält somit beispielsweise folgende Fuzzy-Menge A auf der Grundmenge $X = \{x_1, x_2, x_3, x_4, x_5\}$:

Beispiel

$$A = \{(x_1; 0{,}1), (x_2; 0{,}9), (x_3; 1{,}0), (x_4; 0{,}4), (x_5; 0{,}6)\}$$

$$\text{bzw.} \quad A = \frac{0{,}1}{x_1} + \frac{0{,}9}{x_2} + \frac{1{,}0}{x_3} + \frac{0{,}4}{x_4} + \frac{0{,}6}{x_5}$$

Das Erweiterungsprinzip sagt unter anderem aus, daß neben der klassischen Abbildungsvorschrift $y = f(x)$ auch die entsprechenden Zugehörigkeitswerte $\mu_A(x_i)$ der Grundelemente in die Abbildungsmenge mit übertragen werden. Überträgt man für das Beispiel die Zugehörigkeitswerte der Grundelemente x_i auf die Zugehörigkeitswerte der Abbildungselemente y_i, so ergibt sich folgende Zuordnung:

Beispiel

$f(x_1) = y_1$	$\leftarrow$	Zugehörigkeit 0,1
$f(x_2) = y_4$	$\leftarrow$	Zugehörigkeit 0,9
$f(x_3) = y_2$	$\leftarrow$	Zugehörigkeit 1,0
$f(x_4) = y_3$	$\leftarrow$	Zugehörigkeit 0,4
$f(x_5) = y_1$	$\leftarrow$	Zugehörigkeit 0,6

Jetzt wird deutlich, daß eine Zusatzbedingung für die Übertragung einer klassischen Abbildungsvorschrift (hier einstellige Funktion) in die Fuzzy-Welt notwendig wird.

Im Beispiel wird sowohl x_1 als auch x_5 auf dasselbe Element y_1 abgebildet. Die Zuordnung dieser beiden Grundelemente x_1 und x_5 zum Element y_1 der Bildmenge ist ohne Zusatzbedingung nicht mehr eindeutig, da $f(x_1) = y_1$ der unscharfen Abbildungsmenge B mit der Zugehörigkeit 0,1 und $f(x_5) = y_1$ mit der Zugehörigkeit 0,6 zugeordnet werden. Hier ist im Gegensatz zum klassischen Fall ein Widerspruch entstanden! Um diesen Widerspruch zu beheben, vereinbart man eine Zusatzbedingung, die Bestandteil des Erweiterungsprinzips ist.

> Da bei einem funktionalen Zusammenhang (auch wenn er *fuzzy* ist!) nur eine *eindeutige* Zuordnung zwischen x_i und y_i in der Form $y_i = f(x_i)$ erlaubt ist, wählt man immer das x_i mit dem größten Zugehörigkeitswert $\mu(x_i)$ aus.

Allgemeingültig läßt sich nach dem Erweiterungsprinzip für endliche Fuzzy-Mengen somit folgende einstellige Fuzzy-Funktion definieren:

Definition Einstellige Fuzzy-Funktion (endlich):

$$B = f(A) = \sum_{i=1}^{n} \frac{\mu_A(x_i)}{f(x_i)} \quad = \quad \sum_{i=1}^{m} \frac{\mu_B(y_i)}{y_i} \qquad \text{mit} \quad m \leq n$$

$$\forall x \in X: \qquad \mu_B(y_i) = \begin{cases} \max\limits_{y_i = f(x)} [\mu_A(x)] & \text{falls } y = f(x) \text{ existiert} \\ 0 & \text{sonst} \end{cases}$$

mit den Fuzzy-Mengen: $A = \sum_{i=1}^{n} \frac{\mu_A(x_i)}{x_i} \qquad B = \sum_{i=1}^{m} \frac{\mu_B(y_i)}{y_i}$

Beispiel

$$A = \frac{0{,}1}{x_1} + \frac{0{,}9}{x_2} + \frac{1{,}0}{x_3} + \frac{0{,}4}{x_4} + \frac{0{,}6}{x_5}$$

$$f(A) = B = \frac{0{,}1}{f(x_1)} + \frac{0{,}9}{f(x_2)} + \frac{1{,}0}{f(x_3)} + \frac{0{,}4}{f(x_4)} + \frac{0{,}6}{f(x_5)}$$

$$= \underbrace{\frac{0{,}1}{y_1}}_{\text{entfällt}} + \frac{0{,}9}{y_4} + \frac{1{,}0}{y_2} + \frac{0{,}4}{y_3} + \frac{0{,}6}{y_1}$$

$$= \frac{0{,}9}{y_4} + \frac{1{,}0}{y_2} + \frac{0{,}4}{y_3} + \frac{0{,}6}{y_1}$$

Im Falle unendlicher Fuzzy-Mengen läßt sich mit Hilfe der Zadeh-Notation die Definition einstelliger Abbildungen wie folgt darstellen.

Definition Einstellige Fuzzy-Funktion (unendlich):

$$B = f(A) = \int_X \mu_A(x)/f(x) = \int_Y \mu_B(x)/y$$

$$\forall x \in X: \qquad \mu_B(y_i) = \begin{cases} \max\limits_{y_i = f(x)} [\mu_A(x)] & \text{falls } y = f(x) \text{ existiert} \\ 0 & \text{sonst} \end{cases}$$

Zu beachten ist, daß die Indizierung im unendlichen Fall im Gegensatz zum endlichen Fall entfällt.

Beispiel

Gegeben sei eine unscharfe Menge A auf der endlichen Grundmenge X und eine einstellige klassische Funktion $f(x)$. Es ist die unscharfe Ergebnismenge B zu bestimmen.

$$X = \{-2, -1, 0, 1, 2, 3\}$$

$$A = \frac{0{,}3}{-2} + \frac{0{,}6}{-1} + \frac{1{,}0}{0} + \frac{0{,}4}{1} + \frac{0{,}2}{2} + \frac{0{,}1}{3}$$

$$f(x) = 3 \cdot x^2 - 1$$

$$f(A) = B = \frac{0{,}3}{f(-2)} + \frac{0{,}6}{f(-1)} + \frac{1{,}0}{f(0)} + \frac{0{,}4}{f(1)} + \frac{0{,}2}{f(2)} + \frac{0{,}1}{f(3)}$$

$$= \frac{0{,}3}{11} + \frac{0{,}6}{2} + \frac{1{,}0}{-1} + \underbrace{\frac{0{,}4}{2}}_{\text{entfällt}} + \underbrace{\frac{0{,}2}{11}}_{\text{entfällt}} + \frac{0{,}1}{26}$$

$$= \frac{0{,}3}{11} + \frac{0{,}6}{2} + \frac{1{,}0}{-1} + \frac{0{,}1}{26}$$

Bild 6.3 zeigt die grafische Darstellung der einstelligen Abbildung $B = f(A)$.

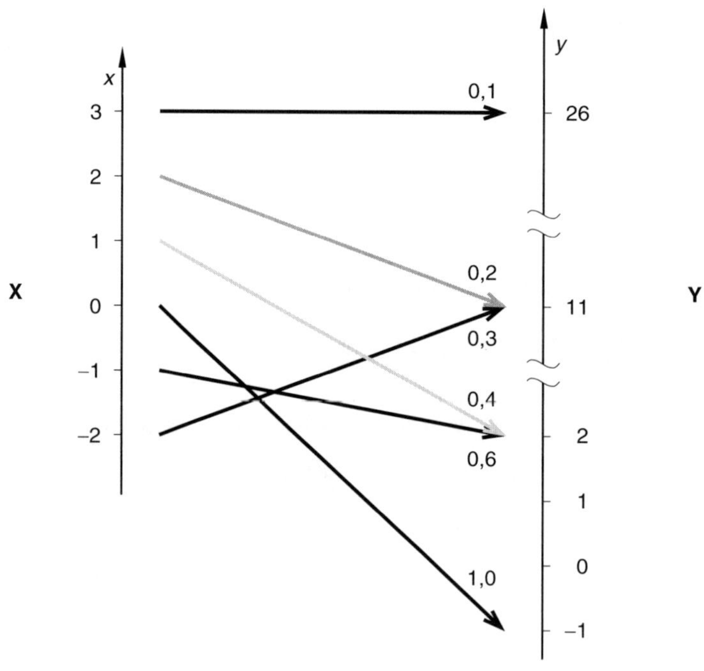

Bild 6.3
Darstellung von $B = f(A)$ mit $f(x) = 3 \cdot x^2 - 1$

6.1.2 Allgemeine Fassung des EWP

Die allgemeine Fassung des Erweiterungsprinzips basiert auf den n-stelligen klassischen Funktionen sowie Relationen und eignet sich daher auch für die Herleitung von arithmetischen Verknüpfungen, zu denen im besonderen auch die Grundrechenarten zählen.

Zweistellige klassische Funktion:
$f: \quad X \times Y \rightarrow Z \qquad \text{mit } z = f(x, y)$

n-stellige klassische Funktion:
$f: \quad X_1 \times \ldots \times X_n \rightarrow Z \qquad \text{mit } z = f(x_1, \ldots, x_n)$

Das kartesische Produkt von n Mengen wird bei mehrstelligen Funktionen (Relationen) mit einer Vorschrift f auf eine Ergebnismenge abgebildet. Ohne Beschränkung der Allgemeinheit werden im weiteren zur Erklärung der allgemeinen Fassung nur noch zweistellige Funktionen betrachtet. In Kapitel 5 wurde das Kreuzprodukt zweier endlicher bzw. unendlicher Fuzzy-Mengen definiert.

Definition Kartesisches Produkt (Kreuzprodukt) zweier unscharfer Mengen (endlich)

$$\forall (x; y) \in X \times Y: \qquad \mu_{A \times B}(x, y) = \min\left[\mu_A(x), \mu_B(y)\right]$$

$$A \times B = \sum_{i,j=1}^{n,m} \frac{\mu_{A \times B}(x_i, y_j)}{(x_i; y_j)} = \sum_{i,j=1}^{n,m} \frac{\min\left[\mu_A(x_i), \mu_B(y_j)\right]}{(x_i; y_j)}$$

$$\text{mit den Fuzzy Mengen:} \quad A = \sum_{i=1}^{n} \frac{\mu_A(x_i)}{x_i} \qquad B = \sum_{j=1}^{m} \frac{\mu_B(y_j)}{y_j}$$

Die Doppelindizierung mit i und j für die unscharfe Ergebnismenge $A \times B$ besagt, daß jedes Elementepaar der unscharfen Menge A mit jedem Elementepaar der unscharfen Menge B verknüpft wird. Damit besteht die unscharfe Ergebnismenge $A \times B$ aus $n \cdot m$ Paaren.

Definition Kartesisches Produkt (Kreuzprodukt) zweier unscharfer Mengen (unendlich)

$$\forall (x;y) \in X \times Y: \qquad \mu_{A\times B}(x,y) = \min\,[\mu_A(x), \mu_B(y)]$$

$$A \times B = \int_{X\times Y} \frac{\mu_{A\times B}(x,y)}{(x;y)} = \int_{X\times Y} \frac{\min\,[\mu_A(x), \mu_B(y)]}{(x;y)}$$

$$\text{mit den Fuzzy-Mengen:} \quad A = \int_X \frac{\mu_A(x)}{x} \qquad B = \int_Y \frac{\mu_B(y)}{y}$$

Man beachte, daß die Indizierung im unendlichen Fall im Gegensatz zum endlichen Fall entfällt.

Aufbauend auf dem so definierten Kreuzprodukt zweier Fuzzy-Mengen wird das Erweiterungsprinzip für zweistellige Funktionen für den endlichen und den unendlichen Fall definiert.

Definition Zweistellige Fuzzy-Funktion (endlich)

$$C = f(A,B) = \sum_{i,j=1}^{n,m} \frac{\mu_{A\times B}(x_i, y_j)}{f(x_i, y_j)} = \sum_{k=1}^{n\cdot m} \frac{\mu_C(z_k)}{z_k}$$

$$\forall (x;y) \in X \times Y:$$

$$\mu_C(z_k) = \begin{cases} \max\limits_{z_k = f(x_i, y_j)} [\mu_{A\times B}(x_i, y_j)] & \text{falls } z = f(x,y) \text{ existiert} \\ 0 & \text{sonst} \end{cases}$$

$$\mu_C(z_k) = \begin{cases} \max\limits_{z_k = f(x_i, y_j)} [\min\,[\mu_A(x_i), \mu_B(y_j)]] & \text{falls } z = f(x,y) \text{ existiert} \\ 0 & \text{sonst} \end{cases}$$

$$\text{mit den Fuzzy-Mengen:} \quad A = \sum_{i=1}^{n} \frac{\mu_A(x_i)}{x_i} \qquad B = \sum_{j=1}^{m} \frac{\mu_B(y_j)}{y_j}$$

Das kartesische Produkt von A und B besteht, wie bereits gezeigt, aus $n \cdot m$ Einzelelementen. Somit überstreicht der Laufindex k, der die Elementepaare der Ergebnismenge $C = A \times B$ durchnumeriert, den Bereich von $k = 1$ bis $k = n \cdot m$.

Ähnlich wie bei den einstelligen unscharfen Funktionen, besteht wieder die Gefahr der Mehrdeutigkeit des Ergebnisses. Daher gilt auch hier: Wenn ein Element der Grundmenge Z der Ergebnismenge C mit mehreren Zugehörigkeitswerten zugeordnet wird, dann ist immer die größte Zugehörigkeit zu wählen. (Man erkennt dies an dem max-Term!)

Definition Zweistellige Fuzzy-Funktion (unendlich)

$$C = f(A,B) = \int_{X\times Y} \frac{\mu_{A\times B}(x,y)}{f(x,y)} = \int_{X\times Y} \frac{\mu_C(z)}{z}$$

$\forall (x;y) \in X \times Y$:

$$\mu_C(z) = \begin{cases} \max\limits_{z=f(x,y)} [\mu_{A\times B}(x,y)] & \text{falls } z = f(x,y) \text{ existiert} \\ 0 & \text{sonst} \end{cases}$$

$$\mu_C(z) = \begin{cases} \max\limits_{z=f(x,y)} [\min[\mu_A(x), \mu_B(y)]] & \text{falls } z = f(x,y) \text{ existiert} \\ 0 & \text{sonst} \end{cases}$$

mit den Fuzzy-Mengen: $A = \int_X \frac{\mu_A(x)}{x} \qquad B = \int_Y \frac{\mu_B(y)}{y}$

Man beachte, daß die Indizierung im unendlichen Fall im Gegensatz zum endlichen Fall entfällt.

Das Erweiterungsprinzip stellt sowohl in seiner einfachen als auch in seiner allgemeinen Fassung die Basis der kompletten Fuzzy-Arithmetik dar. Hierauf aufbauend sollen nun verschiedene arithmetische Funktionen betrachtet werden. Für einstellige Funktionen der Form $y = f(x)$ wurden bereits Beispiele angeführt, die im Übungsteil weiter fortgeführt werden. Beispiele für den allgemeinen Fall folgen im anschließenden Abschnitt, der sich genauer mit einigen elementaren Verknüpfungsoperationen beschäftigt.

6.2 Fuzzy-Arithmetik

Die Grundrechenarten der klassischen Arithmetik wie Addition, Negation, Subtraktion, Multiplikation, Inversion und Division sollen mit Hilfe des Erweiterungsprinzips auf das Fuzzy-Konzept übertragen werden:

Addition:	$C = A \oplus B$	mit	$f(x,y) = x + y$
Negation:	$B = \ominus A$	mit	$f(x) = -x$
Subtraktion:	$C = A \ominus B$	mit	$f(x,y) = x - y$
Multiplikation:	$C = A \otimes B$	mit	$f(x,y) = x \cdot y$
Inversion:	$B = A^{-1}$	mit	$f(x) = \frac{1}{x}$
Division:	$C = A \odot B$	mit	$f(x,y) = \frac{x}{y}$

Um den Rahmen nicht zu sprengen, werden an dieser Stelle für die Erklärung der Verknüpfungsvorschriften nur die in Kapitel 3 definierten Fuzzy-Zahlen herangezogen.

Man erinnere sich daran, daß das Erweiterungsprinzip ein Konzept an die Hand gibt, mit dem sich die klassischen Operationen, Funktionen, Relationen und Verknüpfungsgesetze in die Fuzzy-Welt übertragen lassen. Die einfache Fassung des Erweiterungsprinzips eignet sich zur Definition von einstelligen Operationen und Funktionen, zu denen man auch die Negation und Inversion zählen kann. Die allgemeine Fassung des Erweiterungsprinzips ist weitreichender und zeigt, wie beliebig viele unscharfe Mengen miteinander verknüpft werden können, ohne jedoch eine bestimmte Verknüpfungsvorschrift zu bevorzugen. Nun kann man die Grundrechenarten als zwei- bzw. n-stellige Operation auffassen und mit Hilfe des Erweiterungsprinzips herleiten. Sie sind demzufolge nur einige spezielle von unendlich vielen Verknüpfungsvorschriften.

Auch bei der Fuzzy-Arithmetik wird unterschieden, ob es sich bei den Operationen um solche auf endlichen oder auf unendlichen Grundmengen handelt. Die Definitionen enthalten, wenn sie im Zusammenhang mit endlichen Fuzzy-Zahlen stehen, Summationen und ansonsten Integrationen. Alle im folgenden beschriebenen Fuzzy-Verknüpfungen basieren auf den Fuzzy-Zahlen A und B, die sowohl für endliche als auch unendliche Grundmengen X und Y erklärt sind.

Fuzzy-Zahlen: $$A = \int_R \frac{\mu_A(x)}{x} \qquad B = \int_R \frac{\mu_B(y)}{y}$$

Diskrete Fuzzy-Zahlen: $$A = \sum_{i=1}^{n} \frac{\mu_A(x_i)}{x_i} \qquad B = \sum_{j=1}^{m} \frac{\mu_B(y_j)}{y_j}$$

Weiterhin wird für die folgend aufgeführten Fälle der Fuzzy-Arithmetik der Übersichtlichkeit wegen vereinbart, daß die max-Operation im Summenterm auch in Kurzschreibweise geschrieben werden kann:

$$\forall (x; y) \in X \times Y$$

endlicher Fall:

$$\max\,[\min\,[\mu_A(x_i), \mu_B(y_j)] \xrightarrow{\text{anstatt}} \max_{z_k = f(x_i, y_j)} [\min\,[\mu_A(x_i), \mu_B(y_i)]]$$

unendlicher Fall:

$$\max\,[\min\,[\mu_A(x), \mu_B(y)] \xrightarrow{\text{anstatt}} \max_{z = f(x, y)} [\min\,[\mu_A(x), \mu_B(y)]]$$

Wenn nichts anderes angemerkt wird, bezieht sich die max-Operation immer auf das spezielle $f(x_i, y_j)$ im formalen «Nenner», oder anders formuliert, wird ein

Element der Menge Z (steht im formalen Nenner der Zadeh-Notation) der Ergebnismenge C mit mehreren Zugehörigkeitswerten zugeordnet, dann ist immer die größte Zugehörigkeit auszuwählen.

6.2.1 Erweiterte Addition

Die erweiterte Addition zweier nicht näher beschriebenen Fuzzy-Zahlen A und B stellt sich in allgemeiner Form wie folgt dar:

$$C = A \oplus B \qquad \text{mit} \quad f(x, y) = x + y$$

Überträgt man die klassische Funktion $f(x, y) = x + y$ in beschriebener Weise auf die fuzzyfizierte zweistellige Funktion, so ergibt sich nach dem EWP:

$$A \oplus B = \sum_{i,j=1}^{n,m} \frac{\max\left[\min\left[\mu_A(x_i), \mu_B(y_j)\right]\right]}{x_i + y_j}$$

bzw.

$$A \oplus B = \int_R \frac{\max\left[\min\left[\mu_A(x), \mu_B(y)\right]\right]}{x + y}$$

Beispiel

Gegeben sind die beiden diskreten Fuzzy-Mengen A und B, die auf den Grundmengen X und Y definiert sind:

$$X = \{0, 1, 2, 3, 4\} \qquad A = \frac{0{,}1}{0} + \frac{0{,}4}{1} + \frac{0{,}7}{2} + \frac{1{,}0}{3} + \frac{0{,}1}{4}$$

$$Y = \{2, 3, 4, 5\} \qquad B = \frac{0{,}1}{2} + \frac{0{,}5}{3} + \frac{1{,}0}{4} + \frac{0{,}5}{5}$$

Gesucht ist die Summe C der beiden Fuzzy-Mengen. Um die einzelnen Berechnungsschritte zu verdeutlichen, werden die Einzelergebnisse tabellarisch angegeben (Bild 6.4).

	A	**0,1/0**	**0,4/1**	**0,7/2**	**1,0/3**	**0,1/4**
	i	1	2	3	4	5
B	j					
0,1/2	1	0,1/2	0,1/3	0,1/4	0,1/5	0,1/6
0,5/3	2	0,1/3	0,4/4	0,5/5	0,5/6	0,1/7
1,0/4	3	0,1/4	0,4/5	0,7/6	1,0/7	0,1/8
0,5/5	4	0,1/5	0,4/6	0,5/7	0,5/8	0,1/9

Bild 6.4 Tabellarische Angabe der Summe zweier Fuzzy-Mengen

In Bild 6.4 sind alle 20 (n = 5, m = 4, k = n · m) Verknüpfungsergebnisse für die zugehörigen i-j-Kombinationen der Laufindizes eingetragen. Im formalen «Zähler» steht das Minimum der entsprechenden Zugehörigkeiten $\mu_A(x_i)$ und $\mu_B(y_j)$. Im formalen «Nenner» steht das Funktionsergebnis $f(x_i, y_j) = x_i + y_j$.

Nun wird wieder die max-Operation auf die oben aufgeführten Teilergebnisse angewendet. Wie bereits beschrieben, wählt man zu einem speziellen $f(x_i, y_j)$ immer die größte Zugehörigkeit aus. Anschließend erhält man das Ergebnis der erweiterten Addition der Fuzzy-Mengen *A* und *B*:

$$C = \frac{0{,}1}{2} + \frac{0{,}1}{3} + \frac{0{,}4}{4} + \frac{0{,}5}{5} + \frac{0{,}7}{6} + \frac{1{,}0}{7} + \frac{0{,}5}{8} + \frac{0{,}1}{9}$$

Beispiel

Gegeben sind die beiden dreieckförmigen Fuzzy-Mengen *A* und *B* nach Bild 6.5, die auf den Grundmengen $X = Y = \boldsymbol{R}$ definiert sind. Sie sollen nicht nur als Beispiel für die Veranschaulichung der erweiterten Addition, sondern auch der übrigen Fuzzy-Verknüpfungen dienen.

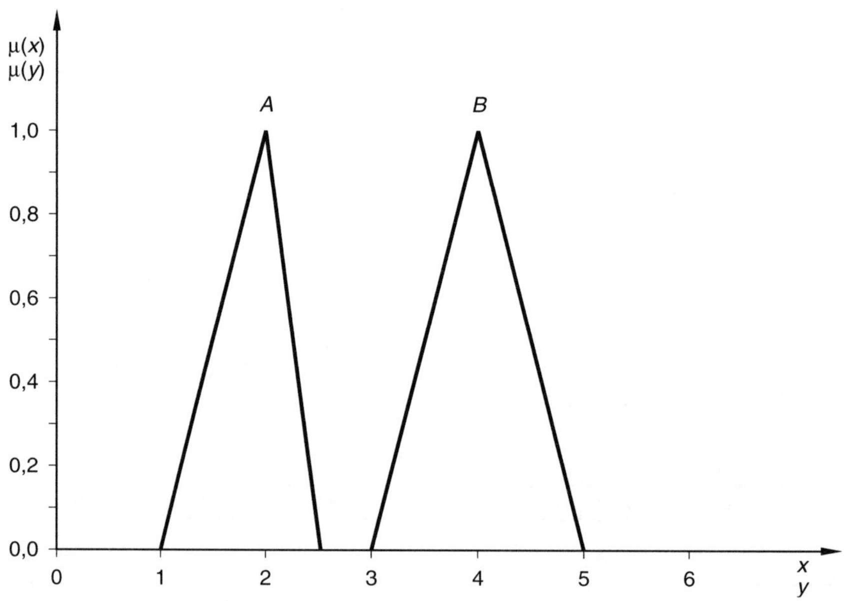

Bild 6.5
Dreieckförmige Fuzzy-Zahlen *A* und *B* für die Veranschaulichung der Fuzzy-Verknüpfungen

$$\mu_A(x) = \begin{cases} \max\left[0, \frac{x-1}{1}\right] & \text{für } x \leq 2 \\ \max\left[0, \frac{2{,}5-x}{0{,}5}\right] & \text{für } x \geq 2 \end{cases} \quad \text{bzw.} \quad A = \int_1^2 \frac{x-1}{x} + \int_2^{2{,}5} \frac{5-2x}{x}$$

$$\mu_B(y) = \begin{cases} \max\left[0, \frac{y-3}{1}\right] & \text{für } y \leq 4 \\ \max\left[0, \frac{5-y}{1}\right] & \text{für } y \geq 4 \end{cases} \quad \text{bzw.} \quad B = \int_3^4 \frac{y-3}{y} + \int_4^5 \frac{5-y}{y}$$

Durch punktweises Konstruieren der erweiterten Addition erhält man eine Vorstellung, wie sich die Ergebnismenge C ermitteln läßt. Da es sich bei A und B um zwei unendliche Fuzzy-Mengen handelt (Integralschreibweise!), müßte man zur kompletten Darstellung der Ergebnismenge C unendlich viele Einzelkonstruktionen durchführen. Es ist jedoch leicht einzusehen, daß es ausreicht, die einzelnen Berechnungsschritte für verschiedene diskrete Zugehörigkeitswerte $\mu_C(z)$, die gleichmäßig über Z (Grundmenge von C) verteilt sind, vorzuführen. Hierzu sollen zugunsten der Übersichtlichkeit Tabellen benutzt werden. Daraus wird anschließend ein allgemeingültiges Konstruktionsprinzip hergeleitet.

Die folgenden Tabellen (Bilder 6.6 bis 6.13) sind alle gleich aufgebaut: Jede Tabelle ermittelt den Zugehörigkeitswert $\mu_C(z)$, den ein bestimmtes Element z zur Ergebnismenge C hat. In der ersten Spalte stehen die Element x der Menge A und in der zweiten Spalte die entsprechenden Werte $\mu_A(x)$, die sich rechnerisch aus der oberen Funktion, mit der die Menge A beschrieben ist, ergeben. Da in einer Tabelle immer derselbe feste Wert z (hier $z = x + y$) betrachtet wird, ergeben sich zu den verschiedenen x-Werten auch verschiedene y-Werte. Die sich ergebenden y-Werte (hier $y = z - x$) stehen in Spalte 3 und die Zugehörigkeitswerte $\mu_B(y)$ zur Menge B, die sich auch rechnerisch ergeben, in Spalte 4. In der letzten Spalte steht dann der kleinere der beiden μ-Werte einer Zeile. Letztlich ergibt sich nun $\mu_C(z)$ als größter auftretender μ-Wert in der rechten Spalte (Realisierung der max-Funktion).

$z = 4$				$y = z - x$
x	$\mu_A(x)$	y	$\mu_B(y)$	$\min[\mu_A(x), \mu_B(y)]$
1,0	0,0	3,0	0,0	0,0
1,2	0,2	2,8	0,0	0,0
1,4	0,4	2,6	0,0	0,0
1,6	0,6	2,4	0,0	0,0
1,8	0,8	2,2	0,0	0,0
2,0	1,0	2,0	0,0	0,0
2,2	0,6	1,8	0,0	0,0
2,4	0,2	1,6	0,0	0,0
2,5	0,0	1,5	0,0	0,0
$\mu_C(z = 4) = 0,0$				

Bild 6.6 Bestimmung des Wertes $\mu_C(z = 4)$

$z = 4,5$				$y = z - x$
x	$\mu_A(x)$	y	$\mu_B(y)$	$\min[\mu_A(x), \mu_B(y)]$
1,0	0,0	3,5	0,5	0,0
1,2	0,2	3,3	0,3	0,2
1,4	0,4	3,1	0,1	0,1
1,6	0,6	2,9	0,0	0,0
1,8	0,8	2,7	0,0	0,0
2,0	1,0	2,5	0,0	0,0
2,2	0,6	2,3	0,0	0,0
2,4	0,2	2,1	0,0	0,0
2,5	0,0	2,0	0,0	0,0
$\mu_C(z = 4,5) = 0,2$				

Bild 6.7 Bestimmung des Wertes $\mu_C(z = 4,5)$

$z = 5,0$				$y = z - x$
x	$\mu_A(x)$	y	$\mu_B(y)$	$\min[\mu_A(x), \mu_B(y)]$
1,0	0,0	4,0	1,0	0,0
1,2	0,2	3,8	0,8	0,2
1,4	0,4	3,6	0,6	0,4
1,6	0,6	3,4	0,4	0,4
1,8	0,8	3,2	0,2	0,2
2,0	1,0	3,0	0,0	0,0
2,2	0,6	2,8	0,0	0,0
2,4	0,2	2,6	0,0	0,0
2,5	0,0	2,5	0,0	0,0
$\mu_C(z = 5,0) = 0,4$				

Bild 6.8 Bestimmung des Wertes $\mu_C(z = 5)$

$z = 5,5$				$y = z - x$
x	$\mu_A(x)$	y	$\mu_B(y)$	$\min[\mu_A(x), \mu_B(y)]$
1,0	0,0	4,5	0,5	0,0
1,2	0,2	4,3	0,7	0,2
1,4	0,4	4,1	0,9	0,4
1,6	0,6	3,9	0,9	0,6
1,8	0,8	3,7	0,7	0,7
2,0	1,0	3,5	0,5	0,5
2,2	0,6	3,3	0,3	0,3
2,4	0,2	3,1	0,1	0,1
2,5	0,0	3,0	0,0	0,0
$\mu_C(z = 5,5) = 0,7$				

Bild 6.9 Bestimmung des Wertes $\mu_C(z = 5,5)$

$z = 6{,}0$		$y = z - x$		
x	$\mu_A(x)$	y	$\mu_B(y)$	$\min[\mu_A(x), \mu_B(y)]$
1,0	0,0	5,0	0,0	0,0
1,2	0,2	4,8	0,2	0,2
1,4	0,4	4,6	0,4	0,4
1,6	0,6	4,4	0,6	0,6
1,8	0,8	4,2	0,8	0,8
2,0	1,0	4,0	1,0	1,0
2,2	0,6	3,8	0,8	0,6
2,4	0,2	3,6	0,6	0,2
2,5	0,0	3,5	0,5	0,0
$\mu_C(z = 6{,}0) = 1{,}0$				

Bild 6.10 Bestimmung des Wertes $\mu_C(z = 6)$

$z = 6{,}5$		$y = z - x$		
x	$\mu_A(x)$	y	$\mu_B(y)$	$\min[\mu_A(x), \mu_B(y)]$
1,0	0,0	5,5	0,0	0,0
1,2	0,2	5,3	0,0	0,0
1,4	0,4	5,1	0,0	0,0
1,6	0,6	4,9	0,1	0,1
1,8	0,8	4,7	0,3	0,3
2,0	1,0	4,5	0,5	0,5
2,2	0,6	4,3	0,7	0,6
2,4	0,2	4,1	0,9	0,2
2,5	0,0	4,0	1,0	0,0
$\mu_C(z = 6{,}5) = 0{,}6$				

Bild 6.11 Bestimmung des Wertes $\mu_C\ (z = 6{,}5)$

$z = 7{,}0$		$y = z - x$		
x	$\mu_A(x)$	y	$\mu_B(y)$	$\min[\mu_A(x), \mu_B(y)]$
1,0	0,0	6,0	0,0	0,0
1,2	0,2	5,8	0,0	0,0
1,4	0,4	5,6	0,0	0,0
1,6	0,6	5,4	0,0	0,0
1,8	0,8	5,2	0,0	0,0
2,0	1,0	5,0	0,0	0,0
2,2	0,6	4,8	0,2	0,2
2,4	0,2	4,6	0,4	0,2
2,5	0,0	4,5	0,5	0,0
$\mu_C(z = 7{,}0) = 0{,}2$				

Bild 6.12 Bestimmung des Wertes $\mu_C\ (z = 7)$

$z = 7{,}5$		$y = z - x$		
x	$\mu_A(x)$	y	$\mu_B(y)$	$\min[\mu_A(x), \mu_B(y)]$
1,0	0,0	6,5	0,0	0,0
1,2	0,2	6,3	0,0	0,0
1,4	0,4	6,1	0,0	0,0
1,6	0,6	5,9	0,0	0,0
1,8	0,8	5,7	0,0	0,0
2,0	1,0	5,5	0,0	0,0
2,2	0,6	5,3	0,2	0,0
2,4	0,2	5,1	0,4	0,0
2,5	0,0	5,0	0,5	0,0
$\mu_c(z = 7{,}5) = 0{,}0$				

Bild 6.11 Bestimmung des Wertes $\mu_C\ (z = 6{,}5)$

Bild 6.14 zeigt das Ergebnis der erweiterten Addition der Fuzzy-Mengen *A* und *B*.

Für die erweiterte Addition läßt sich feststellen: Wenn die Zugehörigkeitswerte $\mu_A(x)$ und $\mu_B(y)$ der Mengen *A* und *B* denselben Wert haben, dann erhält auch die Summe $z = x + y$ den gleichen Zugehörigkeitswert.

$$\mu_A(x) = \mu_B(y) = \mathrm{h} \quad \xleftrightarrow{z = x + y} \quad \mu_C(z) = \mathrm{h} \quad \text{mit} \quad \mathrm{h} \in [0, 1]$$

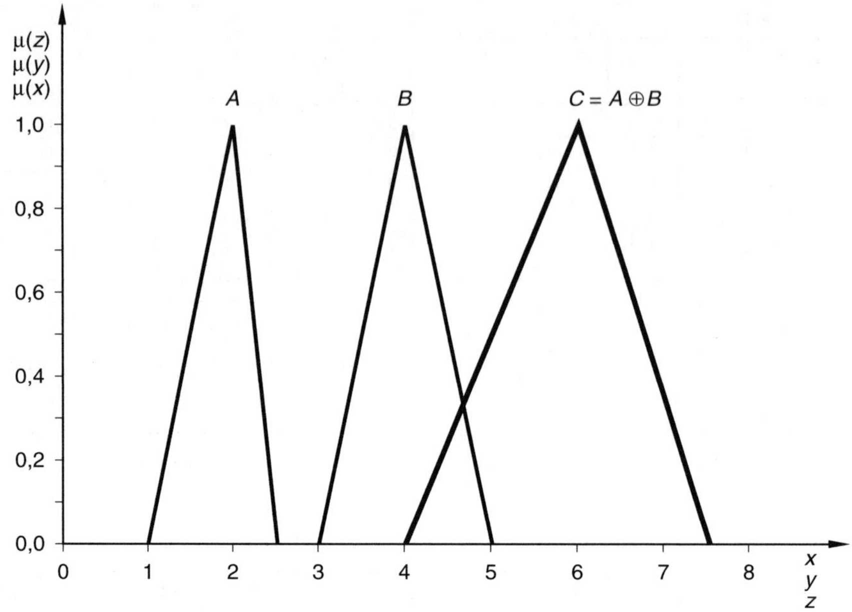

Bild 6.14 Erweiterte Addition der dreieckförmigen Fuzzy-Zahlen A und B

Die horizontal eingezeichnete Linie in Bild 6.14 verdeutlicht diesen Tatbestand und ist somit eine Konstruktionshilfe für die erweiterte Addition. Darüber hinaus muß man berücksichtigen, daß die Gleichung für den linken und rechten Ast der Fuzzy-Zahlen getrennt vorzunehmen ist.

Im übrigen läßt sich zeigen, daß diese Konstruktionshilfe allgemein auf alle zweistelligen Operationen anzuwenden ist, insofern die beteiligten Fuzzy-Mengen ein Monotonieverhalten aufweisen.

$$\mu_A(x) = \mu_B(y) = h \quad \xleftrightarrow{z = x + y} \quad \mu_C(z) = h \quad \text{mit} \quad h \in [0, 1]$$

Definition Monotonieverhalten einer zweistelligen Funktion

monoton wachsend: $x > x', y > y' \Rightarrow f(x, y) \geq f(x', y')$

monoton fallend: $x > x', y > y' \Rightarrow f(x, y) \leq f(x', y')$

mit $I \subset \boldsymbol{R}$ und $x, x', y, y' \in I$

Bei strenger Monotonie entfällt das Gleichheitszeichen.

Erweiterte Addition in geschlossener Form

Es stellt sich nach einer so ausführlichen tabellarischen Herleitung der Addition zweier unendlicher Fuzzy-Zahlen, die aber trotz ihres Aufwandes nur unvollständig sein kann, die Frage, ob man die erweiterte Addition nicht auch einfacher in geschlossener Form, also mittels Gleichungen lösen könnte. Dies ist natürlich möglich. Jedoch ist es ratsam, zuerst die punktweise Konstruktion nachzuvollziehen und erst dann auf die geschlossene Form überzugehen.

Für die Herleitung der geschlossenen Form geht man von der letzten Feststellung aus, daß die Zugehörigkeit an der Stelle z gleich der Zugehörigkeit an den Stellen x und y ist, insofern beide Stellen den gleichen Wert h besitzen. Diese Überlegungen sollen am Beispiel für die beiden Äste (links und rechts) der jeweiligen Fuzzy-Zahlen A und B getrennt durchgeführt werden.

Beispiel

$$\text{Links:}\quad \left.\begin{array}{l} x-1=\mathrm{h} \\ y-3=\mathrm{h} \\ z=x+y \end{array}\right\} \Rightarrow \mathrm{h}=\frac{1}{2}\cdot z-2=\frac{z-4}{2} \quad \text{mit} \quad z\in[4,6]$$

$$\text{Rechts:}\quad \left.\begin{array}{l} 5-2\cdot x=\mathrm{h} \\ 5-y=\mathrm{h} \\ z=x+y \end{array}\right\} \Rightarrow \mathrm{h}=5-\frac{2}{3}\cdot z=\frac{7{,}5-z}{1{,}5} \quad \text{mit} \quad z\in[6,7.5]$$

Die Bereichsgrenzen ergeben sich durch folgende Berechnung:

$$\text{Links:}\quad \left\{\begin{array}{ll} z_{\min}=x_{\min}+y_{\min} & =1+3=4 \\ z_{\mathrm{m}}=x_{\mathrm{m}}+y_{\mathrm{m}} & =2+4=6 \end{array}\right.$$

$$\text{Rechts:}\quad \left\{\begin{array}{ll} z_{\mathrm{m}}=x_{\mathrm{m}}+y_{\mathrm{m}} & =2+4=6 \\ z_{\max}=x_{\max}+y_{\max} & =2{,}5+5=7{,}5 \end{array}\right.$$

Somit erhält man die geschlossene Form der Fuzzy-Summe C zu:

$$\mu_C(z)=\left\{\begin{array}{ll} \max\left[0,\dfrac{z-4}{2}\right] & \text{für } z\leq 6 \\ \max\left[0,\dfrac{7,5-z}{1,5}\right] & \text{für } z\geq 6 \end{array}\right. \quad \text{bzw.}$$

$$\mathrm{C}=\int_4^6 \frac{0{,}5\cdot z-2}{z}+\int_6^{7{,}5}\frac{5-\frac{2}{3}\cdot z}{z}$$

Bild 6.14 bestätigt das Ergebnis.

6.2.2 Erweiterte Negation

Die erweiterte Negation einer nicht näher beschriebenen Fuzzy-Zahl A stellt sich in allgemeiner Form wie folgt dar:

$$B = -A \quad \text{mit} \quad f(x) = -x$$

Überträgt man die klassische Funktion $f(x) = -x$ in beschriebener Weise auf die fuzzyfizierte einstellige Funktion, so ergibt sich nach dem EWP:

$$-A = \sum_{i=1}^{n} \frac{\max[\mu_A(x_i)]}{-x_i} \quad \text{bzw.} \quad -A = \int_R \frac{\max[\mu_A(x)]}{-x}$$

Beispiel

Wiederum werden die diskreten Fuzzy-Mengen A und B betrachtet. Gesucht sind die zu den positiven Fuzzy-Zahlen A und B negativen Fuzzy-Zahlen $-A$ und $-B$:

$$+A = \frac{0{,}1}{0} + \frac{0{,}4}{1} + \frac{0{,}7}{2} + \frac{1{,}0}{3} + \frac{0{,}1}{4} \qquad +B = \frac{0{,}1}{2} + \frac{0{,}5}{3} + \frac{1{,}0}{4} + \frac{0{,}5}{5}$$

$$-A = \frac{0{,}1}{f(0)} + \frac{0{,}4}{f(1)} + \frac{0{,}7}{f(2)} + \frac{1{,}0}{f(3)} + \frac{0{,}1}{f(4)} = \frac{0{,}1}{0} + \frac{0{,}4}{-1} + \frac{0{,}7}{-2} + \frac{1{,}0}{-3} + \frac{0{,}1}{-4}$$

$$-B = \frac{0{,}1}{f(2)} + \frac{0{,}5}{f(3)} + \frac{1{,}0}{f(4)} + \frac{0{,}5}{f(5)} = \frac{0{,}1}{-2} + \frac{0{,}5}{-3} + \frac{1{,}0}{-4} + \frac{0{,}5}{-5}$$

Man erkennt, daß die negativen Fuzzy-Zahlen $-A$ und $-B$ die Spiegelung der positiven Fuzzy-Zahlen A und B an der μ-Achse sind. Noch deutlicher zeigt sich das an den dreieckförmigen Fuzzy-Zahlen A und B aus Bild 6.5, für die einige diskrete Werte der jeweiligen Grundmenge laut EWP eingesetzt wurden (vgl. Bilder 6.15 und 6.16).

Das Ergebnis der Spiegelungen zeigt Bild 6.17. Hier ist zu erkennen, daß der linke Ast der positiven Fuzzy-Zahlen A und B zum rechten Ast der negativen Fuzzy-Zahlen $-A$ und $-B$ wird und umgekehrt:

Aus der Darstellung ist klar zu entnehmen, daß aufgrund der Spiegelung an der μ-Achse folgende Symmetriebedingung erfüllt sein muß:

$$\text{Symmetrie:} \begin{cases} \mu_A(x) = \mu_{-A}(-x) \\ \mu_{-A}(x) = \mu_A(-x) \end{cases}$$

x	$\mu_A(x)$	y	$\mu_{-A}(y)$
1,0	0,0	−1,0	0,0
1,2	0,2	−1,2	0,2
1,4	0,4	−1,4	0,4
1,6	0,6	−1,6	0,6
1,8	0,8	−1,8	0,8
2,0	1,0	−2,0	1,0
2,2	0,6	−2,2	0,6
2,4	0,2	−2,4	0,2
2,5	0,0	−2,5	0,0

Bild 6.15
Erweiterte Negation der Fuzzy-Zahl *A*

x	$\mu_B(x)$	y	$\mu_{-B}(y)$
3,0	0,0	−3,0	0,0
3,2	0,2	−3,2	0,2
3,4	0,4	−3,4	0,4
3,6	0,6	−3,6	0,6
3,8	0,8	−3,8	0,8
4,0	1,0	−4,0	1,0
4,2	0,8	−4,2	0,8
4,4	0,6	−4,4	0,6
4,6	0,4	−4,6	0,4
4,8	0,2	−4,8	0,2
5,0	0,0	−5,0	0,0

Bild 6.16
Erweiterte Negation der Fuzzy-Zahl *B*

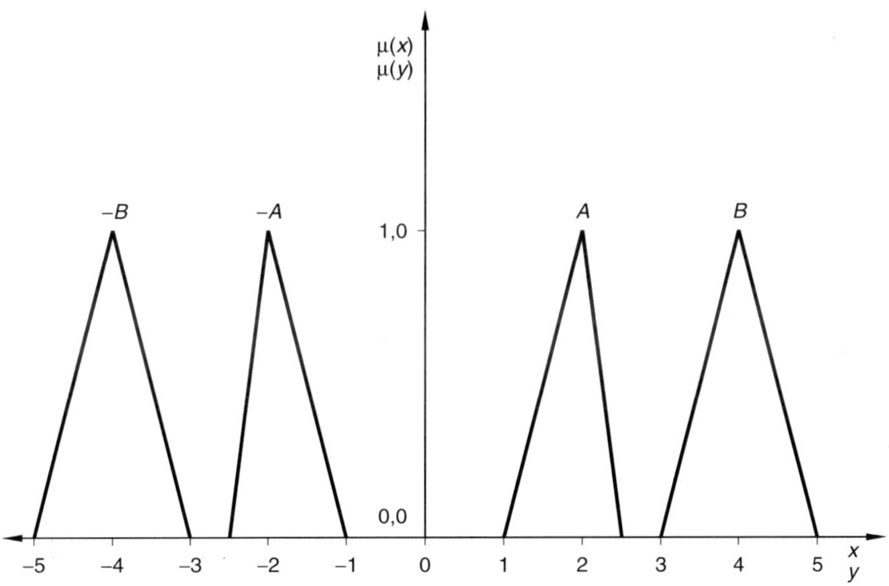

Bild 6.17
Erweiterte Negation der dreieckförmigen Fuzzy-Zahlen *A* und *B* zu den Fuzzy-Zahlen –*A* und –*B*

Daraus ergeben sich folgende Zugehörigkeitsfunktionen für die negativen Fuzzy-Zahlen $-A$ und $-B$:

$$\mu_{-A}(x) = \begin{cases} \max\left[0, \dfrac{x+2{,}5}{0{,}5}\right] & \text{für } x \leq -2 \\ \max\left[0, \dfrac{-1-x}{1}\right] & \text{für } x \geq -2 \end{cases}$$

$$\text{bzw. } -A = \int_{-2{,}5}^{-2} \frac{2x+5}{x} + \int_{-2}^{-1} \frac{-1-x}{x}$$

$$\mu_{-B}(y) = \begin{cases} \max\left[0, \dfrac{y+5}{1}\right] & \text{für } y \leq -4 \\ \max\left[0, \dfrac{-3-y}{1}\right] & \text{für } y \geq -4 \end{cases}$$

$$\text{bzw. } -B = \int_{-5}^{-4} \frac{y+5}{y} + \int_{-4}^{-3} \frac{-3-y}{y}$$

Die negative Fuzzy-Zahl $-A$ entsteht demzufolge durch Tausch von linkem und rechtem Teilast der positiven Fuzzy-Zahl A sowie Substitution von x mit $-x$ und Vorzeichenwechsel bei den Bereichsgrenzen.

6.2.3 Erweiterte Subtraktion

Für die erweiterte Subtraktion zweier nicht näher beschriebenen Fuzzy-Zahlen A und B ergibt sich folgende Gleichung:

$$C = A \ominus B \quad \text{mit} \quad f(x,y) = x - y$$

Überträgt man die klassische Funktion $f(x, y) = x - y$ in der beschriebenen Weise auf die fuzzyfizierte zweistellige Funktion, so ergibt sich nach dem EWP:

$$A \ominus B = \sum_{i,j=1}^{n,m} \frac{\max\left[\min\left[\mu_A(x_i), \mu_B(y_j)\right]\right]}{x_i - y_j}$$

bzw.

$$A \ominus B = \int_R \frac{\max\left[\min\left[\mu_A(x), \mu_B(y)\right]\right]}{x - y}$$

Üblicherweise führt man die Subtraktion zweier Fuzzy-Zahlen auf die Addition einer positiven und einer negativen Fuzzy-Zahl zurück:

$$C = A \oplus (-B) \quad \text{mit} \quad f(x,y) = x + (-y)$$

Wieder werden die Beispielmengen A und B und analog zur Vorgehensweise bei der erweiterten Addition der folgende Zusammenhang benutzt:

$$\mu_A(x) = \mu_B(y) = h \quad \xleftrightarrow{z=x+y} \quad \mu_C(z) = h \qquad \text{mit} \quad h \in [0,1]$$

Beispiel

$$A = \underbrace{\int_1^2 \frac{x-1}{x}}_{\text{links}} + \underbrace{\int_2^{2,5} \frac{5-2x}{x}}_{\text{rechts}} \qquad -B = \underbrace{\int_{-5}^{-4} \frac{y+5}{y}}_{\text{links}} + \underbrace{\int_{-4}^{-3} \frac{-3-y}{y}}_{\text{rechts}}$$

Durch Gleichsetzen der jeweils linken und jeweils rechten Teiläste der unscharfen Zahlen A und $-B$ erhält man unter Verwendung der Addition $z = x + y$ die Zugehörigkeitsfunktionen der Fuzzy-Differenz C:

Links:

$$\left.\begin{array}{l} x-1=h \\ y+5=h \\ z=x+y \end{array}\right\} \Rightarrow \quad h = \frac{1}{2}\cdot z + 2 = \frac{z+4}{2} \qquad \text{mit} \quad z \in [-4,-2]$$

Rechts:

$$\left.\begin{array}{l} 5-2\cdot x=h \\ -3-y=h \\ z=x+y \end{array}\right\} \Rightarrow \quad h = -\frac{1}{3} - \frac{2}{3}\cdot z = \frac{0,5-z}{1,5} \qquad \text{mit} \quad z \in [-2,-0.5]$$

Die geschlossene Form der Fuzzy-Subtraktion ergibt sich zu:

$$\mu_C(z) = \begin{cases} \max\left[0, \dfrac{z+4}{2}\right] & \text{für } z \leq -2 \\ \max\left[0, \dfrac{-0,5-z}{1,5}\right] & \text{für } z \geq -2 \end{cases} \qquad \text{bzw.}$$

$$C = \int_{-4}^{-2} \frac{0,5\cdot z + 2}{z} + \int_{-2}^{-0,5} \frac{-\frac{1}{3} - \frac{2}{3}\cdot z}{z}$$

Bild 6.18 zeigt das Ergebnis der Berechnung von $C = A \oplus (-B)$.

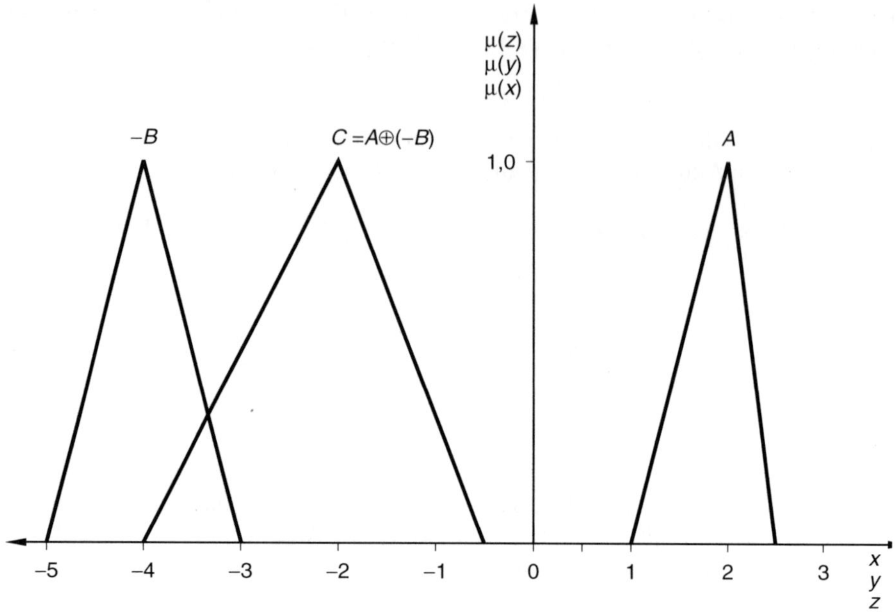

Bild 6.18 Erweiterte Subtraktion der dreieckförmigen Fuzzy-Zahlen *A* und *B*

6.2.4 Erweiterte Multiplikation

Wird mit zwei Fuzzy-Zahlen *A* und *B* die *erweiterte Multiplikation* durchgeführt, so kann man die nachfolgend angegebene Schreibweise benutzen.

$$C = A \otimes B \quad \text{mit} \quad f(x, y) = x \cdot y$$

Die klassische Funktion $f(x, y) = x \cdot y$ wird auf die fuzzyfizierte zweistellige Funktion übertragen. Nach dem EWP ergibt sich die erweiterte Multiplikation zu folgendem Ausdruck:

$$A \otimes B = \sum_{\mathrm{i,j}=1}^{\mathrm{n,m}} \frac{\max\left[\min\left[\mu_{\mathrm{A}}(x_{\mathrm{i}}), \mu_{\mathrm{B}}(y_{\mathrm{j}})\right]\right]}{x_{\mathrm{i}} \cdot y_{\mathrm{j}}}$$

bzw.

$$A \otimes B = \int_{\mathrm{R}} \frac{\max\left[\min\left[\mu_{\mathrm{A}}(x), \mu_{\mathrm{B}}(y)\right]\right]}{x \cdot y}$$

Beispiel

Gegeben sind die bekannten Beispielmengen A und B. Für die folgenden Berechnungen wird, wie auch bei den anderen Rechenarten, die sich anschließende Gleichung benutzt.

$$\mu_A(x) = \mu_B(y) = \mathrm{h} \quad \xleftrightarrow{z = x \cdot y} \quad \mu_C(z) = \mathrm{h} \quad \text{mit} \quad \mathrm{h} \in [0, 1]$$

$$A = \underbrace{\int_1^2 \frac{x-1}{x}}_{\text{links}} + \underbrace{\int_2^{2,5} \frac{5-2x}{x}}_{\text{rechts}} \qquad B = \underbrace{\int_3^4 \frac{y-3}{y}}_{\text{links}} + \underbrace{\int_4^5 \frac{5-y}{y}}_{\text{rechts}}$$

$$\text{Links:} \quad \left.\begin{aligned} x - 1 &= \mathrm{h} \\ y - 3 &= \mathrm{h} \\ z &= x \cdot y \end{aligned}\right\} \quad \Rightarrow \quad \mathrm{h} = -2 + \sqrt{z+1} \qquad \text{mit} \quad z \in [3, 8]$$

$$\text{Rechts:} \quad \left.\begin{aligned} 5 - 2 \cdot x &= \mathrm{h} \\ 5 - y &= \mathrm{h} \\ z &= x \cdot y \end{aligned}\right\} \quad \Rightarrow \quad \mathrm{h} = 5 - \sqrt{2 \cdot z} \qquad \text{mit} \quad z \in [8, 12.5]$$

Somit erhält man für die geschlossene Form (Bild 6.19):

$$\mathrm{C} = \int_3^8 \frac{-2 + \sqrt{z+1}}{z} \quad + \quad \int_8^{12,5} \frac{5 - \sqrt{2 \cdot z}}{z}$$

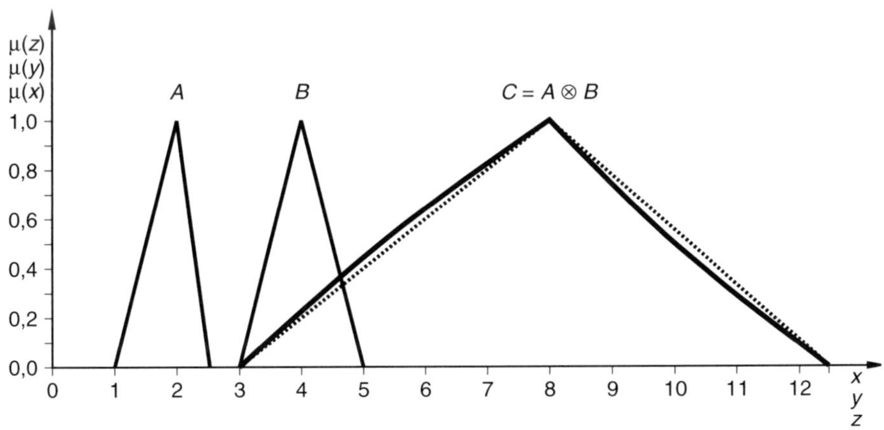

Bild 6.19 Erweiterte Multiplikation der dreieckförmigen Fuzzy-Zahlen A und B

6.2.5 Erweiterte Inversion

$$B = A^{-1} \quad \text{mit} \quad f(x) = \frac{1}{x}$$

Die oben angegebene allgemeine Form der erweiterten Inversion einer Fuzzy-Zahl A kann auf die fuzzyfizierte einstellige Funktion nach dem EWP übertragen werden, so daß man den folgenden Zusammenhang erhält:

$$A^{-1} = \sum_{i=1}^{n} \frac{\max[\mu_A(x_i)]}{1/x_i} \quad \text{bzw.} \quad A^{-1} = \int_R \frac{\max[\mu_A(x)]}{1/x}$$

Beispiel

Gesucht ist die zu der Fuzzy-Zahl B invertierte Fuzzy-Zahl B^{-1}:

$$B = \frac{0{,}1}{2} + \frac{0{,}5}{3} + \frac{1{,}0}{4} + \frac{0{,}5}{5}$$

$$B^{-1} = \frac{0{,}1}{f(2)} + \frac{0{,}5}{f(3)} + \frac{1{,}0}{f(4)} + \frac{0{,}5}{f(5)} \qquad = \frac{0{,}1}{1/2} + \frac{0{,}5}{1/3} + \frac{1{,}0}{1/4} + \frac{0{,}5}{1/5}$$

Man erkennt, daß sowohl B als auch die zu ihr inverse Fuzzy-Zahl B^{-1} positiv ist.

Beispiel

Für die beiden dreieckförmigen Fuzzy-Zahlen A und B aus Bild 6.5 wird die erweiterte Inversion unter Nutzung des EWP für einstellige Fuzzy-Funktionen durchgeführt. Bild 6.20 zeigt einige ausgewählte diskrete Berechnungsergebnisse.

x	$\mu_A(x)$	y	$\mu_{A^{-1}}(x)$
1,0	0,0	1,0	0,0
1,2	0,2	0,83	0,2
1,4	0,4	0,71	0,4
1,6	0,6	0,625	0,6
1,8	0,8	0,56	0,8
2,0	1,0	0,5	1,0
2,2	0,6	0,45	0,6
2,4	0,2	0,41	0,2
2,5	0,0	0,4	0,0

x	$\mu_B(x)$	y	$\mu_{B^{-1}}(x)$
3,0	0,0	0,33	0,0
3,2	0,2	0,31	0,2
3,4	0,4	0,29	0,4
3,6	0,6	0,28	0,6
3,8	0,8	0,26	0,8
4,0	1,0	0,25	1,0
4,2	0,8	0,238	0,8
4,4	0,6	0,227	0,6
4,6	0,4	0,217	0,4
4,8	0,2	0,208	0,2
5,0	0,0	0,2	0,0

Bild 6.20
Erweiterte Inversion der Fuzzy-Zahlen A und B

Zum gleichen Ergebnis kommt man, wenn man die zu A inverse Fuzzy-Zahl A^{-1} mit Hilfe folgender Umrechnung ermittelt:

$$\mu_{A^{-1}}(x) = \mu_A\left(\frac{1}{x}\right) \quad \text{mit} \quad x \neq 0$$

Ersetzt man in den Zugehörigkeitsfunktionen x bzw. y durch $\frac{1}{x}$ bzw. $\frac{1}{y}$, so erhält man:

$$\mu_{A^{-1}}(x)\begin{cases} \max\left[\dfrac{0, \frac{1}{x} - 1}{1}\right] & \text{für } \frac{1}{x} \leq 2 \\ \max\left[0, \dfrac{2,5 - \frac{1}{x}}{0,5}\right] & \text{für } \frac{1}{x} \geq 2 \end{cases}$$

$$\mu_{B^{-1}}(y)\begin{cases} \max\left[0, \dfrac{\frac{1}{y} - 3}{1}\right] & \text{für } \frac{1}{y} \leq 4 \\ \max\left[0, \dfrac{5 - \frac{1}{y}}{1}\right] & \text{für } \frac{1}{y} \geq 4 \end{cases}$$

Betrachtet man die Grenzwerte genauer, so stellt man fest, daß aufgrund der Inversion der rechte Ast von A auf den linken Ast von A^{-1} und der linke Ast von A auf den rechten Ast von A^{-1} abgebildet wird:

linker Ast von A:	$\frac{1}{x} \leq 2 \Rightarrow \frac{1}{2} \leq x \Rightarrow x \geq \frac{1}{2}$	rechter Ast von A^{-1}
rechter Ast von A:	$\frac{1}{x} \geq 2 \Rightarrow \frac{1}{2} \geq x \Rightarrow x \leq \frac{1}{2}$	linker Ast von A^{-1}
linker Ast von B:	$\frac{1}{y} \leq 4 \Rightarrow \frac{1}{4} \leq y \Rightarrow y \geq \frac{1}{4}$	rechter Ast von B^{-1}
rechter Ast von B:	$\frac{1}{y} \geq 4 \Rightarrow \frac{1}{4} \geq y \Rightarrow y \leq \frac{1}{4}$	linker Ast von B^{-1}

$$A\begin{cases} x \in [1,2] & \xrightarrow{\text{wird abgebildet auf}} & x \in \left[\frac{1}{2}, 1\right] \\ x \in [2,2.5] & \xrightarrow{\text{wird abgebildet auf}} & x \in \left[\frac{1}{2.5}, \frac{1}{2}\right] \end{cases} A^{-1}$$

$$B\begin{cases} y \in [3,4] & \xrightarrow{\text{wird abgebildet auf}} & y \in \left[\frac{1}{4}, \frac{1}{3}\right] \\ y \in [4,5] & \xrightarrow{\text{wird abgebildet auf}} & y \in \left[\frac{1}{5}, \frac{1}{4}\right] \end{cases} B^{-1}$$

Es ergeben sich daher die zu A und B inversen Fuzzy-Zahlen mit:

$$\mu_{A^{-1}}(x)\begin{cases} \max\left[0{,}5 - \frac{2}{x}\right] & \text{für } x \leq \frac{1}{2} \\ \max\left[0, \frac{1}{x} - 1\right] & \text{für } x \geq \frac{1}{2} \end{cases} \quad \text{bzw.} \quad A^{-1} = \int_{\frac{1}{2.5}}^{\frac{1}{2}} \frac{5 - \frac{2}{x}}{x} + \int_{\frac{1}{2}}^{1} \frac{\frac{1}{x} - 1}{x}$$

$$\mu_{B^{-1}}(y)\begin{cases} \max\left[0{,}5 - \frac{1}{y}\right] & \text{für } y \leq \frac{1}{4} \\ \max\left[0, \frac{1}{y} - 3\right] & \text{für } y \geq \frac{1}{4} \end{cases} \quad \text{bzw.} \quad B^{-1} = \int_{\frac{1}{5}}^{\frac{1}{4}} \frac{5 - \frac{1}{y}}{y} + \int_{\frac{1}{4}}^{\frac{1}{3}} \frac{\frac{1}{y} - 3}{y}$$

Die zu A und B inversen Fuzzy-Zahlen A^{-1} und B^{-1} sind in den Bildern 6.21 und 6.22 wiedergegeben.

6.2.6 Erweiterte Division

Die erweiterte Division zweier nicht näher beschriebener Fuzzy-Zahlen A und B stellt sich in allgemeiner Form wie folgt dar:

$$C = A \odot B \quad \text{mit} \quad f(x,y) = \frac{x}{y}$$

Mit der Anwendung des EWP ergibt sich folgender Ausdruck:

$$A \odot B = \sum_{i,j=1}^{n,m} \frac{\max\left[\min\left[\mu_A(x_i), \mu_B(y_j)\right]\right]}{x_i : y_j}$$

bzw.

$$A \odot B = \int_{R} \frac{\max\left[\min\left[\mu_A(x), \mu_B(y)\right]\right]}{x : y}$$

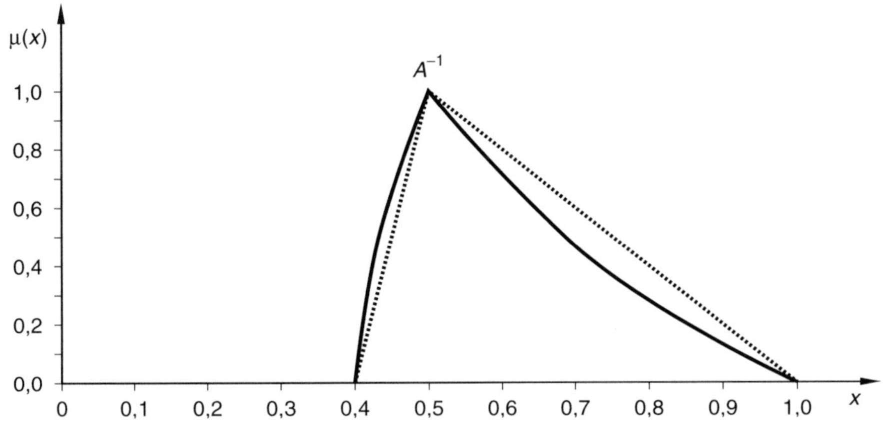

Bild 6.21 Inverse Fuzzy-Zahl A^{-1}

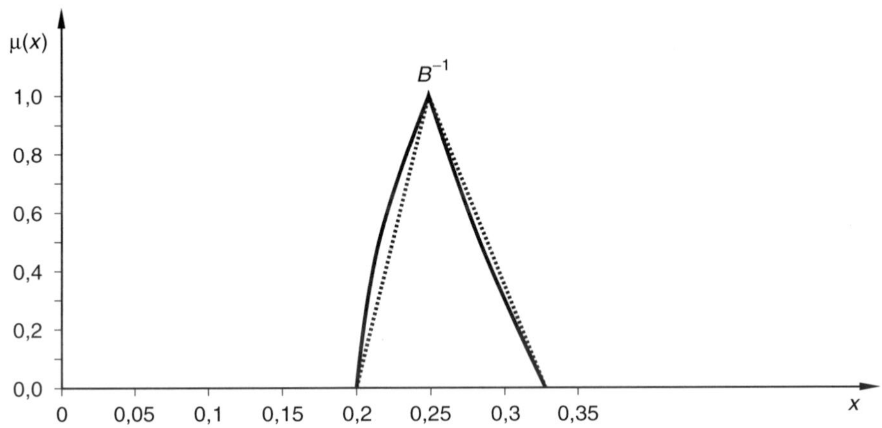

Bild 6.22 Inverse Fuzzy-Zahl B^{-1}

Üblicherweise führt man die Division zweier Fuzzy-Zahlen auf die Multiplikation einer Fuzzy-Zahl mit einer inversen Fuzzy-Zahl zurück:

$$A \odot B = A \otimes B^{-1}$$

Die erweiterte Division soll anhand der bekannten Beispielmengen A und B durchgeführt werden.

Beispiel

$$A = \underbrace{\int_1^2 \frac{x-1}{x}}_{\text{links}} + \underbrace{\int_2^{2,5} \frac{5-2x}{x}}_{\text{rechts}} \qquad B^{-1} = \underbrace{\int_{\frac{1}{5}}^{\frac{1}{4}} \frac{5-\frac{1}{y}}{y}}_{\text{links}} + \underbrace{\int_{\frac{1}{4}}^{\frac{1}{3}} \frac{\frac{1}{y}-3}{y}}_{\text{rechts}}$$

Durch Gleichsetzen der entsprechenden Teiläste und Nutzung der Gleichung

$$\mu_A(x) = \mu_B(y) = \mathrm{h} \quad \xleftrightarrow{z=x:y} \quad \mu_C(z) = \mathrm{h} \quad \text{mit} \quad \mathrm{h} \in [0,1]$$

erhält man:

$$\text{Links:} \quad \left.\begin{array}{l} x-1=\mathrm{h} \\ 5-\frac{1}{y}=\mathrm{h} \\ z=x\cdot y \end{array}\right\} \quad \Rightarrow \quad \mathrm{h} = \frac{5\cdot z-1}{z+1} \qquad \text{mit} \quad z \in \left[\frac{1}{5},\frac{1}{2}\right]$$

$$\text{Rechts:} \quad \left.\begin{array}{l} 5-2\cdot x=\mathrm{h} \\ \frac{1}{y}-3=\mathrm{h} \\ z=x\cdot y \end{array}\right\} \quad \Rightarrow \quad \mathrm{h} = \frac{5-6\cdot z}{2\cdot z+1} \qquad \text{mit} \quad z \in \left[\frac{1}{2},\frac{2.5}{3}\right]$$

Die Bereichsgrenzen ergeben sich wie folgt:

$$\text{Links:} \quad \left\{\begin{array}{ll} z_{\min} = x_{\min}\cdot y_{\min} & = 1\cdot\frac{1}{5} = \frac{1}{5} \\ z_{\mathrm{m}} = x_{\mathrm{m}}\cdot y_{\mathrm{m}} & = 2\cdot\frac{1}{4} = \frac{1}{2} \end{array}\right.$$

$$\text{Rechts:} \quad \left\{\begin{array}{ll} z_{\mathrm{m}} = x_{\mathrm{m}}\cdot y_{\mathrm{m}} & = 2\cdot\frac{1}{4} = \frac{1}{2} \\ z_{\max} = x_{\max}\cdot y_{\max} & = 2{,}5\cdot\frac{1}{3} = \frac{2{,}5}{3} \end{array}\right.$$

Somit erhält man die geschlossene Form der Fuzzy-Division C zu:

$$C = \int_{\frac{1}{5}}^{\frac{1}{2}} \frac{(5z-1)/(z+1)}{z} + \int_{\frac{1}{2}}^{\frac{2,5}{3}} \frac{(5-6z)/(2z+1)}{z}$$

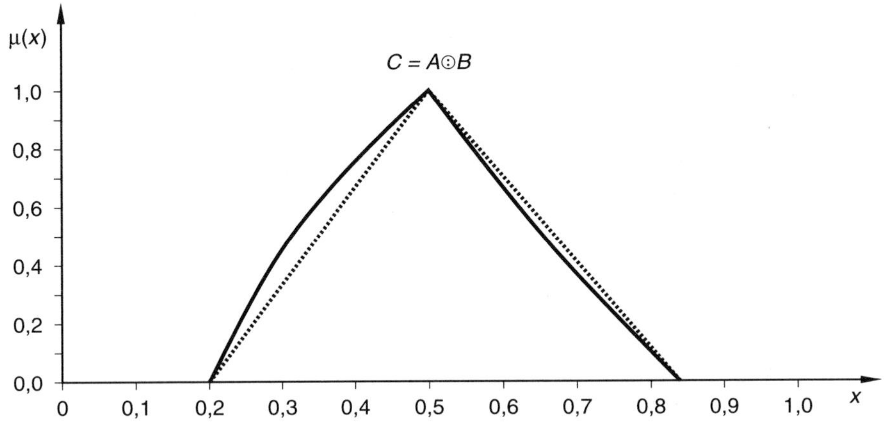

Bild 6.23 Erweiterte Division der dreieckförmigen Fuzzy-Zahlen *A* und *B*

6.3 Erweiterte Grundrechenarten für LR-Zahlen

6.3.1 LR-Grundverknüpfungen

In Abschnitt 3.3.5 wurde die LR-Darstellung von Fuzzy-Zahlen vorgestellt und ausführlich hergeleitet. Wegen der weitverbreiteten Verwendung der LR-Darstellung, die nicht zuletzt auf die übersichtliche «genormte» Schreibweise zurückzuführen ist, soll der nächste Schritt sein, die Verknüpfung von LR-Zahlen zu durchleuchten.

Der Ansatz für die Herleitung der LR-Verknüpfungen ist bereits bekannt. Es ist wieder die bekannte Konstruktionshilfe, die unter Berücksichtigung der Monotonie-Eigenschaften für den jeweils links und rechts vom Gipfelwert m liegenden Funktionsabschnitt allgemein auf alle zweistelligen Operationen anzuwenden ist:

$$\mu_A(x) = \mu_B(y) = \mathrm{h} \quad \xleftrightarrow{z = f(x,y)} \quad \mu_C(z) = \mathrm{h} \qquad \text{mit} \quad \mathrm{h} \in [0,1]$$

Für eine allgemeine Betrachtung wird die aus Kapitel 3 bekannte LR-Darstellung von Fuzzy-Zahlen herangezogen:

$$\text{Fuzzy-Zahlen:} \quad \mu(x) = \begin{cases} \mathrm{L}\left(\dfrac{\mathrm{m}-x}{\alpha}\right) & \text{für} \quad x \leq \mathrm{m} \\ 1 & \text{für} \quad x = \mathrm{m} \\ \mathrm{R}\left(\dfrac{x-\mathrm{m}}{\beta}\right) & \text{für} \quad x \geq \mathrm{m} \end{cases}$$

Wie bereits beim Erweiterungsprinzip mehrfach angewendet, führt man die Verknüpfungsüberlegungen getrennt für beide linken und beide rechten Kurvenabschnitte der beteiligten Ausgangsmengen A und B durch:

$$\mu_A(x) = \begin{cases} L\left(\frac{m - x}{\alpha}\right) & \text{für} \quad x \leq m \\ R\left(\frac{x - m}{\beta}\right) & \text{für} \quad x \geq m \end{cases} \qquad \text{und}$$

$$\mu_B(y) = \begin{cases} L'\left(\frac{m' - y}{\alpha'}\right) & \text{für} \quad y \leq m' \\ R'\left(\frac{y - m'}{\beta'}\right) & \text{für} \quad y \geq m' \end{cases}$$

$$L\left(\frac{m - x}{\alpha}\right) = L'\left(\frac{m' - y}{\alpha'}\right) = h \quad \text{und} \quad R\left(\frac{x - m}{\beta}\right) = R'\left(\frac{y - m'}{\beta'}\right) = h$$

Setzt man die Existenz des Monotonieverhaltens voraus, so ist sichergestellt, daß es zu den vier betrachteten Kurvenabschnitten auch entsprechende Umkehrfunktionen gibt:

$$L(x), L'(y) \xrightarrow{\text{Umkehrfunktion}} L^{-1}(x), L'^{-1}(y)$$

$$R(x), R'(y) \xrightarrow{\text{Umkehrfunktion}} R^{-1}(x), R'^{-1}(y)$$

Dann kann man die vier Referenzfunktionen mit Hilfe ihrer Umkehrfunktionen nach x, und y auflösen:

$$L\left(\frac{m - x}{\alpha}\right) = h \quad \Rightarrow \frac{m - x}{\alpha} = L^{-1}(h) \quad \Rightarrow x = m - \alpha \cdot L^{-1}(h)$$

$$L'\left(\frac{m' - y}{\alpha'}\right) = h \quad \Rightarrow \frac{m' - y}{\alpha'} = L'^{-1}(h) \quad \Rightarrow y = m' - \alpha' \cdot L'^{-1}(h)$$

$$R\left(\frac{x - m}{\beta}\right) = h \quad \Rightarrow \frac{x - m}{\beta} = R^{-1}(h) \quad \Rightarrow x = m + \beta \cdot R^{-1}(h)$$

$$R'\left(\frac{y - m'}{\beta}\right) = h \quad \Rightarrow \frac{y - m'}{\beta'} = R'^{-1}(h) \quad \Rightarrow y = m' + \beta' \cdot R'^{-1}(h)$$

Anschließend führt man die Verknüpfungen mit den so hergeleiteten Ausdrücken für x und y aus, indem man für die linken Referenzfunktionen und für die rechten Referenzfunktionen die entsprechenden Operationen anwendet:

Addition:	$z = x + y$	Subtraktion:	$z = x + (-y)$
Multiplikation:	$z = x \cdot y$	Division:	$z = x \cdot \frac{1}{y}$

Nachfolgend sollen die Ergebnisse, die sich aus den Verknüpfungen ergeben, vorgestellt, kommentiert und einander gegenübergestellt werden. Hierzu wird die übliche Parameterdarstellung für die LR-Fuzzy-Zahlen benutzt. Der mathematisch interessierte Leser kann mit Hilfe der Umkehrfunktionen die Überprüfung als Übung nachvollziehen oder z. B. in [7; 8] nachlesen.

Wie bereits zuvor erläutert, listet man (von links nach rechts) bei der Parameterschreibweise der LR-Fuzzy-Zahlen den Gipfelwert (1. Position), dann die linke Spannweite (2. Position) und schließlich die rechte Spannweite (3. Position) auf. Der Index «LR» zeigt an, daß zur zweiten Position die L-Referenzfunktion und zur dritten Position die R-Referenzfunktion gehört. Außerdem muß man hervorheben, daß bei den nachfolgenden LR-Lösungsansätzen das Ziel verfolgt wird, zwei Fuzzy-Zahlen vom Typ LR bzw. RL miteinander zu verknüpfen und eine Ergebnis-Fuzzy-Zahl zu erhalten, die auch wieder vom selben Typ LR bzw. RL ist.

Definition Erweiterte Addition zweier LR-Fuzzy-Zahlen

$$A \oplus B = (\mathrm{m}, \alpha, \beta)_{\mathrm{LR}} \oplus (\mathrm{m}', \alpha', \beta')_{\mathrm{LR}} = (\mathrm{m} + \mathrm{m}', \alpha + \alpha', \beta + \beta')_{\mathrm{LR}}$$

$$\text{mit:} \quad A = (\mathrm{m}, \alpha, \beta)_{\mathrm{LR}} \quad \text{und} \quad B = (\mathrm{m}', \alpha', \beta')_{\mathrm{LR}}$$

Die beiden Fuzzy-Mengen A und B sind vom selben LR-Typ. Die Fuzzy-Summe ist dann auch wieder vom LR-Typ. Das Ergebnis ist exakt (« = »), d. h. keine Näherung.

Definition Erweiterte Negation einer LR-Fuzzy-Zahl

$$-A = -(\mathrm{m}, \alpha, \beta)_{\mathrm{LR}} = (-\mathrm{m}, \beta, \alpha)_{\mathrm{RL}}$$

Die Fuzzy-Menge A ist vom Typ «LR». Die negierte Fuzzy-Zahl $-A$ ist die an der μ-Achse gespiegelte Fuzzy-Zahl A. Der Gipfelwert ist demzufolge negativ. Es ergibt sich durch die Spiegelung ein L-R-Tausch, was durch den Index «RL» angezeigt wird, und somit auch ein α-β-Tausch. Das Ergebnis ist exakt (« = »), d. h. keine Näherung.

Definition Erweiterte Subtraktion zweier LR-Fuzzy-Zahlen

$$A \ominus B =$$

$$A \oplus (-B) = (\mathrm{m}, \alpha, \beta)_{\mathrm{LR}} \oplus (-\mathrm{m}', \beta', \alpha')_{\mathrm{LR}} = (\mathrm{m} - \mathrm{m}', \alpha + \beta', \beta + \alpha')_{\mathrm{LR}}$$

$$\text{mit:} \quad A = (\mathrm{m}, \alpha, \beta)_{\mathrm{LR}} \quad \text{und} \quad B = (\mathrm{m}', \alpha', \beta')_{\mathrm{RL}\leftarrow}$$

Die erweiterte Subtraktion zweier Fuzzy-Zahlen geht wieder auf die Addition einer positiven und einer negativen Fuzzy-Zahl, zurück. Mit dem Ziel als Ergebnis wieder eine Fuzzy-Zahl vom Typ LR zu erhalten, muß die Fuzzy-Zahl *B* vom Typ RL sein (siehe Pfeil!), da aufgrund der Negation die Äste wechseln. Das Ergebnis ist exakt (« = »), d. h. keine Näherung.

Definition Erweiterte Multiplikation zweier LR-Fuzzy-Zahlen (Näherung 1)

$$A \otimes B =$$

$$(\mathrm{m}, \alpha, \beta)_{\mathrm{LR}} \otimes (\mathrm{m}', \alpha', \beta')_{\mathrm{LR}} \approx (\mathrm{m} \cdot \mathrm{m}', \mathrm{m} \cdot \alpha' + \mathrm{m}' \cdot \alpha, \mathrm{m} \cdot \beta' + \mathrm{m}' \cdot \beta)_{\mathrm{LR}}$$

$$\text{mit} \quad A = (\mathrm{m}, \alpha, \beta)_{\mathrm{LR}} > 0 \quad \text{und} \quad B = (\mathrm{m}', \alpha', \beta')_{\mathrm{LR}} > 0$$

$$A \otimes B =$$

$$(\mathrm{m}, \alpha, \beta)_{\mathrm{RL}} \otimes (\mathrm{m}', \alpha', \beta')_{\mathrm{LR}} \approx (\mathrm{m} \cdot \mathrm{m}', \mathrm{m}' \cdot \alpha - \mathrm{m} \cdot \beta', \mathrm{m}' \cdot \beta - \mathrm{m} \cdot \alpha')_{\mathrm{RL}\leftarrow}$$

$$\text{mit} \quad A = (\mathrm{m}, \alpha, \beta)_{\mathrm{RL}} < 0 \quad \text{und} \quad B = (\mathrm{m}', \alpha', \beta')_{\mathrm{LR}} > 0$$

$$A \otimes B = (\mathrm{m}, \alpha, \beta)_{\mathrm{LR}} \otimes (\mathrm{m}', \alpha', \beta')_{\mathrm{LR}}$$

$$\approx (\mathrm{m} \cdot \mathrm{m}', -\mathrm{m}' \cdot \beta - \mathrm{m} \cdot \beta', -\mathrm{m}' \cdot \alpha - \mathrm{m} \cdot \alpha')_{\mathrm{RL}\leftarrow}$$

$$\text{mit} \quad A = (\mathrm{m}, \alpha, \beta)_{\mathrm{LR}} < 0 \quad \text{und} \quad B = (\mathrm{m}', \alpha', \beta')_{\mathrm{LR}} < 0$$

Die erweiterte Multiplikation zweier LR-Fuzzy-Zahlen ist im Gegensatz zu den bisherigen LR-Operationen eine Näherungslösung (« ≈ »). Verknüpft man nämlich die weiter oben hergeleiteten Ausdrücke für x und y multiplikativ miteinander, so ergibt sich eine quadratische Gleichung in L^{-1} bzw. R^{-1}, die der Forderung, daß das Verknüpfungsergebnis wieder die gleichen Referenzfunktionen haben soll, nicht mehr gerecht wird:

$$z = x \cdot y = \mathrm{m} \cdot \mathrm{m}' - \underbrace{(\mathrm{m} \cdot \beta' + \mathrm{m}' \cdot \alpha)}_{\text{Term 1}} \cdot \mathrm{L(h)}^{-1} + \underbrace{\alpha \cdot \beta}_{\text{Term 2}} \cdot (\mathrm{L(h)}^{-1})^2$$

Bei der ersten Näherungslösung wird der quadratische Anteil (Term 2) gegenüber dem linearen Anteil (Term 1) vernachlässigt (Term 2 < Term 1). Die Vernachlässigung ist statthaft, wenn die linken Spannweiten klein gegenüber den jeweiligen Gipfelwerten sind und der Funktionsverlauf in der Nähe des Gipfelpunktes ($\mathrm{h} \approx 1$) betrachtet wird. Darüber hinaus ist vorab schon einmal eine Unterscheidung der Ergebnisse nach den Vorzeichen (< 0, > 0) der beteiligten Fuzzy-Ausgangsmengen A und B vorgenommen worden.

Definition Erweiterte Multiplikation zweier LR-Fuzzy-Zahlen (Näherung 2)

$$A \otimes B = (\mathrm{m}, \alpha, \beta)_{\mathrm{LR}} \otimes (\mathrm{m}', \alpha', \beta')_{\mathrm{LR}}$$

$$\approx (\mathrm{m} \cdot \mathrm{m}', \mathrm{m} \cdot \alpha' + \mathrm{m}' \cdot \alpha - \alpha \cdot \alpha', \mathrm{m} \cdot \beta' + \mathrm{m}' \cdot \beta + \beta \cdot \beta')_{\mathrm{LR}}$$

$$\text{mit} \quad A = (\mathrm{m}, \alpha, \beta)_{\mathrm{LR}} > 0 \quad \text{und} \quad B = (\mathrm{m}', \alpha', \beta')_{\mathrm{LR}} > 0$$

Die zweite Näherungslösung geht auf einen Vorschlag von Dubois und Prade zurück, wonach der quadratische Anteil $(\mathrm{L(h)}^{-1})^2$ durch einen linearen Anteil $\mathrm{L(h)}^{-1}$ ersetzt wird [12]. Der zweite Lösungsansatz wird verwendet, wenn die Voraussetzungen für den ersten Ansatz (Term 2 < Term 1) nicht erfüllt sind. Das Ersetzen des quadratischen Anteils durch einen linearen ist immer dann zulässig, wenn die Betrachtungen für die Nähe des Gipfelpunktes ($\mathrm{h} \approx 1$) durchgeführt werden, da 1 quadriert auch wieder 1 ergibt.

Definition Erweiterte Inversion einer LR-Fuzzy-Zahl (Näherung)

$$A^{-1} = (\mathrm{m}, \alpha, \beta)_{\mathrm{LR}}^{-1} \approx \left(\frac{1}{\mathrm{m}}, \frac{\beta}{\mathrm{m}^2}, \frac{\alpha}{\mathrm{m}^2}\right)_{\mathrm{RL}\leftarrow}$$

$$\text{mit} \quad A = (\mathrm{m}, \alpha, \beta)_{\mathrm{LR}} > 0$$

Die erweiterte Inversion A^{-1} einer Fuzzy-Zahl A ist wieder eine Näherungslösung («≈»). Sie bildet den linken Ast von A auf den rechten Ast von A^{-1} und den rechten Ast von A auf den linken Ast von A^{-1} ab (daher auch der Index «RL»). Die Näherungslösung ersetzt m durch 1/m ($\mathrm{m} \neq 0$) und führt dadurch wieder auf eine RL-Darstellung. Die Näherung ist in der engen Umgebung des Gipfelpunktes m erlaubt. Der Fehler, der durch die Näherungslösung gemacht wird, vergrößert sich zunehmend mit der Entfernung vom Gipfelwert m.

Definition Erweiterte Division zweier LR-Fuzzy-Zahlen (Näherung)

$$A \odot B = A \otimes B^{-1} = (\mathrm{m}, \alpha, \beta)_{\mathrm{LR}} \otimes \left(\frac{1}{\mathrm{m}'}, \frac{\beta'}{\mathrm{m}'^2}, \frac{\alpha'}{\mathrm{m}'^2}\right)_{\mathrm{LR}}$$

$$\approx \left(\frac{\mathrm{m}}{\mathrm{m}'}, \frac{\mathrm{m} \cdot \alpha' + \mathrm{m}' \cdot \alpha}{\mathrm{m}'^2}, \frac{\mathrm{m} \cdot \beta' + \mathrm{m}' \cdot \beta}{\mathrm{m}'^2}\right)_{\mathrm{LR}}$$

$$\text{mit} \quad A = (\mathrm{m}, \alpha, \beta)_{\mathrm{LR}} > 0 \quad \text{und} \quad B = (\mathrm{m}', \alpha', \beta')_{\mathrm{RL}\leftarrow} > 0$$

Der erweiterten Division zweier Fuzzy-Zahlen wird die Multiplikation zugrunde gelegt (hier Näherung 1 für positive Fuzzy-Zahlen). Demzufolge handelt es sich bei der LR-Division auch um eine Näherungslösung. Unter den gleichen Voraussetzungen (kleine Spannweiten gegenüber den Gipfelwerten und Betrachtung in der Nähe des neuen Gipfelpunktes m/m' wurde die obere Näherungslösung aufgestellt.

Beispiel

Es sollen die LR- bzw. RL-Grundoperationen auf die bereits bekannten unendlichen Beispielmengen *A* und *B* aus Abschnitt 6.2 angewendet werden:

$$A = \begin{cases} \mathrm{L}\left(\dfrac{2-x}{1}\right) & \text{für} \quad x \leq 2 \\ \mathrm{R}\left(\dfrac{x-2}{0,5}\right) & \text{für} \quad x \geq 2 \end{cases} \qquad \mathrm{L}(x) = \mathrm{R}(x) = \max\,[0, 1-x]$$

$$B = \begin{cases} \mathrm{L}'\left(\dfrac{4-y}{1}\right) & \text{für} \quad y \leq 4 \\ \mathrm{R}'\left(\dfrac{y-4}{1}\right) & \text{für} \quad y \geq 4 \end{cases} \qquad \mathrm{L}'(y) = \mathrm{R}'(y) = \max\,[0, 1-y]$$

$$\mathrm{m} = 2, \alpha = 1, \beta = 0.5: \quad \Rightarrow \quad A = (2, 1, 0.5)_{\mathrm{LR}} \qquad > 0$$

$$\mathrm{m}' = 4, \alpha' = 1, \beta' = 1: \quad \Rightarrow \quad B = (4, 1, 1)_{\mathrm{L'R'}} = (4, 1, 1)_{\mathrm{LR}} \qquad > 0$$

$$\text{mit} \quad \mathrm{L} = \mathrm{R} = \mathrm{L}' = \mathrm{R}'$$

Addition:

$$A \oplus B = (\mathrm{m}, \alpha, \beta)_{\mathrm{LR}} \oplus (\mathrm{m}', \alpha', \beta')_{\mathrm{LR}} = (\mathrm{m} + \mathrm{m}', \alpha + \alpha', \beta + \beta')_{\mathrm{LR}}$$

$$A \oplus B = (2, 1, 0.5)_{\mathrm{LR}} \oplus (4, 1, 1)_{\mathrm{LR}} = (6, 2, 1.5)_{\mathrm{LR}}$$

Negation:

$$-A = -(\mathrm{m}, \alpha, \beta)_{\mathrm{LR}} = (-\mathrm{m}, \beta, \alpha)_{\mathrm{RL}}$$

$$-A = -(2, 1, 0.5)_{\mathrm{LR}} = (-2, 0.5, 1)_{\mathrm{RL}} = (-2, 0.5, 1)_{\mathrm{LR}}$$

$$-B = -(4, 1, 1)_{\mathrm{LR}} = (-4, 1, 1)_{\mathrm{RL}} = (-4, 1, 1)_{\mathrm{LR}}$$

Subtraktion:

$$A \ominus B = A \oplus (-B) = (\mathrm{m}, \alpha, \beta)_{\mathrm{LR}} \oplus (-\mathrm{m}', \beta', \alpha')_{\mathrm{LR}}$$

$$= (\mathrm{m} - \mathrm{m}', \alpha + \beta', \beta + \alpha')_{\mathrm{LR}}$$

$$A \oplus (-B) = (2, 1, 0.5)_{\mathrm{LR}} \oplus (-4, 1, 1)_{\mathrm{LR}} = (-2, 2, 1.5)_{\mathrm{LR}}$$

Multiplikation (Näherung 1):

$$A \otimes B = (\mathrm{m}, \alpha, \beta)_{\mathrm{LR}} \otimes (\mathrm{m}', \alpha', \beta')_{\mathrm{LR}}$$

$$\approx (\mathrm{m} \cdot \mathrm{m}', \mathrm{m} \cdot \alpha' + \mathrm{m}' \cdot \alpha, \mathrm{m} \cdot \beta' + \mathrm{m}' \cdot \beta)_{\mathrm{LR}}$$

$$A \otimes B = (2, 1, 0.5)_{\mathrm{LR}} \otimes (4, 1, 1)_{\mathrm{LR}}$$

$$\approx (2 \cdot 4, 2 \cdot 1 + 4 \cdot 1, 2 \cdot 1 + 4 \cdot 0.5)_{\mathrm{LR}} \approx (8, 6, 4)_{\mathrm{LR}}$$

Multiplikation (Näherung 2):

$$A \otimes B = (\mathrm{m}, \alpha, \beta)_{\mathrm{LR}} \otimes (\mathrm{m}', \alpha', \beta')_{\mathrm{LR}}$$

$$\approx (\mathrm{m} \cdot \mathrm{m}', \mathrm{m} \cdot \alpha' + \mathrm{m}' \cdot \alpha - \alpha \cdot \alpha', \mathrm{m} \cdot \beta' + \mathrm{m}' \cdot \beta + \beta \cdot \beta')_{\mathrm{LR}}$$

$$A \otimes B = (2, 1, 0.5)_{\mathrm{LR}} \otimes (4, 1, 1)_{\mathrm{LR}}$$

$$\approx (2 \cdot 4, 2 \cdot 1 + 4 \cdot 1 - 1 \cdot 1, 2 \cdot 1 + 4 \cdot 0.5 + 0.5 \cdot 1)_{\mathrm{LR}}$$

$$\approx (8, 5, 4.5)_{\mathrm{LR}}$$

Inversion:

$$A^{-1} = (\mathrm{m}, \alpha, \beta)_{\mathrm{LR}}^{-1} \approx \left(\frac{1}{\mathrm{m}}, \frac{\beta}{\mathrm{m}^2}, \frac{\alpha}{\mathrm{m}^2}\right)_{\mathrm{RL} \leftarrow}$$

$$A^{-1} = (2, 1, 0.5)_{\mathrm{LR}}^{-1} \approx \left(\frac{1}{2}, \frac{0.5}{4}, \frac{1}{4}\right)_{\mathrm{RL}} \approx \left(\frac{1}{2}, \frac{0.5}{4}, \frac{1}{4}\right)_{\mathrm{LR}}$$

$$B^{-1} = (4, 1, 1)_{\mathrm{LR}}^{-1} \approx \left(\frac{1}{4}, \frac{1}{16}, \frac{1}{16}\right)_{\mathrm{RL}} \approx \left(\frac{1}{4}, \frac{1}{16}, \frac{1}{16}\right)_{\mathrm{LR}}$$

Division:

$$A \odot B = A \otimes B^{-1} = (\mathrm{m}, \alpha, \beta)_{\mathrm{LR}} \otimes \left(\frac{1}{\mathrm{m}'}, \frac{\beta'}{\mathrm{m}'^2}, \frac{\alpha'}{\mathrm{m}'^2}\right)_{\mathrm{RL}}$$

$$\approx \left(\frac{\mathrm{m}}{\mathrm{m}'}, \frac{\mathrm{m} \cdot \alpha' + \mathrm{m}' \cdot \alpha}{\mathrm{m}'^2}, \frac{\mathrm{m} \cdot \beta' + \mathrm{m}' \cdot \beta}{\mathrm{m}'^2}\right)_{\mathrm{LR}}$$

$$A \odot B = A \otimes B^{-1} = (2, 1, 0.5)_{\mathrm{LR}} \otimes \left(\frac{1}{4}, \frac{1}{16}, \frac{1}{16}\right)_{\mathrm{RL}}$$

$$\approx \left(\frac{2}{4}, \frac{2 \cdot 1 + 4 \cdot 1}{16}, \frac{2 \cdot 1 + 4 \cdot 0.5}{16}\right)_{\mathrm{LR}} \approx \left(\frac{1}{2}, \frac{6}{16}, \frac{4}{16}\right)_{\mathrm{LR}}$$

$$\approx (0.5, 0.375, 0.25)_{\mathrm{LR}}$$

6.3.2 Leistungsfähigkeit der LR-Verknüpfungsformeln

Bei multiplikativen Verknüpfungen, zu denen auch die Inversion und Division zählen, scheint eine LR-Darstellung mit den sich daraus ableitenden Näherungslösungen nur dann sinnvoll, wenn mit LR- bzw. RL-Fuzzy-Zahlen gearbeitet wird, die kleine Spannweiten gegenüber ihren Gipfelwerten haben und/oder in der Nähe des Gipfelpunktes operiert wird. Daher gehen die Näherungslösungen der multiplikativen Operationen genau auf diesen Tatbestand ein. Je weiter man sich vom Gipfelwert entfernt, desto größer wird der Fehler, mit dem die Näherungslösung behaftet ist. Dieses Ergebnis ist jedoch nicht verwunderlich, wenn man sich vor Augen hält, daß im Falle des Gipfelwertes die rein klassische Operation als Spezialfall vorliegt.

Die Verwendung der LR-Näherungslösungen sollte insofern bei Multiplikation, Inversion und Division kritisch betrachtet werden. Hier ist unter Umständen die elementare Lösung nach dem Erweiterungsprinzip anzuraten, da sie exakte Ergebnisse liefert. Letztlich hängt jedoch die Entscheidung für oder gegen eine multiplikative Näherungslösung vom Einzelfall ab.

Bei additiven Verknüpfungen hingegen, zu denen auch die Subtraktion zählt, ist die LR-Darstellung eine exakte Lösung, wodurch sich der Einsatz der LR-Endformel anbietet.

6.4 Übungsaufgaben

Aufgabe 6.1

Bestimmen Sie nach dem Erweiterungsprinzip (EWP) für endliche Fuzzy-Mengen folgende sechs einstelligen Fuzzy-Funktionen auf der Fuzzy-Menge A:

$$A = \frac{0,1}{-3} + \frac{0,2}{-2} + \frac{0,4}{-1} + \frac{0,6}{0} + \frac{0,8}{1} + \frac{1}{2} + \frac{0,1}{3}$$

1) $B_1(A) = f_1(A)$ mit: $f_1(x) = x^2$

2) $B_2(A) = f_2(A)$ mit: $f_2(x) = 2\,|x| + 3$

3) $B_3(A) = f_3(A)$ mit: $f_3(x) = -x^2 + x$

4) $B_4(A) = f_4(A)$ mit: $f_4(x) = 2\,e^{-x}$

5) $B_5(A) = f_5(A)$ mit: $f_5(x) = 3\,x + 1$

6) $B_6(A) = f_6(A)$ mit: $f_6(x) = \sqrt{|x|} - \frac{x}{2}$

Aufgabe 6.2

Bestimmen Sie nach dem Erweiterungsprinzip (EWP) für endliche Fuzzy-Mengen folgende beiden zweistelligen Fuzzy-Funktionen auf den Fuzzy-Mengen A und B:

$$A = \frac{0,4}{-1} + \frac{0,5}{0} + \frac{0,3}{1} + \frac{1}{2} + \frac{0,1}{3} \qquad B = \frac{0,2}{0} + \frac{0,6}{1} + \frac{0,8}{2} + \frac{0,9}{3}$$

1) $C_1(A,B) = f_1(A,B)$ mit: $f_1(x,y) = xy - 1$

2) $C_2(A,B) = f_2(A,B)$ mit: $f_2(x,y) = (2x - y) + 1$

Aufgabe 6.3

Gegeben sind die beiden Fuzzy-Zahlen A und B durch ihre abschnittsweise definierten Zugehörigkeitsfunktionen:

$$\mu_A(x) = \begin{cases} 0 & \text{für } x \leq 0 \\ \frac{x}{2} & \text{für } x \in [0,2] \\ \frac{4-x}{2} & \text{für } x \in [2,4] \\ 0 & \text{für } x \geq 4 \end{cases} = \begin{cases} \max\left[0, \frac{x}{2}\right] & \text{für } x \leq 2 \\ \max\left[0, \frac{4-x}{2}\right] & \text{für } x \geq 2 \end{cases}$$

$$\mu_B(y) = \begin{cases} 0 & \text{für } y \leq 5 \\ y-5 & \text{für } y \in [5,6] \\ 7-y & \text{für } y \in [6,7] \\ 0 & \text{für } y \geq 7 \end{cases} = \begin{cases} \max[0, y-5] & \text{für } y \leq 6 \\ \max[0, 7-y] & \text{für } y \geq 6 \end{cases}$$

a) Skizzieren Sie die beiden Fuzzy-Zahlen.
b) Wie lautet ihre Integralschreibweise nach ZADEH?
c) Konstruieren Sie die erweiterte Addition der beiden Fuzzy-Zahlen punktweise.

Benutzen Sie für die punktuelle Konstruktion Tabellen ähnlich denen in Abschnitt 6.2.1. Verwenden Sie hierzu die folgenden diskreten x- und z-Werte:

x-Werte: 0, 0.5, 1, 1.5, 2, 2.5, 3, 3.5, 4
z-Werte: 5, 6, 7, 8, 9, 10, 11

Aufgabe 6.4

Führen Sie die erweiterte Addition der Fuzzy-Zahlen A und B aus Aufgabe 6.3 in geschlossener Form unter Verwendung von Gleichungen durch. Skizzieren Sie das Ergebnis.

Aufgabe 6.5

Wie lauten die erweiterten Negationen $-A$ und $-B$ der beiden Fuzzy-Zahlen A und B aus Aufgabe 6.3 (Herleitung)? Skizzieren Sie das Ergebnis.

Aufgabe 6.6

Führen Sie die erweiterte Subtraktion der Fuzzy-Zahlen A und B aus Aufgabe 6.3 in geschlossener Form durch. Skizzieren Sie das Ergebnis.

Aufgabe 6.7

Führen Sie die erweiterte Multiplikation der Fuzzy-Zahlen A und B aus Aufgabe 6.3 in geschlossener Form durch.

7 Elemente der Fuzzy-Logik

In diesem Kapitel steht die Auseinandersetzung mit drei wesentlichen Bestandteilen der Fuzzy-Logik im Vordergrund. Diese Elemente der Fuzzy-Logik sind erstens die sogenannten *linguistischen Ausdrücke*, zweitens die *Fuzzy-Aussagenlogiken* und drittens die *Fuzzy-Inferenzen.*

7.1 Linguistische Ausdrücke

Viele Informationen, mit denen der Mensch im täglichen Leben umgeht, sind von ihrer Natur her unscharf. Man denke z. B. an die subjektive Beurteilung einer Windstärke: «Es ist verdammt windig», «es ist nahezu windstill», an die Beschreibung eines Fahrverhaltens: «Fahr nicht so schnell!», «Fahr etwas zügiger!» oder an den gutgemeinten Versuch einer Wegbeschreibung: «noch etwa ein paar hundert Meter geradeaus, dann rechts und dann sofort wieder links» oder an die Kommandos eines Handwerkers an seinen Kollegen, der versucht, einen Zementblock mit Hilfe eines Krans zu versetzen: «weiter – noch etwas weiter – stop – jetzt wieder ein wenig zurück – stop – zu weit – jetzt eine Idee runter – und ablassen!». Diese Beispiele ließen sich endlos fortsetzen (Wetterbericht, Schulnoten, Qualitätsmerkmale usw.). Offensichtlich kann der Mensch unscharfe Informationen aufnehmen, verstehen, verarbeiten und danach handeln. Die Fuzzy-Set-Theorie liefert mit Hilfe der sogenannten *linguistischen Ausdrücke*, die wiederum aus *linguistischen Variablen* (LV), *linguistischen Termen* (LT) und *linguistischen Operatoren* (LO) bestehen, einen Ansatz zur Interpretation umgangssprachlicher Ausdrücke.

7.1.1 Linguistische Variable und Terme

In Kapitel 3 wurden verschiedene Beispiele für die linguistischen Variablen und Terme benutzt. Beispielsweise wurden Farben mit unscharfen Mengen beschrieben. Der unscharfe Charakter des durch den Menschen subjektiv wahrgenommenen Farbeindrucks wurde dabei schon erwähnt. Bild 3.17 stellt eine mögliche Beschreibung der Farbe *Blau* und Bild 3.23 der Farbe *Grün* in Form einer unscharfen Menge dar. Nun sollen anhand dieser Farbbeispiele die linguistischen Ausdrücke näher betrachtet werden.

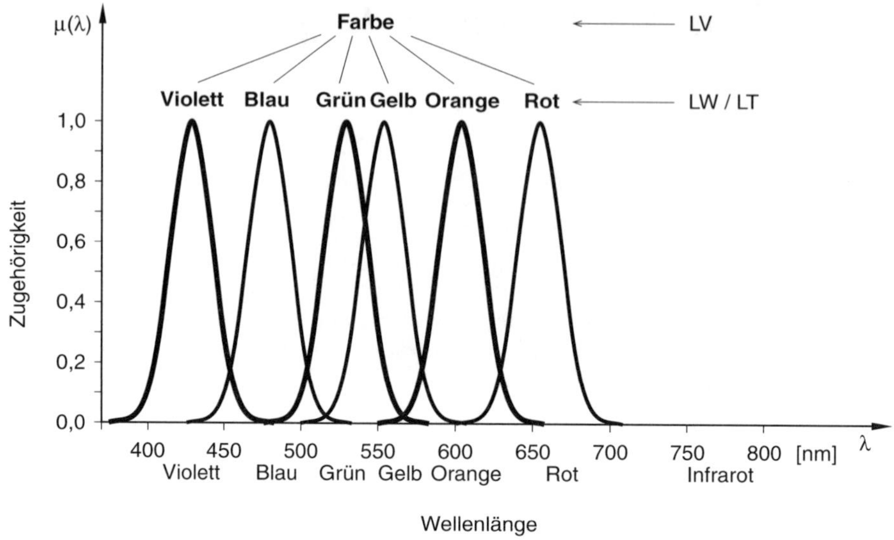

Bild 7.1 Linguistische Variable und linguistische Terme am Farbbeispiel

Die einzelnen Farben werden als linguistische Terme (LT) oder anders ausgedrückt als linguistische Werte (LW) einer linguistischen Variablen (LV) bzw. linguistischen Kenngröße beschrieben. Insofern ist die linguistische Variable (*Farbe*) der übergeordnete Begriff, der im konkreten Fall die verschiedenen linguistischen Werte (*Blau, Gelb, Rot, Violett* usw.) annehmen kann. Man kann auch formulieren, daß die linguistische Variable *Farbe* durch die verschiedenen linguistischen Werte (Terme) charakterisiert wird.

Die Verwendung der Begriffe «Variable» und «Wert» («Term») ist analog zum klassisch mathematischen Fall zu verstehen. So wird einer klassischen Variablen a z. B. aus einer Vielzahl möglicher Werte einer Grundmenge (z. B. Menge der ganzzahligen Zahlen zwischen 1 und 10) ein konkreter Wert, z. B. $a = 1$ oder $a = 7$, zugeordnet.

Die einzelnen Farben (LW) lassen sich auf einer gemeinsamen scharfen Grundmenge X, hier die Menge der Wellenlängen, definieren (Bild 7.1). Man kann auf dieser Grundmenge die linguistische Variable *Farbe* mit Hilfe einiger linguistischer Werte (einer Gruppe von mehreren Fuzzy-Mengen), wie *Violett, Blau, Grün, Gelb, Orange* und *Rot* charakterisieren.

Je mehr unscharfe Mengen definiert werden, desto genauer können die Farben voneinander unterschieden werden. Das Auge ist am empfindlichsten für die mittleren Wellenlängen, die der Farbe *Grün* entsprechen. Möchte man diesen Sachverhalt auf unsere Thematik übertragen, so ist es sinnvoll, in dem betrachteten Wellenlängenbereich (Grundmenge X) mehrere Fuzzy-Sets (linguistische Werte) zu definieren, die die linguistische Variable *Grünton* charakterisieren, wie

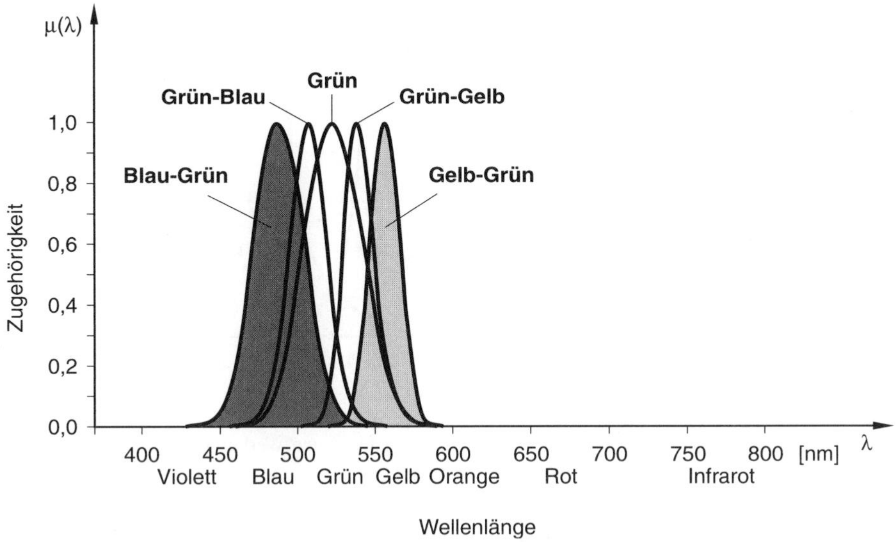

Bild 7.2 Einzelne linguistische Terme charakterisieren die linguistische Variable «Grünton»

z. B. *Blau-Grün, Grün-Blau, Grün, Grün-Gelb* und *Gelb-Grün.* Anzumerken ist für dieses Beispiel, daß, im Gegensatz zum vorherigen Beispiel, nur die Variable *Grünton* interessiert und nicht die Variable *Farbe* (Bild 7.2).

Anhand der illustrierten Beispiele kann man die Grundbestandteile, durch die eine linguistische Variable (LV) charakterisiert ist, wie folgt angeben:

Grundbestandteile einer LV

- □ Name der LV,
- □ Summe aller einzelnen linguistischen Werte (LW),
- □ Namen aller einzelnen linguistischen Werte,
- □ numerische Grundmenge *X* mit klassischer Basis-Variablen *x*.

Die aufgeführten Merkmale wurden als Grundbestandteile einer linguistischen Variablen in der ursprünglichen formalen Definition nach ZADEH festgehalten. Es ist von einem weiteren Bestandteil, der Grammatik, die Rede, die aber hier keine praktische Bedeutung besitzt und auf die daher nicht näher eingegangen wird.

Inwieweit sich der Einsatz von Fuzzy-Methoden in den verschiedenen potentiellen Anwendungsgebieten [2] lohnt, hängt sehr stark von der Anzahl, den Namen und der jeweiligen Ausprägung und der Verknüpfung der entsprechenden linguistischen Terme einer linguistischen Variablen ab. Hier fließt das vielzitierte Expertenwissen ein, das von Fall zu Fall sehr unterschiedlichen Regeln, insofern sich überhaupt Regeln hierzu finden lassen, unterworfen ist.

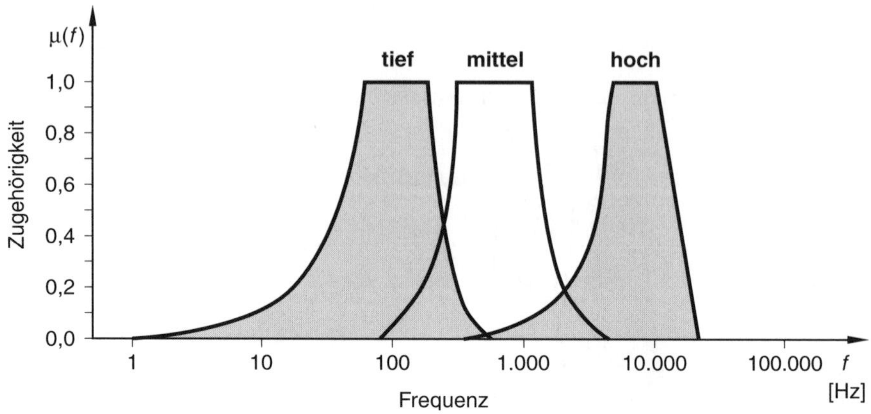

Bild 7.3 Linguistische Variable «Ton» mit den drei linguistischen Werten «hoch», «mittel» und «tief» auf der Basis der hörbaren Frequenzen

Wegen der angeführten Problematik bez. der Aussagekraft linguistischer Werte bleibt es dem Anwender überlassen, die Festlegung der linguistischen Werte in Anzahl, Ausprägung und Namensgebung zu bestimmen. Für das Anwendungsbeispiel Fuzzy-Control wird dieser Punkt später noch näher beleuchtet.

Beispiel

In Kapitel 3 wurde bereits im Zusammenhang mit dem menschlichen Hörempfinden ein Beispiel für den linguistischen Term *hoher Ton* gebracht. Es lassen sich natürlich auch andere Klangeindrücke wie z. B. *tief* und *mittel* beschreiben. Nun wird festgelegt, daß diese drei linguistischen Werte *hoch*, *mittel* und *tief* das entsprechende Frequenzspektrum des menschlichen Hörens abdecken sollen. So entsteht eine Gruppe von Fuzzy-Sets, die in ihrer Gesamtheit und durch ihre Ausprägung sowie Namensgebung die linguistische Variable *Ton* auf der Grundmenge, dem Frequenzspektrum, charakterisieren (Bild 7.3).

7.1.2 Linguistische Operatoren – Modifikatoren

Ganz allgemein geschieht die Verknüpfung unscharfer Informationen mit Hilfe unscharfer Operatoren. Man kann die Operatoren z. B. danach klassifizieren, ob sie ein- oder mehrstellig sind, d. h. ob sie ein einziges Fuzzy-Set verformen (modellieren) bzw. mehrere Fuzzy-Sets (mindestens zwei) miteinander verknüpfen. Bei den mehrstelligen Operatoren ist wiederum von Interesse, ob die Operation der beteiligten Fuzzy-Sets auf einer einzigen linguistischen Variablen oder unter Umständen auf unterschiedlichen LVs durchgeführt wird. Handelt es sich um eine Verknüpfung auf einer LV, so spricht man von der Fuzzy-Funktion, im anderen Fall von der Fuzzy-Relation (vgl. Kapitel 5). Die mehrstelligen Operatoren wurden bereits beschrieben und werden hier nicht weiter behandelt.

Die einstelligen (linguistischen) Fuzzy-Operatoren, die eine Fuzzy-Menge *M* in eine modifizierte Fuzzy-Menge *N* überführen, werden *Modifikatoren* genannt. Ihnen gehört hier die Aufmerksamkeit. Man kann auch sagen, daß die Fuzzy-Menge *M* mit Hilfe der Modifikatoren modelliert wird. Üblicherweise spricht man im Zusammenhang von Fuzzy-Modifikatoren im wesentlichen von drei Operatorarten:

- □ Konzentrationsoperatoren
- □ Dilatationsoperatoren
- □ (Kontrast-)Intensivierungsoperatoren

Dabei nennt man die durch die Konzentrationsoperatoren modellierten Fuzzy-Mengen die *Konzentrationen* von *M*, die durch den Dilatationsoperatoren modellierten Fuzzy-Mengen die *Dilatationen* von *M* und die durch die (Kontrast-) Intensivierungsoperatoren modellierten Operatoren die *Intensivierungen* von *M*.

Die Anwendung der drei genannten Modifikatorarten bewirkt eine numerische Verstärkung oder eine numerische Abschwächung der entsprechenden Zugehörigkeitswerte einer Fuzzy-Menge. Da die Zugehörigkeitswerte definitionsgemäß zwischen «0» und «1» liegen, lassen sich numerische Verkleinerungen durch Potenzierungen mit Exponenten größer 1 und numerische Vergrößerungen durch Potenzierungen mit Exponenten kleiner 1, d. h. Wurzelfunktionen n-ten Grades mit n größer 1, erreichen. Die Modellierung durch die Potenzierungen ist dabei um so stärker, je größer n bzw. je kleiner 1/n (Wurzelfunktion) ist.

Wie schon angeführt, besteht die Aufgabe der Fuzzy-Set-Theorie darin, einen Formalismus an die Hand zu geben, mit dem man sprachliche (linguistische) Größen einer rein formalen Beschreibungsweise unterwerfen kann und somit eine mathematische Umsetzung sprachlicher Begriffe schafft, um sie später auszuwerten.

Die Aufgabe, die in diesem Zusammenhang den Modifikatoren zukommt, besteht darin, sprachliche Verstärkungen und sprachliche Abschwächungen wie z. B. «sehr», «ziemlich», «besonders», «weniger» oder «mäßig» in einen formalen mathematischen Zusammenhang zu bringen. Berücksichtigt man nun, daß sprachliche Verstärkungen einen «scharfen Charakter» haben und sprachliche Abschwächungen im Gegensatz hierzu einen «unscharfen Charakter», so ergibt sich eine formale Zuordnung ganz automatisch. Man stellt fest, daß sprachliche Verstärkungen mit numerischen Abschwächungen (Ausnahme: Zugehörigkeit 1 bleibt 1) und sprachliche Abschwächungen mit numerischen Verstärkungen einhergehen.

Dabei entsprechen die Konzentrationen den sprachlichen Verstärkungen und die Dilatationen den sprachlichen Abschwächungen. Es ergeben sich für endliche und unendliche Grundmengen folgende Definitionen [10; 13].

Konzentration – sprachliche Verstärkung – numerische Verkleinerung Dilatation – sprachliche Abschwächung – numerische Verstärkung

Definition Konzentrationsoperator

$$\forall x_i \in X: \qquad \mathrm{CON}\,(M)_n = \sum_{i=1}^{k} \frac{(\mu_M(x_i))^n}{x_i} \qquad \text{mit} \quad n = 2, 3, 4, \ldots$$

$$\forall x \in X: \qquad \mathrm{CON}\,(M)_n = \int\limits_{X=R} \frac{(\mu_M(x))^n}{x} \qquad \text{mit} \quad n = 2, 3, 4, \ldots$$

Definition Dilatationsoperator

$$\forall x_i \in X: \qquad \mathrm{DIL}\,(M)_n = \sum_{i=1}^{k} \frac{\sqrt[n]{\mu_M(x_i)}}{x_i} \qquad \text{mit} \quad n = 2, 3, 4, \ldots$$

$$\forall x \in X: \qquad \mathrm{DIL}\,(M)_n = \int\limits_{X=R} \frac{\sqrt[n]{\mu_M(x)}}{x} \qquad \text{mit} \quad n = 2, 3, 4, \ldots$$

Für die speziellen Fälle n = 2, n = 3 und n = 4 ergeben sich damit folgende Konzentrationen und Dilatationen einer unendlichen Fuzzy-Menge M:

Konzentrationen:

$$n = 2: \mathrm{CON}\,(M)_2 = \int\limits_{X=R} (\mu_M(x))^2/x$$

$$n = 3: \mathrm{CON}\,(M)_3 = \int\limits_{X=R} (\mu_M(x))^3/x$$

$$n = 4: \mathrm{CON}\,(M)_4 = \int\limits_{X=R} (\mu_M(x))^4/x$$

Dilatationen:

$$n = 2: \mathrm{DIL}\,(M)_2 = \int\limits_{X=R} \sqrt{\mu_M(x)}/x$$

$$n = 3: \mathrm{DIL}\,(M)_3 = \int\limits_{X=R} \sqrt[3]{\mu_M(x)}/x$$

$$n = 4: \mathrm{DIL}\,(M)_4 = \int\limits_{X=R} \sqrt[4]{\mu_M(x)}/x$$

Beispiel

Eine auf der Menge der reellen Zahlen definierte unendliche Fuzzy-Menge M ist durch ihre Zugehörigkeitsfunktion $\mu_M(x)$ beschrieben. Zu bestimmen sind für die speziellen Modifizierungsstufen n = 2, n = 3 und n = 4 die entsprechenden Konzentrationen und Dilatationen der Fuzzy-Menge M:

$$M = \int_{X=R} e^{-(3-x)^2}/x$$

$$\text{n} = 2: \quad \text{CON}\,(M)_2 = \int_{X=R} e^{-2(3-x)^2}/x \quad \text{DIL}\,(M)_2 = \int_{X=R} e^{-\frac{1}{2}(3-x)^2}/x$$

$$\text{n} = 3: \quad \text{CON}\,(M)_3 = \int_{X=R} e^{-3(3-x)^2}/x \quad \text{DIL}\,(M)_3 = \int_{X=R} e^{-\frac{1}{3}(3-x)^2}/x$$

$$\text{n} = 4: \quad \text{CON}\,(M)_4 = \int_{X=R} e^{-4(3-x)^2}/x \quad \text{DIL}\,(M)_3 = \int_{X=R} e^{-\frac{1}{4}(3-x)^2}/x$$

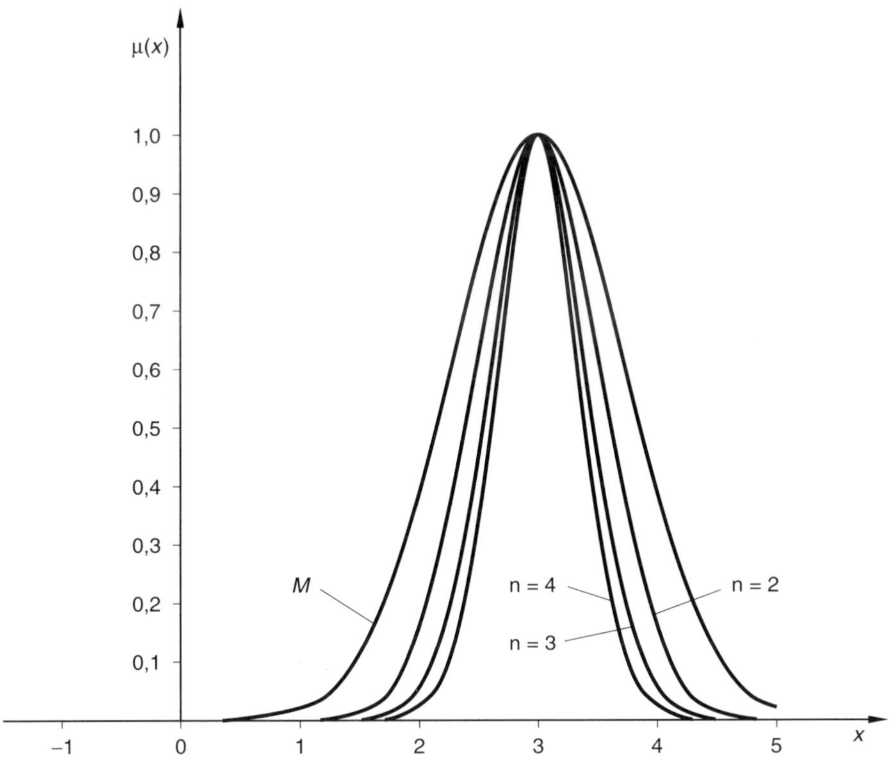

Bild 7.4 Wirkungsweise der Konzentrationen der Fuzzy-Menge M auf $X = [-1{,}5]$

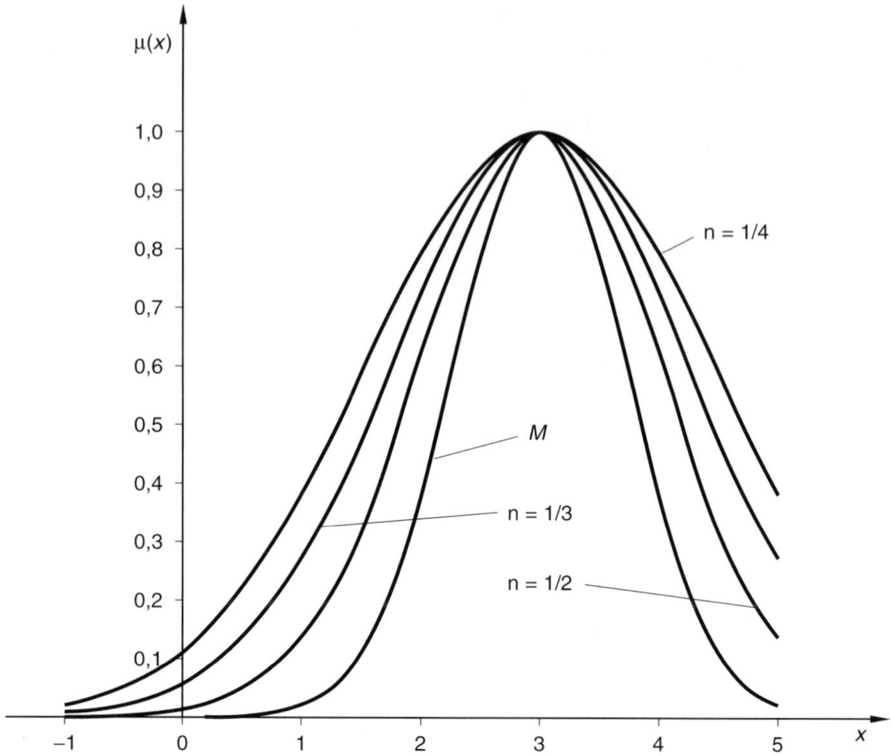

Bild 7.5 Wirkungsweise der Dilatationen der Fuzzy-Menge *M* auf $X = [-1,5]$

Bild 7.4 zeigt die Konzentrationen der Fuzzy-Menge *M* auf der Grundmenge $X = [-1,5]$. Bild 7.5 zeigt die Dilatationen der Fuzzy-Menge *M* auf der Grundmenge $X = [-1,5]$.

Neben diesen beiden Modifikatoren existiert noch eine weitere Variante, die Kontrast-Intensivierung. Sie ist eine Kombination aus Konzentration und Dilatation. Alle Zugehörigkeitsgrade zwischen 0 und 0,5 werden numerisch abgeschwächt (Konzentration), und alle Zugehörigkeitswerte über 0,5 werden numerisch verstärkt (Dilatation). Daraus folgt unmittelbar, daß der Zugehörigkeitswert 0,5 weder verstärkt noch abgeschwächt wird. Es ist sichergestellt, daß die mittels des Intensivierungsfaktors modellierte Zugehörigkeitsfunktion keine Sprünge bei 0,5 aufweist. Anders ausgedrückt bedeutet dies, daß eine Intensivierung von 0,5 wieder 0,5 (als Übergang zwischen Konzentration und Dilatation) ergibt. Die konsequente Umsetzung dieses Sachverhaltes in eine geeignete Formel für beliebige $n > 2$ ergibt sich damit zu:

Definition (Kontrast-)Intensivierungsoperator

$$\forall x_i \in X \wedge \mu_M(x_i) \in [0, 0.5]:$$

$$\text{INT}(M)_n = \sum_{i=1}^{k} 2^{n-1} \cdot (\mu_M(x_i))^n / x_i \qquad \text{mit } n = 2, 3, 4, \ldots$$

$$\forall x_i \in X \wedge \mu_M(x_i) \in [0.5, 1]:$$

$$\text{INT}(M)_n = \sum_{i=1}^{k} 1 - 2^{n-1} \cdot (1 - \mu_M(x_i))^n / x_i \qquad \text{mit } n = 2, 3, 4, \ldots$$

$$\forall x \in X \wedge \mu_M(x) \in [0, 0.5]:$$

$$\text{INT}(M)_n = \int_{X=R} 2^{n-1} \cdot (\mu_M(x))^n / x \qquad \text{mit } n = 2, 3, 4, \ldots$$

$$\forall x \in X \wedge \mu_M(x) \in [0.5, 1]:$$

$$\text{INT}(M)_n = \int_{X=R} 1 - 2^{n-1} \cdot (1 - \mu_M(x))^n / x \qquad \text{mit } n = 2, 3, 4, \ldots$$

Für die speziellen Fälle n = 2, n = 3 und n = 4 ergeben sich damit folgende Kontrast-Intensivierungen der unendlichen Fuzzy-Menge *M*:

$$n = 2: \quad \text{INT}(M)_2 = \int_{X=R} 2\,(\mu_M(x))^2 / x \qquad \text{für} \quad \mu_M(x) \in [0, 0.5]$$

$$n = 3: \quad \text{INT}(M)_3 = \int_{X=R} 4\,(\mu_M(x))^3 / x \qquad \text{für} \quad \mu_M(x) \in [0, 0.5]$$

$$n = 4: \quad \text{INT}(M)_4 = \int_{X=R} 8\,(\mu_M(x))^4 / x \qquad \text{für} \quad \mu_M(x) \in [0, 0.5]$$

$$n = 2: \quad \text{INT}(M)_2 = \int_{X=R} 1 - 2\,(1 - \mu_M(x))^2 / x \qquad \text{für} \quad \mu_M(x) \in [0.5, 1]$$

$$n = 3: \quad \text{INT}(M)_3 = \int_{X=R} 1 - 4\,(1 - \mu_M(x))^3 / x \qquad \text{für} \quad \mu_M(x) \in [0.5, 1]$$

$$n = 4: \quad \text{INT}(M)_4 = \int_{X=R} 1 - 8\,(1 - \mu_M(x))^4 / x \qquad \text{für} \quad \mu_M(x) \in [0.5, 1]$$

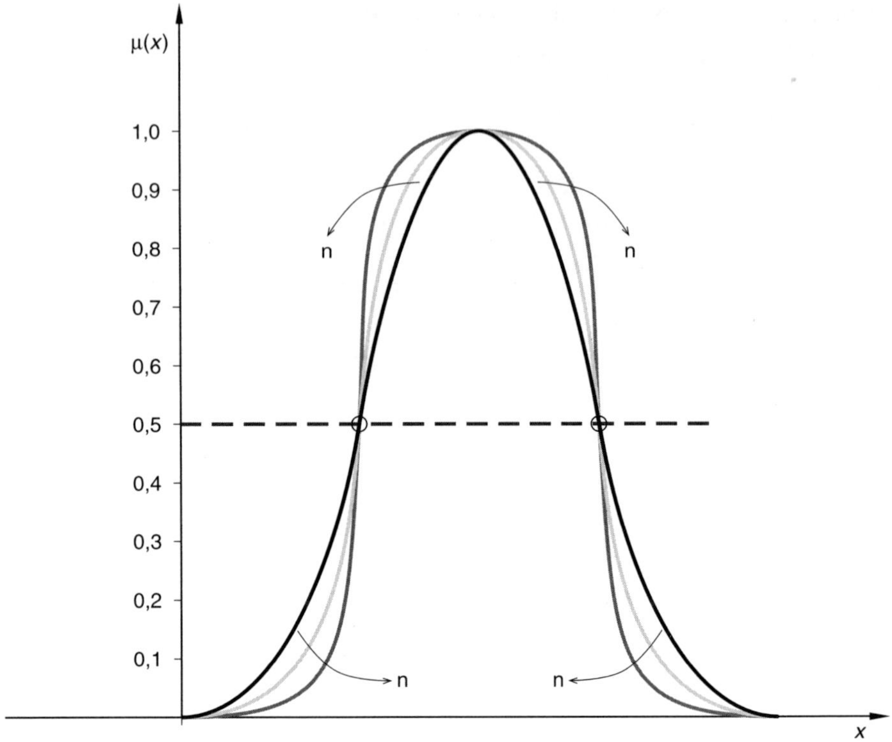

Bild 7.6 Fuzzy-Menge *M* und ihre Kontrast-Intensivierungen

Bild 7.6 zeigt den prinzipiellen Verlauf verschiedener Kontrast-Intensivierungen einer Fuzzy-Menge *M* in Abhängigkeit des Faktors n.

Man erkennt, daß mit zunehmender Intensivierung die Flankensteilheit der Zugehörigkeitsfunktion in $\mu = 0{,}5$ ansteigt.

7.2 Fuzzy-Aussagenlogiken

In Kapitel 2 wurde die klassische Logik vorgestellt. Sie wird durch ihre grundlegenden Operatoren NICHT, UND, ODER sowie dem Implikationsoperator und dem Äquivalenzoperator charakterisiert. Das logische Schließen basiert wiederum auf der klassischen Implikation. Alle Eigenschaften der klassischen Logik sind durch dieses Operatorgebäude bestimmt und beschreiben vollständig das Prinzip der zweiwertigen Logik. Der Gedanke liegt nun nahe, eine Fuzzy-Aussagenlogik ähnlich der klassischen Aussagenlogik zu formulieren, indem man jeden der genannten Operatoren fuzzyfiziert und die korrespondierenden Fuzzy-

Operatoren zu einer Fuzzy-Aussagenlogik zusammenfaßt. Im einzelnen heißt das, es gilt zum logischen NICHT ein fuzzy-logisches NICHT, zum logischen UND ein fuzzy-logisches UND, zum logischen ODER ein fuzzy-logisches ODER, zur logischen Implikation eine fuzzy-logische Implikation und zur logischen Äquivalenz die fuzzy-logische Äquivalenz zu bestimmen.

Die beiden Logikmodelle lassen sich bezüglich ihrer wesentlichsten Merkmale gegenüberstellen und zusammenfassen (Tabelle 7.1).

Tabelle 7.1

Klassische Aussagenlogik	Fuzzy-Aussagenlogik
□ zweiwertige Logik	mehrwertige Logik
□ logische Negation	fuzzy-logische Negation
□ logische Konjunktion	fuzzy-logische Konjunktion
□ logische Disjunktion	fuzzy-logische Disjunktion
□ logische Implikation	fuzzy-logische Implikation
□ logische Äquivalenz	fuzzy-logische Äquivalenz
□ logisches Schließen	unscharfes (approximatives, heuristisches) Schließen

Sowohl die klassische Logik als auch die Fuzzy-Logik beurteilen den Wahrheitsgehalt einer Aussage. Während die klassische Logik nur (exakt) wahr oder (exakt) falsch voneinander unterscheiden kann, besteht die Idee der unscharfen Logik in einer Abstufung des Wahrheitsgehaltes einer Aussage im Bereich von 0 bis 1.

7.2.1 Fuzzy-logische Elementaroperationen und ihre Modellierungen

Die Fuzzyfizierung der klassisch-logischen Operationen NICHT, UND, ODER führt auf die fuzzy-logischen Elementaroperationen, die bereits in Abschnitt 4.2 ausführlich vorgestellt wurden. Wir fassen die für die Fuzzy-Aussagenlogik relevanten Ergebnisse kurz zusammen: Der Fuzzy-Durchschnittsoperator (konjunktive Verknüpfung) entspricht einer fuzzy-logischen UND-Verknüpfung (disjunktive Verknüpfung), der Fuzzy-Vereinigungsoperator einer fuzzy-logischen ODER-Verknüpfung und der Fuzzy-Komplementoperator einer fuzzy-logischen Negation.

Fuzzy-Elementaroperatoren

Fuzzy-logische Negation	$\overline{A}$:	$\forall\, x \in X$:	$\mu_{\overline{A}}(x) = 1 - \mu_{\overline{A}}(x)$
Fuzzy-logische Konjunktion	$A \cap B$:	$\forall\, x \in X$:	$\mu_{A \cap B}(x) = \min\,[\mu_A(x), \mu_B(x)]$
Fuzzy-logische Disjunktion	$A \cup B$:	$\forall\, x \in X$:	$\mu_{A \cup B}(x) = \max\,[\mu_A(x), \mu_B(x)]$

Die logische Negation wird in der Booleschen Algebra durch das Einerkomplement gebildet (vgl. Kapitel 2). Aufgrund der Zweiwertigkeit gilt $\overline{0} = 1$ und $\overline{1} = 0$. Das gleiche gilt für die klassische Mengenlehre, also $E = \overline{\varnothing}$ und $\varnothing = \overline{E}$. Das Fuzzy-Komplement basiert auf dem klassischen Einerkomplement und wird in der höherwertigen Logik als Fuzzy-Negation verwendet. Man denke daran, daß eine fuzzy-logische Negation ein Fuzzy-Komplement und keine negative Fuzzy-Menge ist, also $\overline{A} \neq -A$. Die klassisch-logische Negation ist in der fuzzy-logischen Negation als Grenzfall enthalten. Mit Hilfe der Minimum-Operation läßt sich eine fuzzy-logische Konjunktion und mit Hilfe der klassischen Maximum-Funktion eine fuzzy-logische Disjunktion realisieren.

Neben der min-Operation und max-Operation wurden in Abschnitt 4.3 deren nicht-parametrisiert und parametrisierten Modellierungen unter den Bezeichnungen t- und s-Normen eingeführt. Die Vertreter der t-Normen modellieren die klassische UND-Verknüpfung und die Vertreter der s-Normen die klassische ODER-Verknüpfung. So, wie man das logische UND und das logische ODER zu einem logischen Paar zusammenfassen kann, lassen sich auch immer fuzzy-logische Paare modellieren. Das fuzzy-logische Gegenstück zu einer t-Norm ist eine s-Norm. Die bekanntesten Vertreter der t-s-Normen bilden die folgenden Paare:

Nicht-parametrisierte t-s-Normen

Hamacher-Produkt (Hamacher product)	ham_t
Hamacher-Summe (Hamacher sum)	ham_s
Algebraisches Produkt (algebraic product)	alg_t
Algebraische Summe (algebraic sum)	alg_s
Einstein-Produkt (Einstein product)	ein_t
Einstein-Summe (Einstein sum)	ein_s
Beschränkte Differenz (bounded difference)	bes_t
Beschränkte Summe (bounded sum)	bes_s
Drastisches Produkt (drastic product)	dra_t
Drastische Summe (drastic sum)	dra_s

Parametrisierte t-s-Normen

Hamacher-Operatoren	H_t	H_s
Yager-Operatoren	Y_t	Y_s
Schweizer-Sklar-Operatoren	SS_t	SS_s
Weber-Operatoren	W_t	W_s
Dubois-Prade-Operatoren	DP_t	DP_s
Frank-Operatoren	F_t	F_s
Dombi-Operatoren	D_t	D_s

Es wurde gezeigt, daß die t- und s-Normen fuzzy-logische Paare bilden und sich mit Hilfe des fuzzy-logischen Komplements ineinander überführen lassen. Welches t-s-Operatorpaar die Realität am besten wiedergibt, hängt vom Einzelfall der jeweiligen Anwendung ab und kann nicht allgemeingültig angegeben werden. Trotzdem haben sich in der Fuzzy-Control Vorzugstypen bewährt, die in Abschnitt 7.3 näher betrachtet werden.

7.2.2 Fuzzy-logische Implikationen

In diesem Abschnitt werden die fuzzy-logischen Implikationen beleuchtet. Was die Verallgemeinerung des Implikationsbegriffes betrifft, gilt es einen Operator zu finden, der die unscharfe WENN-DANN-Aussage passend interpretiert, in eine formale Rechenvorschrift umsetzt und damit den Kern des unscharfen Schlußfolgerns geeignet modelliert. Wegen der zentralen Bedeutung dieses logikbeschreibenden Implikationsoperators kann man für die entsprechenden Grundvarianten verschiedene Vorschläge hierzu in der Literatur finden. Darüber hinaus ist davon auszugehen, daß auf diesem Gebiet auch in Zukunft einige Entwicklungsaktivitäten zu erwarten sind. Besondere Aufmerksamkeit findet die Problematik des unscharfen Schlußfolgerns gerade deshalb, weil es in der Fuzzy-Logik gilt, die verbale menschliche Schlußfähigkeit nachzubilden – ein Aspekt, der auch in anderen Forschungsgebieten wiederzufinden ist, in denen die Verarbeitung unsicheren oder unscharfen Wissens im Mittelpunkt des Interesses steht [16].

Zunächst soll von der rein formalen Schreibweise der scharfen Implikation eine Fuzzy-Implikation abgeleitet werden. Für die klassische Implikation gilt die Äquivalenzumformung nach Kapitel 2.

Klassische Implikation: $a \rightarrow b \Leftrightarrow \overline{a} \vee b$ verbal: WENN a DANN b

Mit Hilfe der Gesetze der klassischen Logik kann diese Disjunktion umgeformt werden:

$$\begin{aligned} a \rightarrow b &\Leftrightarrow \overline{a} \vee b \\ &\Leftrightarrow (\overline{a} \vee b) \wedge (\overline{a} \vee a) && \text{da } x \wedge 1 = x \text{ und } \overline{x} \vee x = 1 \\ &\Leftrightarrow \overline{a} \vee (b \wedge a) \\ &\Leftrightarrow (a \wedge b) \vee (\overline{a} \wedge 1) && \text{da } \overline{x} \wedge 1 = \overline{x} \end{aligned}$$

Die klassische WENN-DANN-Verknüpfung kann also durch zwei UND-Verknüpfungen, die wiederum durch eine ODER-Verknüpfung gekoppelt sind, realisiert werden. Auf die genaue Bedeutung dieser Darstellungsvariante der klassischen Implikation wird im Zusammenhang mit den Schlußfolgerungsprozeduren noch genau eingegangen.

Aus der letzten Umformung läßt sich die Fuzzy-Implikation nach ZADEH herleiten, indem die entsprechenden Komponenten der mathematischen Logik gemäß folgender Liste fuzzyfiziert werden:

$$a \xrightarrow{\text{Fuzzyfizierung}} A = \{(x, \mu_A(x)) \mid x \in X\}$$

$$b \xrightarrow{\text{Fuzzyfizierung}} B = \{(y, \mu_B(y)) \mid y \in Y\}$$

$$\overline{a} \xrightarrow{\text{Fuzzyfizierung}} \overline{A} = \{(x, 1 - \mu_A(x)) \mid x \in X\}$$

$$\overline{b} \xrightarrow{\text{Fuzzyfizierung}} \overline{B} = \{(y, 1 - \mu_B(y)) \mid y \in Y\}$$

$$1 \xrightarrow{\text{Fuzzyfizierung}} E = \{(x, 1) \mid x \in X\}$$

$$0 \xrightarrow{\text{Fuzzyfizierung}} \varnothing = \{(x, 0) \mid x \in X\}$$

$$\wedge \xrightarrow{\text{Fuzzyfizierung}} \text{t-Normen} \quad \text{z. B.:} \quad \min\,[\ldots]$$

$$\vee \xrightarrow{\text{Fuzzyfizierung}} \text{s-Normen} \quad \text{z. B.:} \quad \max\,[\ldots]$$

Logische Konjunktionen und Disjunktionen werden durch die t- und s-Normen fuzzyfiziert. Hier werden als t-Norm die min-Operation und als s-Norm die max-Operation ausgewählt. Setzt man die fuzzyfizierten Größen in die letzte Zeile der Äquivalenzumformung ein, so ergibt sich der Implikationsoperator:

$$\text{WENN } a \text{ DANN } b \xrightarrow{\text{Fuzzyfizierung}} \text{WENN } A \text{ DANN } B$$

$$a \rightarrow b \xrightarrow{\text{Fuzzyfizierung}} \text{impl}\,[x, y]_{ZA}$$

$$(a \wedge b) \vee (\overline{a} \wedge 1) \xrightarrow{\text{Fuzzyfizierung}} \max\,[\min\,[x, y], \min\,[1 - x, 1]]$$

$$\text{mit} \quad \mu_A(x) \xrightarrow{\text{Kurzform}} x \qquad \mu_B(x) \xrightarrow{\text{Kurzform}} y$$

Und mit $\min\,[1 - x, 1] = 1 - x$ erhält man die Fuzzy-Implikation nach Zadeh (Index «ZA»):

Zadeh-Implikationsoperator: $\text{impl}\,[x, y]_{ZA} = \max\,[\min\,[x, y], 1 - x]$

Der Zadeh-Implikationsoperator entspricht somit der direkten Transformation des klassischen Implikationsbegriffes in die unscharfe Logik. Varianten dieses Operators sind z. B.:

Zadeh-Implikationsoperatoren:	$\text{impl}\,[x,y]_{ZA} = \max\,[\text{alg}_t[x,y], 1-x]$ $\text{impl}\,[x,y]_{ZA} = \max\,[\text{ein}_t[x,y], 1-x]$ $\text{impl}\,[x,y]_{ZA} = \max\,[\text{bes}_t[x,y], 1-x]$ usw.

Neben dieser Möglichkeit, eine unscharfe Implikation zu beschreiben, findet man in der Literatur zahlreiche Ansätze, Implikationen durch andere Operatoren zu modellieren. An dieser Stelle soll nur der klassische Grundansatz für einige bekannte Vertreter unscharfer Implikationen und deren Fuzzyfizierungsidee gegeben sein.

MAMDANI:

$$a \rightarrow b \;\Leftrightarrow \bar{a} \vee b$$
$$\Leftrightarrow (a \wedge b) \vee \underbrace{(\bar{a} \wedge 1)}_{\text{entfällt}}$$
$$\Leftrightarrow (a \wedge b)$$

$\wedge \xrightarrow{\text{Fuzzyfizierung}} \min\,[\ldots]$

KLEENE-DIENES:

$$a \rightarrow b \;\Leftrightarrow \bar{a} \vee b$$
$$\Leftrightarrow (\bar{a} \wedge 1) \vee (b \wedge 1) \qquad \text{da } \bar{x} \wedge 1 = \bar{x} \quad \text{bzw. } x \wedge 1 = x$$

$\wedge \xrightarrow{\text{Fuzzyfizierung}} \min\,[\ldots]$

$\vee \xrightarrow{\text{Fuzzyfizierung}} \max\,[\ldots]$

REICHENBACH:

$$a \rightarrow b \;\Leftrightarrow \bar{a} \vee b$$
$$\Leftrightarrow (\bar{a} \wedge 1) \vee (b \wedge 1) \qquad \text{da } \bar{x} \wedge 1 = \bar{x} \quad \text{bzw. } x \wedge 1 = x$$

$\wedge \xrightarrow{\text{Fuzzyfizierung}} \min\,[\ldots]$

$\vee \xrightarrow{\text{Fuzzyfizierung}} \text{alg}_s\,[\ldots]$

LUKASIEWICZ:

$$a \rightarrow b \;\Leftrightarrow \bar{a} \vee b$$
$$\Leftrightarrow (\bar{a} \wedge 1) \vee (b \wedge 1) \qquad \text{da } \bar{x} \wedge 1 = \bar{x} \quad \text{bzw. } x \wedge 1 = x$$

$\wedge \xrightarrow{\text{Fuzzyfizierung}} \min\,[\ldots]$

$\vee \xrightarrow{\text{Fuzzyfizierung}} \text{bes}_s\,[\ldots]$

Zusammenfassung der Ergebnisse

Zadeh-Implikation:	$\text{impl}\,[x,y]_{ZA}$	$= \max\,[\min\,[x,y], 1-x]$
Mamdani-Implikation:	$\text{impl}\,[x,y]_{MA}$	$= \min\,[x,y]$
Kleene-Dienes-Implikation:	$\text{impl}\,[x,y]_{KD}$	$= \max\,[1-x, y]$
Reichenbach-Implikation:	$\text{impl}\,[x,y]_{RE}$	$= 1-x+x\cdot y$
Lukasiewicz-Implikation:	$\text{impl}\,[x,y]_{LU}$	$= \min\,[1, 1-x+y]$

In Kapitel 2 wurde die klassische Implikation ausführlich behandelt und gezeigt, daß Interpretationsschwierigkeiten auftreten können und die Implikation einen Trugschluß verursachen kann, nämlich dann, wenn aus einer wahren Prämisse ein falscher Schluß gezogen wird.

Den bekannten Implikationen nach ZADEH, MAMDANI, KLEENE-DIENES, REICHENBACH und LUKASIEWICZ gemeinsam ist die Tatsache, daß sie auf der klassischen Implikation basieren und diese durch Fuzzyfizierung der Implikationsbestandteile in eine Fuzzy-Implikation umformen. Im Fall der Mamdani-Implikation handelt es sich sogar nur um eine Näherungslösung. Insofern ist es selbstverständlich, daß auch die so hergeleiteten unscharfen Implikationen fehlerbehaftet bezüglich ihrer Schlußfähigkeit sind, wenn es darum geht, menschliches Schließen mit einem hohen Maß an Sicherheit und Zuverlässigkeit nachzubilden. Anders ausgedrückt, wird sich auch in der einzelnen unscharfen Implikationsvariante die Möglichkeit eines fuzzy-falschen Schlusses aus einer fuzzy-wahren Prämisse ergeben können. Diese Problematik ist auch trotz der Fuzzyfizierung der Implikation erhalten geblieben.

Die WENN-DANN-SONST-Regel

Ziel bei der Aufstellung einer Schlußfolgerungsprozedur ist es, das Informationsdefizit einer einzelnen Implikation (Regel) zu beheben. Einen geeigneten Ausweg bietet die WENN-DANN-SONST-Regel:

WENN *a* DANN *b* SONST *c*

Bei genauerer Betrachtung der Formulierung wird klar, daß man anstatt «SONST» auch «UND WENN *nicht a* DANN» einfügen kann:

(WENN *a* DANN *b*) UND (WENN *nicht a* DANN *c*)

Kurzform: $(a \rightarrow b) \wedge (\bar{a} \rightarrow c)$

Die Schreibweise zeigt, daß bei dieser Variante der ersten Implikation «WENN *a* DANN *b*» eine zweite Implikation «WENN nicht *a* DANN *c*» zugeordnet wird, wobei die beiden WENN-Aussagenteile beider Implikationen alle Möglichkeiten des Wahrheitsgehaltes der Prämisse *a* berücksichtigen. Da in der klassischen Logik nur exakt wahre oder exakt falsche Aussagen existieren, wird diese so beschriebene *vollständige Implikation* mit zwei Einzelimplikationen in der entsprechend beschriebenen Form realisiert. Sowohl die erste als auch die zweite Regel werden zum Schlußfolgern herangezogen. Darüber hinaus ist keine weitere Regel notwendig. Durch eine Konjunktion (UND) werden die beiden Regeln miteinander verknüpft.

Mit Blick auf das Inferenzschema ist es sinnvoll, die beiden konjunktiv verknüpften WENN-DANN-Regeln mit Hilfe der Gesetze der Booleschen Logik in mehreren Schritten so umzuformen, daß man schließlich die folgende Disjunktion erhält:

$$(a \rightarrow b) \wedge (\overline{a} \rightarrow c) \Leftrightarrow (a \wedge b) \vee (\overline{a} \wedge c)$$

Die Überprüfung der Richtigkeit kann mit einer Wahrheitstabelle vorgenommen werden. Im übrigen sei noch auf die Ähnlichkeit mit der klassischen Äquivalenz (GENAU-DANN-WENN) hingewiesen, die aus dieser Sicht der Dinge ein Spezialfall ($c = \overline{b}$) der WENN-DANN-SONST-Regel ist:

$$\text{Klassische Äquivalenz:} \quad a \leftrightarrow b \Leftrightarrow (a \rightarrow b) \wedge (\overline{a} \rightarrow \overline{b})$$

Greift man die letzte Implikationsschreibweise auf, so läßt sich die vollständige Implikation rein formal ausschließlich mit zwei Konjunktionen und einer Disjunktion realisieren. Jetzt ist es an der Zeit, die gewonnenen Erkenntnisse in eine adäquate Form in die unscharfe Logik zu übertragen. Dabei stehen wieder alle bereits aufgezeigten Möglichkeiten zur Fuzzyfizierung der Teilkomponenten eines Booleschen Ausdrucks (hier die vollständige Implikation) zur Verfügung:

$$\text{Vollständige Implikation:} \quad (a \wedge b) \vee (\overline{a} \wedge c)$$

$$a \xrightarrow{\text{Fuzzyfizierung}} A = \{(x, \mu_A(x)) \mid x \in X\}$$

$$b \xrightarrow{\text{Fuzzyfizierung}} B = \{(y, \mu_B(y)) \mid y \in Y\}$$

$$c \xrightarrow{\text{Fuzzyfizierung}} C = \{(y, \mu_C(y)) \mid y \in Y\}$$

$$\overline{a} \xrightarrow{\text{Fuzzyfizierung}} \overline{A} = \{(x, 1 - \mu_A(x)) \mid x \in X\}$$

$$\wedge \xrightarrow{\text{Fuzzyfizierung}} \text{t-Normen} \quad \text{z. B.:} \quad \min[\ldots]$$

$$\vee \xrightarrow{\text{Fuzzyfizierung}} \text{s-Normen} \quad \text{z. B.:} \quad \max[\ldots]$$

Die formale Umsetzung der vollständigen klassischen Implikation in die entsprechende Fuzzy-Implikation ergibt sich durch schrittweises Fuzzyfizieren zu:

$$\mu_{\text{impl}}(x, y) = \max[\min[\mu_A(x), \mu_B(y)], \min[1 - \mu_A(x), \mu_C(y)]]$$

An dieser Stelle muß das Ergebnis etwas genauer angesehen werden. Sicherlich ist die Fuzzyfizierung in der beschriebenen Art und Weise formal richtig. Erfüllt das so fuzzyfizierte Ergebnis aber auch seinen Zweck?

Die vollständige klassische Implikation wird durch die WENN-DANN-SONST-Regel mit zwei Einzelregeln beschrieben:

Vollständige klassische Implikation:	$(a \wedge b) \vee (\bar{a} \wedge c)$
Implikation 1:	$(a \wedge b)$
oder	$\vee$
Implikation 2:	$(\bar{a} \wedge c)$

Mit zwei Regeln kommt man in diesem Fall aus, da die variable Prämisse *a* auch nur zwei Werte annehmen kann. Die Konklusionen *b* und *c* sind den Prämissen *a* und *nicht a* zugeordnet. Beide Implikationen werden durch eine logische ODER-Verknüpfung miteinander verbunden. Somit sind alle denkbaren klassischen Fälle vollständig beschrieben. Die vollständige Beschreibung ist also das Ziel der Verknüpfung der beiden Einzelregeln. So läßt sich verstehen, daß die Anzahl der ODER-verknüpften Einzelregeln direkt von der Wertigkeit der Prämisse abhängt. Im Gegensatz zur klassischen Implikation arbeitet die unscharfe Implikation mit mehrwertigen Prämissen und Konklusionen (Fuzzy-Prämissen und Fuzzy-Konklusionen), die sich durch Fuzzy-Mengen beschreiben lassen. Faßt man die Fuzzy-Prämissen und Fuzzy-Konklusionen als linguistische Variablen auf, so werden die konkreten Belegungszustände der Fuzzy-Prämissen durch die linguistischen Werte beschrieben. Die Anzahl der möglichen linguistischen Werte bestimmt in Analogiebetrachtung zum klassischen Fall die Anzahl der benötigten Einzelregeln zur vollständigen Formulierung der WENN-DANN-Beziehungen zwischen Fuzzy-Prämisse und Fuzzy-Konklusion. Die Problematik ist sofort erkennbar. Durch die Abstufung der WENN-Aussagen (Fuzzy-Prämissen) entsteht aus der vollständigen Fuzzy-Implikation ein komplettes Regelsystem, das beliebig fein unterteilt werden kann. Da eine linguistische Variable mit beliebig vielen linguistischen Werten beschrieben werden kann, wären auch entsprechend viele Einzelregeln miteinander disjunktiv (max-Operator) zu verknüpfen. Dies ist jedoch praxisfremd und nicht realisierbar. Aus praktischen Erwägungen, auf die in der Fuzzy-Control aber noch genau eingegangen wird, beschränkt man sich auf eine überschaubare, aber hinreichende Anzahl von repräsentativen Einzelregeln (zwischen drei und sieben Regeln sind üblich).

Beispiel

Vollständige Fuzzy-Implikation:	WENN $p = A_1$ DANN $c = B_1$
	WENN $p = A_2$ DANN $c = B_2$
	WENN $p = A_3$ DANN $c = B_3$
	WENN $p = A_4$ DANN $c = B_4$
	WENN $p = A_5$ DANN $c = B_5$
	usw.

Die Zusammenstellung einer geeigneten Anzahl von Einzelregeln zu einer sogenannten *Regelbasis* ist Sache des Experten. Nicht nur bei den schon erwähnten Kriterien, die bei der Aufstellung und Realisierung einer einzelnen Schlußregel (Implikation) von Belang sind, sondern auch bei der Bildung eines kompletten Regelwerkes (Regelbasis) aus einer hinreichenden Anzahl prozeßbeschreibender Einzelregeln fließt das Expertenwissen ein. Es liegt in der Natur der Sache, daß die Vollständigkeit der systembeschreibenden WENN-DANN-Aussagen nicht garantiert werden kann und sorgfältig geprüft werden muß.

7.3 Fuzzy-Inferenzen

Die Schlußfolgerungsprozeduren werden als die sogenannten *Fuzzy-Inferenzen* bezeichnet. Sie sind der zentrale Bestandteil der Fuzzy-Logik. Aus diesem Grunde wurde in Abschnitt 2.3 das klassische scharfe Schließen mit der klassischen Schlußfigur Modus ponens vorgestellt, auf die hier wieder zurückgegriffen wird.

Unsere Sprache bietet breitbandige Formulierungsmöglichkeiten für die unterschiedlichsten verbalen Aussagen, Zusammenhänge und den daraus oft intuitiv abgeleiteten verbalen Schlußfolgerungen. Bevor die Details eines Fuzzy-Inferenzschemas vorgestellt werden, soll hier ein typisches Beispiel für das menschliche Schlußfolgern angeführt werden.

Beispiel

Implikation:	Wenn die Heizung *heiß* ist, dann ist der Energieverbrauch *hoch*.
Prämisse:	Die Heizung ist *warm*.
– – – – – –	– –
Schluß:	Der Energieverbrauch ist *normal*.

Der Unterschied zwischen logischem Schließen, das ein klassisches, mathematisches Schließen ist, und dem fuzzy-logischen Schließen, das man als *plausibles, heuristisches Schließen* bezeichnen kann, wird durch die Gegenüberstellung der formalen Schlußfiguren verdeutlicht. Grundlage des unscharfen Schließens sind die verallgemeinerten (generalisierten) Schlußfiguren der klassischen Logik. In Kapitel 2 wurde die Schlußfigur Modus ponens vorgestellt:

$$\text{Modus ponens} \quad \begin{array}{c} p_1 \\ \underline{p_2} \\ c \end{array} \quad \text{bzw. kurz} \quad p_1 \wedge p_2 \rightarrow c$$

Mit den Substitutionen $p_1 = (p \rightarrow c)$ und $p_2 = p$ gilt dann:

Implikation	$p \rightarrow c$		WENN p DANN c
Prämisse	p	verbal:	es liegt p vor
Folgerung	c		also folgt daraus c

Hier ist p als eine scharfe Prämisse und c als eine scharfe Konklusion aufzufassen. Demgegenüber lautet der verallgemeinerte (*generalisierte*) Modus ponens:

Implikation	$p \rightarrow c$		WENN p DANN c
Prämisse	p'	verbal:	es liegt p' vor
Folgerung	c'		also folgt daraus c'

Man muß beachten, daß hier p als eine Fuzzy-Prämisse und c als eine Fuzzy-Konklusion aufzufassen ist. Man erkennt, daß die Prämisse des WENN-Aussageteils (p) mit der aktuell vorliegenden Prämisse (p') nicht genau übereinstimmen muß und insofern die vorgegebene Schlußfolgerung (c) der Regel durch die aktuelle Schlußfolgerung c' ersetzt werden kann. Die oben angeführten Beispiele haben gezeigt, wie der Mensch aus unscharfen Aussagen unscharfe Schlüsse ziehen kann. Der generalisierte Modus ponens soll diese Aufgabe übernehmen. Die Realisierung des generalisierten Modus ponens führt neben anderen generalisierten Schlußfolgerungskonzepten, auf die hier aber nicht weiter eingegangen werden soll, auf die Schlußfolgerungsschemata, die Fuzzy-Inferenzen.

Für den generalisierten Modus ponens lassen sich folgende Schlußfolgerungskriterien festlegen, die sich intuitiv begründen und das approximative Schließen formulieren:

1. WENN $p = A$ DANN $c = B$
2. WENN $p =$ *sehr* DANN $c =$ *sehr* B
3. WENN $p =$ *sehr* A DANN $c = B$
4. WENN $p =$ *ungefähr* A DANN $c =$ *ungefähr* B
5. WENN $p =$ *ungefähr* A DANN $c = B$
6. WENN $p =$ *nicht* $A = \overline{A}$ DANN $c = \overline{B}$
7. WENN $p =$ *nicht* $A = \overline{A}$ DANN $c =$ *nicht definiert*!

Die Kriterien verstehen sich als Richtlinien und geben an, wie sich eine Abweichung der Prämisse (p' statt p) auf die Abweichung der Folgerung (c' statt c) auswirkt. Die zu erwartende Reaktion der Schlußfolgerung entspricht dabei dem menschlichen Schlußempfinden. Selbstverständlich sind hiermit nur Tendenzen festgelegt, die im Einzelfall durch geeignete Wahl der beteiligten Fuzzy-Prämissen (Fakten) und Fuzzy-Konklusionen, d. h. durch ihre Anzahl und ihre Ausprägungen, sowie durch die Auswahl geeigneter Implikationsoperatoren konkret angepaßt werden müssen.

Man kann an dieser Stelle nicht alle sinnvollen Kombinationen der genannten Einflußfaktoren dokumentieren, die in speziellen Anwendungsfällen geeignete

Ergebnisse liefern können. Dies würde den Rahmen dieses Buches sprengen. Hierzu wurden bereits ausführliche und grundlegende Untersuchungen auf zum Teil sehr hohem mathematisch-wissenschaftlichen Niveau durchgeführt. Interessant sind allerdings die Realisierungsformen der Inferenz-Methoden, die in der Fuzzy-Control anzutreffen sind. Die bekanntesten Fuzzy-Inferenzverfahren der Fuzzy-Control sind die *max-min-Inferenz* und die *max-prod-Inferenz*.

max-min-Inferenz und max-prod-Inferenz

Für die Herleitung der Inferenzschemata wird noch einmal der Modus ponens betrachtet. Sein Schlußfolgerungsschema besteht im einfachsten Fall aus einer einzigen Implikation (Schlußregel), einem Aktualwert $A'(x)$ der Fuzzy-Prämisse p und der sich dann daraus ergebenden aktuellen unscharfen Schlußfolgerung $B'(y)$. Prämisse und Konklusion sind linguistische Variable, denen entsprechende linguistische Werte (Fuzzy-Mengen) zugeordnet werden.

Implikation:	WENN $p = A(x)$ DANN $c = B(y)$
	bzw.: $A(x) \to B(y)$
Prämisse:	$p = A'(x)$
– – – – – –	– – – – – – – – – – – – – – – – – – – –
Folgerung:	$c = B'(y)$

In der Fuzzy-Control hat sich besonders der von MAMDANI eingeführte Implikationsoperator bewährt, weil er technisch leicht zu realisieren ist und unserem sprachlichen Schlußfolgerungsempfinden gerecht wird. Er ist laut vorherigem Abschnitt die vereinfachte Variante des Zadeh-Implikationsoperators – vereinfacht insofern, daß der zweite Term der logischen ODER-Verknüpfung in der Äquivalenzumformung vernachlässigt wird. Die klassische Implikation wird bei MAMDANI also durch die UND-Verknüpfung angenähert.
Man erinnere sich daran, daß in Kapitel 5 das Kreuzprodukt zweier Fuzzy-Mengen A und B, die auf unterschiedlichen Grundmengen definiert sind, durch eine t-Norm (hier min-Operation) auf der zweiwertigen Zugehörigkeitsfunktionen beschrieben wurde:

$$\forall(x;y) \in A \times B: \qquad \mu_{R}(x,y) = \mu_{A\times B}(x,y) = \min\left[\mu_{A}(x), \mu_{B}(y)\right]$$

Das Kreuzprodukt zweier Fuzzy-Mengen liefert als Verknüpfungsergebnis eine zweistellige Fuzzy-Relation. In diesem Sinne ist die Fuzzy-Relation zweier Fuzzy-Mengen eine Realisierungsform der Fuzzy-Implikation. Man sieht, wie die Fuzzy-Relationen in der Fuzzy-Logik dazu herangezogen werden, implikative Beziehungen, die zwischen unscharfen Größen wie z. B. Prozeßgrößen Druck, Temperatur, Helligkeit usw. existieren, auszudrücken. Interpretiert man die Fuzzy-Aussagen $A'(x)$ und $B'(y)$ als einstellige Fuzzy-Relationen, die durch ihre einstelligen Zugehörigkeitsfunktionen beschrieben werden, dann wird der generalisierte

Modus ponens z. B. durch eine beliebige max-t-Komposition gemäß Kapitel 5 realisiert. Unter Verwendung der hier im Vordergrund stehenden Mamdani-Implikation ergibt sich damit folgendes Schema für den generalisierten Modus ponens:

$$
\begin{array}{ll}
R(x,y): & \mu_{\mathrm{impl}}(x,y) = \mu_{\mathrm{R}}(x,y) = \min\,[\mu_{\mathrm{A}}(x), \mu_{\mathrm{B}}(y)] \\
A'(x): & \mu_{\mathrm{A'}}(x) \\
\hline
B'(y) = R(x,y) \circ A'(x): & \mu_{\mathrm{B'}}(y) = \max\limits_{x \in X} [\mathrm{T}\,[\mu_{\mathrm{A'}}(x), \mu_{\mathrm{R}}(x,y)]]
\end{array}
$$

Die Relation $R(x,y)$ beschreibt die Schlußfolgerungsregel. Sie wird durch die min-Operation realisiert. Diese Regel wird mit einem aktuellen Faktum $A'(x)$ durch eine beliebige t-Norm konjunktiv verknüpft, die der Komposition ihren Namen gibt.

Die Implikation $A(x) \rightarrow B(y)$ wird unabhängig von der Namensgebung immer durch die min-Operation realisiert. Betont werden muß dies gerade deshalb, weil man bei den mehrfachen Verschachtelungen der verschiedenen Verknüpfungen schnell den Überblick verlieren kann, welche der verschiedenen t-s-Normen, z. B. wegen ihrer anwendungsorientierten Bedeutung, verantwortlich für die Namensgebung der jeweiligen Operatorkonstellation (Komposition) ist. Verwendet man als t-Norm die min-Operation, so ist die unscharfe Schlußfolgerung $B'(y)$ als max-min-Komposition der Relationen beschrieben:

$$B'(y) = R(x,y) \circ A'(x): \qquad \mu_{\mathrm{B'}}(y) \max_{x \in X} [\min\,[\mu_{\mathrm{A'}}(x), \mu_{\mathrm{R}}(x,y)]]$$

Und im Falle des algebraischen Produktes berechnet sich die Schlußfolgerung mit Hilfe der max-product-Komposition der Relationen:

$$B'(y) = R(x,y) \circ A'(x): \qquad \mu_{\mathrm{B'}}(y) \max_{x \in X} [\mathrm{alg_t}\,[\mu_{\mathrm{A'}}(x), \mu_{\mathrm{R}}(x,y)]]$$

Zusammenfassend ergeben sich für die beiden vorgestellten Kompositionsvarianten die bekannten Inferenzschemata:

$$
\begin{array}{lll}
\text{Implikation:} & A(x) \rightarrow B(y) & \mu_{\mathrm{R}}(x,y) = \min\,[\mu_{\mathrm{A}}(x), \mu_{\mathrm{B}}(y)] \\
\text{Prämisse:} & p = A'(x): & \mu_{\mathrm{A'}}(x) \\
\hline
\text{Folgerung:} & c = B'(y) = R(x,y) \circ A'(x): & \mu_{\mathrm{B'}}(y) = \max\limits_{x \in X} [\min\,[\mu_{\mathrm{A'}}(x), \mu_{\mathrm{R}}(x,y)]]
\end{array}
$$

Man bezeichnet diese Schlußfolgerungsprozedur als *max-min-Inferenzschema für eine Regel mit einer Prämisse* und $\mu_{\mathrm{B'}}(y)$ als das sogenannte *Fuzzy-Inferenzbild* von $\mu_{\mathrm{A'}}(x)$.

Implikation:	$A(x) \to B(y)$:	$\mu_R(x,y) = \min[\mu_A(x), \mu_B(y)]$
Prämisse:	$p = A'(x)$:	$\mu_{A'}(x)$
Folgerung:	$c = B'(y) = R(x,y) \circ A'(x)$:	$\mu_{B'}(y) = \max\limits_{x \in X} [\mathrm{alg_t}[\mu_{A'}(x), \mu_R(x,y)]]$

Man bezeichnet diese Schlußfolgerungsprozedur als *max-prod-Inferenzschema für eine Regel mit einer Prämisse.*

Die WENN-DANN-Beziehungen zwischen den linguistischen Werten der Prämisse $A(x)$ und der Konklusion $B(y)$ werden durch die Relationsmatrix $R(x, y)$ vom Experten festgelegt. Der aktuelle Belegungswert der Fuzzy-Prämisse, die hier als linguistische Variable aufgefaßt wird, weicht im Normalfall von dem in der Regel verwendeten Wert der Fuzzy-Prämisse $A(x)$ ab, wodurch auch die aktuelle Konklusion $B'(y)$ von der in der Regel verwendeten Idealausprägung $B(y)$ abweicht. Die Fuzzy-Prämissse $A'(x)$ erfüllt zu einem bestimmten Grad die regelbeschreibende Idealprämisse $A(x)$, und gleiches gilt für $B'(y)$ und $B(y)$. Daß die Regel trotzdem angewendet werden kann, macht gerade das Wesen des unscharfen Schließens aus. Die graduelle Erfülltheit der Idealprämisse $A(x)$ durch die Aktualprämisse $A'(x)$ bekommt in diesem Zusammenhang eine besondere Bedeutung, auf die im Zusammenhang mit der Fuzzy-Control durch geeignete Beispiele noch gebührend eingegangen wird.

Da $A(x)$ und $A'(x)$ auf der gleichen Grundmenge definiert sind, kann man das max-min-Inferenz-Bild von $\mu_{A'}(x)$ wie folgt umformen:

$$\mu_{B'}(y) = \max_{x \in X}\left[\underset{\uparrow}{\min}[\mu_{A'}(x), \mu_R(x,y)]\right]$$

$$\mu_{B'}(y) = \max_{x \in X}\left[\underset{\uparrow}{\min}\left[\mu_{A'}(x), \min[\mu_A(x), \mu_B(y)]\right]\right]$$

$$\mu_{B'}(y) = \max_{x \in X}\left[\underset{\uparrow}{\min}[\mu_{A'}(x), \mu_A(x), \mu_B(y)]\right]$$

$$\mu_{B'}(y) = \underset{\uparrow}{\min}\left[\max_{x \in X}\left[\min[\mu_{A'}(x), \mu_A(x)]\right], \mu_B(y)\right]$$

Der senkrechte Pfeil unter dem «min» gehört nicht zur Operation. Er dient der Kennzeichnung des min-Operators, der die UND-Verknüpfung (t-Norm) zwischen Regel und Faktum vornimmt. Die letzte Umformung ist sinnvoll, da sich die Maximum-Bildung nur auf die x-Elemente der Fuzzy-Prämissen $A(x)$ und $A'(x)$ bezieht. Bei genauer Betrachtung dieses Maximumterms fällt auf, daß er ein Gradmaß für die Gleichheit der Idealprämisse und der Aktualprämisse ist. Die Übereinstimmung von $A(x)$ und $A'(x)$ läßt sich durch den *Aktivierungsgrad* G_P oder *Erfüllungsgrad* der Prämissen bestimmen:

$$G_P = \max_{x \in X}\left[\min\left[\mu_{A'}(x), \mu_A(x)\right]\right] \qquad \text{mit:} \qquad 0 \leq G_P \leq 1$$

Der Aktivierungsgrad wirkt wie ein Gewichtungsfaktor. Da hier nur eine Prämisse die Regel bestimmt, gewichtet er zugleich auch die Regel ($G_P = G_R$). Ist die WENN-Aussage – also die Bedingung, unter der die Regel greift – vollständig erfüllt, so ist $G_R = 1$. Gibt es für kein x-Element aus der Grundmenge X eine Übereinstimmung, ist also der Mengendurchschnitt von $A(x)$ und $A'(x)$ gleich Null, so ist die Regel unwirksam. Sie liefert keinen Beitrag in einem System aus mehreren Regeln. Für die durchgeführten Interpretationen ist die Voraussetzung, daß grundsätzlich nur mit normalisierten Fuzzy-Mengen gearbeitet wird. Mit dem Aktivierungsgrad G_R schreibt sich die Schlußfolgerung einer Regel mit einer Prämisse mit der max-min-Inferenz-Methode wie folgt:

$$\mu_{B'}(y) = \min\left[G_R, \mu_B(y)\right] \qquad \text{mit:} \quad 0 \leq G_R \leq 1$$

Man kann nun hieraus folgern, daß die allgemeine Schreibweise der max-t-Kompositionen für eine Regel bei einer Prämisse mit dem Aktivierungsgrad der Regel in folgende Form gebracht werden kann:

max-t-Komposition:	$\mu_{B'}(y) = T\left[G_R, \mu_B(y)\right]$
max-min-Komposition:	$\mu_{B'}(y) = \min\left[G_R, \mu_B(y)\right]$
max-prod-Komposition:	$\mu_{B'}(y) = \text{alg}_t\left[G_R, \mu_B(y)\right]$

$$\text{mit:} \quad 0 \leq G_R = \max_{x \in X}\left[\min\left[\mu_{A'}(x), \mu_A(x)\right]\right] \leq 1$$

Diese Darstellungsform wird in Kapitel 9 (Fuzzy-Control) noch häufiger benutzt. Man bezeichnet die t-Norm wegen ihrer charakterisierenden Bedeutung für das Inferenzverfahren als sogenannten *Inferenzoperator* und den max-Operator als sogenannten *Akkumulationsoperator* [17; 18].

Bisher wurden nur Implikationen betrachtet, deren WENN-Aussageteil aus einer einzigen Bedingung, also einer Prämisse, besteht. Nun interessiert der Fall, daß wenigstens zwei Prämissen im Bedingungsteil (WENN-Teil) der Implikation sprachlich miteinander verknüpft sind und eine Konklusion als DANN-Aussageteil ergeben. Zwei auf ZADEH zurückgehende Inferenzregeln sind die *Regel der maximalen Restriktion* und die *Regel der minimalen Restriktion.* Die Regel der maximalen Restriktion ist anzunehmen, wenn die Fuzzy-Prämissen durch ein sprachliches UND, also konjunktiv miteinander gekoppelt sind. Entsprechend findet die Regel der minimalen Restriktion ihren Einsatz, wenn die Verknüpfung zwischen den Prämissen disjunktiv (sprachliches ODER) ist. Setzt man für die sprachliche UND-Verknüpfung die min-Operation und für die sprachliche ODER-Verknüpfung die max-Operation an, so erhält man für Prämissen, die auf unterschiedlichen Grundmengen definiert sind, folgende WENN-Aussagenteile:

UND-gekoppelte Prämissen

Zwei Prämissen: WENN $p_1 = A_1$ UND $p_2 = A_2$ DANN $c = B$

$$\mu_{\text{wenn}}(x_1, x_2) = \min\left[\mu_{A_1}(x_1), \mu_{A_2}(x_2)\right]$$

n Prämissen: WENN $p_1 = A_1$ UND $p_2 = A_2$ UND ...
UND $p_n = A_n$ DANN $c = B$

$$\mu_{\text{wenn}}(x_1, x_2, \ldots, x_n)$$

$$= \min\left[\mu_{A_1}(x_1), \mu_{A_2}(x_2), \ldots, \mu_{A_n}(x_n)\right]$$

ODER-gekoppelte Prämissen

Zwei Prämissen: WENN $p_1 = A_1$ ODER $p_2 = A_2$ DANN $c = B$

$$\mu_{\text{wenn}}(x, y) = \min\left[\mu_{A_1}(x_1), \mu_{A_2}(x_2)\right]$$

$$= \overbrace{1 - \min\left[1 - \mu_{A_1}(x_1), 1 - \mu_{A_2}(x_2)\right]}^{\text{De Morgan}}$$

n Prämissen: WENN $p_1 = A_1$ ODER $p_2 = A_2$ ODER ...
ODER $p_n = A_n$ DANN $c = B$

$$\mu_{\text{wenn}}(x_1, x_2, \ldots, x_n)$$

$$= \max\left[\mu_{A_1}(x_1), \mu_{A_2}(x_2), \ldots, \mu_{A_n}(x_n)\right]$$

$$= 1 - \min\left[1 - \mu_{A_1}(x_1), 1 - \mu_{A_2}(x_2), \ldots, 1 - \mu_{A_n}(x_n)\right]$$

Bevor wir uns nun dem Fuzzy-Inferenzschema für eine Regel mit mehreren konjunktiv verknüpften Prämissen zuwenden, soll geklärt werden, wie sich die entsprechende Implikation hierzu berechnet:

Implikation:

WENN $p_1 = A_1$ UND $p_2 = A_2$ DANN $c = B$

$$\{A_1(x_1) \cap A_2(x_2) = A_1(x_1) \times A_2(x_2) = R_{\text{wenn}}(x_1, x_2)\} \rightarrow B(y)$$

WENN-Bedingung:

$$R_{\text{wenn}}(x_1, x_2): \mu_{\text{wenn}}(x_1, x_2) = \min\left[\mu_{A_1}(x_1), \mu_{A_2}(x_2)\right]$$

Implikation:

$$\mu_R(x_1, x_2, y) = \min\left[\mu_{wenn}(x_1, x_2), \mu_B(y)\right]$$

$$\mu_R(x_1, x_2, y) = \min\left[\min[\mu_{A_1}(x_1), \mu_{A_2}(x_2)], \mu_B(y)\right]$$
$$= \min\left[\mu_{A_1}(x_1), \mu_{A_2}(x_1), \mu_B(y)\right]$$

Und in ähnlicher Weise erhält man für n konjunktiv verknüpfte Prämissen:

Implikation:

WENN $p_1 = A_1$ UND $p_2 = A_2$ UND ... UND $p_n = A_N$ DANN $c = B$

$$\{A_1\,(x_1) \cap A_1\,(x_1) \cap \ldots \cap A_n\,(x_n) = R_{wenn}(x_1, x_2, \ldots, x_n)\} \rightarrow B(y)$$

WENN-Bedingung:

$R_{wenn}(x_1, x_2, \ldots, x_n)$:

$$\mu_{wenn}(x_1, x_2, \ldots, x_n) = \min\left[\mu_{A_1}(x_1), \mu_{A_2}(x_2), \ldots, \mu_{A_n}(x_n)\right]$$

Implikation:

$$\mu_R(x_1, x_2, \ldots, x_n, y) = \min\left[\mu_{wenn}(x_1, x_2, \ldots, x_n), \mu_B(y)\right]$$

$$\mu_R(x_1, x_2, \ldots, x_n, y) = \min\left[\mu_{A_1}(x_1), \mu_{A_2}(x_2), \ldots, \mu_{A_n}(x_n), \mu_B(y)\right]$$

Der Unterschied zur Regel mit einer Prämisse besteht also darin, daß die min-Operation nicht nur auf die eine Prämisse und ihre zugehörige Konklusion, sondern auf alle Prämissen und der zugehörigen Konklusion angewendet wird. Es bleibt nun noch zu klären, wie mit der so erklärten Implikation für mehrere Prämissen das unscharfe Schließen durchgeführt wird. Hierzu orientiert man sich am Inferenzschema für eine Regel mit einer Prämisse. Die Verkettung von einstelliger Prämisse und zweistelliger Relationsmatrix, d. h. die max-min-Komposition zweier Fuzzy-Relationen, liefert das Ergebnis der max-min-Inferenz. Die Herleitung des max-min-Inferenzschemas für eine Regel mit zwei Prämissen ergibt:

Implikation:	
$R_{wenn}(x_1, x_2) \rightarrow B(y)$:	$\mu_R(x_1, x_2, y) = \min\left[\mu_{A_1}(x_1), \mu_{A_2}(x_2), \mu_B(y)\right]$
Prämissen:	
$R'_{wenn}(x_1, x_2)$:	$\mu_{R'}(x_1, x_2) = \min\left[\mu_{A'_1}(x_1), \mu_{A'_2}(x_2)\right]$
– – – – – – – – – –	– – – – – – – – – – – – – – – – – – – –
Folgerung:	$R(x_1, x_2, y) \circ R'_{wenn}(x_1, x_2)$:

$$\mu_{B'}(y) = \max_{\substack{x_1 \in X_1 \\ x_2 \in X_2}} \left[\min \left[\mu_{R'}(x_1, x_2), \mu_R(x_1, x_2, y) \right] \right]$$

$$\mu_{B'}(y) = \max_{\substack{x_1 \in X_1 \\ x_2 \in X_2}} \left[\min \left[\min[\mu_{A'_1}(x_1), \mu_{A'_2}(x_2)], \min[\mu_{A_1}(x_1), \mu_{A_2}(x_2), \mu_B(y)] \right] \right]$$

$$\mu_{B'}(y) = \max_{\substack{x_1 \in X_1 \\ x_2 \in X_2}} \left[\min \left[\mu_{A'_1}(x_1), \mu_{A'_2}(x_2), \mu_{A_1}(x_1), \mu_{A_2}(x_2), \mu_B(y) \right] \right]$$

$$\mu_{B'}(y) = \max_{\substack{x_1 \in X_1 \\ x_2 \in X_2}} \left[\min \left[\min[\mu_{A'_1}(x_1), \mu_{A_1}(x_1)], \min[\mu_{A'_2}(x_2), \mu_{A_2}(x_2)], \mu_B(y) \right] \right]$$

$$\mu_{B'}(y)$$
$$= \min \left[\max_{x_1 \in X_1} \left[\min[\mu_{A'_1}(x_1), \mu_{A_1}(x_1)] \right], \max_{x_2 \in X_2} \left[\min[\mu_{A'_2}(x_2), \mu_{A_2}(x_2)] \right], \mu_B(y) \right]$$

Interpretiert man die beiden internen max-min-Kompositionen wieder als Aktivierungsgrade der einzelnen Prämissen, so ergibt sich die Schlußfolgerung als max-min-Inferenz wie folgt:

$$\mu_{B'}(y) = \min[G_{P1}, G_{P2}, \mu_B(y)]$$

mit: $G_{P1} = \max_{x_1 \in X_1} \left[\min[\mu_{A'_1}(x_1), \mu_{A_1}(x_1)] \right]$

$G_{P2} = \max_{x_2 \in X_2} \left[\min[\mu_{A'_2}(x_2), \mu_{A_2}(x_2)] \right]$

Damit ergibt sich der Aktivierungsgrad der einzelnen Regel als min-Verknüpfung der Aktivierungsgrade der konjunktiv verknüpften Prämissen:

$$\mu_{B'}(y) = \min\left[\min[G_{P1}, G_{P2}], \mu_B(y)\right] = \min[G_R, \mu_B(y)]$$

mit: $G_R = \min[G_{P1}, G_{P2}]$

In ähnlicher Weise läßt sich das Verfahren auch auf mehr als nur zwei konjunktiv verknüpfte Prämissen im Bedingungsteil einer Regel erweitern. Des weiteren sind die Ergebnisse auf alle max-t-Kompositionen übertragbar.

Zusammenfassung

Die max-t-Inferenz für unscharfe Eingangsgrößen und eine Regel mit einer Prämisse bzw. mehreren konjunktiv verknüpften Prämissen kann folgendermaßen geschrieben werden:

1 Prämisse: $\mu_{B'}(y) = T[G_R, \mu_B(y)]$
2 Prämissen: $\mu_{B'}(y) = T[G_{P1}, G_{P2}, \mu_B(y)] = T[G_R, \mu_B(y)]$
mit $G_R = \min[G_{P1}, G_{P2}]$
n Prämissen: $\mu_{B'}(y) = T[G_R, \mu_B(y)]$ mit $G_R = \min[G_{P1}, G_{P2}, \cdots, G_{Pn}]$

Es erscheint sinnvoll, daß eine Regel nur dann aktiv ist, d. h. der Aktivierungsgrad der Regel größer null ist, wenn alle regelbeschreibenden Idealprämissen, die miteinander konjunktiv verknüpft sind, wenigstens zu einem gewissen Grade erfüllt sind. Sobald aber auch nur ein Aktivierungsgrad einer Prämisse des Bedingungsteils null ist, ist die gesamte Regel nicht erfüllt. Dies vereinbart sich mit unserem Verständnis, was das unscharfe Schließen betrifft, da die Teilbedingungen mit einem sprachlichen UND verknüpft sind. In der klassischen Logik müssen alle Teilbedingungen einer WENN-Aussage exakt erfüllt sein, d. h. einen Erfüllungsgrad von 1 haben, wenn das Ergebnis wahr (erfüllt) sein soll. Im Verständnis der unscharfen Logik reicht auch eine Teilerfülltheit größer null und kleiner gleich eins aller einzelnen Bedingungen einer Regel aus, damit die Regel teilerfüllt ist.

Man kann nun zeigen, daß sich auch Regeln mit ODER-verknüpften unscharfen Prämissen mit unserem Verständnis für unscharfes Schließen vereinbaren lassen. Die Berechnung der Konklusion einer solchen Regel mit disjunktiv verknüpften Idealprämissen unterscheidet sich im Endergebnis von der letzten Herleitung nur dadurch, daß der Erfüllungsgrad der Regel durch Maximumbildung der Erfüllungsgrade der Prämissenpaare (Idealprämisse und Aktualprämisse) bestimmt wird. Bei UND-verknüpften Prämissen bestimmt die Prämisse mit dem kleinsten Erfüllungsgrad das Regelergebnis, und bei ODER-verknüpften Prämissen ist es die Prämisse mit dem größten Erfüllungsgrad.

Die max-t-Inferenz für unscharfe Eingangsgrößen und für eine Regel mit einer Prämisse bzw. mehreren disjunktiv verknüpften Prämissen ist:

$$\begin{aligned}
&\text{1 Prämisse: } \mu_{B'}(y) = T[G_R, \mu_B(y)] \\
&\text{2 Prämissen: } \mu_{B'}(y) = T[G_{P1}, G_{P2}, \mu_B(y)] = T[G_R, \mu_B(y)] \\
&\qquad\qquad\quad \text{mit } G_R = \max[G_{P1}, G_{P2}] \\
&\text{n Prämissen: } \mu_{B'}(y) = T[G_R, \mu_B(y)] \quad \text{mit} \quad G_R = \max[G_{P1}, G_{P2}, \cdots, G_{Pn}]
\end{aligned}$$

Regelbasis

In Anlehnung an den klassischen Fall ist das Beziehungsgeflecht aus Prämisse und Konklusion jedoch mit einer Regel nicht vollständig beschrieben. Nun müssen die gewonnenen Erkenntnisse bezüglich einer Ein-Regel-Inferenz auf die Realisierung eines kompletten Regelwerkes, bestehend aus einer Vielzahl von einzelnen WENN-DANN-Regeln, übertragen werden. Das bekannte Beispiel einer vollständigen Fuzzy-Implikation aus Abschnitt 7.2 wird zur Illustration der Fuzzy-Inferenz einer Regelbasis wieder aufgegriffen:

Regel 1: WENN $p = A_1$ DANN $c = B_1$
Regel 2: WENN $p = A_2$ DANN $c = B_2$
Regel 3: WENN $p = A_3$ DANN $c = B_3$
Regel 4: WENN $p = A_4$ DANN $c = B_4$
Regel 5: WENN $p = A_5$ DANN $c = B_5$

Das Ergebnis der vollständigen Implikation setzt sich nun aus den Teilergebnissen der Einzelimplikationen durch Vereinigung zusammen:

$$(A_1 \times B_1) \cup (A_2 \times B_2) \cup (A_3 \times B_3) \cup (A_4 \times B_4) \cup (A_5 \times B_5)$$

Die Mengenvereinigung wird durch eine s-Norm, hier die max-Verknüpfung, realisiert. Die Berechnung einer systembeschreibenden Gesamtrelationsmatrix wäre sicherlich möglich, aber auch aufwendig. MAMDANI zeigt den Weg auf, zuerst die Relationsgleichungen der einzelnen Regeln mit dem dargestellten Verfahren der max-t-Inferenz zu lösen und die Einzelinferenzergebnisse dann anschließend durch eine Mengenvereinigung (max-Operation) zum Gesamtergebnis zusammenzufassen.

Regel 1:

$$c_1 = B'_1(y) = R_1(x,y) \circ A'_1(x):$$

$$\mu_{B'_1}(y) = \max_{x \in X}\left[\mathrm{T}\left[\mu_{A'_1}(x), \mu_{R_1}(x,y)\right]\right] = \mathrm{T}\left[G_{R_1}, \mu_{B_1}(y)\right]$$

Regel 2:

$$c_2 = B'_2(y) = R_2(x,y) \circ A'_2(x):$$

$$\mu_{B'_2}(y) = \max_{x \in X}\left[\mathrm{T}\left[\mu_{A'_2}(x), \mu_{R_2}(x,y)\right]\right] = \mathrm{T}\left[G_{R_2}, \mu_{B_2}(y)\right]$$

Regel 3:

$$c_3 = B'_3(y) = R_3(x,y) \circ A'_3(x):$$

$$\mu_{B'_3}(y) = \max_{x \in X}\left[\mathrm{T}\left[\mu_{A'_3}(x), \mu_{R_3}(x,y)\right]\right] = \mathrm{T}\left[G_{R_3}, \mu_{B_3}(y)\right]$$

Regel 4:

$$c_4 = B'_4(y) = R_4(x,y) \circ A'_4(x):$$

$$\mu_{B'_4}(y) = \max_{x \in X}\left[\mathrm{T}\left[\mu_{A'_4}(x), \mu_{R_4}(x,y)\right]\right] = \mathrm{T}\left[G_{R_4}, \mu_{B_4}(y)\right]$$

Regel 5:

$$c_5 = B'_5(y) = R_5(x,y) \circ A'_5(x):$$

$$\mu_{B'_5}(y) = \max_{x \in X}\left[\mathrm{T}\left[\mu_{A'_5}(x), \mu_{R_5}(x,y)\right]\right] = \mathrm{T}\left[G_{R_5}, \mu_{B_5}(y)\right]$$

Regelbasis:

$$\mu_{B'}(y) = \max_{i=1\cdots 5}\left\{\max_{x\in X}\left[T\left[\mu_{A'_i}(x), \mu_{R_i}(x,y)\right]\right]\right\} = \max_{i=1\cdots 5}\left\{T\left[G_{Ri}, \mu_{B_i}(y)\right]\right\}$$

Bei mehr als einer Prämisse im Bedingungsteil einer Regel setzt sich der Aktivierungsgrad der Regel wieder aus den Aktivierungsgraden der Prämissen der jeweiligen Regel zusammen. Zu guter Letzt erhält man das max-t-Inferenzschema für eine komplette Regelbasis mit n Einzelregeln, die wiederum mehrere Prämissen im Bedingungsteil jeder Regel besitzen können.

max-t-Inferenzschema für eine Regelbasis mit n disjunktiv verknüpften Regeln:

$$\mu_{B'}(y) = \max_{i=1\cdots n}\left\{T\left[G_{Ri}, \mu_{B_i}(y)\right]\right\}$$

wobei bei k UND-verknüpften Prämissen gilt: $G_{Ri} = \min\left[G_{P1}, G_{P1}, \ldots, G_{Pk}\right]$

und bei k ODER-verknüpften Prämissen gilt: $G_{Ri} = \max\left[G_{P1}, G_{P2}, \ldots, G_{Pk}\right]$

Aufbauend auf dem generalisierten Modus ponens, der eine Verallgemeinerung der klassischen Schlußfigur Modus ponens in Hinsicht auf die Fuzzy-Logik ist, wurden nun die wichtigsten Fuzzy-Inferenzschemata mit zunehmender Komplexität erläutert.

Es erschien uns an dieser Stelle sehr wichtig, einen geordneten und damit systematischen Aufbau in die Entstehungsgeschichte der Inferenzmethoden zu bringen, weil sie der elementare Bestandteil aller regelbasierten Systeme sind, auf die sich im Kern die gesamte Fuzzy-Control stützt. Ein genaues Verständnis der Inferenzschemata ist Grundvoraussetzung für einen sinnvollen Umgang mit der Fuzzy-Control. Dieser Abschnitt versteht sich somit als mathematische Basis für die in Kapitel 9 ausführlich behandelten Regelsysteme der Fuzzy-Control. Hier werden uns die Inferenzschemata wieder begegnen und in aller Ausführlichkeit interpretativ und anhand von Beispielen durchleuchtet.

TEIL 2

8 Klassische Regelungstechnik

Wenn man die Anzahl der Veröffentlichungen zum Thema Fuzzy-Logik der letzten Jahre verfolgt (speziell die letzten fünf Jahre), so hat sich aus heutiger Sicht die sogenannte *Fuzzy-Control* zu einer der entscheidendsten, wenn nicht sogar zu der wichtigsten Anwendungsdisziplin der Fuzzy-Logik herauskristallisiert. Das Gegenstück zur *Fuzzy-Control* ist die klassische Regelungstechnik. Zuweilen versteht man aber auch das fuzzy-logische Messen und Steuern von Prozeßgrößen als Fuzzy-Control, da ein Regelvorgang die Messung einer Regelgröße und die Steuerung einer Stellgröße umfaßt. Grundsätzlich sind die Themen **M**essen, **S**teuern und **R**egeln (MSR-Technik) aber selbständige Einheiten. Daß die Fuzzy-Logik gerade in einer Kerndisziplin der Automatisierungstechnik sinnvolle Lösungsansätze bieten kann, scheint vor dem Hintergrund der Problemfelder der klassischen Regelungstechnik nicht verwunderlich. Für eine thematische Einführung in die Fuzzy-Control erscheint daher ein Vergleich zwischen klassischen und fuzzy-logischen Denkweisen regelungstechnischer Aufgabenstellungen sinnvoll. Deshalb werden in diesem Kapitel die Grundzüge der herkömmlichen Regelungstechnik in aller Kürze dargestellt. Der Leser, der sich in dieser Thematik bereits auskennt, kann dieses Kapitel daher getrost überspringen.

Es sei angemerkt, daß die nächsten Kapitel auf die Grundstrukturen der hier dargestellten klassischen Zusammenhänge zurückgreifen und damit sowohl die Unterschiede als auch die Gemeinsamkeiten zwischen klassischer Regelungstechnik und Fuzzy-Control stärker herausarbeiten.

8.1 Prinzip und Aufbau einer klassischen Regelung

8.1.1 Grundbegriffe – Unterschied zwischen Steuern und Regeln

Mit dem Fortschreiten der technologischen Entwicklungen müssen Anwender vor allen Dingen lernen, die Größenordnung und damit die modulare Einteilung eines technischen Systems einzuschätzen. Von der Systemstruktur hängt dann die Spezifikation der einzelnen Aufgabenstellungen für jede modulare Einheit ab, die zur Gestaltung der Gesamtlösung führt. Unabhängig von der Größenordnung des technischen Prozesses, also angefangen von der Messung einer speziellen physikalischen Größe mit einem Sensor über das Stellen einer Prozeßgröße mit einem Aktor bis hin zur kompletten Fabrikautomation, lassen sich immer wieder zwei wesentliche Verarbeitungsstrukturen beim Umgang mit elektrischen und nicht-elektrischen Signalgrößen feststellen, nämlich das Steuern und das Regeln eines Signals. Diese Signalgrößen können z. B. Ströme und Spannungen – man spricht von elektrischen Signalgrößen –, aber auch Druck, Temperatur, Drehzahl, Geschwindigkeit, Beleuchtungsstärke usw. sein – man spricht dann von nichtelektrischen Größen.

Die wesentlichste Aufgabe der Regelung besteht darin, eine bestimmte Prozeßgröße (Regelgröße, Istwert) unabhängig von auftretenden Störungen auf einen vorgegebenen Führungswert (Sollwert) zu bringen, der je nach Vorgabe zeitlich konstant oder auch veränderlich sein kann. Im störungsfreien Idealfall stimmen der Vorgabewert (z. B. Drehzahlwert eines Motors laut Programm) und der Istwert (tatsächlich gemessene Drehzahl im Prozeß) überein. In einem solchen Fall ist die *Regelabweichung* zwischen Soll- und Istwert Null. Die Übereinstimmung von Soll- und Istwert kann aber durch auftretende Störungen (z. B. Lastschwankungen, Reibung) nicht immer gegeben sein. Jetzt ist es die Aufgabe der Regelung, diesen Unterschied durch einen ständigen Vergleich von Führungs- und Regelgröße selbständig zu erkennen und gegebenenfalls auszuregeln, bis der Vorgabewert mit dem Istwert wieder übereinstimmt. Die Wirkung einer Störgröße ist die Ursache für den Regelvorgang. Die Regelung erfordert demnach die Messung der Istgröße und den Vergleich mit der Sollgröße. Dies geschieht in einem geschlossenen Wirkungsablauf. Man spricht wegen der Kreisstruktur von einem Regelkreis.

Definition nach DIN 19 226:
«Das Regeln (die Regelung) ist ein Vorgang, bei dem eine Größe – die zu regelnde Größe (Regelgröße) – fortlaufend erfaßt, mit einer anderen Größe (Führungsgröße) verglichen und abhängig vom Ergebnis dieses Vergleichs im Sinne einer Angleichung an die Führungsgröße beeinflußt wird. Der sich dabei ergebende Wirkungsablauf findet in einem geschlossenen Kreis, dem Regelkreis, statt.»

Im Gegensatz hierzu ist das wesentlichste Merkmal der Steuerung der offene Wirkungsablauf über eine Steuerkette. In dieser Steuerkette wird kein Vergleich zwischen Soll- und Istwert geführt. Treten Störungen in der Steuerkette auf, so werden sie nicht erkannt, da die Istgröße nicht nachgemessen wird. Eine durch Störungen verursachte Differenz (*Regeldifferenz*) zwischen Soll- und Istwert bleibt erhalten.

Definition nach DIN 19 226:
«Das Steuern (die Steuerung) ist ein Vorgang in einem System, bei dem eine oder mehrere Größen als Eingangsgrößen andere Größen als Ausgangsgrößen aufgrund der dem System eigentümlichen Gesetzmäßigkeit beeinflussen. Kennzeichen einer Steuerung ist der offene Wirkungsablauf über das einzelne Übertragungsglied oder die Steuerkette.»

Regelung:	Geschlossener Wirkungsablauf	Regelkreis
Steuerung:	Offener Wirkungsablauf	Steuerkette

Bezeichnung	Symbol	Operation
Verbindungszweig Signalrichtung		x_1
Verzweigungsstelle Meßort	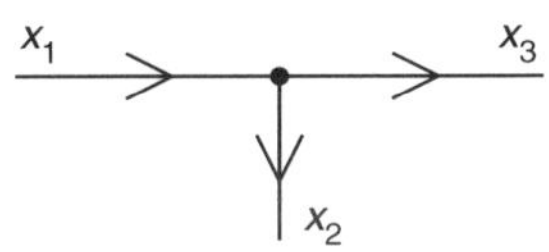	$x_1 = x_2 = x_3$
Summierstelle Vergleicher	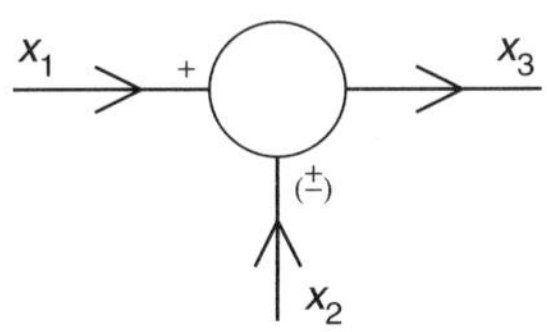	$x_3 = x_1 (\pm) x_2$
Multiplikationsstelle	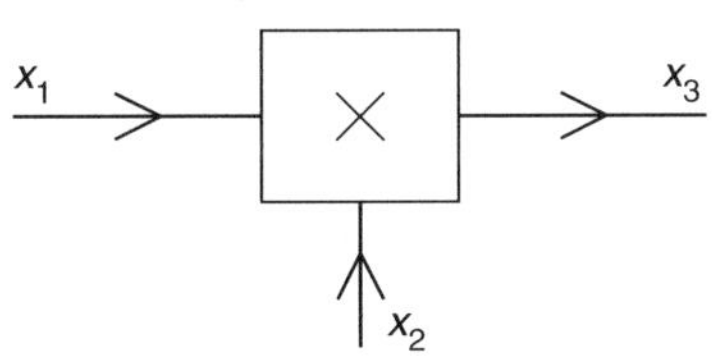	$x_3 = x_1 \cdot x_2$

Bild 8.1 Symbole der Signalführung und -verknüpfung in Blockschaltbildern

In der Regelungs- und Steuerungstechnik ist es üblich, die einzelnen Systemkomponenten einer Steuerung bzw. Regelung durch symbolische *Blockschaltbilder* (*Strukturbilder*) darzustellen. Diese Blockschaltbilder stehen für *dynamische Systeme*, die die genannten Signale zeitabhängig übertragen, verarbeiten und dabei üblicherweise modellieren. Man bezeichnet sie als *Übertragungsglieder*, *Übertragungseinheiten* bzw. *Übertragungssysteme*. Die Übertragungssysteme werden durch eine oder mehrere Systemeingangsgrößen $x_e(t)$ gespeist, die wiederum eine oder mehrere Systemausgangsgrößen $x_a(t)$ zur Folge haben. Häufig spricht man auch vom Vektor einer Eingangs- bzw. Ausgangsgröße. In einem solchen Fall hat man mehrere skalare Größen zu einer vektoriellen Größe zusammengefaßt (Mehrgrößenregelung). Die Signalgrößen am Eingang und am Ausgang einer Übertragungseinheit sind zeitabhängig. Den Zusammenhang zwischen Systemeingang und Systemausgang gibt das Übertragungsverhalten der Systemeinheit, das sowohl dynamisch als auch statisch beschrieben werden kann, an. In einem Blockschaltbild wird die Wirkungsrichtung der Signale zwischen den verschiedenen Übertragungsgliedern symbolisch durch Pfeile dargestellt. Die Übertragungsglieder werden üblicherweise als rechteckige Kästchen gezeichnet. Für die verschiedenen Arten der Signalführung und Signalverknüpfung (Verzweigung, Summation, Vergleich, Multiplikation usw.) verwendet man unterschiedliche Symbole.

Bild 8.2 zeigt ein Blockschaltbild eines größeren Übertragungssystems, das aus mehreren kleineren Systemeinheiten besteht.

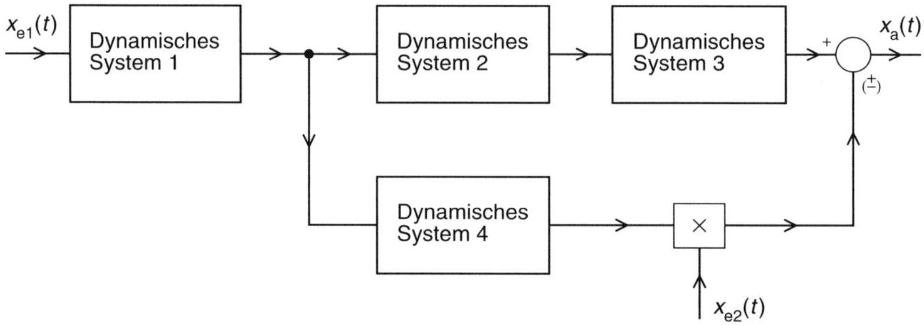

Bild 8.2 Blockschaltbild eines Übertragungssystems, bestehend aus mehreren Teilsystemen

8.1.2 Mathematische Modelle und Systemeigenschaften

Die Argumentation für den Einsatz der Fuzzy-Control anstelle der klassischen Regelungstechnik führt bei der überwiegenden Mehrheit aller Publikationen auf diesem Gebiet sehr schnell auf den Begriff der mathematischen Modellierbarkeit eines realen Prozesses. Hier wird zu Recht angeführt, daß für den Einsatz klassischer Regelungsprinzipien ein mathematisches Modell des realen technischen Prozesses vorliegen muß. In diesem Abschnitt sollen die gängigsten mathematischen

Modelle vorgestellt werden. Dabei soll gezeigt werden, wie auf ihrer Basis klassische Regelstrategien aufgebaut werden. Sowohl die Vorzüge als auch die Schwachstellen der mathematischen Prozeßmodellierung werden deutlich gemacht.

Die klassische Systemtechnik, zu der auch die Regelungstechnik gehört, kennt verschiedene mathematische Beschreibungsmöglichkeiten dynamischer und statischer Übertragungssysteme. Auf der Basis dieser exakten mathematischen Methoden werden in der klassischen Regelungstechnik alle Entwurfsstrategien für die Einstellung und Optimierung von Reglern bzw. Regelkreissystemen vorgenommen. Die Einsatzgebiete der klassischen Regelungstechnik sind daher unmittelbar an die Praxistauglichkeit der systembeschreibenden Mathematik gebunden. Die Praxistauglichkeit der Modelle wird hier deshalb betont, weil die Modelle lediglich eine mathematische Ersatzbeschreibung für reale physikalische Gesetzmäßigkeiten sind. Eine vergleichende Beurteilung der klassischen Regelungstechnik mit der Fuzzy-Control in bezug auf die Einsatzgebiete setzt daher die Kenntnis der herkömmlichen mathematischen Verfahren voraus. Aus den genannten Gründen soll hier ein kurzer Abriß der wichtigsten Beschreibungsmethoden genügen.

Grundsätzlich gibt es zwei Wege, einen realen Prozeß zu identifizieren und damit mathematisch zu beschreiben. Man unterscheidet die sogenannte *theoretische Systemidentifikation* von der *experimentellen* (*empirischen*) *Systemidentifikation* [19]. Beim theoretischen Ansatz wird das mathematische Modell durch technische Daten der zu beschreibenden Anlage bzw. durch die physikalischen Grundlagen des technischen Prozesses gewonnen. Die experimentelle Systemidentifikation wird anhand von Messungen verschiedener Betriebsfälle durchgeführt. Sowohl der theoretische als auch der experimentelle Weg führen zur mathematischen Beschreibung des Realsystems, worunter im weiteren ein Übertragungssystem (z. B. ein Regelkreisglied) verstanden werden soll.

Betrachtet man zeitlich veränderliche Signalverläufe in einem Übertragungssystem, so ist sein *dynamisches Verhalten* von Interesse. Bei zeitlich konstanten (unveränderlichen) Prozeßgrößen spricht man vom *statischen Verhalten*. Das statische Verhalten (*Beharrungsverhalten, Ruhezustand*) ist auch immer ein Spezialfall der Dynamik. Die Größe $x(t)$ beschreibt den zeitlichen Übergang einer Prozeßgröße x von einem stationären Anfangszustand $x(t \leq 0)$ zu einem stationären Endzustand $x(t = \infty)$. In der Praxis ist der stationäre Endzustand bereits erreicht, wenn die Prozeßgröße in einem vorgegebenen Toleranzband bleibt.

Unabhängig davon, ob die Systemdaten theoretisch oder experimentell ermittelt worden sind, kann man die dynamischen mathematischen Beschreibungsmethoden der Übertragungssysteme in zwei Gruppen unterteilen:

1. Beschreibungsmethoden im Zeitbereich,
2. Beschreibungsmethoden im Frequenzbereich.

Das Übertragungsverhalten eines Systems läßt sich danach alternativ sowohl im Zeit- als auch im Frequenzbereich darstellen. Beide Darstellungsprinzipien besitzen ihre Vor- und Nachteile, lassen sich aber grundsätzlich ineinander umrechnen.

Eine wichtige Voraussetzung für die mathematische Analyse und Synthese von Übertragungssystemen ist die *Systemlinearität* [19; 20]. Ein System ist linear, wenn die Überlagerung verschiedener Eingangsgrößen die Überlagerung der Ausgangsgrößen hervorruft, so daß jede Eingangsgröße und deren Antwort am Systemausgang für sich getrennt betrachtet und erst anschließend *superponiert* (additiv überlagert) werden können. Es gilt dann das sogenannte *Superpositionsprinzip* [19]. Bei genauer Betrachtung der technischen Prozeßabläufe muß jedoch leider festgestellt werden, daß die überwiegende Anzahl der Übertragungssysteme nichtlinear ist. Daher steht immer das Bemühen zur Linearisierung von Systemen im Vordergrund. Sind die Systemparameter zeitlich abhängige Größen, so spricht man von *zeitvarianten* Systemen. Zeitvariante Systeme bieten leider auch Probleme bei der mathematischen Modellierung, weil sich jedes mathematische Modell auf die Parameter des Systems stützt. In solchen Fällen versucht man, die Zeitabhängigkeit eines Parameters zu ermitteln und in die Berechnungsverfahren zu integrieren. Im Sinne einer Reproduzierbarkeit des Systemverhaltens sollte man daher voraussetzen können, daß das System linear und zeitinvariant ist. Weiterhin müssen alle systembeschreibenden Parameter *deterministisch* sein. Der Gegensatz sind die *stochastischen* Systemparameter. Sind die Signale stochastisch, so kann man sich mit statistischen Methoden weiterhelfen. Haben jedoch die Systemparameter stochastischen Charakter, so ist die Reproduzierbarkeit des Systemverhaltens nicht ohne weiteres gewährleistet. Neben den genannten Systemeigenschaften zeichnet sich ein mathematisch modellierbares System auch durch seine *Stabilität* aus. Hierunter versteht man, daß alle denkbaren Betriebszustände einer Eingangsgröße beschränkte Ausgangssignalzustände hervorrufen, wodurch das Ausgangssignal in seinem vorgeschriebenen Arbeitsbereich bleibt. Ein instabiles System kann durch Bereichseinschränkung der Ein- und Ausgangssignale stabil gemacht werden. Bei der Aufstellung eines mathematischen Modells für einen realen physikalischen Prozeß wird man sich bemühen, immer solche Prozeßmodelle zu finden, deren Parameter für das gesamte Modell zutreffen und nicht nur für einen räumlichen Ausschnitt. Man unterscheidet hier die sogenannten *konzentrierten Parameter* von den *verteilten Parametern*. Ein konzentrierter Parameter wäre z. B., wenn man die Masse eines räumlich ausgedehnten Körpers ersatzweise im Schwerpunkt des Modells annehmen würde. In Wirklichkeit kann die Masse aber auch sehr ungleichmäßig über den Körper verteilt sein. Betrachtet man eine simple Raumtemperaturregelung, so wird z. B. mit Hilfe eines einzigen Sensors die Temperatur an einer festgelegten Stelle gemessen und stellvertretend auf den gesamten Raum bezogen. In der Realität kann aber im Raum eine sehr ungleiche Temperaturverteilung vorliegen. Die Modellierbarkeit eines Systems hängt somit davon ab, ob es

- □ linear,
- □ zeitinvariant,
- □ deterministisch,
- □ stabil oder
- □ parameterkonzentriert

ist. Für die weiteren Betrachtungen werden die fünf obengenannten Systemcharakteristika vorausgesetzt. Neben den Systemeigenschaften unterscheidet man auch noch die Systemstrukturen. *Eingrößensysteme* besitzen genau eine Eingangsgröße und eine Ausgangsgröße. *Mehrgrößensysteme* besitzen hingegen mehrere Eingangsgrößen und eine oder auch mehrere Ausgangsgrößen. Nun sollen in komprimierter Form die wichtigsten mathematischen Instrumentarien der klassischen Regelungstechnik vorgestellt, mit kleinen Beispielen erläutert und durch geeignete Zusammenstellungen abgerundet werden.

Lineare Differentialgleichungen

Lineare Differentialgleichungen (gewöhnliche und partielle DGLs) eignen sich als mathematisches Modell zur Systemidentifikation. Die physikalischen Gesetzmäßigkeiten des Systems bieten hierzu eine Grundlage. So sind z. B. die Vielzahl der analogen elektrischen und mechanischen Grundzusammenhänge mit DGLs beschreibbar. Die Erstellung der mathematischen Modelle macht bei kleineren überschaubaren Systemen in der Regel wenig Probleme (z. B. Feder-Masse-Systeme und RLC-Netzwerke). Sobald sie aber den Laborcharakter verlieren, wird die Lösung sehr aufwendig, wenn nicht sogar unmöglich. Einfachere thermische Systeme sind zum Teil auch durch DGLs beschreibbar. Sie können durch die realen Umweltbedingungen jedoch schnell an Komplexität gewinnen und damit unpraktikabel bzw. nur mit entsprechenden Rahmenbedingungen mathematisch ausreichend erfaßt werden.

Beispiel

Verzögerungsglied erster Ordnung (PT_1-Glied):
Differentialgleichung (DGL): $x_a(t) + T_1 \cdot \dot{x}_a(t) = K_p \cdot x_e(t)$

mit:	$x_e(t)$	Eingangsgröße
	$x_a(t)$	Ausgangsgröße
	$\dot{x}_a(t) = \dfrac{dx_a(t)}{dt}$	Zeitliche Abteilung der Ausgangsgröße
	K_p	Proportionalbeiwert
	T_1	Zeitkonstante

In der experimentellen Regelungstechnik werden zur Analyse der Übertragungseigenschaften eines Regelkreisgliedes häufig spezielle, leicht zu erzeugende Testfunktionen verwendet. Die durch die Übertragung des Testsignals gewonnenen Erkenntnisse lassen dann eine vollständige Beschreibung des Systemverhaltens für jede beliebige Eingangsfunktion zu. Neben der Tatsache, daß die Testsignale leicht zu erzeugen sein sollten, spielt aber auch der meßtechnische Aspekt für die Auswahl einer speziellen Testsignalform eine entscheidende Rolle. In der Praxis haben sich im wesentlichen vier Testfunktionen als Eingangsfunktionen bewährt:

- □ Sprungfunktion,
- □ Impulsfunktion,
- □ Anstiegsfunktion,
- □ Sinusfunktion.

Man bezeichnet die zeitliche Ausgangsfunktion des Systems als Antwort oder Reaktion. Demzufolge mißt man je nach Eingangssignal die

- □ Sprungantwort,
- □ Impulsantwort,
- □ Anstiegsantwort oder die
- □ Sinusantwort.

Aus praktischen Gesichtspunkten verwendet man jedoch nur in den seltensten Fällen eine einzige Sprung-, Impuls-, Anstiegs- oder Sinusantwort. Zur Meßwertaufnahme ist es allgemein üblich, eine periodische Abfolge von Testfunktionen zu verwenden.

Sprungantworten (Übergangsfunktionen)

Die *Sprungfunktion* (Bild 8.3) ist in der Regelungstechnik die wohl am häufigsten angewandte Testfunktion. Sie wird wie folgt definiert:

Sprungfunktion:

$$x_{\text{Sprung}}(t) = \begin{cases} 0 & \text{für } t < 0 \\ \dfrac{c}{2} & \text{für } t = 0 \\ c = \text{const.} & \text{für } t > 0 \end{cases}$$

Einheitssprung:

$$\sigma(t) = \begin{cases} 0 & \text{für } t < 0 \\ \dfrac{1}{2} & \text{für } t = 0 \\ 1 & \text{für } t > 0 \end{cases}$$

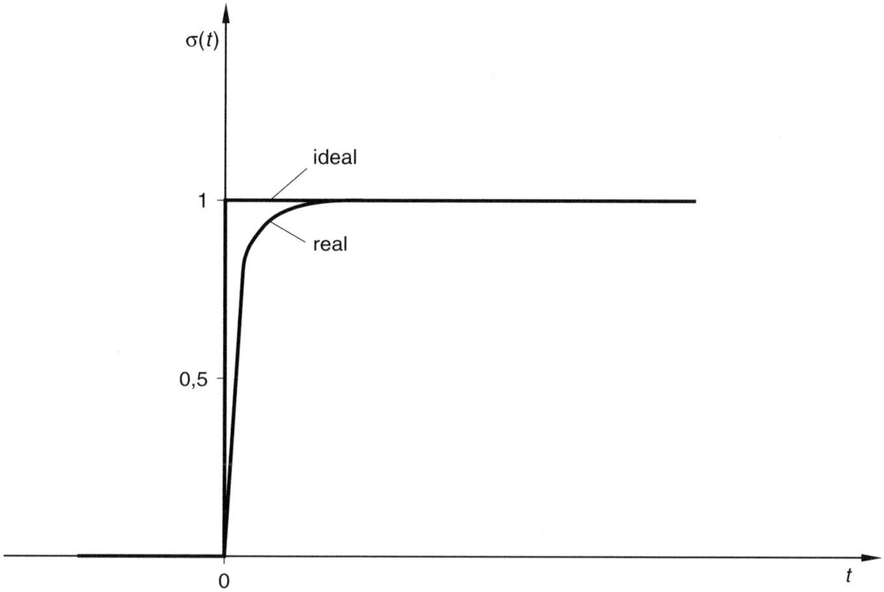

Bild 8.3 Sprungfunktion (ideal, real)

Mit Hilfe der Sprungfunktion wird das zeitliche Übertragungsverhalten realer Systemkomponenten praktisch ausgetestet. Die Antwort des Systems aufgrund einer sprungartigen Eingangssignaländerung bezeichnet man als Sprungantwort oder als *Übergangsfunktion* (Bild 8.4). Ihr Verlauf charakterisiert das reale System (Regelkreisglied). Man spricht vom *Einheitssprung* $\sigma(t)$, wenn die Konstante auf Eins normiert ist ($c = 1$). Das dynamische Übertragungsverhalten eines derart getesteten Systems ist für die wichtigsten Regelkreisglieder bereits hinreichend untersucht.

Beispiel (Bild 8.4)

Ideales Integrierglied (I)

Eingang: Einheitssprung $\sigma(t)$
Ausgang: Sprungantwort $h(t)$

Impulsantworten (Gewichtsfunktionen)

Neben der Sprungfunktion wird auch die sogenannte *Impulsfunktion* in der Regelungstechnik zur Analyse dynamischer Übertragungseigenschaften von Regelkreisgliedern eingesetzt. Sie ist definitionsgemäß ein idealer Nadelimpuls, hat also an einer einzigen Stelle einen Funktionswert ungleich null.

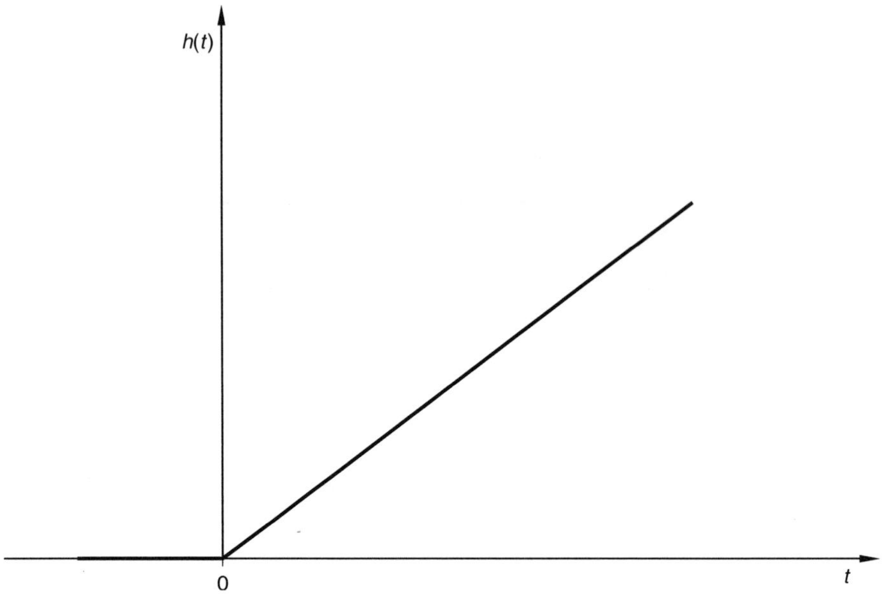

Bild 8.4 Sprungantwort des I-Gliedes

Impulsfunktion (Bild 8.5):

$$\text{ideal: } \delta(t) = \begin{cases} \infty & \text{für } t = t_0 \\ 0 & \text{für } t \neq t_0 \end{cases} \qquad \text{mit:} \qquad \int_{-\infty}^{\infty} \delta(t) \cdot dt = 1$$

$$\text{real: } \quad \delta(t) = \lim_{\varepsilon \to 0} \begin{cases} \dfrac{1}{\varepsilon} & \text{für } 0 \leq t \leq \varepsilon \\ 0 & \text{sonst} \end{cases}$$

Aus der Definition geht hervor, daß die ideale Impulsfunktion bei $t = t_0$ einen Sprung ins Unendliche macht und ansonsten gleich null ist (*Einheitssprung, Dirac-Stoß*). Dies ist jedoch keine realisierbare Testfunktion. Man behilft sich mit der Vorstellung, daß bei einem zeitlich ausgedehnten realen Impuls die Fläche unter der Kurve gleich eins ist. Zu einer rechteckförmigen Impulsfunktion der zeitlichen Breite ε gehört dann die Impulshöhe $\frac{1}{\varepsilon}$. Man gelangt nun über den Grenzprozeß $\varepsilon \to 0$ und der damit einhergehenden steigenden Impulshöhe $\frac{1}{\varepsilon} \to \infty$ von der realen zur idealen Vorstellung. Die Systemantwort auf einen Eingangsimpuls nennt man Impulsantwort oder auch *Gewichtsfunktion* $g(t)$ (Bild 8.6).

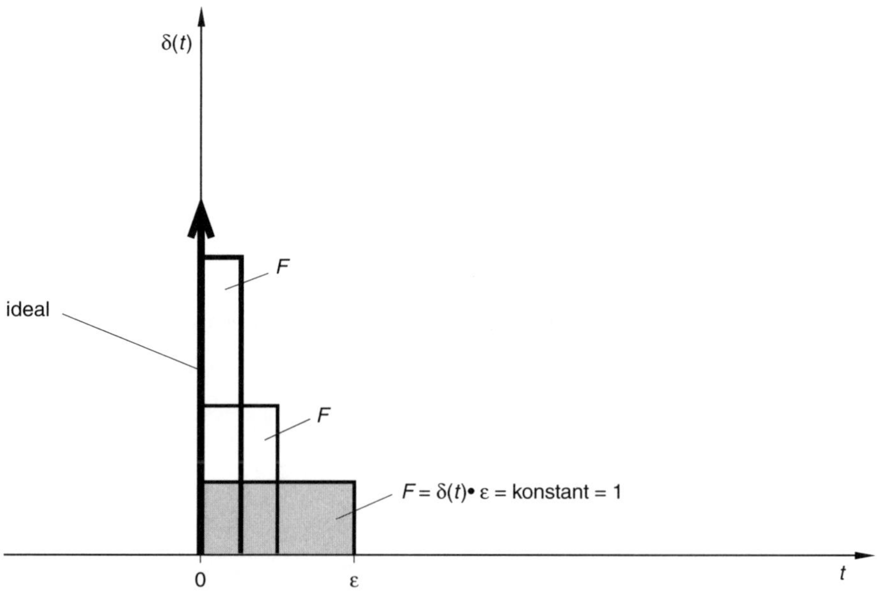

Bild 8.5 Impulsfunktion

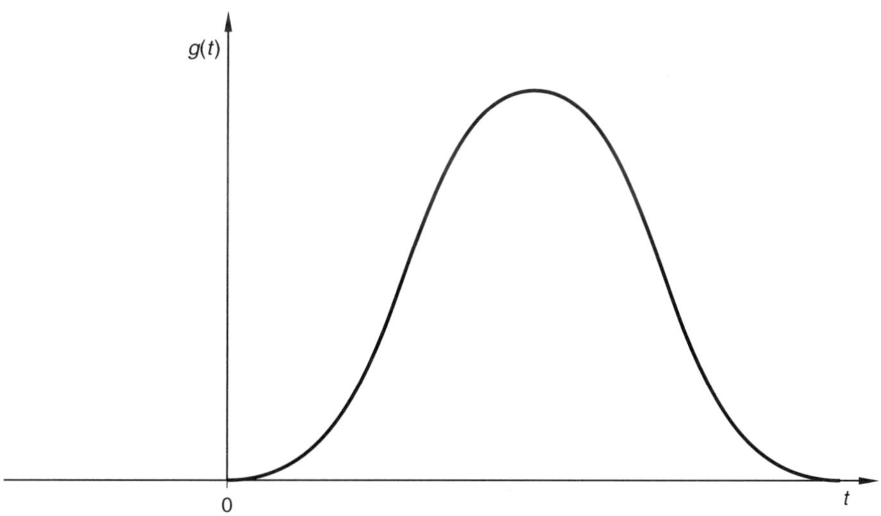

Bild 8.6 Gewichtsfunktion des PT_n-Gliedes

Beispiel (Bild 8.6)

Verzögerungsglied n-ter Ordnung (PT_n)

Eingang:	Impulsfunktion	$\delta(t)$
Ausgang:	Gewichtsfunktion	$g(t)$

Anstiegsantworten

Die *Anstiegs-* oder auch *Rampenfunktion* besitzt einen linearen Kurvenverlauf (linearer Anstieg mit der Zeit), d. h., ihre Steigung a ist konstant.

Anstiegsfunktion (Bild 8.7):

$$x_{\text{Anstieg}}(t) = \begin{cases} 0 & \text{für } t < 0 \\ \mathrm{a} \cdot t & \text{für } t \geq 0, \mathrm{a} > 0 \end{cases}$$

mit: $\quad \mathrm{a} = \dfrac{\Delta x_{\mathrm{e}}(t)}{\Delta t}$

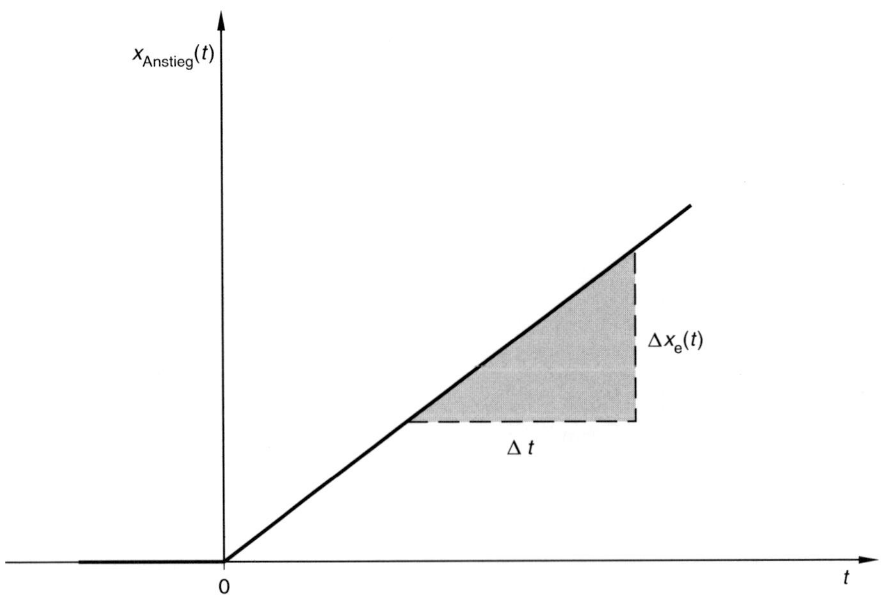

Bild 8.7 Anstiegsfunktion

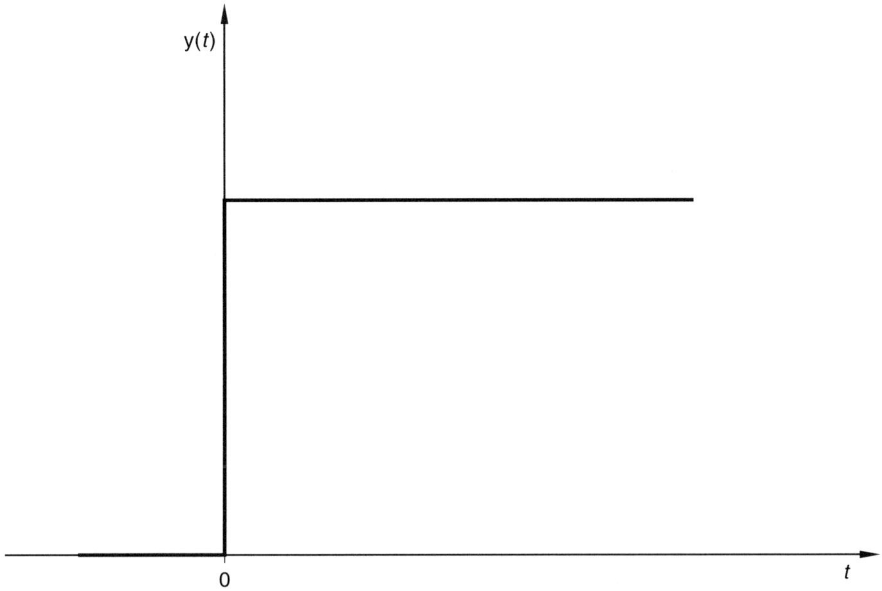

Bild 8.8 Anstiegsantwort des D-Gliedes

Besonders beliebt sind die Anstiegsfunktionen zum Austesten differenzierender Anteile eines Übertragungssystems.

Beispiel

Ideales Differenzierglied (D)

Eingang: Anstiegsfunktion
Ausgang: Anstiegsantwort (Bild 8.8)

Sinusantworten

Die einzelne Sinusschwingung nimmt als Testfunktion eine besondere Stellung ein, da die Analyseverfahren, die im Frequenzbereich durchgeführt werden, ausnahmslos hierauf zurückzuführen sind. Die Ausgangsfunktion des Systems bei einer sinusförmigen Erregung nennt man Sinusantwort. Sie ist auch wieder eine Sinusfunktion, die sich je nach Übertragungseigenschaft des Systems in Amplitude und Phasenlage, nicht aber in der Frequenz unterscheidet.

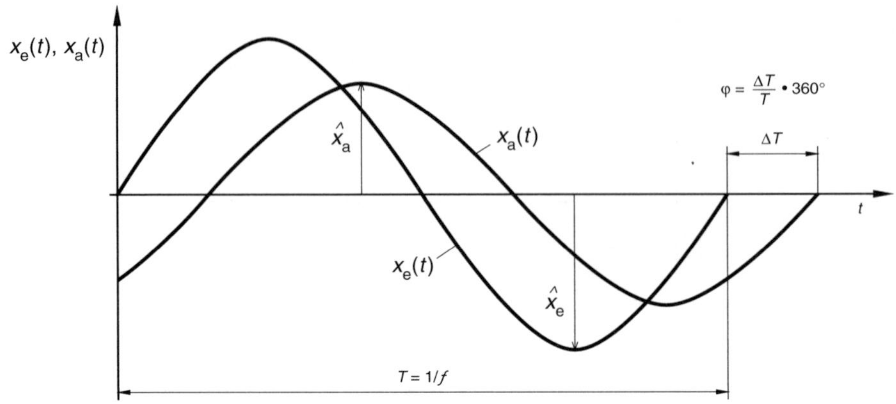

Bild 8.9 Sinusfunktion am Systemein- und -ausgang

Sinusfunktion am Eingang:

$$x_e(t) = \hat{x}_e \cdot \sin(\omega \cdot t) = \hat{x}_e \cdot \sin(2\pi \cdot f \cdot t)$$

Sinusfunktion am Ausgang:

$$x_a(t) = \hat{x}_a \cdot \sin(\omega \cdot t + \varphi)$$

$\hat{x}_e$ Amplitude des Eingangssignals

$\hat{x}_a$ Amplitude des Ausgangssignals

f Frequenz

ω Kreisfrequenz

φ Phasenverschiebungswinkel

Eingangs wurde bereits erwähnt, daß sich die mathematischen Modellbeschreibungen im wesentlichen in zwei Lager aufteilen. Es gibt die Methoden, die eine Systembeschreibung im Zeitbereich durchführen, und die, die eine Systemanalyse im Frequenzbereich durchführen. Die vier vorgestellten Testfunktionen gehören alle zur ersten Methodengruppe. Verwendet man die Meßergebnisse, die sich bei einer sinusförmigen Systemerregung ergeben, und stellt die sinusförmige Erregung und die sinusförmige Reaktion in Abhängigkeit der erregenden Frequenz der Schwingung für beliebig viele Frequenzen dar, so gelangt man zur Beschreibung eines Systems im Frequenzbereich.

Frequenzgang

Bei der experimentellen Erfassung des sogenannten *Frequenzganges* eines Regelkreisgliedes wird der Eingang mit sinusförmigen Signalen konstanter Amplitude und Phasenlage, aber unterschiedlicher Frequenz in einem ausgewählten

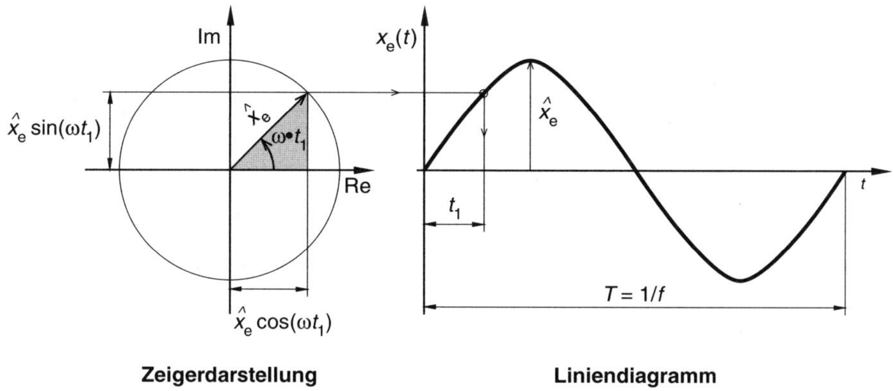

Bild 8.10 Zusammenhang zwischen Zeigerdarstellung im Frequenzbereich und Liniendarstellung im Zeitbereich

Frequenzbereich nacheinander beaufschlagt, und die Amplituden sowie die Phasenlagen des Ausgangssignals werden für jede Frequenz zum Eingangssignal in Beziehung gesetzt. Dabei wartet man vor jeder neuen Messung den eingeschwungenen Zustand ab. Der Frequenzgang ist eine meßbare Funktion. Er interpretiert das physikalische Systemverhalten und ist die Zusammenfassung aller Amplituden- und Phasenverhältnisse zwischen Ein- und Ausgangssignal über dem betrachteten Frequenzbereich. Üblicherweise faßt man den Frequenzgang einer Übertragungseinheit als *komplexe Größe* mit Real- und Imaginärteil auf [19]. In der sogenannten *komplexen Rechnung* wird sinnvollerweise mit der Zeigerdarstellung gearbeitet [3]. Den Zusammenhang zwischen der *Zeigerdarstellung* im Frequenzbereich und der *Liniendarstellung* im Zeitbereich gibt Bild 8.10 wieder.

Vor der Untersuchung des Frequenzganges soll einmal die Zeigerdarstellung der Eingangsgröße $x_e(t)$ betrachtet werden. Stellt man sich einen um den Ursprung der *Gaußschen Zahlenebene* mit der Kreisfrequenz $\omega = 2\pi \cdot f$ in mathematisch positiver Drehrichtung (links) rotierenden Zeiger mit der Länge $\hat{x}_e$ vor, so ergibt die Projektion des Imaginärteils des Zeigers auf das Liniendiagramm eine Sinusschwingung mit der Amplitude $\hat{x}_e$. Dabei entspricht ein definierter Winkelbereich des Kreises einem definierten zeitlichen Abstand im x_e-t-Diagramm. Eine volle 360°-Drehung des Zeigers um seinen Ursprung ist in der zeitlichen Darstellung des Liniendiagramms mit dem Abstand einer Periodendauer $T = \frac{1}{f}$ gleichzusetzen. Man kann sich den Zeiger als eine komplexe Größe mit Real- und Imaginärteil vorstellen. Dann entspricht dem Realteil die Projektion des Zeigers auf die reelle Achse und dem Imaginärteil die Projektion des Zeigers auf die senkrecht dazu stehende imaginäre Achse. Die Komponentendarstellung des Zeigers in Real- und Imaginärteil ist folglich:

Zeitgröße	$x_e(t) = \hat{x}_e \cdot \sin(\omega \cdot t)$
Komplexe Größe:	$x_e(j\,\omega) = \mathrm{Re}\{x_e(j\,\omega)\} + j \cdot \mathrm{Im}\,\{x_e(j\,\omega)\}$ $= \hat{x}_e \cdot (\cos(\omega\,t) + j \cdot \sin(\omega\,t))$
Realteil:	$\mathrm{Re}\,\{x_e(j\,\omega)\} = \hat{x}_e \cdot \cos(\omega\,t)$
Imaginärteil:	$\mathrm{Im}\,\{x_e(j\,\omega)\} = \hat{x}_e \cdot \sin(\omega\,t)$

Man nennt die hier gezeigte komplexe Darstellung einer Größe wegen der vorkommenden Sinus- und Cosinusterme die trigonometrische Form. Nach EULER läßt sich die trigonometrische Form aber auch als Exponentialform schreiben [3]:

Exponentialform:	$x_e(j\,\omega) = \hat{x}_e \cdot e^{j\,\omega\,t}$
Eulersche Gleichungen:	$\cos(\omega\,t) + j \cdot \sin(\omega\,t) = e^{j\,\omega\,t}$ $\cos(\omega\,t) - j \cdot \sin(\omega\,t) = e^{-j\,\omega\,t}$

Was für die Eingangsgröße $x_e(t)$ des Übertragungssystems gilt, trifft auch auf die Ausgangsgröße $x_a(t)$ zu. Die Darstellungen werden um einen Phasenverschiebungswinkel φ zwischen Eingangs- und Ausgangsgröße ergänzt:

Zeitfunktion:	$x_a(t) = \hat{x}_a \cdot \sin\,(\omega \cdot t + \varphi)$
Trigonometrische Form:	$x_a(j\,\omega) = \hat{x}_a \cdot (\cos(\omega\,t + \varphi) + j \cdot \sin(\omega\,t + \varphi))$
Exponentialform:	$x_a(j\,\omega) = \hat{x}_a \cdot e^{j\,(\omega\,t + \varphi)}$

Der *Frequenzgang* $\mathrm{G}(j\,\omega)$ des Systems ist nun das Verhältnis des komplexen Ausgangssignals zum Eingangssignal:

$$\mathrm{G}(j\,\omega) = \frac{x_a(j\,\omega)}{x_e(j\,\omega)} = \frac{\hat{x}_a \cdot (\cos(\omega\,t + \varphi) + j \cdot \sin(\omega\,t + \varphi))}{\hat{x}_e \cdot (\cos(\omega\,t) + j \cdot \sin(\omega\,t))}$$

$$\mathrm{G}(j\,\omega) = \frac{\hat{x}_a \cdot e^{j\,(\omega\,t + \varphi)}}{\hat{x}_e \cdot e^{j\,\omega\,t}} = \frac{\hat{x}_a}{\hat{x}_e} \cdot e^{j(\omega\,t + \varphi) - j\,\omega\,t} = \frac{\hat{x}_a}{\hat{x}_e} \cdot e^{j\varphi}$$

Im eingeschwungenen Zustand, und davon wollen wir im Normalfall immer ausgehen, wird die komplexe Variable $j\,\omega$ auch mit p abgekürzt.

Ortskurve des Frequenzganges (Nyquist-Diagramm)

Die sogenannte *Ortskurve* (*Nyquist-Diagramm*) ist eine grafische Darstellung des Frequenzganges (Bild 8.11). Alle Amplitudenverhältnisse und Phasenlagen werden im Frequenzbereich von $\omega = 0$ Hz (Gleichsignal) bis $\omega = \infty$ Hz als

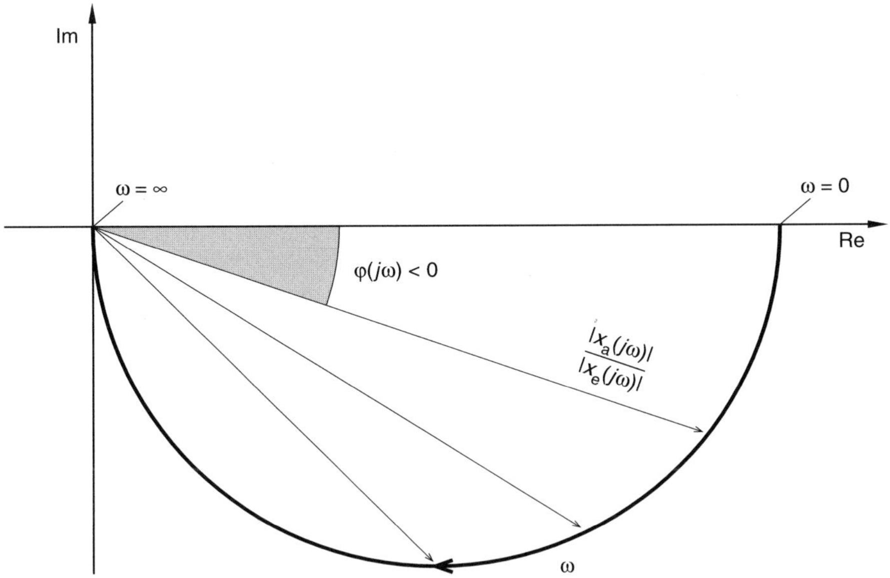

Bild 8.11 Ortskurve des PT_1-Gliedes

Zeiger in der komplexen Ebene gemeinsam dargestellt. Die Zeigerlänge entspricht dabei dem Amplitudenverhältnis und die Winkellage der Phasenverschiebung von Ausgangssignal zu Eingangssignal bei einer festen Frequenz. Die Verbindung der Zeigerspitzen für alle Frequenzen ergibt dann die Ortskurve des Frequenzganges.

$$\text{Zeigerlänge:} \quad |G(p)| = \frac{|x_a(p)|}{|x_e(p)|} \qquad \text{Zeigerwinkel:} \quad \varphi(p)$$

Bode-Diagramm des Frequenzganges (Bild 8.12)

Das sogenannte *Bode-Diagramm* ist ebenfalls eine grafische Darstellung des Frequenzganges. Im Gegensatz zur Ortskurve werden jedoch die Amplitudenverhältnisse und Phasenlagen des Übertragungssystems im kompletten Frequenzbereich getrennt voneinander dargestellt. Das Bode-Diagramm teilt den Frequenzgang in einen *Amplitudengang* und in einen *Phasengang* auf und stellt die Ergebnisse logarithmisch über der Frequenz dar:

$$\text{Amplitudengang:} \quad |G(p)| = \frac{|x_a(p)|}{|x_e(p)|} \qquad \text{Phasengang:} \quad \varphi(p)$$

Das Auftragen des Amplitudenganges in Dezibel (dB) ist üblich.

$$\text{Amplitudengang:} \quad |G(p)|_{dB} = 20 \cdot \log[|G(p)|]$$

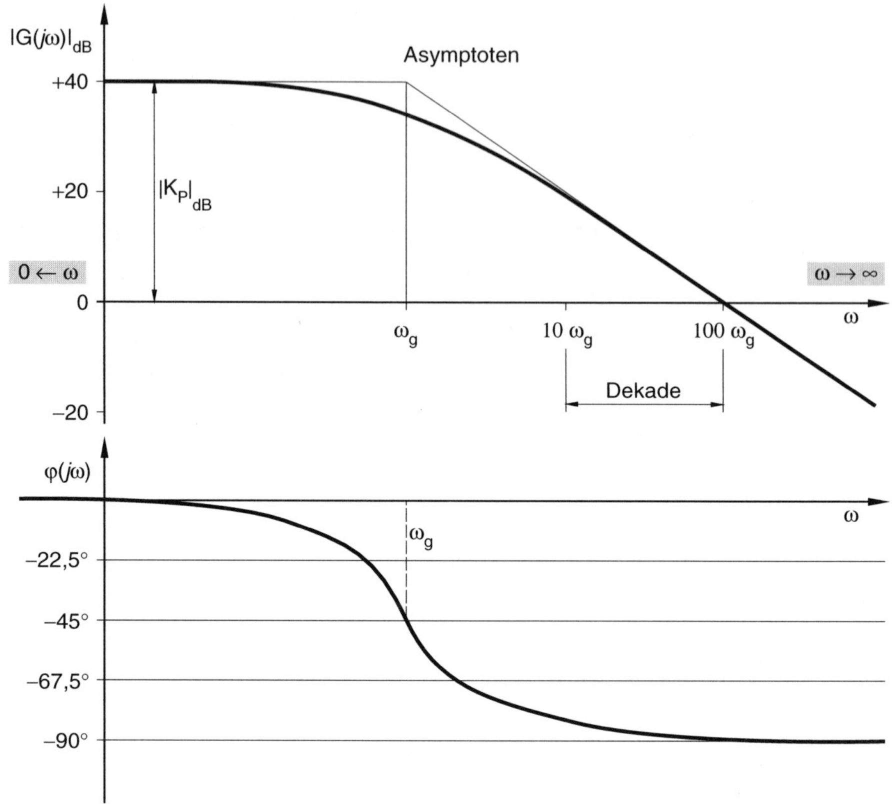

Bild 8.12 Bode-Diagramm des PT_1-Gliedes

Selbstverständlich liegt den experimentellen Beschreibungsverfahren eine fundierte mathematische Theorie zugrunde. Sie bietet umfangreiche Instrumentarien zur Analyse und Synthese des Übertragungsverhaltens von einzelnen Regelkreisgliedern bis hin zu komplexen vermaschten Regelkreisstrukturen. Im Kern beziehen sich alle mathematischen Verfahren auf die Differentialgleichungen oder den Frequenzgang der betrachteten kontinuierlichen Systemstruktur.

Die *Laplace-Transformation* [19] ist die zentrale theoretische Grundlage für die Umrechnung des Übertragungsverhaltens eines kontinuierlichen Systems im Zeitbereich in das entsprechende Verhalten im Frequenzbereich (Bildbereich) und umgekehrt. Anders ausgedrückt, läßt sich auf der Basis der bekannten Differentialgleichungen mit Hilfe der Laplace-Transformation der Frequenzgang ermitteln und aus dem vorhandenen Frequenzgang mit Hilfe der Laplace-Umkehrtransformation die Differentialgleichung. Die Laplace-Transformation wird in erster Linie deshalb verwendet, weil sich die Lösung der Differentialgleichungen eines Systems im Zeitbereich in der Regel wesentlich aufwendiger gestaltet als eine Transformation der Gleichung in den Frequenzbereich mit anschließender Lösung und der Rücktransformation des Ergebnisses in den Zeitbereich. Über den Umweg der komplexen Rechnung erhält man üblicherweise erstaunlich einfache Lösungsschritte.

Neben der klassischen analogen Regelungstechnik kennt man noch die klassische digitale Regelungstechnik. Ähnlich wie für kontinuierliche (analoge) Systeme existiert für die mathematische Beschreibung diskreter (digitalisierter) Systeme auch ein theoretisches Fundament. Man erhält diskretisierte Frequenzgänge durch periodische Abtastung analoger Frequenzgänge. Geht die Abtastperiode im Grenzprozeß gegen null, so erhält man theoretisch wieder die analoge Beschreibungsweise. Was in der analogen Welt die Integration ist, ist in der digitalen die Summation. Das digitale Pendant zur Differentiation ist der Differenzenquotient. An die Stelle der Differentialgleichungen im Zeitbereich treten die sogenannten *Differenzengleichungen*. Mit Hilfe der sogenannten *z-Transformation* [19; 20] erhält man die Beschreibung des diskretisierten Systems im Bildbereich. Die z-Umkehrtransformation beschreibt den Weg in die andere Transformationsrichtung.

An dieser Stelle soll ein Hinweis auf die klassischen mathematischen Theorien für kontinuierliche und diskretisierte Systeme genügen. Der kurze Ausflug in das Gebiet der mathematischen Beschreibungsformen wird mit Tabelle 8.1 der Differentialgleichungen und der zugehörigen kontinuierlichen Frequenzgänge $G(p)$ der wichtigsten Regelkreisglieder abgeschlossen. Die Bezeichnung der Regelkreisglieder richtet sich vereinbarungsgemäß nach den vier elementaren zeitlichen Grundverhalten (P, I, D, T). Die Buchstabenkombination gibt die vorhandenen Anteile in der Systemantwort an.

Anteile:

P = proportionaler Anteil
I = integrierender Anteil
D = differenzierender Anteil
T = verzögernder Anteil

Parameter:

Proportionalbeiwert:	K_P		
Integrierbeiwert:	K_I		
Differenzierbeiwert:	K_D		
Integrierzeit:	$T_I = \frac{1}{K_I}$	Differenzierzeit:	$T_D = K_D$
Nachstellzeit:	$T_N = \frac{K_P}{K_I}$	Vorhaltezeit:	$T_V = \frac{K_D}{K_P}$
Totzeit:	T_t		

Tabelle 8.1

Bez.	Differentialgleichung	Frequenzgang
P	$x_a(t) = K_P \cdot x_e(t)$	K_P
PT_1	$x_a(t) + T_1 \cdot \dot{x}_a(t) = K_p \cdot x_e(t)$	$\dfrac{K_P}{1 + pT_1}$
PT_2	$x_a(t) + T_1 \cdot \dot{x}_a(t) + T_2^2 \cdot \ddot{x}_a(t) = K_p \cdot x_e(t)$	$\dfrac{K_P}{1 + pT_1 + p^2T_2^2}$
I	$x_a(t) + K_I \cdot \int x_e(t)dt$	$\dfrac{K_I}{p}$
IT_1	$x_a(t) + T_1 \cdot \dot{x}_a(t) = K_I \cdot \int x_e(t)dt$	$\dfrac{K_I}{p \cdot (1 + pT_1)}$
D	$x_a(t) = K_D \cdot \dot{x}_e(t)$	$K_D \cdot p$
DT_1	$x_a(t) = T_1 \cdot \dot{x}_a(t) = K_D \cdot \dot{x}_e(t)$	$\dfrac{K_D \cdot p}{1 + pT_1}$
PI	$x_a(t) = K_P \cdot x_e(t) + K_I \cdot \int x_e(t)dt$	$K_P \cdot \left[1 + \dfrac{1}{pT_n}\right]$
PIT_1	$x_a(t) + T_1 \cdot \dot{x}_a(t) = K_P \cdot x_e(t) + K_I \cdot \int x_e(t)dt$	$K_P \cdot \dfrac{1 + \dfrac{1}{pT_n}}{1 + pT_1}$
PD	$x_a(t) = K_P \cdot x_e(t) + K_D \cdot \dot{x}_e(t)$	$K_P \cdot (1 + pT_V)$
PDT_1	$x_a(t) + T_1 \cdot \dot{x}_a(t) = K_P \cdot x_e(t) + K_D \cdot \dot{x}_e(t)$	$\dfrac{K_P \cdot (1 + pT_V)}{1 + pT_1}$
PID	$x_a(t) = K_P \cdot x_e(t) + K_I \cdot \int x_e(t)dt + K_D \cdot \dot{x}_e(t)$	$K_P \cdot \left(1 + \dfrac{1}{pT_N} + pT_V\right)$
$PIDT_1$	$x_a(t) + T_1 \cdot \dot{x}_a(t)$ $= K_P \cdot x_e(t) + K_I \cdot \int x_e(t)dt + K_D \cdot \dot{x}_e(t)$	$\dfrac{\left(1 + \dfrac{1}{pT_N} + pT_V\right)}{1 + pT_1}$
T_t	$x_a(t) = x_e(t - T_t)$	e^{-pT_t}

8.1.3 Elemente und Strukturen von Regelkreisen

Technische Prozesse lassen sich schematisch strukturieren. Die Strukturen werden mit den erwähnten Signalflußplänen dargestellt. Dabei hängt die Struktur des Prozesses im wesentlichen von den physikalischen Wirkungszusammenhängen im Inneren ab. Die Komplexität der betrachteten technischen Anlage bestimmt die Struktur der Regelung. Man unterteilt einen Prozeß in überschaubare isolierte Einzelprozesse, sogenannte *Elementarsysteme*. Diese Elementarsysteme entsprechen kleinen modularen Einheiten des Gesamtgefüges mit Eingangsgröße und Ausgangsgröße. Ein solches modulares Systemelement wird durch seine Übertragungsfunktion (Frequenzgang) oder seine Differentialgleichung (DGL) charakterisiert. Die Übertragungsfunktion bzw. die Differentialgleichung ist das mathematische Modell des Elementarprozesses. Die Zusammenschaltung der Elementarsysteme ergibt dann schließlich das Gesamtsystem und damit das Modell des technischen Prozesses. Üblicherweise bezeichnet man in der Regelungstechnik ein Elementarsystem als Regelkreisglied. Die Zusammenschaltung der Regelkreisglieder (Reihenschaltung, Parallelschaltung, Rückkopplung usw.) erfolgt nach den vorgestellten mathematischen Methoden im Zeit- oder im Frequenzbereich. Wir wollen uns nun den bekanntesten Regelkreisstrukturen zuwenden.

Einschleifige Regelkreise

In Abschnitt 8.1.1 wurde bereits der Unterschied zwischen Steuern und Regeln erläutert. Charakteristisches Merkmal der Regelung ist ein fortwährender Vergleich zwischen der zu regelnden zeitabhängigen Prozeßgröße $x(t)$ mit dem eingestellten Führungswert $w(t)$ in einem geschlossenen Wirkungsablauf. Man spricht vom Regelkreis. Man unterscheidet nach der Komplexität verschiedene Arten von Regelkreisstrukturen. Im einfachsten Fall handelt es sich um einen einschleifigen Regelkreis (Bild 8.13).

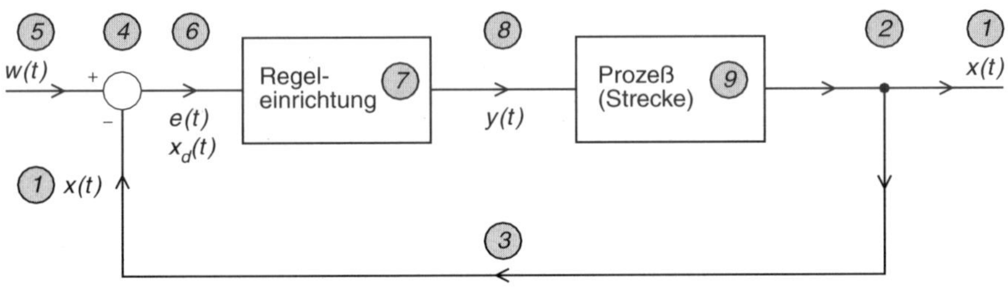

Bild 8.13 Einschleifiger Regelkreis

Die nachfolgend genannten Begriffe entsprechen den Normungen der DIN 19226:

$w(t)$	Führungsgröße, Sollwert	W_h	Führungsbereich
$x(t)$	Regelgröße, Istwert	X_h	Regelbereich
$y(t)$	Stellgröße	Y_h	Stellbereich
$z(t)$	Störgröße	Z_h	Störbereich
$e(t)$	Regelabweichung		
$x_d(t)$	Regeldifferenz		

Im einschleifigen Regelkreis mit einer Regelgröße (Eingrößenregelung) ist im einfachsten Fall der eigentliche technische Prozeß (z. B. ein Ofen) ein Glied des Regelkreises und der Regler mit seinen Zusatzelementen, wie z. B. das Stellglied, ein weiteres Regelkreisglied. Die Regelgröße $x(t)$ (1) (z. B. Ofentemperatur) wird am Meßort (2) gemessen und über die Rückführung (3) dem Vergleicher (4), der hier ein weiteres Regelkreisglied ist, zugeführt. Der Vergleicher bildet die Differenz aus Führungsgröße (Sollwert) $w(t)$ (5) und Regelgröße (Istwert) und stellt sie am Vergleicherausgang als Regeldifferenz $x_d(t)$ (6) bzw. Regelabweichung $e(t)$ (6) zur Verfügung:

$$x_d(t) = -e(t) = w(t) - x(t) \quad \text{bzw.} \quad e(t) = x_w(t) = x(t) - w(t)$$

Die Regeleinrichtung (7) erzeugt aufgrund der Regelabweichung und ihrer internen Regelstrategie eine Stellgröße $y(t)$ (8). Diese Stellgröße wirkt wieder auf den Prozeß (9) – man sagt auch Regelstrecke – im Sinne des Regelverfahrens ein und verändert die zu regelnde Prozeßgröße $x(t)$ am Ausgang der Regelstrecke. Dieser geschlossene Wirkungsablauf wird permanent durchgeführt, wodurch eine ständige Kontrolle und damit Regelung der Istgröße erzeugt wird. Führungsgröße, Regelgröße und Stellgröße sind zeitlich veränderliche Größen, die sich während des gesamten Regelvorganges innerhalb der für sie vorgesehenen maximalen Arbeitsbereiche bewegen. Den Arbeitsbereich der Führungsgröße bezeichnet man als Führungsbereich W_h, den der Regelgröße als Regelbereich X_h und den der Stellgröße als Stellbereich Y_h .

In erster Linie besteht die Aufgabe des Reglers (hier Regeleinrichtung) darin, plötzlich auftretende Störungen $z(t)$ so schnell und so genau wie möglich auszuregeln und damit die aufgrund einer Störung entstandene Differenz zwischen Soll- und Istwert zu null zu machen. Nun gibt es naturgemäß für Störungen viele Angriffsstellen in einem Regelkreis. Bild 8.14 zeigt eine Auswahl. Für einen Regelungsvorgang spielt der Ort, an dem die Störung angreift, eine wesentliche Rolle. Nicht alle in Bild 8.14 dargestellten Störungen sind gleichermaßen gut auszuregeln. Mit den mathematischen Methoden im Zeit- und Frequenzbereich lassen sich hierzu prinzipielle Aussagen treffen. Auch spielt die Art der Störung eine wesentliche Rolle für die Ausregelbarkeit. Man unterscheidet üblicherweise *additive Störgrößen* ($z_1(t)$, $z_3(t)$, $z_5(t)$, $z_6(t)$) von *multiplikativen Störungen* ($z_2(t)$, $z_4(t)$). Eine additive Störung könnte z. B. ein Signalrauschen auf einer Leitung oder ein Offsetfehler eines Meßfühlers und eine multiplikative Störung ein Verstärkungsfehler einer Übertragungseinheit (z. B. Parameterfehler) sein. Letztere sind ohne aufwendige Zusatzmaßnahmen nicht zu beheben.

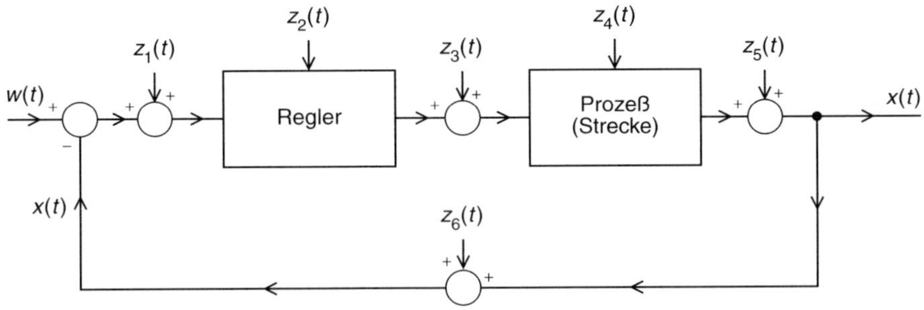

Bild 8.14 Einschleifiger Regelkreis mit diversen Angriffsstellen für Störungen

Aber auch ohne auftretende Störungen wird im Regelkreis ein ständiger Vergleich zwischen Soll- und Istwert durchgeführt. Wenn z. B. abhängig vom Prozeß die Führungsgröße geändert wird, so muß die Regelung für einen Angleich des Istwertes an den Sollwert sorgen. Man spricht von der *Führungsgrößenregelung* (*Folgeregelung*). Daneben unterscheidet man noch die *Festwertregelung* von der *Zeitplanregelung*.

Bei der dargestellten einschleifigen Regelkreisstruktur interessieren die inneren Zusammenhänge der Regelkreisglieder nicht. Man betrachtet hier nur den zeitlichen Verlauf der jeweiligen Eingangs- und Ausgangsgrößen, die im Strukturbild eingezeichnet sind. Die weitere (innere) Unterteilung der Regelkreisglieder kann je nach Realisierung sehr unterschiedlich verlaufen. Zwar findet man in der Literatur erklärende Begriffsdefinitionen, was man unter einer Regeleinrichtung, einem Regler, einem Stellglied, einer Regelstrecke, einem Vergleicher, einem Meßgrößenwandler usw. versteht, jedoch muß man sagen, daß die Gerätehersteller oft sehr unterschiedliche Auffassungen von den Begriffen haben und produktspezifische Klassifizierungen vornehmen. Unabhängig davon, ob man z. B. das Stellglied der Regeleinrichtung oder der Strecke zuordnet bzw. den Vergleicher für sich als separate Einheit sieht oder statt dessen als Eingangsstufe des Reglers betrachtet, steht hier in erster Linie die Struktur des Regelkreises im Vordergrund. Es ist immer eine Frage der Größenordnung, wie detailliert man in die inneren Strukturen jedes Regelkreisgliedes eindringt. So stelle man sich einen modernen Prozeßregler vor, der hier durch eine einzige Komponente dargestellt ist. Die Wirkungszusammenhänge seines inneren elektronischen Aufbaus sind selbst wieder eine Verkettung vieler elementarer Einzelblöcke, deren Zusammenschaltung innere verschachtelte Regelkreise ergeben. Auch der Sensor, der die aktuelle Regelgröße bei (2) mißt und dem Vergleicher zuführt, könnte aufgrund seiner physikalischen Meßmethode selbst wieder mit Auswerteelektronik ausgestattet sein und damit innere Regelkreise enthalten. Unabhängig von der Größenordnung, mit der man die Wirkungszusammenhänge betrachtet, sind die Strukturen jedoch klassifizierbar.

Die Regler und die Strecken lassen sich nach verschiedenen Merkmalen klassifizieren. So unterteilt die klassische Regelungstechnik die Regler z. B. in die stetigen und die unstetigen. Alle stetigen Regler wiederum lassen sich dem Grundprinzip nach in Komponenten mit proportionalem (P), integrierendem (I) und differenzierendem (D) Verhalten aufteilen. Sie sind unabhängig von ihrer Realisierung aus diesen Grundkomponenten zusammensetzbar (z. B. PI-, PD- und PID-Regler). Hinzu kommt noch bei allen realen Reglern eine zeitverzögernde Komponente, wodurch man z. B. einen $PIDT_1$-Regler erhält. Die analogen nichtstetigen Regler kennen nur diskrete Ausgangssignalzustände, wie z. B. die Zwei-, Drei-, Fünf- und n-Punkt-Regler. Sie sind wert-, aber nicht zeitdiskretisiert. Faßt man die unstetigen Regler als statische Regler auf, so kann man sie auch der Gruppe der *Kennlinienregler* zuordnen. Bei mehr als einer Eingangsgröße spricht man vom *Kennfeldregler.* Kennlinien- und Kennfeldregler können sowohl stetig (ohne Sprünge) als auch nichtstetig (mit Sprungstellen) sein. Sind die Reglerausgangsgrößen hingegen wert- und zeitdiskretisiert, spricht man vom digitalen Regler, der sich nach dem Digitalisierungsprinzip wiederum weiter unterteilen läßt. Darüber hinaus kennt man in der modernen klassischen Regelungstechnik auch den sogenannten *Zustandsregler,* der nach seiner mathematischen Arbeitsweise (Zustandsraumbeschreibung) bezeichnet wird. Bei den Strecken lassen sich im allgemeinen die gleichen Unterscheidungskriterien heranziehen. Jedoch muß man sagen, daß die überwiegende Mehrheit aller realer Regelstrecken aus analogen Regelstrecken besteht. Durch den verstärkten Computereinsatz in der Automatisierungstechnik ist bei den Reglern derzeit die überwiegende Mehrheit digital. Eingangsseitige Analog-Digital-Umsetzer und ausgangsseitige Digital-Analog-Umsetzer sind daher grundsätzlicher Bestandteil digitaler Regler. Die analogen Regelstrecken sind wiederum durch Verzögerungsverhalten oder integrierendes Verhalten gekennzeichnet (I-Strecken, PT_n-Strecken, Kombinationen aus I- und PT_n-Strecken). Man unterteilt sie in solche mit Ausgleich (Sprungantwort strebt einen stationären Endwert an, PT_n-Verhalten) und ohne Ausgleich (Sprungantwort wächst stetig, I-Verhalten). Eine unstetige Strecke wäre z. B. die Ansprechempfindlichkeit eines Sensors. Besonders problematisch, was die Regelbarkeit betrifft, sind Strecken mit Totzeitverhalten (z. B. Förderband).

Mehrschleifige Regelkreise

Eingangs wurde von der Komplexität eines Realsystems gesprochen. Damit ist gemeint, daß zur Regelung einer ausgewählten Prozeßgröße unter Umständen verschiedene interne Prozeßzwischengrößen betrachtet werden müssen, die in ihrer Gesamtheit die eigentliche Ausgangsgröße des Gesamtsystems bilden. Zerlegt man einen Realprozeß in Teileinheiten, so sucht man automatisch nach einer inneren Abhängigkeit der physikalischen Zwischengrößen. Eine bekannte und nach wie vor industriell eingesetzte Variante der mehrschleifigen Regelkreise ist der *Kaskadenregelkreis* (Bild 8.15). Bei der Kaskadenregelung wird der reale Prozeß in eine Anzahl von in Reihe geschalteten Einzelprozessen aufgeteilt. Nach jeder Teilstrecke (TS1, TS2, TS3) wird eine Zwischenregelgröße gemessen und einem Teilregler (TR1, TR2, TR3) zugeführt. Dabei entsteht für jede Zwischengröße ein eigener Regelkreis.

Die Regelparameter der Einzelregler sind immer so gewählt, daß der innerste Regelkreis der schnellste und der äußerste der langsamste ist. Der verschachtelten Struktur wegen spricht man auch von *unterlagerten Regelkreisen.*
Ein klassisches Beispiel für eine Kaskadenregelung ist ein drehzahlgeregelter Gleichstrommotor mit unterlagerter Stromregelung. Typische Einsatzgebiete der Kaskadenregelung sind Strecken mit mehreren I-Anteilen oder Strecken, bei denen amplitudenstarke Störsignale auszuregeln sind und daher differenzierende Regleranteile nicht verwendet werden können. Vorteil der Kaskadenregelung ist, daß die Störgrößen innerhalb des verschachtelten Regelkreises ausgeregelt werden und im nächsthöheren Kreis bereits nicht mehr auftreten. Besonders erwähnenswert ist die Tatsache, daß bei dieser Art der Regelkreisanordnungen die einzelnen Regelkreise für sich (von innen nach außen) in Betrieb genommen werden können. Der wegen der Anzahl der Zwischengrößen erhöhte Aufwand an Sensorik und Reglern und die gegenüber eines einschleifigen Regelkreises längere Ausregelzeit sind als Nachteile anzuführen.

Ist die Ursache bzw. der Ort, an dem eine Störung in einem System angreift, vorherbestimmbar (z. B. Lastschwankungen bei Aufzügen), so kann man sich das Wissen hierum zunutze machen, indem man eine lokal erfaßbare Störung als Steuergröße für den Regelprozeß mitverwendet und bei auftretender Störung gezielt unterstützt. Diese Regelkreisstruktur ist eine Kombination aus Steuern und Regeln. Man spricht von der sogenannten *Störgrößenaufschaltung*. Die Regelung, der eine Störgröße als Steuergröße aufgeschaltet ist, kann natürlich auch in Kaskadenstruktur ausgeführt sein.

Ändert sich z. B. aufgrund einer Prozeßinformation der Führungswert $w(t)$, so reagiert die Regelung im Sinne einer Folgeregelung. Die Führungsgröße selbst wirkt dann wie eine Störgröße. Diese Störgröße ist dann aber lokal erfaßbar, was wiederum bedeutet, daß man die Regelung mit einer gezielten Steuerung verknüpfen kann. Die Form des Regelkonzeptes nennt man *Regelung mit Vorsteuerung*. Die industriellen Varianten unterscheiden wiederum die statischen von den dynamischen Vorsteuerungseingriffen. Auch diese vorgesteuerten Regelungen werden sehr häufig in Kaskadenstruktur konzipiert (z. B. in der Antriebstechnik, Robotertechnik).

Neben den bis dato betrachteten Eingrößenregelungen werden nach der Anzahl der Führungsgrößen die sogenannten *Mehrgrößenregelungen* unterschieden (Bild 8.16).

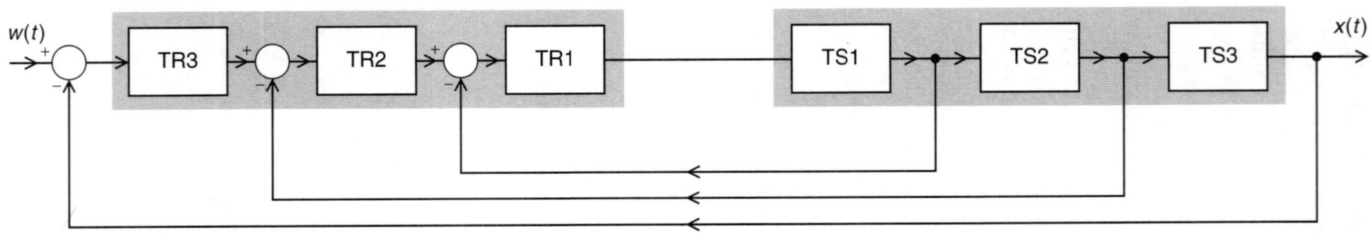

Bild 8.15 Kaskadenregelkreis

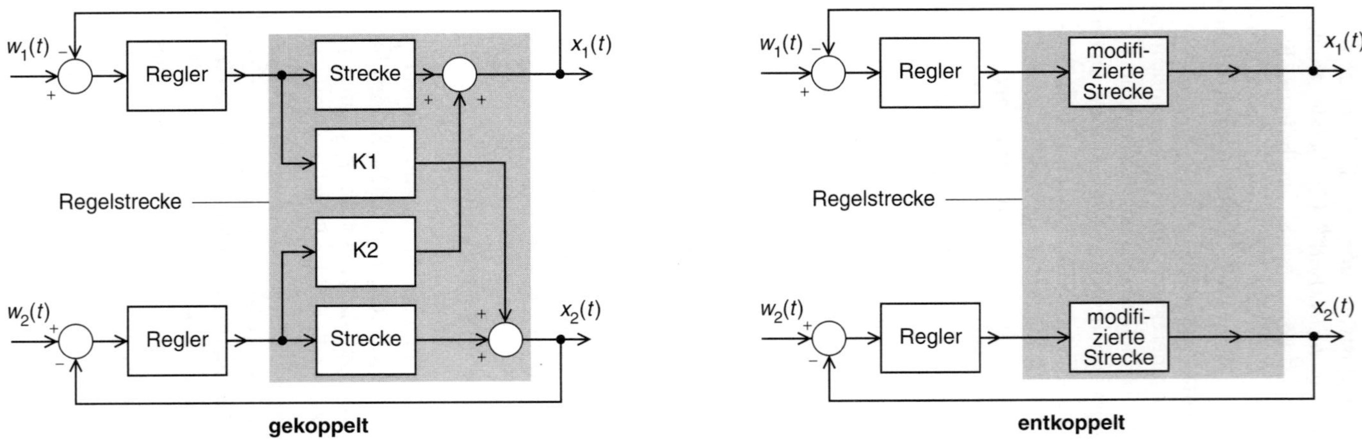

Bild 8.16 Mehrgrößenregelung (gekoppelt, entkoppelt)

Der Signalflußplan der Mehrgrößenregelung zeigt die gegenseitige Kopplung der beiden Regelgrößen $x_1(t)$ und $x_2(t)$. Die dargestellte Regelkreisstruktur weist die prinzipielle Verknüpfungsproblematik auf. Ideal wären unabhängig voneinander zu regelnde Regelgrößen, (Kopplungsnetzwerk K1 und K2 fehlen). Dazu müssen oft zusätzliche Übertragungsblöcke in die Regelung aufgenommen werden, die den Koppeleinfluß kompensieren sollen. Anwendungen sind z. B. in der chemischen Verfahrenstechnik zu sehen. Mehrgrößenregelsysteme erfordern einen sehr hohen Realisierungsaufwand und können durch die eventuell sehr starke gegenseitige Abhängigkeit der Regelgrößen nur durch große dynamische Bereichseinschränkungen befriedigend gelöst werden.

Adaptive Regelsysteme

Alle bis jetzt aufgeführten Regelstrategien setzen die Linearität und die Zeitinvarianz des Prozesses voraus. Gelten diese Voraussetzungen jedoch nicht, so behilft man sich mit den sogenannten *adaptiven Regelsystemen*. Da die Regelparameter (z. B. Verstärkungen, Zeitkonstante) für das mathematische Prozeßmodell unabdingbar sind, aber nicht als feste unveränderliche Größen angesehen werden können, müssen sie ständig meßtechnisch erfaßt und korrigiert werden. Regler, die eine Online-Korrektur ihrer prozeßabhängigen Parameter durchführen, nennt man adaptive Regler. Sie werden neben der Regelabweichung $e(t)$ im einschleifigen Fall durch die veränderten Betriebsbedingungen gesteuert. Die veränderten Betriebsbedingungen sind eine Modifikation der eigentlichen Regelstrecke, deren veränderten charakteristischen Werte eine Korrektur der zuvor eingestellten Reglerparameter nötig machen. Setzt man den Adaptionszeitpunkt als Unterscheidungskriterium an, so lassen sich die Adaptionsmethoden nach der *permanenten Adaption*, der *Bedarfsadaption* und der *Inbetriebnahmeadaption* unterteilen. Betrachtet man die Entwurfsstrategien der gängigen Adaptionsideen, so unterscheiden sich die adaptiven Regelsysteme z. B. wie folgt:

- adaptive Systeme, die sich auf ein Prozeßvergleichsmodell stützen,
- adaptive Systeme, die sich auf ein Identifikationsmodell stützen (Self-tuning-Adaption),
- adaptive Systeme, deren Parameter gesteuert werden.

Im Gegensatz zur dritten Variante regeln die beiden ersten Verfahren eine Adaption der Reglerparameter. Wird ein Prozeßvergleichsmodell zur Adaption herangezogen (Bild 8.17), so liegt die als ideal angesehene Struktur des geschlossenen Regelkreises als Referenzmodell vor. Parameterspezifische Veränderungen im Realprozeß werden durch eine ständige Vergleichsmessung als Differenzsignal $\varepsilon(t) = x(t) - x'(t)$ erkannt. Bei vorhandener Abweichung (ideal ist sie null) wird eine Korrektur der Reglerparameter vorgenommen. Nachteilig ist, daß die zusätzliche Regelkreisstruktur Instabilitäten hervorrufen kann.

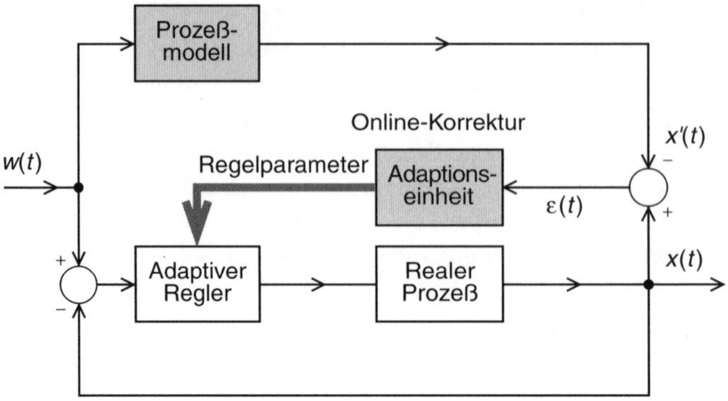

Bild 8.17
Adaptive Regelung mit Prozeßvergleichsmodell (geregelte Adaption)

Beim Identifikationsmodell (Bild 8.18) existiert kein Prozeßvergleichsmodell. Man unterscheidet indirekte und direkte Identifikationsverfahren. Die Systemidentifikation erfolgt durch Überwachung der Stellgröße $y(t)$ und der Regelgröße $x(t)$. Beim indirekten Verfahren führt eine Veränderung der Systemparameter des realen Prozesses zu einem Schätzen der neuen Regelstreckenparameter. In Abhängigkeit von diesen geschätzten Regelstreckenparametern werden die zugehörigen neuen Reglerparameter z. B. mit Hilfe eines Gütekriteriums (Abschnitt 8.2) bestimmt. In Abhängigkeit von einem Entscheidungsalgorithmus erfolgt die Korrektur der Parameter des Reglers. Das direkte Verfahren verwendet die Stellgrößenänderung und berechnet die zu erwartende Regelgröße $x(t)$ (Prädiktion). Auch bei diesem Verfahren mit geregelter Adaption sind möglicherweise Systeminstabilitäten in Kauf zu nehmen.

Schließlich bliebe noch die gesteuerte Adaption zu erwähnen (Bild 8.19). Sie basiert auch auf der Identifikation der Prozeßparameter. Jedoch verursacht eine Veränderung der Regelstreckenparameter in jedem Fall eine Modifikation der Reglerparameter nach zuvor festgelegten Entwurfsverfahren. Es handelt sich um eine Steuerung, da weder die Regelgröße noch die Stellgröße die Adaption beeinflussen. Für alle drei adaptiven Regelsysteme muß gesagt werden, daß die Adaptionsgeschwindigkeit eine Schwachstelle darstellen kann.

8.2 Einstellverfahren klassischer Regelungen

Dieser Abschnitt stellt einige wichtige klassische Einstellverfahren vor. Wir wollen sie in die empirischen Einstellverfahren, auf integrale Gütekriterien zurückgreifende und in Verfahren, die im Frequenzbereich durchgeführt werden, unterteilen. Die Einteilung zeigt einen repräsentativen Ausschnitt grundlegender Ansätze. Mindestanforderung für die Auslegung und den Entwurf eines Regelkreises ist der Anspruch auf Stabilität. Da grundsätzlich alle Einstellverfahren (Entwurfsstrategien) auf der Betrachtung der Stabilität basieren, soll eine kurze Darstellung vorgeschaltet werden.

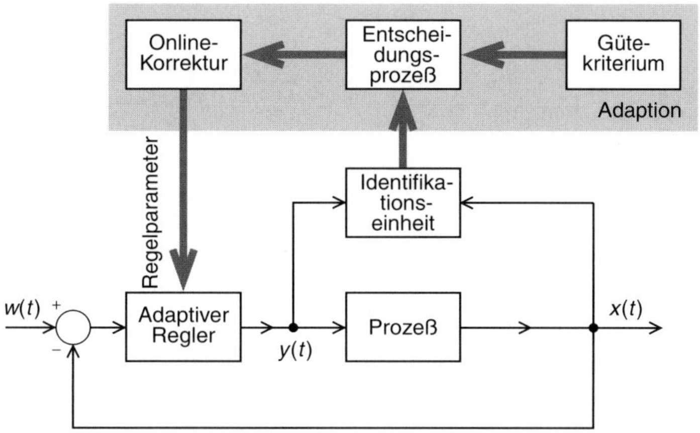

Bild 8.18
Adaptive Regelung mit Identifikationsmodell (geregelte Adaption)

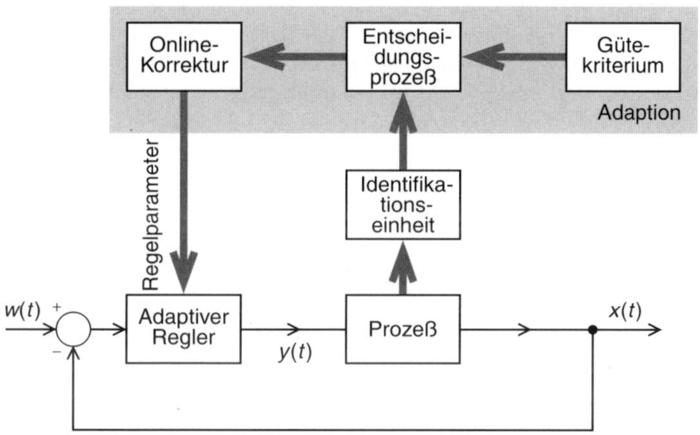

Bild 8.19
Adaptive Regelung (gesteuerte Adaption)

8.2.1 Stabilitätsbetrachtungen

In Abschnitt 8.1 ist bereits ausführlich das Prinzip der Regelung behandelt worden. Durch Änderung der Führungsgröße bzw. plötzlich auftretende Störgrößen wird die Regelgröße aus ihrer ursprünglichen stationären Lage gebracht. Es entsteht eine Abweichung zwischen Soll- und Istwert, die in möglichst kurzer Zeit auf einen möglichst geringen Wert gebracht werden muß. Die Idealvorstellung geht dahin, daß die Regelabweichung null ist und die Zeit, die der Regler dazu benötigt, ebenfalls gegen null geht. Selbstverständlich können reale Regelkreise dieser Idealvorstellung nicht gerecht werden. Es wird sich immer ein periodischer oder aperiodischer Übergang vom alten stationären Wert zum neuen stationären Wert einstellen. Wie dieser Übergang stattfindet, ist Gegenstand der Stabilitätsbetrachtungen und den damit verbundenen Einstellkriterien für den Regler.

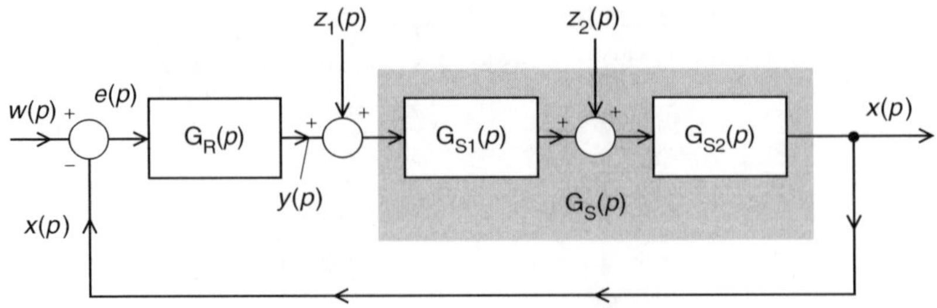

Bild 8.20 Einschleifiger Regelkreis mit zwei additiven Störgrößen; Darstellung im Frequenzbereich

Ein Regelkreissystem bezeichnet man als *stabil*, wenn beim beschriebenen Regelvorgang, der sowohl durch Führungsgrößen als auch durch Störgrößen angeregt worden sein kann, die Regelgröße nach dem Abklingen des Einschwingvorganges immer wieder einen neuen Beharrungszustand annimmt. Ein *instabiler* Regelkreis kann unter ungünstigen Voraussetzungen ein Auffachen der Regelgröße zur Folge haben, wodurch die Regelung «außer Tritt» gerät. Den Übergang zwischen Stabilität und Instabilität bezeichnet man als *Stabilitätsgrenze*. Mit Hilfe der Übertragungsfunktionen der Strecke und des Reglers lassen sich nun grundsätzliche Aussagen zur Systemstabilität machen, da sie das Übertragungsverhalten der Regelkreisglieder charakterisieren. Für die weiteren Überlegungen wird der einschleifige Regelkreis (Bild 8.20) betrachtet.

Die Strecke besteht beispielsweise aus zwei in Reihe geschalteten Teilstrecken. Sie hat die Übertragungsfunktion $G_S(p)$, ihre beiden Teilstrecken besitzen die Übertragungsfunktionen $G_{S1}(p)$ und $G_{S2}(p)$, und der Regler hat die Übertragungsfunktion $G_R(p)$. Im Gegensatz zum Regler ist die Übertragungsfunktion der Strecke durch den realen Prozeß vorgegeben. Insofern gehen die Überlegungen nun in die Richtung, welche Regler in Kombination mit vorgegebenen Strecken ein grundsätzlich stabiles (*strukturstabiles*) Regelverhalten garantieren. Die Beantwortung der Frage führt letztlich zu den Einstellkriterien der Regler.

Mit Hilfe der bekannten Verknüpfungsgesetze für die Regelkreisglieder gelangt man beim einschleifigen Regelkreis des Bildes 8.20 nach einigen Umformungen zu:

$$x(p) = w(p) \cdot \frac{G_0(p)}{1 + G_0(p)} + z_1(p) \cdot \frac{G_S(p)}{1 + G_0(p)} + z_2(p) \cdot \frac{G_{S2}(p)}{1 + G_0(p)}$$

$$x(p) = w(p) \cdot G_W(p) + z_1(p) \cdot G_{Z1}(p) + z_2(p) \cdot G_{Z2}(p)$$

$$\text{mit:} \quad G_0(p) = G_R(p) \cdot G_S(p) \qquad G_S(p) = G_{S1}(p) \cdot G_{S2}(p)$$

Die komplexe Regelgröße $x(p)$ setzt sich aus gewichteten Anteilen der Führungsgröße $w(p)$ sowie den Störgrößen $z_1(p)$ und $z_2(p)$ zusammen. $G_0(p)$ ist die Übertragungsfunktion des offenen (Rückkopplung aufgetrennt) Kreises. Man erkennt sehr deutlich, wie sich die Führungsgröße und die Störgrößen durch den Regelkreis an den Regelausgang übertragen. Alle drei Signalgrößen sind für den Regelkreis als Eingangsgrößen aufzufassen. Jede Eingangsgröße liefert hier einen additiven Beitrag zur Regelgröße $x(p)$. Die Bewertung der Eingangsgröße hängt von der Stelle ihres Eingriffs in den Regelkreis ab. Durch Nullsetzen der jeweils anderen beiden Eingangsgrößen erhält man die Übertragungsfunktion für das betrachtete Eingangssignal. Man spricht von der sogenannten *Führungsübertragungsfunktion* $G_w(p)$ und von den *Störübertragungsfunktionen* $G_{Z1}(p)$ und $G_{Z2}(p)$. Sie geben Aussage zum *Führungsverhalten* bzw. *Störverhalten* des Regelkreises.

Die meisten mathematischen Stabilitätskriterien beruhen auf der Differentialgleichung bzw. dem Frequenzgang des geschlossenen Regelkreises. Ein Stabilitätskriterium, das auf NYQUIST zurückgeht und dafür den Frequenzgang benutzt, soll im Ergebnis kurz dargestellt werden.

- □ Stabilitätskriterium nach NYQUIST in Ortskurven-Darstellung,
- □ Stabilitätskriterium nach NYQUIST in Bode-Diagramm-Darstellung.

Zur Ermittlung der Stabilität wird bei allen Methoden das dynamische Verhalten des geschlossenen Regelkreises betrachtet. Die überwiegende Mehrzahl aller realen Prozesse ist aufgrund ihrer inneren Energiespeicher (Systeme ab zweiter Ordnung aufwärts) grundsätzlich schwingungsfähig. Ein solches System kann abklingende, aufklingende oder auch permanente Schwingungen durchführen. Zur Beurteilung der Schwingungsneigung des Regelkreises betrachtet NYQUIST die Nullstellen der Nennerpolynome der Übertragungsfunktionen des geschlossenen Kreises:

$$1 + G_0(p) = 1 + G_R(p) \cdot G_S(p) = 0$$

Die Stabilität eines Regelkreises läßt sich unabhängig von den Eingangsgrößen des Systems beurteilen. Nach dem vereinfachten Nyquist-Kriterium [19] ist es anhand des Frequenzganges des offenen Kreises $G_0(p)$ möglich, auf das Stabilitätsverhalten des geschlossenen Kreises zu schließen. Es wurden bereits zwei grafische Darstellungsarten von Frequenzgängen in Abschnitt 8.1.2, nämlich die Ortskurve und das Bode-Diagramm, vorgestellt. Die Ortskurve stellt die Amplitudenverhältnisse und Phasenverhältnisse gemeinsam in der Gaußschen Zahlenebene dar. Das Bode-Diagramm benutzt eine getrennte Illustration von Amplituden- und Phasengang:

$$G_0(j\omega) = |G_0(\omega)| \cdot e^{j\varphi_0(\omega)} \qquad \text{Amplitudengang: } |G_0(\omega)| \qquad \text{Phasengang: } \varphi_0(\omega)$$

Die Stabilitätsforderung nach NYQUIST lautet:

Bei $|G_0(\omega_D)| = 1$ muß gelten: $\varphi_0(\omega_D) > -180°$

oder

Bei $\varphi_0(\omega_{180}) = -180°$ muß gelten: $|G_0(\omega_{180})| < 1$

bzw. $|G_0(\omega_{180})|_{dB} < 0$

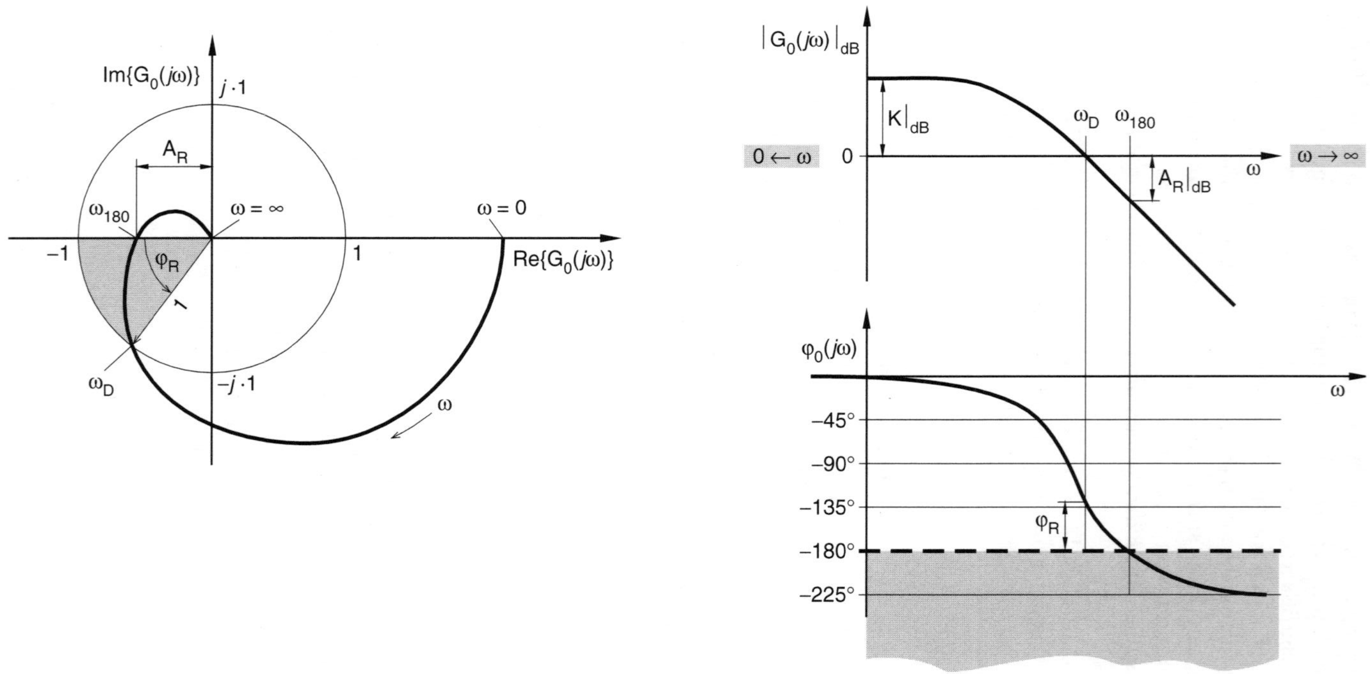

Bild 8.21 Nyquist-Kriterium in Ortskurven- und Bode-Diagramm-Darstellung

Der Regelkreis ist stabil, wenn der kritische Punkt $(-1 + j\,0)$ links von der Ortskurve des offenen Kreises liegt. Die Stabilitätsforderung drückt aus, daß bei der sogenannten *Durchtrittsfrequenz* ω_D – das ist die Frequenz, bei der die Verstärkung (Amplitude) des offenen Kreises gerade eins ist – ein Restwinkel, die sogenannte *Phasenreserve* oder der *Phasenrand*, φ_R zu der kritischen Phasendrehung von $-180°$ bestehen muß. Phasenreserve und Phasendrehung bei Durchtrittsfrequenz ergeben zusammen immer 180°:

$$\varphi_R - \varphi_0(\omega_D) = 180°$$

In der Ortskurvendarstellung ist die Durchtrittsfrequenz durch den Schnittpunkt mit dem Einheitskreis gekennzeichnet. Im Bode-Diagramm ist es der Schnittpunkt des Amplitudenganges mit der 0-dB-Linie. Die Stabilitätsbedingung läßt sich aber auch mit Hilfe der sogenannten *Amplitudenreserve* bzw. dem *Amplitudenrand* A_R erklären. Er gibt die Verstärkung des offenen Kreises bei einer Phasendrehung von $\varphi_0 = -180°$ an.

$$A_R = |G_0(\omega_{180})|$$

Dreht sich die Phase der Führungsgröße zwischen Reglereingang und Streckenausgang um Vielfache von ±180°, so wird aus der Gegenkopplung der Regelgröße eine Mitkopplung. Das Vorzeichen am Vergleicher hat sich dann geändert. Wenn gleichzeitig die Verstärkung des offenen Regelkreises größer als eins ist, dann schaukelt sich bei geschlossenem Kreis die Regelgröße auf. Der Kreis schwingt auf. Er ist instabil. Bleibt die Verstärkung bei der kritischen Phasendrehung von Vielfachen von ±180° kleiner eins, so ist der Kreis stabil.

Die praktische Nutzung dieser Stabilitätskriterien ist bei der Reglereinstellung wiederzufinden.

Andere Stabilitätskriterien, die auch den Frequenzgang des Regelkreises verwenden, wie z. B. das *Wurzelortskurven-Kriterium*, basieren auch auf der Nullsetzung des Nennerpolynoms.

Im Gegensatz hierzu betrachtet die unter dem Namen Hurwitz-Kriterium bekannte Methode die Differentialgleichung des geschlossenen Regelkreises. Aussagen über Stabilität erhält man, indem man die Wurzelausdrücke (Eigenwerte) der DGL betrachtet. Hierzu entwickelte HURWITZ ein Determinantenverfahren (*Hurwitz-Determinante*), das die Koeffizienten der DGL betrachtet. Aus mathematischer Sicht sind die verschiedenen Methoden im Zeit- und Frequenzbereich vollkommen gleichwertig. In puncto Praxistauglichkeit sind sie aber unterscheidbar. Ein mathematisches Verfahren, das sich nicht auf den Frequenzgang oder die DGL des geschlossenen Regelkreises stützt, beruht z. B. auf der *Zustandsraumdarstellung* des Systems. Hier müssen alle Eigenwerte in der linken Gaußschen Halbebene liegen, um Stabilität zu erreichen.

8.2.2 Empirische Einstellverfahren

Empirische Einstellverfahren sind in der industriellen Praxis weitverbreitet. So werden z. B. auch heute noch dezentrale Prozeßregler in der Verfahrenstechnik in einem ersten Dimensionierungsansatz nach praktischen Faustregeln eingestellt. Die Prinzipien beruhen auf der experimentellen Untersuchung der Stabilitätsgrenze. Die beiden wohl bekanntesten empirischen Verfahren sind:

- Verfahren nach ZIEGLER und NICHOLS,
- Verfahren nach CHIEN, HRONES und RESWIK.

Verfahren nach ZIEGLER und NICHOLS

In einem ersten Schritt wird der Regler als reiner P-Regler verwendet. Durch Erhöhung der Reglerverstärkung K_P tritt bei einem Maximalwert, der als *kritische Verstärkung* bezeichnet wird, eine Schwingungserscheinung auf. In diesem Moment hat man für den Regelkreis die zugehörige Stabilitätsgrenze erreicht. Aus dem Regelkreis ist ein Oszillator für eine feste Frequenz geworden. Er schwingt auf einer für ihn typischen Schwingfrequenz, die dann mit f_{krit} bezeichnet wird. Aus der kritischen Schwingfrequenz ergibt sich unmittelbar durch Inversion die zugehörige kritische Periodendauer T_{krit}. Mit diesen so gewonnen kritischen Werten K_{krit} und T_{krit} lassen sich aus der Tabelle in Bild 8.22 die Reglerparameter K_P, K_I, K_D bestimmen.

Regler	K_P	T_N	T_V
P	0,50 K_{krit}	–	–
PI	0,45 K_{krit}	0,85 T_{krit}	–
PD	0,80 K_{krit}	–	0,12 T_{krit}
PID	0,60 K_{krit}	0,50 T_{krit}	0,12 T_{krit}

Bild 8.22 Einstellwerte nach ZIEGLER und NICHOLS

Selbstverständlich eignet sich das Verfahren nur für solche Regelkreise, die auch im Praxisgeschehen an ihre Stabilitätsgrenze gefahren werden können. In komplexen industriellen Prozessen ist dies oft nicht möglich oder sogar absolut gefährlich und riskant. Darüber hinaus eignet sich das Verfahren nur für einschleifige Regelkreise.

Verfahren nach Chien, Hrones und Reswik

Das praktische Einstellverfahren nach Chien, Hrones und Reswik verwendet die experimentellen Ergebnisse aus der Sprungantwort der betrachteten Regelstrecke nach Bild 8.23 bzw. Bild 8.24.

Die Sprungantworten werden nach dem dynamischen Verhalten der Strecken in Strecken mit Ausgleich (ohne I-Anteil) und in Strecken ohne Ausgleich (mit I-Anteil) unterschieden.

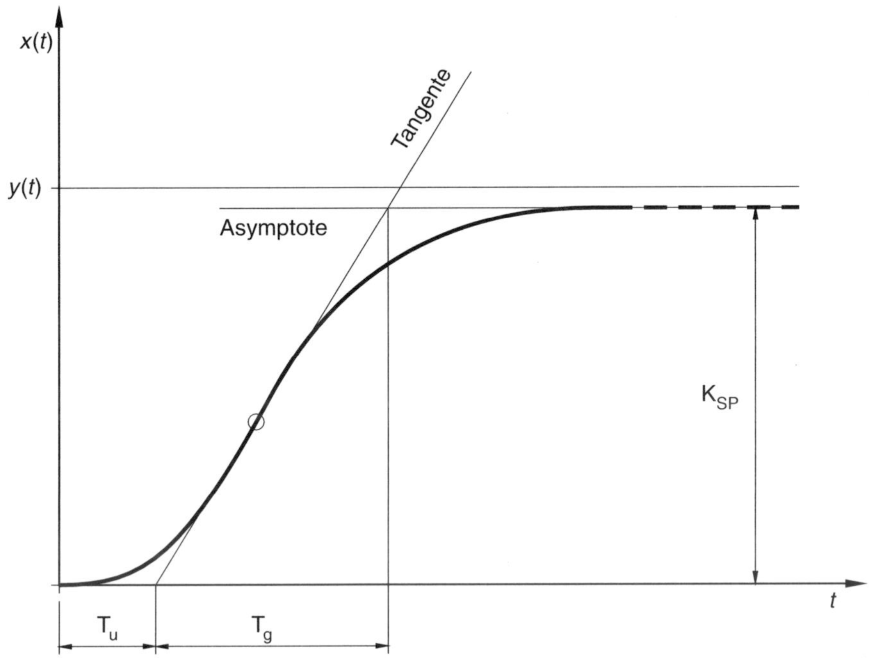

Bild 8.23 Sprungantwort einer PT_n-Regelstrecke (mit Ausgleich)

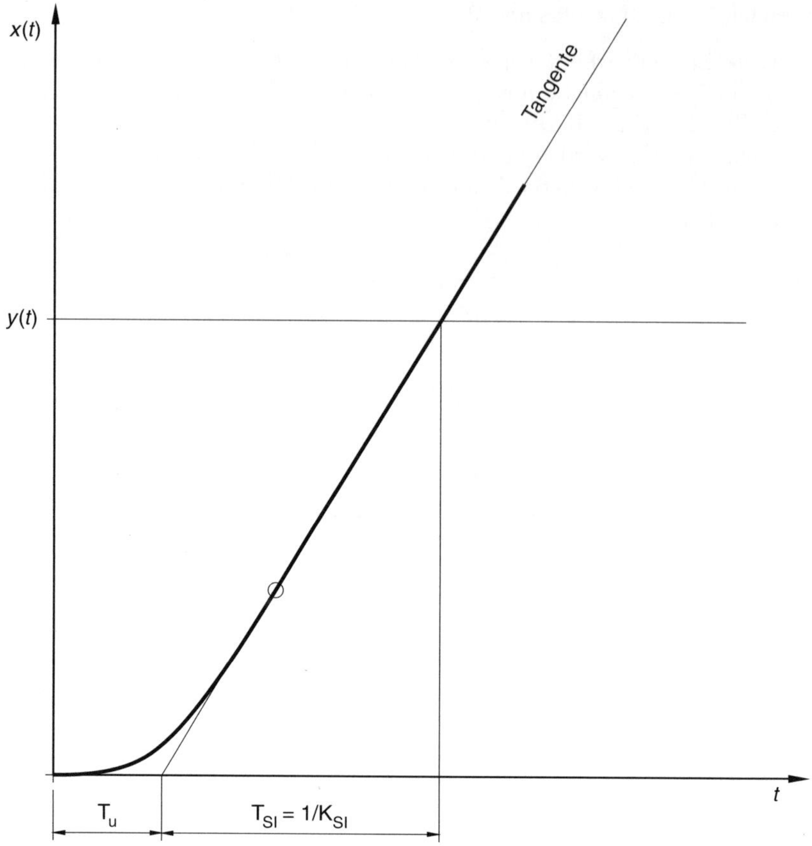

Bild 8.24 Sprungantwort der IT_n-Regelstrecke (ohne Ausgleich)

Hierin bedeuten:

T_u	Verzugszeit	K_{SP}	Proportionalbeiwert der Strecke
T_g	Ausgleichszeit	T_{SI}	Integrationszeit der Strecke
K_{SI}	Integrierbeiwert der Strecke		

Die Einstellwerte für die Parameter des Reglers ergeben sich bei experimentell ermittelten Streckenparametern aus den Tabellen der Bilder 8.25 und 8.26.

aperiodisch

Regler	K_P	T_N	T_V
P Führung Störung	$0{,}30\ T_g/(K_{SP}T_u)$ $0{,}30\ T_g/(K_{SP}T_u)$	–	–
PI Führung Störung	$0{,}35\ T_g/(K_{SP}T_u)$ $0{,}60\ T_g/(K_{SP}T_u)$	$1{,}2\ T_g$ $4{,}0\ T_u$	–
PID Führung Störung	$0{,}60\ T_g/(K_{SP}T_u)$ $0{,}95\ T_g/(K_{SP}T_u)$	T_g $2{,}4\ T_u$	$0{,}50\ T_u$ $0{,}42\ T_u$

periodisch mit 20% Überschwingen

Regler	K_P	T_N	T_V
P Führung Störung	$0{,}70\ T_g/(K_{SP}T_u)$ $0{,}70\ T_g/(K_{SP}T_u)$	–	–
PI Führung Störung	$0{,}60\ T_g/(K_{SP}T_u)$ $0{,}70\ T_g/(K_{SP}T_u)$	T_g $2{,}30\ T_u$	–
PID Führung Störung	$0{,}60\ T_g/(K_{SP}T_u)$ $0{,}95\ T_g/(K_{SP}T_u)$	$1{,}35\ T_g$ $2{,}00\ T_u$	$0{,}47\ T_u$ $0{,}42\ T_u$

Bild 8.25 Verfahren nach CHIEN, HRONES und RESWIK für Strecken mit Ausgleich

Die Tabellen gelten für den aperiodischen bzw. periodischen Verlauf der Regelgröße. Die Werte sind als Richtwerte zu verstehen. Unterschieden werden optimales Führungsverhalten (Folgeregelung) und optimales Störverhalten.

Regler	K_p	T_N	T_V
P	$0{,}50\ T_{SI}/T_u$	–	–
PI	$0{,}42\ T_{SI}/T_u$	$5{,}8\ T_u$	–
PD	$0{,}50\ T_{SI}/T_u$	–	$0{,}5\ T_u$
PID	$0{,}40\ T_{SI}/T_u$	$3{,}2\ T_u$	$0{,}8\ T_u$

Bild 8.26 Verfahren nach CHIEN, HRONES und RESWIK für Strecken ohne Ausgleich

8.2.3 Einstellverfahren mit integralen Gütekriterien

Neben der grundsätzlichen Forderung, daß der Regelkreis immer stabil sein soll, bieten spezielle Gütekriterien zusätzliche Hinweise auf die Auslegung der Regelparameter. Betrachten wir die Antwort der Regelgröße $x(t)$ auf eine sprungartige Änderung der Führungsgröße $w(t)$ und Störgröße $z(t)$ nach Bild 8.27.

Es bedeuten:

T_u	Verzugszeit	x_m	maximale Überschwingweite
T_g	Ausgleichszeit	$e(t)$	Regelabweichung
T_{an}	Anregelzeit	$e(\infty)$	bleibende Regelabweichung
T_{aus}	Ausregelzeit	ε	Toleranzschranke

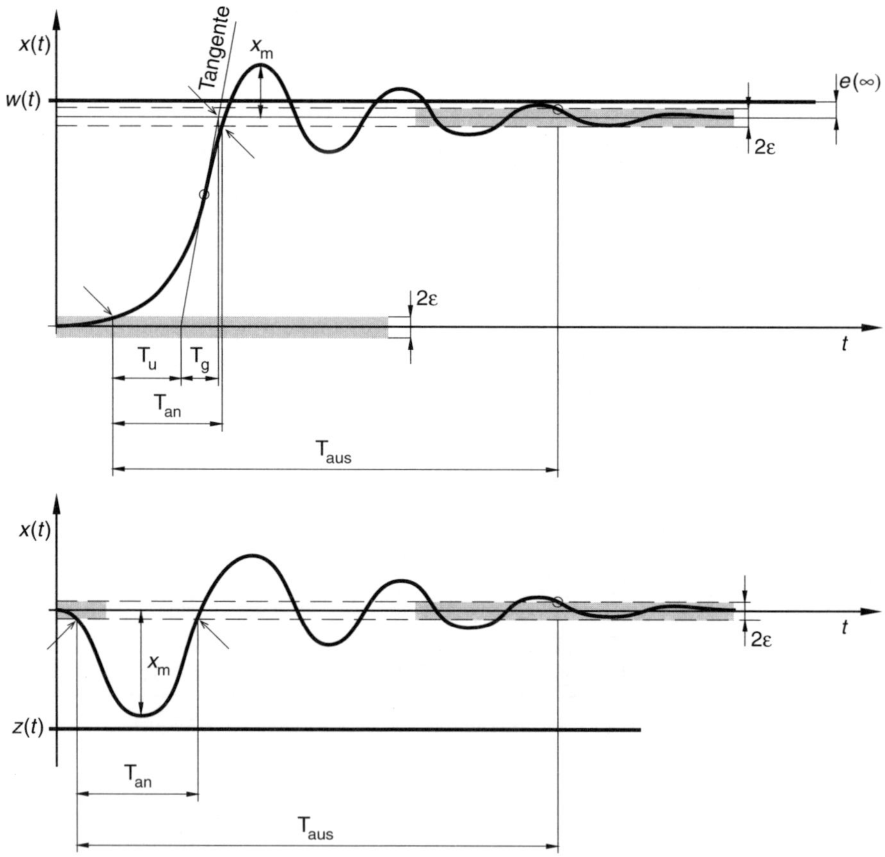

Bild 8.27 Sprungantwort eines Regelkreises auf einen Sprung der Führungsgröße und der Störgröße

Betrachtet man die beiden Sprungantworten in Bild 8.27, so erkennt man, daß der reale Verlauf der Regelgröße $x(t)$ vom ideal wünschenswerten abweicht. Bei einer sprungartigen Änderung der Führungsgröße folgt die Regelgröße nicht unmittelbar. Sie erreicht den neuen Sollwert erstmalig nach der sogenannten *Anregelzeit* T_{an}, schwingt über den Vorgabewert um die maximale Überschwingweite x_m hinweg und oszilliert so lange um den neuen Sollwert, bis die Schwingung ein vorgeschriebenes Toleranzband von 2ε nach der sogenannten *Ausregelzeit* nicht mehr verläßt. Ähnlich ließe sich der Einpendelvorgang beim Störverhalten erklären. Gegebenenfalls wird der neue stationäre Wert von der Vorgabe auch um die sogenannte bleibende Regelabweichung $e(\infty)$ differieren.

Die nachfolgend aufgeführten Gütekriterien beurteilen das Stör- bzw. Führungsverhalten mit Hilfe der Abweichung der Regelgröße $x(t)$ vom neuen stationären Endwert. Die Abweichung entspricht der Summe der schraffierten Flächen. Je kleiner die Abweichung, desto kleiner ist der Flächeninhalt zwischen der aktuellen Regelgröße und ihrem stationären Endwert.

In der Praxis haben sich für unterschiedliche Anforderungen diverse Varianten bewährt. Einige bekannte von ihnen sind:

IAE-Kriterium: $$Q = \int_0^\infty [e(t) - e(\infty)]dt \quad \rightarrow \quad \text{minimal!}$$

ISE-Kriterium: $$Q = \int_0^\infty [e(t) - e(\infty)]^2 dt \quad \rightarrow \quad \text{minimal!}$$

ITAE-Kriterium: $$Q = \int_0^\infty |e(t) - e(\infty)|\, dt \quad \rightarrow \quad \text{minimal!}$$

Die anschauliche Interpretation der Gütekriterien ist unmittelbar einsichtig. Mit Hilfe mathematischer Optimierungsverfahren kann man die sogenannten *Integralkriterien* als Berechnungsgrundlage für eine Steuergröße wählen, die nun die Dämpfung des Regelkreises im Online-Betrieb so beeinflußt, daß die Fläche möglichst gering wird. Je kleiner der Wert für Q, desto besser arbeitet der Regelkreis. Ziel der Entwurfsverfahren ist es, eine möglichst hohe Regelgüte zu erreichen. Im Einzelfall ist jedoch genau zu bewerten, was man unter einer optimalen Einstellung versteht. Hier können von Fall zu Fall unterschiedliche Anforderungen an die Regelung gestellt sein.

Im übrigen verwendet man solche Gütekriterien auch zur Überprüfung und Optimierung eines mathematischen Modells von einem realen Prozeß, indem man Testsignale gleichzeitig auf das Modell und den realen Prozeß schickt und in einer Parallelstruktur die Antworten des realen Prozesses und des Modells miteinander vergleicht und das Differenzsignal einem Gütekriterium unterzieht. Je geringer der Unterschied der Signalgrößen, desto höher ist die Modellgüte.

8.2.4 Einstellverfahren im Frequenzbereich

Die Einstellverfahren im Frequenzbereich nehmen eine zentrale Stellung bei der Reglerdimensionierung ein. Alle mathematischen Verfahren, die den Regelkreis im Frequenzbereich behandeln, führen letztendlich zur Gewinnung von Einstellwerten für die Regelparameter. Hierbei werden die Eigenschaften des Regelkreises durch den entsprechenden Frequenzgang, Phasengang, Amplitudengang oder die Ortskurve der Regelkreiskomponenten (i. a. des offenen Regelkreises), um nur einige wichtige zu nennen, interpretiert. Die hierbei entstehende Kennlinie (bzw. Kennlinien) wird sowohl aus den Regelkreisgliedern, die die Strecke wiedergeben, als auch durch jene, die den Regler darstellen, gebildet. Die Gestaltung der Kennlinien nach vorgegebenen Richtwerten ist der Reglerentwurf. Da die Streckenparameter vorgegeben und unveränderlich sind, wird die Kennlinie durch die Parameter des Reglers modelliert. Die sich hierbei ergebenden Werte sind die Einstellwerte für die Regelparameter. Dies sind im allgemeinen Verstärkungsfaktoren und Zeitkonstanten.

Die Ortskurve und das Bode-Diagramm wurden bereits in Abschnitt 8.2.1 im Zusammenhang mit der Stabilitätsbetrachtung des geschlossenen Regelkreises behandelt. Beispielhaft wurde das Stabilitätskriterium nach NYQUIST vorgestellt. Die Ermittlung der Frequenzkennlinien hatte natürlich die Untersuchung des geschlossenen Regelkreises auf Stabilität zur Absicht. Das Nyquist-Kriterium gibt Auskunft darüber, ob ein Regelkreis stabil ist oder nicht. Dies ist jedoch nur eine Seite der Medaille. Wenn man die Stabilität eines Regelkreises mit einer Frequenzkennlinie untersuchen kann, so läßt sich auch eine komplette Dimensionierung des Regelkreises durch die beschriebene Modellierung der Frequenzkennlinie mit Hilfe der Reglerparameter durchführen.

Leser, die sich für die klassischen Einstellverfahren im Frequenzbereich interessieren, seien hier auf die einschlägige und umfangreiche Literatur verwiesen, z. B. [19]. Hier soll eine thematische Eingliederung genügen.

9 Regelbasierte Übertragungssysteme

In Kapitel 7 sind auf der Basis des generalisierten Modus ponens die Fuzzy-Inferenzschemata vorgestellt worden. Wegen der zentralen Bedeutung der Inferenzschemata für die Fuzzy-Logik sollen die mathematischen Zusammenhänge dieser Thematik hier ausführlich beschrieben werden. Ansonsten wird ab jetzt nur noch mit den überschaubaren Ergebnissen der mathematischen Herleitungen aus den vorangegangenen Kapiteln gearbeitet.

In Kapitel 8 wurden die verschiedenen Komponenten eines Regelkreises beschrieben. Diese sind aus einer systemorientierten Sicht nichts anderes als Übertragungseinheiten. Sie übertragen ein Signal vom Eingang einer Einheit zu deren Ausgang und modellieren dabei die Signalform gemäß der Übertragungseigenschaften des Regelkreisgliedes. Der Zusammenhang zwischen Eingangssignal und Ausgangssignal ist mathematisch mit Hilfe von Übertragungsfunktionen im Zeit- oder Frequenzbereich (Sprungantworten, Amplitudengänge, Phasengänge usw.) eindeutig zu beschreiben. Die Übertragungscharakteristik einer solchen Übertragungskomponente wird mit scharfen mathematischen Funktionen beschrieben. Das gleiche gilt für alle vorkommenden Signalgrößen. Im Gegensatz hierzu wird die Übertragungscharakteristik eines sogenannten *regelbasierten Übertragungssystems*, das auch als eine Übertragungseinheit aufgefaßt werden kann, nicht durch mathematisch scharfe funktionale Zusammenhänge zwischen Eingangssignal(en) und Ausgangssignal(en), sondern durch Entscheidungsregeln, denen eine wissensbasierte Strategie zugrunde liegt, beschrieben [9; 17; 18]. Bild 9.1 zeigt eine Gegenüberstellung zweier Übertragungseinheiten, die nach ihren Übertragungsmechanismen, d. h. die klassische, exakte Übertragungsfunktion zum einen und die unscharfe, regelbasierte, linguistische Übertragungscharakteristik zum anderen, unterschieden werden können.

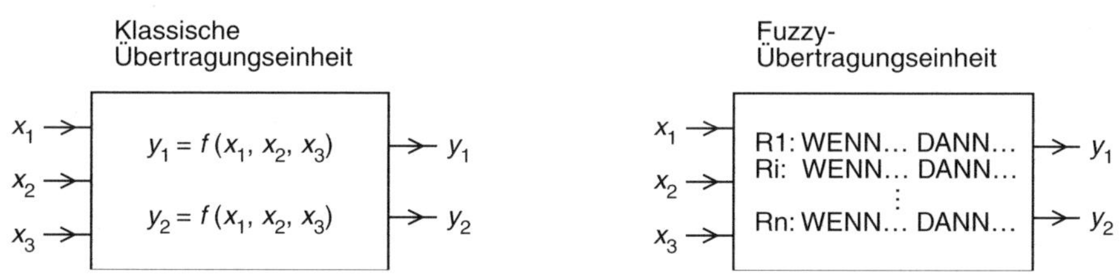

Bild 9.1 Übertragungskomponenten: klassisch und scharf bzw. regelbasiert und unscharf

Wie ein solches regelbasiertes System aufgebaut ist und wie es funktioniert, wird nun genauer betrachtet. Das regelbasierte System besteht aus verschiedenen Komponenten. Die Gesamtheit aller Komponenten des regelbasierten Systems wird bezüglich seiner äußeren Anschlüsse – hiermit sind die Ein- und Ausgänge gemeint – als «Black box» scharf beschrieben. Das gesamte Fuzzy-Konzept wird demzufolge in einem regelbasierten System anwendungsorientiert realisiert, was bedeutet, daß das regelbasierte System nach außen hin wie jede andere Komponente einer Übertragungsstrecke zu behandeln ist. Der innere Aufbau unterscheidet sich jedoch erheblich von dem der klassischen Vorbilder. Man kann das regelbasierte System im wesentlichen in drei Hauptbestandteile zerlegen:

Hauptgruppen eines regelbasierten Übertragungssystems

- □ Fuzzyfizierungseinheit,
- □ Fuzzy-Inferenzeinheit,
- □ Defuzzyfizierungseinheit.

9.1 Fuzzyfizierungseinheit

Eine der drei Hauptgruppen eines regelbasierten Übertragungssystems ist die Fuzzyfizierungseinheit. Was versteht man hierunter und welche Aufgaben übernimmt diese Teilkomponente? Diese beiden Fragen sind hier von Interesse.

Der Begriff Fuzzyfizierung, man sagt auch Fuzzyfikation, wird in der einschlägigen Literatur sehr vielseitig verwendet. Man sollte sich deshalb die Bedeutung, die mit dem Begriff «Fuzzyfizierung» verbunden ist, bewußt vor Augen führen. Die Fragen sind, welche Größen fuzzyfiziert werden können und wie eine Fuzzyfizierung mathematisch realisiert wird.

Grundsätzlich könnte man jede Zuordnung, die zwischen der klassischen Logik und der Fuzzy-Logik stattfindet, als Fuzzyfizierung bezeichnen.

> Die Fuzzyfizierung ist nach ihrer allgemeinsten Auffassung eine Transformation einer klassischen Größe in ihr entsprechendes Fuzzy-Pendant.

Wir haben den Begriff Fuzzyfizierung schon für diverse Zuordnungen gebraucht. So ist die Übertragung des klassischen Mengenbegriffs auf das Fuzzy-Set in Kapitel 3 schon als Fuzzyfizierung aufzufassen. In Kapitel 4 hatten wir uns unter anderem dem fuzzy-logischen Pendant der klassischen Mengenoperatoren Durchschnitt, Vereinigung und Komplement gewidmet. Durch Fuzzyfikation der klassischen Operatoren entstanden die zugehörigen Fuzzy-Operatoren. Schwerpunkt der Kapitel 5 und Kapitel 6 waren die Fuzzy-Arithmetik inklusive der Fuzzy-Relationen und der Fuzzy-Grundrechenarten, die durch Fuzzyfizierung ihrer klassischen Vorbilder mit Hilfe des Erweiterungsprinzips nach ZADEH entstanden sind. Die verbale Umsetzung umgangssprachlicher Attribute in mathematische Formalismen führte in Kapitel 7 zu den linguistischen Variablen und Termen, die insofern auch durch einen Fuzzyfizierungsvorgang entstanden sind. Die klassische Aussagenlogik, die sich der genannten Grundelemente wie Mengen und Operationen bedient, wird durch Fuzzyfikation ihrer Bestandteile in die Fuzzy-Logik transformiert. Die klassische Implikation stand Pate für diverse Varianten der durch Fuzzyfizierung der Implikationsbestandteile hervorgegangenen Fuzzy-Implikationen. Der kleine Abriß durch die vorangegangenen Kapitel sollte zeigen, daß man den Begriff «Fuzzyfizierung» eigentlich nicht mit einer speziellen Transformationsvorschrift verbinden kann.

Bezogen auf die Fuzzy-Control und damit etwas losgelöst von den exakten Elementarzusammenhängen der Fuzzy-Logik der vorangegangenen Kapitel, haben sich jedoch feste anwendungsorientierte Vorstellungen bez. des Begriffs «Fuzzyfizierung» im Zusammenhang mit den regelbasierten Übertragungssystemen herauskristallisiert. In den meisten Literaturstellen wird der Fuzzyfizierungseinheit eine Doppelrolle zuteil. So enthält die Fuzzyfizierungseinheit zum einen all diejenigen Vereinbarungen und Grundinformationen, die mit der Definition der Signalkanäle und der Fuzzy-Signalwerte der Ein- und Ausgangsgrößen zusammenhängen. Zum anderen ist es die Aufgabe der Fuzzyfizierungseinheit, für einen scharfen Eingangssignalwert auf Grundlage der abgelegten Definitionen den Zugehörigkeitsgrad zu jedem unscharfen linguistischen Wert der linguistischen Eingangsvariablen zu ermitteln und der Fuzzy-Inferenzeinheit zur Weiterverarbeitung zur Verfügung zu stellen. Bild 9.2 zeigt die beiden Funktionseinheiten «Definitionen» und «Berechnungen» der Fuzzyfizierungseinheit.

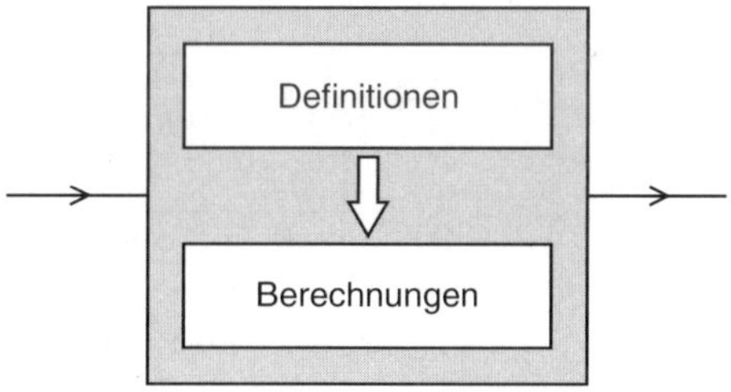

Bild 9.2
Struktur einer Fuzzyfizierungseinheit eines regelbasierten Übertragungssystems

Definitionen und Vereinbarungen

Zuerst ordnet man den Eingangs- und Ausgangssignalgrößen linguistische Variable zu und legt den maximalen Wertebereich für die scharfen Signalwerte fest. Dies entspricht den Grundmengen, für die die linguistischen Variablen erklärt sind. Darüber hinaus muß eine Vereinbarung bezüglich der Auflösung bzw. Skalierung der scharfen Signalwerte auf den Grundbereichen getroffen werden. Auf der Basis der maximalen Wertebereiche definiert man nun die linguistischen Werte (LW) jeder linguistischen Variablen (LV) gemäß Kapitel 7. Das Konzept der linguistischen Variablen kommt jetzt voll zum Tragen. Hierzu werden die Anzahl, die Ausprägung (Zugehörigkeitsfunktion), die Stützmenge und die Verteilung über dem Grundbereich (wozu auch die Festlegung der Überlappungen der einzelnen LW gehört) der linguistischen Werte festgelegt. Das folgende Beispiel dient der Verdeutlichung der Zusammenhänge.

Beispiel

Ein Hersteller regelt die Kühlmittelzufuhr bei einer industriellen Bohrmaschine automatisch in Abhängigkeit von der Drehzahl. Die Fuzzy-Kühlmittel-Mengenregelung verwendet zur Beschreibung der Soll- und Istwerte linguistische Ausdrücke folgender Form:

Eingangssignal

Linguistische Variable:	*Drehzahl*
Einheit der scharfen Meßgröße x:	Umdrehungen pro Minute (min^{-1})
Grundmenge $X(x)$:	$0\ \text{min}^{-1} \leq x \leq 18\,000\ \text{min}^{-1}$
Linguistische Werte:	*sehr niedrig, niedrig, mittel, hoch, sehr hoch*

sehr niedrig:	$D_{\text{sn}} = \{(x; \mu_{\text{Dsn}}(x)) \mid x \in X\}$
niedrig:	$D_{\text{n}} = \{(x; \mu_{\text{Dn}}(x)) \mid x \in X\}$
mittel:	$D_{\text{m}} = \{(x; \mu_{\text{Dm}}(x)) \mid x \in X\}$
hoch:	$D_{\text{h}} = \{(x; \mu_{\text{Dh}}(x)) \mid x \in X\}$
sehr hoch:	$D_{\text{sh}} = \{(x; \mu_{\text{Dsh}}(x)) \mid x \in X\}$

Mathematische Darstellung mit wenigen diskreten Werten:

$$D_{\text{sn}} = \frac{1}{0} + \frac{1}{1000} + \frac{0.75}{2000} + \frac{0.5}{3000} + \frac{0.25}{4000} + \frac{0}{5000}$$

$$D_{\text{n}} = \frac{0}{1000} + \frac{0.25}{2000} + \frac{0.5}{3000} + \frac{0.75}{4000} + \frac{1}{5000} + \frac{0.75}{6000} + \frac{0.5}{7000} + \frac{0.25}{8000} + \frac{0}{9000}$$

$$D_{\text{m}} = \frac{0}{5000} + \frac{0.25}{6000} + \frac{0.5}{7000} + \frac{0.75}{8000} + \frac{1}{9000} + \frac{0.75}{10\,000} + \frac{0.5}{11\,000} + \frac{0.25}{12\,000} + \frac{0}{13\,000}$$

$$D_{\text{h}} = \frac{0}{9000} + \frac{0.25}{10\,000} + \frac{0.5}{11\,000} + \frac{0.75}{12\,000} + \frac{1}{13\,000} + \frac{0.75}{14\,000} + \frac{0.5}{15\,000} + \frac{0.25}{16\,000} + \frac{0}{17\,000}$$

$$D_{\text{sh}} = \frac{0}{13\,000} + \frac{0.25}{14\,000} + \frac{0.5}{15\,000} + \frac{0.75}{16\,000} + \frac{1}{17\,000} + \frac{1}{18\,000}$$

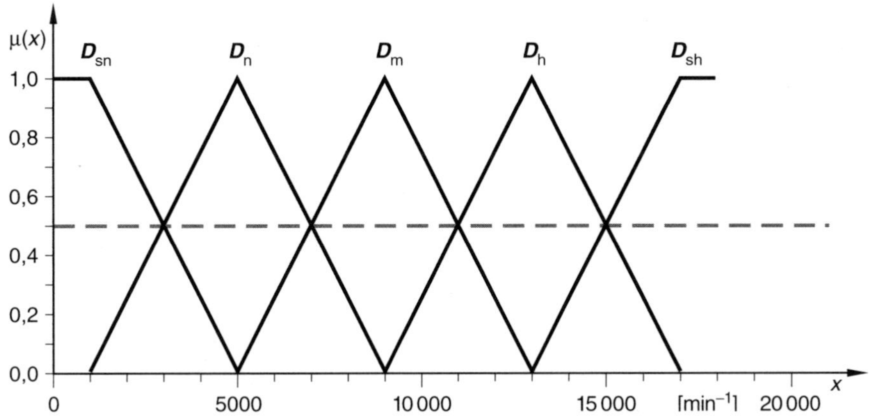

Bild 9.3 Linguistische Eingangsvariable «Drehzahl» mit ihren linguistischen Werten

Ausgangssignal

Linguistische Variable:	*Kühlmittelmenge*
Einheit der scharfen Meßgröße y:	Liter pro Zeiteinheit (l/E)
Grundmenge $Y(y)$:	$0 \text{ l/E} \leq y \leq 18 \text{ l/E}$
Linguistische Werte:	*sehr wenig, wenig, normal, viel, sehr viel*

sehr wenig:	$K_{sw} = \{(y; \mu_{Ksw}(y)) \mid y \in Y\}$
wenig:	$K_w = \{(y; \mu_{Kw}(y)) \mid y \in Y\}$
normal:	$K_n = \{(y; \mu_{Kn}(y)) \mid y \in Y\}$
viel:	$K_v = \{(y; \mu_{Kv}(y)) \mid y \in Y\}$
sehr viel:	$K_{sv} = \{(y; \mu_{Ksv}(y)) \mid y \in Y\}$

Mathematische Darstellung mit wenigen diskreten Werten:

$$K_{sw} = \frac{1}{0} + \frac{1}{1} + \frac{0.75}{2} + \frac{0.5}{3} + \frac{0.25}{4} + \frac{0}{5}$$

$$K_w = \frac{0}{1} + \frac{0.25}{2} + \frac{0.5}{3} + \frac{0.75}{4} + \frac{1}{5} + \frac{0.75}{6} + \frac{0.5}{7} + \frac{0.25}{8} + \frac{0}{9}$$

$$K_n = \frac{0}{5} + \frac{0.25}{6} + \frac{0.5}{7} + \frac{0.75}{8} + \frac{1}{9} + \frac{0.75}{10} + \frac{0.5}{11} + \frac{0.25}{12} + \frac{0}{13}$$

$$K_v = \frac{0}{9} + \frac{0.25}{10} + \frac{0.5}{11} + \frac{0.75}{12} + \frac{1}{13} + \frac{0.75}{14} + \frac{0.5}{15} + \frac{0.25}{16} + \frac{0}{17}$$

$$K_{sv} = \frac{0}{13} + \frac{0.25}{14} + \frac{0.5}{15} + \frac{0.75}{16} + \frac{1}{17} + \frac{1}{18}$$

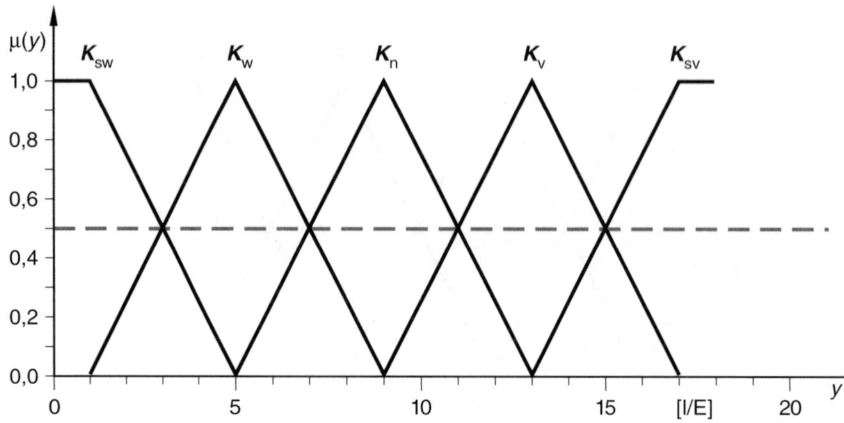

Bild 9.4 Linguistische Ausgangsvariable «Kühlmittelmenge» mit ihren linguistischen Werten

Hinweise zu den grundsätzlichen Strategien bei der Festlegung der einzelnen Fuzzysets sollen später aus einer übergeordneten Sicht gegeben werden. Zusammenfassend wird man folgende Informationen in der Fuzzyfizierungseinheit ablegen:

Definitionen und Vereinbarungen

- □ Wertebereiche der linguistischen Variablen (LV) für jede Eingangs- und Ausgangsgröße
- □ Skalierung der Wertebereiche der Eingangs- und Ausgangsgrößen
- □ Anzahl der linguistischen Werte (LW) für jede LV
- □ Verteilung der LW über den Wertebereichen der LV
- □ Ausprägungen (Zugehörigkeitsfunktionen) der LW
- □ Stützmengen der LW
- □ Überlappung der LW

Wie bereits erwähnt, ist es die vorrangige Aufgabe der Fuzzyfizierungseinheit, die scharfen Eingangswerte den unscharfen linguistischen Werten der linguistischen Eingangsvariablen anteilmäßig zuzuordnen und das erzielte Zuordnungsergebnis der Inferenzeinheit zur Verfügung zu stellen. Diese Zuordnung geschieht durch Projektion des scharfen Eingangssignalwertes, der auf der Abszissenachse der Grundmenge eingetragen ist, auf die entsprechenden Zugehörigkeitsfunktionen der einzelnen Fuzzy-Sets (linguistische Werte). Der Vorgang der Fuzzyfizierung zweier scharfer Eingangssignalwerte ist in Bild 9.5 wiedergegeben.

Der scharfe Drehzahlwert 10 000 min^{-1} gehört mit dem Grad 0,75 zum linguistischen Wert *hohe Drehzahl* und mit dem Grad 0,25 zum linguistischen Wert *sehr hohe Drehzahl*. Darüber hinaus hat der scharfe Drehzahlwert 10 000 min^{-1}

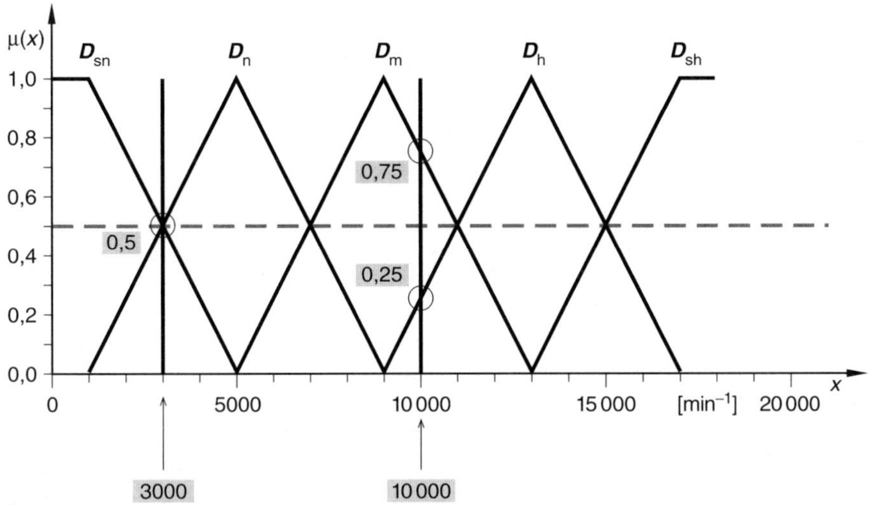

Bild 9.5 Fuzzyfizierung zweier scharfer Drehzahl-Eingangswerte

keinen Anteil an den drei anderen linguistischen Werten. Im zweiten Fall besitzt der scharfe Drehzahlwert 3000 min^{-1} Anteile von jeweils 0,5 an den LW *sehr niedrige Drehzahl* und *niedrige Drehzahl*.

$\mu_{sn}(x = 10\,000) = 0{,}0$	$\mu_{sn}(x = 3000) = 0{,}5$
$\mu_{n}\ (x = 10\,000) = 0{,}0$	$\mu_{n}\ (x = 3000) = 0{,}5$
$\mu_{m}\ (x = 10\,000) = 0{,}75$	$\mu_{m}\ (x = 3000) = 0{,}0$
$\mu_{h}\ (x = 10\,000) = 0{,}25$	$\mu_{h}\ (x = 3000) = 0{,}0$
$\mu_{sh}(x = 10\,000) = 0{,}0$	$\mu_{sh}(x = 3000) = 0{,}0$

Es hat sich bezüglich der Schreibweise eingebürgert, die Fuzzyfizierung eines scharfen Eingangswertes x der Grundmenge $X(x)$ als geordnete Paarmenge der Zugehörigkeitswerte $\mu_i(x)$ der n einzelnen linguistischen Terme A_i wie folgt darzustellen:

$$x \xrightarrow{\text{Fuzzyfizierung}} (\mu_{A_1}(x), \mu_{A_2}(x), \ldots, \mu_{A_n}(x))$$

Auf das Beispiel bezogen heißt das:

$$x = 10\,000 \xrightarrow{\text{Fuzzyfizierung}} (\mu_{Dsn}(10\,000), \mu_{Dn}(10\,000), \mu_{Dm}(10\,000), \mu_{Dh}(10\,000), \mu_{Dsh}(10\,000))$$

$$x = 10\,000 \xrightarrow{\text{Fuzzyfizierung}} (0.0, 0.0, 0.75, 0.25, 0.0)$$

$$x = 3000 \xrightarrow{\text{Fuzzyfizierung}} (\mu_{Dsn}(3000), \mu_{Dn}(3000), \mu_{Dm}(3000), \mu_{Dh}(3000), \mu_{Dsh}(3000))$$

$$x = 3000 \xrightarrow{\text{Fuzzyfizierung}} (0.5, 0.5, 0.0, 0.0, 0.0)$$

Bei genauerer Betrachtung des Fuzzyfizierungsvorganges, wie er hier vorgestellt wurde, fällt auf, daß etwas Ähnliches bereits in Kapitel 7 unter dem Stichwort *Aktivierungsgrad* bzw. *Erfüllungsgrad* G_P einer Prämisse (einer Regel) beschrieben wurde. Die eingetragenen Werte der geordneten Paarmengen lassen sich in gleicher Weise als Aktivierungsgrade der Fuzzy-Mengen (linguistischen Werte) interpretieren. Wie hängen nun die beiden Vorstellungen vom Aktivierungsgrad miteinander zusammen? Die unscharfe Prämisse einer Regel ist durch ihre Fuzzy-Menge zu beschreiben. Der linguistische Wert der Eingangsvariablen ist gleichermaßen durch eine unscharfe Menge beschrieben. Außerdem übernimmt der linguistische Wert der Eingangsvariablen die Funktion der Idealprämisse einer Regel, wie im folgenden Abschnitt noch ausführlich gezeigt wird. Mit anderen Worten, der linguistische Wert einer Eingangsvariablen und die Fuzzy-Idealprämisse einer Inferenzregel sind identisch. Im Unterschied zu Kapitel 7 ist die aktuelle Eingangsgröße jedoch jetzt nicht unscharf, also keine Fuzzy-Menge im herkömmlichen Sinn. Die aktuelle Signaleingangsgröße ist ein scharfer Prozeßwert. Es bleibt noch zu zeigen, wie die Projektion des scharfen Abszissenwertes auf einen linguistischen Wert mit dem Aktivierungsgrad einer Fuzzy-Prämisse einhergeht. Hierzu erinnere man sich an die Definition des Aktivierungsgrades (Erfüllungsgrad) einer Fuzzy-Prämisse nach Kapitel 7.

$$G_P = \max_{x \in X} [\min \mu_{A'}(x), \mu_A(x)]] \qquad \text{mit:} \quad 0 \leq G_P \leq 1$$

G_P ist ein Gradmaß für die Gleichheit der Idealprämisse $A(x)$ und der Aktual-Prämisse $A'(x)$ einer Inferenzregel. Die Übereinstimmung dieser Prämissen wird durch G_P ausgedrückt. Auf das Eingangssignal des regelbasierten Übertragungssystems übertragen heißt das, daß G_P die Gewichtung eines linguistischen Wertes der Eingangsvariablen übernimmt. G_P wird durch zwei Operationen gebildet. Die innere Operation, die Minimum-Bildung, erzeugt die Vereinigungsmenge (schraffierte Fläche) der beiden Fuzzy-Mengen $A(x)$ und $A'(x)$. Von dieser Mengenvereinigung wird nun der Maximalwert der Zugehörigkeitsfunktion zum Aktivierungsgrad ernannt (Spitze der Vereinigungsmenge). Dies ist in Bild 9.6 gezeigt.

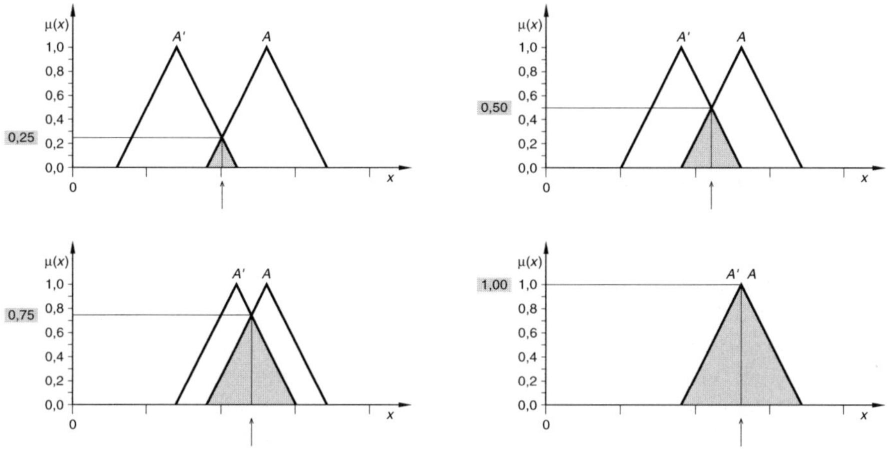

Bild 9.6 Grafische Darstellung des Aktivierungsgrades

Mit zunehmender Überlappung steigt die Fläche des Mengendurchschnitts, und der Spitzenwert der schraffierten Fläche wandert in Richtung «1» (normierte Fuzzy-Mengen vorausgesetzt).

In Kapitel 3 wurde das Entstehen einer scharfen Zahl als Grenzfall einer unscharfen Zahl gezeigt. Man spricht in einem solchen Fall von einem *Singleton*. Die scharfe Zahl ist also nur eine spezielle Fuzzy-Menge mit dem Zugehörigkeitswert 1 für $x = x_1$ und ansonsten 0:

$$\text{Singleton}: \quad \mu_{\text{Single}}(x) = \begin{cases} 1 & \text{für } x = x_1 \\ 0 & \text{sonst} \end{cases}$$

Setzt man für $A'(x)$ in die Definition des Aktivierungsgrades ein Singleton ein, so ergibt sich das einfache Ergebnis:

$$\mathrm{G_P} = \max_{x \in X} [\min [\mu_{\text{Single}}(x), \mu_{\mathrm{A}}(x)]] = \min [1, \mu_{\mathrm{A}}(x_1)] = \mu_{\mathrm{A}}(x_1)$$

Hiermit ist gezeigt, daß die Fuzzyfizierung eines scharfen Eingangswertes des Systems durch das Projektionsverfahren mit dem Abszissenwert des Grundbereiches die verschiedenen Aktivierungsgrade der Prämissen der linguistischen Eingangsvariablen zum Ergebnis hat.

> Fuzzyfizierung eines scharfen Eingangswertes x eines regelbasierten Übertragungssystems:
>
> $$x \xrightarrow{\text{Fuzzyfizierung}} (\mathrm{G_{P1}}, \mathrm{G_{P2}}, \ldots, \mathrm{G_{Pn}})$$
>
> mit: $\mathrm{G_{Pi}}$ ist Aktivierungsgrad des i-ten linguistischen Wertes der Eingangsvariablen

Die Aktivierungsgrade der Prämissen einer LV werden als Ergebnis der Fuzzyfizierung des scharfen Eingangssignalwertes der Inferenzeinheit des regelbasierten Übertragungssystems zur Weiterverarbeitung bereitgestellt.

9.2 Fuzzy-Inferenzeinheit

Aufgabe der Fuzzy-Inferenzeinheit ist es, die fuzzyfizierten Eingangsgrößen des regelbasierten Übertragungssystems gemäß des durch den Experten ausgewählten Inferenz-Schemas miteinander zu verknüpfen und hierdurch eine unscharfe Ausgangsgröße zu erzeugen, die wiederum der dritten Einheit, der Defuzzyfikationsstufe, zur Verfügung gestellt wird. In der Fuzzy-Inferenzeinheit sind die sogenannten Expertenregeln als Wissensbasis dauerhaft abgelegt. Die Expertenregeln sind die WENN-DANN-Regeln der Fuzzy-Inferenzschemata aus Abschnitt 7.3, und die Wissensbasis ist die Zusammenstellung aller Einzelregeln zu einem vollständigen Satz von Regeln, der sogenannten *Regelbasis*.

In der Fuzzy-Inferenzeinheit sind nicht nur die Regelbasis, sondern auch noch der Inferenzoperator und der Akkumulationsoperator abgelegt. Die theoretischen Grundlagen hierzu kann man in Kapitel 7 nachlesen. Mit Hilfe des Inferenzoperators werden aus den einzelnen Regeln und den Fakten, die den aktuellen Eingangssignalen entsprechen, Schlüsse gezogen, worunter man die unscharfe Ausgangsgröße einer Regel versteht. Beim max-min-Inferenz-Verfahren entspricht das z. B. dem min-Operator. Die unscharfen Ergebnisse der einzelnen Regeln führen anschließend durch den Akkumulationsoperator zu einer gemeinsamen unscharfen Schlußfolgerung (z. B. max-Operator beim max-min-Inferenz-Verfahren).

Aufgrund der vorangegangenen Überlegungen weiß man nun, daß mit dem fuzzyfizierten Eingangssignal der Übertragungseinheit kein Fuzzy-Set, sondern genaugenommen bereits ein Teilergebnis des Fuzzy-Inferenz-Schemas gemeint ist, nämlich die Berechnung der Gewichtungen der einzelnen Prämissen einer Regel, die zu dem aktuellen scharfen Eingangssignal gehören. Somit ist klar, wie die Berechnungsergebnisse der Fuzzyfikationseinheit von der Fuzzy-Inferenzeinheit übernommen und verarbeitet werden.

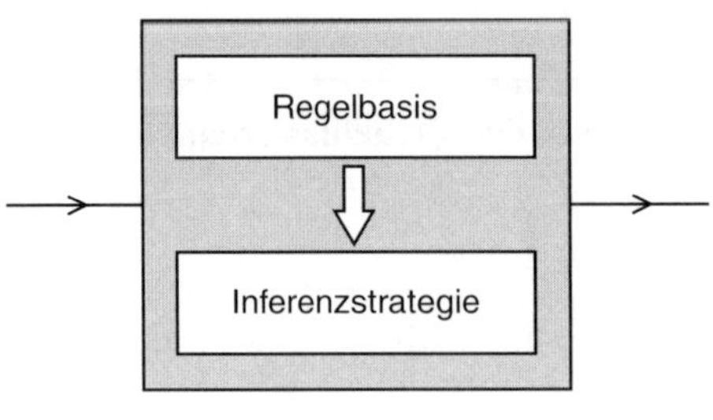

Bild 9.7
Fuzzy-Inferenzeinheit eines regelbasierten Übertragungssystems

Rufen wir uns Beispiele für Realisierungsformen einer Fuzzy-Inferenz-Regel in Erinnerung, die sofort den Erfüllungsgrad G_P eines linguistischen Wertes einer Regel als Berechnungsgrundlage verwenden:

max-t-Komposition: $\mu_{B'}(y) = T\,[G_P, \mu_B(y)]$

max-min-Komposition: $\mu_{B'}(y) = \min\,[G_P, \mu_B(y)]$

max-prod-Komposition: $\mu_{B'}(y) = alg_t[G_P, \mu_B(y)]$

Der Erfüllungsgrad eines linguistischen Wertes entspricht dem Erfüllungsgrad einer Prämisse. Hat eine Regel nur eine Prämisse, so ist der Erfüllungsgrad der Prämisse zugleich auch Erfüllungsgrad der Regel. Werden in einer Expertenregel mehrere linguistische Werte unterschiedlicher Variablen miteinander verknüpft, so benutzt man je nach Verknüpfung eine der folgenden max-t-Inferenzen:

n und-verknüpfte linguistische Werte:

$$\mu_{B'}(y) = T\,[G_R, \mu_B(y)] \qquad \text{mit } G_R = \min\,[G_{P1}, G_{P2}, \ldots, G_{Pn}]$$

n oder-verknüpfte linguistische Werte:

$$\mu_{B'}(y) = T\,[G_R, \mu_B(y)] \qquad \text{mit } G_R = \max\,[G_{P1}, G_{P2}, \ldots, G_{Pn}]$$

Die komplette Regelbasis wird letztlich durch die Maximum-Bildung als Beispiel für die Akkumulation aller i Teilregeln erzeugt:

$$\mu_{B'}(y) = \max_{i=1\ldots n}\{T\,[G_{Ri}, \mu_{B_i}(x)]\}$$

Im Unterschied zur klassischen WENN-DANN-Regel (klassische Expertensysteme) liefert die Regel eines Fuzzy-Übertragungssystems bereits dann schon Ergebnisse, wenn die Bedingung einer Regel graduell (zwischen null und eins) erfüllt ist, also einen Erfüllungsgrad von über null hat. Der Erfüllungsgrad des Bedingungsteils (WENN-Teil) einer Regel wird in der Fachliteratur der regelbasierten Systeme als sogenannter *Aggregationsgrad* bezeichnet [13].

Die Schlußfolgerung einer Regel wird hiernach unmittelbar auf die Erfülltheit der Bedingung der Regel zurückgeführt. Anders ausgedrückt kann man sagen, daß nach fuzzy-logischem Prinzip die Schlußfolgerung einer Regel zum gleichen Grad zutrifft, wie die Bedingung der Regel erfüllt ist. Die gemeinsame Schlußfolgerung der kompletten Regelbasis wird also durch die Erfülltheit der einzelnen Regeln bestimmt. Dies deckt sich aber nicht immer mit der menschlichen Denkweise, da den Regeln unter Umständen ein unterschiedlicher Stellenwert zugeordnet wird. Es ist denkbar, daß nicht alle Regeln zu gleichen Teilen auf das Gesamtergebnis Einfluß ausüben. Es erscheint daher sinnvoll, den einzelnen Regeln separate Gewichtungen zuzuordnen, die bestimmen, wie die Regeln unabhängig von ihrer Erfülltheit bezüglich der Gesamtschlußfolgerung untereinander zu bewerten sind. In diesem Zusammenhang spricht man vom sogenannten *Vertrauensmaß* G_V einer Regel.

Die Vertrauensmaß G_V einer Regel kann unmittelbar als Bewertung des Erfülltheitsgrades der Regel einfließen.

$$\text{Eine Regel:} \quad \mu_{B'}(y) = T\,[G_R, G_V, \mu_B(y)] \qquad \text{mit: } 0 \leq G_V \leq 1$$
$$\text{Alle n Regeln:} \quad \mu_{B'}(y) = \max_{i=1\ldots n} \{T\,[G_{Ri}, G_{Vi}, \mu_{Bi}(y)]\} \quad \text{mit: } 0 \leq G_{Vi} \leq 1$$

Bemerkung: Im weiteren gehen wir davon aus, daß solange nichts Gegenteiliges angegeben ist, die Regeln einer Regelbasis immer gleichgewichtet sind, d. h., daß das Vertrauensmaß eins ist.

Die Realisierungsformen der Fuzzy-Inferenzschemata beruhen darauf, daß man Beziehungen, die zwischen linguistischen Ausdrücken bestehen, mit unscharfen Relationen darstellen kann. Die prägnanten und zugleich einprägsamen Schreibweisen der Fuzzy-Inferenz-Schemata, die den Erfüllungsgrad G_R benutzen, sind die mathematisch exakten Weiterentwicklungen der relationalen Zusammenhänge des Kapitels 7. Ziel dieser eleganten Berechnungsformeln für WENN-DANN-Regeln ist es, eine möglichst einfache und zugleich anschauliche Darstellungsform zu erhalten, die es erlaubt, mit möglichst einfachen Konstruktionen zum Ergebnis zu kommen. Dies birgt den Vorteil in sich, daß bei der Auswahl der Inferenzstrategie die Einflußparameter anschaulich interpretiert werden können.

Beispiel

Die Berechnungsschritte werden anhand des vorangegangenen Beispiels der Kühlmittelmengenregelung einer Bohrmaschine illustriert. Der zur Regelung benötigte Zusammenhang zwischen Drehzahl und Kühlmittelmenge wird linguistisch durch WENN-DANN-Regeln beschrieben. So könnte man beispielsweise folgende einfache Beziehungen aufstellen:

Regelbasis (5 Regeln, Vertrauensmaße = 1):

Regel 1: WENN *Drehzahl = sehr niedrig*
DANN *Kühlmittelmenge = sehr wenig*

Regel 2: WENN *Drehzahl = niedrig*
DANN *Kühlmittelmenge = wenig*

Regel 3: WENN *Drehzahl = mittel*
DANN *Kühlmittelmenge = normal*

Regel 4: WENN *Drehzahl = hoch*
DANN *Kühlmittelmenge = viel*

Regel 5: WENN *Drehzahl = sehr hoch*
DANN *Kühlmittelmenge = sehr viel*

Die linguistischen Werte der Eingangsvariablen *Drehzahl* sind in Bild 9.3 und der Ausgangsvariablen *Kühlmittelmenge* sind in Bild 9.4 wiedergegeben. Die Fuzzyfizierung der willkürlich ausgewählten scharfen Drehzahlwerte x ergab:

$$x = 10\,000 \xrightarrow{\text{Fuzzyfizierung}} (0, 0, 0.75, 0.25, 0)$$

$$x = 3000 \xrightarrow{\text{Fuzzyfizierung}} (0.5, 0.5, 0, 0, 0)$$

Man stellt fest, daß beim scharfen Drehzahlwert $x = 10\,000$ min^{-1} nur die Regeln 3 und 4 aktiv und bei $x = 3000$ min^{-1} nur die Regeln 1 und 2 aktiv sind. Alle anderen Regeln ergeben den Aktivierungsgrad 0 des jeweiligen linguistischen Wertes, der, da er alleine den WENN-Teil der Regel ausmacht, zugleich die Regel aktiviert. Die Übertragung des fuzzyfizierten Eingangswertes auf den Ausgang wird durch die max-t-Komposition vorgenommen. Von den fünf Regeln der Regelbasis sind jeweils nur zwei aktiv. Die restlichen drei werden daher aus der Betrachtung herausgenommen, da sie sich bei der anschließenden Maximum-Bildung der einzelnen Regeln nicht auswirken.

Ein Entwurfsparameter für die Fuzzy-Inferenzeinheit ist die Auswahl des Kompositionsoperators. Das Beispiel liefert für die beiden bekanntesten Varianten, die max-min-Kompositionen und die max-prod-Komposition:

Scharfer Drehzahlwert: $x = 10\,000$ min^{-1}

max-min-Inferenzen:

$$\begin{aligned}
\mu_{sw'}(y) &= \min\,[G_{P1}, \mu_{sw}(y)] &&= 0\\
\mu_{w'}(y) &= \min\,[G_{P2}, \mu_{w}(y)] &&= 0\\
\mu_{n'}(y) &= \min\,[G_{P3}, \mu_{n}(y)] &&= \min\,[0.75, \mu_{n}(y)]\\
\mu_{v'}(y) &= \min\,[G_{P4}, \mu_{v}(y)] &&= \min\,[0.25, \mu_{v}(y)]\\
\mu_{sv'}(y) &= \min\,[G_{P5}, \mu_{sv}(y)] &&= 0
\end{aligned}$$

Regelbasis: $\mu_{K'}(y) = \max[\min[0.75, \mu_n(y)], \min[0.25, \mu_v(y)]]$

Scharfer Drehzahlwert: $x = 3000$ min^{-1}

max-min-Inferenzen:

$$\begin{aligned}
\mu_{sw'}(y) &= \min\,[G_{P1}, \mu_{sw}(y)] &&= \min\,[0.5, \mu_{sw}(y)]\\
\mu_{w'}(y) &= \min\,[G_{P2}, \mu_{w}(y)] &&= \min\,[0.5, \mu_{w}(y)]\\
\mu_{n'}(y) &= \min\,[G_{P3}, \mu_{n}(y)] &&= 0\\
\mu_{v'}(y) &= \min\,[G_{P4}, \mu_{v}(y)] &&= 0\\
\mu_{sv'}(y) &= \min\,[G_{P5}, \mu_{sv}(y)] &&= 0
\end{aligned}$$

Regelbasis: $\mu_{K'}(y) = \max\,[\min[0.5, \mu_{sw}(y)], \min[0.5, \mu_w(y)]]$

Die Minimum-Bildung läßt sich sehr anschaulich durch das «Abschneiden» des entsprechenden linguistischen Ausgangswertes darstellen. Das Ausgangs-Fuzzy-Set einer aktiven Regel wird dabei in Höhe des Aktivierungsgrades des Eingangs-Fuzzy-Sets abgeschnitten. Bild 9.8 zeigt das konstruktive max-min-Inferenz-Verfahren für $x = 10\,000$ min^{-1} und Bild 9.9 das max-min-Inferenz-Verfahren für $x = 3000$ min^{-1}.

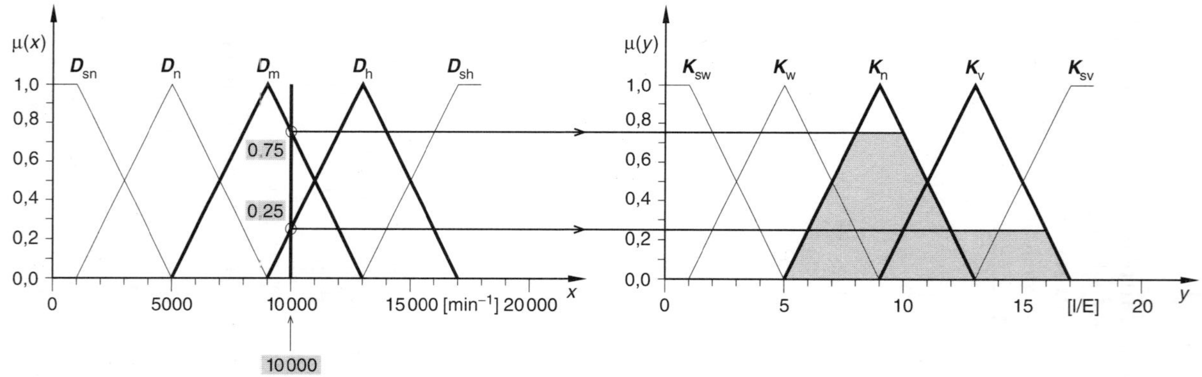

Bild 9.8 max-min-Inferenz-Verfahren: Drehzahl $x = 10\,000\ \text{min}^{-1}$

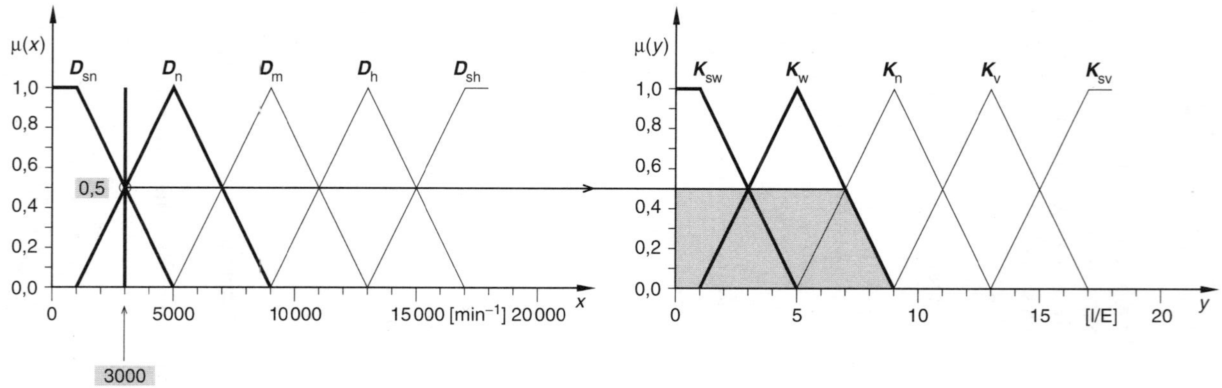

Bild 9.9 max-min-Inferenz-Verfahren: Drehzahl $x = 3000\ \text{min}^{-1}$

Das Ausgangs-Fuzzy-Set einer aktiven Regel wird beim max-prod-Inferenz-Verfahren maßstabsgerecht auf die Höhe des Aktivierungsgrades des Eingangs-Fuzzy-Sets gestaucht. Bild 9.10 zeigt das konstruktive max-prod-Inferenz-Verfahren für $x = 10\,000\ \text{min}^{-1}$ und Bild 9.11 für $x = 3000\ \text{min}^{-1}$.

Scharfer Drehzahlwert: $x = 10\,000\ \text{min}^{-1}$

max-prod-Inferenzen:

$$\mu_{sw'}(y) = G_{P1} \cdot \mu_{sw}(y) = 0$$
$$\mu_{w'}(y) = G_{P2} \cdot \mu_{w}(y) = 0$$
$$\mu_{n'}(y) = G_{P3} \cdot \mu_{n}(y) = 0.75 \cdot \mu_{n}(y)$$
$$\mu_{v'}(y) = G_{P4} \cdot \mu_{v}(y) = 0.25 \cdot \mu_{v}(y)$$
$$\mu_{sv'}(y) = G_{P5} \cdot \mu_{sv}(y) = 0$$

Regelbasis: $\mu_{K'}(y) = \max\,[0.75 \cdot \mu_{n}(y), 0.25 \cdot \mu_{v}(y)]$

Scharfer Drehzahlwert: $x = 3000\ \text{min}^{-1}$

max-prod-Inferenzen:

$$\mu_{sw'}(y) = G_{P1} \cdot \mu_{sw}(y)] = 0.5 \cdot \mu_{sw}(y)$$
$$\mu_{w'}(y) = G_{P2} \cdot \mu_{w}(y)] = 0.5 \cdot \mu_{w}(y)$$
$$\mu_{n'}(y) = G_{P3} \cdot \mu_{n}(y)] = 0$$
$$\mu_{v'}(y) = G_{P4} \cdot \mu_{v}(y)] = 0$$
$$\mu_{sv'}(y) = G_{P5} \cdot \mu_{sv}(y)] = 0$$

Regelbasis: $\mu_{K'}(y) = \max\,[0.5 \cdot \mu_{sw}(y), 0.5 \cdot \mu_{w}(y)]$

Beispiel

Der Vollständigkeit halber wählen wir nun ein technisches Beispiel aus, das mehr als eine Eingangsvariable berücksichtigt. Betrachten wir die Versuchsanordnung in Bild 9.12.

Das Modellfahrzeug steht auf den horizontal ausgerichteten Schienen. Es läßt sich in dieser einen Bewegungsachse durch geringen Kraftaufwand leicht vor und zurück bewegen. Es ist mit einem kleinen Elektromotor ausgestattet und läßt sich auch motorisch vor und zurück fahren. Auf dem Modellfahrzeug ist ein Windfang montiert. Ein im linken Bereich des Modells fest angebrachter Ventilator sorgt für einen Gegenwind, der direkt auf das Fahrzeug gerichtet ist. Ziel der Fuzzy-Regelung ist es, trotz der Luftstromverhältnisse das Modellauto in seiner Ausgangsposition, in der Mitte der Trägerschiene, zu halten, aus der das windanfällige Fahrzeug durch das Gebläse gebracht wird. Die Regelung der Drehzahl des Elektromotors in positive oder in negative Drehrichtung sorgt für einen Ausgleich der Entfernung aus der Nullage. Neben der Windgeschwindigkeit wird zur Drehzahlregelung noch die Auslenkung des Fahrzeugs aus der Nullage gemessen. Sie ist die zweite Eingangsgröße des Modellsystems.

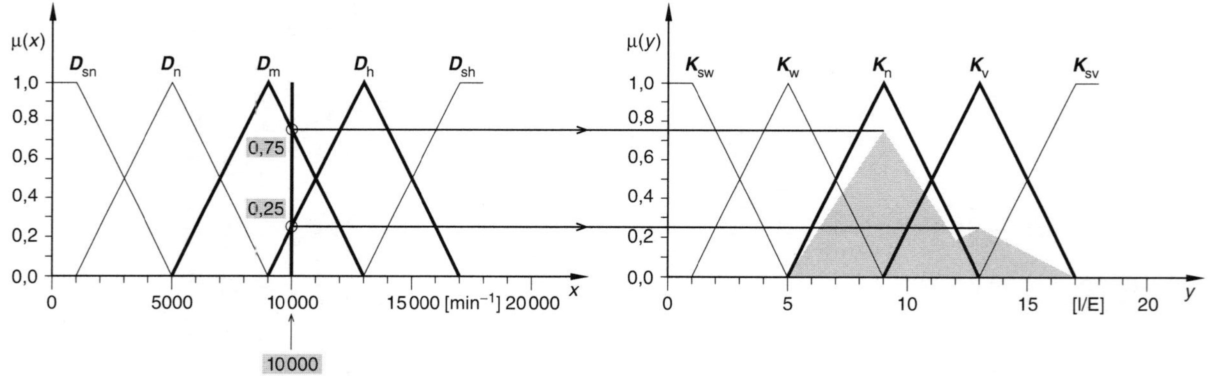

Bild 9.10 max-prod-Inferenz-Verfahren: Drehzahl $x = 10\,000\ \text{min}^{-1}$

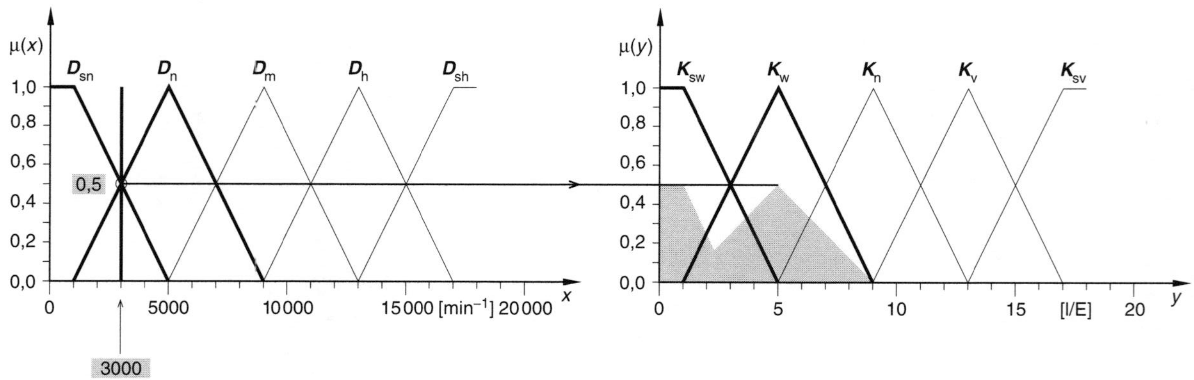

Bild 9.11 max-prod-Inferenz-Verfahren: Drehzahl $x = 3000\ \text{min}^{-1}$

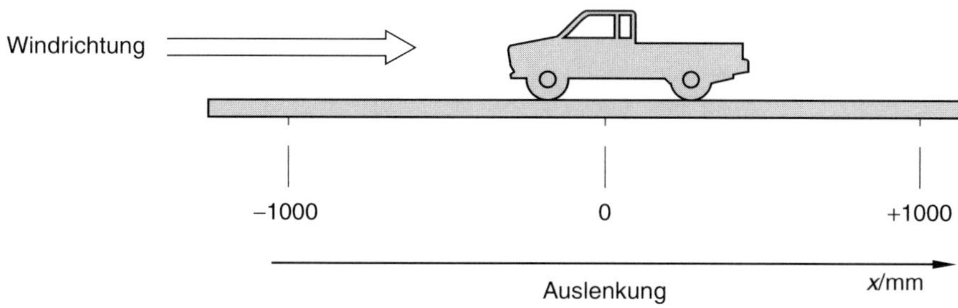

Bild 9.12 Modellauto auf Schienen

Bild 9.13 zeigt die drei linguistischen Variablen *Motordrehzahl*, *Windgeschwindigkeit* und *Auslenkung* der Fuzzy-Regelung. Sie sind durch ihre linguistischen Terme beschrieben. Bei der Auslegung der charakteristischen Merkmale wurde an dieser Stelle (ohne großen Optimierungsaufwand) nur darauf geachtet, daß sich die Modelleigenschaften leichtverständlich darstellen lassen. Ebenso sind die Regeln in einem ersten Entwurf nach Plausibilität entstanden.

Die linguistischen Werte der Variablen sind durch folgende Kürzel gekennzeichnet:

Auslenkung X:	*LW*	für	*links weit*
	LN	für	*links nah*
	N	für	*null*
	RN	für	*rechts nah*
	RW	für	*rechts weit*
Windgeschwindigkeit V:	*K*	für	*klein*
	M	für	*mittel*
	G	für	*groß*
Motordrehzahl D:	«−4»	für	*rückwärts groß*
	«−3»	für	*rückwärts mittel*
	«−2»	für	*rückwärts klein*
	«−1»	für	*rückwärts sehr klein*
	«0»	für	*um null*
	«+1»	für	*vorwärts sehr klein*
	«+2»	für	*vorwärts klein*
	«+3»	für	*vorwärts mittel*
	«+4»	für	*vorwärts groß*
	«+5»	für	*vorwärts sehr groß*

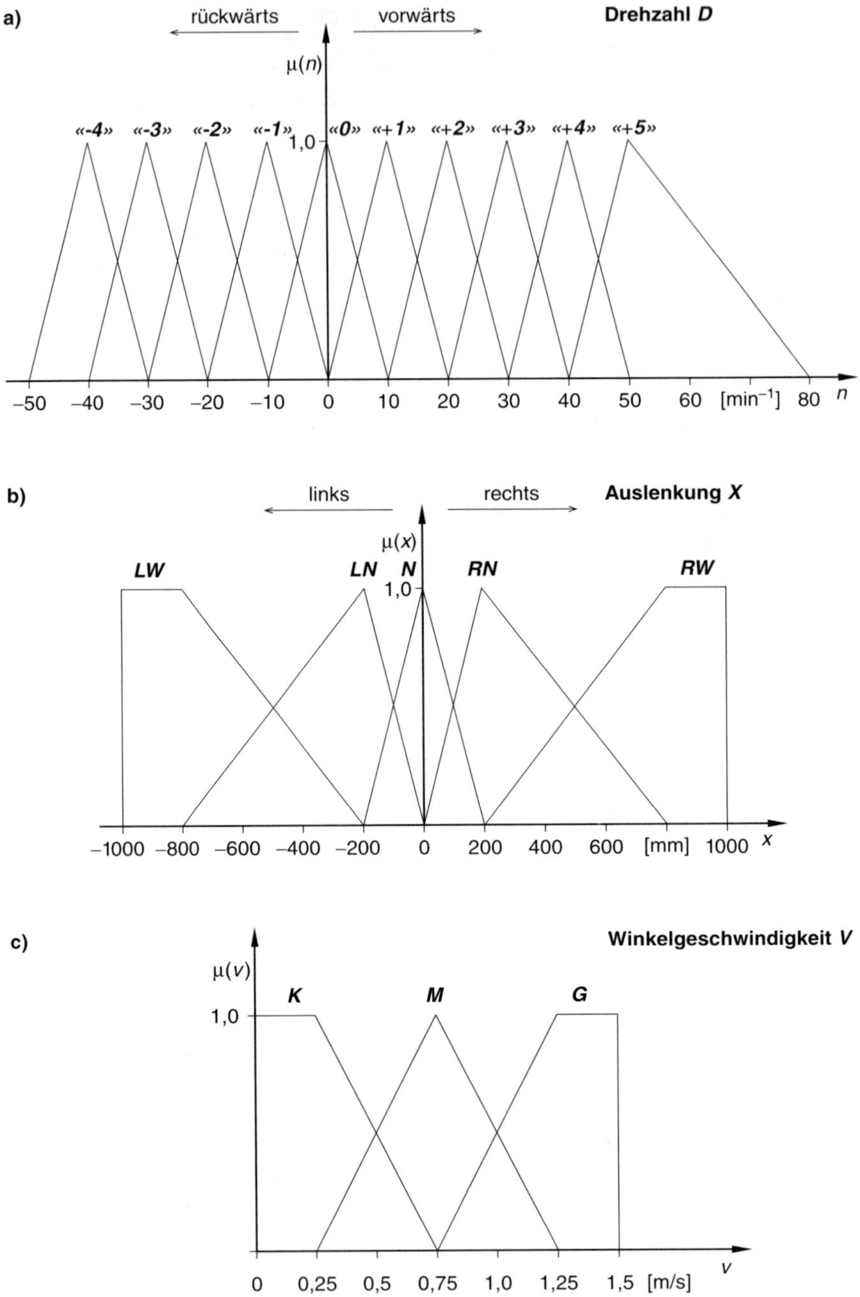

Bild 9.13 Linguistische Variable «Motordrehzahl» (a), «Windgeschwindigkeit» (b), «Auslenkung» (c) und ihre linguistischen Werte

Die Regelbasis besteht z. B. aus den folgenden 14 gleichgewichteten Regeln (Vertrauensmaß gleich eins):

Regel 1:	WENN	$X = LW$		DANN $D =$ «−4»
Regel 2:	WENN	$X = LW$	UND $V = M$	DANN $D =$ «−3»
Regel 3:	WENN	$X = LW$	UND $V = G$	DANN $D =$ «−2»
Regel 4:	WENN	$X = LN$		DANN $D =$ «−2»
Regel 5:	WENN	$X = LN$	UND $V = M$	DANN $D =$ «−1»
Regel 6:	WENN	$X = LN$	UND $V = G$	DANN $D =$ «0»
Regel 7:	WENN	$X = N$		DANN $D =$ «0»
Regel 8:	WENN	$X = N$	UND $V = G$	DANN $D =$ «+1»
Regel 9:	WENN	$X = RN$		DANN $D =$ «+2»
Regel 10:	WENN	$X = RN$	UND $V = M$	DANN $D =$ «+3»
Regel 11:	WENN	$X = RN$	UND $V = G$	DANN $D =$ «+4»
Regel 12:	WENN	$X = RW$		DANN $D =$ «+4»
Regel 13:	WENN	$X = RW$	UND $V = M$	DANN $D =$ «+5»
Regel 14:	WENN	$X = RW$	UND $V = G$	DANN $D =$ «+5»

Wie auch schon im vorangegangenen Beispiel sind für zwei scharfe Systemeingangswerte (Auslenkung und Windgeschwindigkeit), die z. B. zwei Meßwerte aus dem laufenden Prozeß sein können, nur ein Teil der 14 Regeln der Regelbasis aktiv. Die Funktionsweise der max-min-Inferenz und der max-prod-Inferenz wird mit zwei scharfen Eingangsgrößen veranschaulicht.

Scharfer Auslenkungswert: $x' = +\ 350$ mm

Aktivierungsgrade der lingustischen Werte: $\mu_{LW}(x') = \mu_{LN}(x') = \mu_N(x') = 0$

$\mu_{RN}(x') = 0{,}75;\ \mu_{RW}(x') = 0{,}25$

Scharfer Windgeschwindigkeitswert: $v' = +\ 0{,}625$ m/s

Aktivierungsgrade der linguistischen Werte: $\mu_G(v') = 0$

$\mu_K(v') = 0{,}25;\ \mu_M(v') = 0{,}75$

Man erkennt, daß bei dem gewählten Beispiel für jede Eingangsvariable jeweils zwei linguistische Werte aktiv sind. Für die UND-Verknüpfung im Bedingungsteil der Regeln ist der min-Operator angesetzt. Damit bleiben von den insgesamt 14 Regeln der Regelbasis noch vier Regeln aktiv:

Regel 9:	WENN	$X = RN$		DANN $D =$ «+2»
Regel 10:	WENN	$X = RN$	UND $V = M$	DANN $D =$ «+3»
Regel 12:	WENN	$X = RW$		DANN $D =$ «+4»
Regel 13:	WENN	$X = RW$	UND $V = M$	DANN $D =$ «+5»

Bild 9.14 zeigt die Übertragung der beiden Eingangsgrößen mit dem max-min-Inferenzverfahren und Bild 9.15 mit dem max-prod-Inferenz-Verfahren.

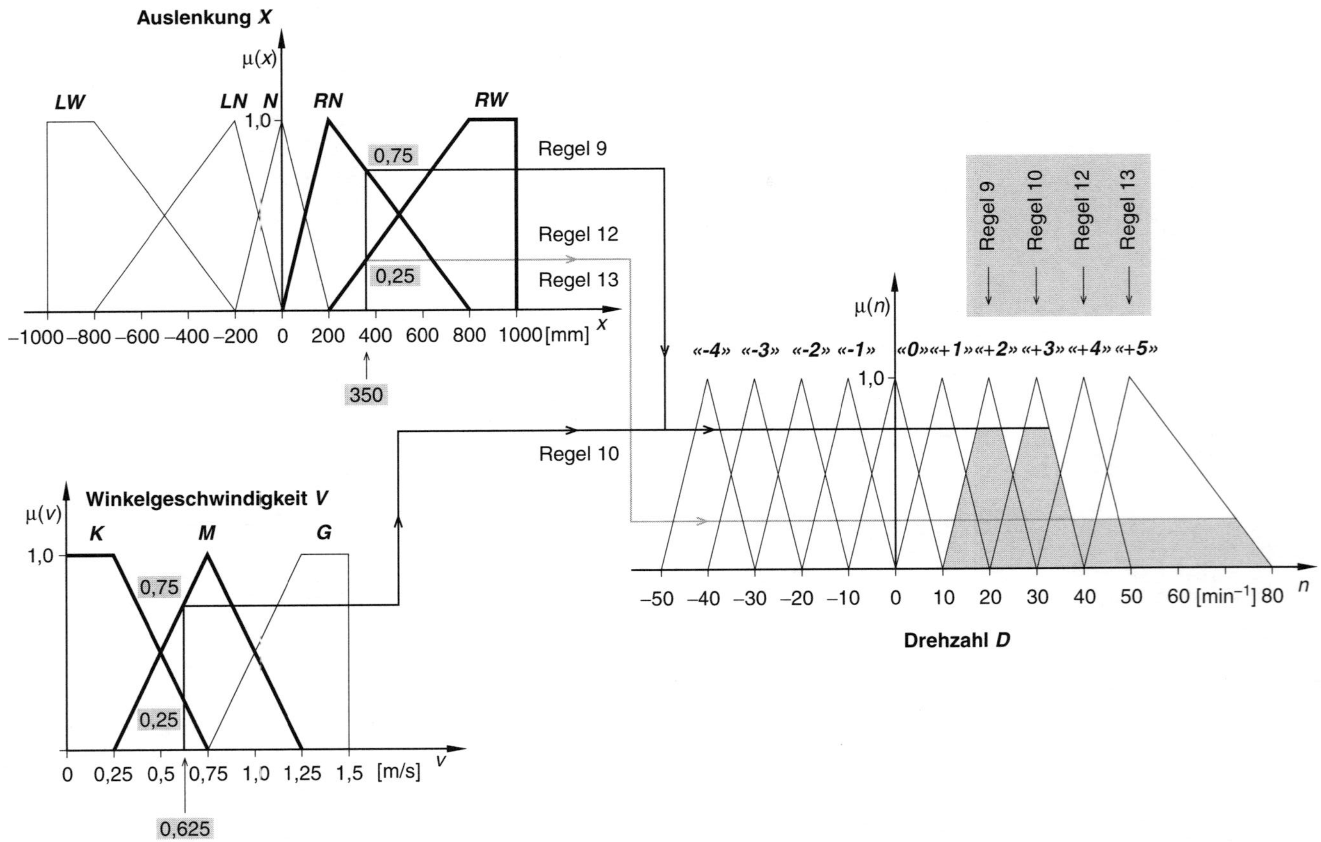

Bild 9.14 Grafische Ermittlung des unscharfen Motordrehzahlwertes mit der max-min-Inferenz

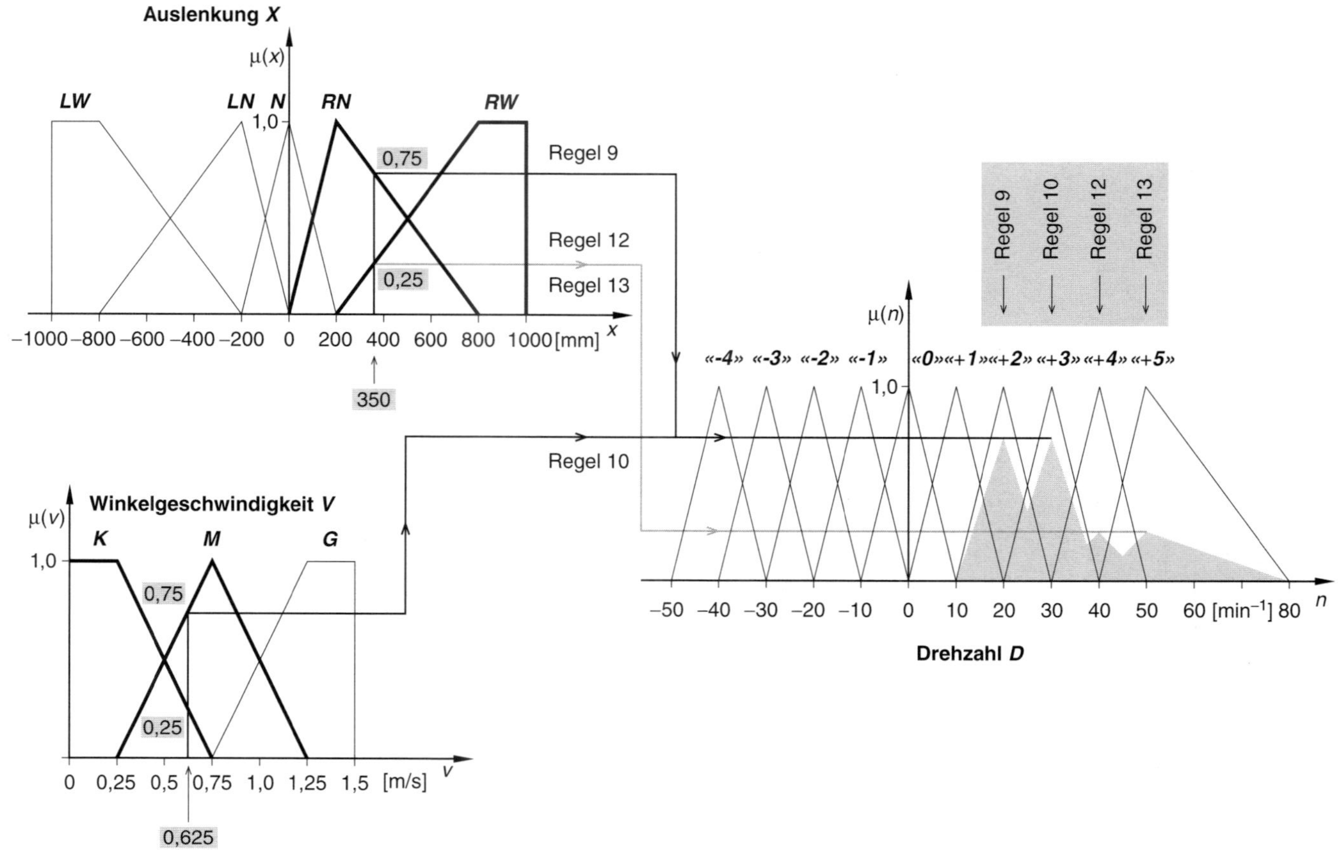

Bild 9.15 Grafische Ermittlung des unscharfen Motordrehzahlwertes mit der max-prod-Inferenz

9.3 Defuzzyfizierungseinheit

Die dritte Komponente der regelbasierten Übertragungssysteme ist die Defuzzyfizierungseinheit. Ihr kommt die Aufgabe zu, aus der unscharfen Schlußfolgerung, die die Fuzzy-Inferenzeinheit als Ergebnis liefert, wieder eine scharfe Signalgröße zu erzeugen. Diese scharfe Signalgröße ist zugleich die Ausgangsgröße des Fuzzy-Übertragungssystems. Die vorhergehenden Beispiele haben gezeigt, daß aufgrund der vielen Einflußfaktoren der Fuzzyfizierungs- und Inferenzstufe das Fuzzy-Set der Ausgangsgröße sehr unterschiedliche Gestalten annehmen kann. Es stellt sich nun die Frage, durch welchen scharfen Signalwert die unscharfe Fuzzy-Menge des Ausgangs repräsentativ wiedergegeben wird. Den Vorgang, aus einer unscharfen Menge einen scharfen Repräsentanten zu gewinnen, nennt man Defuzzyfizierung. Der scharfe Ausgangswert wird als Pendant zum Fuzzy-Wert auch als *Crisp-Wert* (engl. crisp = scharf, exakt) und zuweilen auch als *Non-Fuzzy-Wert* bezeichnet. In den nächsten Abschnitten beschäftigen wir uns mit den bekanntesten Methoden der Defuzzyfizierung:

- □ Maximum-Methode (Max-Height),
- □ Maximum-Mittelwert-Methode (Mean-of-Maximum),
- □ Flächenschwerpunkt-Methode (Center-of-Gravity/Center-of-Area),
- □ Erweiterte Flächenschwerpunkt-Methode,
- □ Schwerpunktmethode für Singletons (Center-of-Maximum).

9.3.1 Maximum-Methode

Die sogenannte *Maximum-Methode* (*Max-Height*) ist eine mathematisch sehr einfache Defuzzyfizierungsvariante. Der scharfe Ausgangswert x_s entspricht nach diesem Defuzzyfizierungsverfahren der Stelle der Ausgangswertemenge X mit dem größten Zugehörigkeitsgrad $\mu(x_s)$:

$$\mu(x_s) = \max_{x \in X} [\mu(x)] \qquad \text{oder} \quad \forall x \in X: \qquad \mu(x) < \mu(x_s)$$

Die einfache Berechnungsmethode birgt jedoch auch eine Problematik in sich. So läßt sich die Maximum-Methode nur dann sinnvoll anwenden, wenn man davon ausgehen kann, daß auch nur wirklich ein einziges Maximum im Ausgangs-Fuzzy-Set vorkommt. Zuordnungschwierigkeiten bestehen z. B. bei trapezförmigen Abschnitten. Sie entstehen bei der Verwendung der max-min-Inferenz, wo der Inferenzoperator (min-Operator) ein Abschneiden des Ausgangs-Fuzzy-Sets bewirkt. Bild 9.16 zeigt beispielhaft das unscharfe Ergebnis einer Fuzzy-Inferenzeinheit. Es ist vorausgesetzt, daß die vorgeschaltete Inferenz nach der max-prod-Methode arbeitet.

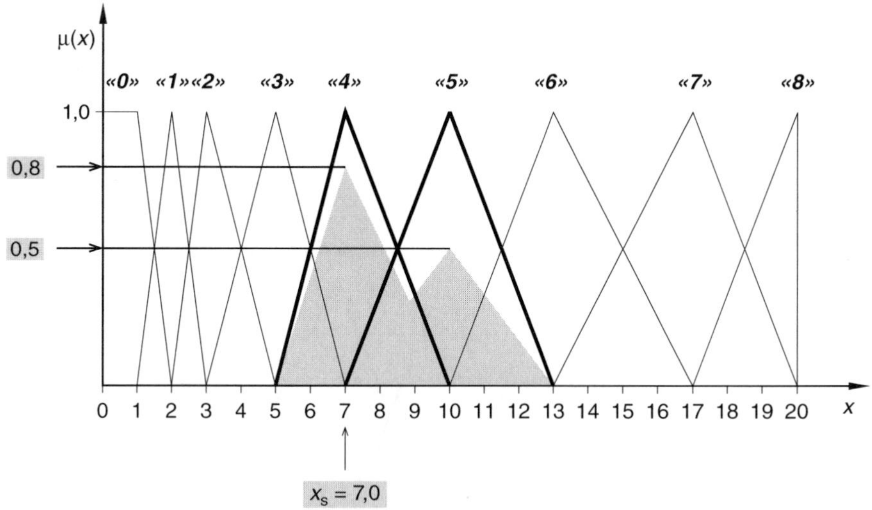

Bild 9.16 Ermittlung einer scharfen Ausgangsgröße nach der Maximum-Methode

9.3.2 Maximum-Mittelwert-Methode

Die sogenannte *Maximum-Mittelwert-Methode* (*Mean-of-Maximum*) ist die Weiterentwicklung der Maximum-Methode. Sie versucht dem drohenden Entscheidungskonflikt, der bei mehreren Maxima unmittelbar auftauchen wird, dadurch zu entgehen, daß in einem solchen Fall das arithmetische Mittel aller x-Werte der Ergebnismenge mit maximaler Zugehörigkeit als scharfer Ausgangswert festgelegt wird. Bei diskret verteilten Maximalstellen kann man den scharfen Ausgangswert wie folgt bestimmen:

$$x_s = \frac{\sum_{i=1}^{n} x_i}{n} \qquad \text{mit:} \quad \mu(x_i) = \max_{x \in X} [\mu(x)]$$

Hat die Maximalstelle die Ausprägung eines Intervalls, so ergibt sich die scharfe Ausgangsgröße wegen des abschnittsweise konstanten Kurvenverlaufs als Mittelwert der beiden Intervallgrenzen:

$$x_s = \frac{x_{\text{oben}} - x_{\text{unten}}}{2} \qquad \text{mit:} \quad x_{\text{oben}}, x_{\text{unten}} \qquad \text{Intervallgrenzen}$$

Bild 9.17 zeigt ein Beispiel für die Defuzzyfizierung nach der Maximum-Mittelwert-Methode für diskret verteilte Maximalstellen und Bild 9.18 für Maximalstellen im Intervallverbund.

Der Nachteil der Maximum-Mittelwert-Methode besteht darin, daß der Zugehörigkeitswert des Ergebnisses der Mittelwertbildung nicht unbedingt maximal sein muß (vgl. Bild 9.17). Anzumerken bleibt noch, daß die Maximum-Methode als Spezialfall der Maximum-Mittelwert-Methode aufgefaßt werden kann.

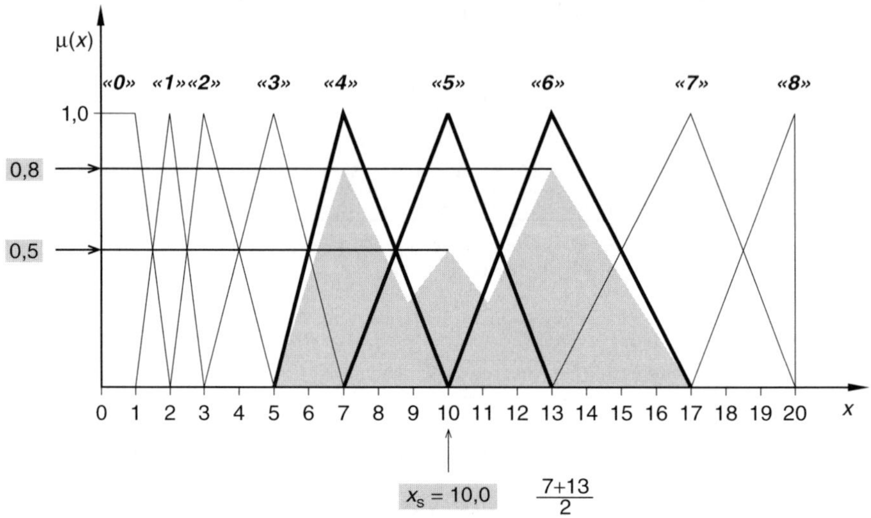

Bild 9.17 Ermittlung einer scharfen Ausgangsgröße nach der Maximum-Mittelwert-Methode (Beispiel 1)

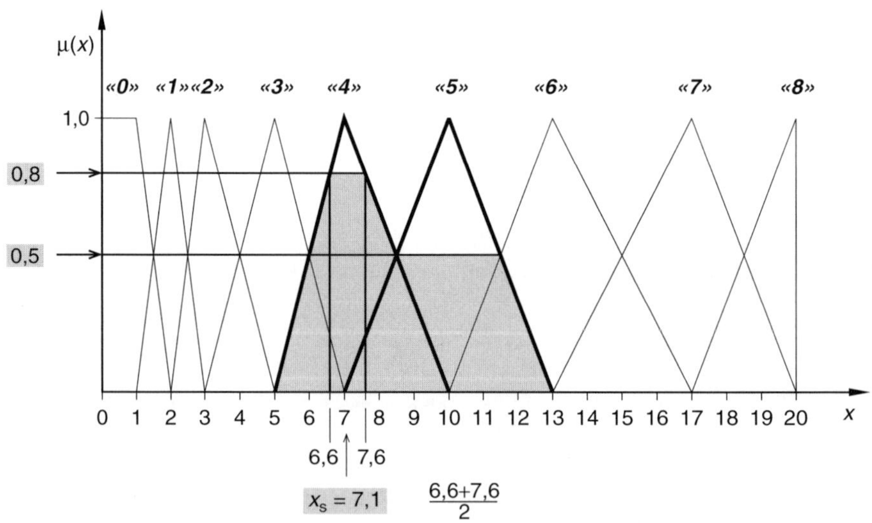

Bild 9.18 Ermittlung einer scharfen Ausgangsgröße nach der Maximum-Mittelwert-Methode (Beispiel 2)

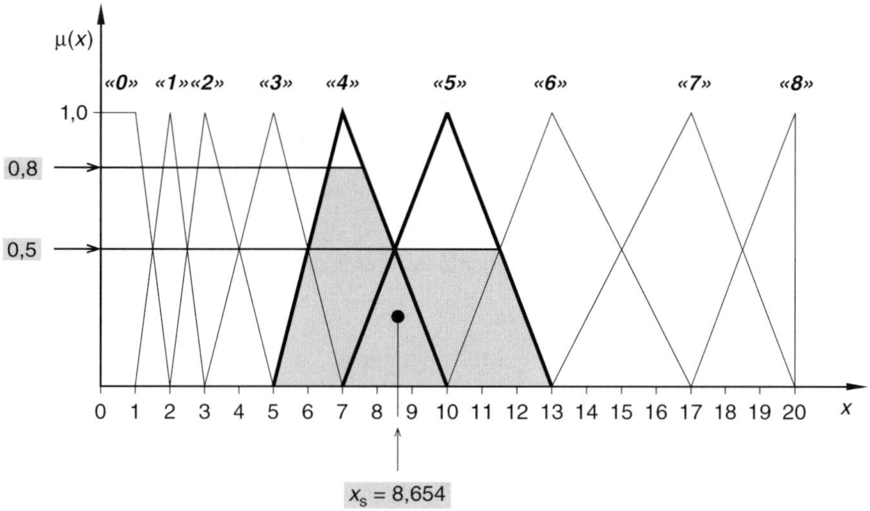

Bild 9.19 Ermittlung einer scharfen Ausgangsgröße nach der Flächenschwerpunktmethode

9.3.3 Flächenschwerpunkt-Methode

Die wohl bekannteste Defuzzyfizierungsmethode ist die Methode des Flächenschwerpunktes, die auch unter den Namen *Center-of-Gravity* (*CoG*) oder *Center-of-Area* (*CoA*) geführt wird. Bild 9.19 zeigt ein Beispiel für die Ermittlung eines scharfen Repräsentanten einer unscharfen Ausgangsmenge nach der Flächenschwerpunkt-Methode.

Bild 9.19 ist zu entnehmen, daß man als scharfen Repräsentanten der schraffierten Fläche, die das Ausgangs-Fuzzy-Set darstellt, die x-Koordinate (Abszissenwert) des Flächenschwerpunktes wählt.

Die Ermittlung des Flächenschwerpunktes stützt sich auf die bekannten Berechnungsverfahren für das statische Moment einer kontinuierlich verteilten Masse bezüglich einer Bezugsachse, die z. B. eine Koordinatenachse sein kann. Das Berechnungsverfahren geht davon aus, daß man sich jeden Körper aus unendlich vielen kleinen Masseelementen zusammengesetzt vorstellen kann und daß die Gesamtmasse des Körpers ersatzweise im Schwerpunkt konzentriert ist. In diesem Zusammenhang repräsentiert der Schwerpunkt den Körper. Auf die Fuzzy-Logik übertragen drängt sich daher der Gedanke auf, die kontinuierlich verteilte Fläche des Ausgangs-Fuzzy-Sets durch ihren Flächenschwerpunkt zu repräsentieren. Geht man beim statischen Massemoment davon aus, daß die betrachtete volumenförmige Masse eine konstante Dichte und konstante Dicke aufweist, so stimmt das Berechnungsergebnis für das statische Moment einer kontinuierlich verteilten Masse mit dem der Schwerpunktkoordinaten für die Fläche unter der Randkurve des schraffierten Fuzzy-Sets überein. Da man bestrebt ist, einen scharfen Ausgangswert zu erhalten und der Bereich der scharfen Ausgangsgröße auf der Abszissenachse (x-Achse) aufgetragen ist, interessiert auch nur die x-Koordinate des Flächenschwerpunktes.

Die für das Verständnis der Defuzzyfizierungsmethode grundlegenden Begriffe werden hier in kurzen Zügen erläutert. Es wurde erklärt, daß die Berechnung der x-Koordinate x_s des Schwerpunktes $S(x_s, y_s)$ der Fläche unter einer Kurve $y = f(x)$ auf der Ermittlung des statischen Momentes eines Massepunktes basiert. Die Bezugsachse für die x-Koordinate ist die y-Achse. Das statische Moment eines Masseteilchens bezüglich einer Achse ist gleich dem Produkt aus dem Masseelement dm und Abstand l:

Statisches Moment eines Massepunktes (allgemein):

$dM = l \cdot dm$ mit: l Abstand zur Bezugsachse
dm Masseelement

Statisches Moment eines Flächenpunktes (allgemein):

$dM = l \cdot dF$ mit: l Abstand zur Bezugsachse
dF Teilfläche (Flächenpunkt)

Statisches Moment eines Flächenpunktes dF bez. der y-Achse:

$dM = x \cdot dF$ mit: x Abstand zur Bezugsachse
dF Teilfläche (Flächenpunkt)

Teilfläche: $dF = dx \cdot f(x)$

Statisches Moment der Gesamtfläche F bez. der y-Achse:

$$M_y = x_s \cdot F = \int_{-\infty}^{+\infty} x \cdot f(x) \cdot dx$$

x-Koordinate des Flächenschwerpunktes:

$$x_s = \frac{M_y}{F} = \frac{\int_{-\infty}^{+\infty} x \cdot f(x) \cdot dx}{F} \qquad x_s = \frac{\int_{-\infty}^{+\infty} x \cdot f(x) \cdot dx}{\int_{-\infty}^{+\infty} f(x) \cdot dx}$$

Ersetzt man die Funktion $f(x)$ durch die Zugehörigkeitsfunktion $\mu(x)$, dann erhält man schließlich die bekannte Form für die scharfe (defuzzyfizierte) Ausgangsgröße x_s:

$$x_s = \frac{\int_{-\infty}^{+\infty} x \cdot \mu(x) \cdot dx}{\int_{-\infty}^{+\infty} \mu(x) \cdot dx}$$

Die Integralform wird verwendet, wenn es sich um eine kontinuierlich verteilte Fläche unter der Randkurve $\mu(x)$ handelt. Läßt sich die Fläche in eine Summe von n gleich breiten Teilflächen $\mu(x_i) \cdot \Delta x$ aufteilen, so ersetzt man die Integration durch eine Summation:

$$x_s = \frac{\sum_{i=1}^{n} x_i \cdot \mu(x_i) \cdot \Delta x}{\sum_{i=1}^{n} \mu(x_i) \cdot \Delta x}$$

Besteht die Randkurve $y = \mu(x)$ eines Fuzzy-Sets aus mehreren stückweise stetigen Teilabschnitten, so ist es sinnvoll, das Integral in Teilintegrale aufzuteilen und die Ergebnisse zu addieren (für Zähler und Nenner getrennt!). Da die geradlinig und konstant begrenzten Fuzzy-Sets (Dreiecke und Trapeze) in der anwendungsorientierten Fuzzy-Logik am häufigsten vorkommen, wird die Formel für den scharfen Repräsentanten x_s mit der allgemeinen Geradengleichung $y = \mathrm{a}x + \mathrm{b}$ modifiziert, wobei a die Steigung und b der y-Achsenabschnitt der Geraden ist:

$$x_s = \frac{\int_{-\infty}^{+\infty} x \cdot (\mathrm{a} \cdot x + \mathrm{b}) \cdot dx}{\int_{-\infty}^{+\infty} (\mathrm{a} \cdot x + \mathrm{b}) \cdot dx} = \frac{\mathrm{a} \cdot \int_{-\infty}^{+\infty} x^2\, dx + \mathrm{b} \cdot \int_{-\infty}^{+\infty} x \cdot dx}{\mathrm{a} \cdot \int_{-\infty}^{+\infty} x \cdot dx + \mathrm{b} \cdot \int_{-\infty}^{+\infty} 1 \cdot dx}$$

Die Integration unter einem Geradenabschnitt wird zwischen einer unteren und einer oberen Grenze (x_u bzw. x_o) durchgeführt, so daß man schreiben kann:

$$x_s = \frac{\mathrm{a} \cdot \int_{x_u}^{x_o} x^2\, dx + \mathrm{b} \cdot \int_{x_u}^{x_o} x \cdot dx}{\mathrm{a} \cdot \int_{x_u}^{x_o} x \cdot dx + \mathrm{b} \cdot \int_{x_u}^{x_o} 1 \cdot dx}$$

Mit Hilfe der elementaren Stammfunktionen lassen sich die einfachen Integrale leicht auflösen:

$$x_s = \frac{\frac{\mathrm{a}}{3} \cdot x^3 \Big|_{x_u}^{x_o} + \frac{\mathrm{b}}{2} \cdot x^2 \Big|_{x_u}^{x_o}}{\frac{\mathrm{a}}{2} \cdot x^2 \Big|_{x_u}^{x_o} + \mathrm{b} \cdot x \Big|_{x_u}^{x_o}} = \frac{\frac{\mathrm{a}}{3} \cdot (x_o^3 - x_u^3) + \frac{\mathrm{b}}{2} \cdot (x_o^2 - x_u^2)}{\frac{\mathrm{a}}{2} \cdot (x_o^2 - x_u^2) + \mathrm{b} \cdot (x_o - x_u)}$$

Setzt sich eine Randfunktion $\mu(x)$ aus n Teilfunktionen $\mu_i(x)$ zusammen (z. B. aus verschiedenen Geradenstücken), so kann man das Gesamtintegral im Zähler und im Nenner der Flächenschwerpunktformel durch die Summe der n Teilintegrale ersetzen:

$$x_s = \frac{\sum\limits_{i=1}^{n} \int\limits_{l_{i-1}}^{l_i} x \cdot f_i(x) \cdot dx}{\sum\limits_{i=1}^{n} \int\limits_{l_{i-1}}^{l_i} f_i(x) \cdot dx} \qquad \text{mit: } l_i \text{ Integrationsgrenzen}$$

Für das schraffierte Fuzzy-Set aus Bild 9.19 kann man die Zerlegung der Gesamtfläche in fünf Teilflächen vornehmen (Bild 9.20).

Zur Berechnung des Flächenschwerpunktes benötigt man zum einen die sechs Integrationsgrenzen x_1 bis x_6 und zum anderen die Randfunktionen der fünf Teilabschnitte. Die Grenzwerte x_1 und x_6 liest man unmittelbar aus der Grafik ab. Die übrigen vier Zwischenwerte x_2 bis x_5 ergeben sich rechnerisch aus den Schnittpunkten der Erfüllungsgrade G_R der einzelnen Regeln (hier G_{R4} und G_{R5}) mit den entsprechenden dreieckförmigen unscharfen Werten (hier 4 und 5).

Es kommt nicht selten vor, daß aufgrund der Verwendung der min-Operation im Inferenzverfahren dreieckförmige Fuzzy-Sets der Ausgangsgröße wie in diesem Beispiel zu Trapezen «abgeschnitten» werden. Anhand des Beispiels soll eine allgemeine Beziehung zwischen dem Aktivierungsgrad der Regel und der durch das «Abschneiden» erzeugten Knickstellen der Randfunktion hergeleitet werden. Die linke und die rechte Randfunktion eines dreieckförmigen Fuzzy-Sets sind Geraden. Die linke Gerade hat eine positive und die rechte Gerade eine negative Steigung. Die Steigung der Geraden kann man durch ein beliebiges Steigungsdreieck angeben. Der Einfachheit halber wählt man das Verhältnis aus maximaler Höhe (bei normierten Fuzzy-Sets ist sie eins) zur jeweiligen Spannweite α bzw. β

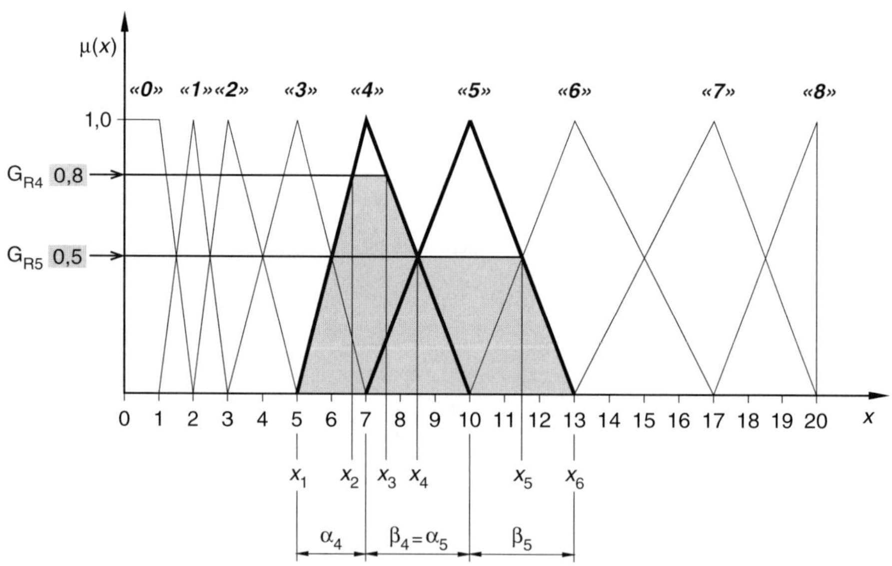

Bild 9.20 Zerlegung der Gesamtfläche der unscharfen Ausgangsgröße in geeignete Teilflächen

aus Kapitel 3). Denkt man sich den linken bzw. rechten Geradenabschnitt nach links in den Ursprung ($x = 0$) verschoben, so ist der y-Achsenabschnitt des linken Astes gleich null und der des rechten Astes gleich eins:

$$y(x) = \mathrm{a} \cdot x + \mathrm{b} \quad \text{Linker Ast:} \quad \mathrm{a} = \frac{1}{\alpha}; \mathrm{b} = 0 \qquad y_l(x) = \frac{1}{\alpha} \cdot x$$

$$\text{Rechter Ast:} \quad \mathrm{a} = -\frac{1}{\beta}; \mathrm{b} = +1 \quad y_r(x) = -\frac{1}{\beta} \cdot x + 1$$

Die entsprechenden Umkehrfunktionen lauten damit:

Linker Ast: $x(y_l) = \alpha \cdot y_l$
Rechter Ast: $x(y_r) = \beta \cdot (1 - y_r)$

Die gesuchten Knickpunkte erhält man, indem man den Erfüllungsgrad der Regel G_R als y-Wert einsetzt:

Linker Knickpunkt:	$x_l = \alpha \cdot G_R$	Rechter Knickpunkt:	$x_r = \beta \cdot (1 - G_R)$

Unter der genannten Voraussetzung (Verschiebung der Geradenfunktionen in den Nullpunkt) findet man sehr einfach die Knickpunkte, die beim «Abschneiden» eines dreieckigen linguistischen Wertes entstehen.

Beispiel

Die Knickpunkte werden für das Beispiel aus Bild 9.20 (die Bezeichnungen stimmen mit denen der Grafik überein) verwendet:

$$\begin{aligned}
x_1 &= 5{,}0 \\
x_2 &= 5{,}0 + \alpha_4 \cdot G_{R4} &&= 5{,}0 + 2 \cdot 0{,}8 &&= 6{,}6 \\
x_3 &= 7{,}0 + \beta_4 \cdot (1 - G_{R4}) &&= 7{,}0 + 3 \cdot (1 - 0{,}8) &&= 7{,}6 \\
x_4 &= 7{,}0 + \beta_4 \cdot (1 - G_{R5}) &&= 7{,}0 + 3 \cdot (1 - 0{,}5) &&= 8{,}5 \\
x_5 &= 10{,}0 + \beta_5 \cdot (1 - G_{R5}) &&= 10{,}0 + 3 \cdot (1 - 0{,}5) &&= 11{,}5
\end{aligned}$$

Mit Hilfe einer kleinen Umrechnungsformel für die Ermittlung des y-Achsenabschnittes b aus dem x-Achsenabschnitt ($y = 0$), der sich aus der Grafik ergibt, werden die gewonnenen Ergebnisse in die Schwerpunktformel eingesetzt:

y-Achsenabschnitt: $\mathrm{b} = -\mathrm{a} \cdot x|_{y=0}$

a	$\frac{1}{2}$	0	$-\frac{1}{3}$	0	$-\frac{1}{3}$
b	−2,5	0, 8	$\frac{10}{3}$	0,5	$\frac{13}{3}$

$$x_s = \frac{\frac{0{,}5}{3} \cdot x^3 \Big|_5^{6{,}6} - \frac{2{,}5}{2} \cdot x^2 \Big|_5^{6{,}6} + \frac{0{,}8}{2} \cdot x^2 \Big|_{6{,}6}^{7{,}6} - \frac{1}{9} \cdot x^3 \Big|_{7{,}6}^{8{,}5} + \frac{10}{6} \cdot x^2 \Big|_{7{,}6}^{8{,}5} + \frac{0{,}5}{2} \cdot x^2 \Big|_{8{,}5}^{11{,}5} - \frac{1}{9} \cdot x^3 \Big|_{11{,}5}^{13} + \frac{13}{6} \cdot x^2 \Big|_{11{,}5}^{13}}{\frac{0{,}5}{2} \cdot x^2 \Big|_5^{6{,}6} - 2{,}5 \cdot x \Big|_5^{6{,}6} + 0{,}8 \cdot x \Big|_{6{,}6}^{7{,}6} - \frac{1}{6} \cdot x^2 \Big|_{7{,}6}^{8{,}5} + \frac{10}{3} \cdot x \Big|_{7{,}6}^{8{,}5} + 0{,}5 \cdot x \Big|_{8{,}5}^{11{,}5} - \frac{1}{6} \cdot x^2 \Big|_{11{,}5}^{13} + \frac{13}{3} \cdot x \Big|_{11{,}5}^{13}}$$

Damit ergibt sich die scharfe Ausgangsgröße zu: $x_s = 33{,}751/3{,}9 = 8{,}65$.

Man erkennt schon anhand des einfachen Beispiels, daß die Berechnung des Flächenschwerpunktes selbst bei geradlinigen Kurvenstücken recht aufwendig werden kann. Der Aufwand steigt zum einen mit der Anzahl der aktivierten linguistischen Terme der unscharfen Ausgangsgröße und zum anderen mit der Komplexität der Randkurvenfunktionen. Die exakte konstruktive Berechnung des Flächenschwerpunktes eignet sich für einen Praxiseinsatz daher nur sehr bedingt. Darüber hinaus ist auch nur in den seltensten Fällen anzunehmen, daß die Randfunktion der Gesamtfläche für beliebige Prozeßzustände leicht ermittelbar ist.

In der Praxis löst man die Flächenberechnung mit Hilfe numerischer Integrationsverfahren, die in der Regel approximierte, analytische Verfahren sind, also eine Näherungslösung darstellen. Die numerischen Integrationsverfahren können zum Teil sehr aufwendig sein und gelten daher auch als die Schwachstelle in bezug auf Rechengeschwindigkeit und den Datenumfang.

Eine Näherungsformel zur Flächenschwerpunkt-Methode, die man zuweilen in der Literatur der Fuzzy-Control-Anwendungen wiederfindet, arbeitet mit den gewichteten Schwerpunktkoordinaten x_{si} der einzelnen Ausgangs-Fuzzy-Sets:

$$x_s = \frac{\sum\limits_{i=1}^{k} x_{si} \cdot G_{Ri}}{\sum\limits_{i=1}^{k} G_{Ri}}$$

Der scharfe Ausgangswert x_s ist nach diesem Näherungsverfahren das Verhältnis aus der Summe der mit dem Erfüllungsgrad G_{Ri} der insgesamt k regelgewichteten Schwerpunktkoordinaten x_{si} der einzelnen Fuzzy-Sets und der Summe der k Erfüllungsgrade G_{Ri}. Die einzelnen Schwerpunktkoordinaten x_{si} ergeben sich hier aus den gesamten Flächen der Fuzzy-Sets. Sie werden vor der Anwendung der Regeln für das Berechnungsverfahren abgelegt. Der Näherungsfehler liegt darin, daß die Überlappungsbereiche der verschiedenen Fuzzy-Sets doppelt in die Berechnung eingehen. Auf das Beispiel von Bild 9.20 bezogen, soll die Näherungsformel einmal angewendet werden.

Beispiel

Da lediglich zwei Regeln aktiv sind, haben die beiden Summen nur zwei Summanden. Aufgrund des symmetrischen Aufbaus kann man die analytische Berechnung der Flächenschwerpunktskoordinate x_{s5} für das Fuzzy-Set «5» sparen.

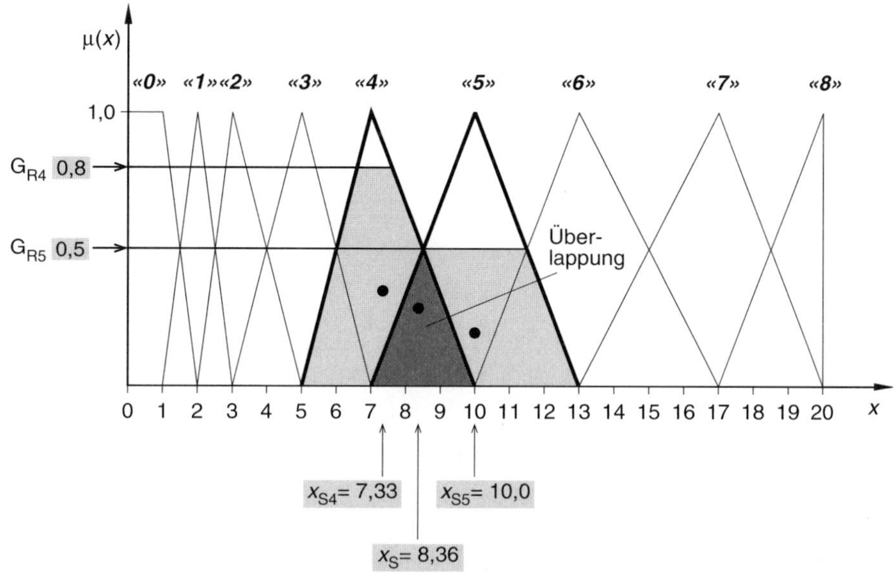

Bild 9.21 Näherungslösung für die Flächenschwerpunkt-Methode

Man liest direkt $x_{s5} = 10$ ab. Die Berechnung der Flächenschwerpunktskoordinate x_{s4} erfolgt wieder nach der Formel, wobei die Teilergebnisse aus dem vorherigen Beispiel übernommen werden.

$$x_{s4} = \frac{\frac{0{,}5}{3} \cdot x^3 \Big|_5^7 - \frac{2{,}5}{2} \cdot x^2 \Big|_5^7 - \frac{1}{9} \cdot x^3 \Big|_7^{10} + \frac{10}{6} \cdot x^2 \Big|_7^{10}}{\frac{0{,}5}{2} \cdot x^2 \Big|_5^7 - 2{,}5 \cdot x \Big|_5^7 - \frac{1}{6} \cdot x^2 \Big|_7^{10} + \frac{10}{3} \cdot x \Big|_7^{10}} = 7{,}\overline{3}$$

In die Näherungsformel eingesetzt, erhält man:

$$x_s = \frac{7{,}\overline{3} \cdot 0{,}8 + 10 \cdot 0{,}5}{0{,}8 + 0{,}5} = 8{,}36$$

Bild 9.21 illustriert die Näherungslösung.

9.3.4 Erweiterte Flächenschwerpunkt-Methode

Die Defuzzyfizierungsmethode des Abschnitts 9.3.3 weist bezüglich der Ausnutzung des maximalen Wertebereiches der scharfen Ausgangsgröße einen Nachteil auf. Die scharfe Ausgangsgröße des regelbasierten Übertragungssystems ist bei der Schwerpunktmethode die x-Koordinate des Flächenschwerpunktes. Es entspricht unseren Vorstellungen, daß die Ausgangsgröße einen Wert im gesamten

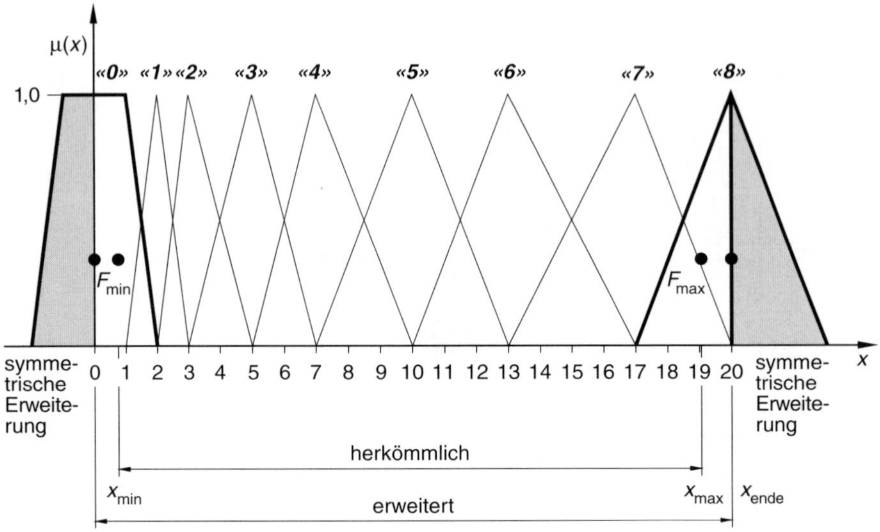

Bild 9.22 Herkömmliche und erweiterte Flächenschwerpunkt-Methode

Grundbereich der linguistischen Ausgangsvariablen annehmen können soll. Dies bedeutet aber auch, daß die Signalwerte die Bereichsgrenzen $x_{\min}$ und $x_{\max}$ erreichen können müssen. Dies leistet die herkömmliche Flächenschwerpunkt-Methode nicht. Der tatsächliche Ausgangsgrößenbereich ist um eine Randzone eingeschränkt. Die Breite der Randzonen hängt dabei unmittelbar von der Gestalt der äußeren Fuzzy-Sets ab. Die Randzonen bestimmen sich alleine durch die Ausprägung der äußeren linguistischen Werte, da bei vollem Aktivierungsgrad dieser unscharfen Randgrößen der kleinste bzw. größte Repräsentant x_s aus der Grundmenge erreicht werden kann.

Die herkömmliche Flächenschwerpunkt-Methode liefert scharfe Ausgangswerte in folgendem Bereich (vgl. Bild 9.22):

$$x_{\min} = \frac{M_y}{F_{\min}} \qquad x_{\max} = \frac{M_y}{F_{\max}} \qquad 0 < x_{\min} \leq x_s \leq x_{\max} < x_{\text{ende}}$$

Abhilfe schafft die künstliche Erweiterung der unscharfen Randmengen durch Ausnutzung der Grenzwerte (0 und x_{ende}) als Symmetrieachsen für die Gestaltung der modifizierten Randmengen. Die Realisierung der modifizierten Flächenschwerpunkt-Methode gestaltet sich durch die Symmetrie der Randmengen nicht allzu schwer. Unabhängig hiervon wäre bei der herkömmlichen Methode aber auch eine Anpassung des berechneten Ausgangswertes an den realen Wertebereich durch einen festen Umrechnungsfaktor denkbar. Der Unterschied besteht darin, daß bei einer fest vorgegebenen anschließenden Korrektur grundsätzlich

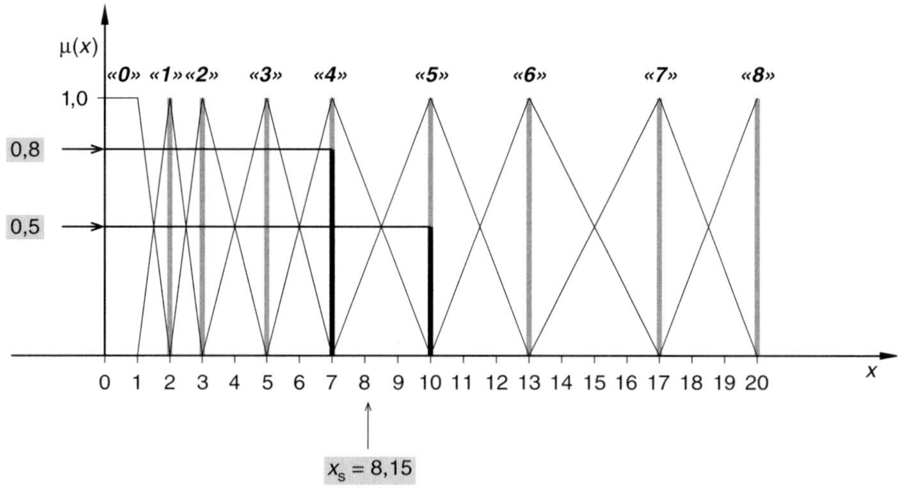

Bild 9.23 Näherungslösung für die Flächenschwerpunkt-Methode

jeder Ausgangswert verändert wird, also auch die im mittleren Bereich, wohingegen bei der modifizierten Flächenschwerpunkt-Methode nur in den Randbereichen bei aktivierter Randmenge eine Korrektur vorgenommen wird.

9.3.5 Schwerpunktmethode für Singletons

In Abschnitt 9.3.3 wurde eine Näherungslösung für die Flächenschwerpunkt-Methode vorgestellt, die mit den gewichteten Schwerpunktkoordinaten x_{si} der einzelnen Ausgangs-Fuzzy-Sets arbeitet:

Näherungslösung nach Abschnitt 9.3.3: $$x_s = \frac{\sum_{i=1}^{k} x_{si} \cdot G_{Ri}}{\sum_{i=1}^{k} G_{Ri}}$$

Diese Näherungslösung stützt sich auf die mit dem Erfüllungsgrad G_{Ri} der insgesamt k regelgewichteten Schwerpunktkoordinaten x_{si} der einzelnen Fuzzy-Sets, wobei sich die einzelnen Schwerpunktkoordinaten x_{si} aus den gesamten Flächen der Fuzzy-Sets berechnen. Die hier angewandte Berechnungsvariante nennt sich *Schwerpunktmethode für Singletons* oder *Center-of-Maximum-Methode*. Sie geht davon aus, daß die Ausgangs-Fuzzy-Sets zu Singletons «geschrumpft» sind. Ansonsten ist sie genauso anzuwenden wie das erwähnte Näherungsverfahren. In einem solchen Fall wird nicht die Einzelschwerpunktskoordinate x_{si}, sondern die Maximalstelle mit dem maximalen Zugehörigkeitsgrad (Gipfelwert) m_i des Sets gewichtet. Bild 9.23 zeigt die Anwendung der Schwerpunktmethode für Singletons auf das vorherige Beispiel.

$$x_s = \frac{\sum_{i=1}^{k} m_i \cdot G_{Ri}}{\sum_{i=1}^{k} G_{Ri}}$$

In die Berechnungsformel eingesetzt, erhält man:

$$x_s = \frac{7{,}0 \cdot 0{,}8 + 10 \cdot 0{,}5}{0{,}8 + 0{,}5} = 8{,}15$$

Liegen symmetrische Fuzzy-Sets vor, d. h. z. B. Dreiecke und Trapeze mit gleicher linker und rechter Spannweite, so stimmen die Berechnungsergebnisse der Näherungslösung und der Methode für Singletons überein, weil dann die einzelnen Schwerpunkte mit den Maximalstellen zusammenfallen.

9.4 Übertragungsverhalten

Was unter einem regelbasierten Übertragungssystem zu verstehen ist und wie seine drei Grundbestandteile (Fuzzyfizierung, Inferenz, Defuzzyfizierung) aufgebaut sind und funktionieren, ist bereits detailliert erläutert worden. Nun soll das Übertragungsverhalten eines solchen Systems betrachtet werden.

Das Übertragungsverhalten einer Regelkreiskomponente (Systemeinheit) wird durch die Gesamtheit aller Einflußfaktoren charakterisiert. Die mathematischen Beschreibungsmethoden für das zeitliche Übertragungsverhalten wurden schon in Kapitel 8 im Zusammenhang mit der klassischen Regelungstechnik vorgestellt. Das Übertragungsverhalten im Zeitbereich kann sowohl statisch als auch dynamisch betrachtet werden.

> Da weder die Fuzzyfizierung und die Inferenz noch die Defuzzyfizierung dynamischen Charakter haben (sie enthalten keinerlei Energiespeicher), ist das Übertragungsverhalten eines regelbasierten Systems ein rein statisches.

Die verwendeten Darstellungsarten für das statische Übertragungsverhalten richten sich zum einen danach, ob die Eingangssignale kontinuierlich oder diskret im Wertebereich verteilt sind, und zum anderen nach der Anzahl der Freiheitsgrade (Eingangs- und Ausgangsgrößen). Dies ist unabhängig vom inneren Aufbau der Übertragungseinheit und gilt gleichermaßen für scharfe und für unscharfe Signalverarbeitungsmethoden, da lediglich das scharfe Ausgangs-zu-Eingangssignalverhalten beschrieben wird (vgl. Bild 9.1).

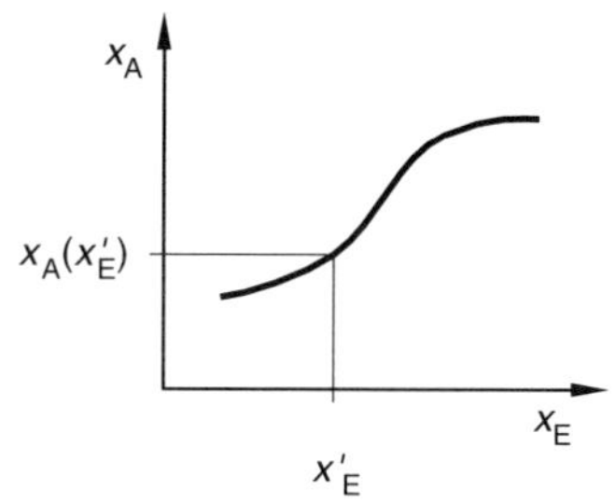

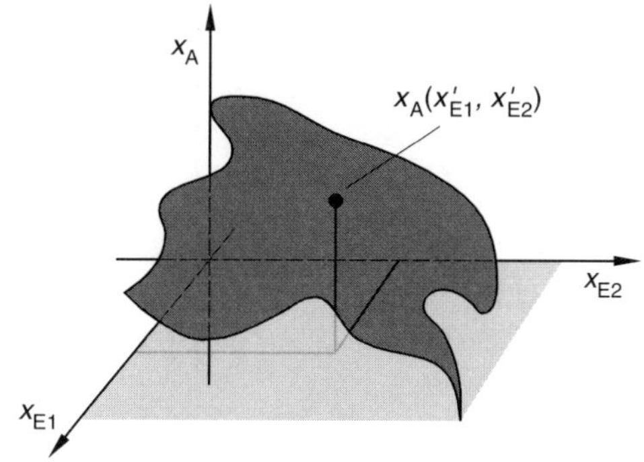

Bild 9.24 Statische Kennlinie und statische Kennfläche

Kontinuierlich verteilte Eingangssignale:

Kennlinie:	$x_A(x_E)$
Kennfläche:	$x_A(x_{E1}, x_{E2})$
Kennfeld:	$x_A(x_{E1}, x_{E2}, \ldots, x_{En})$

Diskret verteilte Eingangssignale:

Kennwertetabelle:	$x_{Ai}(x_{Ei})$
Kennwertematrix:	$x_{Ai}(x_{E1i}, x_{E2i})$
Kennwertematrix:	$x_{Ai}(x_{E1i}, x_{E2i}, \ldots, x_{Eni})$

Bei einer kontinuierlichen Signalverteilung läßt sich die Signalübertragung durch entsprechende Kennlinien bzw. Kenn(linien)felder ausdrücken. Sind die Eingangssignale diskretisiert, so geht die Kennlinie in eine Tabelle und das Kennlinienfeld in eine Matrix über. Als Vorbereitung auf Kapitel 10 sollen hier die Grundzüge der Kennlinien- bzw. Kennfelddarstellung für kontinuierliche Ein- und Ausgangssignale erläutert werden.

Hängt die Systemausgangsgröße nur von einer einzigen Eingangsvariablen ab, kann man den Zusammenhang zwischen den Signalen im zweidimensionalen x_E-x_A-Kennliniendiagramm grafisch darstellen. Ist die Ausgangsgröße x_A jedoch von mehr als nur einer Eingangsvariablen abhängig, so wird aus der Kennlinie ein Kennfeld. Beim speziellen Fall zweier Eingangsgrößen x_{E1} und x_{E2} und einer Ausgangsgröße x_A wird aus der zweidimensionalen Darstellung in der Ebene eine dreidimensionale Darstellung im Raum.

Bei mehr als zwei Eingangsgrößen behilft man sich in der Regel mit dreidimensionalen Darstellungen, wobei die unberücksichtigten Eingangssignale als Parameter konstant gehalten werden. In der Fuzzy-Control findet die räumliche Darstellung mit zwei Eingangsgrößen die häufigste Anwendung. Aus diesem Grunde betrachten wir im weiteren nur die Kennfläche einer Übertragungseinheit mit zwei Eingängen x_{E1} und x_{E2} und einem Ausgang x_A:

Kennfläche: $x_A(x_{E1}, x_{E2})$

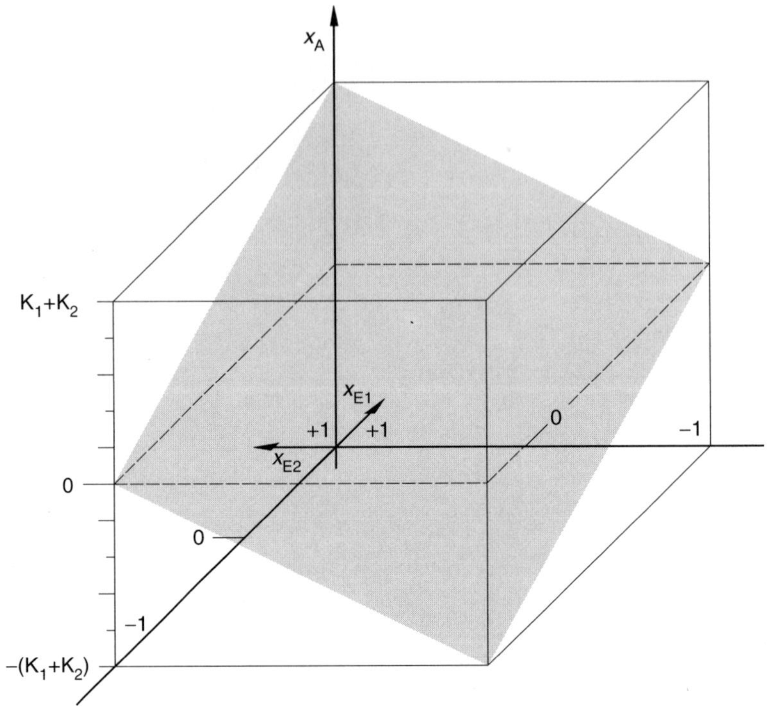

Bild 9.25 Lineare Kennfläche einer konventionellen Übertragungseinheit

Die Gestalt der Kennfläche hängt einerseits von dem Übertragungsgesetz der Komponente und andererseits von der Zuordnung und Skalierung der drei Koordinatenachsen ab. Es stellt sich also die Frage, wie die beiden Eingangsgrößen in die Ausgangsgröße eingehen. Hierzu wird man in der konventionellen Übertragungstechnik in den meisten Fällen einen funktionalen Zusammenhang ermitteln können. Da beim Fuzzy-Regler in Kapitel 10 die sogenannten *linearen Kennflächen* eine besondere Rolle spielen, sollen sie hier näher betrachtet werden (Bild 9.25).

Lineare Kennfläche: $x_A = K_1 \cdot x_{E1} + K_2 \cdot x_{E2} \qquad \text{mit:} \quad K_1, K_2 \geq 0$

Annahme: $$\left.\begin{matrix} -1 \leq x_{E1} \leq +1 \\ -1 \leq x_{E2} \leq +1 \end{matrix}\right\} \Rightarrow \; -(K_1 + K_2) \leq x_A \leq (K_1 + K_2)$$

Der lineare Zusammenhang zwischen den Eingangsgrößen und der Ausgangsgröße führt in Bild 9.25 zu einer ebenen Fläche. Ist eine der beiden Eingangsgrößen x_{E1} oder x_{E2} konstant, so wird die Kennfläche zu einer Geraden. Die Übertragungsfunktion stellt dann eine Geradengleichung dar.

Die Fuzzy-Übertragungseinheiten werden nicht durch funktionale, sondern durch linguistische Zusammenhänge beschrieben. Die Gestalt der Kennfläche hängt von weitaus mehr Einflußfaktoren als im klassischen Fall ab. Hierzu werden in Kapitel 10 die drei Verarbeitungsstufen (Fuzzyfizierung, Inferenz, Defuzzyfizierung) in ihrer Auswirkung auf die Kennflächenbildung beurteilt.

10 Fuzzy-Control

10.1 Fuzzy-Regler im Regelkreis

In Kapitel 8 wurde die klassische Regelungstechnik in einem gebührenden Umfang dargestellt. Sowohl die Fuzzy-Control als auch die klassische Regelungstechnik verfolgen das gleiche Ziel, nämlich eine oder mehrere Größen eines realen physikalischen Prozesses nach vorgegebenen Kriterien zu regeln. In beiden Fällen handelt es sich um denselben realen Prozeß (Regelstrecke) und um dieselben scharf beschriebenen Führungsgrößen $w_i(t)$ und Regelgrößen $x_i(t)$. Demzufolge sind auch die Stellgrößen $y_i(t)$ und die Regelabweichungen $e_i(t)$ scharfer Natur. Die Kernprinzipien des Regelns müssen damit in beiden Welten gleich bleiben. Nach wie vor ist es das Ziel der Regelung, eine Regelgröße $x(t)$ bei auftretenden Störungen oder bei Änderung der Führungsgröße möglichst schnell der aktuellen Führungsgröße anzugleichen – und dies bei möglichst geringer Regelabweichung. Das dynamische und statische Regelverhalten wird mit beiden Methoden durch die gleichen Begriffe beschrieben.

> Die Strecke, die Führungsgrößen, die Regelgrößen, die Regelabweichungen und die Stellgrößen sind in beiden Regelkonzepten (Fuzzy-Control und konventionelle Regelungstechnik) identisch.

Nun soll der einschleifige Regelkreis nach Bild 8.13 betrachtet werden. Man erkennt, daß der Regler den Unterschied zwischen klassischer Regelungstechnik und Fuzzy-Control bringen muß. Während der klassische Regler mit scharfer Mathematik beschrieben wird und aufgrund eines mathematischen Modells der Strecke, das entweder experimentell oder theoretisch ermittelt wurde, einzustellen ist, beschreibt der unscharfe Regler die Zusammenhänge zwischen Regelabweichung und Stellgröße in seinem Innern mit linguistischen Methoden (Bild 10.1).

Jeder Regelkreis besteht aus Regelkreisgliedern. Jedes Regelkreisglied wird durch seine Übertragungseigenschaften charakterisiert. In Kapitel 9 wurden die regelbasierten Übertragungssysteme behandelt. Der Fuzzy-Regler (FR) bzw. Fuzzy-Controller (FC) ist im Kern ein solches regelbasiertes Übertragungssystem mit den drei Komponenten Fuzzyfizierung, Inferenz und Defuzzyfizierung. Man erinnere sich daran, daß eine WENN-DANN-Regel einen Bedingungsteil (Prämisse) und einen Schlußfolgerungsteil (Konklusion) hat. Im einfachsten Fall

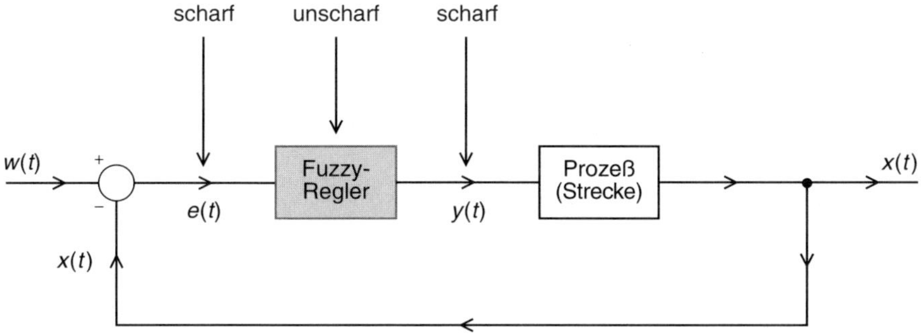

Bild 10.1 Fuzzy-Regler im einschleifigen Regelkreis

besteht der Bedingungsteil aus einer einzigen Prämisse, der Regelabweichung. Die Schlußfolgerung stellt die Stellgröße dar. Für ein einfaches Beispiel soll der linguistische Zusammenhang zwischen Regeldifferenz und Stellgröße gezeigt werden.

Beispiel

Drehzahlregelung:	Führungswert $w(t)$:	Sollwert der Drehzahl
	Regelgröße $x(t)$:	Istwert der Drehzahl
	Regeldifferenz $x_d(t)$:	Drehzahldifferenz aus Soll- und Istwert
	Stellgröße $y(t)$:	Motorspannung

Regelbasis:
Regel 1: WENN *Drehzahldifferenz = niedrig* DANN *Motorspannung = niedrig*
Regel 2: WENN *Drehzahldifferenz = mittel* DANN *Motorspannung = normal*
Regel 3: WENN *Drehzahldifferenz = hoch* DANN *Motorspannung = hoch*

Der Bedingungsteil einer Regel kann aber auch von mehreren fuzzy-logisch verknüpften Prämissen abhängen:

Regel: WENN *Drehzahldifferenz = niedrig* UND *Beschleunigung = groß*
DANN *Motorspannung = sehr niedrig*

In einem solchen Fall benötigt der Fuzzy-Regler zur Erzeugung der Stellgröße eine weitere Eingangsgöße, die dem Prozeß als Meßgröße entnommen wird. Im allgemeinen Fall ergibt sich daher die erweiterte Regelkreisstruktur für eine Fuzzy-Regelung mit einer Regelgröße nach Bild 10.2.

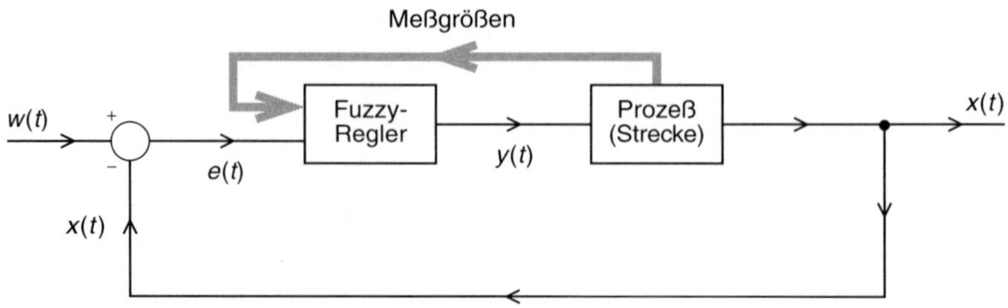

Bild 10.2 Erweiterte Regelkreisstruktur für eine Fuzzy-Regelung einer Regelgröße

10.2 Fuzzy-Regler

10.2.1 Statischer Fuzzy-Regler (Fuzzy-P-Regler)

Das regelbasierte Übertragungsglied besteht gemäß Kapitel 9 aus drei Einheiten:

Regelbasiertes Übertragungsglied:

- □ Fuzzyfizierungseinheit
- □ Inferenzeinheit
- □ Defuzzyfizierungseinheit

Die Funktionsweise und die Bestandteile der einzelnen Komponenten wurden dort ausführlich erklärt. Die Übertragungseigenschaft eines regelbasierten Übertragungsgliedes kann bei einer Eingangsgröße mit Hilfe von Kennlinien und bei mehreren Eingangsgrößen mit Kennfeldern dargestellt werden. Kennlinien- bzw. Kennfelder stellen die Ausgangsgröße wie im klassischen Fall in Abhängigkeit von den Eingangsgrößen und nicht von der Zeit dar:

Eine Eingangsgröße:	$x_a(x_{e1})$	Kennlinie
Zwei Eingangsgrößen:	$x_a(x_{e1}, x_e)$	Kennfeld

Hier liegt eine statische Darstellungsart vor (vgl. Abschnitt 9.4). Die Übertragungseinheit besitzt keinerlei Energiespeicher, die eine Dynamik erzeugen könnten. Weder zeitliche Integrationen (I-Verhalten), zeitliche Differentiationen (D-Verhalten) noch zeitliche Verzögerungen (PT_n-Verhalten) sind in der Charakteristik der Übertragungseinheit enthalten. Eine solche regelbasierte Komponente bezeichnet man als sogenannten *statischen Fuzzy-Regler.* Zuweilen wird er in der Literatur auch als Regler ohne «Gedächtnis» bezeichnet (Bild 10.3).

Der konventionelle P-Regler ist durch die Gleichung $y(t) = K_P \cdot e(t)$ eindeutig beschrieben. Er ist ein statischer Regler. Es stellt sich nun die Frage, was unter einem *Fuzzy-P-Regler* zu verstehen ist. Das Übertragungsverhalten eines statischen Fuzzy-Reglers hängt von mehreren Einflußgrößen ab. Hierzu gehören z. B. die Anzahl und die Ausprägung der Eingangs- und Ausgangs-Fuzzy-Sets, die

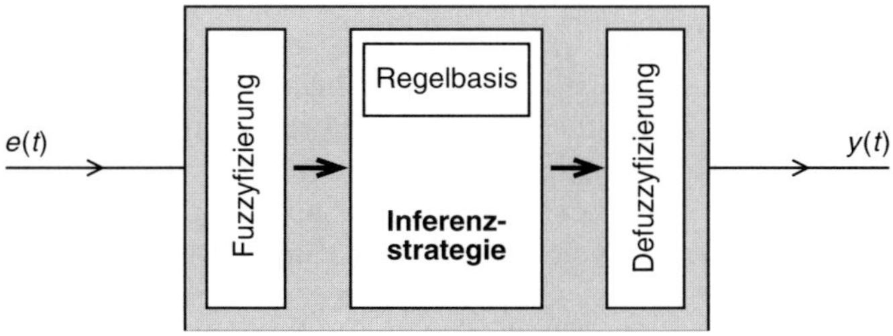

Bild 10.3
Statischer Fuzzy-Regler, Fuzzy-Regler ohne «Gedächtnis»

Inferenzmethode und die Defuzzyfizierungsmethode, um nur die wichtigsten zu nennen. Eine detaillierte Aufstellung aller Einflußgrößen ist Abschnitt 10.4 zu entnehmen.

Fuzzy-P-Regler
Bei einer entsprechenden Kombination aller Einflußfaktoren versteht man unter einem Fuzzy-P-Regler einen Fuzzy-Regler, dessen Stellgröße $y(t)$ bei ansteigender Regelabweichung $e(t)$ auch ansteigt (oder konstant bleibt) und bei abfallender Regelabweichung entsprechendes Verhalten der Stellgröße aufweist.

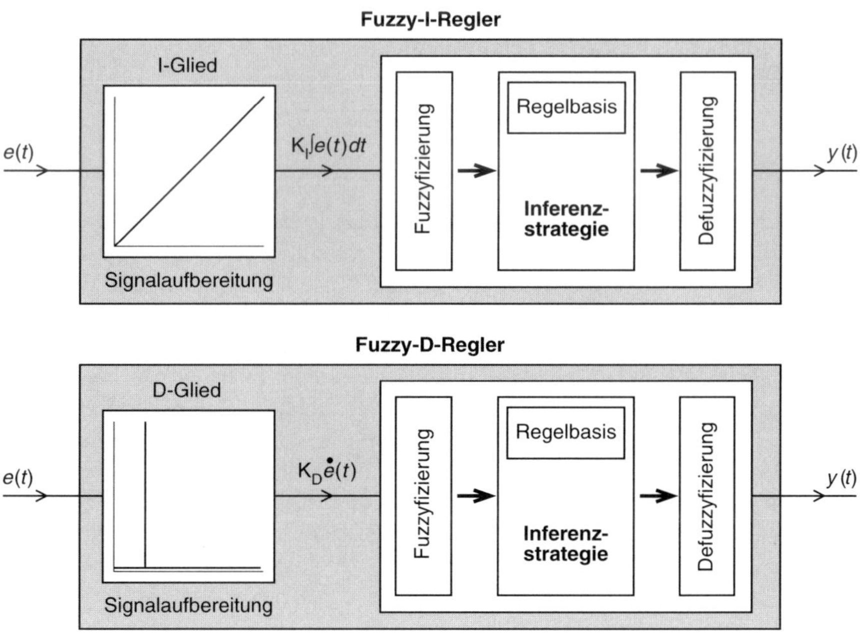

Bild 10.4 Fuzzy-I-Regler und Fuzzy-D-Regler, Fuzzy-Regler mit «Gedächtnis»

10.2.2 Dynamischer Fuzzy-Regler (Fuzzy-PID-Regler)

Der sogenannte *dynamische Fuzzy-Regler* ist eine Erweiterung des statischen Fuzzy-Reglers mit externen Komponenten. Grund für die Erweiterung ist, daß der statische Fuzzy-Regler kein dynamisches Verhalten aufweist. Eine externe Erweiterung des statischen Fuzzy-Reglers mit einer klassischen dynamischen Komponente, wie z. B. einem I-Glied oder einem D-Glied, nach Bild 10.4 führt zum *Fuzzy-I-Regler* bzw. *Fuzzy-D-Regler*:

Der konventionelle I-Regler ist durch die Gleichungen $y(t) = K_I \cdot \int e(t)dt$ bzw. $\dot{y}(t) = K_I \cdot e(t)$ eindeutig beschrieben. Für den konventionellen D-Regler gilt: $y(t) = K_D \cdot \dot{e}(t)dt$. Somit kann man folgende Beschreibung für das Übertragungsverhalten des Fuzzy-I- und des Fuzzy-D-Reglers angeben:

Fuzzy-I-Regler
Ein Fuzzy-I-Regler ist ein Fuzzy-Regler, dessen Stellgrößenänderung $dy(t)/dt$ bei ansteigender Regelabweichung $e(t)$ auch ansteigt (oder konstant bleibt) und bei abfallender Regelabweichung eine abfallende (oder gleichbleibende) Stellgrößenänderung aufweist.

Fuzzy-D-Regler
Ein Fuzzy-D-Regler ist ein Fuzzy-Regler, dessen Stellgröße $y(t)$ bei ansteigender Änderung der Regelabweichung $de(t)/dt$ auch ansteigt (oder konstant bleibt) und bei abfallender Regelabweichungsänderung eine abfallende (oder gleichbleibende) Stellgröße aufweist.

Die klassischen PI-, PD- und PID-Regler lassen sich bekanntermaßen in Parallelstruktur durch Summation aufbauen. Diesen Ansatz verfolgen auch die kombinierten Fuzzy-Regler. Bild 10.5 zeigt einen klassischen PID-Regler und einen Fuzzy-PID-Regler.

Man erkennt in der Gegenüberstellung, daß für jede Eingangsgröße des statischen Fuzzy-Reglers eine separate Fuzzyfizierungseinheit benötigt wird. Die fuzzyfizierten Eingangssignale werden dann in der Inferenzeinheit bewertet und erzeugen eine gemeinsame unscharfe Stellgröße, die in der Defuzzyfizierungseinheit in einen scharfen Stellgrößenwert zurückübersetzt wird. Offensichtlich ist der Fuzzy-PID-Regler mit seinen Abwandlungen ein sogenannter *Hybrid-Regler* [21]. Er besteht aus einem statischen, gedächtnislosen Fuzzy-Regler und externen klassischen P-, I- und D-Standardkomponenten. Von diesem Grundkonzept ausgehend sind natürlich diverse Kombinationen klassischer Regler und Fuzzy-Regler denkbar.

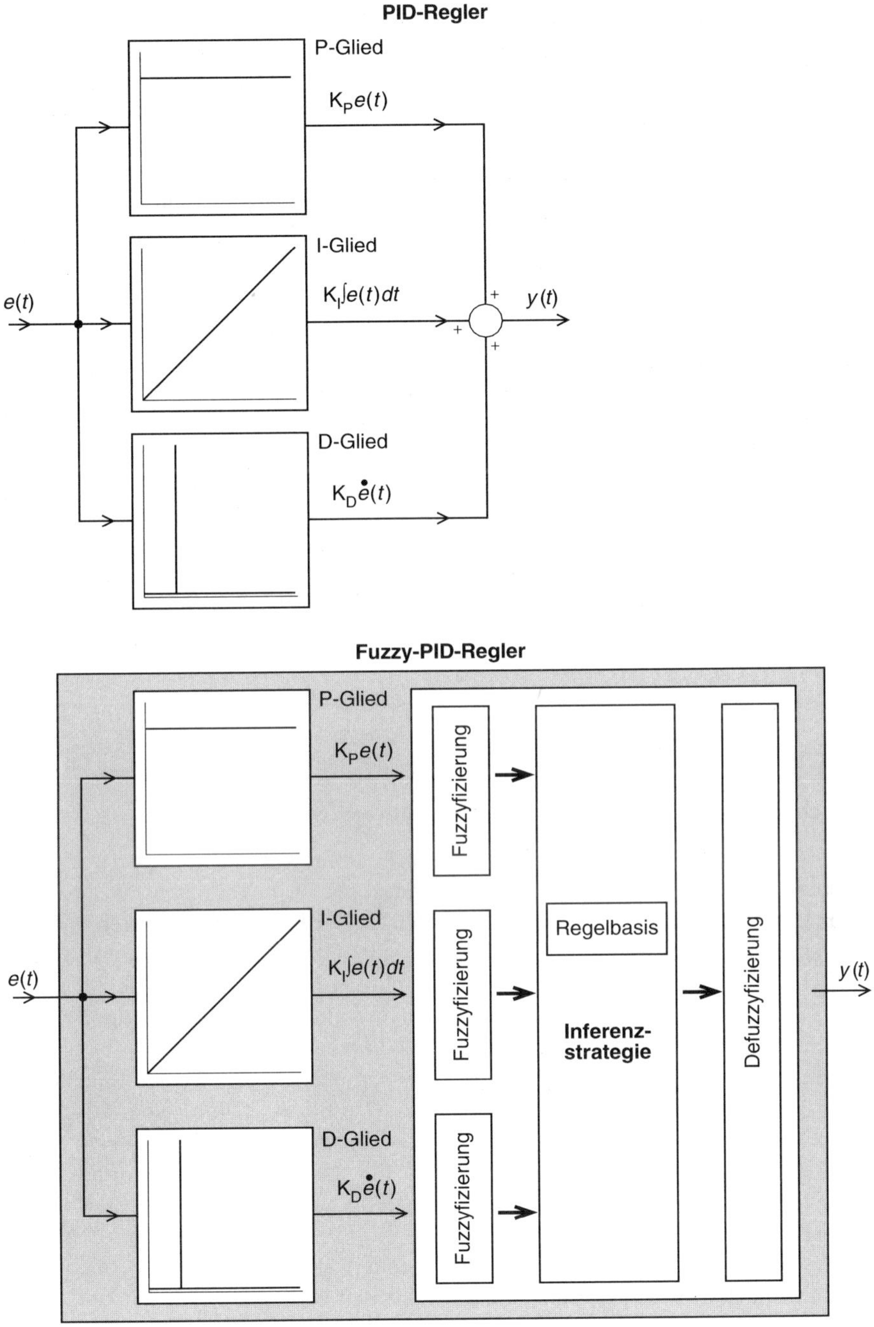

Bild 10.5 Klassischer PID-Regler und Fuzzy-PID-Regler

In der digitalen Regelungstechnik kennt man die Begriffe *Stellalgorithmus* und *Geschwindigkeitsalgorithmus*. Der Stellalgorithmus stimmt mit der Differentialgleichung für die Stellgröße $y(t)$ aus Kapitel 8 überein. Der Geschwindigkeitsalgorithmus ist die zeitliche Ableitung des Stellalgorithmus. Die Differentialgleichung beschreibt das Übertragungsverhalten eines Regelkreisgliedes. Ihre zeitliche Ableitung ist demzufolge eine alternative Beschreibungsform für dieselbe Komponente. Bild 10.6 zeigt eine Gegenüberstellung beider Algorithmen. Ein Fuzzy-PI-Regler könnte somit auch durch seinen Geschwindigkeitsalgorithmus charakterisiert werden (Bild 10.6).

Bez.	**Stellalgorithmus**	**Geschwindigkeitsalgorithmus**
P	$y(t) = K_P \cdot e(t)$	$\dot{y}(t) = K_P \cdot \dot{e}(t)$
I	$y(t) = K_I \cdot \int e(t)dt$	$\dot{y}(t) = K_I \cdot e(t)$
D	$y(t) = K_D \cdot \dot{e}(t)$	$\dot{y}(t) = K_D \cdot \ddot{e}(t)$
PI	$y(t) = K_P \cdot e(t) + K_I \cdot \int e(t)dt$	$\dot{y}(t) = K_P \cdot \dot{e}(t) + K_I \cdot e(t)$
PD	$y(t) = K_P \cdot e(t) + K_D \cdot \dot{e}(t)$	$\dot{y}(t) = K_P \cdot \dot{e}(t) + K_D \cdot \ddot{e}(t)$
PID	$y(t) = K_P \cdot e(t) + K_I \cdot \int e(t)dt + K_D \cdot \dot{e}(t)$	$\dot{y}(t) = K_P \cdot \dot{e}(t) + K_I \cdot e(t) + K_D \cdot \ddot{e}(t)$

Bild 10.6 Gegenüberstellung von Stell- und Geschwindigkeitsalgorithmus

Vergleich zwischen Fuzzy-Regler und konventionellem Regler

Zur Definition der Fuzzy-Komponenten wurde das entsprechende Übertragungsverhalten der konventionellen Regler herangezogen. Ein Vergleich zwischen einem Fuzzy-Regler und einem konventionellen Regler läßt sich am besten mit den statischen Übertragungskennlinien bzw. den statischen Kennlinienfeldern durchführen. Im folgenden werden als Beispiel ein konventioneller PI-Regler und PD-Regler betrachtet, die durch ihren Stell- oder ihren Geschwindigkeitsalgorithmus vollständig charakterisiert werden (vgl. Bild 10.6).

In Abschnitt 9.4 wurde das statische Übertragungsverhalten eines Regelkreisgliedes für zwei beliebige Eingangsgrößen $x_{E1}(t)$ und $x_{E2}(t)$ und eine Ausgangsgröße $x_A(t)$ am Kennlinienfeld erklärt. Diese Eingangsgrößen sollen jetzt näher betrachtet werden. Grundsätzlich spielt es für die Kennfelddarstellung keine Rolle, wie die Vorgeschichte der Signalerzeugung aussieht. So betrachtet die regelbasierte Fuzzy-Übertragungseinheit nach Bild 10.7 jeden Eingang als gleichwertige dynamische Eingangsgröße mit einem festgelegten Wertebereich. Die Kombination der aktuell gültigen Eingangsgrößen erzeugt gemäß der drei inneren Verarbeitungsstufen (Fuzzyfizierung, Inferenz, Defuzzyfizierung) eine gemeinsame Ausgangsgröße.

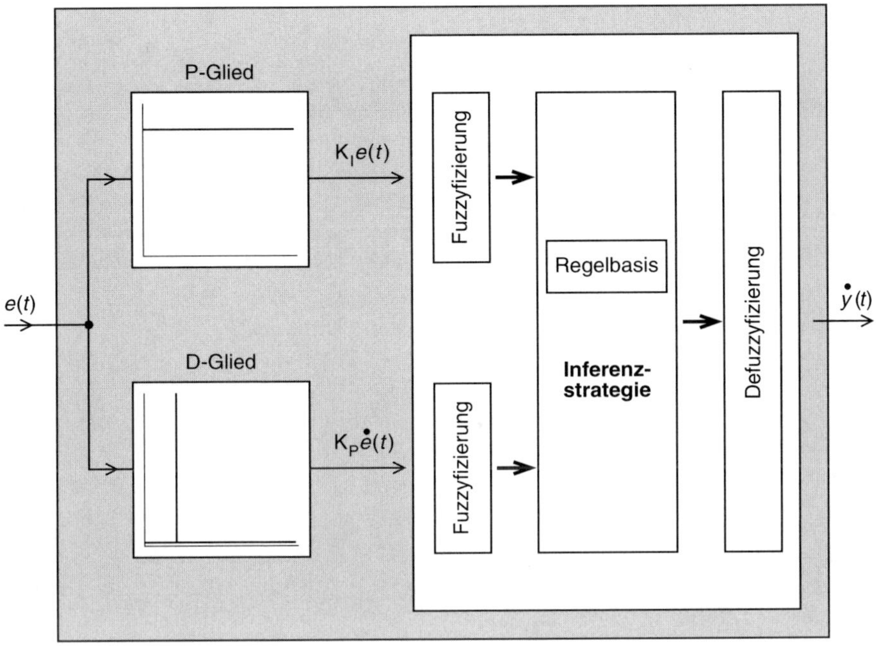

Bild 10.7 Fuzzy-PI-Regler mit Geschwindigkeitsalgorithmus

Vergleicht man die beiden Gleichungen, mit denen das konventionelle PI- und PD-Glied beschrieben werden, mit der linearen Gleichung der Kennfelddarstellung aus Abschnitt 9.4, so lassen sich sowohl der Stellalgorithmus als auch der Geschwindigkeitsalgorithmus linearisieren. Ein Vergleich mit dem linearen Kennlinienfeld ergibt eine Zuordnung gemäß Tabelle 10.1.

$$x_A(t) = K_1 \cdot x_{E1}(t) + K_2 \cdot x_{E2}(t)$$

Tabelle 10.1

Bez.	$\boldsymbol{x_A(t)}$	$\mathbf{K_1}$	$\boldsymbol{x_{E1}(t)}$	$\mathbf{K_2}$	$\boldsymbol{x_{E2}(t)}$
PI	$y(t)$	K_P	$e(t)$	K_I	$\int e(t)dt$
PI	$\dot{y}(t)$	K_P	$\dot{e}(t)$	K_I	$e(t)$
PD	$y(t)$	K_P	$e(t)$	K_D	$\dot{e}(t)$
PD	$\dot{y}(t)$	K_P	$\dot{e}(t)$	K_D	$\ddot{e}(t)$

Aus der Tabelle ist sofort ersichtlich, daß es für den konventionellen PI-Regler und PD-Regler zwei alternative Möglichkeiten gibt, ein lineares Kennfeld zu generieren. Dies drückt sich durch die entsprechende Achsenbeschriftung in Bild 10.8 aus.

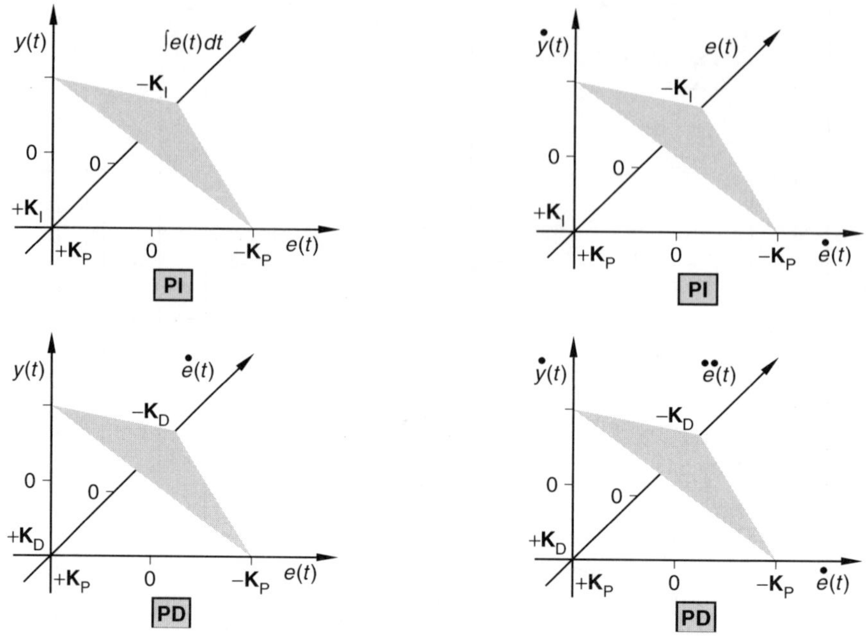

Bild 10.8 Generierung linearer Kennlinienfelder für konventionelle PI-Regler und PD-Regler

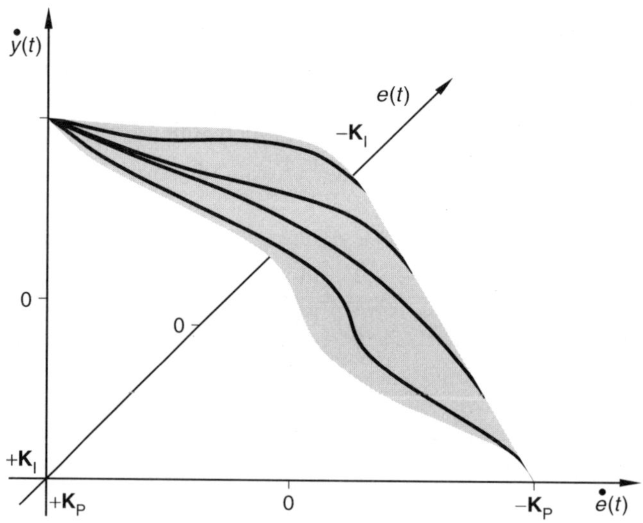

Bild 10.9
Mögliche Kennlinienfelddarstellung eines Fuzzy-PI-Reglers

Die lineare Kennfläche ergibt sich für alle vier Varianten (hier Normdarstellung: Eingangsgrößenbereiche liegen jeweils zwischen $\pm K_P$, $\pm K_I$ und $\pm K_D$). Bei einer vergleichenden Darstellung zwischen klassischen Reglern und Fuzzy-Reglern wird die mathematische Gleichung durch die linguistische Relation ersetzt. Lediglich die scharfen Ein- und Ausgangsgrößen stimmen noch überein. Das Kennlinienfeld sieht je nach Wahl der Einflußgrößen entsprechend «verzerrt» aus. Bild 10.9 zeigt hierzu ein Beispiel für einen Fuzzy-PI-Regler, das bei entsprechener Umbeschriftung der Achsen, auch für einen Fuzzy-PD-Regler stehen könnte.

Da bei allen Darstellungsvarianten tendenziell immer eine Linearisierung vorgenommen wird, ist es nicht verwunderlich, daß der «gewöhnliche» Fuzzy-PI-Regler und Fuzzy-PD-Regeln in der Literatur häufig mit solchen Regeln beschrieben werden, die ein lineares Verhalten widerspiegeln [21; 22]. Unabhängig von der genauen Auslegung der zugehörigen Fuzzy-Sets trifft man daher sehr oft folgendes Regelwerk an (Beispiel: Eingänge mit jeweils drei und Ausgang mit fünf linguistischen Werten charakterisiert):

x_{E2} \ x_{E1}	*N*	*ZO*	*P*
N	*NB*	*NM*	*ZO*
ZO	*NM*	*ZO*	*PM*
P	*ZO*	*PM*	*PB*

Negative	= *N*
Zero	= *ZO*
Positive	= *P*
Negative Big	= *NB*
Negative Medium	= *NM*
Positive Medium	= *PM*
Positive Big	= *PB*

Hier haben x_{E1}, x_{E2} und x_A die gleiche Bedeutung wie zuvor und sind in der entsprechenden Kombination sowohl für Fuzzy-PI-Regler als auch für Fuzzy-PD-Regler zu verwenden. Es bleibt zu erwähnen, daß die Ergebnisse auch auf den Fuzzy-PID-Regler übertragbar sind. Da man drei Eingangsgrößen und eine Ausgangsgröße in einer Darstellung schlecht anschaulich interpretieren kann, betrachtet man immer eine Darstellung für zwei Eingänge und hält den jeweils dritten als Parameter konstant.

10.2.3 Realisierung konventioneller Regler als Fuzzy-Regler

Im vorangegangenen Abschnitt wurde erklärt, was prinzipiell unter Fuzzy-P-, Fuzzy-I-, Fuzzy-D-Verhalten sowie entsprechenden Verhaltenskombinationen zu verstehen ist. In aller Regel erhält man ein nichtlineares Übertragungsverhalten, das sich bei Kennlinienfeldern oft aus stückweise linearen Zonen zusammensetzt. In den letzten Jahren hat man in der Literatur ein verstärktes Interesse an der Realisierung von Fuzzy-Reglern erkennen können, deren Kennlinien (Kennlinienfelder) mit denen der konventionellen Typen übereinstimmen [18; 22]. Der Grund für das Bemühen ist, einen universellen Regler zu entwickeln, der den klassischen Regler als Spezialfall einschließt und gegebenenfalls durch Feintuning einen speziellen Fuzzy-Charakter erhält. Kennliniengleiche Zweipunktregler und P-Regler stellten bisweilen kein Realisierungsproblem dar [18].

Hier soll eine Methode zur Erzielung eines linearen PID-Verhaltens mit einem Fuzzy-Regler vorgestellt werden, die auf LICHTENBERG [22] zurückgeht. Das Verfahren überführt einen konventionellen PID-Regler mit beliebigen Parametern K_P, K_I und K_D in einen Fuzzy-Regler mit identischen Kennlinien. Das Verfahren zeichnet sich gegenüber anderen dadurch aus, daß das Regelwerk die Einflüsse der einzelnen Anteile bei kombinierten Fuzzy-Reglern, wie z. B. Fuzzy-PD-Regler und Fuzzy-PID-Regler, entkoppelt. Für jeden Teilregler werden unabhängig von der jeweils anderen Komponente Einzelregeln aufgestellt. Anschließend ergeben alle Regeln der Einzelregler zusammengenommen das gesamte Regelwerk des kombinierten Fuzzy-Reglers. Der Übersichtlichkeit halber ist nachfolgend die Darstellung der Ergebnisse angegeben (Abkürzungen: FP = Fuzzy-P, FPI = Fuzzy-PI usw.).

Voraussetzungen:

Eingangsvariable:	FP-Eingang $e(t)$ FI-Eingang $\int e(t)dt$ FD-Eingang $\dot{e}(t)$
Eingangswertebereiche:	FP: $P_{min} \leq e(t) \leq P_{max}$ FI: $I_{min} \leq \int e(t)dt \leq I_{max}$ FD: $D_{min} \leq \dot{e}(t) \leq D_{max}$
Eingangs-Fuzzy-Sets:	Normierte Dreiecke mit gleich breiten Stützmengen Kreuzungspunkte (*cross over point*) bei 0,5 Anzahl (n_P, n_I, n_D) pro Variableneingang (P, I, D) größer gleich 2 Fuzzy-Sets außerhalb der Wertebereiche haben Zugehörigkeit 1
Ausgangs-Fuzzy-Sets:	Singletons, gleiche Anzahl wie Eingangs-Fuzzy-Sets insgesamt $n = n_P + n_I + n_D$

Ausgangswertebereiche:

Für **FP, FI, FD**

FP-Anteil:	$K_P \cdot P_{min}$	$\leq y(t) \leq$	$K_P \cdot P_{max}$
FI-Anteil:	$K_I \cdot I_{min}$	$\leq y(t) \leq$	$K_I \cdot I_{max}$
FD-Anteil:	$K_D \cdot D_{min}$	$\leq y(t) \leq$	$K_D \cdot D_{max}$

Für **FPI, FPD**

FP-Anteil:	$2K_P \cdot P_{min}$	$\leq y(t) \leq$	$2K_P \cdot P_{max}$
FI-Anteil:	$2K_I \cdot I_{min}$	$\leq y(t) \leq$	$2K_I \cdot I_{max}$
FD-Anteil:	$2K_D \cdot D_{min}$	$\leq y(t) \leq$	$2K_D \cdot D_{max}$

Für **FPID**

FP-Anteil:	$3K_P \cdot P_{min}$	$\leq y(t) \leq$	$3K_P \cdot P_{max}$
FI-Anteil:	$3K_I \cdot I_{min}$	$\leq y(t) \leq$	$3K_I \cdot I_{max}$
FD-Anteil:	$3K_D \cdot D_{min}$	$\leq y(t) \leq$	$3K_D \cdot D_{max}$

Inferenzstrategie: max-min-Inferenz

Defuzzyfizierung: Schwerpunktmethode für Singletons

$$y_s = \frac{\sum_{i=1}^{k} y_{si} \cdot G_{Ri}}{\sum_{i=1}^{k} G_{Ri}}$$

Die Stützmengen der Eingangs-Fuzzy-Sets ergeben sich durch die symmetrische Aufteilung:

$$S_P = \frac{P_{max} - P_{min}}{n_P} \qquad S_I = \frac{I_{max} - I_{min}}{n_I} \qquad S_D = \frac{D_{max} - D_{min}}{n_D}$$

Die Namen der Eingangs-Fuzzy-Sets sollen mit *P1*, *P2*, ..., *I1*, *I2*, ..., *D1*, *D2*, ... und die der Ausgangs-Singletons mit *Y1*, *Y2*, ... abgekürzt werden. In [22] wird die Theorie für Einzelregler und kombinierte Regler (FPI, FPD und FPID) erklärt. Exemplarisch sind zwei Varianten, der lineare Fuzzy-P-Regler und der lineare Fuzzy-PD-Regler, ausgewählt.

Kennliniengleicher Fuzzy-P-Regler

Die Lage der Ausgangs-Singletons ist durch ihre Definition gegeben (Wertebereich für eine Eingangsgröße!):

$$\mu_1(y) = \begin{cases} 1 & \text{für } y = K_P \cdot P_{min} \\ 0 & \text{sonst} \end{cases}$$

$$\mu_2(y) = \begin{cases} 1 & \text{für } y = K_P \cdot (P_{min} + S_P) \\ 0 & \text{sonst} \end{cases}$$

$$\mu_i(y) = \begin{cases} 1 & \text{für } y = K_P \cdot (P_{min} + (i-1)\,S_P) \\ 0 & \text{sonst} \end{cases}$$

$$\mu_{n_P}(y) = \begin{cases} 1 & \text{für } y = K_P \cdot P_{max} \\ 0 & \text{sonst} \end{cases}$$

Die Regelbasis für den Fuzzy-P-Regler besteht aus n_P Einzelregeln:

R_1: WENN $e = P1$ DANN $y = Y1$
R_2: WENN $e = P2$ DANN $y = Y2$
...
R_{nP}: WENN $e = Pn_P$ DANN $y = Yn_P$

Beispiel

$K_P = 3 \qquad P_{min} = -1 \qquad P_{max} = +1 \qquad e(t) = -0{,}75$

Konventioneller P-Regler: $y(t) = K_P \cdot e(t) \qquad -3 \cdot 0{,}75 = -2{,}25$

Bild 10.10 zeigt ein Beispiel für einen Fuzzy-P-Regler mit einer Auflösung von $n_P = 5$ linguistischen Werten.

$$\text{Fuzzy-P-Regler:} \quad y_S(t) = \frac{(-3) \cdot 0{,}75 + 0 \cdot 0{,}25}{0{,}75 + 0{,}25} = -2{,}25$$

Die Ergebnisse stimmen überein!

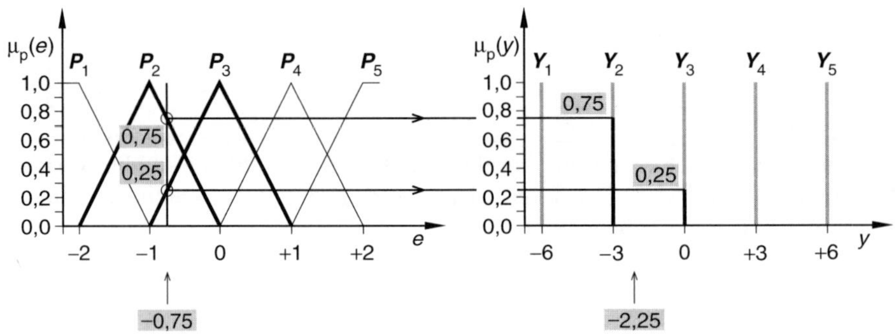

Bild 10.10 Beispiel für die Anordnung der Eingangs- und Ausgangs-Fuzzy-Sets des linearen Fuzzy-P-Reglers

Kennliniengleicher Fuzzy-PD-Regler

Die Lage der Ausgangs-Singletons wird bestimmt durch den Wertebereich, der für zwei Eingangsgrößen anzusetzen ist:

$$\mu_1(y) = \begin{cases} 1 & \text{für } y = 2K_P \cdot P_{min} \\ 0 & \text{sonst} \end{cases}$$

$$\mu_2(y) = \begin{cases} 1 & \text{für } y = 2K_P \cdot (P_{min} + S_P) \\ 0 & \text{sonst} \end{cases}$$

$$\mu_i(y) = \begin{cases} 1 & \text{für } y = 2K_P \cdot (P_{min} + (i-1)S_P) \\ 0 & \text{sonst} \end{cases}$$

$$\mu_{n_P}(y) = \begin{cases} 1 & \text{für } y = 2K_P \cdot P_{max} \\ 0 & \text{sonst} \end{cases}$$

$$\mu_{n_P+1}(y) = \begin{cases} 1 & \text{für } y = 2K_D \cdot D_{min} \\ 0 & \text{sonst} \end{cases}$$

$$\mu_{n_P+1}(y) = \begin{cases} 1 & \text{für } y = 2K_D \cdot (D_{min} + S_D) \\ 0 & \text{sonst} \end{cases}$$

$$\mu_{n_P+j}(y) = \begin{cases} 1 & \text{für } y = 2K_D \cdot (D_{min} + (j-1)S_D) \\ 0 & \text{sonst} \end{cases}$$

$$\mu_{n_P+n_D}(y) = \begin{cases} 1 & \text{für } y = 2K_D \cdot D_{max} \\ 0 & \text{sonst} \end{cases}$$

Die Regelbasis für den Fuzzy-PD-Regler besteht aus $n_P + n_D$ Einzelregeln:

R_1:	WENN $e = P1$	DANN $y = Y1$
R_2:	WENN $e = P2$	DANN $y = Y2$
	...	
R_{nP}:	WENN $e = Pn_P$	DANN $y = Yn_P$
R_{nP+1}:	WENN $e = D1$	DANN $y = Y1$
R_{nP+2}:	WENN $e = D2$	DANN $y = Y2$
	...	
R_{nP+nD}	WENN $e = Dn_D$	DANN $y = Yn_D$

Beispiel

$K_P = 0{,}5$ $\quad P_{min} = -1$ $\quad P_{max} = +1$ $\quad e(t) = -0{,}75$

$K_D = 1{,}5$ $\quad D_{max} = -2$ $\quad D_{max} = +2$ $\quad \dot{e}(t) = -5/3$

Konventioneller PD-Regler: $\quad y(t) = K_P \cdot e(t) + K_D \cdot \dot{e}(t)$

$$-0{,}75 \cdot 0{,}5 - \frac{5}{3} \cdot \frac{3}{2} = -2{,}875$$

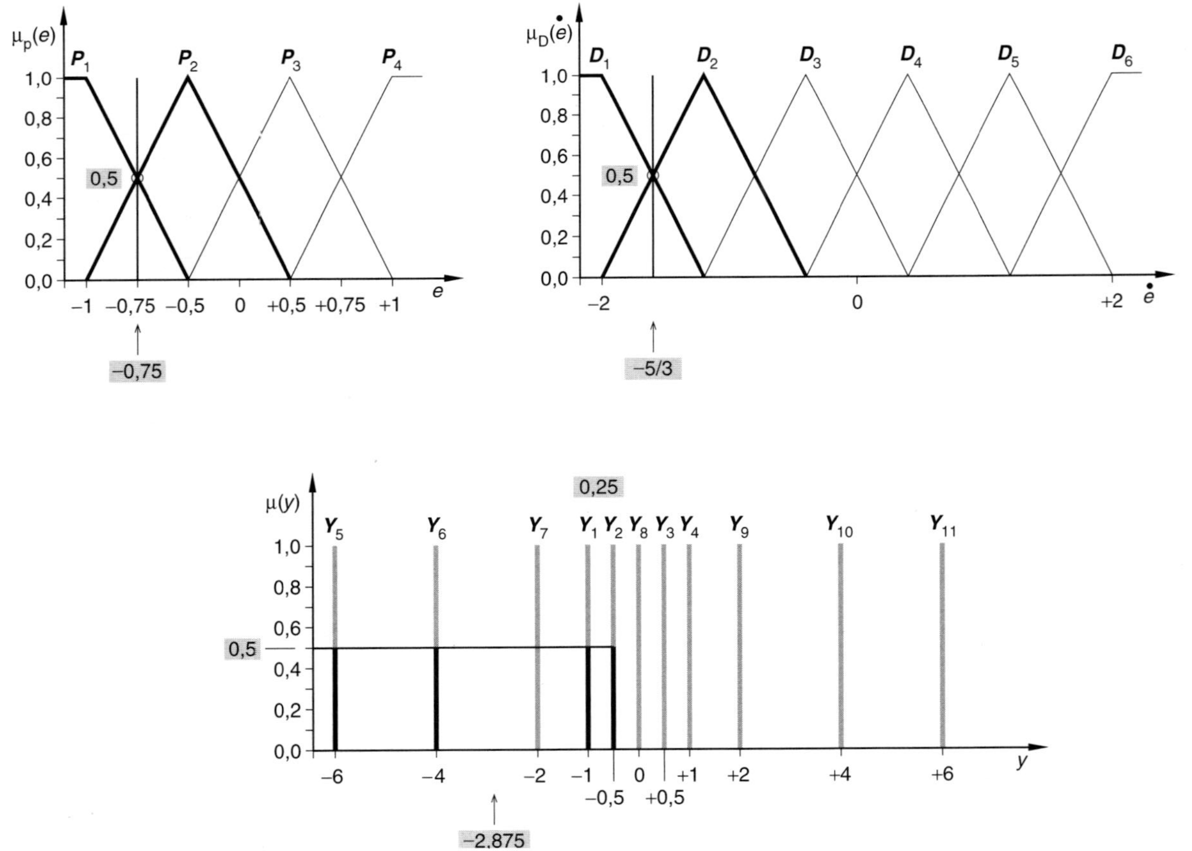

Bild 10.11 Beispiel für die Anordnung der Eingangs- und Ausgangs-Fuzzy-Sets des linearen Fuzzy-PD-Reglers

Bild 10.11 zeigt ein Beispiel für einen Fuzzy-PD-Regler mit einer Auflösung von $n_P = 4$ und $n_D = 6$ linguistischen Werten.

Fuzzy-PD-Regler:

$$y_S(t) = \frac{(-6) \cdot 0{,}5 + (-4) \cdot 0{,}5 + (-1) \cdot 0{,}5 + (-0{,}5) \cdot 0{,}5}{0{,}5 + 0{,}5 + 0{,}5 + 0{,}5} = 2{,}875$$

Die Ergebnisse stimmen überein!

10.3 Strukturvarianten von Fuzzy-Regelungen

In Abschnitt 10.2 wurde das Pendant zum klassischen PID-Regler, der Fuzzy-PID-Regler, vorgestellt (vgl. Bild 10.5). Bis jetzt haben die Fuzzy-Regler-Varianten alle etwas gemeinsam. Sie ersetzen den klassischen Regler innerhalb des Regelkreises, ohne die Regelkreisstruktur (einschleifig, mehrschleifig) zu verändern. Neben dieser einfachsten Regelkreisstruktur kennt die klassische Regelungstechnik auch komplexere Regelstrategien, wie z. B. die Störgrößenaufschaltung, Regelung mit Vorsteuerung und die adaptiven Regelungen, um nur einige zu nennen (vgl. Kapitel 8). In Anlehnung an diese Strukturvarianten findet man in immer stärkerem Maße hybride Regelungen, also solche, die eine Kombination aus klassischem Regler und Fuzzy-Regler verwenden. Da die Regelungskonzepte von den Eingrößenregelungen durch Parallelschaltung auf die Mehrgrößenregelung übertragbar sind, werden im weiteren Verlauf nur die Eingrößenregelungen behandelt.

10.3.1 Fuzzy-Regelung mit Stellgrößenkorrektur

Es kann vorkommen, daß durch die physikalischen Zusammenhänge im Inneren eines Prozesses sehr große Überschwingungen der Regelgröße verursacht werden. Der klassische PID-Regler reagiert dann mit einer entsprechend großen Änderung der Stellgröße, um der Störung entgegenzuwirken. Dies kann z. B. bei verfahrenstechnischen Anlagen aber unerwünscht sein. Die Rede ist davon, klassische Regler in bestimmten Betriebszuständen durch zusätzliche Fuzzy-Regeleinrichtungen zu unterstützen. Im geschilderten Fall besteht die Idee darin, die Stellgröße für betriebskritische Zustände zu korrigieren. So wird z.B in [9; 23] zur Korrektur einer Stellgröße neben einem klassischen PID-Regler ein parallel zu ihm geschalteter Fuzzy-Regler verwendet. Bild 10.12 zeigt das Prinzip einer hybriden Fuzzy-Temperaturregelung an einem simulierten Chemiereaktor.

Der Fuzzy-Regler korrigiert die Stellgröße des PID-Reglers und bezieht hierzu seine Informationen aus der Regelabweichung $e(t)$ und der Änderung (D-Glied) der Regelgröße $dx(t)/dt$. Einen ähnlichen Ansatz zur Korrektur der Stellgröße verfolgt man z. B. bei einer Anlage zur ph-Wert-Neutralisation chemischer Abwässer [24]. Da der Neutralisationsprozeß stark nichtlinear und mathema-

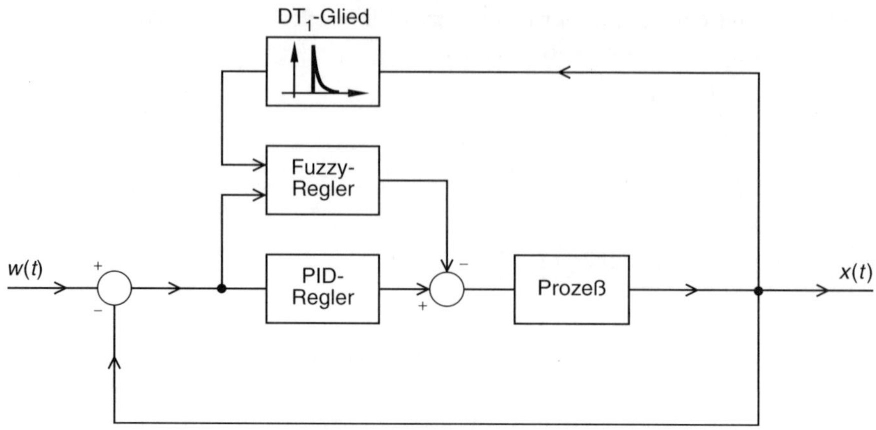

Bild 10.12 Stellgrößenkorrektur mit Fuzzy-Regler

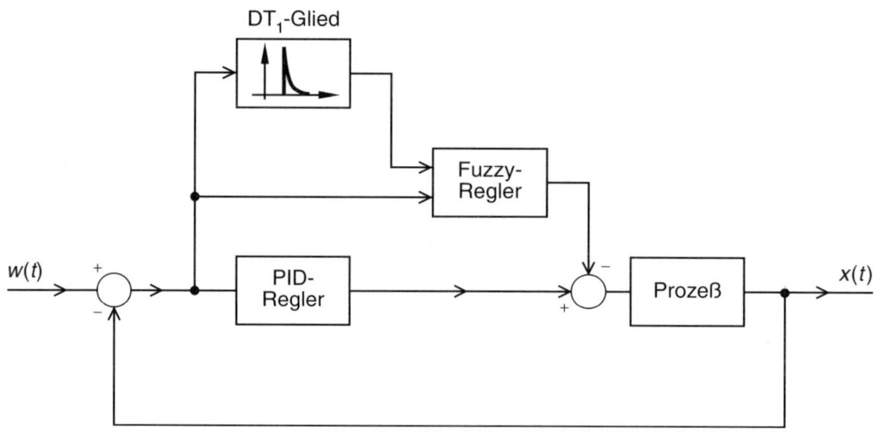

Bild 10.13 Stellgrößenkorrektur mit Fuzzy-Regler

tisch nicht exakt zu beschreiben ist, verwendet man auch hier eine Hybridlösung. Die Prinzipskizze in Bild 10.13 zeigt die Realisierung der Parallelstruktur.

Stellgrößenkorrekturen werden auch bei den klassischen Vorsteuerungsverfahren vorgenommen. Sie werden z. B. bei Folgeregelungen eingesetzt. Neben dem eigentlichen Fuzzy-Regler wird in [25] auch die Vorsteuerung durch eine entsprechende Fuzzy-Einheit ersetzt.

10.3.2 Fuzzy-Adaptionsverfahren

Wenn man von Adaption spricht, meint man die gezielte Modifikation von Regelparametern aus dem Prozeßgeschehen heraus. Regler, die ihre Parameter

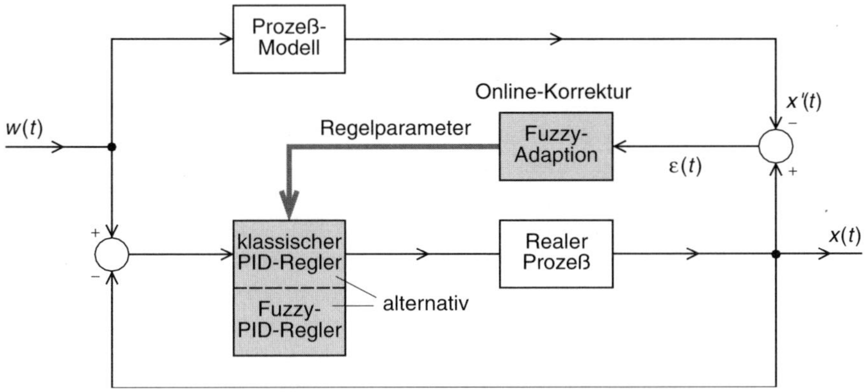

Bild 10.14 Prinzip eines modellbasierten Fuzzy-Adaptionsverfahrens (geregelte Adaption)

selbständig korrigieren, nennt man *selbstorganisierende Regler* [15]. Die Adaptionsbedingung kann sehr unterschiedlich sein und hängt ausschließlich vom betrachteten Einzelfall ab. Einige grundlegende Konzepte zur adaptiven Regelung sind bereits in Kapitel 8 erläutert worden. Adaptive Regelungen werden vor allen Dingen dort eingesetzt, wo sich z. B. die Prozeßparameter zeitlich ändern können (zeitinvariante Systeme), wodurch eine feste Einstellung von Regelparametern unmöglich wird. Was das Adaptionsverfahren selbst betrifft, so ist es nur sehr schwer möglich, alle bekannten Methoden in ein allgemeingültiges Konzept einzuordnen, das langfristig Bestand haben wird. So kann man speziell bei Fuzzy-Anwendungslösungen die unterschiedlichsten Adaptionsvarianten antreffen. So ist z. B. eine Fuzzy-Adaption mit und ohne Prozeßmodell möglich. Manchmal finden sogar mehrere parallelgeschaltete Vergleichsmodelle ihren Einsatz [26]. Darüber hinaus kann sowohl der eigentliche Hauptregler als auch der Adaptionsalgorithmus eine Fuzzy-Struktur aufweisen. Zuweilen trifft man auch Fuzzy-Identifikationen des Realprozesses an. Selbstverständlich sind auch Kombinationen aus unscharfen Parameteradaptionen und unscharfen Stellgrößenkorrekturen denkbar. Moderne adaptive Regelungsprinzipien arbeiten sehr oft mit den Zustandsgrößen des Realprozesses. Daher ist es nicht verwunderlich, wenn die Fuzzy-Methoden auch bei adaptiven Zustandsregelkreisen Einzug gefunden haben. Bei vorhersehbarem Störgrößenangriff lassen sich auch die bekannten Verfahren der Störgrößenaufschaltung in die Fuzzy-Adaption einbinden. Bild 10.14 zeigt exemplarisch ein modellbasiertes Verfahren mit geregelter Fuzzy-Adaption.

10.4 Fuzzy-Entwurfsstrategien

10.4.1 Allgemeine Vorgehensweise

Die allgemeine Vorgehensweise beim Entwurf einer Fuzzy-Regelung kann in verschiedene Entwurfsphasen unterteilt werden. Diese Phasen orientieren sich im Prinzip an den Strukturen und elementaren Einheiten eines Fuzzy-Regelungssystems. Es soll hier besonders ausdrücklich darauf hingewiesen werden, daß der Entwurf eines einzelnen Fuzzy-Reglers erst dann Sinn macht, wenn die Art seiner Einbindung in das Prozeßgeschehen geklärt ist. Aus diesem Grunde spricht man nicht vom Entwurf eines Fuzzy-Reglers, sondern eines Fuzzy-Regelungssystems.

Phase 1: Prozeßidentifikation

Grundlegende Voraussetzung für den Entwurf einer Fuzzy-Regelung ist eine klare Vorstellung vom realen physikalischen Prozeß (Prozeßanalyse). Bei unzureichender Kenntnis über die Prozeßvorgänge lassen sich keine akzeptablen Regelungsvorgänge realisieren, wenn man einmal von Zufallslösungen absehen möchte. Das Prozeßgeschehen muß in seinen wesentlichsten Wirkungszusammenhängen formulierbar sein. Es genügt nicht, nur die zu regelnde Prozeßgröße zu kennen und die systemrelevanten kausalen Wechselwirkungen, in die die Regelgröße verstrickt ist, außen vor zu lassen.

Phase 2: Grobe Regelstruktur und Regelstrategie

Ausgehend von der Prozeßanalyse wird eine grobe, erste Regelstruktur festgelegt. Hierzu gehört z. B. die Entscheidung für eine Ein- oder Mehrgrößenregelung. Mögliche Regelstrukturen sind einschleifige oder mehrschleifige Regelvorgänge, Kaskadenregelungen und Zustandsregelungen, Regelungen mit Steuerelementen (Vorsteuerung, Störgrößenaufschaltung, Stellgrößenkorrekturen). Die Komplexität der Fuzzy-Regelung kann unter Umständen auch adaptive Strukturelemente erfordern.

Phase 3: Fuzzy-Regelkreisglieder und konventionelle Regler

Beim einfachen einschleifigen Eingrößen-Regelkreis ist der Regler das einzige Fuzzy-Regelkreisglied. Die Frage nach den unscharfen Systemkomponenten taucht auf, wenn man von dieser einschleifigen Standardstruktur auf andere Regelkonzepte übergeht. Letztendlich können alle Systemblöcke außer dem realen Prozeß (Regelstrecke) durch Fuzzy-Einheiten realisiert werden. Hierzu gehören z. B. der Hauptregler, die Hilfsregler und die Steuerblöcke. Kombinationen aus Fuzzy-Regeleinheiten mit klassischen Reglern sind nicht selten eine beliebte Lösungsvariante.

Phase 4: Zielvorgaben und Gütekriterien

In der vierten Phase ist eine Zielvorgabe an die Regelung zu stellen. Hier wird festgelegt, welche Anforderung die Fuzzy-Regelung erfüllen soll. Hierzu gehört gegebenenfalls eine Spezifikation aller strukturbedingten Hilfsregelgrößen. Dabei werden in der Regel Kompromißlösungen sich widersprechender Anforderungen wie Schnelligkeit und Genauigkeit usw. angestrebt, die vom Anwendungsfall abhängen. Die Überprüfung des Regelergebnisses kann z. B. mit Gütekriterien erfolgen, die hier festgelegt werden.

Phase 5: Fuzzy-Regler / Fuzzy-Regelkreisglieder

Im Falle einer einschleifigen Regelung beziehen sich alle weiteren Entwurfsschritte auf einen einzigen Fuzzy-Regler. Bei mehreren Fuzzy-Übertragungseinheiten wird die Phase 5 mit allen untergeordneten Phasen 5.1, 5.2, 5.3 und 5.4 entsprechend häufig durchlaufen. Sind alle vorbereitenden Maßnahmen der ersten vier Entwurfsphasen im groben abgeschlossen, so gehört die gesamte Aufmerksamkeit dem eigentlichen Fuzzy-Regler. Wir unterteilen die weiteren Entwurfsschritte in Phasen, die sich nach dem inneren Aufbau des Fuzzy-Reglers richten:

Phase 5.1: Signalaufbereitung

Die Fuzzy-Regler unterteilen sich in die statischen und in die dynamischen Regler. Sollen die Fuzzy-Regler dynamisches Verhalten aufweisen, so ist in einer vorgeschalteten Signalaufbereitung die Dynamik (z. B. Integration und Differentiation der Regelabweichung) nach konventionellen Methoden zu erzeugen.

Phase 5.2: Fuzzyfizierung

Jeder scharfen Eingangsgröße wird eine fuzzyfizierte Eingangsgröße zugeordnet. Es folgt die Festlegung der linguistischen Variablen und Werte aller Eingangs- und Ausgangsgrößen. Die einzelnen Entwurfsparameter werden in Abschnitt 10.4.2 beschrieben.

Phase 5.3: Inferenz

Die Inferenzeinheit enthält die Wissensbasis und die Inferenzstrategie. Ausgangsgröße der Inferenzstufe ist gewöhnlich die unscharfe Stellgröße (manchmal auch ihre Änderung) des Fuzzy-Reglers. Die einzelnen Entwurfsparameter werden in Abschnitt 10.4.2 beschrieben.

Phase 5.4: Defuzzyfizierung

Festlegung der Defuzzyfizierungsmethode für die Ermittlung einer scharfen Stellgröße aus der unscharfen Stellgröße der Inferenzeinheit. Die einzelnen Entwurfsparameter werden in Abschnitt 10.4.2 beschrieben.

Phase 6: Untersuchung des Regelverhaltens

Messung und Beurteilung des Regelverhaltens für alle Betriebszustände.

Phase 7: Optimierung

Wenn das Regelverhalten noch nicht den gewünschten Erfordernissen entspricht, werden Parameteroptimierungen vorgenommen. Hierzu sind keine allgemeingültigen Verfahren bekannt. Die Optimierung wirkt auf die Entwurfsphasen 2 bis 5 und auf die Entwurfsparameter der konventionellen Regler, falls vorhanden (Hybrid-Regelung), ein.

Phasen 2 bis 5: Verkettung der Einflußgrößen

Der vollständige Entwurf einer Fuzzy-Regelung bedarf eines mehrfachen Durchlaufens und Feintunings aller einzelnen Entwurfsparameter der Phasen 2 bis 5. Ein gegenseitiges Abwägen der Einflußgrößen kann letzten Endes sehr lange durchgeführt werden, ohne daß man zu einem wirklich endgültigen Ergebnis im Sinne einer Optimaleinstellung für alle Betriebszustände gelangt. In den weitaus meisten Fällen wird das Entwurfsergebnis immer eine Kompromißlösung aus sich widersprechenden Anforderungen sein.
Bild 10.15 zeigt die verschiedenen Phasen bei der Entwicklung einer Fuzzy-Regelung.

10.4.2 Entwurfsparameter für den statischen Fuzzy-Regler

Beim Entwurf einer Fuzzy-Regelung sollten alle Parameter, die das Regelverhalten maßgeblich beeinflussen können, Berücksichtigung finden. Die systematische Vorgehensweise beim Entwurf einer Fuzzy-Regelung, wie sie z. B. in Bild 10.15 vorgeschlagen wird, sollte nach Möglichkeit eingehalten werden. Die das Regelverhalten beeinflussenden Faktoren hängen in aller Regel sehr stark vom betrachteten Einzelfall ab. Obwohl es schwerfällt, allgemeingültige Aussagen darüber zu machen, welche Parameter das Regelverhalten beeinflussen – besonders, wenn weder der Prozeß noch die Regelstrategie im Vorfeld bekannt sind – so lassen sich doch die Einflußgrößen, die den einzelnen statischen Fuzzy-Regler betreffen, sehr genau angeben. Aus diesem Grunde sollen die Entwurfsparameter des statischen Fuzzy-Reglers für die einzelnen Bestandteile möglichst vollständig aufgeführt und wenn möglich beurteilt werden. Hierzu wird der statische Fuzzy-Regler in seine drei Grundbestandteile zerlegt:

- □ Fuzzyfizierungseinheit,
- □ Inferenzeinheit,
- □ Defuzzyfizierungseinheit.

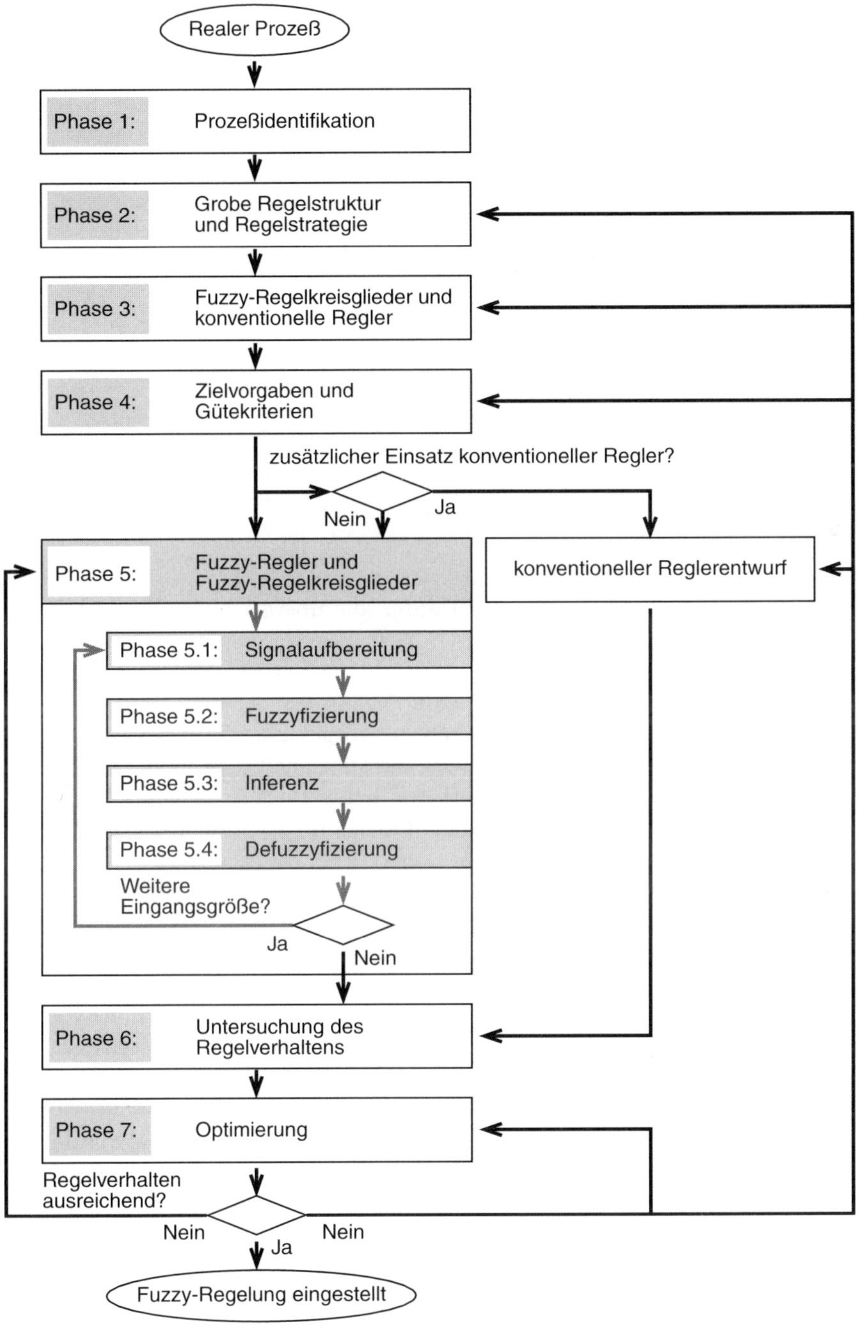

Bild 10.15 Entwurfsphasen einer Fuzzy-Regelung

Die **Entwurfsparameter** der **Fuzzyfizierungseinheit** lauten:

- Anzahl der Ausgangsgrößen,
- Anzahl der Eingangsgrößen für jede Ausgangsgröße;
- linguistische Variable für jede Ein- und Ausgangsgröße (Namen),
- Wertebereiche aller linguistischen Variablen,
- Skalierung der Wertebereiche aller linguistischen Variablen;
- linguistische Werte für jede linguistische Variable (Namen),
- Anzahl der linguistischen Werte für jede linguistische Variable,
- Ausprägungen der linguistischen Werte
  (Stützmengen, Randfunktionen, Spannweiten),
- Anordnung der linguistischen Werte über den Wertebereichen
  (Überlappungen, Maximalwerte),
- Skalierung der Zugehörigkeitsbereiche.

Anzahl der Ein- und Ausgangsgrößen

Die Anzahl der Ausgangsgrößen, worunter die scharfen Stellgrößen des statischen Reglers verstanden werden, wird durch die übergeordnete Regelstrategie (Phase 2) bestimmt. Bei mehr als einer Ausgangsgröße spricht man von der Mehrgrößenregelung. Die überwiegende Anzahl der Veröffentlichungen führt jedoch Beispiele für Eingrößenregelungen an. Die Anzahl der Eingangsgrößen, die eine Ausgangsgröße erzeugen, wird durch die vorgeschaltete Entscheidung bez. der Regelstrategie vorweggenommen. Wird der statische Fuzzy-Regler durch eine dynamische Vorstufe erweitert, so erhält der Regler für jede dynamische Signalgröße einen weiteren Eingangskanal (vgl. Bild 10.5). Aber auch andere Prozeßgrößen, die nicht durch zusätzliche Dynamikvorschaltung (Signalaufbereitung) gewonnen werden, können als zusätzliche Eingangsgrößen verwendet werden. Die Entscheidung für oder gegen weitere Eingangsgrößen hängt von der verbalen Beschreibung des Prozeßverhaltens ab. Damit sind die WENN-DANN-Formulierungen mit ihren Bedingungsteilen gemeint. In jedem Fall ist für jede weitere Eingangsgröße, egal ob sie durch eine Signalaufbereitung zusätzlich gewonnen wurde oder ob sie eine zusätzliche Prozeßgröße ist, eine separate Fuzzyfizierungseinheit notwendig. Hier kann man schnell an Grenzen stoßen, wenn man sich die gewünschte Bandbreite (Geschwindigkeit) der Regelung vor Augen hält. Mit jeder Eingangsgröße steigt der Daten- und Materialaufwand; Datenaufwand insofern, daß mehr Informationen in begrenzter Zeit verarbeitet werden müssen; Materialaufwand, da für jede Eingangsgröße ein weiterer Meßgrößenaufnehmer (Sensorik) benötigt wird.

Linguistische Variable / Wertebereiche / Skalierungen

Jede Ein- und Ausgangsgröße, die zur unscharfen Prozeßregelung herangezogen wird, ist eine linguistische Variable. Ihr Name ergibt sich aus dem konkreten

Einzelfall (z. B. *Druck, Geschwindigkeit, Regelabweichung* usw.). Für jede linguistische Variable wird ein scharfer Wertebereich festgelegt. Dies ist die Grundmenge, auf der die linguistische Variable definiert ist. Die maximalen Wertebereiche werden durch die Signalbereiche der Meßgrößen vorgegeben. Dies kann z. B. der Stellgrößenbereich oder der Signalbereich der Sensorik sein. Zu berücksichtigen sind weiterhin eventuell benötigte Bereichsumsetzer wie Signalpegelanpassung für die Elektronik sowie natürliche Bereichsgrenzen (Sättigungsgrenzen) der Prozeßsignale.

Die Skalierung der Wertebereiche hängt sehr stark vom Meßprinzip ab. Bei analogen Signalgrößen ist der Wertebereich beliebig fein unterteilbar. Daher kann die Fuzzyfizierungseinheit zu jedem scharfen Eingangssignal die passenden Zugehörigkeitswerte zu den jeweiligen linguistischen Termen (Werte) ermitteln. Dies setzt jedoch voraus, daß die linguistischen Terme ihrerseits ein ebenso hohes Auflösungsvermögen besitzen. Bei digitalen Signalgrößen kann die Skalierung des Wertebereiches entsprechend angepaßt werden. Auch hier geht die Skalierung des Zugehörigkeitsbereiches einher.

Linguistische Werte / Anzahl / Anordnung / Ausprägungen / Skalierungen

Jeder linguistischen Variablen wird ein Satz von linguistischen Werten zugeordnet. So wird z. B. festgelegt, daß die linguistische Variable *Geschwindigkeit* die linguistischen Werte *gering, mittel* und *hoch* annehmen kann. Die linguistische Variable wird somit durch die einzelnen linguistischen Werte charakterisiert. Die Namensgebung ist bedingt durch den konkreten Anwendungsfall.

Die linguistischen Terme sind Bestandteil der Regelbasis. Im allgemeinen steigt mit der Anzahl der linguistischen Werte auch die Anzahl der informationsverarbeitenden Regeln. Je feiner die einzelnen Grundbereiche (z. B. doppelter Maximalwert der Regelabweichung $e(t)$) mit linguistischen Werten beschrieben werden, desto genauer wird sicherlich das Regelergebnis sein. Die mit der Auflösung der Grundbereiche einhergehende Anzahl von Einzelelementen benötigt Speicherbereich. Man stößt je nach Realisierung des Fuzzy-Reglers sehr schnell an technische Grenzen. Daher wird man immer bestrebt sein, mit möglichst wenig linguistischen Werten auszukommen. Im Extremfall würde man so viele linguistische Werte verwenden, daß die Auflösung des Grundbereiches einer scharfen Beschreibung gleichkommt. Das andere Extrem umfaßt nur eine oder zwei linguistische Werte, was den Signalbereich nur unzureichend charakterisiert. Ein Erfahrungswert gibt an, daß man mit drei bis sieben linguistischen Werten passable Ergebnisse erzielen kann. Hierzu findet man in der Literatur recht häufig die sieben standardisierten Begriffe:

Negative Big	= NB	Positive Big	= P
Negative Medium	= NM	Positive Medium	= PM
Negative Small	= NS	Positive Small	= PS
Zero	= ZO		

Was die Verteilung der linguistischen Werte betrifft, werden die linguistischen Eingangsvariablen von den Ausgangsvariablen unterschieden. Die linguistischen Werte einer Eingangsvariablen sollten so verteilt sein, daß der gesamte Wertebereich der linguistischen Variablen lückenlos abgedeckt ist. Damit wird erreicht, daß zu jedem scharfen Eingangssignal wenigstens ein linguistischer Wert aktiv ist. Hingegen wird die Verteilung der unscharfen Ausgangswerte maßgeblich durch die Wahl der Defuzzyfizierungsmethode mitbestimmt. So kann z. B. unter geeigneter Wahl von Singletons in Kombination mit der Flächenschwerpunktmethode für Singletons jeder scharfe Stellgrößenwert eingestellt werden (vgl. Abschnitt 10.2.3).

Mit einer gleichmäßigen Verteilung der Eingangs-Fuzzy-Sets über den Wertebereich läßt sich eine lückenlose Abdeckung aller möglichen scharfen Eingangswerte erreichen. Dies wird in einigen Applikationen auch so realisiert. Aus den genannten Gründen versucht man die Anzahl der unscharfen Werte jedoch nicht größer als die für die Prozeßbeschreibung unbedingt erforderliche Anzahl zu machen. Wegen der begrenzten Anzahl wird daher in den weitaus meisten Fällen eine gezielte Verteilung der linguistischen Werte angestrebt. Das bedeutet, daß selten vorkommende Betriebsbereiche der Grundmengen der Eingangsgrößen nur durch wenige grobe Zugehörigkeitsfunktionen beschrieben und häufig vorkommende Eingangswerte mit schmaleren und damit mit mehreren Fuzzy-Sets beschrieben werden.

Besonders oft werden die Fuzzy-Sets überlappend angeordnet. Damit erreicht man, daß jeder Teil der Grundmenge durch mehrere Fuzzy-Sets beschrieben wird. Man kann zeigen, daß mit zunehmender Überlappung die Linearität des Übertragungsverhaltens steigt. Fuzzy-Regler, deren Eingangs-Fuzzy-Sets nur sehr schmale Zonen der Überlappung aufweisen, besitzen nichtlineare Kennfelder, was Stellgrößensprünge hervorrufen kann. Dies kann erwünscht oder auch unerwünscht sein. Die Übertragungseigenschaft wird durch den Überlappungsgrad mitbestimmt. Sehr beliebt ist die Anordnung der Fuzzy-Sets in der Art, daß sich immer zwei von ihnen überlappen. Liegen ihre Kreuzungspunkte darüber hinaus bei einer Zugehörigkeit von 0,5, so erreicht man bei systematischer Aufteilung über dem Grundbereich, daß die Summe der Zugehörigkeitsgrade zu einem scharfen Eingangswert immer gleich eins ist.

Ein weiterer Entwurfsparameter ist die Ausprägung der einzelnen Fuzzy-Sets. Wegen ihrer einfachen technischen Implementierung werden in Abschnitten geradlinig verlaufende Zugehörigkeitsfunktionen bevorzugt eingesetzt. Speziell sind hier die dreieckförmigen und trapezförmigen Fuzzy-Sets anzuführen. Nicht selten versucht man überschaubare und einfache Regelalgorithmen durch die Verwendung von Singletons (als Ausgangssets) zu generieren. Zu den Rändern der Wertebereiche hin bevorzugt man aus den genannten Gründen Fuzzy-Sets, deren Einflußbreite (Stützmenge) möglichst breit und in der Nähe des eigentlichen Arbeitsbereiches möglichst schmal sind.

Die Skalierung des Zugehörigkeitsbereiches hängt wiederum von der technischen Realisierung ab. Werden digitale Controller verwendet, so ist der Bereich zwischen null und eins diskretisiert. Häufig benutzt man auch sogenannte *Fuzzy-Look-up-Tables.*

> Die **Entwurfsparameter** der **Fuzzy-Inferenzeinheit** lauten:
>
> □ Einzelregeln zum Aufbau der Regelbasis,
> □ Inferenzmethode (Inferenzoperatoren).

Ein sehr wichtiger Entwurfsparameter bei einer Fuzzy-Regelung ist sicherlich das Aufstellen der linguistischen Regeln, die das Systemverhalten bei gewissen Betriebszuständen beschreiben. In ihnen steckt das vielzitierte Expertenwissen. Bei komplexen Prozeßvorgängen (z. B. in der Verfahrenstechnik) ist er sicherlich auch der wichtigste Entwurfsparameter. Bei trivialen kausalen Zusammenhängen (WENN *Temperatur* = *gering* DANN Heizleistung = *stark*) drängt sich die Formulierung der Regeln jedoch regelrecht auf. Hier wäre der Begriff Expertenwissen sicherlich überzogen (oder würden Sie jemanden, der den Zusammenhang zwischen Temperatur und Heizleistung beschreiben kann, als Experten bezeichnen?). Neben der Befragung eines Experten ist auch die Nachbildung bestehender Prozeßverläufe mit linguistischen Beschreibungsformen eine Möglichkeit, geeignete Regeln aufzustellen. Kritische Betriebszustände (Stabilitätsprobleme) lassen sich dann ergänzend zum «normalen» Regelwerk durch Zusatzregeln erfassen.

Die Inferenzstrategie, die den Vorgang der Übertragung der unscharfen Eingangszustände auf den unscharfen Ausgangszustand des Fuzzy-Reglers beschreibt, stellt einen weiteren Entwurfsparameter der Fuzzy-Inferenzeinheit dar. Die Einzelheiten zu den Inferenzmethoden sind in Kapitel 7 beschrieben. Üblicherweise wird die Inferenzmethode auf das Defuzzyfizierungsverfahren abgestimmt.

> Die **Entwurfsparameter** der **Defuzzyfizierungseinheit** lauten **Defuzzyfizierungsverfahren.**

Die Defuzzyfizierungseinheit umfaßt die Defuzzyfizierungsverfahren. Besonders häufig finden die Methoden, die sich auf Ausgangs-Singletons stützen, Verwendung. Der Grund liegt in der einfachen Möglichkeit der Implikation des Verfahrens in Hard- oder Software. Die Flächenschwerpunkt-Methode verwendet numerische Integrationsverfahren. Sie können z.T. sehr aufwendig sein. Es stellt sich in solchen Fällen ein zeitliches Realisierungsproblem dar.

Neben dieser grundsätzlichen Problematik wird die Defuzzyfizierungsmethode in Einklang mit dem Inferenzverfahren und der Wahl der Ausgangs-Fuzzy-Sets gebracht. Dies geschieht in aller Regel nicht in einem Entwurfsschritt, sondern entwickelt sich durch schrittweises (z.T. experimentelles) Vorgehen. Die Einzelheiten zu den Inferenzmethoden können Kapitel 7 entnommen werden.

10.5 Pro und contra Fuzzy-Control

Verdrängt die Fuzzy-Control die konventionelle Regelungstechnik?

Aus heutiger Sicht läßt sich diese Frage mit einem klaren «Nein» beantworten. Die Angst der «eingefleischten» Regelungstechniker, ihr mühselig, z.T. über jahrelange Erfahrungen erworbenes Wissen könnte nun durch eine neue Technologie überflüssig oder archiviert werden und auf Knopfdruck bereitstehen, ist unbegründet.

Wer technische Prozeßgeschehen verstehen und umsetzen möchte, der bedient sich auch in der Fuzzy-Control der konventionellen Sprache der Meß-, Steuer- und Regelungstechnik. Für die Leistungsfähigkeit eines Fuzzy-Ansatzes ist nicht zuletzt die genaue Kenntnis der technischen Zusammenhänge erforderlich, d. h., das Wissen, wie sich bestimmte Parameterveränderungen auf das Regelverhalten auswirken. So kann man z. B. sagen, daß sich mit Erhöhung des Verstärkungsfaktors K_P eines PID-Reglers die Überschwingweite der Regelgröße erhöht und das System schwingungsanfälliger wird. Dieses grundlegende Wissen wird in der Fuzzy-Control verbal beschrieben, und nicht außen vor gelassen. Es soll betont werden, daß das Konzipieren und Einstellen von Fuzzy-Regelungen nicht das Verständnis der elementaren klassischen Regelvorgänge ersetzt. Die Grafik (Bild 10.15) für den Entwurf einer Fuzzy-Regelung spiegelt die einzelnen Entwurfsschritte wider. Man sieht sehr deutlich, daß der eigentliche Fuzzy-Regler (eventuell neben konventionellen Reglern) nur ein Teil des Prozeßgeschehens ist. Die globale klassische Regelstrategie ist nach wie vor erhalten geblieben. Es wird das gezielte Austauschen klassischer Komponenten durch Fuzzy-Komponenten vorgenommen. Dieses gezielte Vorgehen wie auch die Formulierung linguistischer Zusammenhänge und die Bildung einer geeigneten Regelbasis läßt sich, wie schon gesagt, nur mit dem Wissen klassischer Wirkungszusammenhänge durchführen.

Die Tatsache, daß z. B. analoge Regler durch digitale Regler ersetzt werden können, verändert nicht die Regelungstechnik im allgemeinen, sondern nur die lokale Realisierungsmethode im einzelnen. Es bleibt dabei immer abzuwägen, welches Verfahren gerade das richtige ist. Ähnlich verhält es sich auch mit den Fuzzy-Reglern. Die Strecke (der reale Prozeß) bleibt unverändert. Das Intrumentarium zur Kontrolle des Regelverhaltens kann jedoch in unterschiedlicher Technik realisiert werden.

Sowohl die konventionelle Regelungstechnik als auch die Fuzzy-Control haben ihre Vor- und Nachteile.

Für die Fuzzy-Control spricht, daß man auf eine mathematische Beschreibung komplizierter Prozeßgeschehen verzichten kann und statt dessen die Wirkungszusammenhänge der betreffenden Prozeßgrößen verbal formuliert. Gegen die Fuzzy-Control spricht, daß ihre Entwurfsverfahren (speziell für den statischen Fuzzy-Regler) bis heute nur sehr unsystematisch angewendet werden können und sehr viel Fingerspitzengefühl für die geeignete Wahl der Regelparameter und deren Kombination voraussetzt. Die gängige Mehrheit aller Entwurfsmittel (i.a. Fuzzy-Shells unterschiedlicher Hersteller) stellt grafische Oberflächen für die Wahl der linguistischen Variablen und Terme zur Verfügung, jedoch werden keinerlei strategische Hilfsmittel offeriert, so daß oft der Eindruck zurückbleibt, wenn man ein paar Dreiecke und Trapeze am Bildschirm verschiebt, wüßte man, was «Fuzzy» ist. Hier bleibt der Anwender mit seinem Wissen um die Fuzzy-Logik und ihren Anwendungen oft schon stehen. Im Gegensatz zu einigen Behauptungen in Veröffentlichungen zu diesem Thema fehlt es hier an Transparenz. Was die Verarbeitungsgeschwindigkeit der heutigen Fuzzy-Regler betrifft, muß gesagt werden, daß derzeit nur Prozesse mit Zeiten geregelt werden können, die in der Größenordnung verfahrenstechnischer Zeitkonstanten liegen. Im Vergleich mit der modernen Computerentwicklung läßt sich jedoch auch jetzt schon erkennen, daß die Weiterentwicklung leistungsfähiger Prozeßrechner und geeigneter Mikrocontroller, die speziell auf die Fuzzy-Anwendungen zugeschnitten sein werden, einen immer größeren Datendurchsatz erlauben. Dies ist dann gleichbedeutend mit einer Verbesserung der Regeldynamik.

Für die konventionellen Verfahren im Zeit- und Frequenzbereich spricht die mathematische Berechenbarkeit von gewissen Reglereinstellparametern, die ein optimales Regelverhalten bewirken. Auf der Basis dieser mathematisch-analytischen Verfahren (vgl. Kapitel 8) lassen sich Betriebszustände vorhersehen und zur Gewinnung von Einstellregeln heranziehen. Besonderer Beliebtheit erfreuen sich hier die klassischen Einstellregeln (Ziegler-Nichols usw.), die im Sinne einer Faustformel verwendet werden können. Gegen die konventionelle Technik spricht, daß die mathematischen Verfahren nur insofern anwendbar sind, daß das Prozeßgeschehen (z. B. bei komplexeren biologischen oder chemischen Prozessen) auch mathematisch ausreichend erfaßt ist, und zwar für alle Betriebszustände. Jedoch ist der Aufwand, der getrieben wird, um an ein annähernd (wenn überhaupt) realistisches mathematisches Modell eines realen Prozesses zu gelangen, z.T. immens hoch und nur noch für wenige Privilegierte verständlich.

Die Praxis hat gezeigt, daß weder der eine noch der andere Weg ausnahmslos richtig oder falsch ist. Eine Symbiose beider Welten liefert wahrscheinlich einen gesunden Kompromiß aus mathematischer Exaktheit und linguistischer Einfachheit. Diesen Trend erkennt man auch beim Studium der aktuelleren Fuzzy-Control-Anwendungen [2]. Vielfach werden bestehende Anlagen durch Fuzzy-Regler ergänzt, deren Regelbasis speziell für die konventionell nur sehr schwer oder gar nicht beherrschbaren Betriebsphasen ausgelegt sind. Der Versuch, mit exakten mathematischen Methoden immer komplexere Systemzusammenhänge eindeutig beschreiben zu können, scheitert an der Informationsfülle, die hierzu nötig wäre, und am Stand der Technologien. Darüber hinaus sei an dieser Stelle die Frage erlaubt, ob der Nutzen, der durch eine exakte mathematische Theorie, die aber ein nur bedingt richtiges Prozeßmodell verwendet, größer ist als der Fehler, den man bei einer unscharfen Prozeßbeschreibung macht, deren Theorie jedoch gleichermaßen exakt ist. Es ist daher anzunehmen, daß man wohl in der Zukunft davon ausgehen kann, daß sich die Fuzzy-Methoden als hilfreiches Additiv zu bestehenden konventionellen Verfahren verstehen werden.

11 Lösungen der Übungsaufgaben

11.1 Lösungen zu Kapitel 3

Aufgabe 3.1

$$\mu_A(x) = \begin{cases} 1 & \text{für } x \leq 0 \\ 3 - x & \text{für } x \in [2,3] \\ 0 & \text{für } x \geq 3 \end{cases} = \begin{cases} 1 & \text{für } x \leq 2 \\ \max[0, 3 - x] & \text{für } x \geq 2 \end{cases}$$

$$\mu_B(x) = \begin{cases} 0 & \text{für } x \leq 0 \\ \dfrac{x}{5} & \text{für } x \in [0,5] \\ \dfrac{9-x}{4} & \text{für } x \in [5,9] \\ 0 & \text{für } x \geq 9 \end{cases} = \begin{cases} \max\left[0, \dfrac{x}{5}\right] & \text{für } x \leq 5 \\ \max\left[0, \dfrac{9-x}{4}\right] & \text{für } x \geq 5 \end{cases}$$

$$\mu_C(x) = \begin{cases} 0 & \text{für } x \leq 4 \\ \dfrac{x-4}{2} & \text{für } x \in [4,6] \\ 1 & \text{für } x \in [6,8] \\ \dfrac{11-x}{3} & \text{für } x \in [8,11] \\ 0 & \text{für } x \geq 11 \end{cases} = \begin{cases} \max\left[0, \dfrac{x-4}{2}\right] & \text{für } x \leq 6 \\ 1 & \text{für } x \in [6,8] \\ \max\left[0, \dfrac{11-x}{3}\right] & \text{für } x \geq 8 \end{cases}$$

$$\mu_D(x) = \begin{cases} 0 & \text{für } x \leq 8 \\ \dfrac{x-8}{2} & \text{für } x \in [8,10] \\ \dfrac{16-x}{6} & \text{für } x \in [10,16] \\ 0 & \text{für } x \geq 16 \end{cases} = \begin{cases} \max\left[0, \dfrac{x-8}{2}\right] & \text{für } x \leq 10 \\ \max\left[0, \dfrac{16-x}{6}\right] & \text{für } x \geq 10 \end{cases}$$

$$\mu_E(x) = \begin{cases} 0 & \text{für } x \leq 13 \\ \dfrac{x-13}{3} & \text{für } x \in [13, 16] \\ 1 & \text{für } x \geq 16 \end{cases} = \begin{cases} \max\left[0, \dfrac{x-13}{3}\right] & \text{für } x \leq 16 \\ 1 & \text{für } x \geq 16 \end{cases}$$

Aufgabe 3.2

Fuzzy-Menge *B*:	$m = 5$		$\alpha = 5$	$\beta = 4$
Fuzzy-Menge *C*:	$m_l = 6$	$m_r = 8$	$\alpha = 2$	$\beta = 3$
Fuzzy-Menge *D*:	$m = 10$		$\alpha = 2$	$\beta = 6$

Aufgabe 3.3

Das Gleichsetzen der Zugehörigkeitsfunktionen aus Aufgabe 3.1 für den entsprechenden Teilbereich, in dem ein Kreuzungspunkt vorkommt, liefert den Wert für x_k. Für diesen x_k-Wert wird anschließend der Zugehörigkeitswert mit einer der beiden Teilfunktionen ermittelt:

$$\mu_A(x) = \mu_B(x): \quad 3 - x = \frac{x}{5} \quad \Rightarrow \quad x_{k1} = 2{,}5$$

$$\mu_B(x) = \mu_C(x): \quad \frac{9-x}{4} = \frac{x-4}{2} \quad \Rightarrow \quad x_{k2} = 5{,}\overline{6}$$

$$\mu_B(x) = \mu_D(x): \quad \frac{9-x}{4} = \frac{x-8}{2} \quad \Rightarrow \quad x_{k3} = 8{,}\overline{3}$$

$$\mu_C(x) = \mu_D(x): \quad \frac{11-x}{3} = \frac{x-8}{2} \quad \Rightarrow \quad x_{k4} = 9{,}2$$

$$\mu_D(x) = \mu_E(x): \quad \frac{16-x}{6} = \frac{x-13}{3} \quad \Rightarrow \quad x_{k5} = 14$$

$$\mu_A(x_{k1}) = 3 - 2{,}5 = 0{,}5 \quad \Rightarrow \quad (x_{k1}; \mu(x_{k1})) = (2{,}5; 0{,}5)$$

$$\mu_B(x_{k2}) = \frac{9 - 5{,}\overline{6}}{4} = 0{,}83 \quad \Rightarrow \quad (x_{k2}; \mu(x_{k2})) = (5{,}\overline{6}; 0{,}83)$$

$$\mu_B(x_{k3}) = \frac{9 - 8{,}\overline{3}}{4} = 1{,}\overline{6} \quad \Rightarrow \quad (x_{k3}; \mu(x_{k3})) = (8{,}\overline{3}; 1{,}\overline{6})$$

$$\mu_C(x_{k4}) = \frac{11 - 9{,}2}{3} = 0{,}6 \quad \Rightarrow \quad (x_{k4}; \mu(x_{k4})) = (9{,}2; 0{,}6)$$

$$\mu_D(x_{k5}) = \frac{16 - 14}{6} = 0{,}\overline{3} \quad \Rightarrow \quad (x_{k5}; \mu(x_{k5})) = (14; 0{,}\overline{3})$$

Aufgabe 3.4

Fall 1: a = 2; b = 4: (a – b) = –2 (a + b) = 6

$$S_1(x):\quad \mu_{S_1}(x) = \begin{cases} 0 & \text{für } x \leq -2 \\ 2 \cdot \left(\frac{x+2}{8}\right)^2 & \text{für } x \in [-2,2] \\ 1 - 2 \cdot \left(\frac{6-x}{8}\right)^2 & \text{für } x \in [2,6] \\ 1 & \text{für } x \geq 6 \end{cases}$$

Fall 2: a = 2; b = 1: (a – b) = 1 (a + b) = 3

$$S_2(x):\quad \mu_{S_2}(x) = \begin{cases} 0 & \text{für } x \leq 1 \\ 2 \cdot \left(\frac{x-1}{2}\right)^2 & \text{für } x \in [1,2] \\ 1 - 2 \cdot \left(\frac{3-x}{2}\right)^2 & \text{für } x \in [2,3] \\ 1 & \text{für } x \geq 3 \end{cases}$$

Fall 3: a = 2; b = 2: (a – b) = 0 (a + b) = 4

$$S_3(x):\quad \mu_{S_3}(x) = \begin{cases} 0 & \text{für } x \leq 0 \\ 2 \cdot \left(\frac{x}{4}\right)^2 & \text{für } x \in [0,2] \\ 1 - 2 \cdot \left(\frac{4-x}{4}\right)^2 & \text{für } x \in [2,4] \\ 1 & \text{für } x \geq 4 \end{cases}$$

Mit der *S*-Funktion lassen sich Randkurven von Zugehörigkeitsfunktionen mit Hilfe von Parametern individuell gestalten. Dabei hat die Funktion im Bereich kleiner x-Werte unter (a – b) den Wert Null, wächst anschließend stetig mit zunehmender Steigung an und erreicht beim x-Wert a einen Zugehörigkeitswert von 0,5. Dies ist die Wendestelle der Kurve. Von nun an steigt die Kurve weiter stetig an, aber mit abnehmender Steigung, bis sie beim x-Wert (a + b) die maximale Zugehörigkeit von eins erreicht. Der Kurvenverlauf ist punktsymmetrisch

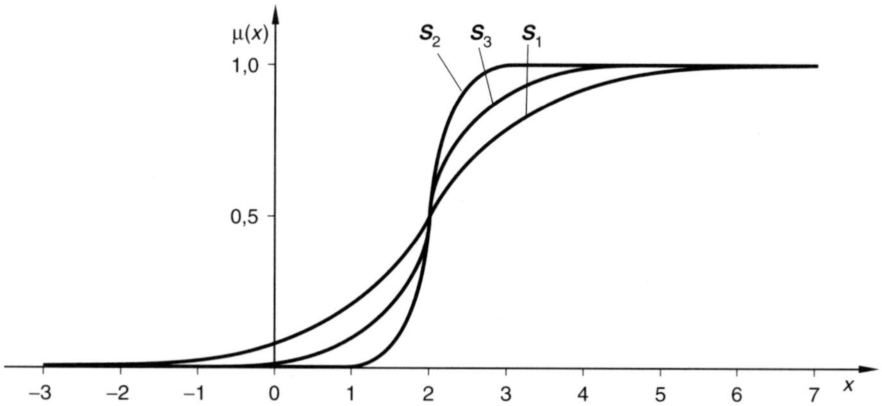

Bild 11.1 *S*-Funktion mit unterschiedlichen Parametern (Aufgabe 3.4)

zur Wendestelle (a; 0,5). Mit dem Parameter a läßt sich die Wendestelle verschieben. Mit dem Parameter b läßt sich die Breite der Zone für den Übergang zwischen null und eins einstellen. Sie beträgt 2 b.

Aufgabe 3.5

Gegeben:

$$L(x) = \begin{cases} \dfrac{1}{1+x^2} & \text{für } x \geq 0 \\ 0 & \text{für } x < 0 \end{cases} ; \quad R(x) = \begin{cases} e^{-x^2} & \text{für } x \geq 0 \\ 0 & \text{für } x < 0 \end{cases} \quad \begin{array}{l} m = 4{,}5 \\ \alpha = 0{,}8 \\ \beta = 2{,}5 \end{array}$$

$$\text{Substitution:} \quad L(x) \to L\left(\frac{m-x}{\alpha}\right) \quad \text{und} \quad R(x) \to R\left(\frac{x-m}{\beta}\right)$$

Damit ergeben sich die Funktionsäste zu:

$$L(x) = \begin{cases} \dfrac{1}{1+\left(\dfrac{4{,}5-x}{0{,}8}\right)^2} & \text{für } x \leq 4{,}5 \\ 0 & \text{für } x > 4{,}5 \end{cases}$$

$$R(x) = \begin{cases} 0 & \text{für } x < 4{,}5 \\ e^{-\left(\frac{x-4{,}5}{2{,}5}\right)^2} & \text{für } x \geq 4{,}5 \end{cases}$$

und die Zugehörigkeitsfunktion:

$$\mu_M(x) = \begin{cases} \dfrac{1}{1+\left(\dfrac{4{,}5-x}{0{,}8}\right)^2} & \text{für } x \leq 4{,}5 \\ e^{-\left(\frac{x-4{,}5}{2{,}5}\right)^2} & \text{für } x \geq 4{,}5 \end{cases}$$

Ausführliche Grenzwertbetrachtungen für die Integralschreibweise nach ZADEH. Bestimmung des linken Grenzwertes:

$$L(x_{\min}) = 0 \Rightarrow \frac{1}{1+\left(\dfrac{4{,}5-x_{\min}}{0{,}8}\right)^2} = 0 \Rightarrow 1+\left(\frac{4{,}5-x_{\min}}{0{,}8}\right)^2 = \pm\infty$$

$$\Rightarrow \left(\frac{4{,}5-x_{\min}}{0{,}8}\right)^2 = \pm\infty \Rightarrow \frac{4{,}5-x_{\min}}{0{,}8} = \pm\infty$$

$$\Rightarrow 4{,}5-x_{\min} = \pm\infty \Rightarrow -x_{\min} = \pm\infty = x_{\min} \mp \infty$$

$$\Rightarrow \underline{\underline{x_{\min} = -\infty}}$$

Bestimmung des rechten Grenzwertes:

$$R(x_{\max}) = 0 \Rightarrow e^{-\left(\frac{x_{\max}-4{,}5}{2{,}5}\right)^2} = 0 \Rightarrow \underbrace{\ln(0)}_{-\infty} = -\left(\frac{x_{\max}-4{,}5}{2{,}5}\right)^2$$

$$\Rightarrow \infty = \left(\frac{x_{\max}-4{,}5}{2{,}5}\right)^2 \Rightarrow \infty = \frac{x_{\max}-4{,}5}{2{,}5} \Rightarrow \underline{\underline{x_{\max} = \infty}}$$

Mengendarstellung in Zadeh-Notation:

$$M = \int_{-\infty}^{4{,}5} (1+((4{,}5-x)/0{,}8)^2)/x + \int_{4{,}5}^{\infty} e^{-((x-4{,}5)/2{,}5)^2}/x$$

Die grafische Darstellung der Referenzfunktionen L(x) und R(x) und der Zugehörigkeitsfunktion der Fuzzy-Menge M ergibt:

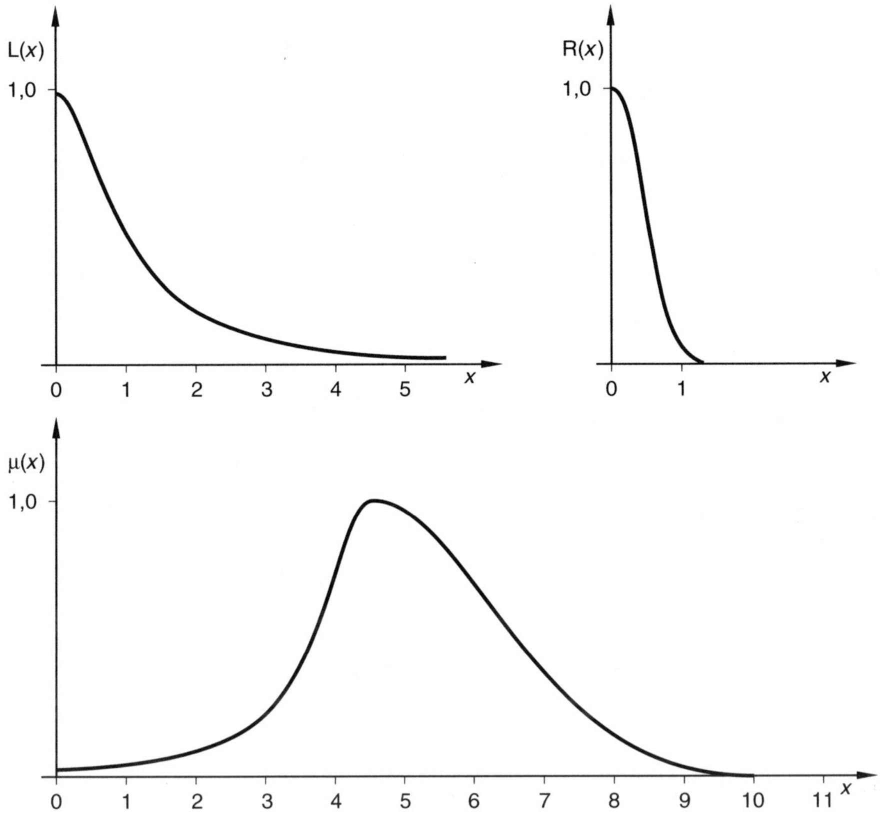

Bild 11.2 Referenzfunktionen und Zugehörigkeitsfunktion der Fuzzy-Zahl M

Aufgabe 3.6

Gegeben:

$$L(x) = \max[0, 1 - 5x^3]; \quad R(x) = \max[0, 1 - \sqrt{x}\,] \qquad \begin{array}{l} m = 2 \\ \alpha = 1 \\ \beta = 2 \end{array}$$

Substitution: $L(x) \rightarrow L\left(\dfrac{m - x}{\alpha}\right)$ und $R(x) \rightarrow R\left(\dfrac{x - m}{\beta}\right)$

Damit ergeben sich die Referenzfunktionen zu:

$$L(x) = \max[0, 1 - 5 \cdot (2 - x)^3]; \quad R(x) = \max\left[0, 1 - \sqrt{\frac{x-2}{2}}\right]$$

und die Zugehörigkeitsfunktion:

$$\mu_N(x) = \begin{cases} \max\left[0, 1 - 5 \cdot (2-x)^3\right] & \text{für } x \leq 2 \\ \max\left[0, 1 - \frac{1}{\sqrt{2}} \cdot \sqrt{x-2}\right] & \text{für } x > 2 \end{cases}$$

Linker Grenzwert:

$$L(x_{min}) = 0 \Rightarrow \max\left[0, 1-5 \cdot (2 - x_{min})^3\right] = 0 \Rightarrow 1-5 \cdot (2 - x_{min})^3 = 0$$

$$\Rightarrow \frac{1}{\sqrt[3]{5}} = 2 - x_{min} \Rightarrow \underline{\underline{x_{min} = 1{,}41}}$$

Rechter Grenzwert:

$$R(x_{max}) = 0 \Rightarrow \max\left[0, 1 - \frac{1}{\sqrt{2}} \cdot \sqrt{x_{max} - 2}\right] = 0$$

$$\Rightarrow 1 - \frac{1}{\sqrt{2}} \cdot \sqrt{x_{max} - 2} = 0 \Rightarrow \sqrt{2} = \sqrt{x_{max} - 2} \Rightarrow \underline{\underline{x_{max} = 4}}$$

Mengendarstellung in Zadeh-Notation:

$$N = \int_{1{,}41}^{2} \frac{1 - 5 \cdot (2-x)^3}{x} + \int_{2}^{4} \frac{1 - \frac{\sqrt{x-2}}{\sqrt{2}}}{x}$$

Die grafische Darstellung der Referenzfunktionen L(x) und R(x) und der Zugehörigkeitsfunktion der Fuzzy-Menge N ergibt:

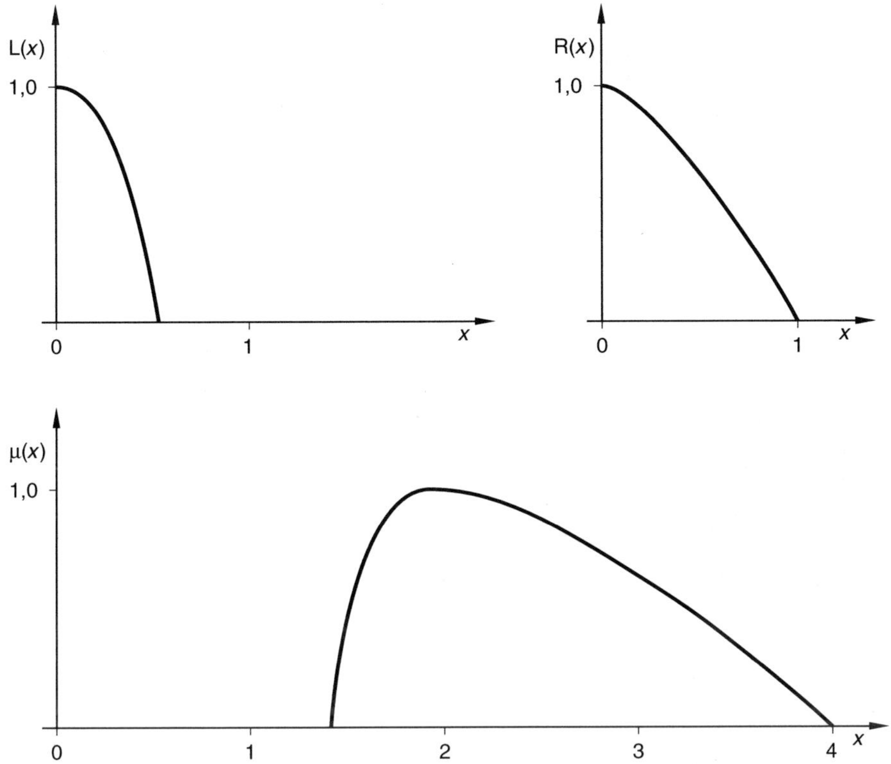

Bild 11.3 Referenzfunktionen und Zugehörigkeitsfunktion der Fuzzy-Zahl N

11.2 Lösungen zu Kapitel 4

Aufgabe 4.1

Allgemein gilt für das Fuzzy-Komplement: $\overline{M}$: $\mu_{\overline{M}}(x) = 1 - \mu_M(x)$

Da die Funktionen abschnittsweise definiert sind, werden auch die Komplemente abschnittsweise berechnet.

$$\overline{A}: \quad \mu_{\overline{A}}(x) = \begin{cases} 1-0 & \text{für } x \leq 1 \\ 1-(x-1) & \text{für } x \in [1,2] \\ 1-\dfrac{5-x}{3} & \text{für } x \in [2,5] \\ 1-0 & \text{für } x \geq 5 \end{cases} = \begin{cases} 1 & \text{für } x \leq 1 \\ 2-x & \text{für } x \in [1,2] \\ \dfrac{x-2}{3} & \text{für } x \in [2,5] \\ 1 & \text{für } x \geq 5 \end{cases}$$

$$\overline{B}: \quad \mu_{\overline{B}}(x) = \begin{cases} 1-0 & \text{für } x \leq 0 \\ 1-\dfrac{x}{5} & \text{für } x \in [0,5] \\ 1-1 & \text{für } x \in [5,6] \\ 1-\dfrac{8-x}{2} & \text{für } x \in [6,8] \\ 1-0 & \text{für } x \geq 8 \end{cases} = \begin{cases} 1 & \text{für } x \leq 0 \\ \dfrac{5-x}{5} & \text{für } x \in [0,5] \\ 0 & \text{für } x \in [5,6] \\ \dfrac{x-6}{2} & \text{für } x \in [6,8] \\ 1 & \text{für } x \geq 8 \end{cases}$$

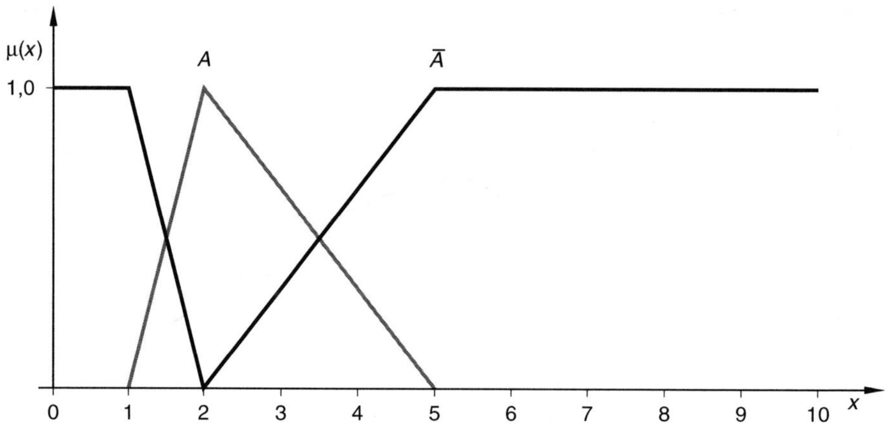

Bild 11.4 Fuzzy-Menge A und ihr Fuzzy-Komplement $\overline{A}$

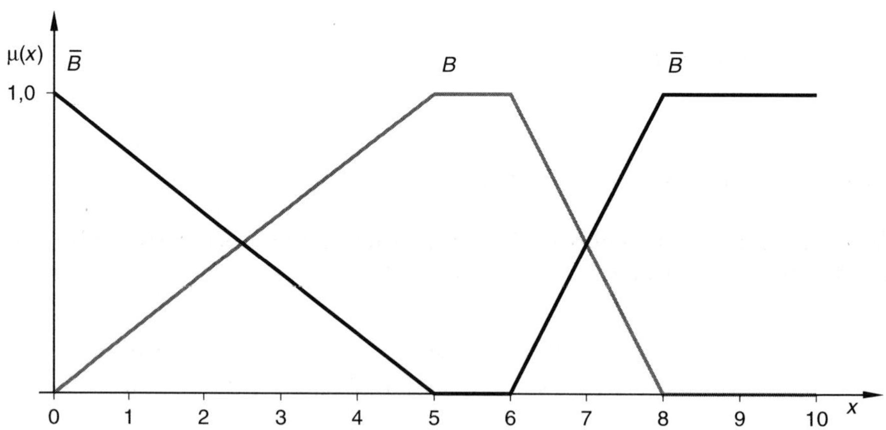

Bild 11.5 Fuzzy-Menge B und ihr Fuzzy-Komplement $\overline{B}$

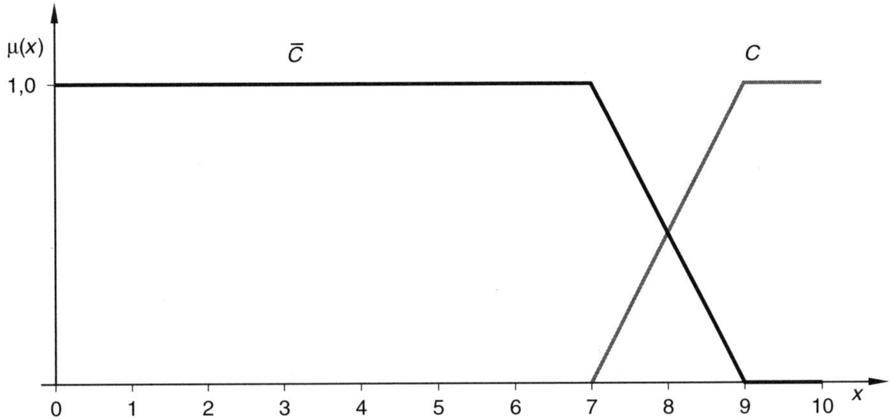

Bild 11.6 Fuzzy-Menge C und ihr Fuzzy-Komplement $\overline{\mathrm{C}}$

$$\overline{\mathrm{C}}: \quad \mu_{\overline{\mathrm{C}}}(x) = \begin{cases} 1-0 & \text{für } x \leq 7 \\ 1-\dfrac{x-7}{2} & \text{für } x \in [7,9] \\ 1-1 & \text{für } x \geq 9 \end{cases} = \begin{cases} 1 & \text{für } x \leq 7 \\ \dfrac{9-x}{2} & \text{für } x \in [7,9] \\ 0 & \text{für } x \geq 9 \end{cases}$$

Aufgabe 4.2

Zur Bestimmung der unscharfen Vereinigungs- und Durchschnittsmenge für alle drei Fuzzy-Sets ist die Berechnung der Kreuzungspunkte (Bild 11.7) notwendig:

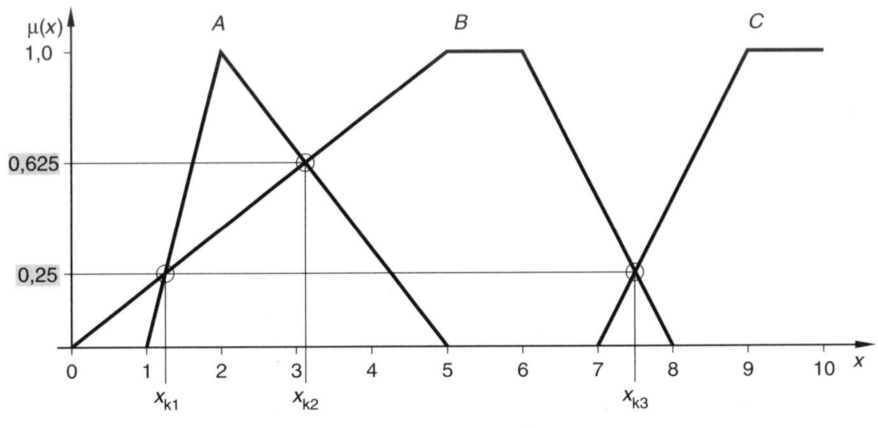

Bild 11.7 Kreuzungspunkte der Fuzzy-Mengen *A*, *B* und C

$$\mu_A(x) = \mu_B(x): \qquad x - 1 = \frac{x}{5} \qquad \Rightarrow \qquad x_{k1} = 1{,}25$$

$$\mu_A(x) = \mu_B(x): \qquad \frac{5-x}{3} = \frac{x}{5} \qquad \Rightarrow \qquad x_{k2} = 3{,}125$$

$$\mu_B(x) = \mu_C(x): \qquad \frac{8-x}{2} = \frac{x-7}{2} \qquad \Rightarrow \qquad x_{k3} = 7{,}5$$

$$\mu_A(x_{k1}) = 1{,}25 - 1 = 0{,}25 \qquad \Rightarrow \qquad (x_{k1}; \mu(x_{k1})) = (1{,}25; 0{,}25)$$

$$\mu_B(x_{k2}) = \frac{5 - 3{,}125}{3} = 0{,}625 \qquad \Rightarrow \qquad (x_{k2}; \mu(x_{k2})) = (3{,}125; 0{,}625)$$

$$\mu_B(x_{k3}) = \frac{8 - 7{,}5}{2} = 0{,}25 \qquad \Rightarrow \qquad (x_{k3}; \mu(x_{k3})) = (7{,}5; 0{,}25)$$

Fuzzy-Durchschnitt:

$$A \cap B \cap C: \quad \mu_{A\cap B\cap C}(x) = \begin{cases} 0 & \text{für } x \leq 7 \\ \dfrac{x-7}{2} & \text{für } x \in [7, 7.5] \\ \dfrac{8-x}{2} & \text{für } x \in [7.5, 8] \\ 0 & \text{für } x \geq 8 \end{cases}$$

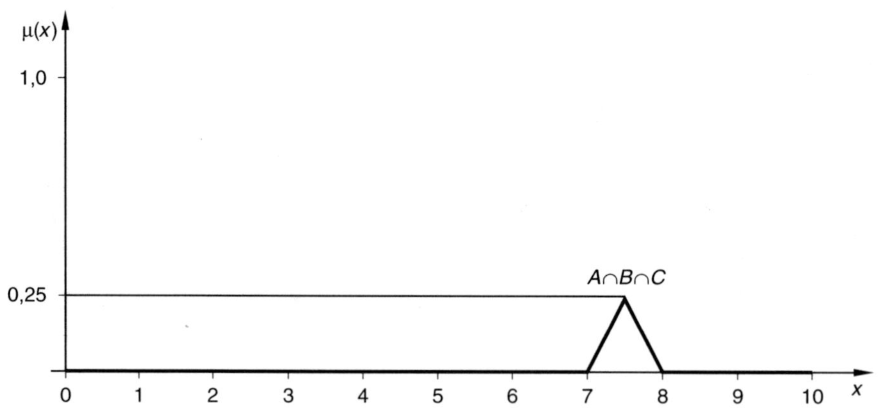

Bild 11.8 Fuzzy-Durchschnitt der Mengen A, B und C

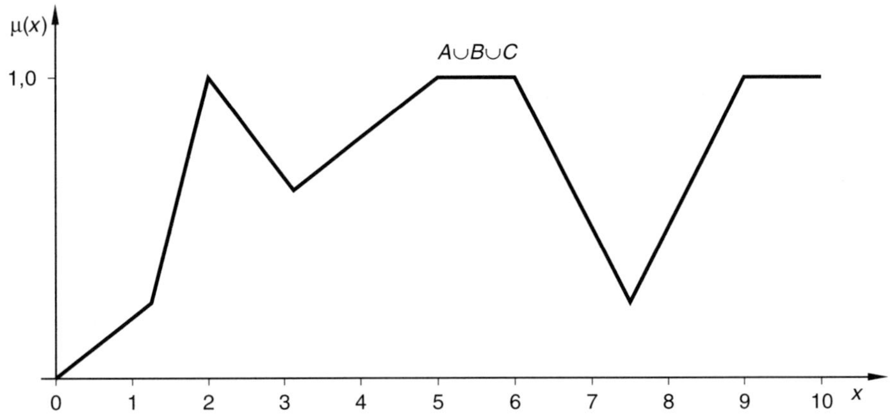

Bild 11.9 Fuzzy-Vereinigung der Mengen *A*, *B* und *C*

Fuzzy-Vereinigung:

$$A \cup B \cup C: \quad \mu_{A\cup B\cup C}(x) = \begin{cases} 0 & \text{für } x \leq 0 \\ \dfrac{x}{5} & \text{für } x \in [0, 1.25] \\ x - 1 & \text{für } x \in [1.25, 2] \\ \dfrac{5-x}{3} & \text{für } x \in [2, 3.125] \\ \dfrac{x}{5} & \text{für } x \in [3.125, 5] \\ 1 & \text{für } x \in [5, 6] \\ \dfrac{8-x}{2} & \text{für } x \in [6, 7.5] \\ \dfrac{x-7}{2} & \text{für } x \in [7.5, 9] \\ 1 & \text{für } x \geq 9 \end{cases}$$

Aufgabe 4.3 (Bild 11.10)

In der Fuzzy-Algebra gilt: $M \cap \overline{M} \neq \emptyset$ und $M \cup \overline{M} \neq E$

Aufgabe 4.4

Das algebraische Produkt (algebraic product) und die algebraische Summe (algebraic sum) sind wie folgt angegeben:

$$\text{alg}_t: \quad \text{alg}_t[\mu_A(x), \mu_B(x)] = \mu_A(x) \cdot \mu_B(x)$$

$$\begin{aligned} \text{alg}_s: \quad \text{alg}_s[\mu_A(x), \mu_B(x)] &= \mu_A(x) + \mu_B(x) - \mu_A(x) \cdot \mu_B(x) \\ &= 1 - (1 - \mu_A(x)) \cdot (1 - \mu_B(x)) \end{aligned}$$

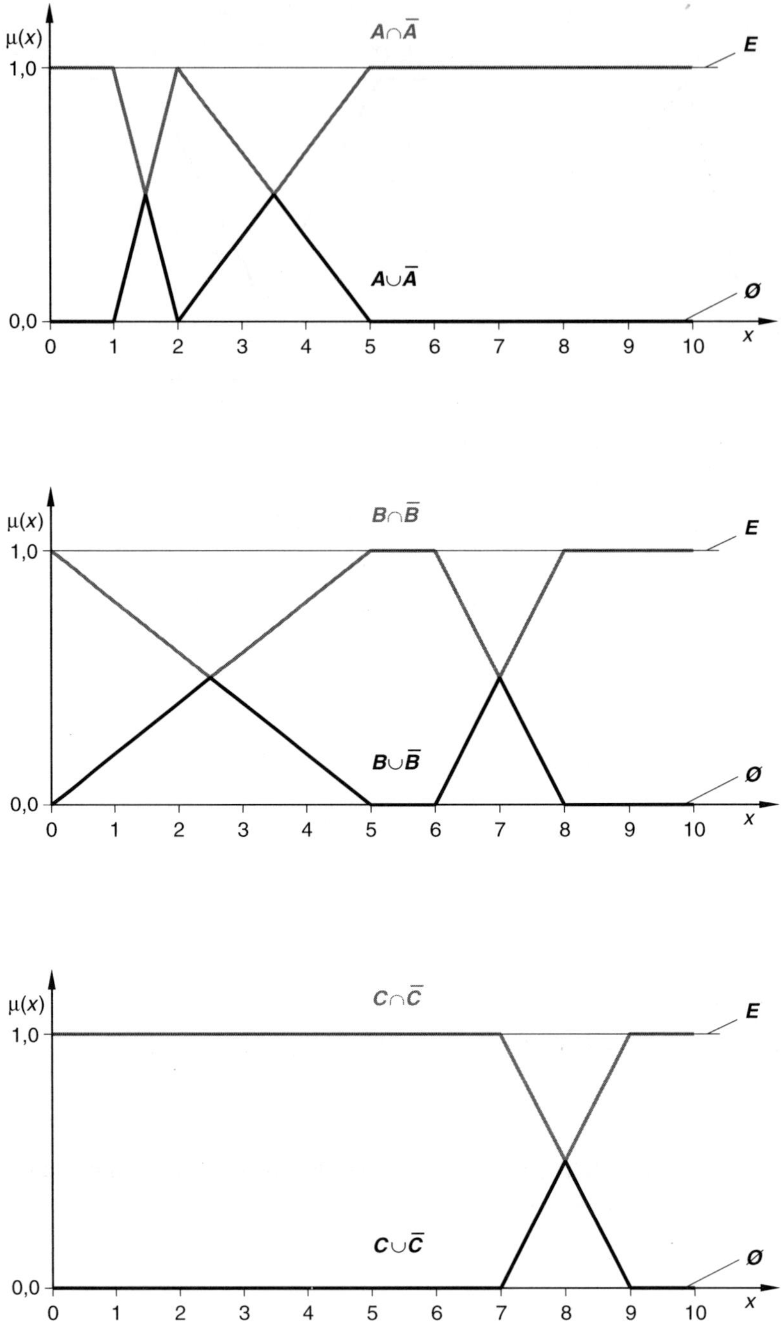

Bild 11.10 $M \cap \overline{M} \neq \varnothing$ und $M \cup \overline{M} \neq E$

Bild 4.22 entnimmt man die Gleichungen für die Zugehörigkeitsfunktionen:

$$A: \quad \mu_A(x) = \begin{cases} 0 & \text{für } x \leq 0 \\ \dfrac{x}{2} & \text{für } x \in [0,2] \\ \dfrac{4-x}{2} & \text{für } x \in [2,4] \\ 0 & \text{für } x \geq 4 \end{cases}$$

$$B: \quad \mu_B(x) = \begin{cases} 0 & \text{für } x \leq 2 \\ \dfrac{x-2}{2} & \text{für } x \in [2,4] \\ 1 & \text{für } x \in [4,6] \\ 7-x & \text{für } x \in [6,7] \\ 0 & \text{für } x \geq 7 \end{cases}$$

Das algebraische Produkt ist nur im Intervall [2, 4] ungleich null. Die Multiplikation der beiden Geradenabschnitte liefert das Ergebnis.

$$\text{alg}_t[\mu_A(x), \mu_B(x)] = \begin{cases} \dfrac{1}{4}(-x^2 + 6x - 8) & \text{für } x \in [2,4] \\ 0 & \text{sonst} \end{cases}$$

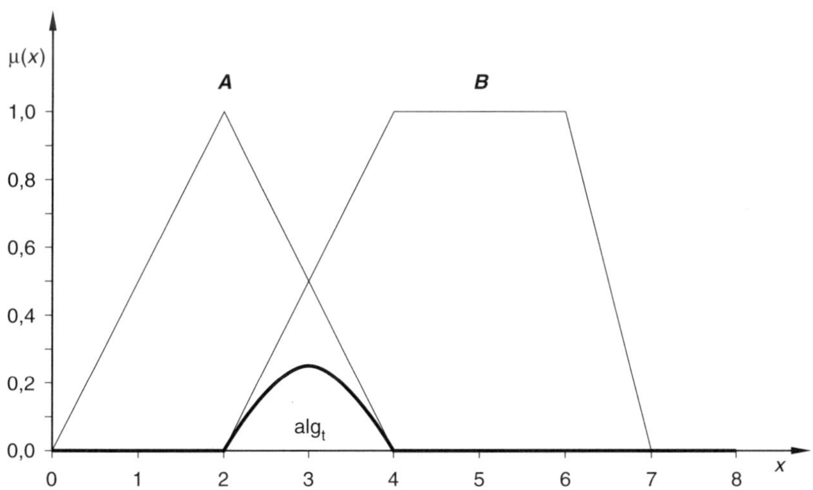

Bild 11.11 Algebraisches Produkt von *A* und *B*

Die algebraische Summe ermittelt sich abschnittsweise für die Teilbereiche der Grundmenge. Der Produktterm in der algebraischen Summe entfällt, sobald eine Funktion null ist. In diesen Bereichen bleibt die andere Funktion unverändert stehen.

$$x \in [2,4] \qquad \mathrm{alg_s}[\mu_A(x), \mu_B(x)] = \frac{4-x}{2} + \frac{x-2}{2} - \frac{1}{4}(-x^2+6x-8)$$

$$= 1 - \frac{1}{4}(-x^2+6x-8)$$

$$\text{mit:} \quad \frac{4-x}{2} + \frac{x-2}{2} = 1$$

$$\mathrm{alg_S}[\mu_A(x), \mu_B(x)] = \begin{cases} 0 & \text{für } x \leq 0 \\ \frac{x}{2} & \text{für } x \in [0,2] \\ 1 - \frac{1}{4}(-x^2+6x-8) & \text{für } x \in [2,4] \\ 1 & \text{für } x \in [4,6] \\ 7-x & \text{für } x \in [6,7] \\ 0 & \text{für } x \geq 7 \end{cases}$$

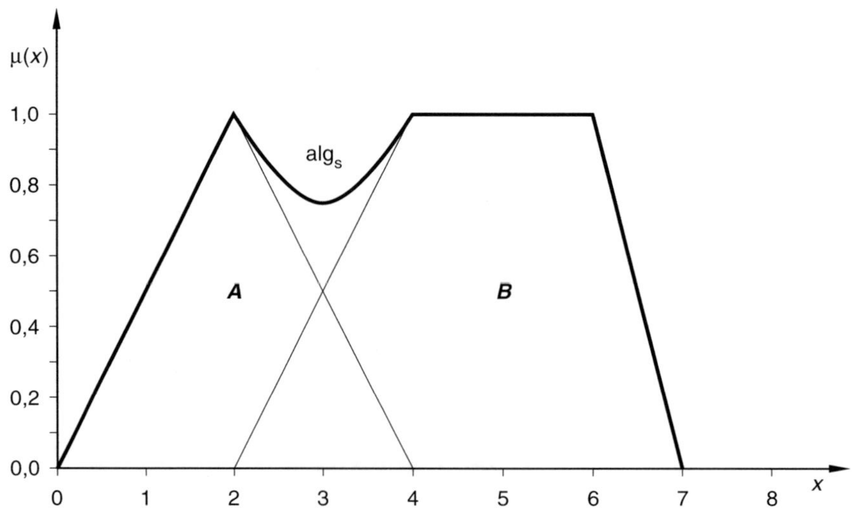

Bild 11.12 Algebraische Summe von *A* und *B*

Aufgabe 4.5

De Morgansche Gesetze:

$\mathrm{T}[x, y] = 1 - \mathrm{S}[1-x, 1-y] \qquad \mathrm{S}[x, y] = 1 - \mathrm{T}[1-x, 1-y]$

Algebraisches Produkt

$\mathrm{alg}_t: \qquad \forall x, y \in [0,1]: \qquad \mathrm{alg}_t[x, y] = x \cdot y$

Algebraische Summe

$\mathrm{alg}_s: \qquad \forall x, y \in [0,1]: \qquad \mathrm{alg}_s[x, y] = x + y - x \cdot y$

Herleitung:

$$\begin{aligned}
\mathrm{alg}_t[1-x, 1-y] &= (1-x)\cdot(1-y) \\
1 - \mathrm{alg}_t[1-x, 1-y] &= 1 - (1-x)\cdot(1-y) = 1 - (1 - x - y + xy) \\
&= 1 - 1 + x + y - xy \\
&= x + y - xy
\end{aligned}$$

Hamacher-Produkt

$\mathrm{ham}_t: \qquad \forall x, y \in [0,1]: \qquad \mathrm{ham}_t[x, y] = \dfrac{x \cdot y}{x + y - x \cdot y}$

Hamacher-Summe

$\mathrm{ham}_s: \qquad \forall x, y \in [0,1]: \qquad \mathrm{ham}_s[x, y] = \dfrac{x + y - 2 \cdot x \cdot y}{1 - x \cdot y}$

Herleitung:

$$\begin{aligned}
1 - \mathrm{ham}_t[1-x, 1-y] &= 1 - \frac{(1-x)\cdot(1-y)}{(1-x) + (1-y) - (1-x)\cdot(1-y)} \\
&= \frac{(1-x) + (1-y) - 2(1-x)\cdot(1-y)}{(1-x) + (1-y) - (1-x)\cdot(1-y)} \\
&= \frac{2 - x - y - 2(1 - x - y + xy)}{2 - x - y - 1 + x + y - xy} \\
&= \frac{2 - x - y - 2 + 2x + 2y - 2xy}{1 - xy} \\
&= \frac{x + y - 2xy}{1 - xy}
\end{aligned}$$

Einstein-Produkt

$\text{ein}_t: \qquad \forall x, y \in [0, 1]: \qquad \text{ein}_t[x, y] = \dfrac{x \cdot y}{1 + (1 - x) \cdot (1 - y)}$

Einstein-Summe

$\text{ein}_s: \qquad \forall x, y \in [0, 1]: \qquad \text{ein}_s[x, y] = \dfrac{x + y}{1 + x \cdot y}$

Herleitung:

$$1 - \text{ein}_t[1 - x, 1 - y] = 1 - \frac{(1 - x) \cdot (1 - y)}{1 + (1 - (1 - x)) \cdot (1 - (1 - y))}$$

$$= 1 - \frac{1 - x - y + xy}{1 + xy}$$

$$= \frac{1 + xy - (1 - x - y + xy)}{1 + xy}$$

$$= \frac{1 + xy - 1 + x + y - xy}{1 + xy} = \frac{x + y}{1 + xy}$$

Aufgabe 4.6

Anordnungsketten:

$$\text{dra}_t[x, y] \leq \text{bes}_t[x, y] \leq \text{ein}_t[x, y] \leq \text{alg}_t[x, y] \leq \text{ham}_t[x, y] \leq \min[x, y]$$

$$\max[x, y] \leq \text{ham}_s[x, y] \leq \text{alg}_s[x, y] \leq \text{ein}_s[x, y] \leq \text{bes}_s[x, y] \leq \text{dra}_s[x, y]$$

$$\text{ham}_t[x, y] = \frac{x \cdot y}{x + y - x \cdot y} \qquad \text{ham}_s[x, y] = \frac{x + y - 2 \cdot x \cdot y}{1 - x \cdot y}$$

$$\text{alg}_t[x, y] = x \cdot y \qquad \text{alg}_s[x, y] = x + y - x \cdot y$$

$$\text{ein}_t[x, y] = \frac{x \cdot y}{1 + (1 - x) \cdot (1 - y)} \qquad \text{ein}_s[x, y] = \frac{x + y}{1 + x \cdot y}$$

$$\text{bes}_t[x, y] = \max[0, x + y - 1] \qquad \text{bes}_s[x, y] = \min[1, x + y]$$

$$\text{dra}_t[x, y] = \begin{cases} x & \text{für } y = 1 \\ y & \text{für } x = 1 \\ 0 & \text{für } x, y < 1 \end{cases} \qquad \text{dra}_s[x, y] = \begin{cases} x & \text{für } y = 0 \\ y & \text{für } x = 0 \\ 1 & \text{für } x, y > 0 \end{cases}$$

Substitutionen:

$$x := \mu_A(x = 2{,}5) = \frac{5 - 2{,}5}{3} = 0{,}8\overline{3} \qquad y := \mu_B(x = 2{,}5) = \frac{2{,}5}{3} = 0{,}5$$

$$\begin{array}{ll} \mathrm{ham}_t[0.8\overline{3}, 0.5] = 0.45 & \mathrm{ham}_s[0.8\overline{3}, 0.5] = 0.85 \\ \mathrm{alg}_t[0.8\overline{3}, 0.5] = 0.42 & \mathrm{alg}_s[0.8\overline{3}, 0.5] = 0.92 \\ \mathrm{ein}_t[0.8\overline{3}, 0.5] = 0.38 & \mathrm{ein}_s[0.8\overline{3}, 0.5] = 0.94 \\ \mathrm{bes}_t[0.8\overline{3}, 0.5] = 0.33 & \mathrm{bes}_s[0.8\overline{3}, 0.5] = 1 \\ \mathrm{dra}_t[0.8\overline{3}, 0.5] = 0 & \mathrm{dra}_s[0.8\overline{3}, 0.5] = 1 \end{array}$$

Die Anordnungsketten sind erfüllt!

Substitutionen:

$$x := \mu_A(x = 4) = \frac{5 - 4}{3} = 0{,}\overline{3} \qquad y := \mu_B(x = 4) = \frac{4}{5} = 0{,}8$$

$$\begin{array}{ll} \mathrm{ham}_t[0.\overline{3}, 0.8] = 0.28 & \mathrm{ham}_s[0.\overline{3}, 0.8] = 0.82 \\ \mathrm{alg}_t[0.\overline{3}, 0.8] = 0.24 & \mathrm{alg}_s[0.\overline{3}, 0.8] = 0.86 \\ \mathrm{ein}_t[0.\overline{3}, 0.8] = 0.21 & \mathrm{ein}_s[0.\overline{3}, 0.8] = 0.89 \\ \mathrm{bes}_t[0.\overline{3}, 0.8] = 0.1 & \mathrm{bes}_s[0.\overline{3}, 0.8] = 1 \\ \mathrm{dra}_t[0.\overline{3}, 0.8] = 0 & \mathrm{dra}_s[0.\overline{3}, 0.8] = 1 \end{array}$$

Die Anordnungsketten sind erfüllt!

Aufgabe 4.7

F-UND:

$$\forall x, y \in [0, 1]: \quad \text{F-UND}\,[x, y, \gamma] = \gamma \cdot \min\,[x, y] + (1 - \gamma) \cdot \frac{x + y}{2}$$

F-ODER:

$$\forall x, y \in [0, 1]: \quad \text{F-ODER}\,[x, y, \gamma] = \gamma \cdot \max\,[x, y] + (1 - \gamma) \cdot \frac{x + y}{2}$$

$$\text{mit} \quad 0 \leq \gamma \leq 1$$

F-UND mit Kompensationsgrad: $\gamma = 0.0$ (Tabelle 11.1)

Tabelle 11.1

$\mu_A \backslash \mu_B$	**0.0**	**0.1**	**0.2**	**0.3**	**0.4**	**0.5**	**0.6**	**0.7**	**0.8**	**0.9**	**1.0**
0.0	0	0.05	0.10	0.15	0.20	0.25	0.30	0.35	0.40	0.45	0.50
0.1	0.05	0.10	0.15	0.20	0.25	0.30	0.35	0.40	0.45	0.50	0.55
0.2	0.10	0.15	0.20	0.25	0.30	0.35	0.40	0.45	0.50	0.55	0.60
0.3	0.15	0.20	0.25	0.30	0.35	0.40	0.45	0.50	0.55	0.60	0.65
0.4	0.20	0.25	0.30	0.35	0.40	0.45	0.50	0.55	0.60	0.65	0.70
0.5	0.25	0.30	0.35	0.40	0.45	0.50	0.55	0.60	0.65	0.70	0.75
0.6	0.30	0.35	0.40	0.45	0.50	0.55	0.60	0.65	0.70	0.75	0.80
0.7	0.35	0.40	0.45	0.50	0.55	0.60	0.65	0.70	0.75	0.80	0.85
0.8	0.40	0.45	0.50	0.55	0.60	0.65	0.70	0.75	0.80	0.85	0.90
0.9	0.45	0.50	0.55	0.60	0.65	0.70	0.75	0.80	0.85	0.90	0.95
1.0	0.50	0.55	0.60	0.65	0.70	0.75	0.80	0.85	0.90	0.95	1

F-UND mit Kompensationsgrad: $\gamma = 0.1$ (Tabelle 11.2)

Tabelle 11.2

$\mu_A \backslash \mu_B$	**0.0**	**0.1**	**0.2**	**0.3**	**0.4**	**0.5**	**0.6**	**0.7**	**0.8**	**0.9**	**1.0**
0.0	0	0.05	0.09	0.14	0.18	0.23	0.27	0.31	0.36	0.41	0.45
0.1	0.05	0.10	0.15	0.19	0.23	0.28	0.33	0.37	0.42	0.46	0.51
0.2	0.09	0.15	0.20	0.25	0.29	0.33	0.38	0.43	0.47	0.52	0.56
0.3	0.14	0.19	0.25	0.30	0.35	0.39	0.44	0.48	0.53	0.57	0.62
0.4	0.18	0.23	0.29	0.35	0.40	0.45	0.49	0.53	0.58	0.63	0.67
0.5	0.23	0.28	0.33	0.39	0.45	0.50	0.55	0.59	0.64	0.68	0.73
0.6	0.27	0.33	0.38	0.44	0.49	0.55	0.60	0.65	0.69	0.74	0.78
0.7	0.31	0.37	0.43	0.48	0.53	0.59	0.65	0.70	0.74	0.79	0.84
0.8	0.36	0.42	0.47	0.53	0.58	0.64	0.69	0.74	0.80	0.84	0.89
0.9	0.41	0.46	0.52	0.57	0.63	0.68	0.74	0.79	0.84	0.90	0.95
1.0	0.45	0.51	0.56	0.62	0.67	0.73	0.78	0.84	0.89	0.95	1

F-UND mit Kompensationsgrad: $\gamma = 0.3$ (Tabelle 11.3)

Tabelle 11.3

$\mu_A \backslash \mu_B$	0.0	0.1	0.2	0.3	0.4	0.5	0.6	0.7	0.8	0.9	1.0
0.0	0	0.04	0.07	0.11	0.14	0.18	0.21	0.25	0.28	0.32	0.35
0.1	0.04	0.10	0.14	0.17	0.20	0.24	0.28	0.31	0.35	0.38	0.42
0.2	0.07	0.14	0.20	0.24	0.27	0.30	0.34	0.37	0.41	0.45	0.48
0.3	0.11	0.17	0.24	0.30	0.34	0.37	0.41	0.44	0.48	0.51	0.55
0.4	0.14	0.20	0.27	0.34	0.40	0.44	0.47	0.51	0.54	0.58	0.61
0.5	0.18	0.24	0.30	0.37	0.44	0.50	0.54	0.57	0.61	0.64	0.68
0.6	0.21	0.28	0.34	0.41	0.47	0.54	0.60	0.64	0.67	0.71	0.74
0.7	0.25	0.31	0.37	0.44	0.51	0.57	0.64	0.70	0.73	0.77	0.81
0.8	0.28	0.35	0.41	0.48	0.54	0.61	0.67	0.73	0.80	0.84	0.87
0.9	0.32	0.38	0.45	0.51	0.58	0.64	0.71	0.77	0.84	0.90	0.94
1.0	0.35	0.42	0.48	0.55	0.61	0.68	0.74	0.81	0.87	0.94	1

F-UND mit Kompensationsgrad: $\gamma = 0.5$ (Tabelle 11.4)

Tabelle 11.4

$\mu_A \backslash \mu_B$	0.0	0.1	0.2	0.3	0.4	0.5	0.6	0.7	0.8	0.9	1.0
0.0	0	0.03	0.05	0.08	0.10	0.13	0.15	0.18	0.20	0.23	0.25
0.1	0.03	0.10	0.13	0.15	0.18	0.20	0.23	0.25	0.28	0.30	0.33
0.2	0.05	0.13	0.20	0.23	0.25	0.28	0.30	0.33	0.35	0.38	0.40
0.3	0.08	0.15	0.23	0.30	0.33	0.35	0.38	0.40	0.43	0.45	0.48
0.4	0.10	0.18	0.25	0.33	0.40	0.43	0.45	0.48	0.50	0.53	0.55
0.5	0.13	0.20	0.28	0.35	0.43	0.50	0.53	0.55	0.58	0.60	0.63
0.6	0.15	0.23	0.30	0.38	0.45	0.53	0.60	0.63	0.65	0.68	0.70
0.7	0.18	0.25	0.33	0.40	0.48	0.55	0.63	0.70	0.73	0.75	0.78
0.8	0.20	0.28	0.35	0.43	0.50	0.58	0.65	0.73	0.80	0.83	0.85
0.9	0.23	0.30	0.38	0.45	0.53	0.60	0.68	0.75	0.83	0.90	0.93
1.0	0.25	0.33	0.40	0.48	0.55	0.63	0.70	0.78	0.85	0.93	1

F-UND mit Kompensationsgrad: $\gamma = 0.8$ (Tabelle 11.5)

Tabelle 11.5

$\mu_A \backslash \mu_B$	0.0	0.1	0.2	0.3	0.4	0.5	0.6	0.7	0.8	0.9	1.0
0.0	0	0.01	0.02	0.03	0.04	0.05	0.06	0.07	0.08	0.09	0.10
0.1	0.01	0.10	0.11	0.12	0.13	0.14	0.15	0.16	0.17	0.18	0.19
0.2	0.02	0.11	0.20	0.21	0.22	0.23	0.24	0.25	0.26	0.27	0.28
0.3	0.03	0.12	0.21	0.30	0.31	0.32	0.33	0.34	0.35	0.36	0.37
0.4	0.04	0.13	0.22	0.31	0.40	0.41	0.42	0.43	0.44	0.45	0.46
0.5	0.05	0.14	0.23	0.32	0.41	0.50	0.51	0.52	0.53	0.54	0.55
0.6	0.06	0.15	0.24	0.33	0.42	0.51	0.60	0.61	0.62	0.63	0.64
0.7	0.07	0.16	0.25	0.34	0.43	0.52	0.61	0.70	0.71	0.72	0.73
0.8	0.08	0.17	0.26	0.35	0.44	0.53	0.62	0.71	0.80	0.81	0.82
0.9	0.09	0.18	0.27	0.36	0.45	0.54	0.63	0.72	0.81	0.90	0.91
1.0	0.10	0.19	0.28	0.37	0.46	0.55	0.64	0.73	0.82	0.91	1

F-ODER mit Kompensationsgrad: $\gamma = 0.0$ (Tabelle 11.6)

Tabelle 11.6

$\mu_A \backslash \mu_B$	0.0	0.1	0.2	0.3	0.4	0.5	0.6	0.7	0.8	0.9	1.0
0.0	0	0.05	0.10	0.15	0.20	0.25	0.30	0.35	0.40	0.45	0.50
0.1	0.05	0.10	0.15	0.20	0.25	0.30	0.35	0.40	0.45	0.50	0.55
0.2	0.10	0.15	0.20	0.25	0.30	0.35	0.40	0.45	0.50	0.55	0.60
0.3	0.15	0.20	0.25	0.30	0.35	0.40	0.45	0.50	0.55	0.60	0.65
0.4	0.20	0.25	0.30	0.35	0.40	0.45	0.50	0.55	0.60	0.65	0.70
0.5	0.25	0.30	0.35	0.40	0.45	0.50	0.55	0.60	0.65	0.70	0.75
0.6	0.30	0.35	0.40	0.45	0.50	0.55	0.60	0.65	0.70	0.75	0.80
0.7	0.35	0.40	0.45	0.50	0.55	0.60	0.65	0.70	0.75	0.80	0.85
0.8	0.40	0.45	0.50	0.55	0.60	0.65	0.70	0.75	0.80	0.85	0.90
0.9	0.45	0.50	0.55	0.60	0.65	0.70	0.75	0.80	0.85	0.90	0.95
1.0	0.50	0.55	0.60	0.65	0.70	0.75	0.80	0.85	0.90	0.95	1

F-ODER mit Kompensationsgrad: $\gamma = 0.1$ (Tabelle 11.7)

Tabelle 11.7

$\mu_A \backslash \mu_B$	0.0	0.1	0.2	0.3	0.4	0.5	0.6	0.7	0.8	0.9	1.0
0.0	0	0.06	0.11	0.16	0.22	0.28	0.33	0.38	0.44	0.50	0.55
0.1	0.06	0.10	0.15	0.21	0.26	0.32	0.38	0.43	0.48	0.54	0.60
0.2	0.11	0.15	0.20	0.26	0.31	0.36	0.42	0.48	0.53	0.58	0.64
0.3	0.16	0.21	0.26	0.30	0.35	0.41	0.47	0.52	0.58	0.63	0.69
0.4	0.22	0.26	0.31	0.35	0.40	0.46	0.51	0.56	0.62	0.68	0.73
0.5	0.28	0.32	0.36	0.41	0.46	0.50	0.56	0.61	0.67	0.72	0.78
0.6	0.33	0.38	0.42	0.47	0.51	0.56	0.60	0.65	0.71	0.77	0.82
0.7	0.38	0.43	0.48	0.52	0.56	0.61	0.65	0.70	0.76	0.81	0.87
0.8	0.44	0.48	0.53	0.58	0.62	0.67	0.71	0.76	0.80	0.86	0.91
0.9	0.50	0.54	0.58	0.63	0.68	0.72	0.77	0.81	0.86	0.90	0.96
1.0	0.55	0.60	0.64	0.69	0.73	0.78	0.82	0.87	0.91	0.96	1

F-ODER mit Kompensationsgrad: $\gamma = 0.3$ (Tabelle 11.8)

Tabelle 11.8

$\mu_A \backslash \mu_B$	0.0	0.1	0.2	0.3	0.4	0.5	0.6	0.7	0.8	0.9	1.0
0.0	0	0.07	0.13	0.20	0.26	0.33	0.39	0.46	0.52	0.59	0.65
0.1	0.07	0.10	0.17	0.23	0.30	0.36	0.43	0.49	0.56	0.62	0.69
0.2	0.13	0.17	0.20	0.27	0.33	0.40	0.46	0.53	0.59	0.66	0.72
0.3	0.20	0.23	0.27	0.30	0.37	0.43	0.50	0.56	0.63	0.69	0.76
0.4	0.26	0.30	0.33	0.37	0.40	0.47	0.53	0.60	0.66	0.73	0.79
0.5	0.33	0.36	0.40	0.43	0.47	0.50	0.57	0.63	0.70	0.76	0.83
0.6	0.39	0.43	0.46	0.50	0.53	0.57	0.60	0.67	0.73	0.80	0.86
0.7	0.46	0.49	0.53	0.56	0.60	0.63	0.67	0.70	0.77	0.83	0.90
0.8	0.52	0.56	0.59	0.63	0.66	0.70	0.73	0.77	0.80	0.87	0.93
0.9	0.59	0.62	0.66	0.69	0.73	0.76	0.80	0.83	0.87	0.90	0.97
1.0	0.65	0.69	0.72	0.76	0.79	0.83	0.86	0.90	0.93	0.97	1

F-ODER mit Kompensationsgrad: $\gamma = 0.5$ (Tabelle 11.9)

Tabelle 11.9

$\mu_A \backslash \mu_B$	0.0	0.1	0.2	0.3	0.4	0.5	0.6	0.7	0.8	0.9	1.0
0.0	0	0.08	0.15	0.23	0.30	0.38	0.45	0.53	0.60	0.68	0.75
0.1	0.08	0.10	0.18	0.25	0.33	0.40	0.48	0.55	0.63	0.70	0.78
0.2	0.15	0.18	0.20	0.28	0.35	0.43	0.50	0.58	0.65	0.73	0.80
0.3	0.23	0.25	0.28	0.30	0.38	0.45	0.53	0.60	0.68	0.75	0.83
0.4	0.30	0.33	0.35	0.38	0.40	0.48	0.55	0.63	0.70	0.78	0.85
0.5	0.38	0.40	0.43	0.45	0.48	0.50	0.58	0.65	0.73	0.80	0.88
0.6	0.45	0.48	0.50	0.53	0.55	0.58	0.60	0.68	0.75	0.83	0.90
0.7	0.53	0.55	0.58	0.60	0.63	0.65	0.68	0.70	0.78	0.85	0.93
0.8	0.60	0.63	0.65	0.68	0.70	0.73	0.75	0.78	0.80	0.88	0.95
0.9	0.68	0.70	0.73	0.75	0.78	0.80	0.83	0.85	0.88	0.90	0.98
1.0	0.75	0.78	0.80	0.83	0.85	0.88	0.90	0.93	0.95	0.98	1

F-ODER mit Kompensationsgrad: $\gamma = 0.8$ (Tabelle 11.10)

Tabelle 11.10

$\mu_A \backslash \mu_B$	0.0	0.1	0.2	0.3	0.4	0.5	0.6	0.7	0.8	0.9	1.0
0.0	0	0.09	0.18	0.27	0.36	0.45	0.54	0.63	0.72	0.81	0.90
0.1	0.09	0.10	0.19	0.28	0.37	0.46	0.55	0.64	0.73	0.82	0.91
0.2	0.18	0.19	0.20	0.29	0.38	0.47	0.56	0.65	0.74	0.83	0.92
0.3	0.27	0.28	0.29	0.30	0.39	0.48	0.57	0.66	0.75	0.84	0.93
0.4	0.36	0.37	0.38	0.39	0.40	0.49	0.58	0.67	0.76	0.85	0.94
0.5	0.45	0.46	0.47	0.48	0.49	0.50	0.59	0.68	0.77	0.86	0.95
0.6	0.54	0.55	0.56	0.57	0.58	0.59	0.60	0.69	0.78	0.87	0.96
0.7	0.63	0.64	0.65	0.66	0.67	0.68	0.69	0.70	0.79	0.88	0.97
0.8	0.72	0.73	0.74	0.75	0.76	0.77	0.78	0.79	0.80	0.89	0.98
0.9	0.81	0.82	0.83	0.84	0.85	0.86	0.87	0.88	0.89	0.90	0.99
1.0	0.90	0.91	0.92	0.93	0.94	0.95	0.96	0.97	0.98	0.99	1

Beim Kompensationsgrad $\gamma = 0.0$ werden sowohl der Fuzzy-UND-Operator als auch der Fuzzy-ODER-Operator zum arithmetischen Mittelwert (Tabellen sind identisch). Mit steigendem Kompensationsgrad verhält sich der Fuzzy-UND-Operator immer mehr wie der klassische min-Operator und der Fuzzy-ODER-Operator immer mehr wie der klassische max-Operator. Beim Kompensationsgrad $\gamma = 1.0$ wird der Fuzzy-UND-Operator zum min-Operator und der Fuzzy-ODER-Operator zum max-Operator (vergleichen Sie mit den Tabellen im

Kapitel 4). Mit dem Kompensationsgrad läßt sich somit ein stufenloser Übergang zwischen der arithmetischen Mittelwertbildung und der klassischen min- bzw. max-Operation einstellen.

11.3 Lösungen zu Kapitel 5

Aufgabe 5.1

$$X = \{-2, -1, 0, 1, 2, 3\} \quad A = \frac{0{,}1}{-2} + \frac{0{,}2}{-1} + \frac{0{,}7}{0} + \frac{1{,}0}{1} + \frac{0{,}1}{2} + \frac{0{,}4}{3}$$

$$Y = \{12, 13, 14, 15\} \quad B = \frac{0{,}1}{12} + \frac{0{,}3}{13} + \frac{1{,}0}{14} + \frac{0{,}5}{15}$$

B \ A	$\frac{0.1}{-2}$	$\frac{0.2}{-1}$	$\frac{0.7}{0}$	$\frac{1.0}{1}$	$\frac{0.1}{2}$	$\frac{0.4}{3}$
$\frac{0.1}{12}$	0.1	0.1	0.1	0.1	0.1	0.1
$\frac{0.3}{13}$	0.1	0.2	0.3	0.3	0.1	0.3
$\frac{1.0}{14}$	0.1	0.2	0.3	1.0	0.1	0.4
$\frac{0.5}{15}$	0.1	0.2	0.3	0.5	0.1	0.4

$$\begin{aligned} A \times B = {} & \frac{0{,}1}{(-2;12)} + \frac{0{,}1}{(-1;12)} + \frac{0{,}1}{(0;12)} + \frac{0{,}1}{(1;12)} + \frac{0{,}1}{(2;12)} + \frac{0{,}1}{(3;12)} + \\ & \frac{0{,}1}{(-2;13)} + \frac{0{,}2}{(-1;13)} + \frac{0{,}3}{(0;13)} + \frac{0{,}3}{(1;13)} + \frac{0{,}1}{(2;13)} + \frac{0{,}3}{(3;13)} + \\ & \frac{0{,}1}{(-2;14)} + \frac{0{,}2}{(-1;14)} + \frac{0{,}3}{(0;14)} + \frac{1}{(1;14)} + \frac{0{,}1}{(2;14)} + \frac{0{,}4}{(3;14)} + \\ & \frac{0{,}1}{(-2;15)} + \frac{0{,}2}{(-1;15)} + \frac{0{,}3}{(0;15)} + \frac{0{,}5}{(1;15)} + \frac{0{,}1}{(2;15)} + \frac{0{,}4}{(3;15)} \end{aligned}$$

Aufgabe 5.2

Gegeben:

$X = \{x_1, x_2, x_3, x_4, x_5, x_6\} \quad Y = \{y_1, y_2, y_3, y_4\} \quad Z = \{z_1, z_2, z_3, z_4, z_5\}$

$$A = \frac{0{,}2}{x_1} + \frac{0{,}1}{x_2} + \frac{0{,}6}{x_3} + \frac{0{,}8}{x_4} + \frac{0{,}4}{x_5} + \frac{0{,}3}{x_6}$$

$$B = \frac{0{,}1}{y_1} + \frac{0{,}4}{y_2} + \frac{0{,}5}{y_3} + \frac{0{,}6}{y_4}$$

$$C = \frac{0{,}8}{z_1} + \frac{0{,}2}{z_2} + \frac{0{,}4}{z_3} + \frac{0{,}6}{z_4} + \frac{0{,}7}{z_4}$$

Gesucht: $A \times B \qquad A \times C \qquad B \times C$

$A \times B$	y_1	y_2	y_3	y_4
x_1	0.1	0.2	0.2	0.2
x_2	0.1	0.1	0.1	0.1
x_3	0.1	0.4	0.5	0.6
x_4	0.1	0.4	0.5	0.6
x_5	0.1	0.4	0.4	0.4
x_6	0.1	0.3	0.3	0.3

$A \times C$	z_1	z_2	z_3	z_4	z_5
x_1	0.2	0.2	0.2	0.2	0.2
x_2	0.1	0.1	0.1	0.1	0.1
x_3	0.6	0.2	0.4	0.6	0.6
x_4	0.8	0.2	0.4	0.6	0.7
x_5	0.4	0.2	0.4	0.4	0.4
x_6	0.3	0.2	0.3	0.3	0.3

$A \times B$	z_1	z_2	z_3	z_4	z_5
y_1	0.1	0.1	0.1	0.1	0.1
y_2	0.4	0.2	0.4	0.4	0.4
y_3	0.5	0.2	0.4	0.5	0.5
y_4	0.6	0.2	0.4	0.6	0.6

Aufgabe 5.3

Gegeben:

$X = \{x_1, x_2, x_3, x_4, x_5\} \quad Y = \{y_1, y_2, y_3\} \quad Z = \{z_1, z_2, z_3, z_4\}$

$R_1(x,y)$	y_1	y_2	y_3
x_1	0.1	0.4	0.6
x_2	0.3	0.1	0.9
x_3	0.2	1	0.6
x_4	0.4	1	0.3
x_5	0.2	0.9	0.8

$R_2(x,z)$	z_1	z_2	z_3	z_4
y_1	0.3	0.2	0.1	0.8
y_2	0.4	0.3	0.3	0.4
y_3	0.1	0.9	0.6	0.9

Gesucht: max-min-Komposition von R_1 mit R_2: $R_3 = R_2 \circ R_1$

$$\mu_{R_3}(x,z) = \max_{y \in Y} [\min [\mu_{R_1}(x,y), \mu_{R_2}(y,z)]]$$

$$\mu(x_1, z_1) = \max_{y \in Y} [0.1, 0.4, 0.1] = 0.4$$

$$\mu(x_2, z_1) = \max_{y \in Y} [0.3, 0.1, 0.1] = 0.3$$

$$\mu(x_3, z_1) = \max_{y \in Y} [0.2, 0.4, 0.1] = 0.4$$

$$\mu(x_4, z_1) = \max_{y \in Y} [0.3, 0.4, 0.1] = 0.4$$

$$\mu(x_5, z_1) = \max_{y \in Y} [0.2, 0.4, 0.1] = 0.4$$

$$\mu(x_1, z_2) = \max_{y \in Y} [0.1, 0.3, 0.6] = 0.6$$

$$\mu(x_2, z_2) = \max_{y \in Y} [0.2, 0.1, 0.9] = 0.9$$

$$\mu(x_3, z_2) = \max_{y \in Y} [0.2, 0.3, 0.6] = 0.6$$

$$\mu(x_4, z_2) = \max_{y \in Y} [0.2, 0.3, 0.3] = 0.3$$

$$\mu(x_5, z_2) = \max_{y \in Y} [0.2, 0.3, 0.8] = 0.8$$

$$\mu(x_1, z_3) = \max_{y \in Y} [0.1, 0.3, 0.6] = 0.6$$

$$\mu(x_2, z_3) = \max_{y \in Y} [0.1, 0.1, 0.6] = 0.6$$

$$\mu(x_3, z_3) = \max_{y \in Y} [0.1, 0.3, 0.6] = 0.6$$

$$\mu(x_4, z_3) = \max_{y \in Y} [0.1, 0.3, 0.3] = 0.3$$

$$\mu(x_5, z_3) = \max_{y \in Y} [0.1, 0.3, 0.6] = 0.6$$

$$\mu(x_1, z_4) = \max_{y \in Y} [0.1, 0.4, 0.6] = 0.6$$

$$\mu(x_2, z_4) = \max_{y \in Y} [0.3, 0.1, 0.9] = 0.9$$

$$\mu(x_3, z_4) = \max_{y \in Y} [0.2, 0.4, 0.6] = 0.6$$

$$\mu(x_4, z_4) = \max_{y \in Y} [0.4, 0.4, 0.3] = 0.4$$

$$\mu(x_5, z_4) = \max_{y \in Y} [0.2, 0.4, 0.8] = 0.8$$

$R_3(x, z)$	z_1	z_2	z_3	z_4
x_1	0.4	0.6	0.6	0.6
x_2	0.3	0.9	0.6	0.9
x_3	0.4	0.6	0.6	0.6
x_4	0.4	0.3	0.3	0.4
x_5	0.4	0.8	0.6	0.8

Aufgabe 5.4

Gegeben: $D = \{\alpha_1, \alpha_2, \alpha_3, \alpha_4\}$

$R_\alpha(z, \alpha)$	α_1	α_2	α_3	α_4
z_1	0.6	0.4	0.1	0.1
z_2	1	0.9	0.3	0.9
z_3	0.1	0.2	0.2	0.6
z_4	0.5	0.9	0.4	0.3

Gesucht: max-min-Komposition von R_α mit R_3: $R_4 = R_\alpha \circ R_3$

$$\mu_{R_4}(x, \alpha) = \max_{y \in Y} [\min [\mu_{R_3}(x, y), \mu_{R_\alpha}(z, \alpha)]]$$

Die einzelnen Zwischenschritte werden wie in Aufgabe 5.3 berechnet. Das Ergebnis lautet:

$R_4(x, \alpha)$	α_1	α_2	α_3	α_4
x_1	0.6	0.6	0.4	0.6
x_2	0.9	0.9	0.4	0.9
x_3	0.6	0.6	0.4	0.6
x_4	0.4	0.4	0.4	0.3
x_5	0.8	0.8	0.4	0.8

Aufgabe 5.5

Gegeben: $R_1(x,y)$ und $R_2(x,z)$ aus Aufgabe 5.3

Gesucht: max-prod-Komposition von R_1 mit R_2: $R_3 = R_2 \circ R_1$

$$\mu_{R_3}(x,z) = \max_{y \in Y} [\text{alg}_t [\mu_{R_1}(x,y), \mu_{R_2}(y,z)]]$$

$$\mu(x_1,z_1) = \max_{y \in Y} [0.03, 0.16, 0.06] = 0.16$$

$$\mu(x_2,z_1) = \max_{y \in Y} [0.09, 0.04, 0.09] = 0.09$$

$$\mu(x_3,z_1) = \max_{y \in Y} [0.06, 0.4, 0.06] = 0.4$$

$$\mu(x_4,z_1) = \max_{y \in Y} [0.12, 0.4, 0.03] = 0.4$$

$$\mu(x_5,z_1) = \max_{y \in Y} [0.06, 0.36, 0.08] = 0.36$$

$$\mu(x_1,z_2) = \max_{y \in Y} [0.02, 0.12, 0.54] = 0.54$$

$$\mu(x_2,z_2) = \max_{y \in Y} [0.06, 0.03, 0.81] = 0.81$$

$$\mu(x_3,z_2) = \max_{y \in Y} [0.04, 0.3, 0.54] = 0.54$$

$$\mu(x_4,z_2) = \max_{y \in Y} [0.08, 0.3, 0.27] = 0.3$$

$$\mu(x_5,z_2) = \max_{y \in Y} [0.04, 0.27, 0.72] = 0.72$$

$$\mu(x_1,z_3) = \max_{y \in Y} [0.01, 0.12, 0.36] = 0.36$$

$$\mu(x_2,z_3) = \max_{y \in Y} [0.03, 0.03, 0.54] = 0.54$$

$$\mu(x_3,z_3) = \max_{y \in Y} [0.2, 0.3, 0.36] = 0.36$$

$$\mu(x_4,z_3) = \max_{y \in Y} [0.04, 0.3, 0.18] = 0.3$$

$$\mu(x_5,z_3) = \max_{y \in Y} [0.02, 0.27, 0.48] = 0.48$$

$$\mu(x_1, z_4) = \max_{y \in Y} [0.08, 0.16, 0.54] = 0.54$$

$$\mu(x_2, z_4) = \max_{y \in Y} [0.24, 0.04, 0.81] = 0.81$$

$$\mu(x_3, z_4) = \max_{y \in Y} [0.16, 0.4, 0.54] = 0.54$$

$$\mu(x_4, z_4) = \max_{y \in Y} [0.32, 0.4, 0.27] = 0.4$$

$$\mu(x_5, z_4) = \max_{y \in Y} [0.16, 0.36, 0.72] = 0.72$$

$R_3(x, z)$	z_1	z_2	z_3	z_4
x_1	0.16	0.54	0.36	0.54
x_2	0.09	0.81	0.54	0.81
x_3	0.4	0.54	0.36	0.54
x_4	0.4	0.3	0.3	0.4
x_5	0.36	0.72	0.48	0.72

Aufgabe 5.6

Gegeben:

$A(x)$	x_1	x_2	x_3	x_4
	0.4	0.3	0.6	0.8

$R(x, y)$	y_1	y_2	y_3	y_4	y_5	y_6
x_1	0.2	0.2	0.6	0.4	0.3	0.6
x_2	0.8	0.6	1	1	0.9	0.4
x_3	0.6	0.3	0.6	0.3	0.2	0.1
x_4	1	0.2	0.9	0.4	0.4	0.5

a) Die max-min-Komposition von $A(x)$ mit $R(x,y)$ liefert $B(y)$ durch die Operation:

$$B(y) = R(x, y) \circ A(x) \qquad \mu_B(y) = \max_{x \in X} [\min [\mu_A(x), \mu_R(x, y)]]$$

$$\mu(x, y_1) = \max_{x \in X} [0.2, 0.3, 0.6, 0.8] = 0.8$$

$$\mu(x, y_2) = \max_{x \in X} [0.2, 0.3, 0.3, 0.2] = 0.3$$

$$\mu(x, y_3) = \max_{x \in X} [0.4, 0.3, 0.6, 0.8] = 0.8$$

$$\mu(x, y_4) = \max_{x \in X} [0.4, 0.3, 0.3, 0.4] = 0.4$$

$$\mu(x, y_5) = \max_{x \in X} [0.3, 0.3, 0.2, 0.4] = 0.4$$

$$\mu(x, y_6) = \max_{x \in X} [0.4, 0.3, 0.1, 0.5] = 0.5$$

Als Ergebnis erhält man die einstellige Fuzzy-Relation $B(y)$.

$B(y)$	y_1	y_2	y_3	y_4	y_5	y_6
	0.8	0.3	0.8	0.4	0.4	0.5

b) Die max-prod-Komposition von $A(x)$ mit $R(x, y)$ liefert $B(y)$ durch die Operation:

$$B(y) = R(x, y) \circ A(x) \qquad \mu_B(y) = \max_{x \in X} [\mathrm{alg}_t\, [\mu_A(x), \mu_R(x, y)]]$$

$$\mu(x, y_1) = \max_{x \in X} [0.08, 0.24, 0.36, 0.8] = 0.8$$

$$\mu(x, y_2) = \max_{x \in X} [0.08, 0.18, 0.18, 0.16] = 0.18$$

$$\mu(x, y_3) = \max_{x \in X} [0.24, 0.3, 0.36, 0.72] = 0.72$$

$$\mu(x, y_4) = \max_{x \in X} [0.16, 0.3, 0.18, 0.24] = 0.3$$

$$\mu(x, y_5) = \max_{x \in X} [0.12, 0.27, 0.12, 0.32] = 0.32$$

$$\mu(x, y_6) = \max_{x \in X} [0.24, 0.12, 0.06, 0.4] = 0.4$$

Als Ergebnis erhält man die einstellige Fuzzy-Relation $B(y)$.

$B(y)$	y_1	y_2	y_3	y_4	y_5	y_6
	0.8	0.18	0.72	0.3	0.32	0.4

Aufgabe 5.7

$\overline{R}$: $\quad \forall (x;y) \in X \times Y: \quad \mu_{\overline{R}}(x,y) = 1 - \mu_R(x,y)$

$\overline{R}_1(x,y)$	y_1	y_2	y_3
x_1	0.9	0.6	0.4
x_2	0.7	0.9	0.1
x_3	0.8	0	0.4
x_4	0.6	0	0.7
x_5	0.8	0.1	0.2

$\overline{R}_2(x,y)$	z_1	z_2	z_3	z_4
x_1	0.7	0.8	0.9	0.2
x_2	0.6	0.7	0.7	0.6
x_3	0.9	0.1	0.4	0.1

11.4 Lösungen zu Kapitel 6

Aufgabe 6.1

Gegeben: $\quad A = \frac{0{,}1}{-3} + \frac{0{,}2}{-2} + \frac{0{,}4}{-1} + \frac{0{,}6}{0} + \frac{0{,}8}{1} + \frac{1}{2} + \frac{0{,}1}{3}$

Gesucht:

1) $B_1(A) = f_1(A)$ mit: $f_1(x) = x^2$
2) $B_2(A) = f_2(A)$ mit: $f_2(x) = 2\,|x| + 3$
3) $B_3(A) = f_3(A)$ mit: $f_3(x) = -x^2 + x$
4) $B_4(A) = f_4(A)$ mit: $f_4(x) = 2\,e^{-x}$
5) $B_5(A) = f_5(A)$ mit: $f_5(x) = 3\,x + 1$
6) $B_6(A) = f_6(A)$ mit: $f_6(x) = \sqrt{|x|} - \frac{x}{2}$

Es gilt allgemein für einstellige Fuzzy-Funktionen:

$$B = f(A) = \sum_{i=1}^{n} \frac{\mu_A(x_i)}{f(x_i)} = \sum_{i=1}^{m} \frac{\mu_B(y_i)}{f(y_i)} \qquad \text{mit} \quad m \leq n$$

$$\mu_B(y_i) = \begin{cases} \max\limits_{y_i = f(x_i)} [\mu_A(x_i)] & \text{falls } y = f(x) \text{ existiert} \\ 0 & \text{sonst} \end{cases}$$

Einsetzen der speziellen Funktionsergebnisse in den formalen Nenner der Zadeh-Notation liefert:

1) $B_1 = \frac{0,1}{9} + \frac{0,2}{4} + \frac{0,4}{1} + \frac{0,6}{0} + \frac{0,8}{1} + \frac{1}{4} + \frac{0,1}{9}$

$= \frac{0,1}{9} + \frac{0,6}{0} + \frac{0,8}{1} + \frac{1}{4} + \frac{0,1}{9}$

2) $B_2 = \frac{0,1}{9} + \frac{0,2}{7} + \frac{0,4}{5} + \frac{0,6}{3} + \frac{0,8}{5} + \frac{1}{7} + \frac{0,1}{9}$

$= \frac{0,1}{9} + \frac{0,6}{3} + \frac{0,8}{5} + \frac{1}{7} + \frac{0,1}{9}$

3) $B_3 = \frac{0,1}{-12} + \frac{0,2}{-6} + \frac{0,4}{-2} + \frac{0,6}{0} + \frac{0,8}{0} + \frac{1}{-2} + \frac{0,1}{-6}$

$= \frac{0,1}{-12} + \frac{0,2}{-6} + \frac{0,8}{0} + \frac{1}{-2}$

4) $B_4 = \frac{0,1}{40,17} + \frac{0,2}{14,78} + \frac{0,4}{5,44} + \frac{0,6}{2} + \frac{0,8}{0,74} + \frac{1}{0,27} + \frac{0,1}{0,1}$

5) $B_5 = \frac{0,1}{-7} + \frac{0,2}{-5} + \frac{0,4}{0} + \frac{0,6}{1} + \frac{0,8}{5} + \frac{1}{7} + \frac{0,1}{10}$

6) $B_6 = \frac{0,1}{3,23} + \frac{0,2}{2,41} + \frac{0,4}{1,5} + \frac{0,6}{0} + \frac{0,8}{0,5} + \frac{1}{0,41} + \frac{0,1}{0,23}$

Aufgabe 6.2

Gegeben:

$A = \frac{0,4}{-1} + \frac{0,5}{0} + \frac{0,3}{1} + \frac{1}{2} + \frac{0,1}{3}$ $\quad B = \frac{0,2}{0} + \frac{0,6}{1} + \frac{0,8}{2} + \frac{0,9}{3}$

Gesucht:

1) $C_1(A,B) = f_1(A,B)$ mit: $f_1(x,y) = xy - 1$

2) $C_2(A,B) = f_2(A,B)$ mit: $f_2(x,y) = (2x - y) + 1$

$$C = f(A,B) = \sum_{i,j=1}^{n,m} \frac{\mu_{A\times B}(x_i, y_j)}{f(x_i, y_j)} = \sum_{k=1}^{n\cdot m} \frac{\mu_C(z_k)}{f(z_k)}$$

$$\forall (x;y) \in X \times Y:$$

$$\mu_C(z_k) = \begin{cases} \max\limits_{z_k = f(x_i, y_j)} \min\,[\mu_A(x_i), \mu_B(y_j)] & \text{falls } z = f(x,y) \text{ existiert} \\ 0 & \text{sonst} \end{cases}$$

Analog zur Aufgabe 6.1 ergibt sich durch Einsetzen der speziellen Funktionsergebnisse in den formalen Nenner der Zadeh-Notation und zusätzlicher Minimum-Bildung der korrespondierenden Zugehörigkeitswerte im formalen Zähler:

1)

$$C_1 = f_1(A,B) = \frac{0{,}2}{-1} + \frac{0{,}2}{-1} + \frac{0{,}2}{-1} + \frac{0{,}2}{-1} + \frac{0{,}1}{-1} +$$
$$\frac{0{,}4}{-2} + \frac{0{,}5}{-1} + \frac{0{,}3}{0} + \frac{0{,}6}{1} + \frac{0{,}1}{2} +$$
$$\frac{0{,}4}{-3} + \frac{0{,}5}{-1} + \frac{0{,}3}{1} + \frac{0{,}8}{1} + \frac{0{,}1}{5} +$$
$$\frac{0{,}4}{-4} + \frac{0{,}5}{-1} + \frac{0{,}3}{2} + \frac{0{,}9}{5} + \frac{0{,}1}{8}$$
$$= \frac{0{,}4}{-4} + \frac{0{,}4}{-3} + \frac{0{,}4}{-2} + \frac{0{,}5}{-1} + \frac{0{,}3}{0} + \frac{0{,}8}{1} + \frac{0{,}3}{2} + \frac{0{,}9}{5} + \frac{0{,}1}{8}$$

2)

$$C_2 = f_2(A,B) = \frac{0{,}2}{-1} + \frac{0{,}2}{1} + \frac{0{,}2}{3} + \frac{0{,}2}{5} + \frac{0{,}1}{7} +$$
$$\frac{0{,}4}{-2} + \frac{0{,}5}{0} + \frac{0{,}3}{2} + \frac{0{,}6}{4} + \frac{0{,}1}{6} +$$
$$\frac{0{,}4}{1} + \frac{0{,}5}{-1} + \frac{0{,}3}{1} + \frac{0{,}8}{3} + \frac{0{,}1}{5} +$$
$$\frac{0{,}4}{-4} + \frac{0{,}5}{-2} + \frac{0{,}3}{0} + \frac{0{,}9}{2} + \frac{0{,}1}{4}$$
$$= \frac{0{,}2}{5} + \frac{0{,}1}{7} + \frac{0{,}5}{0} + \frac{0{,}6}{4} + \frac{0{,}1}{6} + \frac{0{,}4}{1} + \frac{0{,}5}{-1} + \frac{0{,}8}{3} +$$
$$\frac{0{,}4}{-4} + \frac{0{,}5}{-2} + \frac{0{,}9}{2}$$

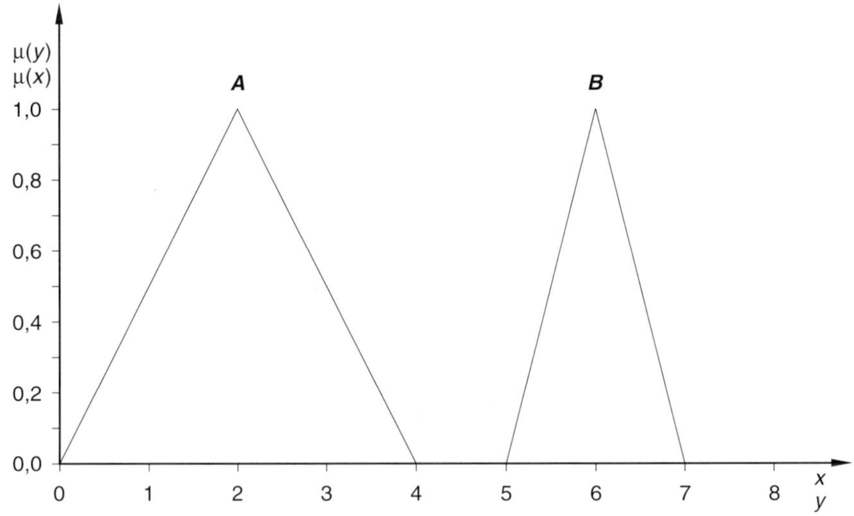

Bild 11.13 Dreieckförmige Fuzzy-Zahlen A und B

Aufgabe 6.3

$$A = \int_{0}^{2} 0{,}5x/x + \int_{2}^{4} \frac{4-x}{2} \Big/ x \qquad B = \int_{5}^{6} y - 5/y + \int_{6}^{7} 7 - y/y$$

Jede Tabelle ermittelt den Zugehörigkeitswert $\mu_C(z)$, den ein bestimmtes Element z zur Ergebnismenge C hat (Tabellen 11.11 a bis 11.11 g)

Tabelle 11.11 a

$z = 5$				$y = z - x$
x	$\mu_A(x)$	y	$\mu_B(y)$	$\min[\mu_A(x), \mu_B(y)]$
0,0	0,0	5,0	0,0	0,0
0,5	0,25	4,5	0,0	0,0
1,0	0,5	4,0	0,0	0,0
1,5	0,75	3,5	0,0	0,0
2,0	1,0	3,0	0,0	0,0
2,5	0,75	2,5	0,0	0,0
3,0	0,5	2,0	0,0	0,0
3,5	0,25	1,5	0,0	0,0
4,0	0,0	1,0	0,0	0,0
$\mu_C(z = 5) = 0{,}0$				

Tabelle 11.11 b

$z = 6$				$y = z - x$
x	$\mu_A(x)$	y	$\mu_B(y)$	$\min[\mu_A(x), \mu_B(y)]$
0,0	0,0	6,0	0,0	1,0
0,5	0,25	5,5	0,5	0,25
1,0	0,5	5,0	0,0	0,0
1,5	0,75	4,5	0,0	0,0
2,0	1,0	4,0	0,0	0,0
2,5	0,75	3,5	0,0	0,0
3,0	0,5	3,0	0,0	0,0
3,5	0,25	2,5	0,0	0,0
4,0	0,0	2,0	0,0	0,0
$\mu_C(z = 6) = 0{,}25$				

Tabelle 11.11 c

$z = 7$				$y = z - x$
x	$\mu_A(x)$	y	$\mu_B(y)$	$\min[\mu_A(x), \mu_B(y)]$
0,0	0,0	7,0	0,0	0,0
0,5	0,25	6,5	0,5	0,25
1,0	0,5	6,0	1,0	0,5
1,5	0,75	5,5	0,5	0,5
2,0	1,0	5,0	0,0	0,0
2,5	0,75	4,5	0,0	0,0
3,0	0,5	4,0	0,0	0,0
3,5	0,25	3,5	0,0	0,0
4,0	0,0	3,0	0,0	0,0
$\mu_C(z = 7) = 0{,}5$				

Tabelle 11.11 d

$z = 9$				$y = z - x$
x	$\mu_A(x)$	y	$\mu_B(y)$	$\min[\mu_A(x), \mu_B(y)]$
0,0	0,0	9,0	0,0	0,0
0,5	0,25	8,5	0,0	0,0
1,0	0,5	8,0	0,0	0,0
1,5	0,75	7,5	0,0	0,0
2,0	1,0	7,0	0,0	0,0
2,5	0,75	6,5	0,5	0,5
3,0	0,5	6,0	1,0	0,5
3,5	0,25	5,5	0,0	0,0
4,0	0,0	5,0	0,0	0,0
$\mu_C(z = 9) = 0{,}5$				

Tabelle 11.11 e

$z = 8$				$y = z - x$
x	$\mu_A(x)$	y	$\mu_B(y)$	$\min[\mu_A(x), \mu_B(y)]$
0,0	0,0	8,0	0,0	0,0
0,5	0,25	7,5	0,0	0,0
1,0	0,5	7,0	0,0	0,0
1,5	0,75	6,5	0,5	0,5
2,0	1,0	6,0	1,0	1,0
2,5	0,75	5,5	0,0	0,0
3,0	0,5	5,0	0,0	0,0
3,5	0,25	4,5	0,0	0,0
4,0	0,0	4,0	0,0	0,0
$\mu_C(z = 8) = 1{,}0$				

Tabelle 11.11 f

$z = 10$				$y = z - x$
x	$\mu_A(x)$	y	$\mu_B(y)$	$\min[\mu_A(x), \mu_B(y)]$
0,0	0,0	10	0,0	0,0
0,5	0,25	9,5	0,0	0,0
1,0	0,5	9,0	0,0	0,0
1,5	0,75	8,5	0,0	0,0
2,0	1,0	8,0	0,0	0,0
2,5	0,75	7,5	0,0	0,0
3,0	0,5	7,0	0,0	0,0
3,5	0,25	6,5	0,5	0,25
4,0	0,0	6,0	1,0	0,0
$\mu_C(z = 10) = 0{,}25$				

Tabelle 11.11 g

$z = 11$			$y = z - x$	
x	$\mu_A(x)$	y	$\mu_B(y)$	$\min[\mu_A(x), \mu_B(y)]$
0,0	0,0	11	0,0	0,0
0,5	0,25	10,5	0,0	0,0
1,0	0,5	10	0,0	0,0
1,5	0,75	9,5	0,0	0,0
2,0	1,0	9,0	0,0	0,0
2,5	0,75	8,5	0,0	0,0
3,0	0,5	8,0	0,0	0,0
3,5	0,25	7,5	0,0	0,0
4,0	0,0	7,0	0,0	0,0
$\mu_C(z = 11) = 0{,}0$				

Aufgabe 6.4

$$A = \int_0^2 0{,}5x/x + \int_2^4 \frac{4-x}{2}\Big/x \qquad B = \int_5^6 y - 5/y + \int_6^7 7 - y/y$$

Gleichsetzen der linken und der rechten Funktionsteiläste liefert:

$$\text{Links:} \quad \left.\begin{array}{r} 0{,}5x = \text{h} \\ y - 5 = \text{h} \\ z = x + y \end{array}\right\} \Rightarrow \quad \text{h} = \frac{z-5}{3} \qquad \text{mit} \qquad z \in [5, 8]$$

$$\text{Rechts:} \quad \left.\begin{array}{r} \dfrac{4-x}{2} = \text{h} \\ 7 - y = \text{h} \\ z = x + y \end{array}\right\} \Rightarrow \quad \text{h} = \frac{11-z}{3} \qquad \text{mit} \qquad z \in [8, 11]$$

Die Bereichsgrenzen ergeben sich dadurch wie folgt:

$$\text{Links:} \begin{cases} z_{\min} = x_{\min} + y_{\min} & = 0 + 5 = 5 \\ z_{\text{m}} = x_{\text{m}} + y_{\text{m}} & = 2 + 6 = 8 \end{cases}$$

$$\text{Rechts:} \begin{cases} z_{\text{m}} = x_{\text{m}} + y_{\text{m}} & = 2 + 6 = 8 \\ z_{\max} = x_{\max} + y_{\max} & = 4 + 7 = 11 \end{cases}$$

Somit erhält man die geschlossene Form der Fuzzy-Summe C zu:

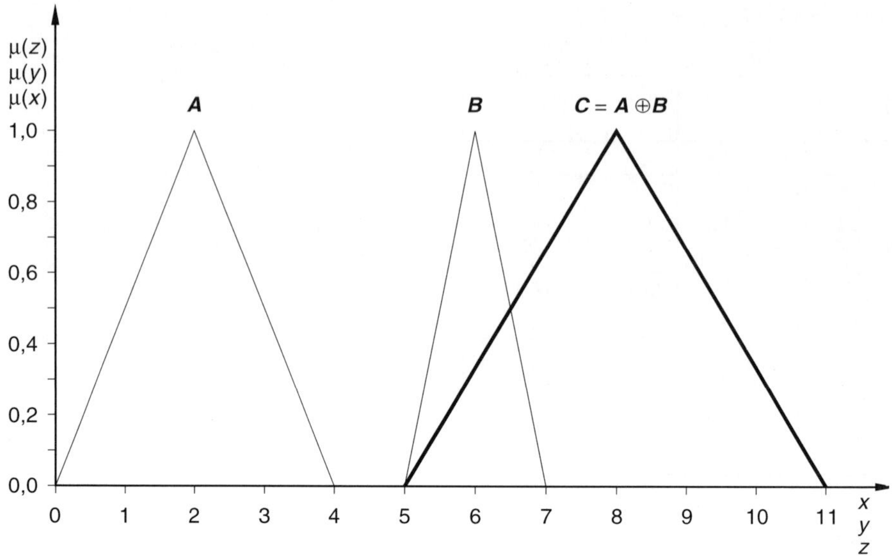

Bild 11.14 Erweiterte Addition der Fuzzy-Zahlen *A* und *B*

$$\mu_C(z) = \begin{cases} \max\left[0, \dfrac{z-5}{3}\right] & \text{für } z \leq 8 \\ \max\left[0, \dfrac{11-z}{3}\right] & \text{für } z \geq 8 \end{cases}$$

Aufgabe 6.5

Es werden die folgenden Substitutionen durchgeführt:

$A \xrightarrow{\text{substituiert}} -A \qquad B \xrightarrow{\text{substituiert}} -B$

linker Funktionsast $\xrightarrow{\text{substituiert}}$ rechter Funktionsast

rechter Funktionsast $\xrightarrow{\text{substituiert}}$ linker Funktionsast

$x \xrightarrow{\text{substituiert}} -x \qquad y \xrightarrow{\text{substituiert}} -y$

Damit ergeben sich die Fuzzy-Negationen zu:

$$-A = \int_{-4}^{-2} \frac{x+4}{2} \Big/ x + \int_{-2}^{0} -0{,}5x/x \quad -B = \int_{-7}^{-6} y+7/y + \int_{-6}^{-5} -y-5/y$$

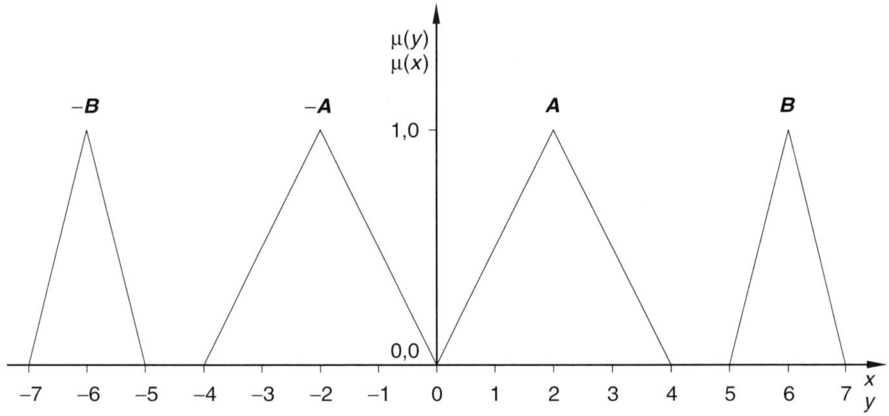

Bild 11.15 Erweiterte Negationen der Fuzzy-Zahlen *A* und *B*

Aufgabe 6.6

Durch Gleichsetzen der jeweils linken und jeweils rechten Teiläste der unscharfen Zahlen *A* und $-B$ erhält man unter Verwendung der Addition $z = x + y$ die Zugehörigkeitsfunktionen der Fuzzy-Differenz *C*:

$$\text{Links:} \quad \left.\begin{array}{r} 0{,}5x = \mathrm{h} \\ y + 7 = \mathrm{h} \\ z = x + y \end{array}\right\} \Rightarrow \mathrm{h} = \frac{z-7}{3} \quad \text{mit} \quad z \in [-5, -4]$$

$$\text{Rechts:} \quad \left.\begin{array}{r} \dfrac{4-x}{2} = \mathrm{h} \\ -5 - y = \mathrm{h} \\ z = x + y \end{array}\right\} \Rightarrow \mathrm{h} = \frac{-1-z}{3} \quad \text{mit} \quad z \in [-4, -3]$$

Die geschlossene Form der Fuzzy-Subtraktion ergibt sich zu:

$$\mu_C(z) = \begin{cases} \max\left[0, \dfrac{z+7}{3}\right] & \text{für } z \leq -4 \\ \max\left[0, \dfrac{-1-z}{3}\right] & \text{für } z \geq -4 \end{cases}$$

Bild 11.16 zeigt das Ergebnis der Berechnung von $C = A \oplus (-B)$:

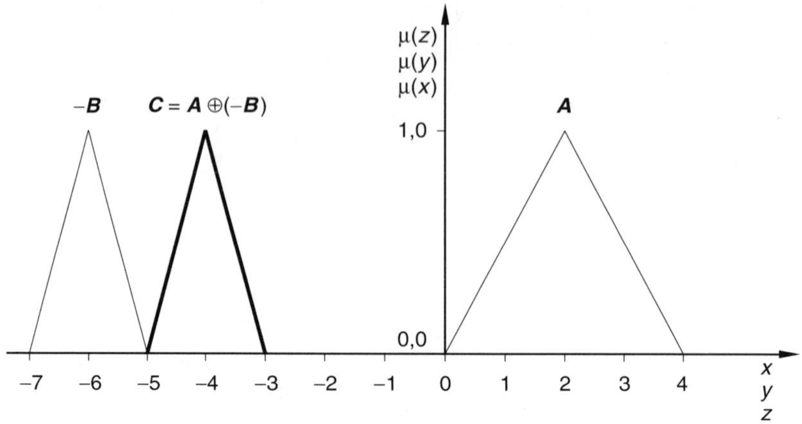

Bild 11.16 Erweiterte Subtraktion der Fuzzy-Zahlen A und B

Aufgabe 6.7

Die erweiterte Multiplikation der Fuzzy-Zahlen A und B wird in analoger Weise zu den vorangegangenen Beispielen berechnet. Unter Verwendung der Multiplikation $z = xy$ erhält man die Zugehörigkeitsfunktionen der Fuzzy-Differenz C:

$$\text{Links:} \quad \left.\begin{array}{l} 0{,}5x = \mathrm{h} \\ y - 5 = \mathrm{h} \\ z = xy \end{array}\right\} \Rightarrow \mathrm{h} = -2,5 + \frac{1}{2}\sqrt{25 + 2z} \qquad \text{mit} \quad z \in [0, 12]$$

$$\text{Rechts:} \quad \left.\begin{array}{l} \dfrac{4 - x}{2} = \mathrm{h} \\ 7 - y = \mathrm{h} \\ z = xy \end{array}\right\} \Rightarrow \mathrm{h} = 4{,}5 - \sqrt{\frac{81}{4} - 14 + \frac{z}{2}} \quad \text{mit} \quad z \in [12, 28]$$

Die geschlossene Form der Fuzzy-Multiplikation ergibt sich zu:

$$\mu_C(z) = \begin{cases} \max\left[0, -2{,}5 + \dfrac{1}{2}\sqrt{25 + 2z}\right] & \text{für} \quad z \leq 12 \\ \max\left[0, 4{,}5 - \sqrt{\dfrac{81}{4} - 14 + \dfrac{z}{2}}\right] & \text{für} \quad z \geq 12 \end{cases}$$

Hinweis: Bei der Berechnung der Zugehörigkeitsfunktionen erhält man eine quadratische Gleichung in h. Sie wird z. B. mit dem *Satz von Vieta* (pq-Formel) gelöst.

12 Fuzzy-Toolbox

Die *Fuzzy-Toolbox* ist für die Leser gedacht, die die Grundlagen der Fuzzy-Logik in ihre eigenen PASCAL-Programme implementieren möchten. Der Lieferumfang (Bezugshinweis siehe Bestellkarten im Anhang) besteht aus einer Unit mit dem Namen FUZZY.PAS, in der sich alle Fuzzy-Logik-Funktionen und Fuzzy-Logik-Prozeduren befinden, und zahlreichen Übungsprogrammen, die auf diese Unit FUZZY zurückgreifen.

Wie binde ich die Unit FUZZY in mein Programm ein?

1. Kopieren Sie alle auf der Diskette befindlichen Dateien in ein von Ihnen angelegtes Verzeichnis (Bsp.: copy a:*.* c:\ Pascal\Fuzzy).
2. Kompilieren Sie in Ihrer Turbo-PASCAL-Umgebung die Pascal-Datei FUZZY.PAS, um eine Turbo-Pascal-Unit namens FUZZY.TPU zu erzeugen. (Achten Sie dabei darauf, daß unter dem Menü COMPILE \ DESTINATION das Ziel DISK eingestellt ist.)
3. Wenn Sie nun die so erzeugte Unit FUZZY unter USES in Ihrem PASCAL-Programm einbinden, stehen Ihnen alle unten aufgelisteten Fuzzy-Funktionen zur Verfügung.

   Das ist alles.

Auf der Basis der bereitgestellten Fuzzy-Logik-Funktionen und Fuzzy-Logik-Prozeduren können Sie die Grundlagen der Fuzzy-Logik sehr effektiv nach Ihren Vorstellungen in Ihre eigenen Programme einbauen. Da alle Programme im Quellcode ausgeliefert werden, werden Sie hiermit schnell Erfolg haben. Die mitgelieferten Übungsprogramme zeigen Ihnen, wie es geht und regen eigene Ideen zur Umsetzung an. So ermöglicht die Verwendung der Fuzzy-Logik-Funktionen und Fuzzy-Logik-Prozeduren auch den Selbstbau einer individuellen Fuzzy-Shell.

Die Unit FUZZY stellt Ihnen zahlreiche nicht-parametrisierte und parametrisierte Operatoren (t-s-Normen, kompensatorische Operatoren, Modifikatoren) sowie Implikations- und Inferenzoperatoren zur Verfügung. Darüber hinaus umfaßt die Fuzzy-Toolbox diverse Grundfunktionen für Zugehörigkeitsverläufe, Fuzzy-Arithmetik-Module sowie numerische Algorithmen.

Einen Auszug aus dem Funktionsumfang stellen die nachfolgend aufgelisteten t- und s-Normen und die kompensatorischen Operatoren dar.

Den Funktionsbeschreibungen haben wir ein Listing eines Beispielprogrammes angefügt. Den kompletten Dateiumfang entnehmen Sie bitte der Datei README.TXT.

Deklaration:	**function MIN (a,b:Real; var e:Boolean): Real;**	
Bedeutung:	Minimum	min $[x, y]$
	Nicht-parametrisierter t-Norm-Operator	
	Zugehörigkeitswerte	$x, y \in [0, 1]$
	Bereichsüberprüfung von x, y	$e = 0 \rightarrow$ Fehler,
		$e = 1 \rightarrow$ kein Fehler

Deklaration:	**function MAX (a,b:Real; var e:Boolean): Real;**	
Bedeutung:	Minimum	max $[x, y]$
	Nicht-parametrisierter s-Norm-Operator	
	Zugehörigkeitswerte	$x, y \in [0, 1]$
	Bereichsüberprüfung von x, y	$e = 0 \rightarrow$ Fehler,
		$e = 1 \rightarrow$ kein Fehler

Deklaration:	**function HAMT (a,b:Real; var e:Boolean): Real;**	
Bedeutung:	Hamacher-Produkt	$ham_t [x, y]$
	Nicht-parametrisierter t-Norm-Operator	
	Zugehörigkeitswerte	$x, y \in [0, 1]$
	Bereichsüberprüfung von x, y	$e = 0 \rightarrow$ Fehler,
		$e = 1 \rightarrow$ kein Fehler

Deklaration:	**function HAMS (a,b:Real; var e:Boolean): Real;**	
Bedeutung:	Hamacher-Summe	$ham_s [x, y]$
	Nicht-parametrisierter s-Norm-Operator	
	Zugehörigkeitswerte	$x, y \in [0, 1]$
	Bereichsüberprüfung von x, y	$e = 0 \rightarrow$ Fehler,
		$e = 1 \rightarrow$ kein Fehler

Deklaration:	**function ALGT (a,b:Real; var e:Boolean): Real;**	
Bedeutung:	Algebraisches Produkt	$alg_t\,[x, y]$
	Nicht-parametrisierter t-Norm-Operator	
	Zugehörigkeitswerte	$x, y \in [0, 1]$
	Bereichsüberprüfung von x, y	$e = 0 \rightarrow$ Fehler,
		$e = 1 \rightarrow$ kein Fehler

Deklaration:	**function ALGS (a,b:Real; var e:Boolean): Real;**	
Bedeutung:	Algebraische Summe	$alg_s\,[x, y]$
	Nicht-parametrisierter s-Norm-Operator	
	Zugehörigkeitswerte	$x, y \in [0, 1]$
	Bereichsüberprüfung von x, y	$e = 0 \rightarrow$ Fehler,
		$e = 1 \rightarrow$ kein Fehler

Deklaration:	**function EINT (a,b:Real; var e:Boolean): Real;**	
Bedeutung:	Einstein-Produkt	$ein_t\,[x, y]$
	Nicht-parametrisierter t-Norm-Operator	
	Zugehörigkeitswerte	$x, y \in [0, 1]$
	Bereichsüberprüfung von x, y	$e = 0 \rightarrow$ Fehler,
		$e = 1 \rightarrow$ kein Fehler

Deklaration:	**function EINS (a,b:Real; var e:Boolean): Real;**	
Bedeutung:	Einstein-Summe	$ein_s\,[x, y]$
	Nicht-parametrisierter s-Norm-Operator	
	Zugehörigkeitswerte	$x, y \in [0, 1]$
	Bereichsüberprüfung von x, y	$e = 0 \rightarrow$ Fehler,
		$e = 1 \rightarrow$ kein Fehler

Deklaration:	**function BEST (a,b:Real; var e:Boolean): Real;**	
Bedeutung:	Beschränkte Differenz	$bes_t\,[x, y]$
	Nicht-parametrisierter t-Norm-Operator	
	Zugehörigkeitswerte	$x, y \in [0, 1]$
	Bereichsüberprüfung von x, y	$e = 0 \rightarrow$ Fehler,
		$e = 1 \rightarrow$ kein Fehler

Deklaration:	**function BESS (a,b:Real; var e:Boolean): Real;**	
Bedeutung:	Beschränkte Summe	$bes_s\ [x, y]$
	Nicht-parametrisierter s-Norm-Operator	
	Zugehörigkeitswerte	$x, y \in [0, 1]$
	Bereichsüberprüfung von x, y	$e = 0 \rightarrow$ Fehler, $e = 1 \rightarrow$ kein Fehler

Deklaration:	**function DRAT (a,b:Real; var e:Boolean): Real;**	
Bedeutung:	Drastisches Produkt	$dra_t\ [x, y]$
	Nicht-parametrisierter t-Norm-Operator	
	Zugehörigkeitswerte	$x, y \in [0, 1]$
	Bereichsüberprüfung von x, y	$e = 0 \rightarrow$ Fehler, $e = 1 \rightarrow$ kein Fehler

Deklaration:	**function DRAS (a,b:Real; var e:Boolean): Real;**	
Bedeutung:	Drastische Summe	$dra_s\ [x, y]$
	Nicht-parametrisierter s-Norm-Operator	
	Zugehörigkeitswerte	$x, y \in [0, 1]$
	Bereichsüberprüfung von x, y	$e = 0 \rightarrow$ Fehler, $e = 1 \rightarrow$ kein Fehler

Deklaration:	**function HAT (a,b,c:Real; var e:Boolean): Real;**	
Bedeutung:	Hamacher	$H_t\ [x, y, \gamma]$
	Parametrisierter t-Norm-Operator	
	Zugehörigkeitswerte	$x, y \in [0, 1]$
	Parameter γ	$0 \leq \gamma$
	Bereichsüberprüfung von x, y	$e = 0 \rightarrow$ Fehler, $e = 1 \rightarrow$ kein Fehler
	Bereichsüberprüfung von γ	$e = 0 \rightarrow$ Fehler, $e = 1 \rightarrow$ kein Fehler

Deklaration:	**function HAS (a,b,c:Real; var e:Boolean): Real;**	
Bedeutung:	Hamacher	$H_s [x, y, \gamma]$
	Parametrisierter s-Norm-Operator	
	Zugehörigkeitswerte	$x, y \in [0, 1]$
	Parameter γ	$0 \leq \gamma$
	Bereichsüberprüfung von x, y	$e = 0 \rightarrow$ Fehler,
		$e = 1 \rightarrow$ kein Fehler
	Bereichsüberprüfung von γ	$e = 0 \rightarrow$ Fehler,
		$e = 1 \rightarrow$ kein Fehler

Deklaration:	**function WET (a,b,c:Real; var e:Boolean): Real;**	
Bedeutung:	Weber	$W_t [x, y, \gamma]$
	Parametrisierter t-Norm-Operator	
	Zugehörigkeitswerte	$x, y \in [0, 1]$
	Parameter γ	$-1 < \gamma$
	Bereichsüberprüfung von x, y	$e = 0 \rightarrow$ Fehler,
		$e = 1 \rightarrow$ kein Fehler
	Bereichsüberprüfung von γ	$e = 0 \rightarrow$ Fehler,
		$e = 1 \rightarrow$ kein Fehler

Deklaration:	**function WES (a,b,c:Real; var e:Boolean): Real;**	
Bedeutung:	Weber	$W_s [x, y, \gamma]$
	Parametrisierter s-Norm-Operator	
	Zugehörigkeitswerte	$x, y \in [0, 1]$
	Parameter γ	$-1 < \gamma$
	Bereichsüberprüfung von x, y	$e = 0 \rightarrow$ Fehler,
		$e = 1 \rightarrow$ kein Fehler
	Bereichsüberprüfung von γ	$e = 0 \rightarrow$ Fehler,
		$e = 1 \rightarrow$ kein Fehler

Deklaration:	**function DPT (a,b,c:Real; var e:Boolean): Real;**	
Bedeutung:	Dubois-Prade	$DP_t\,[x, y, \gamma]$
	Parametrisierter t-Norm-Operator	
	Zugehörigkeitswerte	$x, y \in [0, 1]$
	Parameter γ	$0 < \gamma < 1$
	Bereichsüberprüfung von x, y	$e = 0 \rightarrow$ Fehler,
		$e = 1 \rightarrow$ kein Fehler
	Bereichsüberprüfung von γ	$e = 0 \rightarrow$ Fehler,
		$e = 1 \rightarrow$ kein Fehler

Deklaration:	**function DPS (a,b,c:Real; var e:Boolean): Real;**	
Bedeutung:	Dubois-Prade	$DP_s\,[x, y, \gamma]$
	Parametrisierter s-Norm-Operator	
	Zugehörigkeitswerte	$x, y \in [0, 1]$
	Parameter γ	$0 < \gamma < 1$
	Bereichsüberprüfung von x, y	$e = 0 \rightarrow$ Fehler,
		$e = 1 \rightarrow$ kein Fehler
	Bereichsüberprüfung von γ	$e = 0 \rightarrow$ Fehler,
		$e = 1 \rightarrow$ kein Fehler

Deklaration:	**function MA (a,b:Real; var e:Boolean): Real;**	
Bedeutung:	Arithmetischer Mittelwert	MA $[x, y]$
	Nicht-parametrisierter kompensatorischer Operator	
	Zugehörigkeitswerte	$x, y \in [0, 1]$
	Bereichsüberprüfung von x, y	$e = 0 \rightarrow$ Fehler,
		$e = 1 \rightarrow$ kein Fehler

Deklaration:	**function MG (a,b:Real; var e:Boolean): Real;**	
Bedeutung:	Geometrischer Mittelwert	MG $[x, y]$
	Nicht-parametrisierter kompensatorischer Operator	
	Zugehörigkeitswerte	$x, y \in [0, 1]$
	Bereichsüberprüfung von x, y	$e = 0 \rightarrow$ Fehler,
		$e = 1 \rightarrow$ kein Fehler

Deklaration:	**function MH (a,b:Real; var e:Boolean): Real;**	
Bedeutung:	Harmonischer Mittelwert	MH $[x, y]$
	Nicht-parametrisierter kompensatorischer Operator	
	Zugehörigkeitswerte	$x, y \in [0, 1]$
	Bereichsüberprüfung von x, y	$e = 0 \rightarrow$ Fehler,
		$e = 1 \rightarrow$ kein Fehler

Deklaration:	**function MGD (a,b:Real; var e:Boolean): Real;**	
Bedeutung:	Doppelt geometrischer Mittelwert	MGD $[x, y]$
	Nicht-parametrisierter kompensatorischer Operator	
	Zugehörigkeitswerte	$x, y \in [0, 1]$
	Bereichsüberprüfung von x, y	$e = 0 \rightarrow$ Fehler,
		$e = 1 \rightarrow$ kein Fehler

Deklaration:	**function MHD (a,b:Real; var e:Boolean): Real;**	
Bedeutung:	Doppelt harmonischer Mittelwert	MHD $[x, y]$
	Nicht-parametrisierter kompensatorischer Operator	
	Zugehörigkeitswerte	$x, y \in [0, 1]$
	Bereichsüberprüfung von x, y	$e = 0 \rightarrow$ Fehler,
		$e = 1 \rightarrow$ kein Fehler

Deklaration:	**function K2MM (a,b,c:Real; var e:Boolean): Real;**	
Bedeutung:	MinMax-Kompensation	$K2_{MinMax}[x, y, \gamma]$
	Parametrisierter kompensatorischer Operator	
	Zugehörigkeitswerte	$x, y \in [0, 1]$
	Parameter γ	$0 \leq \gamma \leq 1$
	Bereichsüberprüfung von x, y	$e = 0 \rightarrow$ Fehler,
		$e = 1 \rightarrow$ kein Fehler
	Bereichsüberprüfung von γ	$e = 0 \rightarrow$ Fehler,
		$e = 1 \rightarrow$ kein Fehler

Deklaration:	**function K2AP (a,b,c:Real; var e:Boolean): Real;**	
Bedeutung:	AlgebraicProdSum-Kompensation	$K2_{AlgProdSum}[x, y, \gamma]$
	Parametrisierter kompensatorischer Operator	
	Zugehörigkeitswerte	$x, y \in [0, 1]$
	Parameter γ	$0 \leq \gamma \leq 1$
	Bereichsüberprüfung von x, y	$e = 0 \rightarrow$ Fehler,
		$e = 1 \rightarrow$ kein Fehler
	Bereichsüberprüfung von γ	$e = 0 \rightarrow$ Fehler,
		$e = 1 \rightarrow$ kein Fehler

Deklaration:	**function FUND (a,b,c:Real; var e:Boolean): Real;**	
Bedeutung:	Fuzzy-UND	F-UND $[x, y, \gamma]$
	Parametrisierter kompensatorischer Operator	
	Zugehörigkeitswerte	$x, y \in [0, 1]$
	Parameter γ	$0 \leq \gamma \leq 1$
	Bereichsüberprüfung von x, y	$e = 0 \rightarrow$ Fehler,
		$e = 1 \rightarrow$ kein Fehler
	Bereichsüberprüfung von γ	$e = 0 \rightarrow$ Fehler,
		$e = 1 \rightarrow$ kein Fehler

Deklaration:	**function FODE (a,b,c:Real; var e:Boolean): Real;**	
Bedeutung:	Fuzzy-ODER	F-ODER $[x, y, \gamma]$
	Parametrisierter kompensatorischer Operator	
	Zugehörigkeitswerte	$x, y \in [0, 1]$
	Parameter γ	$0 \leq \gamma \leq 1$
	Bereichsüberprüfung von x, y	$e = 0 \rightarrow$ Fehler,
		$e = 1 \rightarrow$ kein Fehler
	Bereichsüberprüfung von γ	$e = 0 \rightarrow$ Fehler,
		$e = 1 \rightarrow$ kein Fehler

Programmlisting des Beispielprogramms NPTS.pas

```
{Das Programm erzeugt die Verknüpfungstabellen für die nicht-parametrisierten}
{-- t-s-Normen aus dem Kapitel 4 - - - - - - - - - - - - - - - - - - - - - -}

program NPTS;

uses FUZZY,CRT;

{- - - - - - - Konstanten-Deklarationen - - - - - - - - - - - - - - - - -}

CONST
  Name : Array[1..12] of String[30] =
    ('Minimum', 'Maximum', 'Algebraisches Produkt', 'Algebraische Summe',
    'Beschränkte Differenz', 'Beschränkte Summe', 'Drastisches Produkt',
    'Drastische Summe', 'Hamacher-Produkt', 'Hamacher-Summe',
    'Einstein-Produkt', 'Einstein-Summe');

{- - - - - - - -Variablen-Deklarationen - - - - - - - - - - - - - - - - --}

VAR
  _MIN_2, _MAX_2, _ALGT_2, _ALGS_2,
  _BEST_2, _BESS_2, _DRAT_2, _DRAS_2,
  _HAMT_2, _HAMS_2, _EINT_2, _EINS_2,
  OPER            : Array[0..10,0..10] of Real;
  i               : Integer;
  taste           : Char;

{- - - - - - - Operatoren: nicht-parametrisiert, t-s-Norm - - - - - - - --}

procedure  OPERATOREN_NP_TS;
Var i,j           : Integer;
  x1,x2           : Real;
  e               : Boolean;

Begin
  For i := 0 to 10 do
  Begin
    x1 := i*0.1;

    For j := 0 to 10 do
    Begin
      x2 := j*0.1;
```

```
        _MIN_ 2[i,j]   :=  MIN(x1,x2,e);     {t-Norm}
        _MAX_ 2[i,j]   :=  MAX(x1,x2,e);     {s-Norm}

        _ALGT_ 2[i,j]  :=  ALGT(x1,x2,e);    {t-Norm}
        _ALGS_ 2[i,j]  :=  ALGS(x1,x2,e);    {s-Norm}

        _BEST_ 2[i,j]  :=  BEST(x1,x2,e);    {t-Norm}
        _BESS_ 2[i,j]  :=  BESS(x1,x2,e);    {s-Norm}

        _DRAT_ 2[i,j]  :=  DRAT(x1,x2,e);    {t-Norm}
        _DRAS_ 2[i,j]  :=  DRAS(x1,x2,e);    {s-Norm}

        _HAMT_ 2[i,j]:=    HAMT(x1,x2,e);    {t-Norm}
        _HAMS_ 2[i,j] :=   HAMS(x1,x2,e);    {s-Norm}

        _EINT_ 2[i,j]  :=  HAMT(x1,x2,e);    {t-Norm}
        _EINS_ 2[i,j]  :=  HAMS(x1,x2,e);    {s-Norm}

        End {j}
    End {i};
End;

procedure CRT_AUSGABE(NR:Integer);
Var i,j      : Integer;
Begin

    Write('  ');
    For j := 0 to 10 Do Begin; Write(j*0.1:6:1); End;
    WriteLn; WriteLn;

    For i := 0 to 10 Do
    Begin
      Write(i*0.1:5:1,'  ');
      For j := 0 to 10 Do
```

```
  Begin
      Case NR of
        1      : OPER[i,j] : = _MIN_ 2 [i,j];
        2      : OPER[i,j] : = _MAX_ 2 [i,j];
        3      : OPER[i,j] : = _ALGT_ 2[i,j];
        4      : OPER[i,j] : = _ALGS_ 2[i,j];
        5      : OPER[i,j] : = _BEST_ 2[i,j];
        6      : OPER[i,j] : = _BESS_ 2[i,j];
        7      : OPER[i,j] : = _DRAT_ 2[i,j];
        8      : OPER[i,j] : = _DRAS_ 2[i,j];
        9      : OPER[i,j] : = _HAMT_ 2[i,j];
        10     : OPER[i,j] : = _HAMS_ 2[i,j];
        11     : OPER[i,j] : = _EINT_ 2[i,j];
        12     : OPER[i,j] : = _EINS_ 2[i,j];
      end {case};

      If OPER[i,j] = 0 Then Write('   0');
      If OPER[i,j] > = 1 Then Write('   1');
      If (OPER[i,j] > 0) and (OPER[i,j]<1) Then Write(OPER[i,j]:6:2);
    End {j};
    WriteLn;
  End {i};
  WriteLn; WriteLn(Name[NR]);
End;

Begin {main}

  ClrScr;
  WriteLn('Nicht-parametrisierte t-s-Norm in tabellarischer Form');
  WriteLn('‹ Enter ›'); ReadLn;

  OPERATOREN_NP_TS;

  i : = 0;
  Repeat
    Inc(i); ClrScr; CRT_AUSGABE(i); ReadLn;

    Write('Weiter (J/N) ?');
    Repeat taste := UpCase(ReadKey) until (taste in ['J','N']);
  Until (taste = 'N') or (i = 12);

  ClrSCr;

End.
```

Literaturverzeichnis

[1] ZADEH, L. A.: Fuzzy Sets. *Information and Control 8, 1965*, S. 338–353.

[2] REUSCH, B.: Potential der Fuzzy-Technologie in Nordrhein-Westfalen. Studie der Fuzzy-Initiative NRW. *Ministerium für Wirtschaft, Mittelstand und Technologie*, 4 (1993).

[3] BRONSTEIN, I. N. / SEMENDJAJEW, K. A.: *Taschenbuch der Mathematik*. Zürich und Frankfurt a. M.: Verlag Harri Deutsch, 1991.

[4] BEUTH, K.: *Digitaltechnik*. Würzburg: Vogel Buchverlag, 8. erweiterte Auflage 1991.

[5] ZADEH, L. A.: The Concept of a Linguistic Variable and Its Application to Approximate Reasoning. *Information Science 8 (1975)*, S. 199–249/301–357.

[6] ZADEH, L. A.: Fuzzy Logic and Approximate Reasoning. *Synthese 30 (1975)*, S. 407–428.

[7] BÖHME, G.: *Fuzzy-Logik*. Berlin Heidelberg: Springer-Verlag, 1993.

[8] BOTHE, H.-H.: *Fuzzy Logic*. Berlin Heidelberg: Springer-Verlag, 1993.

[9] KIENDL, H., u.a.: Fuzzy Control. Theorie für den Anwender. *Automatisierungstechnik at 41 (1993)* 1–12 Nachtrag. München: R. Oldenbourg Verlag, A1–A40.

[10] KAHLERT, J. / FRANK, H.: *Fuzzy-Logik und Fuzzy-Control*. Braunschweig, Wiesbaden: Friedr. Vieweg & Sohn Verlag, 1993.

[11] TRAEGER, D.: *Einführung in die Fuzzy-Logik*. Stuttgart: B. G. Teubner, 1993.

[12] DUBOIS, D. / PRADE, H.: *Fuzzy Sets and Systems – Theory and Applications*. Academic Press, 1980.

[13] MAYER, A. / MECHLER, B. / SCHLINDWEIN, A. / WOLKE, R.: *Fuzzy Logic*. Addison-Wesley Publishing Company, 1993.

[14] ZIMMERMANN, H.J.: *Fuzzy Set Theory – and its applications*. Boston: Kluwer Academic Publishers, 1991.

[15] WU, Q. / BÖNING, D. / SCHNIEDER, E.: Realisierung von Fuzzy-Reglern mit Hilfe von Relationsmatrizen. *Automatisierungstechnik at 42 (1994)* 4. München: R. Oldenbourg Verlag, S. 162–169.

[16] PREUSS, H.-P. / TRESP, V.: Neuro-Fuzzy. *Automatisierungstechnische Praxis atp 36 (1994)* 5. München: R. Oldenbourg Verlag, S. 10–24.

[17] PREUSS, H.-P.: Fuzzy Control – heuristische Regelung mittels unscharfer Logik – Teil 1. *Automatisierungstechnische Praxis atp 34 (1992)* 4. München: R. Oldenbourg Verlag, S. 176–184.

[18] PREUSS, H.-P.: Fuzzy Control – heuristische Regelung mittels unscharfer Logik – Teil 2. *Automatisierungstechnische Praxis atp 34 (1992)* 5. München: R. Oldenbourg Verlag, S. 239–246.

[19] UNBEHAUEN, H.: *Regelungstechnik* I. Braunschweig/Wiesbaden: Friedr. Vieweg & Sohn Verlag, 6.Auflage, 1989.

[20] FÖLLINGER, O.: *Nichtlineare Regelungen II*. München: Oldenbourg Verlag, 1987.

[21] KOCH, M. / KUHN T. / WERNSTEDT, J.: Ein neues Entwurfskonzept für Fuzzy-Regelungen. *Automatisierungstechnik at 41 (1993)* 5. München: R. Oldenbourg Verlag, S. 152–158.

[22] LICHTENBERG, M.: Generierung kennliniengleicher Fuzzy-Regler aus den Parametern konventioneller (PID-)Regler. *Automatisierungstechnik at 42 (1994)* 12. München: R. Oldenbourg Verlag, S. 540–546.

[23] PREUSS, H.-P. / LINZENKIRCHNER, E. / ALENDER, S.: Fuzzy Control – werkzeugunterstützte Funktionsbaustein-Realisierung für Automatisierungsgeräte und Prozeßleitsysteme. *Automatisierungstechnische Praxis atp 34 (1992)* 8. München: R. Oldenbourg Verlag, S. 451–460.

[24] WEGMANN, H. / MOHR, D.: Fuzzy-Logik, erste Anwendung mit SIMATIC S5. *Automatisierungstechnische Praxis atp 35 (1993)* 3. München: R. Oldenbourg Verlag, S. 167–171.

[25] BETTENHAUSEN, K. D.: Kontinuierlicher Rührkesselreaktor mit Neben- und Folgereaktionen. *Automatisierungstechnik at 41 (1993)* 5. München: R. Oldenbourg Verlag, S. 159–165.

[26] GÖLDNER, K. / BOCKLISCH, S. F. / HALLAK, M. S.-E.: Adaptionsverfahren mittels der unscharfen Prozeßanalyse am Beispiel des Positionsregelkreises einer Werkzeugmaschine. *Automatisierungstechnik at 42 (1994)* 12. München: R. Oldenbourg Verlag, S. 555–559.

[27] XU, W. / ZHANG, W.: Fuzzy-Umgebung unterstützt Mikrocontroller. *Design & Elektronik 15/16*, 27. 7. 1993, S. 59–63.

[28] YAMAKAWA, T.: Stabilisation of an Inverted Pendulum by a High-Speed Fuzzy-Logic Controller Hardware System. *Fuzzy Sets and Systems 32 (1989)*, S. 161–180.

Stichwortverzeichnis

Absender:

Bitte
freimachen

Antwort

Fa. GELTEC
Gesellschaft b.R. für Entwicklung
zukunftsorientierter Lehrmittel
Hüttenstraße 45

30165 Hattingen

Absender:

Bitte
freimachen

Antwort

Fa. GELTEC
Gesellschaft b.R. für Entwicklung
zukunftsorientierter Lehrmittel
Hüttenstraße 45

30165 Hattingen

Hiermit bestelle/n ich/wir die auf das Lehrbuch abgestimmte Fuzzy-Toolbox per Nachnahme zum Stückpreis von 19 DM (inkl. MWSt.).

Die Turbo-PASCAL-Quelltexte befinden sich auf Diskette im Format 3,5 Zoll.

(Falls Sie per Fax bestellen wollen, wählen Sie bitte die Nummer: 0 23 24 / 5 12 94)

Datum/Unterschrift

Hiermit bestelle/n ich/wir die auf das Lehrbuch abgestimmte Fuzzy-Toolbox per Nachnahme zum Stückpreis von 19 DM (inkl. MWSt.).

Die Turbo-PASCAL-Quelltexte befinden sich auf Diskette im Format 3,5 Zoll.

(Falls Sie per Fax bestellen wollen, wählen Sie bitte die Nummer: 0 23 24 / 5 12 94)

Datum/Unterschrift